DAN S

Né en 1948 dans l'Illinois, diplômé de littérature, Dan Simmons a été enseignant pendant quinze ans. Auteur d'une trentaine de romans et recueils de nouvelles, traduit dans 27 pays, lauréat de plus de 30 prix dont les prestigieux Prix Hugo, Locus, World Fantasy, Bram Stoker ou encore British Science Fiction, il est un maître incontesté de la science-fiction depuis *Les Cantos d'Hypérion* et le dyptique *Ilium* (2004)/*Olympos* (2006). Mais l'auteur explore aussi d'autres veines comme l'horreur (*Nuit d'été*, 1993 ; *Les Chiens de l'hiver*, 2003) ou le policier (*L'Épée de Darwin*, 2002).

Parmi ses ouvrages les plus notables, on peut citer *Terreur* (2008), *Drood* (2011), *Flashback* (2012), *Collines noires* (2013) et *L'Abominable* (2019), publiés aux éditions Robert Laffont et repris en poche chez Pocket. Son dernier roman, *Le Cinquième Cœur*, a paru en 2020 chez le même éditeur. Les opus de la trilogie Joe Kurtz – *Vengeance*, *Revanche* et *Une balle dans la tête* – sont publiés chez Pocket en 2022.

LES CANTOS D'HYPÉRION 1

HYPÉRION

ÉGALEMENT CHEZ POCKET

DANS LA COLLECTION « IMAGINAIRE »

LE CHANT DE KALI
ILIUM
OLYMPOS
NUIT D'ÉTÉ
LES FILS DES TÉNÈBRES
LES FEUX DE L'ÉDEN
LES CHIENS DE L'HIVER
L'AMOUR, LA MORT
L'HOMME NU
LE STYX COULE À L'ENVERS
L'ÉCHIQUIER DU MAL

LE CYCLE D'HYPÉRION
Les Cantos d'Hypérion
(2 tomes par titre / existent aussi en un seul volume)
HYPÉRION
LA CHUTE D'HYPÉRION

Les Voyages d'Endymion
(2 tomes par titre / existent aussi en un seul volume)
ENDYMION
L'ÉVEIL D'ENDYMION

DANS LA COLLECTION « THRILLER »

FLASHBACK
L'ÉPÉE DE DARWIN
VENGEANCE
REVANCHE
UNE BALLE DANS LA TÊTE

DANS LA COLLECTION « ROMAN CONTEMPORAIN »

TERREUR
DROOD
COLLINES NOIRES
LES FORBANS DE CUBA
L'ABOMINABLE
LES LARMES D'ICARE
LE CINQUIÈME CŒUR

IMAGINAIRE
Collection dirigée par Charlotte Volper

DAN SIMMONS

LES CANTOS D'HYPÉRION 1

HYPÉRION

Traduit de l'anglais (États-Unis)
par Guy Abadia

Robert
Laffont

Titre original :
HYPÉRION
Publié aux éditions Doubleday, New York

ISBN : 978-2-266-25258-4

À Ted

SOMMAIRE

HYPÉRION

Volume 1

Prologue

Le consul de l'Hégémonie, sur le balcon de son vaisseau spatial couleur d'ébène, jouait le *Prélude en do dièse mineur* de Rachmaninov sur un Steinway âgé mais en bon état, tandis que de grands sauriens verts s'ébattaient bruyamment dans les marécages en contrebas. Une méchante tempête se préparait au nord. Des nuages livides comme des ecchymoses entouraient le profil d'une forêt de gymnospermes géantes tandis que des stratocumulus flottaient à neuf mille mètres de haut dans un ciel de violence. Les éclairs se répercutaient sur la ligne d'horizon. Plus près du vaisseau, des formes vaguement reptiliennes se heurtaient au périmètre d'interdiction, poussaient un barrissement et battaient lourdement en retraite à travers les brumes indigo. Le consul se concentra sur un passage particulièrement difficile du *Prélude*, ignorant l'approche conjuguée de la tempête et de la nuit.

Le carillon du récepteur méga se fit entendre.

Le consul cessa de jouer, les doigts en suspens au-dessus du clavier, et tendit l'oreille. Le tonnerre grondait dans l'atmosphère épaisse. De la forêt de gymnospermes lui parvint le hululement lugubre d'une meute de charognards. Quelque part dans les ténèbres au-dessous de lui, un animal à la cervelle étroite répondit par un barrissement de défi, puis se tut. Le périmètre d'interdiction ajoutait seul ses harmoniques subtiles au silence momentané. Puis le carillon du mégatrans retentit de nouveau.

— Merde, fit le consul en se levant pour aller répondre.

Tandis que l'ordinateur prenait les quelques secondes

qui lui étaient nécessaires pour convertir et décoder les salves de tachyons affaiblis, le consul se versa un verre de scotch. Il s'installa sur les coussins de la fosse de projection au moment où le disque passait au vert en clignotant.

— Lecture, dit-il.

— Vous êtes désigné pour vous rendre de nouveau sur Hypérion, lui annonça une voix féminine chaude et légèrement voilée.

L'image ne s'était pas encore tout à fait formée. L'espace de visualisation demeurait vide à l'exception des impulsions contenant les codes de transmission qui indiquaient au consul que cette salve avait pour origine la planète administrative de l'Hégémonie, Tau Ceti Central. Mais il n'avait pas besoin des codes pour le savoir. Et la voix de Meina Gladstone, encore magnifique malgré son âge, ne ressemblait à aucune autre.

— Vous êtes désigné pour vous rendre sur Hypérion dans le cadre du pèlerinage officiel à la gloire du gritche, continua la voix.

Cause toujours, fit intérieurement le consul en se levant pour quitter la fosse.

— Vous avez été choisi, avec six autres, par la Sainte Église du gritche, et ce choix a été confirmé par les hautes instances de la Pangermie, reprit Meina Gladstone. Il est d'un intérêt vital pour l'Hégémonie que vous acceptiez.

Le consul se figea au bord de la fosse, tournant le dos aux codes de transmission. Il porta lentement son verre à ses lèvres et but le reste de scotch.

— La situation est extrêmement confuse, déclara Meina Gladstone d'une voix qui lui parut très lasse. Les autorités consulaires et le Conseil intérieur nous ont contactés, il y a trois semaines, pour nous annoncer que les Tombeaux du Temps semblaient sur le point de s'ouvrir. Les champs anentropiques qui les entourent étaient en train de se dilater rapidement, et le gritche a commencé à se manifester au sud, dans des régions relativement éloignées comme la Chaîne Bridée.

Le consul se retourna et se laissa retomber sur les coussins. L'image holo du visage âgé de Meina Gladstone s'était maintenant formée. Son regard était aussi las que sa voix.

— Un détachement de la Force spatiale a été immédiatement envoyé de Parvati pour procéder à l'évacuation des citoyens de l'Hégémonie qui se trouvent sur Hypérion avant l'ouverture des Tombeaux du Temps, reprit Meina Gladstone. Leur déficit de temps est estimé à un peu plus de trois années d'Hypérion.

Le consul se disait qu'il n'avait jamais vu la Présidente du Sénat avec une mine aussi sinistre.

— Nous ne savons pas si notre flotte d'évacuation arrivera à temps, mais la situation est d'autant plus complexe qu'un essaim de migration extro de quatre mille... unités au moins... qui se dirige en ce moment vers le système d'Hypérion, a été détecté. Notre force d'évacuation n'arrivera, en principe, que peu de temps avant les Extros.

Le consul comprenait très bien l'hésitation de la Présidente. Un essaim de migration extro pouvait comporter aussi bien des vaisseaux de la taille d'un simple monoplace de reconnaissance que de véritables villes de métal ou des comètes-forteresses abritant des dizaines de milliers de barbares interstellaires.

— Les chefs d'état-major de la Force considèrent qu'il s'agit d'une importante offensive des Extros, continua Meina Gladstone, dont les yeux, à la suite d'un repositionnement de l'image holo par les ordinateurs, semblaient fixer directement le consul. Nous ignorons encore si leurs intentions sont uniquement de s'assurer la maîtrise d'Hypérion et des Tombeaux du Temps, ou s'il s'agit d'une offensive généralisée contre le Retz. Toujours est-il qu'une flotte spatiale de la Force au complet, avec son bataillon de construction d'un modulateur distrans, est partie du système de Camn pour se joindre à notre force d'évacuation. Naturellement, cette flotte est susceptible d'être rappelée en fonction des circonstances.

Le consul hocha la tête. Machinalement, il porta le verre de scotch à ses lèvres et fronça les sourcils en le trouvant vide. Il le posa sur la moquette épaisse de la fosse holo. Malgré son inexpérience totale dans le domaine militaire, il comprenait la difficulté des décisions tactiques auxquelles Gladstone et les chefs d'état-major avaient à faire face. Si un modulateur distrans n'était pas immédiatement assemblé – à un coût énorme –, il n'y aurait aucun moyen de résister à une invasion extro. Quels que fussent les secrets dissimulés par les Tombeaux du Temps, ils iraient aux ennemis de l'Hégémonie. Mais si la flotte réussissait à assembler à temps un modulateur distrans, et si l'Hégémonie engageait la totalité des ressources de la Force dans la défense de sa lointaine colonie d'Hypérion, le Retz courrait le terrible risque de s'exposer à une attaque des Extros dans un autre secteur périphérique de l'espace qu'il contrôlait ou – dans le pire des scénarios – de voir tomber le modulateur entre les mains des barbares, qui auraient ainsi un moyen de s'introduire au cœur du Retz.

Tout en essayant d'imaginer des hordes d'Extros déferlant à travers les portes distrans dans les cités sans défense d'une centaine de mondes centraux, le consul s'avança à travers l'image holo de Meina Gladstone pour ramasser son verre et se verser un nouveau scotch.

— Vous ferez partie des pèlerins du gritche, déclara l'image de la vieille Présidente, que la presse aimait parfois comparer à Churchill, Lincoln, Alvarez-Temp ou autres figures légendaires de l'époque préhégirienne en vogue auprès du public. Les Templiers, de leur côté, envoient leur vaisseau-arbre *Yggdrasill*, que le commandant de la force d'évacuation a reçu l'ordre de laisser passer. Vous pourrez rejoindre ce vaisseau, avec un déficit de temps de trois semaines, avant qu'il effectue le saut quantique à partir du système de Parvati. Les six autres pèlerins désignés par l'Église gritchtèque seront déjà à bord du vaisseau-arbre. Selon les rapports de nos services de renseignements, l'un des sept pèlerins au moins serait un agent des Extros. Nous n'avons – jusqu'à présent – aucun moyen de l'identifier.

Le consul ne put s'empêcher de sourire. Outre les risques considérables que prenait Gladstone, elle se devait d'envisager l'hypothèse selon laquelle il aurait été cet espion, auquel cas elle était en train de transmettre des informations vitales à un agent ennemi. Mais les informations qu'elle venait de lui communiquer étaient-elles réellement vitales ? Les mouvements de la flotte devenaient détectables dès que les vaisseaux utilisaient leurs réacteurs Hawking. Et si le consul était cet espion, les révélations de la Présidente pouvaient avoir pour but de lui faire peur.

Le sourire du consul s'éteignit tandis qu'il finissait son scotch.

— Sol Weintraub et Fedmahn Kassad font partie des sept pèlerins, continua Gladstone.

Le consul plissa de nouveau le front. Il regarda les chiffres qui défilaient en nuages autour de l'image holo. Il ne restait plus que quinze secondes de mégatransmission.

— Nous avons absolument besoin de votre aide, conclut Meina Gladstone. Il est essentiel que les secrets du gritche et des Tombeaux du Temps soient percés. Ce pèlerinage est peut-être notre dernière chance. En tout état de cause, si les Extros s'emparent d'Hypérion, leur agent devra être éliminé, et les Tombeaux du Temps devront être fermés à tout prix. L'avenir de l'Hégémonie en dépend.

La transmission prit fin, à l'exception des impulsions indiquant les codes du rendez-vous spatial.

— Réponse ? demanda l'ordinateur de bord.

Malgré les formidables quantités d'énergie en jeu, le vaisseau spatial était capable de lancer une brève salve codée au milieu de l'incessant mégababillage qui reliait entre elles les différentes parties de la galaxie humaine.

— Non, répondit-il.

Il sortit sur le balcon pour se pencher au-dessus de la rambarde. La nuit était déjà tombée, et les nuages bas occultaient les étoiles. L'obscurité aurait été complète sans les éclairs intermittents au nord et la faible phosphorescence qui montait des marécages. Le consul eut soudain conscience d'être, en cette seconde même, la seule créature sentiente sur une planète sans nom. Écoutant les bruits antédiluviens de la nuit qui montaient des marécages, il s'efforça de penser uniquement au matin, au VEM Vikken qu'il piloterait à la première lueur de l'aube, à la journée qu'il passerait au soleil, à la chasse au gros gibier dans les forêts de fougères du sud, puis à son retour au vaisseau, le soir venu, pour se délecter d'un bon steak et d'une bière bien fraîche.

Il pensa aussi au plaisir aigu de la chasse et au réconfort non moins aigu de la solitude, une solitude qu'il avait bien gagnée par les souffrances et les cauchemars qu'il avait déjà endurés sur Hypérion.

Hypérion…

Le consul retourna à l'intérieur, fit rentrer le balcon et referma toutes les ouvertures du vaisseau juste au moment où les premières gouttes de pluie commençaient à tomber. Il grimpa l'escalier en spirale jusqu'à sa cabine, dans le nez du vaisseau. La salle à paroi circulaire était plongée dans l'obscurité, à l'exception des explosions silencieuses des éclairs qui faisaient briller les gouttelettes d'eau ruisselant sur la coupole transparente. Il se déshabilla et s'étendit sur le matelas ferme, allumant l'ampli et branchant le système de sonorisation qui restituait les bruits de l'extérieur. La fureur de la tempête se mêla aux accents violents de la *Chevauchée des Walkyries* de Richard Wagner. L'ouragan fit trembler le vaisseau. Les coups de tonnerre remplirent la cabine tandis que la coupole s'illuminait d'éclairs blancs qui laissaient de cuisantes rémanences sur les rétines du consul.

Wagner n'est bon que pour les moments de tempête, se dit-il.

Il ferma les yeux, mais les éclairs étaient encore visibles à travers ses paupières. Il se souvint de l'éclat des cristaux de glace qui soufflaient à travers les ruines chaotiques des collines basses à proximité des Tombeaux du Temps, et aussi de la lueur métallique encore plus glacée et irréelle qui émanait de l'arbre fantasmagorique du gritche, hérissé de formidables piquants d'acier. Il ne pourrait jamais oublier les hurlements qui montaient dans la nuit ni le regard du monstre à mille facettes de rubis sanglants.

Hypérion…

Le consul commanda silencieusement à l'ordinateur de faire taire tous ces bruits, puis se protégea les yeux du revers de la main. Dans le silence qui s'établit brusquement, il demeura étendu sur sa couche, en se disant qu'il serait fou de retourner là-bas, de retourner sur ce monde lointain et énigmatique où il avait exercé ses fonctions consulaires onze années durant et où la mystérieuse Église gritchtèque avait un jour permis à une douzaine de barges de pèlerins d'outre-monde de se rendre sur les terres désolées et balayées par le vent qui entouraient les Tombeaux du Temps au nord des montagnes. Aucun pèlerin n'en était jamais revenu. Et cela s'était passé à une époque normale, où le gritche était prisonnier des marées du temps et d'autres forces que personne ne comprenait. Les champs anentropiques ne dépassaient pas une limite de quelques douzaines de mètres autour des Tombeaux du Temps, et aucune menace d'invasion extro ne pesait sur l'Hégémonie.

Le consul songea au gritche, maintenant libre d'errer à sa guise sur Hypérion, aux millions d'indigènes et aux milliers de ressortissants de l'Hégémonie qui se trouvaient exposés, sans défense ; aux atteintes d'une créature dont l'existence même défiait toutes les lois physiques connues, et qui ne communiquait qu'à travers la mort.

Il frissonna malgré la chaleur qui régnait à l'intérieur de la cabine.

Hypérion...

La tempête et la nuit passèrent. Un nouveau front de perturbation précéda l'aube de quelques minutes. Les gymnospermes géantes de plus de deux mètres se courbèrent devant les éléments en furie. Juste avant la première lueur de l'aube, le vaisseau d'ébène du consul s'éleva sur un panache de plasma bleu et perça les nuées épaisses, grimpant vers sa nouvelle destination spatiale.

1

Le consul s'éveilla avec la migraine, la gorge sèche et la sensation d'avoir oublié mille rêves caractérisant la sortie des périodes de fugue cryotechnique. Il battit des paupières, se redressa sur la couchette basse et arracha d'une main encore engourdie les derniers carrés adhésifs qui maintenaient sur sa peau les moniteurs de fonctions vitales. Il y avait avec lui, dans la cabine ovoïde sans fenêtre, deux clones d'équipage, de très courte taille, ainsi qu'un Templier. L'un des clones lui offrit le traditionnel verre de jus d'orange, auquel il s'empressa de goûter avidement.

— L'arbre est actuellement à cinq heures deux minutes-lumière d'Hypérion, lui dit le Templier.

Le consul s'aperçut alors que c'était Het Masteen, le commandant du vaisseau-arbre des Templiers, également appelé la Voix de l'Arbre Authentique, qui s'adressait ainsi à lui. Il songea confusément que c'était un bien grand honneur que lui faisait le commandant en venant le réveiller en personne, mais il était encore trop engourdi par l'état de fugue pour apprécier cet honneur à sa juste valeur.

— Les autres sont déjà réveillés depuis quelques heures, lui dit Het Masteen en faisant un geste impérieux aux clones pour qu'ils se retirent. Ils se trouvent tous dans la salle à manger principale.

— Mmmm... fit le consul avant de boire le reste de son jus.

Il se racla la gorge et fit un nouvel essai.

— Je vous remercie beaucoup, Het Masteen, réussit-il à dire.

Il regarda autour de lui. La cabine ovoïde possédait une moquette vert gazon et une paroi translucide aux nervures de bois de vort d'un seul tenant. Ils devaient se trouver dans l'une des petites nacelles à environnement contrôlé du vaisseau. Fermant les yeux, le consul essaya de rassembler ses souvenirs du rendez-vous spatial, juste avant le saut quantique de l'*Yggdrasill*.

Il se rappela la première fois qu'il avait vu le vaisseau-arbre d'un kilomètre de long en train de se rapprocher du lieu de rendez-vous. La forme de l'*Yggdrasill* était rendue floue par les multiples champs de confinement, générés par des ergs ou par des machines, qui entouraient le vaisseau d'une sorte de cocon de brume à travers lequel la coque de feuilles brillait cependant de mille lumières qui perçaient à travers les parois minces des coursives, les nacelles à environnement contrôlé, les passerelles de commandement, les échelles et les berceaux de verdure ou de manœuvre. À la base du vaisseau-arbre, des sphères abritant les machines ou la cargaison s'agglutinaient comme des gales géantes tandis que les traînées des systèmes de propulsion, mauves et bleutées, prolongeaient le tronc comme un réseau de racines effilochées longues de dix kilomètres.

— On nous attend, murmura Het Masteen en hochant le menton en direction des coussins bas où les bagages du consul attendaient, prêts à s'ouvrir à son commandement.

Le Templier s'absorba dans la contemplation des nervures de bois de vort tandis que le consul revêtait sa tenue de semi-apparat : pantalon noir sans pli, chaussures vernies, chemise de soie blanche bouffante aux manches et à la taille, cordelière à curseur en topaze, vareuse noire mi-longue, épaulettes à taillades écarlates de l'Hégémonie et tricorne doré. Une partie de la paroi incurvée lui servant de miroir, il contempla avec complaisance l'image d'un homme d'âge plus que mûr en semi-uniforme, à la peau tannée par le soleil, mais étrangement pâle au-dessous des yeux tristes. Plissant le front, il se détourna subitement.

Het Masteen fit un geste quelque peu impatient, et le consul suivit la haute silhouette, drapée de la tête aux pieds, à travers le diaphragme de la nacelle, puis sur un pont incliné qui s'enroulait à perte de vue dans les hauteurs de l'écorce massive du vaisseau-arbre. Le consul s'arrêta, se colla contre la paroi du pont découvert opposée au vide, et fit un pas en arrière. Il y avait au moins six cents mètres de vide au-dessous de lui, la sensation de bas étant produite par la gravité d'un sixième de *g* standard que créaient les singularités emprisonnées à la base de l'arbre. Et il n'y avait pas le moindre garde-fou.

Ils reprirent leur ascension silencieuse, et quittèrent le tronc principal trente mètres et une demi-spirale plus haut pour traverser un pont suspendu d'aspect fragile qui les mena jusqu'à une coursive de cinq mètres de large. Ils suivirent cette coursive vers l'extérieur jusqu'à ce qu'ils arrivent à un endroit où le foisonnement du feuillage retenait tout l'éclat du soleil d'Hypérion.

— Est-ce que mon vaisseau a été sorti de cale ? demanda le consul.

— Le plein est fait, et il vous attend dans la sphère n° 11, lui répondit Het Masteen tandis qu'ils passaient dans l'ombre du tronc et que les étoiles devenaient visibles à travers les trouées du feuillage. Les autres pèlerins sont d'accord pour descendre avec vous si les responsables de la Force vous y autorisent.

Le consul se frotta les yeux. Il aurait préféré avoir un peu plus de temps pour se remettre du choc cryotechnique.

— Vous êtes déjà entré en contact avec eux ? demanda-t-il.

— Bien sûr ! Ils nous ont fait des sommations dès l'instant où nous sommes sortis du saut quantique. Un vaisseau de guerre de l'Hégémonie nous « escorte » en ce moment.

Le Templier fit un geste vague en direction d'une partie de l'espace au-dessus d'eux. Le consul plissa les yeux pour essayer d'apercevoir quelque chose, mais les branches supérieures sortirent à ce moment-là de l'ombre du tronc, et chaque feuille de l'arbre s'embrasa des couleurs du couchant. Même dans les endroits encore plongés dans l'ombre, des oiseaux lampyres étaient perchés comme des lanternes japonaises au-dessus des coursives éclairées, des lianes luminescentes et des ponts suspendus phosphorescents, tandis que les lucioles de l'Ancienne Terre et les somptueuses diaphanes d'Alliance-Maui luisaient par intermittence, comme pour se frayer un chemin codé à travers les labyrinthes du feuillage, en se confondant suffisamment avec les constellations pour tromper l'œil du voyageur le plus habitué aux espaces interstellaires.

Het Masteen s'avança dans un panier élévateur suspendu à un câble en filaments de carbone renforcés qui se perdait dans les trois cents mètres de frondaisons au-dessus d'eux. Il remarqua que les coursives, nacelles et plates-formes étaient curieusement désertes à l'exception de quelques Templiers et des clones d'équipage qui les suivaient comme leur ombre. Le consul ne se souvenait pas d'avoir aperçu d'autres passagers durant l'heure bien remplie qu'il avait passée entre le rendez-vous spatial et sa mise en fugue. Il avait attribué cela à l'imminence du saut quantique, pensant que les autres passagers étaient déjà confortablement installés dans leurs caissons de fugue, mais le vaisseau voyageait à présent bien en dessous des vitesses relativistes, et ses branches auraient dû être chargées de passagers le nez en l'air et la bouche ouverte. Il fit part de son étonnement au Templier.

— Nous n'avons que six passagers pour ce voyage, lui répondit Het Masteen tandis que le panier s'arrêtait au milieu d'un entrelacement de branches.

Le commandant du vaisseau-arbre le précéda alors sur les marches de bois d'un escalier poli par l'âge, qu'il gravit agilement. Le consul cligna des paupières, surpris. Normalement, un vaisseau-arbre templier transportait de deux mille à cinq mille passagers. C'était, de loin, la manière la plus agréable de voyager entre les étoiles. Les vaisseaux-arbres accumulaient rarement un déficit de temps de plus de quatre ou cinq mois, réduisant leurs traversées touristiques aux endroits où les systèmes stellaires n'étaient distants entre eux que de quelques années-lumière et faisant en sorte que leurs riches passagers passent aussi peu de temps que possible en état de fugue. Un aller-retour pour Hypérion, représentant six années entières de temps retzien, sans aucun passager payant à bord, devait être une véritable catastrophe financière pour les Templiers.

Le consul s'avisa alors, en se reprochant d'avoir été si long à comprendre, que le vaisseau-arbre était l'instrument idéal de l'évacuation qui se préparait. Les dépenses occasionnées incomberaient, de toute évidence, à l'Hégémonie. Cependant, il ne pouvait s'empêcher de se dire que le fait d'introduire un vaisseau aussi luxueux et aussi vulnérable que l'*Yggdrasill* – il n'en existait que cinq en tout comme lui – dans une zone de combat représentait un risque terrible pour la Fraternité des Templiers.

— Et voici les pèlerins qui vous accompagneront, annonça Het Masteen.

Il s'avança, suivi du consul, sur une large plate-forme où un petit groupe attendait à une extrémité d'une longue table en bois. Au-dessus d'eux, les étoiles scintillaient d'un éclat ardent, basculant occasionnellement lorsque le vaisseau-arbre subissait un mouvement de lacet ou de tangage, tandis que de part et d'autre du tronc une sphère de feuillage dense s'écartait en s'incurvant comme l'écorce verte de quelque fruit géant. Le consul avait identifié cette plate-forme comme la salle à manger privée du commandant avant même que les cinq autres passagers ne se fussent levés pour laisser Het Masteen prendre place à une extrémité de la table. Il ne restait qu'un seul fauteuil inoccupé à la gauche du commandant, et il s'y assit.

Lorsque le silence se fit, Het Masteen procéda à des présentations en règle. Le consul ne connaissait personnellement aucun des cinq autres, mais plusieurs noms lui étaient familiers, et il fit appel à sa longue expérience de diplomate pour mettre soigneusement de côté dans sa mémoire les identités et les impressions reçues.

À sa gauche se trouvait le père Lénar Hoyt, un prêtre de la très ancienne Église chrétienne connue sous le nom d'Église catholique. L'espace d'un instant, le consul avait oublié la signification de la robe noire et du col romain, mais il s'était souvenu ensuite de saint François de l'Hôpital, sur la planète Hébron, lorsqu'il avait fait l'objet d'une thérapeutique anti-alcoolique à la suite de sa désastreuse première mission diplomatique, près de quatre décennies standard plus tôt. À la mention du nom de Hoyt, le consul se souvint également d'un autre membre du clergé qui avait disparu de la surface d'Hypérion en plein milieu de son mandat diplomatique.

Lénar Hoyt était un homme jeune, tout au moins comparé au consul. Il ne devait pas avoir beaucoup plus de trente ans, mais on avait l'impression, en le voyant, que quelque chose était arrivé, dans un passé très récent, qui l'avait prématurément vieilli. Il observa longuement son visage maigre, ses pommettes osseuses qui creusaient la peau de son visage au teint jaunâtre, ses grands yeux profondément enfoncés, ses lèvres fines agitées d'un perpétuel tressaillement nerveux vers le bas qui ne méritait même pas le nom de sourire cynique, la ligne de naissance des cheveux sur son front, pas tant dégarni que ravagé par les radiations, et il eut l'impression d'avoir devant lui un homme malade depuis de nombreuses années. Cependant, il fut surpris de constater aussi que, derrière ce masque de douleur cachée, subsistaient quelques échos du jeune homme qu'il avait été naguère, un jeune homme au visage rond, au teint clair, aux lèvres pleines, beaucoup moins malsain et cynique que le père Hoyt actuel.

Près du prêtre était assis un personnage dont l'image avait été familière, quelques années auparavant, à la plupart des citoyens de l'Hégémonie. Le consul se demandait si la durée d'intérêt collectif de l'opinion publique retzienne était aussi courte en ce moment qu'elle l'avait été de son temps. Encore plus courte, sans doute. Dans ce cas, le colonel Fedmahn Kassad, surnommé le Boucher de Bressia, ne devait plus être ni célèbre ni infâme. Mais pour la génération du consul et pour tous ceux qui vivaient expatriés à la lisière plus lente des choses, Kassad n'était pas quelqu'un que l'on pouvait oublier aisément.

Le colonel était un homme de haute taille, presque assez grand pour regarder Het Masteen, avec ses deux mètres, directement dans les yeux. Il portait l'uniforme noir de la Force, sans indication de grade ni de décoration. Son habit ressemblait étrangement, en fait, à celui du père Hoyt, mais il n'y avait aucune ressemblance physique réelle entre les deux hommes. Alors que le prêtre présentait un aspect maladif et usé, Kassad, avec son teint basané, semblait au contraire en pleine forme, sec comme un manche de fouet, noueusement musclé aux épaules, au cou et aux avant-bras. Ses yeux étaient noirs, petits, et dotés d'un champ de vision qui paraissait aussi ample que celui de quelque caméra vidéo primitive. Son visage était tout en angles, facettes, ombres et saillants. Non pas creusé comme celui du père Hoyt, mais taillé dans de la pierre glacée. Une mince ligne de barbe suivant le contour de sa mâchoire inférieure accentuait le caractère acéré de son visage aussi sûrement que des traces de sang sur la lame d'un poignard.

Les mouvements lents, chargés d'intensité, du colonel rappelaient au consul un jaguar de la Terre qu'il avait vu dans le zoo privé d'un vaisseau d'ensemencement sur Lusus, de nombreuses années auparavant. La voix de Kassad était douce et réservée, mais le consul ne pouvait manquer de remarquer que même ses silences commandaient le respect et l'attention de tous.

Seule une petite partie de la longue table était occupée, à une extrémité. Face à Fedmahn Kassad était assis un homme qui leur avait été présenté comme le poète Martin Silenus.

Silenus était, physiquement, tout le contraire du soldat assis en face de lui. Alors que Kassad était grand et maigre, Martin Silenus était trapu et d'une corpulence plutôt informe. Son visage, loin d'avoir les traits durs et acérés de Kassad, était aussi mobile et expressif que celui d'un petit primate de la Terre. Sa voix était un rauquement sonore et profane. Il y avait quelque chose, se disait le consul, de presque agréablement démoniaque dans la personnalité de Martin Silenus, avec ses pommettes rouges, sa large bouche, ses sourcils obliques, ses oreilles pointues et ses mains perpétuellement en mouvement, avec des doigts démesurément longs de pianiste de concert ou... d'étrangleur. Et sa chevelure argentée était coupée court, avec une frange taillée à la serpe qui lui retombait sur le front.

Martin Silenus semblait physiquement proche de la soixantaine, mais le consul remarqua la coloration bleue caractéristique de sa peau au niveau de la gorge et des paumes des mains. Cet homme avait dû subir, et plus d'une fois, le traitement Poulsen. Son âge réel devait se situer plutôt entre quatre-vingt-dix et cent cinquante années standard. Et le consul savait que s'il était plus proche de ce dernier âge, il ne devait pas avoir toute sa raison.

Contrastant avec la truculence et l'alacrité de Martin Silenus au premier abord, l'invité suivant assis à la grande table donnait une impression de retenue intelligente et particulièrement impressionnante. Lorsque Het Masteen avait présenté Sol Weintraub et que celui-ci avait levé les yeux, le consul avait été frappé par la courte barbe grise, le front ridé et le regard à la fois triste et lumineux du célèbre érudit. Il avait plus d'une fois entendu parler du Juif errant et de sa quête sans fin, mais il n'en fut pas moins choqué de voir que le vieillard tenait en ce moment le fameux bébé dans ses bras, sa fille Rachel, âgée de quelques semaines à peine. Il avait détourné les yeux, gêné.

Le sixième pèlerin, la seule femme assise à cette table, s'appelait Brawne Lamia. Lorsqu'elle avait été présentée aux autres, la célèbre détective privée avait fait peser sur le consul un regard chargé d'une telle intensité qu'il en sentait encore le poids après qu'elle eut tourné la tête.

Ex-citoyenne de la planète Lusus, où la gravité atteignait 1,3 g, Brawne Lamia n'était pas plus grande que le poète assis deux fauteuils plus loin sur sa droite, mais même sa combinaison de voyage aux formes amples, en velours côtelé, ne parvenait pas à dissimuler la musculature puissante de son corps trapu. Des boucles noires descendaient jusqu'à ses épaules, et ses sourcils épais barraient un large front. L'arête de son nez était rectiligne, accentuant le caractère aquilin de son regard. Sa bouche était large et expressive, au point d'être sensuelle, et légèrement relevée aux commissures en un sourire qui pouvait être soit cruel, soit simplement joueur. Ses yeux noirs semblaient mettre l'observateur au défi de décider si c'était l'un ou l'autre.

Le consul s'avisa alors que Brawne Lamia pouvait, tout compte fait, passer pour une belle femme.

Les présentations achevées, il s'éclaircit la voix et se tourna vers le Templier pour demander :

— Het Masteen, vous nous avez annoncé qu'il y aurait sept pèlerins. Devrions-nous en conclure que le septième serait le bébé de H. Weintraub ?

Le capuchon du Templier s'anima d'un lent mouvement latéral de dénégation.

— Certainement pas. Seules les personnes ici présentes en mesure de prendre la décision consciente de se rapprocher du gritche peuvent être considérées comme faisant partie du pèlerinage.

Un léger mouvement d'hésitation se propagea à travers le groupe. Chacun, comme le consul, devait savoir qu'il fallait impérativement que le nombre des pèlerins soit égal à un nombre premier pour qu'ils puissent entreprendre leur voyage vers le nord sous l'égide de l'Église gritchtèque.

— Le septième, c'est moi, déclara Het Masteen, commandant du vaisseau templier *Yggdrasill* et Voix de l'Arbre Authentique.

Puis, dans le silence qui suivit cette annonce, Het Masteen fit un geste, et un groupe de clones d'équipage entreprit de servir aux pèlerins leur dernier repas avant la descente vers la surface de la planète.

— Les Extros n'ont donc pas encore atteint ce système ? demanda Brawne Lamia.

Sa voix de gorge, légèrement voilée, avait quelque chose qui soulevait une étrange émotion chez le consul.

— Non, lui dit Het Masteen. Mais nous n'avons probablement guère plus de quelques jours standard d'avance sur eux. Nos instruments ont décelé quelques activités de fusion nucléaire à l'intérieur du nuage d'Oört de ce système.

— Cela signifie qu'il y aura la guerre ? demanda le

père Hoyt, dont la voix semblait aussi fatiguée que l'expression de son visage.

Voyant que personne n'était volontaire pour lui répondre, le prêtre se tourna légèrement vers la droite, comme pour poser rétroactivement sa question au consul. Celui-ci soupira. Les clones d'équipage avaient servi du vin. Il aurait préféré du whisky.

— Comment prévoir le comportement des Extros ? demanda-t-il. Ils ne semblent plus du tout motivés par des considérations de logique humaine !

Martin Silenus éclata d'un rire sonore et fit un grand geste qui répandit quelques gouttes de son vin sur la table. Il but une longue gorgée, s'essuya la bouche et se remit à rire.

— Comme si nous autres les humains nous étions toujours motivés par cette putain de logique humaine ! s'exclama-t-il.

Brawne Lamia fronça les sourcils.

— Si des combats sérieux éclatent dans ce secteur, dit-elle, les autorités ne nous laisseront peut-être pas nous poser.

— Ne vous inquiétez pas pour ça, fit Het Masteen. Nous passerons.

La lumière, pénétrant à travers les replis de son capuchon, éclairait seulement quelques fragments de peau jaunâtre.

— Sauvés d'une mort certaine au milieu de la guerre pour être envoyés à une mort certaine entre les griffes du gritche, murmura le père Hoyt.

— Il n'est nulle mort dans tout l'univers ! psalmodia Martin Silenus d'une voix qui aurait, le consul en était convaincu, fait sortir n'importe qui d'une fugue cryotechnique profonde.

Ayant bu la dernière goutte de vin et levé son verre vide pour porter, semblait-il, un toast aux étoiles, le poète continua :

Nulle odeur de mort – il n'y aura nulle mort. Pleure donc,

Pleure, Cybèle, car tes pernicieux Bébés
Ont transformé un dieu en un agité sans pouvoir.
Pleurez aussi, mes frères, pleurez, car j'ai perdu mes forces.
Faible comme le roseau... oui, si faible... et sans voix...
Plus rien que la douleur, la douleur et la faiblesse.
Pleurez, oh ! pleurez, car je n'ai pas encore fini de me réchauffer...

Il s'interrompit brusquement pour se verser encore un peu de vin, en éructant dans le silence qui avait suivi sa déclamation. Les six autres s'entre-regardèrent. Le consul nota que Sol Weintraub souriait doucement, jusqu'au moment où le bébé qu'il tenait dans les bras s'agita.

— Eh bien, fit le père Hoyt en hésitant, comme s'il cherchait à renouer les fils de sa pensée. Si les forces de l'Hégémonie évacuent Hypérion et si les Extros s'en emparent, il n'y aura peut-être pas de sang versé, et il se peut qu'on nous laisse vaquer à nos occupations.

Le colonel Fedmahn Kassad émit un rire sec.

— Les Extros n'ont aucune intention d'occuper Hypérion, dit-il. S'ils s'emparent de cette planète, ce sera pour la mettre à sac avant d'en brûler les cités, jusqu'à ce qu'il n'en reste plus qu'une croûte carbonisée qu'ils briseront en petits morceaux pour les jeter au feu afin qu'ils rougeoient davantage. Ils feront fondre les pôles, bouillir les océans, puis se serviront des scories pour saupoudrer les continents de manière à être certains que plus rien n'y poussera jamais.

— Euh... balbutia le prêtre, dont la voix s'éteignit aussitôt.

Toute conversation cessa tandis que les clones retiraient les assiettes de potage et de salade pour apporter le plat principal.

— Vous dites qu'un bâtiment de guerre de l'Hégémonie nous escorte ? demanda le consul à Het Masteen tandis qu'ils achevaient leur rosbif ou leur ragoût de calamar volant.

Le Templier hocha affirmativement la tête, tout en pointant l'index. Mais le consul eut beau écarquiller les yeux, il ne distingua aucun objet en mouvement sur le champ d'étoiles en rotation.

— Tenez, lui dit Fedmahn Kassad en se penchant du côté du père Hoyt pour lui passer des jumelles militaires à monture télescopique.

Le consul le remercia d'un signe de tête, enfonça du pouce le bouton de mise en service et balaya la partie du ciel indiquée par Het Masteen. Les cristaux gyroscopiques laissèrent entendre un léger bourdonnement tandis que la stabilisation optique s'effectuait et que la zone était scannée selon un programme de recherche méthodique. Brusquement, l'image se figea, devint floue, s'élargit puis se stabilisa.

Le consul ne put réprimer une exclamation étouffée lorsque le vaisseau de l'Hégémonie s'inscrivit tout entier dans le système d'oculaires. Ce n'était ni la trace diffuse d'un monoplace de reconnaissance, à laquelle il s'attendait plus ou moins, ni la forme en bulbe d'un vaisseau-torche. L'image électroniquement délimitée était celle d'un gros porteur de combat, d'un noir mat. Il était particulièrement impressionnant, comme seuls les grands bâtiments de guerre ont su l'être au cours des siècles. Ce vaisseau hégémonien à effet de spin avait une ligne tout à fait incongrue avec ses quatre bouquets de mâts rétractés en position de combat, sa sonde maîtresse de soixante mètres de long, aussi effilée qu'un éclat de silex, son propulseur Hawking et ses carters de fusion répartis à l'arrière du corps de lancement comme des plumes sur la tige d'une flèche.

Le consul rendit les jumelles à Kassad sans faire le moindre commentaire. Si la force d'évacuation avait besoin d'un gros porteur de combat pour escorter l'*Yggdrasill*, quelle sorte de puissance de feu était-on en train de mettre en place aux abords de la planète pour faire pièce à l'invasion extro ?

— Dans combien de temps arrivons-nous ? demanda Brawne Lamia.

Elle avait utilisé son persocom pour accéder à l'infosphère du vaisseau-arbre, et il était visible que la réponse – ou peut-être l'absence de réponse – avait été frustrante.

— Nous nous placerons en orbite dans quatre heures, murmura Het Masteen. Il faut compter quelques minutes de plus pour gagner la surface à bord d'un vaisseau de descente. Notre ami le consul ici présent veut bien mettre son appareil à votre disposition.

— À destination de Keats ? demanda Sol Weintraub.

C'était la première fois que l'érudit ouvrait la bouche depuis le début du dîner. Le consul hocha la tête en confirmant :

— C'est le seul astroport d'Hypérion équipé pour accueillir des vaisseaux transportant des passagers.

— Astroport ? fit le père Hoyt d'une voix contrariée. Je croyais que nous gagnerions directement les régions du gritche, au nord.

Het Masteen secoua la tête avec patience.

— Le pèlerinage part traditionnellement de la capitale, expliqua-t-il. Il nous faudra plusieurs jours pour arriver jusqu'aux Tombeaux du Temps.

— Plusieurs *jours* ? s'écria Brawne Lamia. Mais c'est absurde !

— C'est possible, reconnut Het Masteen. Mais nous n'y pouvons rien.

Le père Hoyt donnait l'impression d'avoir mal digéré une partie de son repas. Pourtant, il n'avait presque rien mangé.

— Écoutez, dit-il. Vous ne croyez pas qu'on pourrait faire une exception, juste pour cette fois-ci ? Avec toutes ces rumeurs de guerre… Ne pourrions-nous pas nous poser près des Tombeaux du Temps, afin d'en finir au plus vite avec cette histoire ?

Le consul secoua la tête.

— Il y a près de quatre siècles que des appareils aériens ou spatiaux essaient de trouver un raccourci pour se poser sur les terres marécageuses du nord, dit-il. Mais personne n'a jamais réussi dans une telle entreprise, à ma connaissance.

— Est-il indiscret de demander, fit Martin Silenus en levant allégrement la main comme un écolier, ce qu'il est advenu de toutes ces foutues légions de vaisseaux ?

Le père Hoyt fronça les sourcils en direction du poète. Fedmahn Kassad eut un petit sourire.

— Le consul n'avait pas l'intention de suggérer que la région était inaccessible, dit-il. On peut la traverser par plusieurs itinéraires routiers ou aériens. Et les vaisseaux dont il parlait ne disparaissent pas comme par enchantement. Ils se posent sans problème à proximité des ruines des Tombeaux du Temps, et ils retournent tout aussi aisément là où leur ordinateur de bord les conduit. Mais ce sont leurs pilotes et leurs passagers que l'on ne revoit plus jamais.

Il souleva l'enfant qui dormait sur ses genoux et le passa dans la sangle porte-bébé passée autour de son cou.

— C'est ce que dit la vieille légende, murmura Brawne Lamia. Mais qu'indiquent les boîtes noires des vaisseaux ?

— Rien du tout, fit le consul. Aucune trace de violence. Aucune entrée forcée. Aucune déviation de cap. Aucune anomalie chronologique. Aucune émission ni perte d'énergie inhabituelles. Pas le moindre phénomène physique suspect.

— Mais pas de passagers non plus, renchérit Het Masteen.

Le consul ne laissa pas voir sa surprise. Si c'était une plaisanterie que Het Masteen venait d'essayer de faire, c'était bien la première, aussi rustique fût-elle, qu'il entendait de la bouche d'un Templier depuis le début de sa longue carrière. Mais le peu qu'il voyait, sous le capuchon, des traits vaguement orientaux du commandant ne lui permettait pas de dire que celui-ci avait effectivement voulu plaisanter.

— Merveilleux mélodrame, sourit Silenus. Une vraie mer spirituelle des Sargasses, faite des larmes du Christ, et nous allons tous y plonger comme un seul homme. J'aimerais bien savoir qui a écrit ce scénario de merde, en tout cas.

— Taisez-vous, lui dit Brawne Lamia. Vous êtes complètement soûl, mon vieux.

Le consul soupira. Il n'y avait même pas une heure standard que le groupe s'était constitué.

Les clones de l'équipage emportèrent leurs assiettes et revinrent chargés de corbeilles de fruits du vaisseau-arbre, de sorbets, de tartes, de gâteaux à base de chocolat de la planète Renaissance et de tasses de café fumantes. Martin Silenus repoussa d'un geste tous ces desserts et demanda aux clones de lui apporter une autre bouteille de vin. Le consul, après quelques secondes de réflexion, demanda un whisky.

— Il me vient à l'esprit, déclara Sol Weintraub tandis que le groupe finissait son dessert, que notre survie dépendra peut-être des propos que nous échangerons.

— Que voulez-vous dire ? demanda Brawne Lamia.

Weintraub berça machinalement l'enfant endormi contre sa poitrine.

— Par exemple, l'un d'entre nous connaît-il les raisons précises qui l'ont fait désigner par l'Église gritchtèque et la Pangermie pour faire partie de ce pèlerinage ?

Personne ne répondit.

— C'est bien ce que je pensais, reprit Weintraub. Et il serait encore plus fascinant de savoir si l'une des personnes ici présentes est membre de l'Église gritchtèque, ou sympathise avec elle. En ce qui me concerne, je suis juif, et même si mes sentiments religieux sont devenus particulièrement confus par les temps qui courent, ils ne m'autorisent certainement pas à vénérer une machine organique à tuer.

Il haussa ses épais sourcils, faisant du regard le tour de la table.

— Je suis la Voix de l'Arbre Authentique, murmura Het Masteen. Même si beaucoup de Templiers pensent que le gritche est l'avatar du châtiment pour ceux qui ne se nourrissent pas à la racine, je suis obligé de considérer qu'il s'agit là d'une hérésie que rien, dans l'Alliance ou dans les textes sacrés du Muir, ne saurait autoriser.

À la gauche du commandant, le consul eut un haussement d'épaules.

— Je suis athée, dit-il en levant son verre de whisky à la lumière. Je n'ai jamais eu de contacts avec l'Église gritchtèque.

Le père Hoyt eut un sourire sans joie.

— C'est l'Église catholique qui m'a ordonné prêtre, murmura-t-il. Porter un culte au gritche serait en contradiction avec tous ses préceptes.

Le colonel Kassad secoua la tête en un geste qui pouvait être interprété soit comme un refus de répondre, soit comme l'indication qu'il n'appartenait pas à l'Église gritchtèque.

Martin Silenus écarta théâtralement les bras.

— J'ai été baptisé selon le rite luthérien, dit-il. C'est une dénomination qui n'existe plus. J'ai participé à la création du gnosticisme zen bien avant la naissance des parents d'aucun d'entre vous. J'ai été catholique, révélationniste, néomarxiste, zélote d'interface, Briseur de Limites, sataniste, évêque du Nada dans l'Église de Jake, membre cotisant à l'Institut de la Réincarnation Assurée. Mais aujourd'hui, je suis heureux de vous dire, conclut-il en adressant un sourire à l'ensemble du groupe, que je ne suis plus qu'un simple païen. Et pour un païen, le gritche me semble constituer une divinité acceptable.

— Je ne fais que peu de cas des religions, déclara Brawne Lamia. Je ne succombe à aucune d'entre elles.

— J'espère que tout le monde voit, à présent, ce que je voulais dire, fit Sol Weintraub. Personne ici n'admet adhérer au dogme du gritche, et cependant les anciens de ce culte très perceptif nous ont désignés, nous, de préférence à des millions et des millions de fidèles qui n'attendaient que cette occasion – peut-être la dernière – de se rendre sur le site des Tombeaux du Temps, à la rencontre de leur dieu féroce.

Le consul secoua la tête.

— J'avoue que je ne vois toujours pas ce que vous vouliez nous prouver, H. Weintraub.

L'érudit se lissa machinalement la barbe.

— Il semblerait que nos différentes motivations pour retourner sur Hypérion soient si puissantes que même l'Église gritchtèque et les intelligences spéculatrices de l'Hégémonie s'accordent à dire que nous méritons de participer à ce pèlerinage. Mais si certaines de nos raisons – les miennes, entre autres – paraissent suffisamment claires aux yeux de tous, je crois pouvoir affirmer que ce n'est pas le cas de tout le monde, et que seule chaque personne concernée les connaît, au demeurant, dans leur intégralité. C'est pourquoi je propose, durant les quelques jours qui nous restent, que chacun fasse part de son récit aux autres.

— À quoi bon ? demanda le colonel Kassad. Je ne vois pas en quoi cela nous avancera.

— Cela nous distraira au moins, fit Weintraub avec un sourire, et nous y trouverons peut-être l'occasion de soulever un coin du voile qui dissimule l'âme de chacun de nos compagnons avant que le gritche ou quelque autre calamité ne vienne nous distraire pour de bon de nos occupations habituelles. Sans compter que nous en apprendrons peut-être suffisamment pour préserver nos vies, si toutefois nous sommes assez intelligents pour découvrir le fil commun, dans nos expériences respectives, qui relie notre sort aux caprices du gritche.

Martin Silenus éclata de rire et se mit à déclamer, les paupières à demi fermées :

Chacun chevauchant un dauphin,
Calé par une nageoire,
Ces innocents revivent leur mort,
Et leurs blessures se rouvrent.

— C'est de Lenista ? demanda le père Hoyt. Je l'ai étudiée au séminaire.

— Vous n'êtes pas très loin, lui dit Silenus en rouvrant les yeux pour se servir un nouveau verre de vin. C'est de Yeats. Le bougre a vécu cinq cents ans avant que Lenista ne tète le sein métallique de sa mère.

— Écoutez, fit Lamia. À quoi cela nous avancera-t-il

de raconter notre histoire aux autres ? Si j'ai bien compris, lorsque nous serons en présence du gritche, c'est à lui que nous devrons dire ce que nous désirons, et le vœu d'un seul d'entre nous sera exaucé. Tous les autres mourront, c'est bien ça ?

— C'est ce que dit la légende, acquiesça Weintraub.

— Le gritche n'est pas une légende, lui dit Kassad. Pas plus que l'arbre d'acier.

— N'importe comment, pourquoi nous infligerions-nous nos récits respectifs ? demanda Brawne Lamia en piquant de la pointe de son couteau le dernier morceau de son gâteau au chocolat.

Weintraub effleura d'une main tendre le crâne du bébé endormi.

— Parce que nous vivons des temps étranges, dit-il, et que nous faisons partie de l'infime pourcentage de citoyens de l'Hégémonie qui se déplacent d'une étoile à l'autre au lieu d'emprunter les mailles du Retz. Nous représentons des époques révolues de notre histoire récente. Ainsi, en ce qui me concerne, je suis âgé de soixante-huit années standard, mais, compte tenu du déficit temporel que mes différents voyages auraient pu me procurer, j'aurais pu étaler ces soixante-huit ans sur plus d'un siècle d'histoire de l'Hégémonie.

— Et alors ? demanda Brawne Lamia.

Weintraub écarta les bras en un geste qui englobait tous ceux qui étaient assis autour de la table.

— Tous, nous représentons aussi bien des îlots de temps que des océans distincts de perspective. Ou peut-être devrais-je dire plutôt que chacun d'entre nous détient sans doute un morceau d'un puzzle que personne n'a jamais été capable de résoudre depuis que l'humanité a découvert Hypérion. C'est un véritable mystère pour nous, ajouta-t-il en se grattant le nez. À dire le vrai, les mystères m'ont toujours intrigué, même lorsqu'ils risquent d'abréger sérieusement mes jours. Et faute d'y voir clair dans cette affaire, je me contenterai de découvrir quelques morceaux du puzzle.

— Je suis tout à fait d'accord avec lui, déclara Het

Masteen sans manifester la moindre émotion. Je n'y avais pas pensé avant, mais je pense qu'il serait sage de comparer nos expériences avant de faire face au gritche.

— Qu'est-ce qui peut garantir que nous dirons la vérité ? demanda Brawne Lamia.

— Rien du tout, en effet, sourit Martin Silenus. C'est ce qui rend la chose encore plus attrayante.

— Je propose que nous votions, fit le consul.

Il pensait à ce que lui avait dit Meina Gladstone sur la présence d'un agent des Extros parmi eux. Les récits aideraient-ils à démasquer cet agent ? Il faudrait qu'il soit vraiment stupide, se dit-il en souriant à cette pensée.

— Qui a décidé, pour commencer, que ce petit groupe formait une joyeuse démocratie ? demanda sèchement le colonel Kassad.

— Il en va de notre intérêt à tous, fit le consul. Chacun de nous, s'il veut atteindre son objectif, a besoin que le groupe arrive dans le secteur du gritche. Inévitablement, nous aurons à prendre des décisions collectives.

— Est-ce à dire que vous suggérez que nous nous donnions un chef ? demanda Kassad.

— Permettez-moi de cracher là-dessus, fit le poète d'un ton badin tandis que d'autres, autour de la table, secouaient énergiquement la tête.

— Très bien, soupira le consul. Passons au vote. Le premier point est la suggestion de H. Weintraub selon laquelle chacun racontera l'histoire de ses démêlés passés avec Hypérion.

— Il faut que ce soit tout ou rien, fit remarquer Het Masteen. Chacun fait son récit, ou bien personne. Nous devons nous engager à respecter la volonté de la majorité.

— C'est entendu, approuva le consul, soudain curieux d'entendre les récits des autres mais à peu près sûr de ne jamais avoir à faire le sien. Qui est en faveur de ces récits ?

— Moi, dit Sol Weintraub.

— Moi, dit Het Masteen.

— Sans problème, déclara Martin Silenus. Je ne raterais pas ce petit intermède comique, même contre un mois entier dans les bains orgastiques de la planète Shote.

— Je vote pour, fit le consul, se surprenant lui-même. Quels sont ceux qui votent contre ?

— Moi, dit le père Hoyt, d'une voix cependant vidée de toute énergie.

— Je trouve cette idée stupide, fit Brawne Lamia.

Le consul se tourna vers Kassad.

— Colonel ?

Fedmahn Kassad haussa les épaules.

— Je recense quatre votes positifs, deux négatifs et une abstention, annonça le consul. Le oui l'emporte. Qui est volontaire pour commencer ?

La tablée était devenue étrangement silencieuse. Au bout d'un moment, Martin Silenus leva les yeux de la feuille de papier où il avait écrit quelque chose. Il la déchira en plusieurs bandes en disant :

— J'ai inscrit ici des numéros, de 1 à 7. Pourquoi ne pas tirer au sort l'ordre dans lequel nous passerons ?

— C'est un procédé enfantin, lui fit remarquer H. Lamia.

— J'ai l'âme enfantine, c'est vrai, reconnut Silenus avec un sourire de satyre. Monsieur l'ambassadeur, ajouta-t-il en se tournant vers le consul, pourriez-vous me prêter un instant l'oreiller cousu d'or qui vous tient lieu de couvre-chef ?

Le consul lui donna son tricorne. Les sept bouts de papier pliés furent secoués dans le chapeau, qui passa ensuite de main en main. Sol Weintraub fut le premier à tirer son numéro, et Martin Silenus le dernier.

Le consul déplia son bout de papier, en s'assurant que personne d'autre que lui ne pouvait voir son numéro. C'était le 7. La tension le quitta comme l'air qui s'échappe d'un ballon trop gonflé. Il était tout à fait possible que des événements s'interposent avant son tour, ou que la guerre rende toutes ces considérations académiques. Le groupe se désintéresserait peut-être de ces récits, ou bien le roi mourrait, ou bien son cheval, ou bien les poules auraient des dents.

Je ferais mieux d'arrêter le whisky, songea-t-il.

— Qui a le numéro 1 ? demanda Silenus.

Il y eut un bref silence, durant lequel le consul entendit le froissement des feuilles dans la brise invisible.

— C'est moi, dit le père Hoyt.

Son expression était cette résignation à peine refoulée que le consul avait déjà vue maintes fois sur le visage de personnes à l'article de la mort. Hoyt leur montra son papier, où un grand 1 s'étalait sur toute la hauteur de la bande.

— Très bien, fit Silenus. Nous vous écoutons.

— Comment ça, tout de suite ?

— Pourquoi pas ? répliqua le poète.

Il avait déjà absorbé deux bouteilles de vin, et les seuls signes sur son visage étaient la coloration un peu plus rouge de ses pommettes et l'angle quelque peu démoniaque de ses sourcils obliques.

— Il nous reste quelques heures avant la descente sur la planète, reprit-il. En ce qui me concerne, j'attendrai d'avoir les pieds bien en sécurité sur le plancher des vaches indigènes avant de faire un somme pour récupérer.

— Notre ami n'a pas tort, déclara Sol Weintraub d'une voix douce. S'il faut que ces récits soient faits, il me semble que le moment le plus civilisé pour cela se situe chaque jour après le repas du soir.

Le père Hoyt se leva en soupirant.

— Je vous demande de m'accorder une minute, dit-il.

Puis il quitta la plate-forme.

Au bout de plusieurs minutes, Brawne Lamia demanda :

— Vous croyez qu'il a craqué ?

— Détrompez-vous, fit Lénar Hoyt en surgissant de l'ombre de l'escalier en bois qui servait d'accès principal à la salle à manger. J'avais besoin de ceci.

Il laissa tomber sur la table, en s'asseyant, deux petits carnets de notes à la couverture râpée.

— Ce n'est pas de jeu, de se servir d'un support écrit, protesta Silenus. Chacun doit se fendre de son récit personnel, mon cher Magus !

— Vous allez la fermer, bon sang ? s'écria le père Hoyt.

Il se passa la main sur le front puis se toucha la poitrine. Une fois de plus, le consul se dit qu'ils avaient devant eux un homme extrêmement malade.

— Excusez-moi, reprit le père Hoyt. Mais si je dois raconter mon… histoire, j'ai besoin de ces carnets, écrits par quelqu'un d'autre. Ils sont l'œuvre de la personne qui est à l'origine de mon premier voyage sur Hypérion… et de mon retour, aujourd'hui.

Le père Hoyt s'interrompit pour prendre une longue inspiration. Le consul avança la main pour toucher la couverture de l'un des deux carnets. Elle semblait brûlée par endroits, comme si elle avait échappé à un incendie.

— Votre ami est plutôt vieux jeu, fit-il remarquer au prêtre. Personne ne tient plus de journal écrit, de nos jours.

— C'est vrai, dit Hoyt. Si tout le monde est prêt, je vais commencer.

Le groupe acquiesça en silence. Sous la plate-forme où ils étaient réunis, un kilomètre de vaisseau-arbre trouait le froid glacial de la nuit d'une pulsation vivante. Sol Weintraub souleva son bébé endormi de l'écharpe qui le maintenait et le plaça sur une natte rembourrée posée par terre au pied de son fauteuil. Il retira son persocom, le posa à côté de la natte et programma le disque pour qu'il diffuse du bruit blanc. Le bébé se retourna sur le ventre, sans se réveiller.

Le consul se pencha en arrière dans son fauteuil. Il chercha des yeux l'étoile bleu et vert qui était Hypérion. Lorsqu'il la trouva, il eut l'impression qu'elle grossissait à vue d'œil.

Het Masteen rajusta son capuchon de manière que son visage ne soit plus qu'une ombre. Sol Weintraub prépara et alluma posément sa pipe. D'autres se servirent une nouvelle tasse de café.

Martin Silenus, qui semblait le plus excité par la perspective de ce récit, se pencha en avant pour réciter dans un souffle :

Il dit : « Puisque je dois annoncer le jeu,
Vive la courte paille, par Dieu !
Chevauchons donc, et écoutez ce que je vais vous dire. »
Sur ces mots, nous reprîmes notre chemin
Et il commença, sur un ton très joyeux,
Son conte, sans plus attendre, et
Raconta, comme vous pouvez l'entendre :

Le récit du prêtre :

« L'homme qui pleura Dieu »

— Quelquefois, la ligne de séparation est bien mince entre le zèle orthodoxe et l'apostasie, murmura le père Lénar Hoyt.

C'est ainsi que commença l'histoire du prêtre. Plus tard, dictant le récit dans son persoc, le consul s'en souvint en un seul bloc, abstraction faite des pauses, des défaillances de la voix, des faux départs et redondances inévitables dans tout récit humain fait oralement.

Lénar Hoyt était un jeune prêtre qui était né, avait grandi et s'était fait récemment ordonner sur le monde catholique de Pacem, où sa première mission extraplanétaire avait consisté à escorter l'estimé père jésuite Paul Duré dans sa retraite tranquille sur la planète-colonie d'Hypérion.

En d'autres temps, le père Duré serait certainement devenu évêque, voire pape. Grand et maigre, une figure d'ascète, les cheveux blancs noblement dégagés sur un front large, les yeux trop remplis de l'amertume de l'expérience pour pouvoir dissimuler leur douleur, Paul Duré se considérait comme un disciple de saint Teilhard en même temps qu'il était archéologue, ethnologue et éminent théologien jésuite. En dépit du déclin de l'Église catholique au rang de culte à demi oublié et toléré uniquement à cause de son caractère bizarre et de son isolement par rapport aux courants principaux de la vie de l'Hégémonie, la logique jésuite n'avait nullement perdu de son mordant, et le père Duré gardait la conviction que la Sainte Église Catholique et Apostolique continuait de représenter pour l'humanité le meilleur et le dernier espoir d'immortalité.

Durant l'enfance de Lénar Hoyt, le père Duré était une sorte de figure divine qu'il avait eu l'occasion d'apercevoir en de rares occasions, lors des visites espacées du prêtre au petit séminaire où il étudiait, ou bien encore, plus tard, lorsque le jeune séminariste s'était rendu, à deux ou trois reprises, au Nouveau-Vatican. Durant les études de Hoyt au grand séminaire, Duré était déjà sur des fouilles archéologiques importantes, patronnées par l'Église, sur la planète voisine d'Armaghast. Au retour du jésuite, quelques semaines après l'ordination de Hoyt, cela avait été la confusion. Personne, en dehors des plus hautes sphères du Nouveau-Vatican, ne savait exactement ce qui s'était passé. Il circulait des bruits d'excommunication, et même de comparution devant le Saint-Office de l'Inquisition, une congrégation en sommeil depuis quatre cents ans en raison de la période de trouble qui avait suivi la mort de la Terre.

Au lieu de tout cela, le père Duré avait demandé qu'on l'envoie sur Hypérion, une planète dont la plupart des gens ne connaissaient que le bizarre culte du gritche, qui y trouvait son origine, et le père Hoyt avait été désigné pour l'accompagner. C'était une mission ingrate, qui le ferait voyager sous les pires aspects combinés d'apprenti, d'escorte et d'espion, sans même la satisfaction de connaître un monde nouveau. Il avait en effet pour instructions de veiller à ce que le père Duré débarque à l'astroport d'Hypérion, puis de remonter à bord du même vaisseau pour le voyage de retour au Retz. Tout ce que l'évêché offrait à Lénar Hoyt, c'était vingt mois de fugue cryotechnique, encadrés de quelques semaines de voyage à l'intérieur du système, avec un déficit de temps qui le ferait retourner sur Pacem avec un retard de huit ans par rapport à ses ex-compagnons séminaristes dans leur quête d'une carrière au Nouveau-Vatican ou d'une affectation de missionnaire.

Lié par ses vœux d'obéissance et rompu à la discipline

sacerdotale, le père Lénar Hoyt avait accepté sans rien demander.

Leur vaisseau de transport, le *Nadia Oleg*, n'était qu'un vieux sabot rouilleux incapable de produire la moindre gravité artificielle quand il n'était pas sous la poussée de ses réacteurs. Il n'offrait ni hublots ni distractions de bord, à l'exception des stimsims injectées dans l'inforéseau pour maintenir les passagers dans leurs hamacs ou dans leurs couchettes de fugue. Une fois sortis de leur état de fugue, les voyageurs – pour la plupart des travailleurs originaires des planètes extérieures ou des touristes ayant choisi la classe économique, avec, pour faire bonne mesure, une proportion non négligeable de mystiques du gritche et autres candidats au suicide – dormaient dans le même hamac ou la même couchette, mangeaient de la nourriture recyclée dans des réfectoires infâmes, et se débrouillaient, de manière générale, comme ils pouvaient pour lutter contre l'ennui et le mal de l'espace durant les douze jours en impesanteur que durait la descente sur Hypérion à partir du point de sortie du spin.

Le père Hoyt n'apprit pas grand-chose du père Duré pendant ces journées d'intimité forcée. Il n'eut pas, en particulier, le moindre éclaircissement sur les événements d'Armaghast qui avaient envoyé son aîné en exil. Le jeune prêtre avait programmé son implant persoc pour qu'il lui fournisse le plus possible de données sur Hypérion, et il se considérait déjà, à trois jours de l'arrivée à la surface, comme un expert sur tout ce qui touchait à cette planète.

— De nombreux catholiques se rendent sur Hypérion, mais il n'est fait mention de l'existence d'aucun diocèse sur cette planète, avait murmuré Hoyt un soir où ils bavardaient dans leurs hamacs à gravité zéro pendant que la plupart des autres passagers étaient plongés dans des stimsims érotiques. Je présume que vous êtes chargé d'y établir une mission d'évangélisation ?

— Nullement, avait répondu le père Duré. Les braves gens d'Hypérion n'ont jamais cherché à m'imposer leurs croyances religieuses, aussi je ne vois pas pourquoi je les agresserais de mon prosélytisme. En vérité, mon intention est de gagner le continent méridional, Aquila, et de m'enfoncer à l'intérieur des terres à partir de la ville de Port-Romance. Mais je ne porterai pas l'habit d'un missionnaire. Je m'efforcerai de mettre en place une station de recherches ethnologiques le long de la Faille.

— Une station de recherches ? avait répété le père Hoyt, surpris.

Il avait fermé à demi les paupières pour consulter son implant. Puis il avait regardé de nouveau le père Duré dans les yeux en disant :

— Ce secteur du plateau du Pignon est inhabité. Les forêts des flammes en interdisent totalement l'accès durant la majeure partie de l'année.

Le père Duré sourit tout en hochant la tête. Il n'avait pas d'implant, et son antique persoc n'avait pas quitté ses bagages de toute la durée du voyage.

— Il existe un accès, dit-il. Et la région n'est pas tout à fait inhabitée. Les Bikuras l'occupent.

— Les Bikuras… fit le père Hoyt en fermant les yeux… ne sont qu'une légende.

— Hum… Cherchez sous la rubrique « Mamet Spedling ».

Le père Hoyt ferma de nouveau les yeux. L'index général lui apprit que Mamet Spedling était un explorateur de second ordre, affilié à l'Institut Shackleton, sur Renaissance Minor, près d'un siècle et demi standard plus tôt. Il avait communiqué à l'Institut un bref rapport dans lequel il relatait son expédition à l'intérieur des terres à partir de la toute nouvelle Port-Romance, à travers des marécages qui avaient été depuis reconvertis en plantations pour l'exploitation des fibroplastes. Il disait avoir traversé les forêts des flammes à la faveur d'une de leurs rares périodes d'inactivité, et grimpé assez haut sur le plateau du Pignon pour arriver jusqu'à la Faille et rencontrer une minuscule tribu d'humains qui correspondaient à la description des légendaires Bikuras.

Les courtes explications de Spedling faisaient état d'une hypothèse selon laquelle ces humains auraient été les survivants d'une colonie appartenant à un vaisseau d'ensemencement porté disparu trois siècles auparavant. D'après la description donnée par l'explorateur, il était clair que le groupe présentait tous les symptômes d'une dégénérescence culturelle classique due à l'isolement total, à la consanguinité et à une adaptation trop poussée. Assez brutalement, Spedling écrivait : « Il suffit de passer quelques heures avec eux pour constater que ces Bikuras sont trop stupides, léthargiques et primitifs pour mériter d'être étudiés sérieusement. » En fait, la forêt des flammes menaçait de reprendre son activité, et Spedling ne tenait pas à perdre davantage de temps en leur compagnie. Il avait donc repris le chemin de la côte à marches forcées, perdant quatre de ses porteurs indigènes, la totalité de son équipement et de ses papiers, et même son bras gauche au cours des trois mois qui lui furent nécessaires pour traverser la forêt durant cette période d'« inactivité ».

— Mon Dieu ! s'était exclamé le père Hoyt en se laissant aller en arrière au creux de son hamac. Mais pourquoi tenez-vous à retrouver ces Bikuras ?

— Pourquoi pas ? avait simplement répondu le père Duré. Nous avons si peu de renseignements sur eux.

— Nous ne savons presque rien d'Hypérion en général, avait répliqué nerveusement Hoyt. Pourquoi pas les Tombeaux du Temps, ou le légendaire gritche, au nord de la Chaîne Bridée d'Equus ? Ils ont au moins le mérite d'être célèbres.

— Justement, murmura le père Duré. De combien d'études savantes ont-ils été l'objet ? Des centaines, peut-être. Des milliers, même.

Le vieux prêtre avait entrepris de bourrer sa pipe et de l'allumer, ce qui n'était pas un mince exploit sous gravité zéro.

— D'ailleurs, reprit-il, même si cette créature qu'on appelle le gritche a une existence réelle, elle n'est pas d'essence humaine. Et j'ai un faible pour ce qui est humain.

— Je vois, avait dit Hoyt, cherchant désespérément quelque argument puissant à lui opposer. Mais les Bikuras ne constituent qu'un mystère mineur. Tout ce que vous pouvez vous attendre à trouver, au mieux, c'est quelques douzaines de sauvages vivant dans une région si brumeuse, si reculée et… si peu importante que même les satellites cartographiques de la colonie ne les ont jamais repérés. Pourquoi les choisir comme sujet d'étude alors qu'il reste sur Hypérion de grands mystères à élucider, comme les labyrinthes ? Saviez-vous, père Duré, qu'Hypérion fait partie des neuf planètes labyrinthiennes ?

— Naturellement, répliqua Duré en exhalant un nuage de fumée approximativement hémisphérique que les courants d'air, au bout d'un moment, effilochèrent en une série d'arborescences dentelées. Mais les labyrinthes ont déjà leurs chercheurs et leurs admirateurs dans tout le Retz, Lénar, et leurs galeries existent sur les neuf mondes depuis… je ne sais pas, moi… un demi-million d'années standard, peut-être. Sept cent cinquante mille ans, plus probablement. Leur secret n'est pas près d'être percé. Mais combien de temps encore durera la culture bikura avant d'être absorbée par la colonisation moderne ou, plus vraisemblablement encore, d'être purement et simplement balayée par les circonstances ?

Hoyt haussa les épaules.

— Ils n'existent peut-être déjà plus à l'heure qu'il est. L'expédition de Spedling ne date pas d'hier, et aucun autre rapport sur eux ne nous est jamais parvenu. Si leur tribu est éteinte, tous les efforts déployés, tout le déficit de temps accumulé pour arriver jusqu'à eux auront été gaspillés en pure perte.

— C'est exact, fit placidement le père Duré en tirant sur sa pipe.

Ce n'est qu'au cours de la dernière heure qu'il passa en sa compagnie, durant leur descente vers la surface, que le père Hoyt avait pu avoir un léger aperçu des véritables pensées qui habitaient l'esprit de son compagnon de voyage. Le limbe d'Hypérion était, depuis plusieurs heures, éblouissant d'une blancheur mêlée de striures vertes et lapis-lazuli lorsque, soudain, le vieux vaisseau de descente avait plongé dans les couches supérieures de l'atmosphère, sa baie transparente momentanément baignée de flammes, avant de planer silencieusement à une soixantaine de kilomètres au-dessus des sombres masses nuageuses et des océans illuminés par la lumière stellaire tandis que le terminateur bondissant du lever de soleil d'Hypérion se précipitait vers eux tel un fantasmagorique raz de marée de lumière.

— Somptueux, avait murmuré le père Paul Duré, plus pour lui-même qu'à l'intention de son jeune compagnon. C'est un spectacle extraordinaire. En des moments pareils, il me semble que je perçois – ô combien confusément – le sacrifice que le Fils de Dieu a dû consentir pour accepter de devenir le Fils de l'Homme.

Hoyt aurait voulu, alors, poursuivre cette conversation, mais le père Duré était demeuré plongé dans sa contemplation, à travers la baie transparente, du spectacle offert par Hypérion. Dix minutes plus tard, ils se posaient sur l'astroport de Keats, et le père Paul Duré disparaissait dans un tourbillon de formalités douanières et de récupération des bagages. Vingt minutes après, un Lénar Hoyt morose et désabusé quittait la planète pour retrouver le *Nadia Oleg* et la fugue cryotechnique.

Cinq semaines de mon temps réel plus tard, je retournai sur Pacem, raconta le père Hoyt. J'avais perdu huit années, mais, pour une raison ou pour une autre, le sentiment de perte que j'éprouvais allait bien au-delà de ce simple fait. Dès mon retour, l'évêque m'informa qu'il n'avait pas reçu la moindre nouvelle de Paul Duré durant les quatre années qui venaient de s'écouler. Le Nouveau-Vatican avait dépensé une fortune en demandes de renseignements par mégatrans, mais ni les autorités coloniales ni le consulat de Keats n'avaient pu retrouver trace du prêtre disparu.

Le père Hoyt s'interrompit pour porter son verre d'eau à ses lèvres, et le consul en profita pour commenter :

— Je me souviens très bien des recherches. Je n'ai jamais connu Duré personnellement, bien sûr, mais nous avons fait tout notre possible pour retrouver sa trace. Théo, mon adjoint, a dépensé une énorme énergie, au fil des ans, pour essayer de résoudre ce mystère ; mais, à l'exception de quelques rapports contradictoires selon lesquels il aurait été aperçu une ou deux fois à Port-Romance, nous n'avons plus jamais entendu parler de lui. Encore ces rapports remontaient-ils aux toutes premières semaines de son arrivée, c'est-à-dire il y a des années de cela. Il y avait partout, sur son chemin, des plantations, pour la plupart dépourvues d'équipement radio ou persoc. Cela s'explique par le fait que, sur beaucoup d'entre elles, on se livrait non seulement à la culture des fibroplastes, mais aussi à celle, clandestine, de toutes sortes de drogues illégales. Je suppose que nous n'avons jamais eu affaire à la bonne personne, sur la bonne plantation. Mais je peux affirmer au moins que le dossier du père Duré n'avait pas encore été classé lorsque j'ai quitté Hypérion.

Le père Hoyt hocha la tête.

— J'ai débarqué sur Keats un mois après la prise de fonctions de votre successeur au consulat. L'évêque a été étonné que je me porte volontaire pour y retourner. Sa Sainteté elle-même m'a donné audience. Je n'ai séjourné sur Hypérion qu'un peu moins de sept mois en temps local. Lorsque j'ai regagné le Retz, je savais tout sur ce qui est arrivé au père Duré.

Il mit la main sur les deux carnets à la couverture tachée.

— Si vous voulez que j'achève mon histoire, dit-il, il faut que je vous lise des passages de son journal.

Le vaisseau-arbre *Yggdrasill* était maintenant orienté de telle sorte que son immense tronc occultait le soleil et que la plate-forme de la salle à manger ainsi que la voûte de feuilles au-dessous d'elle étaient plongées dans la nuit. Cependant, au lieu de voir les étoiles comme des têtes d'épingles brillant au-dessus d'eux, comme cela eût été le cas s'ils s'étaient trouvés à la surface d'une planète, ils les voyaient dans le ciel, tout autour d'eux, comme un million de petits soleils. Hypérion formait une sphère qui grossissait à vue d'œil, tel un missile mortel qui se précipitait sur eux.

— Lisez donc, fit Martin Silenus.

EXTRAITS DU JOURNAL DE PAUL DURÉ

Premier jour :

Mon exil commence.

Je suis un peu embarrassé pour dater ce journal. Selon le calendrier monastique de Pacem, aujourd'hui serait le dix-septième jour du mois de Thomas, de l'année de Notre Seigneur 2732. Selon la chronologie de l'Hégémonie, nous serions le 12 octobre 589 PC. Mais en comptant comme les habitants d'Hypérion, c'est du moins ce que m'a expliqué le vieil employé tout ridé de l'obscur hôtel où je suis descendu, ce jour est le vingt-troisième du mois de Lycius (le dernier de leurs sept mois de quarante jours), soit de l'an 426 AAVS (Après l'Accident du Vaisseau Spatial !), soit de la cent vingt-huitième année à compter du début du règne du roi Billy le Triste, qui ne règne plus depuis une bonne centaine de ces mêmes années.

Au diable toutes ces complications ! J'appellerai ce jour le premier jour de mon exil.

Journée épuisante. Étrange, de se sentir harassé juste après avoir dormi des mois durant, mais il paraît que c'est une sensation courante pour quelqu'un qui sort de fugue. Chaque cellule de mon corps ressent la fatigue de ces derniers mois de voyage, même si mon esprit les a oubliés pour sa part. Je n'ai pas le souvenir de m'être jamais senti aussi fatigué par un voyage, même lorsque j'étais moins âgé.

J'aurais aimé faire plus ample connaissance avec le jeune Hoyt. C'est un garçon qui me paraît tout à fait convenable, avec ses yeux brillants de bon catéchumène. Ce n'est certes pas la faute des jeunes dans son genre si notre religion est sur le déclin. C'est simplement que la sérénité naïve et bon enfant de nos prêtres ne peut rien faire pour arrêter le lent glissement vers l'oubli auquel semble irrémédiablement condamnée l'Église.

Il faut dire que je n'ai pas fait grand-chose, moi non plus, pour empêcher ce glissement.

Merveilleux spectacle que ce nouveau monde vers lequel le vaisseau de descente nous conduit. Je distingue deux des trois continents : Equus et Aquila. Le troisième, Ursa, n'est pas visible.

L'arrivée à Keats se fait dans la confusion des formalités de police et de douane, qui durent des heures, et des moyens de transport pour gagner le centre de la cité. Images fugitives de chaînes de montagnes, au nord, voilées d'une brume légère et bleutée. Collines basses couvertes d'arbres orange et jaune ; ciel pastel, aux couches superposées bleues et vertes, soleil un peu trop petit mais plus brillant que sur Pacem. Les couleurs, ici, semblent plus vives de loin, et se diluent en se dissociant lorsqu'on s'approche, comme dans un tableau de peinture pointilliste. La grande statue du roi Billy le Triste, dont j'avais tant entendu parler, m'a étrangement déçu. Vue de la route, elle ressemble plus à une ébauche grossièrement taillée à même la montagne noire qu'à la silhouette royale à laquelle je m'attendais. C'est vrai que le roi-poète dépressif semble bouder d'une manière qu'il aurait peut-être approuvée au-dessus de cette cité disparate de cinq cent mille âmes.

La ville proprement dite semble divisée entre la masse labyrinthienne des taudis et des tavernes que les gens d'ici appellent Jacktown et le vieux centre de Keats, qui ne date, au demeurant, que de quatre siècles, et qui est tout en pierres polies et stérilité étudiée. Je pense en faire prochainement la visite.

J'avais prévu de séjourner un mois dans cette ville, mais j'ai déjà hâte de poursuivre mon voyage. Si seulement tu pouvais me voir en ce moment, Monseigneur et cher Édouard ! Puni mais toujours impénitent. Plus seul que jamais, mais étrangement satisfait de mon nouvel exil. Si mon châtiment pour les excès passés dus à mon trop grand zèle doit être le bannissement jusqu'au septième cercle de la désolation, Hypérion représente de loin le meilleur choix. Je pourrais en oublier la mission que je me suis moi-même assignée de retrouver ces lointains Bikuras (sont-ils réels ? Je pencherais plutôt pour la négative, ce soir), et je me contenterais de passer le reste de mes jours dans cette capitale provinciale d'un monde lointain et oublié de tous, même de Dieu, semble-t-il. Mon exil n'en serait pas moins total.

Ah, mon cher Édouard, ami de mon enfance et de mes études (qui ne furent certes pas aussi brillantes ni aussi orthodoxes que les tiennes) ! Nous voilà maintenant tous deux très vieux, mais il me manque, par rapport à toi, quatre années de sagesse, et je suis au fond toujours le même jeune garçon espiègle et impénitent que tus as autrefois connu. J'espère que tu es toujours en vie et que tu pries de temps en temps pour moi.

Trop las pour continuer ce soir. Je vais me coucher. Demain, visiter Keats, faire un bon repas, et se mettre en quête des moyens de transport vers le sud et vers Aquila.

Cinquième jour :

Il y a une cathédrale à Keats. Ou plutôt, il y avait. Elle est abandonnée depuis au moins deux siècles standard. Son transept en ruine s'ouvre sur le ciel bleu-vert, l'une de ses tours est éventrée et l'autre n'est plus qu'une carcasse de vieilles pierres et de poutrelles de renforcement rouillées.

Je suis tombé dessus tout à fait par hasard, en errant, un peu perdu, le long des berges du fleuve Hoolie, dans la partie la moins peuplée de la ville, où le vieux centre cède progressivement la place à Jacktown dans un fouillis d'entrepôts gigantesques qui cachent ici la vue des tours en ruine jusqu'à ce que le promeneur se retrouve dans une ruelle en cul-de-sac, face aux murs de cette cathédrale, avec sa salle du chapitre à moitié effondrée dans le lit du fleuve et sa façade piquée par les vestiges de la statuaire sinistre et apocalyptique de la période expansionniste posthégirienne.

Je m'avançai, parmi les éboulis et les ombres diaprées, jusqu'au milieu de la nef. L'évêché de Pacem n'avait fait aucune mention d'une présence catholique sur Hypérion, et encore moins d'une cathédrale. Il n'est guère plausible que la petite colonie du vaisseau d'ensemencement accidenté il y a quatre siècles ait pu fournir une congrégation assez nombreuse pour justifier la présence d'un évêque, et encore moins d'une cathédrale, mais elle était pourtant là.

Je furetai au milieu des ombres de la sacristie. La poussière et le plâtre en suspension dans l'air formaient comme un encens qui délimitait un double rai de soleil tombant d'étroites fenêtres situées dans les hauteurs de l'édifice. Je ressortis à la lumière et m'approchai d'un autel dépouillé de tout ornement à l'exception des crevasses et des fissures dues aux pierres et à la maçonnerie qui se détachaient des voûtes. La grosse croix dont la trace était encore visible sur le mur de l'est, derrière l'autel, s'était détachée, elle aussi, et gisait en mille éclats de céramique au milieu d'un tas de pierres. Machinalement, sans préméditation aucune, je me plaçai derrière l'autel, les bras levés, et me mis à célébrer l'Eucharistie. Il n'y avait dans cet acte aucune intention cachée, ni parodique, ni mélodramatique, ni symbolique. C'était juste le réflexe involontaire d'un prêtre qui avait dit la messe presque quotidiennement durant plus de quarante-six années de sa vie et qui affrontait maintenant la perspective de ne plus jamais participer au rite rassurant de cette célébration.

J'eus un véritable choc lorsque je m'aperçus tout à coup que je n'étais pas seul. La vieille femme qui tenait lieu de congrégation était agenouillée au quatrième rang, et le noir de sa robe et de son fichu se fondait si bien dans l'ombre que seul le clair ovale de son visage, abondamment ridé, avait attiré mon attention. Elle semblait flotter, légère et désincarnée, dans l'obscurité. Stupéfait, j'interrompis la litanie de la consécration. Elle regardait dans ma direction, mais quelque chose dans ses yeux, malgré la distance, me donna immédiatement à penser qu'elle était aveugle. Durant quelques instants, je demeurai incapable de prononcer un mot de plus, écarquillant les yeux dans les rayons de poussière en suspension qui baignaient l'autel, essayant de m'expliquer cette apparition spectrale en même temps que je cherchais les raisons de ma propre présence ici et de mon comportement singulier.

Je retrouvai enfin ma voix et l'appelai, mais les mots n'avaient pas fini de résonner dans la nef lorsque je m'aperçus qu'elle s'était déplacée. J'entendis le frottement de ses pieds sur les dalles du sol, il y eut un crissement, puis un bref éclat de lumière me permit d'apercevoir fugitivement sa silhouette à l'autre bout de la cathédrale, sur la droite. Je me protégeai des rayons de lumière qui m'aveuglaient, puis me frayai un chemin, au milieu des décombres, jusqu'à l'endroit où s'élevait autrefois la grille de l'autel. Je l'appelai de nouveau, en m'efforçant de la rassurer, en lui criant de ne pas avoir peur, bien que ce fût plutôt moi que des frissons glacés parcouraient. Je finis par me lancer à sa poursuite. Cependant, lorsque j'atteignis le côté abrité de la nef, elle avait déjà disparu.

Une petite porte s'ouvrait sur la salle du chapitre en ruine et sur la berge du fleuve. Mais la vieille femme n'était nulle part en vue. Je retournai dans l'obscurité de la cathédrale, et j'aurais sans doute fini par attribuer cette apparition à mon imagination fatiguée par tant de mois passés en état de fugue cryotechnique si je n'avais pas retrouvé une preuve tangible et irréfutable de son passage. Dans l'obscurité glacée des vieilles pierres, solitaire, une petite chandelle votive de couleur rouge se consumait en crépitant avec une flamme vacillante sous l'effet d'invisibles courants d'air.

Je suis fatigué de cette ville. Je suis las de ses prétentions païennes et de ses fausses légendes. Hypérion est un monde de poète sans poésie. Keats est un mélange de mauvais goût clinquant et de faux classicisme alliés à la vigueur aveugle d'une ville champignon. Il y a dans cette ville trois temples zen gnostiques et quatre mosquées panislamiques, mais j'ai l'impression que les véritables lieux du culte locaux sont les innombrables tavernes, saloons et bordels, ainsi que les immenses marchés où s'échangent les cargaisons de fibroplastes venues du sud, sans compter les temples où des âmes perdues s'efforcent d'oublier leur désespoir suicidaire en célébrant le culte du gritche derrière une façade de faux mysticisme. Toute cette planète, en fait, pue le mysticisme dépourvu de la moindre révélation.

Qu'elle aille au diable.

Demain, je prends la route du sud. Ils ont bien des glisseurs et autres avions sur cette planète absurde, mais, pour le commun des mortels, à ce qu'il semble, le voyage d'un de ces maudits continents insulaires à l'autre ne saurait se faire que par voie maritime – ce qui, m'a-t-on affirmé, dure une éternité – ou au moyen de l'un de ces énormes dirigeables de transport qui ne partent de Keats qu'une seule fois par semaine.

Dixième jour :

Les animaux.

La première expédition qui est descendue à la surface de cette planète devait faire une fixation sur les animaux. Le cheval, l'ours, l'aigle... Trois jours durant, nous avons descendu la côte orientale d'Equus, dont cette partie aux contours tourmentés porte le nom de Crinière. Le quatrième jour, nous avons traversé un détroit de la mer du Mitan jusqu'à une grande île appelée la Clé du Chat. Aujourd'hui, nous débarquons du fret et des passagers à Félix, la « capitale » de l'île. D'après ce que je peux voir du débarcadère et de la tour d'amarrage, il ne doit guère y avoir plus de cinq mille habitants dans cette agglomération de baraques branlantes.

Le vaisseau va bientôt nous conduire, sur huit cents kilomètres, à travers un archipel qui porte le nom de Neuf Queues. Ensuite, il nous restera à affronter sept cents kilomètres de pleine mer, à travers l'équateur de la planète, jusqu'à la côte nord-ouest, nommée le Bec, du continent Aquila.

Toujours sous le signe des animaux.

Donner à ce moyen de transport le nom de « dirigeable » relève de la plus haute fantaisie sémantique. C'est plutôt une large plate-forme de lévitation, avec des cales assez vastes pour contenir toute la ville de Félix en plus des milliers de balles de fibroplastes qu'elle emportait habituellement. En attendant, les éléments moins importants de la cargaison – c'est-à-dire nous, les passagers – doivent s'accommoder comme ils peuvent des installations existantes. J'ai aménagé un petit coin, près de l'une des portes de chargement, avec un lit pliant et tous mes bagages, qui comprennent trois malles de matériel d'expédition. Non loin de moi se trouve une famille de huit personnes, des ouvriers indigènes qui s'en retournent à leur plantation après leur voyage d'emplettes semestriel à Keats. Je dois dire que l'odeur et le bruit des cochons ou des hamsters en cage qu'ils rapportent avec eux ne me gêne pas tant, certaines nuits, que les cocoricos intempestifs de leur malheureux volatile désorienté.

Encore les animaux !

Onzième jour :

Dîné ce soir, dans le salon situé au-dessus du pont promenade, avec le citoyen Heremis Denzel, professeur à la retraite d'une petite université de planteurs des environs d'Endymion. Il m'a appris que la première expédition sur Hypérion n'avait pas fait de fixation sur les animaux, et que les noms officiels des continents ne sont nullement Equus, Ursa et Aquila, mais Creighton, Allensen et Lopez. Il s'agit, paraît-il, de trois obscurs fonctionnaires de l'ancienne administration topographique. Je préfère encore les noms d'animaux !

Après un excellent dîner, je suis venu m'asseoir tout seul un moment sur le pont promenade, pour contempler le coucher du soleil. L'endroit est relativement abrité du vent par les conteneurs qui occupent l'avant du bâtiment, et la brise légère est chargée de sel. Au-dessus de moi, j'aperçois les flancs orange et vert de l'immense enveloppe gonflée de gaz qui nous transporte au milieu des îles. La mer est d'un bleu lapis intense avec des reflets verdoyants qui imitent les couleurs du ciel. Quelques hauts cirrus espacés captent les dernières lueurs du soleil trop petit d'Hypérion, et s'embrasent comme du corail incandescent. Il n'y a aucun bruit à part le lointain murmure des turbines électriques. Trois cents mètres plus bas, l'ombre d'une énorme créature sous-marine en forme de raie manta avance de conserve avec le dirigeable. Il y a quelques secondes, un oiseau ou un insecte de la taille et de la couleur d'un colibri, mais avec des ailes diaphanes de près d'un mètre d'envergure, s'est immobilisé dans les airs à quelques mètres de moi pour m'observer avant de plonger vers la surface de la mer, les ailes repliées.

Je me sens très seul ce soir, Édouard. Cela irait beaucoup mieux si j'avais la certitude que tu es vivant, en train de jardiner ou d'écrire dans ton bureau. Je pensais que mes voyages ébranleraient mes conceptions teilhardiennes d'un Dieu qui réunit le Christ de l'Évolution, le Personnel, l'Universel, l'En Haut et l'En Avant, mais je ne vois pour le moment aucun signe d'un tel changement.

Il se fait nuit. Je me fais vieux. Je ressens… je ne peux pas encore dire du remords, Édouard, Votre Éminence, à l'idée d'avoir falsifié des pièces issues des fouilles d'Armaghast. Mais si ces artefacts avaient indiqué la présence ici d'une culture de type christique, à six cents années-lumière de l'Ancienne Terre, et près de trois mille ans avant que l'homme eût quitté la surface de la planète-mère…

Était-ce un si grand péché que d'interpréter des données pour le moins ambiguës de telle manière qu'elles auraient pu entraîner un renouveau du christianisme à notre époque ?

C'en était un, bien sûr, mais certes pas, à mon avis, parce qu'il est répréhensible de falsifier des données scientifiques. Plutôt à cause du péché bien plus grave qui consiste à penser que le christianisme peut être sauvé. L'Église se meurt, Édouard, et pas seulement notre bien-aimée branche de l'Arbre Sacré, mais avec elle tous ses rejetons, ses repousses, ses résidus et ses chancres. Le Corps du Christ se meurt aussi sûrement que cette pauvre enveloppe charnelle usée qui est la mienne, Édouard. Toi et moi, nous le savions très bien en Armaghast, où le soleil de sang n'illuminait plus que la poussière et la mort.

Nous le savions aussi, dans la fraîcheur de l'été verdoyant où nous avons prononcé nos vœux pour la première fois au Collège. Nous le savions déjà, enfants, quand nous jouions dans les prairies paisibles de Villefranche-sur-Saône. Et nous ne l'avons jamais oublié.

La nuit est tombée, maintenant. J'écris ces mots à la faible lueur qui descend des fenêtres du salon du pont supérieur. Les étoiles forment d'étranges constellations dans le ciel. La mer du Mitan luit, la nuit, d'une phosphorescence glauque et malsaine. Je vois une masse sombre à l'horizon, dans la direction du sud-est. C'est peut-être un grain, ou encore notre prochaine île, la troisième des neuf « queues ». (Mais quelle mythologie parle de chat à neuf queues ? Je n'en connais pas, pour ma part.)

Dans l'intérêt de l'oiseau que j'ai aperçu tout à l'heure (si toutefois c'était un oiseau), je prie pour que ce soit une île et non un grain.

Vingt-huitième jour :

Voilà une semaine que je me trouve à Port-Romance, et j'ai déjà vu trois cadavres.

Le premier a été rejeté par la mer, gris et gonflé, parodie d'être humain venue s'échouer sur la vase à quelque distance de la tour d'amarrage, le premier soir de notre arrivée en ville. Les enfants lui ont jeté des pierres.

Le deuxième mort, que l'on a retiré des décombres carbonisés d'un atelier de production de méthane du secteur pauvre de la ville, tout près de mon hôtel, avait été défiguré, ratatiné par la chaleur, ses bras et ses jambes repliés dans la posture du boxeur propre, depuis des temps immémoriaux, à ce genre d'accident. J'avais jeûné ce jour-là, et je confesse, à ma grande honte, que la forte odeur de graisses et de chairs brûlées qui parvint à mes narines me fit saliver.

Le troisième homme fut assassiné à moins de trois mètres de moi. Je venais de sortir de mon hôtel pour emprunter le dédale de planches recouvertes de boue qui tiennent lieu de trottoirs dans cette ville sordide lorsque j'entendis plusieurs détonations et vis un homme, à quelques pas de moi, qui chancelait comme s'il avait brusquement perdu l'équilibre. Il continua d'avancer dans ma direction avec une expression de surprise, puis tomba dans la boue et les eaux souillées.

Il avait reçu trois projectiles tirés par une petite arme à feu. Deux de ces projectiles l'avaient touché en pleine poitrine, et le troisième au-dessous de l'œil gauche. Chose incroyable, il respirait encore lorsque je suis arrivé à lui. Machinalement, j'ai sorti mon étole de ma sacoche, avec le flacon d'eau bénite qui ne me quittait pas depuis si longtemps. Puis j'ai commencé à lui administrer le sacrement de l'extrême-onction. Personne, dans la foule qui s'était assemblée, n'éleva d'objection. Le blessé s'agita une seule fois, ouvrit la bouche comme pour dire quelque chose, puis retomba mort. La foule se dispersa avant même qu'on vînt enlever le corps.

Il était d'âge moyen, les cheveux d'un blond tirant sur le roux, légèrement corpulent. Il ne portait sur lui aucun document d'identité, pas même une plaque universelle ou un persoc. Il n'y avait dans sa poche, en tout et pour tout, que six pièces d'argent.

J'ignore pour quelle raison je restai près du corps tout le reste de la journée. Le médecin qui pratiqua l'autopsie prescrite par la loi était un homme petit et sec, plein de cynisme, qui me permit néanmoins de rester pendant qu'il œuvrait. Je suppose qu'il avait besoin de conversation.

— Voilà tout ce que ça vaut, dit-il en fendant le ventre de ce pauvre homme comme si c'était une baudruche rose, avant d'écarter les replis de peau et les muscles pour les tendre comme les rabats d'une tente.

— Tout ce que vaut quoi ? demandai-je.

— La vie de cet homme, fit le docteur en retroussant la peau du visage du cadavre comme si c'était un simple masque graisseux. Votre vie. La mienne.

Les striures rouges et blanches des muscles bleuirent autour du trou déchiqueté de la blessure, juste au-dessus de la pommette.

— Vous ne croyez pas qu'il pourrait y avoir autre chose ? demandai-je.

Il leva les yeux de son sinistre travail pour m'adresser un sourire faussement candide.

— S'il y a autre chose, montrez-moi où c'est, dit-il.

Il souleva le cœur du mort et sembla le soupeser un instant dans sa main.

— Sur certains mondes du Retz, dit-il, cela aurait quelque valeur sur le marché, car les gens sont trop pauvres pour stocker des organes clonés dans des cuves nourricières, mais assez riches pour ne pas mourir faute d'un cœur de rechange. Ici, cependant, ce n'est qu'un viscère tout juste bon à jeter.

— Il y a autre chose, nécessairement, insistai-je.

Je n'étais pas très convaincu moi-même. J'avais le souvenir des funérailles de Sa Sainteté le pape Urbain XV, juste après mon départ de Pacem. Selon la coutume établie depuis l'époque préhégirienne, le corps n'avait pas été embaumé. Il attendait, dans le vestibule de la basilique centrale, qu'on le prépare pour son cercueil en bois simple. Tout en aidant Édouard et Monseigneur Frey à revêtir de ses vêtements mortuaires le corps rigide, j'avais été frappé par la coloration de plus en plus foncée de la peau, et par le relâchement des mâchoires.

Haussant les épaules, le médecin légiste acheva l'autopsie. L'enquête, réduite à sa plus simple expression, ne devait jamais aboutir. Pas le moindre suspect ni le moindre mobile en vue. On envoya le signalement du mort à Keats, mais on l'enterra dès le lendemain dans un cimetière de pauvres situé à la lisière de la jungle jaune, après la plaine de boue.

Port-Romance est un fouillis de structures jaunâtres en bois de vort, assises sur un dédale d'échafaudages et de planches qui s'avancent assez loin sur les plaines de boue de l'embouchure du Kans. Le fleuve atteint ici près de deux kilomètres de large, à l'endroit où il se jette dans la baie de Toschahaï, mais seuls quelques chenaux sont navigables, et encore à condition de les draguer jour et nuit.

Chaque soir, je reste longtemps éveillé, dans ma

chambre d'hôtel sordide, avec la fenêtre ouverte, à écouter les cognements sourds des pelles automatiques, qui résonnent comme le cœur de cette affreuse cité dont la respiration pourrait être le murmure lointain des vagues de l'océan qui se brisent sur la grève. Ce soir, en écoutant respirer la ville, je ne puis m'empêcher de lui imaginer pour visage le masque écorché de l'homme qui vient d'être assassiné.

Les compagnies de transport ont un petit terminal de glisseurs en bordure de la ville, pour transporter les personnes et le matériel jusqu'aux grandes plantations de l'intérieur des terres. Mais je n'ai pas les moyens de me payer le passage. Ou, plutôt, je pourrais, à la rigueur, monter à bord, mais il me faudrait laisser derrière moi mes trois malles de matériel scientifique et médical. J'avoue que je suis tout de même tenté. Ma mission chez les Bikuras me paraît aujourd'hui plus absurde et plus irrationnelle que jamais. Seuls mon étrange besoin de me fixer une destination précise et ma détermination pour le moins masochiste de compléter les conditions de l'exil que je me suis moi-même imposé me poussent à poursuivre ce voyage.

Il y a un bateau qui part pour remonter le Kans dans deux jours. J'ai retenu une place à bord, et je dois y charger mes malles demain. C'est sans regret que je laisserai Port-Romance derrière moi.

Quarante et unième jour :

L'*Emporotique* poursuit sa lente progression sur le fleuve. Pas la moindre habitation humaine en vue depuis que nous avons quitté le dock de Melton, avant-hier. La jungle se presse contre les rives comme une muraille végétale. À certains endroits, même, lorsque la largeur du fleuve n'excède pas une trentaine de mètres, elle forme une voûte presque continue au-dessus de nos têtes. La lumière, elle aussi, est jaune, aussi riche et épaisse que du beurre fondu, filtrée comme elle l'est par les frondaisons géantes à quatre-vingts mètres au-dessus des eaux bourbeuses du Kans. Perché sur les tôles rouillées du rouf de la barge principale, qui abrite les passagers, j'écarquille les yeux pour essayer d'apercevoir mon premier arbre de Tesla. Le vieux Kady, assis non loin de moi, interrompt son patient travail avec un couteau sur un bout de bois, crache par-dessus bord à travers ses chicots et me dit en riant :

— Vous ne risquez pas de voir un arbre à flammes par ici, mon père. On est encore beaucoup trop bas. Leur foutue forêt, c'est pas du tout à ça que ça ressemble, croyez-moi. Faut arriver au moins jusqu'aux Pignons pour voir un vrai tesla. On n'est pas encore sortis de la forêt pluviale.

C'est vrai qu'il pleut régulièrement l'après-midi. Et le mot « pluie » n'est qu'un pâle euphémisme pour désigner le déluge qui s'abat quotidiennement sur nous, voilant complètement la rive, tambourinant dans un vacarme d'enfer sur les tôles des roufs, ralentissant notre allure d'escargot au point qu'il nous semble faire du sur-place. Dans ces moments-là, le fleuve se transforme en torrent presque vertical, en cataracte qu'il nous faut remonter si nous voulons continuer.

L'*Emporotique* est un ancien remorqueur à fond plat, auquel on a adjoint cinq barges qui s'accrochent à lui comme des enfants dépenaillés à la jupe de leur mère. Trois des barges à double pont transportent des ballots de marchandises destinés à être livrés ou vendus aux plantations qui bordent le fleuve. Les deux autres offrent un simulacre d'abri aux indigènes qui veulent remonter le fleuve. J'ai l'impression, cependant, que certains passagers vivent à bord en permanence. Ma couchette consiste en un matelas taché posé par terre, et les murs sont couverts d'étranges insectes qui ressemblent à des lézards.

Après la pluie, rituellement, tout le monde se rassemble sur le pont pour voir se lever la brume du soir au-dessus des eaux du fleuve en train de se refroidir. L'air est très chaud, hypersaturé d'humidité durant la majeure partie de la journée. Le vieux Kady prétend que j'arrive trop tard pour entreprendre la traversée de la forêt pluviale et de la forêt des flammes avant la période d'activité des teslas. Nous verrons bien.

Ce soir, les brumes montent de l'eau comme si c'étaient les esprits de tous les morts qui reposent sous la surface trouble du fleuve. Les derniers haillons effilochés des nuages de l'après-midi se dissipent à travers les cimes des arbres, et les couleurs reviennent. Je vois passer la forêt du jaune de chrome à un safran translucide qui, lentement, cède la place à des ocres et au terre de Sienne qui précède le crépuscule. À bord de l'*Emporotique*, le vieux Kady allume les lanternes et les globes qui pendent des poutrelles déformées du pont supérieur. Comme pour ne pas être en reste, la jungle assombrie se pare de la faible phosphorescence de ses matières en décomposition tandis que les oiseaux lampyres et les toiles d'araignée perlées luisent dans les ténèbres des hautes branches.

La petite lune d'Hypérion n'est pas visible aujourd'hui, mais cette planète doit se déplacer dans un secteur de l'espace qui contient plus de débris que de coutume pour un monde si proche de son soleil, ce qui fait que son ciel est fréquemment illuminé par des averses de météorites. Ce soir, l'activité céleste est particulièrement intense. Du milieu du fleuve, assez large ici, nous apercevons des entrelacs de corps lumineux en mouvement, qui, de leur traîne, semblent tisser une toile d'une étoile à l'autre. Ces images, au bout d'un moment, sont insupportables à la rétine, et l'on baisse les yeux pour voir dans l'eau glauque le reflet atténué du phénomène.

Il y a une lueur à l'horizon oriental. Le vieux Kady m'explique qu'il s'agit de la lumière fournie à quelques grosses plantations par des miroirs orbitaux.

Il fait trop chaud pour dormir à l'intérieur. J'installe ma paillasse sur le toit de tôle et je contemple le spectacle céleste tandis que les indigènes, agglutinés par familles, chantent des mélopées envoûtantes dans des dialectes que je n'ai pas même essayé d'apprendre. Je songe aux Bikuras, encore si loin de nous, et je me sens étreint par une étrange angoisse.

Quelque part dans les profondeurs de la forêt, un hurlement d'animal retentit, qui ressemble au cri d'une femme apeurée.

Soixantième jour :

Arrivée à la plantation de Perecebo. Je ne me sens pas bien.

Soixante-deuxième jour :

Je suis malade. J'ai la fièvre, des tremblements. Hier, toute la journée, j'ai vomi une bile noire. La pluie est assourdissante. Les miroirs orbitaux éclairent toute la nuit le dessus des nuages. Les cieux sont embrasés. Je dois avoir au moins quarante.

Une femme s'occupe de moi. Elle me lave. Je suis trop malade pour avoir honte. Elle a les cheveux plus noirs que la plupart des autres indigènes. Elle parle peu. Ses yeux sont noirs et doux.

Mon Dieu ! Être malade si loin de chez moi !

... jour :

... L m'attend... L m'épie... rentre mouillée de pluie...

exprès pour me tenter... sait ce que... je sui... ma peau brule comme du f... le bout de se sein nu sous la chem de coton...

... je sais qu'ils sont la tous a me reg... j'entend leur voix la nuit... me change... me frictionne le c... avec du poison... ça brule... croi que ne me rend c de rien... mais j'entend quand la pluie s'arete... s'arete

Je n'ai plus de peau. Tout rouge sens le trou dans ma joue. Quand je tr la balle je la recra recracherai agnusdeiquitolispeccatamundi miserer nobis misere nobis miserere

Soixante-cinquième jour :

Merci, ô mon Dieu, de m'avoir délivré de la maladie.

Soixante-sixième jour :

Me suis rasé. Réussi à marcher jusqu'à la douche.

Semfa m'a aidé à me préparer pour recevoir l'administrateur. Je m'attendais à un gros individu bougon comme ceux que j'ai pu voir par la fenêtre, travaillant au complexe de tri. Mais c'est un petit homme tranquille à la peau noire, affecté d'un léger zézaiement. Il s'est montré très serviable. J'étais préoccupé par le paiement de mes soins, mais il m'a rassuré en me disant que ce serait entièrement gratuit. Mieux encore, il va mettre un guide à ma disposition pour gagner l'intérieur ! Il dit que la saison est avancée, mais que si je suis en état de partir dans dix jours nous devrions traverser la forêt des flammes et arriver à la Faille avant que les teslas ne reprennent leur activité.

Après son départ, j'ai bavardé un peu avec Semfa. Son mari est mort ici, il y a trois mois en temps local, des suites d'un accident d'exploitation. Elle-même est originaire de Port-Romance. Son mariage avec Mikel l'avait arrachée à une existence sordide, et elle a préféré rester ici pour s'employer à de menus travaux plutôt que de redescendre le fleuve. Je ne lui donne pas tort.

Après un bon massage, j'irai me coucher. J'ai beaucoup rêvé de ma mère, ces temps derniers.

Dix jours. Il faut absolument que je sois prêt dans dix jours.

Soixante-quinzième jour :

Avant de partir avec Tuk, je suis descendu jusqu'aux paddies pour dire au revoir à Semfa. Elle a prononcé peu de paroles, mais j'ai lu dans ses yeux sa tristesse de me voir partir. Sans l'avoir prémédité, je l'ai bénie, puis je l'ai embrassée sur le front. Tuk a souri en hochant la tête. Puis nous sommes partis en tirant derrière nous nos deux brics chargés de matériel. Le contremaître Orlandi nous a accompagnés jusqu'au bout de la route, et a longtemps agité la main quand nous nous sommes éloignés sur le sentier percé à travers la végétation dorée.

Domine, dirige nos.

Quatre-vingt-deuxième jour :

Après avoir marché durant une semaine sur la piste – si elle peut être appelée ainsi – de la forêt pluviale dorée, après avoir péniblement grimpé le versant conduisant au plateau des Pignons, nous avons émergé ce matin sur une éminence rocheuse qui domine une partie de la jungle d'où nous venons, jusqu'au Bec et jusqu'à la mer du Mitan. Le plateau devant nous est à près de trois mille mètres d'altitude, et la vue d'ici est impressionnante malgré les gros nuages noirs qui forment, au-dessous de nous, un tapis moutonneux qui arrive au pied des collines des Pignons, cachant une partie des méandres du fleuve jusqu'à Port-Romance. On aperçoit la mer, quelques coins de la forêt dorée qui nous a donné tant de mal, et une tache bleue, à l'est, qui serait, d'après Tuk, la matrice inférieure des champs de fibroplastes avoisinant Perecebo.

Nous avons poursuivi notre route jusqu'à une heure avancée de l'après-midi. Tuk a peur, visiblement, que nous ne soyons pris au piège dans la forêt des flammes, lorsque les arbres de Tesla reprendront leur activité. J'ai du mal à soutenir son rythme, tirant derrière moi le bric lourdement chargé qui rechigne à avancer, récitant des prières muettes pour me détourner l'esprit de la douleur physique et des doutes qui m'assaillent.

Quatre-vingt-troisième jour :

Avons chargé les brics et nous sommes mis en route avant l'aube. Il y a dans l'air une odeur de fumée et de cendres.

Les changements dans la végétation sont spectaculaires sur le plateau. Le vort et le chalme à feuilles jaunes, jusqu'ici omniprésents, se font rares. Après avoir franchi un étage intermédiaire de petits arbres toujours verts ou toujours bleus, nous avons traversé, sur un versant de plus en plus abrupt, des forêts limitées mais denses de pinastres mutants et de tritrembles. Nous sommes enfin arrivés à l'orée de la forêt des flammes proprement dite, avec ses futaies de hauts prométhées, ses bouquets de phénix partout présents et ses buissons circulaires de flamboyants ambrés. Par endroits, nous sommes tombés sur des fourrés impénétrables de ces abestes fourchus aux fibres blanchâtres que Tuk décrit, dans son langage imagé et irrévérencieux, comme les « pines put'éfiées de géants enté'és pas assez p'ofond, sauf vot' respect, mon pè' ». Sûr que mon guide a un certain sens de la poésie.

Notre premier tesla, nous ne l'avons aperçu que peu avant la tombée de la nuit. Nous marchions sur des cendres depuis plus d'une heure, en nous efforçant de ne pas écraser les pousses naissantes des phénix et des pyromèches qui percent crânement à travers le sol calciné, lorsque Tuk s'est arrêté subitement en pointant l'index.

Le tesla, encore à cinq cents mètres devant nous, devait faire au moins cent mètres de haut, dépassant d'un bon tiers le prométhée le plus élevé des environs. Son faîte en forme de bulbe, qui abrite sa poche accumulatrice, était impressionnant. Les branches radiales de sa couronne étaient chargées de douzaines de lianes nimbiques dont l'éclat argenté étincelait sur le fond du ciel vert et lapis. Tout cela évoquait pour moi quelque mosquée de la Nouvelle-Mecque aux formes élégantes et racées, irrévérencieusement parée de guirlandes de métal.

— Il faut se ti'er d'là vite fait avec nos b'ics, a grogné Tuk en insistant pour que nous revêtions sans plus attendre notre tenue spécialement conçue pour la forêt des flammes.

Tout le reste de la journée, nous avons arpenté la cendre avec nos masques à osmose et nos lourds brodequins à semelle isolante, transpirant sous plusieurs couches de tissu gamma épais comme du cuir. Les deux brics étaient de plus en plus nerveux, dressant leurs longues oreilles au moindre bruit. Même à travers mon masque, cela sentait l'ozone, ce qui m'a rappelé le train électrique avec lequel je jouais, enfant, le dimanche après-midi, à Villefranche-sur-Saône.

Nous avons établi notre camp pour la nuit aussi près que possible d'un fourré d'abestes. Tuk m'a montré comment disposer le cercle de paravolts autour de nous. Mais il n'a pas cessé, en assemblant les tubes, de grommeler des avertissements sinistres et de lever la tête vers le ciel à l'affût du moindre nuage.

J'ai bien l'intention de passer une bonne nuit malgré tout.

Quatre-vingt-quatrième jour :

Quatre heures du matin.

Sainte mère du Christ.

Cela fait trois heures que nous sommes plongés dans un cauchemar de fin du monde.

Les explosions ont débuté peu après minuit. Ce n'étaient que des craquements d'éclairs, au début, et Tuk et moi avons eu le tort de passer la tête sous le rabat de la tente pour admirer le feu d'artifice. J'ai connu les orages de mousson du mois de Matthieu sur Pacem, aussi la première heure de fantasmagorie m'a-t-elle paru relativement familière. Seule la vue des lointains teslas comme foyers invariables des formidables décharges électriques était véritablement impressionnante. Mais bientôt les géants de la forêt se sont mis à flamboyer et à cracher leur énergie accumulée. Puis, juste au moment où je replongeais dans le sommeil malgré le tintamarre ininterrompu, l'apocalypse s'est déchaînée.

Au moins une centaine d'arcs électriques durent se former pendant les dix premières secondes de spasme énergétique des teslas. Un prométhée situé à moins d'une trentaine de mètres de nous explosa, projetant des brandons du haut de ses cinquante mètres sur le sol de la forêt. Les tubes des paravolts rougeoyaient et sifflaient en déviant l'un après l'autre les arcs de mort grésillants et bleutés qui harcelaient notre petit campement. Tuk me cria quelque chose, mais aucun son humain ne pouvait dominer le déchaînement des flammes du ciel. Un bouquet de phénix s'embrasa soudain à quelques pas des brics entravés, et l'un de ces animaux terrifiés, malgré le capuchon qui lui cachait les yeux, rompit son entrave et se précipita à travers le cercle de paravolts. Aussitôt, une demi-douzaine d'éclairs issus du tesla le plus proche s'abattirent sur l'infortuné animal. L'espace d'une folle seconde, j'aurais juré voir le squelette de l'animal briller d'une phosphorescence bleutée à travers ses chairs en ébullition. Puis il fit un bond spasmodique dans les airs et cessa tout simplement d'exister.

Il y a trois heures que nous contemplons ce spectacle de fin du monde. Deux des tubes du paravolt ont cédé, mais les huit autres continuent de fonctionner. Tuk et moi sommes pelotonnés au cœur brûlant de notre tente, et nos masques à osmose filtrent suffisamment d'oxygène dans l'air enfumé pour nous permettre de respirer. C'est uniquement grâce à la prévoyance de Tuk, qui a planté la tente loin de toute végétation qui aurait pu servir de cible aux teslas, mais aussi à proximité des abestes protecteurs, que nous avons pu survivre jusqu'ici, à l'abri, naturellement, du cercle de tubes en alliage renforcé qui nous sépare de l'éternité.

— On dirait qu'ils tiennent le coup ! ai-je crié à Tuk, ma voix couvrant à peine les craquements et les sifflements de la tempête.

— Ils sont faits pou' teni' une heu', deux au maximum ! a grogné mon guide. Ils peuvent claquer d'un moment à l'aut', et ce se'a fini pou' nous !

J'ai hoché la tête en aspirant un peu d'eau tiède à travers l'iris de mon masque à osmose. Si je ne meurs pas cette nuit, je rendrai toujours grâce à Dieu de m'avoir permis, dans son infinie générosité, d'assister à ce spectacle.

Quatre-vingt-septième jour :

Tuk et moi avons émergé seulement hier à midi de la partie nord-est encore rougeoyante de la forêt des flammes. Nous nous sommes empressés de dresser notre tente au bord d'un frais ruisseau, et nous avons dormi dix-huit heures d'affilée, rattrapant trois nuits blanches et deux jours de marche hagarde au milieu d'un paysage cauchemardesque de cendres et de flammes. Partout où nous tournions les yeux, en nous dirigeant vers la crête qui marque la limite de la forêt, nous pouvions voir les cosses et les cônes s'ouvrir à une nouvelle vie en remplacement des espèces à feu détruites dans la conflagration des deux nuits précédentes. Cinq de nos tubes paravolt fonctionnaient encore, mais ni Tuk ni moi ne tenions à les mettre à l'épreuve une nuit de plus. Notre bric survivant s'était écroulé, mort, à l'instant même où nous lui avions ôté le lourd chargement qu'il portait sur le dos.

Je me suis levé ce matin à l'aube, au son de l'eau courante. J'ai remonté le ruisseau en direction du nord-est sur quelques centaines de mètres, puis je l'ai subitement perdu de vue tandis que le bruit du torrent s'intensifiait.

La Faille ! J'avais presque oublié notre destination. Un peu plus tard dans la matinée, titubant à travers la brume, sautant d'un galet mouillé à l'autre au milieu du cours d'eau un peu plus large ici, j'ai fini par m'agripper tant bien que mal à un gros rocher en surplomb d'où la vue plonge sur une cataracte assourdissante qui doit bien représenter trois mille mètres de chute verticale à travers la brume, jusqu'aux blocs rocheux et au fleuve qui se trouve en bas.

La Faille n'a pas été creusée à travers le plateau par l'érosion comme le légendaire Grand Canyon de l'Ancienne Terre ou la Fissure Continentale d'Hébron. Malgré l'activité de ses océans et de ses continents, qui rappellent ceux de la Terre, Hypérion est un monde parfaitement mort au plan tectonique. Il fait plutôt penser à Mars, Lusus ou Armaghast par son absence totale de dérive continentale. Comme Mars et Lusus, Hypérion a été marqué par ses périodes glaciaires, bien que leur périodicité, ici, soit portée à trente-sept millions d'années par la très longue éclipse de la naine binaire actuellement invisible. Le persoc compare la Faille au canyon préterraformé de Valles Marineris, sur Mars, résultant, comme elle, de l'affaiblissement de la croûte consécutif aux différentes périodes de glaciation et de dégel qui se sont succédé au cours des millénaires. À cela, il faut ajouter, naturellement, l'action des cours d'eau souterrains comme le Kans. L'effondrement massif ainsi causé forme une longue cicatrice qui creuse tout le secteur montagneux du continent d'Aquila.

Tuk m'a rejoint au bord de la Faille. J'étais nu, en train d'essayer de débarrasser mes vêtements de voyage et ma soutane de l'odeur de cendres dont ils sont imprégnés. Aspergeant d'eau fraîche ma peau blafarde, j'éclatais de rire en écoutant l'écho des cris de Tuk renvoyés par la paroi nord, à sept cents mètres de là. En raison de la configuration géologique du terrain, nous avions pu nous avancer sur une roche en saillie d'où la paroi sud nous était totalement invisible. Quoique terriblement dangereux, nous estimions que le surplomb sur lequel nous batifolions comme des enfants après l'école, s'il avait défié des millions d'années, pouvait bien supporter notre poids quelques heures. Tuk m'avoua alors qu'il n'avait jamais traversé, précédemment, la forêt des flammes sur toute son étendue. Et il ne connaissait personne qui eût réussi cet exploit en cette saison. Il m'annonça aussi que, maintenant que les teslas étaient entrés dans leur période d'activité, il lui faudrait attendre au moins trois mois pour pouvoir repasser de l'autre côté. Mais il ne semblait pas regretter de se trouver ici, et j'étais, quant à moi, très heureux de sa compagnie.

Cet après-midi, nous avons déplacé tout notre équipement, en plusieurs voyages. Le nouveau camp que nous avons établi se trouve au bord de l'eau, à une centaine de mètres du surplomb. Nous avons également commencé à empiler les caisses de matériel scientifique en mousse lovée, afin d'en faire le tri demain.

Le temps s'est rafraîchi ce soir. Après le dîner, juste avant le coucher du soleil, j'ai mis ma veste isotherme et je me suis avancé, tout seul, sur un rocher en saillie situé au sud-ouest de l'endroit où j'ai aperçu la Faille pour la première fois. De cet observatoire, la vue est inoubliable. Une fine brume monte de la cataracte invisible qui se jette dans la lointaine rivière au fond de l'abîme. Les gouttelettes en suspension captent les rayons du couchant, formant des arcs-en-ciel et des bulles mauves irisées que je ne me suis pas lassé de voir naître, s'élever vers la voûte céleste de plus en plus sombre et mourir. À mesure que l'air froid s'engouffre dans les crevasses et les grottes du plateau, l'air chaud est aspiré des profondeurs et charrie tout un tourbillon de feuilles mortes et de brindilles. La Faille émet alors un hurlement à l'échelle du continent, évoquant les cris mêlés de hordes de géants de pierre, de flûtes de bambou démesurées ou d'orgues de la taille d'une cathédrale, le tout formant un concerto dans une gamme qui va du plus mince flûtis à la basse la plus grave. J'ai médité longtemps sur les sifflements de la roche, sur les borborygmes des profondes cavernes, sur les courants d'air qui parcourent les crevasses de la roche figée et sur l'étrange ressemblance avec la voix humaine que les harmoniques de toutes sortes peuvent susciter. Mais j'ai fini par abandonner toutes ces spéculations pour me livrer, simplement, au plaisir d'écouter le grandiose hymne d'adieu au soleil entonné par la Faille.

J'ai regagné la tente et son cercle de lanternes bioluminescentes au moment où la première pétarade de météores a traversé le ciel au-dessus de nos têtes, accompagnée de détonations lointaines dont l'écho se répercutait à l'horizon du sud-ouest comme un tir d'artillerie appartenant à quelque guerre oubliée de l'Ancienne Terre préhégirienne.

Sous la tente, j'ai essayé d'interroger mon persoc sur les grandes ondes, mais je n'ai rien obtenu d'autre que de la friture. Je suppose que, même si les satcoms primitifs qui desservent les plantations de fibroplastes essayaient d'émettre dans ces régions, les montagnes et, surtout, les teslas en période d'activité ne laisseraient passer que les plus concentrés des faisceaux laser ou mégatrans. Sur Pacem, au monastère, peu d'entre nous étaient munis d'un persoc, mais l'infosphère était toujours accessible si nous avions besoin de nous y connecter. Ici, nous n'avons guère le choix.

J'ai écouté les dernières notes du vent de l'abîme, puis j'ai vu les cieux s'assombrir et s'embraser simultanément. Les ronflements de Tuk, endormi sur sa natte devant la tente, m'ont fait sourire, et je me suis dit : *Si c'est cela, l'exil, va pour l'exil.*

Quatre-vingt-huitième jour :

Tuk est mort. On l'a assassiné.

Je l'ai trouvé en sortant de la tente à la première lueur de l'aube. Il dormait dehors, à moins de quatre mètres de moi. Il disait qu'il préférait coucher à la belle étoile.

On lui a tranché la gorge pendant son sommeil. Je n'ai pas entendu le moindre cri. Mais j'ai fait un rêve. J'avais la fièvre, et Semfa était en train de s'occuper de moi. Ses mains froides me palpaient le cou et la poitrine, elles touchaient le crucifix que je porte sur moi depuis mon enfance. Je suis resté là un bon moment, à regarder le cadavre de Tuk et le cercle noir que son sang avait formé sur le sol indifférent d'Hypérion. J'ai frissonné à la pensée que mon rêve avait pu être plus qu'un songe et que de vraies mains s'étaient posées sur moi pendant la nuit.

J'avoue que j'ai réagi plutôt comme un vieil imbécile terrorisé que comme un prêtre. Je lui ai certes administré l'extrême-onction, mais, saisi de panique, j'ai abandonné la pauvre dépouille mortelle de mon guide pour me mettre fébrilement à la recherche d'une arme parmi le matériel de l'expédition. J'ai sorti la machette que nous avions utilisée dans la forêt pluviale et le maser basse tension destiné à la chasse au petit gibier. J'ignore si j'aurais été capable d'utiliser une arme contre un être humain, même pour défendre ma propre existence, mais dans mon affolement je courus avec la machette, le maser et les jumelles à amplification électronique jusqu'à un gros rocher qui dominait la Faille, et je balayai la région à la recherche des meurtriers de Tuk. Mais je ne décelai aucun mouvement, à l'exception des minuscules créatures arboricoles et des insectes que nous avions vus les jours précédents. La forêt elle-même semblait anormalement sombre et dense. La Faille formait des centaines de cavernes, corniches et crevasses qui auraient pu abriter des hordes de sauvages. Une armée entière aurait pu se cacher dans les brumes du nord-est, continuellement présentes.

Au bout de trente minutes de recherches vaines et de lâche panique, je retournai au camp et pris les dispositions nécessaires pour offrir une sépulture décente à mon guide. Il me fallut deux bonnes heures pour creuser un trou suffisant dans le sol rocheux du plateau. Lorsque tout fut fini, après avoir récité la prière des morts, je ne trouvai rien de très personnel à ajouter sur le petit homme fruste et comique qui m'avait fidèlement servi.

— Veillez sur lui, Seigneur, et facilitez-lui le passage, amen, murmurai-je finalement, écœuré de ma propre hypocrisie et convaincu, au fond de mon cœur, que je ne prononçais ces mots que pour moi-même.

Ce soir-là, j'ai déplacé le camp de cinq cents mètres au nord. Ma tente se dresse à présent au milieu d'un espace découvert, à une dizaine de mètres de l'endroit où je suis tapi, adossé à la roche, ma chemise de nuit retroussée, la machette et le maser à portée de la main. Après avoir enseveli Tuk, j'ai passé en revue l'équipement et les caisses. Il me semble que rien ne manque, si ce n'est le paravolt, dont tous les tubes restants ont disparu. Je me suis demandé si quelqu'un ne nous avait pas suivis à travers la forêt des flammes dans l'idée de se débarrasser de Tuk et de me bloquer ici. Mais je ne vois pas ce qui aurait pu motiver un acte aussi abominable. Si quelqu'un des plantations avait voulu nous tuer, il aurait pu le faire dans la forêt pluviale ou, mieux encore du point de vue d'un assassin, pendant notre sommeil, au cœur de la forêt des flammes, là où personne ne pourrait s'étonner de retrouver deux corps carbonisés. Il ne restait plus, par conséquent, que les Bikuras. Les primitifs dont je m'étais entiché.

J'envisageai de rebrousser chemin à travers la forêt des flammes sans paravolt, mais j'abandonnai rapidement cette idée. Une mort certaine m'attendait si je partais, contre une mort probable si je restais.

Encore trois mois avant la prochaine période d'inactivité des teslas. Cent vingt jours locaux, à raison de vingt-six heures par jour. Une éternité.

Christ d'amour et de miséricorde, pourquoi ces choses-là m'arrivent-elles ? Pourquoi ai-je été épargné hier si c'est pour être sacrifié cette nuit… ou bien la prochaine ?

Tapi dans mon creux de rocher, je vois le ciel s'assombrir et j'écoute le sinistre gémissement du vent qui monte de la Faille. Je prie tandis que le ciel s'illumine du passage des météores à la traîne rouge comme le sang.

Ou plutôt, disons que je m'adresse des paroles rassurantes.

Quatre-vingt-quinzième jour :

Les terreurs de la semaine écoulée se sont largement apaisées. Je m'aperçois que même la peur peut s'estomper et devenir banale après quelques jours de retour au calme.

Avec la machette, j'ai coupé quelques arbustes pour m'en faire un abri contre le vent. J'ai recouvert le toit et l'un des côtés de tissu gamma, après avoir calfaté tant bien que mal les rondins avec de la boue. L'abri est adossé à un gros rocher. J'ai ouvert quelques-unes de mes caisses de matériel pour y prélever certains outils, mais j'ai bien peur qu'ils ne me servent pas à grand-chose dans la situation où je me trouve.

J'ai commencé à utiliser les ressources du terrain pour agrémenter un peu mes réserves de nourriture déshydratée, qui diminuent de manière inquiétante. D'après le dérisoire programme établi sur Pacem il y a si longtemps, je devrais être en ce moment, depuis plusieurs semaines, parmi les Bikuras, troquant de menues marchandises contre de la nourriture locale. Mais tant pis. Outre la racine de chalme, insipide mais nutritive et facile à cuire, j'ai découvert une demi-douzaine de variétés de baies et de fruits que mon persoc a jugées comestibles. Jusqu'ici, mon estomac s'est déclaré d'accord, sauf dans un cas, où j'ai dû passer presque toute la nuit accroupi au bord du ravin le plus proche.

J'arpente le territoire qui entoure mon campement avec autant d'impatience que ces pélops en cage auxquels les petits padischahs d'Armaghast attachent tant de prix. Un kilomètre au sud, et quatre à l'ouest, la forêt des flammes est en pleine vigueur. La fumée rivalise avec les volutes de brume perpétuellement en mouvement pour cacher le ciel. Seuls les fourrés d'abestes impénétrables, les étendues rocheuses du sommet du plateau, comme celle où je me trouve, ou encore les crêtes qui forment des espèces de vertèbres dans la carapace du nord-est sont épargnés par les teslas.

Au nord, le plateau s'évase et la végétation devient plus dense aux abords de la Faille, sur une quinzaine de kilomètres, jusqu'à l'endroit où elle est bloquée par une crevasse dont la profondeur représente à peu près le tiers, et la largeur la moitié de celles de la Faille elle-même. Hier, j'ai poussé jusqu'au point situé le plus au nord, et j'ai contemplé, empreint de frustration, le territoire qui s'étend au-delà du précipice. Un autre jour, j'essaierai de le contourner par l'est, dans l'espoir de trouver un passage. Cependant, à en juger par les phénix que j'aperçois de l'autre côté et la fumée qui monte à l'horizon du nord-ouest, je ne devrais y trouver que des ravins couverts de chalme et des steppes où règne la forêt des flammes, comme l'indiquent approximativement les relevés topographiques orbitaux dont je dispose.

Ce soir, tandis que le vent entamait son chant funèbre, je me suis rendu sur la tombe de Tuk. À genoux, j'ai voulu prier, mais rien n'est venu.

Rien n'est venu, Édouard. Je suis aussi vide que ces faux sarcophages que nous avons autrefois exhumés ensemble par dizaines dans les sables stériles du désert de Tarum bel Wadi.

Les gnostiques zen diraient que ce vide est un bon signe, qu'il présage l'ouverture spirituelle vers de nouveaux niveaux de conscience, de nouvelles intuitions, de nouvelles expériences.

Merde.

Le vide que je ressens n'est rien d'autre que… du vide.

Quatre-vingt-seizième jour :

J'ai trouvé les Bikuras. Disons, plutôt, qu'ils m'ont trouvé. J'écris rapidement ces mots avant qu'ils ne viennent me tirer du « sommeil » où ils me croient plongé.

J'étais en train d'effectuer quelques relevés cartographiques à quatre kilomètres à peine au nord du camp lorsque la brume s'est levée à la faveur du réchauffement atmosphérique de la mi-journée, me permettant d'apercevoir quelques terrasses, de mon côté de la Faille, qui étaient demeurées cachées jusqu'alors. Je pris mes jumelle électroniques pour les examiner. Il s'agissait d'une série de gradins, corniches, protubérances, ressauts et redans qui s'avançaient bien au-delà du surplomb. Mais le plus extraordinaire est que je m'aperçus bientôt que j'étais en train d'observer des habitations humaines. Il y avait là une douzaine de huttes primitives, des cabanes faites de blocs de pierre et de branches de chalme tassées et calfatées avec de la mousse. Leur origine humaine était indiscutable.

Je demeurai là un bon moment, les jumelles à la main, essayant de décider si je devais descendre à la rencontre des gens qui avaient édifié ces huttes ou battre précipitamment en retraite avant qu'ils ne me voient. Mais je ressentis, à ce moment-là, ce picotement glacé, au niveau de la nuque, qui permet d'affirmer avec une quasi-certitude que l'on n'est plus tout seul. Abaissant mes jumelles, je me retournai lentement. Ils étaient là. Les Bikuras, au moins une trentaine, formaient un large demi-cercle qui ne me laissait aucune retraite possible vers la forêt.

J'ignore à quoi je m'étais attendu au juste. Des sauvages nus, peut-être, avec une expression féroce et des colliers de dents. Ou peut-être le genre d'ermite barbu et chevelu que les voyageurs rencontrent parfois dans les montagnes de Moshé, sur Hébron. Quoi qu'il en soit, la réalité des Bikuras ne correspondait à rien de tout cela.

Les gens qui s'étaient silencieusement approchés si près de moi étaient de petite taille. Pas un ne dépassait mon épaule. Ils étaient vêtus de robes sombres de facture grossière, qui les couvraient de la nuque aux pieds. Lorsqu'ils se déplaçaient, ce qui était le cas pour certains d'entre eux en ce moment, ils semblaient glisser par terre comme des spectres. De loin, ils me faisaient tout à fait penser à un groupe de jésuites en miniature dans quelque lointaine annexe du Nouveau-Vatican.

Je faillis éclater de rire, mais je fus arrêté à temps par la pensée qu'une telle réaction pourrait être interprétée comme un signe de panique naissante. Les Bikuras, cependant, ne manifestaient aucune hostilité qui eût pu causer cette panique. Ils ne portaient pas d'armes, et leurs petites mains étaient vides. Aussi vides que leur expression.

Leur physionomie est difficile à décrire succinctement. Ils sont chauves, pour commencer. Tous, sans exception. L'absence de toute pilosité, de même que la robe aux plis amples qui descend jusqu'à terre, ne permet pas de distinguer aisément les hommes des femmes. Le groupe qui me faisait face – une cinquantaine d'individus, à présent – semblait constitué uniquement d'adultes à peu près du même âge, entre quarante et cinquante années standard. Ils avaient tous le visage lisse et le teint légèrement jaune, caractéristique que je supposais liée à l'ingestion, sur des générations, de minéraux en traces présents dans le chalme et les autres plantes locales.

J'aurais été tenté de décrire le visage rond des Bikuras comme celui d'un chérubin, mais il suffit de les examiner d'un peu plus près pour que l'impression de douceur angélique disparaisse et fasse place à une interprétation toute différente, celle d'une placidité confinant à l'idiotie pure et simple. En tant que missionnaire, j'ai passé suffisamment de temps sur des planètes arriérées pour être en mesure d'observer à loisir les effets de l'ancienne affection génétique appelée tantôt mongolisme, tantôt syndrome de Down, ou encore séquelles du voyage spatial sur plusieurs générations. Telle fut donc la première impression générale que me donna la soixantaine de petites silhouettes en robe sombre maintenant déployée autour de moi avec le même sourire silencieux d'enfant chauve et mentalement retardé.

Je ne manquai pas de me dire que c'étaient sans doute les mêmes « enfants souriants » qui avaient tranché la gorge de Tuk pendant son sommeil et l'avaient laissé mourir comme un porc saigné.

Le Bikura le plus proche de moi s'avança, s'immobilisa à cinq pas de moi et émit une série de sons monocordes.

— Une seconde, lui dis-je en sortant mon persoc pour le régler sur le mode traduction.

— Beyetet ota menna lot cresfem Ket ? me demanda le petit homme qui me faisait face.

Je mis mes écouteurs juste à temps pour entendre la traduction proposée par le persoc. Il n'y eut même pas de temps d'attente. Ce langage d'apparence exotique n'était que la déformation d'un anglais archaïque utilisé à bord des vaisseaux d'ensemencement, et relativement proche du dialecte des plantations.

— Tu es l'homme qui appartient à la croix/cruciforme ? interpréta le persoc, en me laissant le choix entre les deux substantifs finaux.

— Oui, répondis-je.

J'étais certain, à présent, que c'étaient eux qui m'avaient touché pendant mon sommeil, la nuit où Tuk avait été assassiné. Ce qui signifiait qu'ils étaient probablement ses meurtriers.

J'attendis. Le maser de chasse était dans mon paquetage, qui se trouvait lui-même adossé à un petit chalme à moins de dix pas de là. Une demi-douzaine de Bikuras se tenaient entre l'arme et moi. Mais à quoi bon ? Je savais très bien que je ne me résoudrais jamais à utiliser un tel objet contre des êtres humains, même s'ils avaient assassiné mon guide et se préparaient à me tuer aussi. Je fermai les yeux, récitant un bref acte de contrition. Lorsque je les rouvris, le groupe des Bikuras avait encore grossi. Mais il s'était figé, comme si un quorum avait été atteint ou comme si une décision avait été prise.

— Oui, répétai-je dans le silence. Je suis celui qui porte la croix.

J'entendis le petit haut-parleur du persoc qui prononçait le dernier mot : « cresfem ».

Les Bikuras hochèrent la tête à l'unisson et, comme s'ils avaient derrière eux une longue pratique de garçon de messe, exécutèrent une génuflexion parfaite, accompagnée de froissements de robes.

J'ouvris la bouche pour parler, mais la refermai aussitôt en m'apercevant que je n'avais rien à dire.

Les Bikuras se relevèrent. Une brise souffla sur les chalmes, faisant entendre au-dessus de nous un crépitement sec de début d'automne. Le Bikura le plus proche de moi s'avança, me saisit l'avant-bras de ses doigts courts et glacés, et prononça une brève phrase que mon persoc traduisit par :

— Viens, il est temps d'aller dans nos maisons pour dormir.

C'était le milieu de l'après-midi. Je me demandais si le persoc avait traduit correctement le mot « dormir », ou si c'était, peut-être, une expression idiomatique ou une métaphore pour « mourir ». Je hochai cependant la tête et les suivis vers le village au bord du précipice.

Je suis à présent dans une hutte, et j'attends. Il y a d'étranges froissements à l'extérieur. Quelqu'un d'autre que moi ne dort pas. Je ne peux rien faire d'autre qu'attendre.

Quatre-vingt-dix-septième jour :

Les Bikuras se donnent le nom de « Soixante-dix ».

J'ai passé ces dernières vingt-six heures à leur parler, à les observer et à prendre des notes pendant leur « sieste » quotidienne de deux heures, au milieu de l'après-midi.

Je m'efforce, de manière générale, d'accumuler le plus possible de notes avant qu'il ne leur prenne la fantaisie de me trancher la gorge.

Mais j'ai acquis maintenant la conviction qu'ils ne me feront aucun mal.

Je leur ai parlé hier, après la sieste. Parfois, ils ne répondent pas aux questions. Et quand ils répondent, cela se résume, en général, à des grognements indistincts ou contradictoires tels que des enfants retardés peuvent en émettre. À part les quelques mots qu'ils ont prononcés lors de notre première rencontre, aucun d'eux ne m'a plus posé aucune question.

J'ai essayé de leur tirer des renseignements en procédant lentement, prudemment, avec le calme professionnel d'un ethnologue aguerri. Je leur ai posé des questions aussi simples, aussi factuelles que possible, pour être sûr que le persoc ne pourrait rien déformer. Mais leurs réponses cumulées m'ont laissé aussi ignorant à la fin que je l'étais hier.

Las de corps et d'esprit, j'ai fini par abandonner toute subtilité professionnelle pour leur demander brutalement :

— Avez-vous tué mon compagnon ?

Mes trois interlocuteurs n'ont pas levé la tête du grossier métier à tisser sur lequel ils s'activaient.

— Oui, m'a répondu celui que j'ai surnommé Alpha parce qu'il a été le premier à s'avancer vers moi dans la forêt. Nous avons tranché la gorge de ton compagnon avec des pierres aiguisées et nous l'avons maintenu pendant qu'il se débattait. Il est mort de la vraie mort.

— Pourquoi ? ai-je demandé au bout d'un moment de silence, d'une voix aussi desséchée qu'une vieille enveloppe d'épi de maïs qui tombe en poussière.

— Pourquoi il est mort de la vraie mort ? a demandé Alpha, la tête toujours penchée sur son ouvrage. C'est parce que tout son sang est parti, et il a cessé de respirer.

— Non. Pourquoi l'avez-vous tué ?

Alpha ne répondit pas, mais Betty – qui pourrait être de sexe féminin, et qui pourrait être sa compagne – leva la tête de son métier à tisser en me répondant simplement :

— Pour le faire mourir.

— Mais pourquoi ?

Les réponses, invariablement, tournaient en rond, et ne m'éclairaient pas d'un iota. Tout ce que je pus obtenir comme renseignements, après avoir posé d'innombrables questions, fut que Tuk était mort parce qu'on l'avait tué, et qu'on l'avait tué pour qu'il meure.

— Quelle différence faites-vous entre la mort et la vraie mort ? demandai-je finalement, sans faire confiance, à ce stade, à mon persoc ni à ma patience.

Le troisième Bikura, Del, grogna une réponse que le persoc traduisit ainsi :

— Ton compagnon est mort de la vraie mort. Pas toi.

Poussé, finalement, par une frustration beaucoup trop proche de la fureur, je lançai :

— Pourquoi pas moi ? Pourquoi ne m'avez-vous pas tué ?

Ils interrompirent tous les trois leur ouvrage machinal et me regardèrent.

— Tu ne peux pas être tué parce que tu ne peux pas mourir, me dit Alpha. Tu ne peux pas mourir parce que tu appartiens au cruciforme et que tu suis la voie de la croix.

Je n'avais pas la moindre idée de la manière dont cette damnée machine s'y prenait pour traduire une fois « croix » et une fois « cruciforme ».

Parce que tu appartiens au cruciforme.

Un frisson glacé me parcourut, aussitôt suivi d'une irrésistible envie de rire. Étais-je tombé sur la tribu perdue des holos d'aventure de pacotille, qui vénère le « dieu » tombé du ciel jusqu'au jour où ce malheureux se coupe en se rasant et où la vue du sang, révélant sa nature mortelle, les incite à offrir leur idole déchue en sacrifice à des divinités plus classiques ?

L'idée aurait été plus amusante si le visage de Tuk, vidé de son sang et orné d'une collerette de chair meurtrie et retroussée, n'avait pas été si présent dans ma mémoire.

Leur réaction devant la croix suggérait à coup sûr que j'étais en présence d'un groupe de survivants d'une ancienne colonie chrétienne. Des catholiques ? Mais les données fournies par le persoc étaient formelles sur l'identité des soixante-dix colons dont le vaisseau d'ensemencement s'était écrasé sur ce plateau quatre cents ans auparavant. Ils étaient tous marxistes de la tendance néo-Kerwin, et ils devaient, par conséquent, être indifférents, voire hostiles, à toutes les vieilles religions de la Terre.

Il eût été préférable pour moi que j'abandonne ce sujet trop dangereux, mais mon stupide besoin de savoir me poussa à demander :

— Adorez-vous Jésus ?

Leur expression vide rendait superflue toute réponse de leur part.

— Et le Christ ? insistai-je. Jésus-Christ ? Les chrétiens ? L'Église catholique ?

Ils ne manifestèrent pas plus d'intérêt.

— La vierge Marie ? Saint Pierre ? Saint Paul ? Saint Teilhard ?

Le persoc produisit des bruits divers, mais ces noms ne semblaient avoir aucune signification pour eux.

— Vous adorez la croix ? demandai-je en désespoir de cause, pour rétablir le contact.

Ils se tournèrent tous les trois vers moi.

— Nous appartenons au cruciforme, déclara Alpha.

Je hochai lentement la tête. Je n'y comprenais toujours rien.

Ce soir, je me suis endormi juste avant le coucher du soleil. Le chant d'orgue de la Faille m'a réveillé peu après. Le vent est beaucoup plus sonore ici, sur les gradins du village. Même les huttes semblent participer au concert du vent modulé par le moindre interstice entre deux pierres, le moindre branchage du toit et les moindres trous d'évacuation grossiers de la fumée.

Il y avait quelque chose d'anormal. Il me fallut une ou deux minutes pour me réveiller pleinement et me rendre compte que le village était désert. Les huttes étaient abandonnées. Je m'assis sur un rocher froid, en me demandant si ce n'était pas ma présence qui avait provoqué un exode massif. La musique du vent était terminée, les météores commençaient leur spectacle nocturne à travers les déchirures entre les nuages lorsque j'entendis du bruit derrière moi et me retournai pour voir mes soixante-dix Bikuras qui se tenaient sans bruit derrière moi.

Ils me dépassèrent sans dire un mot pour regagner leurs huttes. Aucune lumière ne s'alluma. Je les imaginai accroupis dans le noir, le regard inerte.

Je m'attardai quelques instants dehors, ne voulant pas regagner tout de suite ma propre hutte. Au bout d'un moment, je m'avançai jusqu'à la limite de la corniche herbeuse et me penchai vers l'abîme. Des plantes grimpantes et des racines s'accrochaient à la paroi rocheuse, mais elles semblaient prendre fin au bout de quelques mètres. Aucune liane n'avait l'air assez longue pour descendre jusqu'au fleuve qui coulait deux mille mètres plus bas.

Pourtant, les Bikuras étaient montés par là.

Tout cela n'avait aucun sens. J'ai regagné ma hutte en secouant la tête. J'écris ces mots à la lueur du disque de mon persoc. J'essaie de penser aux précautions que je pourrais prendre pour être sûr de voir la lueur de l'aube.

Mais je n'en trouve aucune.

Cent troisième jour :

Plus j'apprends, moins je comprends.

J'ai transféré la plus grande partie de mon matériel dans la hutte vide qu'ils m'ont laissée dans le village.

J'ai pris quelques photos, enregistré des plaquettes audio et vidéo, mis en images toute une prise holo du village et de ses habitants. Ils semblent totalement indifférents. Je leur projette des images d'eux-mêmes, et ils passent à travers elles comme si elles n'existaient pas. Je leur fais entendre leurs paroles enregistrées, et ils se contentent d'aller s'asseoir dans leurs huttes pendant des heures, à ne rien faire, muets comme des tombes. Je leur propose de la pacotille, ils l'acceptent sans commentaire, vérifient si cela se mange puis l'abandonnent n'importe où. L'herbe est jonchée de perles de plastique, de miroirs, de bouts d'étoffe de toutes les couleurs et de stylos à bille bon marché.

J'ai monté mon petit labo médical, mais en pure perte. Les Soixante-dix refusent de se laisser examiner. Ils refusent de me laisser prélever des échantillons sanguins, bien que je leur aie affirmé mille fois que cela ne fait aucun mal. Il ne me laissent même pas utiliser sur eux un scanneur médical. Bref, ils refusent toute coopération. Ils n'acceptent ni discussion ni explications. Ils me tournent simplement le dos et s'en vont vaquer à leurs non-occupations.

Après avoir passé une semaine entière parmi eux, je suis toujours parfaitement incapable de faire la différence entre les hommes et les femmes. Leurs visages me rappellent ces trompe-l'œil qui changent de forme au moment même où on les regarde. Quelquefois, le visage de Betty me paraît indéniablement féminin, mais dix secondes plus tard il est totalement asexué, et je lui redonne le nom de Bêta. Même les voix sont indéfinissables. Douces et bien modulées, elles pourraient appartenir à l'un ou l'autre sexe. Elles me rappellent ces robodoms mal programmés que l'on rencontre parfois encore sur les mondes arriérés.

J'en suis à épier les Bikuras dans l'espoir d'en apercevoir un tout nu. Ce n'est certes pas une chose facile à admettre pour un jésuite de quarante-huit années standard ! Mais même pour un voyeur professionnel, je ne crois pas que ce serait chose facile. Le tabou sur la nudité semble absolu chez les Bikuras. Ils ne quittent jamais leur longue robe durant le jour, ni même durant leur sieste de deux heures. Ils s'éloignent toujours du village pour faire leurs besoins, et je suis sûr qu'ils relèvent à peine leur robe pour cela. Je n'ai pas l'impression qu'ils se lavent. Cela devrait causer quelques problèmes de nature olfactive, mais il ne se dégage aucune espèce d'odeur de ces primitifs à l'exception du très léger parfum suave du chalme.

— Vous devez bien vous déshabiller quelquefois, ai-je

demandé un jour abruptement à Alpha, au mépris de toute délicatesse.

— Non, m'a-t-il dit avant de s'éloigner pour s'asseoir dans un coin, inoccupé comme toujours et habillé de pied en cap.

Ils n'ont pas de nom. J'ai trouvé cela invraisemblable, au début, mais j'en ai à présent la certitude.

— Nous sommes tout ce qui a été et sera jamais, m'a dit le plus petit d'entre eux, qui pourrait être de sexe féminin et que j'appelle Eppie. Nous sommes les Soixante-dix.

J'ai fait quelques recherches dans mon persoc, et j'ai reçu confirmation de ce que je soupçonnais déjà. Sur les seize mille et quelques types recensés de société humaine, aucun ne se signale par l'absence totale de noms individuels. Même parmi les humains des sociétés-ruchers de Lusus, chaque individu répond à une catégorie désignée par un code simple.

Je leur ai dit comment je m'appelais, et je n'ai eu droit en retour qu'à des regards dépourvus d'expression.

— Père Duré, ai-je répété patiemment. Je suis le père Paul Duré.

Le persoc répète fidèlement ces mots, mais ils n'essaient même pas de prononcer mon nom.

Hormis leur disparition collective, chaque jour avant le coucher du soleil, et leur sieste de deux heures au milieu de l'après-midi, ils ont très peu d'activités en tant que groupe. Même la répartition de leurs logements semble faite au hasard. Al, par exemple, passe ses heures de sieste tantôt avec Betty, tantôt avec Gam, ou encore avec Zelda ou Pete. Aucune règle ne semble les guider. Tous les trois jours, ils se rendent tous, au complet, dans la forêt et font main basse sur tout ce qu'ils trouvent de bon à manger : racines et écorce de chalme, baies, fruits, etc. J'étais sûr qu'ils étaient végétariens jusqu'au jour où j'ai vu Del mordre dans une jeune créature arboricole qui semblait morte depuis longtemps. Le petit primate avait dû tomber d'une haute branche. Il semble donc que les Soixante-dix ne dédaignent pas, à l'occasion, un complément carné à leur régime, mais qu'ils soient trop stupides et indolents pour chasser des proies.

Chaque fois qu'ils ont soif, les Bikuras doivent parcourir environ trois cents mètres pour aller boire à une cascade qui se jette dans la Faille. Je n'ai vu dans leurs huttes aucun objet qui ressemble à un récipient. Je conserve une réserve d'eau personnelle de quarante litres dans des bidons en plastique, mais aucun habitant du village ne s'y est jamais intéressé. Compte tenu de l'estime en chute libre que j'éprouve actuellement pour eux, je ne suis pas étonné qu'ils aient passé des générations entières dans un village où il n'y a même pas un point d'eau.

— Qui a bâti ces maisons ? ai-je demandé.

Ils n'ont pas de mot pour dire « village ».

— Les Soixante-dix, me répond Will.

Je le distingue aisément des autres grâce à un doigt cassé qui ne s'est pas remis correctement en place. Chacun d'eux, quand on y regarde de près, a quelque chose qui le distingue des autres. Mais je me demande, parfois, s'il ne serait pas plus facile de faire la différence entre des corneilles.

— Quand ont-elles été bâties ?

Mais je ne me fais pas d'illusions. L'expérience m'a appris qu'ils ne répondaient jamais à une question commençant par « quand ».

Celle-ci ne fait pas exception à la règle.

Chaque soir, ils descendent dans la Faille en s'aidant des lianes. J'ai essayé de les suivre, le troisième soir, mais ils se sont mis à six pour me faire rebrousser chemin jusqu'à ma hutte, d'une manière en même temps douce et ferme. C'était la première fois qu'ils faisaient preuve, à mon égard, d'un comportement que l'on pourrait qualifier d'agressif, et cela m'a rempli d'une certaine appréhension.

Le lendemain, lorsqu'ils se sont mis en route, j'ai sagement regagné ma hutte, sans même me retourner. Mais par la suite, quand ils sont revenus, je suis allé discrètement récupérer mon imageur et son trépied, dissimulés dans une crevasse de la falaise. Les vues holos montrent les Bikuras en train de descendre le long de la falaise, agrippés aux lianes, aussi agilement que les petites créatures arboricoles qui peuplent les forêts de chalme et de vorts. Mais, au bout d'un moment, ils disparaissent sous le surplomb.

— Que faites-vous, chaque soir, quand vous descendez dans la Faille ? ai-je demandé à Al.

Il m'a considéré quelques instants avec ce sourire de bouddha inspiré que j'en suis arrivé à haïr.

— Tu appartiens au cruciforme, m'a-t-il dit comme si cela répondait à tout.

— Est-ce que vous descendez pour pratiquer un culte ?

Pas de réponse.

— Je suis comme vous le serviteur de la croix, ai-je ajouté, sachant que mon persoc traduirait : « J'appartiens au cruciforme. »

Je pense que je n'aurai bientôt plus besoin de cette machine pour traduire, mais nous avions là une conversation trop importante pour que je laisse quoi que ce fût au hasard.

— Cela signifie-t-il que je pourrais me joindre à vous lorsque vous descendez dans la Faille ? ai-je demandé.

L'espace d'un moment, j'eus l'impression qu'il réfléchissait. Son front se plissa. C'était la première fois que je voyais, sur le visage de l'un des Soixante-dix, une expression qui ressemblait vraiment à un froncement de sourcils. Puis il me répondit :

— Ce n'est pas possible. Tu appartiens au cruciforme, mais tu ne fais pas partie des Soixante-dix.

J'eus conscience que la formulation de cette distinction avait dû mobiliser chaque neurone et chaque synapse de son cerveau.

— Que feriez-vous si je descendais dans la Faille ? demandai-je alors.

Je ne m'attendais pas à une réponse. Les questions spéculatives n'en recevaient généralement guère plus que celles qui étaient axées sur la chronologie. Mais cette fois-ci fut l'exception. Alpha retrouva son sourire de chérubin pour murmurer avec calme :

— Si tu essaies de descendre le long de la falaise, nous te maintiendrons dans l'herbe, nous prendrons des cailloux pointus, nous te couperons la gorge et nous attendrons que ton sang cesse de couler et ton cœur de battre.

Je ne répliquai pas. Je me demandais s'il entendait le martèlement de mon cœur en cet instant. *Au moins*, me disais-je, *tu n'as plus à t'inquiéter qu'ils te prennent pour un dieu, maintenant.*

Le silence se prolongea. Finalement, Al ajouta une petite phrase à laquelle je n'ai cessé de penser jusqu'à présent.

— Et si tu recommençais après cela, nous serions obligés de te tuer encore.

Nous nous sommes longtemps regardés, chacun de son côté convaincu, j'en suis sûr, que l'autre était un parfait idiot.

Cent quatrième jour :

Chaque découverte ne fait qu'ajouter à ma confusion.

L'absence d'enfants dans le village m'a intrigué depuis le premier jour. En reprenant mes notes, je trouve de nombreuses mentions concernant cette énigme dans les observations dictées au jour le jour à mon persoc, mais aucune trace dans ce fouillis personnel que j'appelle mon journal. Peut-être, inconsciemment, ai-je jugé les implications trop effrayantes.

En réponse à mes efforts répétés et maladroits pour percer ce mystère, les Soixante-dix n'ont pu m'offrir que les éclaircissements habituels, consistant en sourires béats assortis de coq-à-l'âne en comparaison desquels le bavardage du plus demeuré des idiots de village de tout le Retz pourrait passer pour une succession d'aphorismes avisés. La plupart du temps, au demeurant, je n'ai pas de réponse du tout.

Un jour, m'étant rapproché de celui que j'ai nommé Del et ayant attendu patiemment qu'il veuille bien s'apercevoir de ma présence, je lui ai posé ma question :

— Pourquoi n'y a-t-il pas d'enfants ?

— Nous sommes les Soixante-dix, a-t-il murmuré.

— Où sont vos bébés ?

Pas de réponse. Pas même de regard gêné éludant la question. Simplement un visage sans expression.

— Lequel est le plus jeune d'entre vous ? ai-je demandé après avoir pris une longue inspiration.

Del a paru réfléchir, aux prises avec un concept qui le dépassait. Je me demande si les Bikuras ont perdu tout sens chronologique au point que de telles questions soient condamnées à ne jamais recevoir de réponse. Mais au bout d'une minute ou deux de silence, il a pointé l'index en direction de l'endroit où Al était accroupi au soleil, son petit métier à tisser primitif à la main.

— C'est lui qui est revenu le dernier, a-t-il dit.

— Revenu ? D'où ?

Il m'a regardé sans aucune émotion ni impatience.

— Tu appartiens au cruciforme, m'a-t-il dit. Tu dois connaître les voies de la croix.

Je hochai lentement la tête. J'en savais assez pour identifier là l'une des nombreuses boucles d'illogisme qui faisaient habituellement dérailler nos conversations. Je m'efforçai de ne pas lâcher le fil ténu d'information qui nous reliait encore en disant :

— Si je comprends bien, Al est le dernier qui soit né. Qui soit revenu. Mais d'autres, après lui… reviendront ?

Je n'étais même pas certain de comprendre ma propre question. Comment se renseigne-t-on sur les choses qui concernent la naissance lorsque l'interlocuteur auquel on a affaire n'a pas de mot pour désigner un enfant et semble ignorer le concept de temps ? Mais Del parut saisir ce que je venais de dire. Il approuva d'un mouvement de tête. Encouragé, je poursuivis :

— Quand le prochain des Soixante-dix naîtra-t-il, ou reviendra-t-il ?

— Personne ne peut revenir tant qu'il n'est pas mort, répliqua Del.

Je crus soudain comprendre.

— Tu veux dire qu'il n'y a pas d'enf… que personne ne

reviendra tant que quelqu'un ne mourra pas, murmurai-je. Vous remplacez ceux qui meurent par d'autres pour que les Soixante-dix ne changent jamais de nombre ?

Del répondit par l'un de ces silences que j'avais appris à interpréter comme un assentiment. Le système paraissait relativement simple. Les Bikuras respectaient sérieusement leur nom. Ils maintenaient leur population à soixante-dix, soit le nombre exact de passagers du vaisseau d'ensemencement tombé sur cette planète quatre cents ans auparavant, une coïncidence étant ici improbable. Lorsque l'un d'eux mourait, ils faisaient naître un enfant pour remplacer l'adulte. Simple comme tout.

Mais parfaitement impossible. Les lois de la biologie et de la nature ne fonctionnent pas ainsi. Outre le problème du seuil démographique, il y avait d'autres absurdités évidentes. Bien qu'il soit difficile d'attribuer un âge à ces individus imberbes, il saute aux yeux que la différence entre le plus jeune et le plus âgé n'excède pas dix ans. Bien qu'ils se comportent tous, la plupart du temps, comme des enfants, je serais tenté de dire que leur âge moyen se situe entre quarante et quarante-cinq années standard. Où sont donc leurs vieux ? Où sont les parents, les oncles âgés et les tantes célibataires ? À ce train-là, toute la tribu vieillira à peu près à la même époque. Que se passera-t-il lorsque plus personne ne sera en âge d'avoir des enfants, et qu'il faudra remplacer ceux qui meurent ?

Les Bikuras mènent une vie monotone et sédentaire. Le pourcentage de morts accidentelles, même au bord d'un abîme comme la Faille, doit être faible. Il n'y a aucun prédateur dans la région. Les variations climatiques sont minimes, et je pense que les sources de nourriture sont stables. Malgré tout, je suis sûr qu'il a dû y avoir, au cours des quatre cents ans d'existence de cette singulière tribu, des périodes où la famine a décimé le village, où les lianes ont cédé plus que de coutume sous le poids d'un Bikura, bref, une de ces séries statistiques causées par n'importe quoi, qui font subitement grimper la courbe de mortalité et que les compagnies d'assurances, depuis des temps immémoriaux, ont toujours redoutées partout.

Mais comment s'y prennent-ils, dans ce cas ? Se mettent-ils à procréer subitement pour compenser les pertes avant de reprendre leur petite vie asexuée ? Sont-ils différents des autres groupes humains connus au point de passer par des périodes de rut conjoncturel qui ne surviennent qu'une fois tous les dix ou vingt ans, voire une seule fois dans toute leur existence ? J'en doute.

J'ai beau passer toutes les possibilités en revue, je n'en trouve aucune qui soit vraiment satisfaisante. Supposons que ces gens vivent très longtemps, et qu'ils soient en mesure de se reproduire durant toute leur vie, uniquement pour remplacer les pertes. Cela n'explique pas pourquoi ils ont tous le même âge. Et je ne vois pas comment ils auraient pu acquérir une telle longévité. Les meilleurs produits contre le vieillissement offerts par l'Hégémonie permettent, au mieux, de prolonger la vie active de quelques années au-delà des cent ans fatidiques. L'hygiène de vie et les remèdes préventifs permettent de jouir d'une bonne vitalité jusqu'à soixante-dix ans – presque mon âge –, mais si l'on excepte les transplantations clonées, la biotechnologie et les autres luxes réservés aux gens très riches, personne, dans le Retz, ne saurait songer à fonder une famille à soixante-dix ans ou à danser à son cent dixième anniversaire. Si le simple fait de se nourrir de racines de chalme ou de respirer l'air pur du plateau des Pignons avait des effets sensibles sur la longévité humaine, on peut parier que tout Hypérion, à l'heure qu'il est, mâcherait du chalme sur ce plateau, que la planète serait équipée d'un distrans depuis des siècles et que chaque citoyen de l'Hégémonie disposant d'une plaque universelle viendrait y passer ses vacances et sa retraite.

Non. La seule conclusion logique est que les Bikuras mènent une existence normale, qu'ils ont des enfants de manière normale, mais qu'ils les tuent, sauf lorsque l'un des Soixante-dix doit être remplacé. Ils pratiquent peut-être l'abstinence ou une quelconque méthode de limitation des naissances – plutôt que le massacre de leurs nouveau-nés – en attendant que toute la tribu atteigne un âge où le besoin d'un sang nouveau se fasse sentir. Tout le monde se mettrait alors à procréer en même temps, ce qui expliquerait que tous les membres de la tribu ont apparemment toujours le même âge.

Mais qui éduquerait les jeunes ? Et que deviendraient leurs parents et les gens âgés ? Les Bikuras transmettent-ils les rudiments de ce qui pourrait passer, à l'extrême limite, pour une culture, avant de se laisser mourir ? Cela – c'est à dire la disparition d'une génération en bloc – correspondrait-il à leur concept de « vraie mort » ? Les Soixante-dix assassineraient-ils collectivement les individus situés aux deux extrémités de leur courbe démographique en forme de cloche ?

Ce genre de spéculation est tout à fait stérile. Je commence à en avoir furieusement assez de mon incapacité à résoudre les problèmes. Définis-toi une stratégie une bonne fois pour toutes, Paul, et suis-la. Bouge un peu ton cul de jésuite !

Problème : Comment différencier les sexes ?

Solution : Amène quelques-uns de ces pauvres diables, par la persuasion ou par la force, à se prêter à un examen médical. Découvre ce que peuvent cacher le mystère des rôles sexuels et le tabou sur la nudité. Une société qui dépend, pour la limitation de ses naissances, d'une abstinence rigoureuse étalée sur plusieurs années est-elle compatible avec ta théorie ?

Problème : Pourquoi les Soixante-dix tiennent-ils tant à maintenir leur population au niveau de la colonie apportée à l'origine par le vaisseau spatial en perdition ?

Solution : Harcèle-les jusqu'à ce que tu la découvres.

Problème : Où sont les enfants ?

Solution : Ne leur laisse pas de répit jusqu'à ce que tu l'apprennes. Il est possible que leur voyage quotidien dans les profondeurs de la Faille soit lié à cette question. Qui sait s'ils n'ont pas une garderie en bas ? Ou bien un tas de petits ossements ?

Problème : Que signifient exactement les expressions « appartenir au cruciforme » et « suivre la voie de la croix » ? Ne s'agit-il pas, de toute évidence, d'une déformation des croyances religieuses des premiers colons ?

Solution : Découvre-la en allant à la source. Leur descente quotidienne dans l'abîme est-elle liée à des pratiques religieuses ?

Problème : Qu'y a-t-il en bas ?

Solution : Découvre cela en descendant toi-même.

Demain, s'ils respectent leur programme habituel, ils vont tous aller dans les bois durant plusieurs heures pour ramasser des baies. Cette fois-ci, je n'irai pas avec eux.

Je vais descendre dans la Faille.

Cent cinquième jour :

9 h 30. Merci, ô mon Dieu, de m'avoir permis de voir ce que j'ai vu aujourd'hui.

Merci, ô mon Dieu, de m'avoir fait venir ici en cet instant pour y découvrir la preuve de ta Présence.

11 h 25. Édouard... Édouard !

Il faut que je retourne à la civilisation. Pour vous montrer. Pour montrer au monde entier !

J'ai emballé les affaires dont j'aurai besoin. Les disques et le film de l'imageur sont dans un sac que j'ai tressé avec des fibres d'abeste. J'ai de l'eau, de la nourriture, mon maser avec ses batteries à moitié déchargées, ma tente, des vêtements pour la nuit.

Si seulement le paravolt n'avait pas disparu !

J'ai soupçonné les Bikuras de l'avoir volé, mais j'ai cherché partout dans les huttes et la forêt voisine. Et je ne vois pas très bien ce qu'ils pourraient en faire.

Peu importe.

Je partirai aujourd'hui si je peux. Autrement, le plus tôt possible.

Édouard ! Tout est là, sur le film et les disques !

14 h. Impossible de passer aujourd'hui à travers la forêt des flammes. La fumée m'empêche même de m'approcher de la zone d'activité.

Je suis retourné au village, et j'ai revu les holos. Impossible de se tromper. Le miracle est authentique.

15 h 30. Les Soixante-dix vont rentrer d'un moment à l'autre. Et s'ils savaient… s'ils étaient capables de savoir, rien qu'en me regardant, que je suis allé là-bas ?

Je pourrais me cacher.

Je n'ai aucune raison de me cacher. Dieu ne m'a pas fait venir de si loin pour me montrer ce que j'ai vu et me laisser périr ensuite des mains de ces pauvres enfants.

16 h 15. Les Soixante-dix sont rentrés. Ils ont regagné leurs huttes sans même m'accorder un regard.

Assis sur le seuil de ma cabane, je ne peux pas m'empêcher de sourire, de rire aux éclats et de prier. Tout à l'heure, je suis allé au bord de la falaise dire la messe et communier. Les Bikuras ne se sont pas intéressés à moi.

Quand pourrai-je partir d'ici ? Le contremaître Orlandi et Tuk ont dit que la forêt des flammes demeurait en pleine activité pendant trois mois, cent vingt jours locaux, puis qu'il y avait un répit relatif de deux mois. Tuk et moi sommes arrivés le quatre-vingt-septième jour…

Je ne peux pas attendre encore cent jours pour rapporter la nouvelle au monde, à l'univers tout entier. Si seulement un glisseur pouvait braver la forêt des flammes et me tirer de là ! Si seulement j'avais accès à l'un des infosats qui desservent les plantations !

Tout est possible. D'autres miracles se produiront, maintenant.

23 h 50. Les Soixante-dix sont descendus dans la Faille. Le chœur du vent monte de partout.

Si seulement je pouvais être en bas avec eux !

Je vais faire ce qui s'en rapproche le plus. Je vais m'agenouiller ici, au bord de la falaise, et prier tandis que le vent des abîmes chante ce qui ne peut être, je le sais maintenant, qu'un hymne à la présence bien réelle de mon Dieu.

Cent sixième jour :

J'ai ouvert les yeux dans un matin parfait. Le ciel avait une couleur turquoise intense, le soleil y était serti comme une petite pierre sanguine. Je suis sorti sur le seuil de ma hutte tandis que la brume s'éclaircissait, que les créatures arboricoles donnaient leur premier concert de piaillements et que l'atmosphère se réchauffait peu à peu. Puis je suis rentré regarder une nouvelle fois mon film et mes disques.

Je m'aperçois que, dans la confusion d'hier, je n'ai pas encore décrit ce que j'ai vu en bas. Je vais essayer de le faire maintenant. J'ai sous les yeux les disques, le film et les notes de mon persoc, mais je continue de remplir ce journal par crainte que tout le reste ne soit détruit un jour.

Il était environ 7 h 30 quand je me suis laissé descendre, hier matin, contre le flanc de la falaise. À voir les Bikuras, il paraissait facile de s'aider des lianes, qui sont en nombre suffisant pour former des sortes d'échelles presque partout. Mais lorsque j'ai commencé à me balancer au-dessus du vide, j'ai senti mon cœur battre à se rompre. Il devait bien y avoir trois mille mètres de dénivellation jusqu'en bas. Agrippé à deux lianes à la fois pour plus de sécurité, je me suis laissé glisser lentement, en évitant de regarder en direction de l'abîme.

Il m'a fallu près d'une heure pour couvrir les cent cinquante mètres que les Bikuras, à n'en pas douter, descendent en dix minutes. Finalement, j'ai atteint la courbe d'un gros rocher en surplomb. Quelques lianes pendaient encore dans le vide, mais la plupart suivaient par en dessous le contour de la roche en direction de la falaise, à une trentaine de mètres vers l'intérieur. Quelques-unes de ces lianes semblaient même avoir été grossièrement tressées pour former des sortes de passerelles sur lesquelles les Bikuras devaient être capables d'avancer sans s'aider des mains. Pour ma part, je les suivis en rampant, en m'aidant des lianes qui pendaient, et en murmurant des prières que je n'avais pas récitées depuis mon enfance. Je gardais les yeux fixés droit devant moi, comme si cela pouvait me faire oublier qu'il n'y avait qu'un vide pratiquement infini sous les rudes cordes qui se balançaient en crissant sous mon poids.

Une corniche assez large longeait la falaise à cet endroit.

J'attendis de m'être avancé de trois mètres vers la paroi avant de me laisser glisser, agrippé à une liane, sur la plate-forme située à deux mètres au-dessous de moi.

La corniche avait environ cinq mètres de large et se terminait un peu plus loin, au nord-est, à l'endroit où la masse du surplomb prenait naissance. Je suivis la direction opposée sur une trentaine de pas et m'arrêtai subitement, frappé de stupeur. C'était un véritable sentier qu'il y avait là, gravé dans la roche ! Sa surface polie s'était creusée de plusieurs centimètres. Plus loin, là où la corniche s'incurvait en descendant, des marches avaient été taillées, mais elles aussi étaient usées par les pas au point de former un creux visible en leur milieu.

Je m'assis quelques instants pour digérer cette simple évidence. Quatre cents ans de visites quotidiennes par le groupe des Soixante-dix ne suffisaient d'aucune manière à expliquer l'érosion de cette roche massive. Quelqu'un ou quelque chose devait utiliser ce chemin bien avant que le vaisseau d'ensemencement ne tombe sur la planète. Ce passage servait à quelqu'un ou à quelque chose depuis des millénaires !

Je repris ma progression. On entendait le bruit lointain du vent qui soufflait à travers la Faille, mais je m'aperçus, en tendant l'oreille, que je pouvais capter également le bruit léger du fleuve qui coulait au fond de l'abîme.

Le sentier s'incurvait sur la gauche pour contourner une protubérance de la falaise, et finissait là. Je m'avançai sur une large dalle qui descendait en pente douce, et me trouvai alors devant un spectacle qui me fit faire machinalement le signe de la croix.

La corniche étant orientée nord-sud sur une centaine de mètres, la vue qui s'offrait à l'ouest, à travers la trouée de la Faille, sur une bonne trentaine de kilomètres, portait jusqu'au plateau, à ciel ouvert. Je compris tout de suite que le soleil couchant, chaque soir, devait illuminer cette avancée de la falaise, et je n'aurais pas été surpris d'apprendre qu'à certaines périodes de l'année, en particulier aux solstices de printemps et d'automne, le soleil d'Hypérion, observé de cette plate-forme, donnait l'impression de se coucher directement dans la Faille, les bords embrasés de son orbe effleurant à peine les parois rocheuses teintées de pourpre.

Je me tournai vers l'est pour examiner la falaise. Le sentier de pierre polie conduisait directement à une double porte taillée dans la paroi rocheuse. Plus qu'une double porte, c'était un portail monumental, orné de moulures et de linteaux de pierre finement sculptée. De part et d'autre des deux battants de ce portail s'élevaient de larges fenêtres à vitraux qui devaient faire au moins vingt mètres de haut. Je me rapprochai de la façade. Ceux qui avaient construit ce monument avaient taillé la falaise de granit pour élargir le rebord en dessous du surplomb, et avaient creusé une galerie dans les profondeurs de la roche. Je passai la main sur les reliefs ornementaux profonds qui entouraient le portail. Tout avait été érodé et poli par le temps, même dans cet endroit abrité de presque tous les éléments par la roche en surplomb. Depuis combien de milliers d'années ce… ce temple avait-il été creusé dans la paroi sud de la Faille ?

Les vitraux n'étaient ni en verre ni en plastique, mais semblaient faits d'un matériau épais et translucide, aussi dur, au toucher, que le granit environnant. Et il ne s'agissait pas d'un assemblage de panneaux, mais d'une seule surface où les couleurs se mêlaient, tourbillonnaient et se superposaient comme de l'huile à la surface de l'eau.

Je sortis ma lampe de mon paquetage, appuyai légèrement sur l'un des battants et fus pris d'une soudaine hésitation lorsque le haut portail glissa sans bruit et sans résistance vers l'intérieur.

Je pénétrai dans le vestibule – il n'y a pas d'autre mot –, traversai un espace silencieux d'une dizaine de mètres et me retrouvai devant un nouveau mur fait du même matériau translucide que les vitraux qui brillaient derrière moi, emplissant le vestibule d'une lumière dense faite de dizaines de riches tons subtils. Je compris, une fois de plus, qu'à l'heure du couchant les rayons du soleil devaient baigner cet espace d'incroyables faisceaux de lumière multicolore qui, sans aucun doute, traversaient le mur translucide qui était devant moi pour illuminer ce qui se trouvait de l'autre côté.

Je découvris, dans la surface de vitrail, une porte à l'encadrement de métal noir, et je la franchis à son tour.

Sur Pacem, nous avons, tant bien que mal, à l'aide de photos et de films holos, reproduit la basilique de Saint-Pierre à peu près exactement telle qu'elle se dressait dans l'ancien Vatican. Longue de deux cents mètres et large de cent trente-cinq, elle peut accueillir cinquante mille fidèles lorsque Sa Sainteté célèbre la messe. Mais nous n'avons jamais eu plus de cinq mille pratiquants sur Pacem, même lorsque le Concile des Évêques de Tous les Mondes se réunit, tous les quarante-trois ans. Dans l'abside centrale, où se trouve notre copie du *Trône de saint Pierre* sculpté par Bernin, le grand dôme s'élève de plus de cent trente mètres au-dessus du plancher de l'autel. C'est un espace impressionnant.

L'espace où je me trouvais était encore plus vaste.

Dans la lumière filtrée, je me servis de ma torche pour m'assurer que je me trouvais bien dans une seule salle énorme, un hall géant creusé à même le roc. J'estimai que les murs de pierre polie devaient grimper si haut jusqu'à la coupole que celle-ci ne pouvait pas se trouver bien loin de la surface où les Bikuras avaient édifié leurs huttes. Il n'y avait aucun ornement à l'intérieur, aucun meuble, aucune concession à la forme ou à la fonction, excepté l'objet érigé juste au centre de la grande salle qui résonnait comme une caverne.

Au milieu du grand hall s'élevait un autel, constitué d'un cube de pierre de cinq mètres de côté dont l'origine devait remonter au percement de la falaise. Et au centre de cet autel se dressait une croix.

Elle mesurait quatre mètres de haut sur trois de large, et elle était sculptée dans le style complexe des vieux crucifix de l'Ancienne Terre. La croix faisait face au mur-vitrail comme si elle attendait le soleil et l'explosion de lumière qui embraseraient les diamants incrustés, les saphirs, les cristaux de sang, les lapis, les larmes de reine, les onyx et autres pierres précieuses que je découvrais à la lueur de ma torche en me rapprochant.

Je me mis à genoux pour prier. Éteignant la torche, je dus attendre plusieurs minutes que mes yeux s'accoutument à l'obscurité afin de discerner la croix dans la pénombre fumeuse. C'était là, sans nul doute, le cruciforme dont parlaient les Bikuras. Et il avait été placé ici des millénaires auparavant – dix mille ans, peut-être –, bien avant que l'humanité ne quitte pour la première fois l'Ancienne Terre, sans doute avant même que le Christ ne diffuse son message en Galilée.

Je me mis à prier.

Je suis maintenant au soleil, après avoir fini de classer mes disques holos. J'ai pu avoir confirmation, en les revoyant, d'un fait que j'avais à peine remarqué, dans mon excitation, en remontant de ce que j'appelle maintenant « la basilique ». Le sentier continue. Il y a des marches qui descendent dans la Faille. Elles ne sont peut-être pas aussi usées que celles qui mènent à la basilique, mais elles sont tout aussi étonnantes. Dieu seul sait quelles autres merveilles attendent en bas.

Il faut que le monde soit prévenu de cette découverte !

Quelle ironie que ce soit justement moi qui l'aie faite ! Sans l'affaire d'Armaghast et mon exil, il aurait peut-être fallu attendre encore des siècles ! L'Église se serait éteinte avant que ces révélations ne lui insufflent une nouvelle vie !

Mais la découverte est là, et c'est moi qui l'ai faite.

D'une manière ou d'une autre, je réussirai à faire sortir d'ici mon message.

Cent septième jour :

Je suis prisonnier.

Ce matin, je me lavais à l'endroit habituel, non loin du bord de la falaise où le cours d'eau se jette en cascade dans le vide, lorsque j'ai entendu du bruit derrière moi. Del était là, en train de m'observer avec de grands yeux. Je lui ai fait un signe d'amitié de la main, mais il a pris ses jambes à son cou. Cela m'a laissé perplexe. C'était la première fois que je voyais un Bikura courir. J'avais dû enfreindre leur puissant tabou sur la nudité en me montrant torse nu à Del.

Je secouai la tête en souriant, m'habillai et retournai au village. Si j'avais su ce qui m'y attendait, je n'aurais pas eu envie de sourire.

Les Soixante-dix au complet me regardaient approcher. Je me suis arrêté à une dizaine de pas d'Alpha.

— Bonjour, lui ai-je dit.

Il a fait un geste, et six Bikuras se sont jetés sur moi. Immobilisant mes bras et mes jambes, ils m'ont cloué au sol. Bêta s'est avancé, et il – ou elle – a tiré de dessous sa robe une longue pierre à l'arête tranchante. Je me suis débattu comme un diable, mais en vain. Bêta a alors lacéré mes vêtements jusqu'à ce que je me retrouve presque nu. J'ai cessé de me débattre tandis que les Bikuras s'approchaient pour me regarder, en murmurant des commentaires à voix basse. Je sentais mon cœur battre à se rompre.

— Je regrette d'avoir enfreint vos lois, leur ai-je dit. Mais ce n'est pas une raison pour…

— Silence ! s'est écrié Alpha.

Il s'est tourné vers un grand Bikura, celui qui a une cicatrice à la paume d'une main et que j'appelle Zed.

— Il n'appartient pas au cruciforme, a-t-il dit.

Zed a hoché la tête.

— Laissez-moi vous expliquer…

Alpha m'a fait taire d'un grand coup du dos de la main, qui m'a fait saigner de la lèvre et bourdonner des oreilles. Mais il n'y avait pas plus d'hostilité dans son geste que lorsque je fais taire mon persoc en frappant une touche.

— Qu'allons-nous faire de lui ? a demandé Alpha.

— Ceux qui ne servent pas la croix doivent mourir de la vraie mort, a répondu Bêta tandis que la foule des Bikuras faisait un pas menaçant en avant.

Plusieurs de ces sauvages avaient une pierre tranchante à la main.

— Ceux qui n'appartiennent pas au cruciforme doivent mourir de la vraie mort, a répété Bêta sur le ton de ces litanies religieuses qui acquièrent une autofinalité complaisante à force d'être répétées.

— Mais je *sers* la croix ! ai-je protesté tandis que la foule me forçait à me relever.

J'agrippai le crucifix que je porte au cou et réussis, malgré la pression des Bikuras, à le brandir au-dessus de mon front. Alpha leva aussitôt les deux mains, et le silence se fit. Brusquement, on entendit de nouveau la rivière qui coulait trois mille mètres plus bas, au fond de la Faille.

— C'est vrai qu'il porte une croix, dit Alpha.

Del s'avança.

— Mais il n'appartient pas au cruciforme ! protesta-t-il. Je l'ai vu. Ce n'est pas ce que nous pensions. Il n'appartient pas au cruciforme !

Il y avait une violence meurtrière dans sa voix.

Je me maudis d'avoir été si stupide et si imprévoyant. L'avenir de l'Église dépendait de ma survie, et j'avais gâché toutes mes chances en agissant comme si les Bikuras étaient des enfants bornés et inoffensifs !

— Ceux qui ne servent pas la croix doivent mourir de la vraie mort, répéta alors Bêta.

C'était le ton d'une sentence sans appel.

Soixante-dix mains se levèrent avec leurs pierres tranchantes lorsque je hurlai, sachant que je jouais ma dernière carte et que je courais le risque d'attiser leur fureur :

— Je suis descendu dans la Faille et j'ai prié devant votre autel ! Je suis le serviteur de la croix !

Alpha et les autres hésitèrent. Je vis qu'ils peinaient sur cette nouvelle idée.

— Je sers la croix, et je veux appartenir au cruciforme, déclarai-je d'une voix aussi calme que possible. J'ai prié devant votre autel.

— Ceux qui ne servent pas la croix doivent mourir de la vraie mort, a rappelé Gamma.

— Il sert la croix, a répliqué tranquillement Alpha. Il a prié dans la salle.

— C'est impossible, a fait Zed. Ce sont les Soixante-dix qui prient là-bas, et il ne fait pas partie des Soixante-dix.

— Nous savions déjà qu'il n'en fait pas partie, dit Alpha en plissant légèrement le front devant le problème de concordance des temps.

— Il n'appartient pas au cruciforme, murmura Delta prime.

— Ceux qui n'appartiennent pas au cruciforme doivent mourir de la vraie mort, renchérit Bêta.

— Il sert la croix, fit remarquer Alpha. Est-ce qu'il ne pourrait pas appartenir au cruciforme ?

Un cri collectif s'éleva. Au milieu du vacarme et de l'agitation, j'essayai de me dégager, mais les mains qui m'immobilisaient ne cédèrent pas.

— Il ne fait pas partie des Soixante-dix et il n'appartient pas au cruciforme, résuma Bêta d'une voix qui semblait maintenant plus intriguée qu'hostile. Pourquoi ne devrait-il pas mourir de la vraie mort ? Il faut que nous lui tranchions la gorge avec nos pierres pour faire couler le sang jusqu'à ce que son cœur s'arrête de battre. Il n'appartient pas au cruciforme.

— Mais il sert la croix, dit Alpha. Il pourrait très bien appartenir au cruciforme.

Cette fois-ci, un lourd silence accueillit la remarque.

— Il sert la croix et il a prié dans la salle du cruciforme, déclara Alpha. Il ne doit pas mourir de la vraie mort.

— Ils meurent tous de la vraie mort, fit un Bikura dont je ne reconnus pas la voix.

J'avais mal aux bras à force de maintenir la croix levée.

— Excepté les Soixante-dix, acheva le Bikura anonyme.

— C'est parce qu'ils ont servi la croix, et qu'ils ont prié dans la salle, et qu'ils ont appartenu au cruciforme, répliqua Alpha. Ne doit-il pas, lui aussi, appartenir au cruciforme ?

Brandissant ma petite croix métallique, j'attendais leur verdict. J'avais peur de mourir, certes, mais la plus grande partie de mon esprit, étrangement détachée du reste, regrettait surtout que je ne puisse faire parvenir au reste médusé du monde la nouvelle de l'existence de cette incroyable basilique.

— Venez, il faut que nous en discutions, dit Bêta aux autres Bikuras.

Ils regagnèrent silencieusement le centre du village en me poussant parmi eux.

Ils m'ont enfermé dans ma hutte. Je n'ai pas eu la moindre occasion de m'emparer de mon maser. Plusieurs d'entre eux me maintenaient tandis qu'ils vidaient la hutte de la plus grande partie de mes possessions. Ils m'ont pris tous mes vêtements. Ils ne m'ont laissé, pour me couvrir, que l'une de leurs robes grossières.

Plus le temps passe, plus je me morfonds, et plus je me sens gagné par une fureur sourde. Ils m'ont pris mon persoc, mon imageur, mes plaquettes et mes disques. Je n'ai plus rien. Il y a bien une caisse, encore fermée, d'équipement médical à l'emplacement de mon ancien camp, mais en quoi pourrait-elle m'aider à garder trace du miracle de la Faille ? S'ils détruisent les objets qu'ils m'ont pris... et s'ils me détruisent aussi... il n'y aura plus nulle part aucune mention de la basilique.

Si j'avais une arme, je pourrais tuer mes gardiens et...

Mon Dieu ! Quelles idées me viennent à l'esprit ! Que dois-je faire, Édouard ?

Même si je survis à tout cela, même si je retourne un jour à Keats, et si je parviens à regagner le Retz, qui me croira, au bout de neuf ans d'absence, compte tenu du déficit de temps dû au saut quantique ? Un pauvre vieillard qui revient avec les mêmes mensonges que ceux qui ont causé son exil...

Mon Dieu ! S'ils détruisent mes preuves, mieux vaut qu'ils me détruisent avec !

Cent dixième jour :

Ils ont mis trois jours pour décider finalement de mon sort.

Zed et celui que j'appelle Thêta prime sont venus me chercher peu après midi. L'éclat de la lumière solaire m'a fait cligner des yeux. Les Soixante-dix étaient assemblés en large demi-cercle au bord de la falaise. Je m'attendais vraiment à ce qu'ils me précipitent dans l'abîme. C'est alors que j'ai remarqué le feu.

J'avais supposé que les Bikuras étaient si primitifs qu'ils avaient perdu l'art d'allumer et d'entretenir un feu. Ils n'utilisaient pas le feu pour se chauffer, et leurs huttes étaient toujours plongées dans la pénombre. Je ne les avais jamais vus faire cuire des aliments, pas même les petites créatures arboricoles qu'ils dévoraient à l'occasion. Mais c'était bien un grand feu qu'ils avaient allumé aujourd'hui, et je ne voyais pas qui d'autre aurait pu le faire à leur place.

Je me penchai pour voir ce qui alimentait les flammes. Ils étaient en train de détruire mes vêtements, mon persoc, mes notes d'ethnologie, mes bandes, mes disques, mes plaquettes, mon imageur, tous les supports de mes précieuses informations. Je me mis à hurler, je voulus me jeter au milieu des flammes, je les traitai de noms que je n'avais pas prononcés depuis l'époque où, gamin, je traînais dans les rues. Ils demeurèrent impassibles. Finalement, Alpha se rapprocha de moi pour me dire à voix basse :

— Tu vas appartenir au cruciforme.

Je m'en fichais complètement. Ils me reconduisirent dans ma hutte, où je sanglotai pendant plus d'une heure.

Il n'y a pas de gardien devant ma porte. Je suis sorti sur le seuil, prêt à m'élancer vers la forêt des flammes. J'ai même pensé, moyen plus simple et tout aussi radical, à me jeter dans la Faille.

Mais je n'en ai rien fait.

Le soleil va bientôt se coucher. Déjà, le vent commence à faire entendre sa chanson.

Bientôt… très bientôt…

Cent douzième jour :

Cela fait seulement deux jours ? Il me semble pourtant qu'une éternité est passée.

Cela n'est pas parti ce matin. *Cela n'est pas parti.*

La plaquette du scanneur médical est devant moi, mais je n'arrive pas à y croire. Et pourtant... J'appartiens bien au cruciforme, maintenant.

Ils sont venus me chercher juste avant le coucher du soleil. Tous ensemble. Je ne leur ai opposé aucune résistance tandis qu'ils m'entraînaient vers le bord de l'abîme. Ils sont encore plus agiles pour se servir des lianes que je ne l'avais imaginé. J'ai ralenti leur descente, mais ils ont été patients avec moi. Ils m'ont montré les passages les plus faciles et les plus courts.

Le soleil d'Hypérion était descendu au-dessous des nuages bas, et il était visible au-dessus de la crête de la paroi ouest tandis que nous franchissions les derniers mètres qui nous séparaient de la basilique. La chanson du vent était plus forte qu'à l'accoutumée, comme si nous nous trouvions parmi les tuyaux d'un gigantesque orgue d'église. Les basses étaient si puissantes que mes os et mes dents vibraient en harmonie avec elles, et les aigus étaient si perçants qu'ils devaient grimper haut dans le domaine ultrasonique.

Alpha a ouvert les grandes portes, et nous sommes entrés dans le vestibule puis dans la salle centrale de la basilique. Les Soixante-dix ont formé un large cercle autour de l'autel et de sa croix géante. Il n'y a eu ni chant ni litanie. Pas la moindre cérémonie. Nous sommes simplement restés là en silence tandis que le vent rugissait contre les colonnes cannelées de l'extérieur et résonnait dans la grande salle creusée à même le roc. Il résonnait de plus en plus fort, si fort que je dus me boucher les oreilles des deux mains pendant que les rayons maintenant horizontaux d'un soleil vaporeux emplissaient tout l'espace de leurs tons sombres, ambrés, dorés, lapis-lazuli, puis de nouveaux ambrés. Ces couleurs étaient si intenses qu'elles chargeaient l'atmosphère d'une lumière dense et collaient à la peau comme de la peinture. J'observai la manière dont la croix capturait cette lumière et la retenait dans chacune de ses milliers de petites pierres précieuses. Elle la retenait, semblait-il, même après que le soleil se fut couché et que les vitraux eurent retrouvé leur couleur grise du crépuscule. C'était comme si le grand crucifix, après avoir absorbé cette lumière, la renvoyait sur nous, en nous. Puis même la croix finit par s'assombrir, les vents moururent, et dans la pénombre soudaine j'entendis la voix d'Alpha qui disait :

— Emmenez-le.

Nous sommes ressortis sur la large corniche de pierre, où Bêta nous attendait avec des torches. Tandis qu'il les faisait passer à quelques-uns de ses compagnons, je me demandai si le feu, pour les Bikuras, n'était pas réservé aux rites sacrés. Mais Bêta descendait déjà les étroites marches de pierre qui conduisaient dans les profondeurs de la gorge, et les autres le suivaient.

J'avançai très lentement, au début, terrorisé, agrippant la moindre saillie de la roche, la moindre racine susceptible de me rassurer. L'abîme, sur ma droite, était si vertigineux que cette descente paraissait presque absurde. Emprunter ces vieilles marches de pierre était mille fois plus effrayant que de se balancer aux lianes du sommet de la falaise. Il fallait regarder vers le bas chaque fois que l'on posait le pied sur une pierre étroite que l'âge avait rendue glissante. La chute semblait inévitable, et elle ne pardonnerait pas.

J'avais envie de leur dire d'arrêter, de me laisser regagner au moins l'abri de la basilique, mais le plus gros de la troupe des Bikuras descendait derrière moi, et il était fort improbable qu'ils acceptent de s'aplatir contre la paroi pour me laisser remonter. De plus, ma curiosité à propos de ce qu'il y avait en bas était encore plus grande que ma peur. Je m'arrêtai donc assez longtemps pour lever les yeux vers le bord de l'abîme, à trois cents mètres de moi, et voir que les nuages étaient partis, que les étoiles brillaient, et que le ballet nocturne des météores et de leurs traînes se jouait déjà sur un fond de ciel d'encre. Puis je baissai la tête, me mis à réciter mon rosaire à voix basse et suivis la torche et les Bikuras dans les troubles profondeurs de la Faille.

Je ne parvenais pas à croire que les marches de pierre

nous conduiraient jusqu'en bas, mais ce fut bien le cas. Il devait être un peu après minuit lorsque je compris que nous arriverions à la rivière. J'estimai que nous aurions à descendre jusqu'au lendemain à midi, mais je me trompais.

Nous atteignîmes la base de la Faille un peu avant le lever du soleil. Les étoiles brillaient encore à travers la fente de ciel entre les deux parois qui grimpaient jusqu'à des hauteurs vertigineuses. Épuisé, chancelant sur les dernières marches, m'apercevant à peine que c'étaient les dernières, je levai la tête en me demandant stupidement si les étoiles, là-haut, allaient rester visibles en plein jour comme cela avait été le cas du fond d'un puits où je m'étais laissé descendre un jour, lorsque j'étais enfant à Villefranche-sur-Saône.

— C'est ici, dit Bêta.

C'étaient les premiers mots qui étaient prononcés depuis de nombreuses heures, et le bruit de la rivière les avait rendus presque inaudibles. Les Soixante-dix s'immobilisèrent sur place. Je me laissai tomber à genoux, puis sur le côté. Je ne voyais pas comment j'allais faire pour remonter toutes ces marches. Ni en un jour, ni en une semaine, ni dans toute l'éternité, peut-être. Je fermai les yeux, pensant que j'allais m'endormir, mais la sourde tension nerveuse qui m'habitait continuait de brûler en moi. Je tournai les yeux vers l'autre côté des gorges. La rivière était beaucoup plus large que je ne l'avais imaginé. Elle devait faire au moins soixante-dix mètres à cet endroit. Le bruit qu'elle produisait était plus qu'un simple vacarme. J'avais l'impression d'être englouti par le rugissement de quelque gigantesque bête.

Je me redressai pour fixer une tache d'obscurité dans la paroi qui s'élevait de l'autre côté. C'était une ombre plus noire que toutes les ombres, dont les contours réguliers contrastaient avec le réseau dentelé des saillies, crevasses et arêtes qui parsemaient la surface de la falaise. Un carré parfait de ténèbres mates, de trente mètres de côté au moins. Peut-être un trou ou une porte dans le mur rocheux. Je me remis debout en titubant, et me tournai vers l'aval, du côté de la paroi que nous venions de descendre. C'était bien là, effectivement. C'était là que s'ouvrait, à peine visible à la lueur des étoiles, la deuxième entrée, vers laquelle, déjà, Bêta et les autres se dirigeaient.

J'avais trouvé l'un des accès du labyrinthe d'Hypérion. « Saviez-vous qu'Hypérion est l'une des neuf planètes labyrinthiennes ? » m'avait demandé quelqu'un à bord du vaisseau de descente. Oui, c'était le jeune prêtre nommé Hoyt. J'avais répondu oui, et je n'y avais plus pensé. Je m'intéressais aux Bikuras – ou plutôt aux souffrances d'un exil que j'avais cherché – et non aux labyrinthes ou à leurs créateurs.

Neuf planètes labyrinthiennes. Neuf sur les cent soixante-seize mondes du Retz, sans compter les quelque deux cents planètes-colonies ou protectorats. Neuf planètes sur plus de huit mille explorées – ne fût-ce que sommairement – depuis l'hégire.

Il y a des historiens-archéologues planétaires qui consacrent leur vie entière à l'étude des labyrinthes. Je ne fais pas partie du nombre. J'ai toujours considéré qu'il s'agissait d'un sujet stérile, irréel, à la limite. Mais, aujourd'hui, j'ai vu de près l'un d'entre eux, en compagnie des Soixante-dix, avec, pour fond sonore, le rugissement et les trépidations du fleuve Kans, dont l'écume menaçait de noyer nos torches.

Ces labyrinthes ont été creusés… taillés… créés il y a plus de trois cent mille années standard. Ils se ressemblent tous dans le détail, et leur origine est inexpliquée.

Les planètes labyrinthiennes sont toutes de type terrestre, au moins 7,9 sur l'échelle de Solmev, gravitant autour d'une étoile de type G, et cependant toujours mortes au plan tectonique, ce qui les rapproche plus de Mars que de l'Ancienne Terre. Les galeries proprement dites sont situées à de très grandes profondeurs – dix mille mètres au moins, parfois trente mille. Elles taraudent la croûte de la planète comme des catacombes. Sur Svoboda, non loin du système de Pacem, plus de huit cent mille kilomètres de labyrinthes ont été explorés par des sondes téléguidées. Sur toutes les planètes, les galeries ont une section carrée de trente mètres de côté et sont le fruit d'une technologie inconnue de l'Hégémonie. J'ai lu un jour dans une revue d'archéologie que Kemp-Höltzer et Weinstein avaient postulé l'existence de « tunneliers à fusion », qui expliqueraient la coupe parfaitement lisse des parois et l'absence de résidus de forage. Mais leur théorie n'explique pas d'où venaient les bâtisseurs de ces étranges ouvrages, ni pourquoi ils auraient passé des siècles à créer ce réseau de tunnels dont nous ne comprenons pas l'utilité. Tous les mondes labyrinthiens – y compris Hypérion – ont été étudiés de près, mais on n'a jamais rien trouvé. Aucune trace de machine excavatrice, aucun casque rouillé ayant appartenu à un mineur, pas le moindre bout de plastique ou d'emballage de tablette stim en décomposition. Les chercheurs n'ont même pas pu découvrir les puits d'accès. Et la présence, dans ces galeries, de métaux lourds ou précieux n'est pas suffisante pour expliquer le monumental effort des bâtisseurs de labyrinthes, dont aucune légende, aucun artefact n'est jamais parvenu jusqu'à nous. Le mystère m'intriguait modérément depuis des années, mais je ne m'étais jamais vraiment senti concerné. Jusqu'à maintenant.

Nous sommes entrés dans la gueule du tunnel, qui ne formait pas, ici, un carré parfait. La gravité et l'érosion avaient transformé la galerie, sur une centaine de mètres à partir de la falaise, en une caverne aux murs irréguliers. Bêta s'arrêta juste à l'endroit où le sol devenait lisse, et éteignit sa torche. Les autres Bikuras, derrière lui, l'imitèrent.

Il faisait très noir. La galerie était suffisamment incurvée pour que la lumière stellaire n'arrive pas jusqu'à nous. Ce n'était pas la première fois que je me trouvais dans une caverne. Sans torches, je ne m'attendais pas à ce que ma vision s'adapte à l'obscurité quasi totale. Mais je me trompais.

Trente secondes plus tard, je perçus une lueur rosée, très faible au début, puis de plus en plus riche, jusqu'à ce que la caverne devienne plus lumineuse que la Faille elle-même, plus lumineuse que Pacem à la lueur de ses lunes trines. Cette lumière irradiait d'une centaine, d'un millier de sources dont je ne distinguai la nature que lorsque les Bikuras se mirent tous à genoux pour prier avec dévotion.

Les murs et le plafond de la caverne étaient incrustés de croix dont la taille allait de quelques millimètres à près d'un mètre de long. Chacune diffusait une lueur d'un rose intense. Invisibles à la lumière des torches, ces croix baignaient maintenant la caverne d'une clarté irréelle. Je m'approchai de celle qui était la plus proche de moi, incrustée dans la paroi. Elle faisait une trentaine de centimètres de large, et émettait une douce lueur pulsée, organique. Ce n'était ni une excroissance sculptée de la paroi ni un objet fixé à celle-ci. C'était quelque chose de nettement organique, de vivant, évoquant un corail mou et tiède au toucher.

Il y eut alors un très léger bruit, ou plutôt une sorte de perturbation de l'air. Je me retournai juste à temps pour voir une ombre entrer dans la caverne.

Les Bikuras étaient toujours à genoux, la tête inclinée en avant, les yeux baissés. Je demeurai debout, sans quitter un seul instant des yeux la chose qui se déplaçait maintenant au milieu des Soixante-dix.

Elle avait une forme vaguement humanoïde, mais ce n'était en aucun cas une créature humaine. Elle faisait au minimum trois mètres de haut. Même lorsqu'elle était immobile, sa surface argentée semblait en mouvement comme du mercure en suspens dans l'air. La lueur rosée des croix incrustées dans les parois de la galerie se réfléchissait sur les lames de métal incurvées qui sortaient de son front, sur ses quatre poignets, ses coudes bizarrement articulés, ses genoux, son dos hérissé d'une armure, son thorax. La créature circula quelques instants, comme si elle glissait sur le sol, parmi les Bikuras agenouillés, puis elle tendit quatre longs bras, prolongés par des mains dont les doigts cliquetèrent comme des scalpels chromés, en un geste qui me rappela, absurdement, Sa Sainteté en train de donner, sur Pacem, sa bénédiction aux fidèles.

Il ne faisait aucun doute que j'avais devant moi le légendaire gritche.

J'ai dû faire, à ce moment-là, un mouvement ou un léger bruit, car de grands yeux rouges se sont tournés vers moi, et je me suis trouvé hypnotisé par les jeux de lumière derrière leurs multiples facettes. Il ne s'agissait pas seulement de reflets, mais d'une terrible lumière rouge sang qui semblait brûler à l'intérieur du crâne hérissé de cette créature, et vibrer dans les terribles prismes logés dans des orbites où Dieu a voulu que se situent les yeux.

Puis le gritche s'est déplacé, ou plutôt a cessé de se trouver à un endroit pour être aussitôt à un autre, à moins d'un mètre de moi, ses bras aux articulations étranges m'entourant d'une barrière de lames organiques et d'acier liquide argenté. Haletant, incapable de trouver mon souffle, je vis mon propre reflet, au visage blême et déformé, dansant à la surface de la carapace métallique et des yeux à facettes de la créature.

Je dois avouer que ce que je ressentais tenait plus de l'exaltation que de la peur. Quelque chose d'inexplicable était en train de se produire. Formé à la casuistique jésuite, trempé au bain glacé de la science, je n'en comprenais pas moins, en cette seconde, les anciennes obsessions des religieux de toutes les époques pour d'autres formes de peur spirituelle : les affres de l'exorcisme, la danse folle des derviches, le rituel des figurines du Tarot, l'abandon presque érotique des séances spirites, l'usage des langues sacrées ou la transe du gnosticisme zen. Je compris, en cet instant, à quel point l'affirmation de l'existence des démons ou l'invocation satanique peuvent renforcer la réalité de leur antithèse mystique, le Dieu d'Abraham.

Ce n'étaient pas des réflexions en paroles que je me faisais là, mais je sentais néanmoins ces choses au plus profond de moi-même tandis que j'attendais l'étreinte du gritche avec le frémissement imperceptible d'une jeune vierge au soir de ses noces.

Il disparut alors.

Il n'y eut ni coup de tonnerre, ni soudaine odeur de soufre, ni même irruption d'air compensatrice et scientifiquement rassurante. À un moment, la chose était là, m'entourant de sa somptueuse certitude de mort acérée, et au moment suivant, elle avait disparu.

Tous mes sens engourdis, je clignai stupidement des yeux tandis qu'Alpha se levait pour s'avancer vers moi dans cette semi-clarté digne de Jérôme Bosch. Il s'arrêta à l'endroit même que le gritche avait occupé, les bras tendus dans une imitation pathétique de la perfection mortelle dont je venais d'être le témoin. Mais il n'y avait pas le moindre signe, sur le visage inexpressif du Bikura, qu'il eût vu la créature. Il fit un geste gauche, les mains écartées, qui semblait inclure le labyrinthe, les parois de la galerie et les dizaines de croix incrustées.

— Cruciforme, déclara-t-il.

Les Soixante-dix se levèrent, se regroupèrent derrière lui et s'agenouillèrent de nouveau. Je vis leurs visages placides à la lueur rosée, et je m'agenouillai comme eux.

— Tu serviras la croix durant chacun de tes jours, dit Alpha sur le ton et la cadence d'une litanie.

Les autres Bikuras reprirent ces mots en chœur, presque comme un hymne.

— Tu appartiendras à la croix durant chacun de tes jours, reprit Alpha.

Les autres répétèrent de la même manière tandis qu'il tendait la main pour détacher un petit cruciforme de la paroi. Il ne faisait pas plus d'une douzaine de centimètres de long, et il se décolla avec un léger bruit de ventouse. Son éclat faiblit aussitôt. Alpha sortit une lanière de dessous sa robe, la noua à une protubérance au sommet de la croix et leva celle-ci au-dessus de ma tête.

— Tu appartiens à la croix maintenant et pour toujours, dit-il.

— Maintenant et pour toujours, répétèrent en chœur les Bikuras.

— Amen, chuchotai-je.

Bêta me fit signe d'ouvrir le devant de ma robe. Alpha fit descendre la petite croix jusqu'à ce que la lanière soit passée autour de mon cou. Je sentis le contact froid contre ma poitrine. Le dos de la croix était parfaitement plat et lisse.

Les Bikuras se remirent debout et se dirigèrent vers la sortie de la galerie, l'air de nouveau apathique et indifférent. Je les laissai sortir, et touchai la croix avec précaution. Je la soulevai pour l'examiner de plus près. Elle était froide et inerte. S'il s'agissait vraiment, quelques instants plus tôt, de quelque chose de vivant, cela n'en avait plus l'air, à présent. Son aspect faisait toujours penser à du corail plutôt qu'à de la pierre ou à du cristal. Il n'y avait pas la moindre ventouse ni le moindre filament adhésif sur son dos lisse, et je me demandai quels effets photochimiques avaient bien pu causer sa luminescence sur la paroi. Peut-être du phosphore, ou une bioluminescence quelconque. L'évolution naturelle suivait des voies bien mystérieuses. En quoi la présence des croix sur les murs de cette galerie était-elle liée aux centaines de milliers d'années qui avaient été nécessaires au soulèvement de ce plateau de telle sorte que la rivière et le ravin mettent au jour la section d'une galerie ? Il y aurait eu de quoi méditer sur la basilique et sur ses créateurs, sur les Bikuras, sur le gritche, sur moi-même. Finalement, je cessai de spéculer et fermai les yeux pour prier.

Lorsque je ressortis de la caverne, le cruciforme toujours froid sous ma robe contre ma poitrine, les Soixante-dix étaient prêts, visiblement, à commencer l'ascension des trois mille mètres de marches de la paroi. Levant la tête, j'aperçus un coin de ciel pâle annonçant l'aube entre les lèvres de la Faille.

— Non ! m'écriai-je d'une voix qui couvrait à peine le rugissement de la rivière. Vous ne comprenez pas que j'ai besoin de me reposer ? Me *reposer* !

Je me laissai tomber à genoux dans le sable, mais cinq ou six Bikuras vinrent me remettre sans brutalité sur mes pieds et me poussèrent vers les marches.

J'ai essayé, Dieu sait que j'ai essayé ; mais au bout de deux ou trois heures, mes jambes refusèrent de me porter davantage, et je m'écroulai sur la roche en pente, incapable de faire un mouvement pour prévenir une chute verticale de six cents mètres. Je me souviens que mon dernier réflexe fut de toucher le cruciforme, sous ma robe, avant qu'une demi-douzaine de mains m'empoignent pour arrêter ma chute, me soulever et me porter. Je ne me rappelle rien d'autre.

Jusqu'à ce matin. À mon réveil, le soleil levant pénétrait dans ma hutte. Je ne portais rien d'autre que ma robe, et un geste me confirma que le cruciforme pendait toujours à sa lanière. Mais tandis que je voyais le soleil poursuivre son ascension au-dessus de la forêt, je me rendis compte que j'avais perdu un jour, que j'avais dormi non seulement durant toute l'ascension (comment ces petits hommes avaient-ils réussi à me porter sur deux mille cinq cents mètres de paroi verticale ?), mais également durant toute la journée suivante et toute la nuit.

Je regardai autour de moi. Mon persoc et mon matériel d'enregistrement avaient été détruits. Seul mon scanneur médical était encore là, avec quelques boîtes de documents anthropologiques que je ne pouvais utiliser en l'absence de tout équipement pour les lire. Je secouai la tête et sortis pour aller me laver en amont du cours d'eau.

Les Bikuras devaient dormir. Dès lors que j'avais participé à leur rituel et que j'« appartenais au cruciforme », ils semblaient avoir perdu tout intérêt à mon endroit. Je décidai, tout en me déshabillant pour me laver, de leur rendre la pareille. J'étais déterminé, dès que je reprendrais des forces, à leur fausser compagnie, en contournant la forêt des flammes si nécessaire. Peut-être en descendant au fond de la Faille et en suivant le Kans. Plus que jamais, il était indispensable de faire parvenir au monde extérieur la nouvelle de l'existence de ces miraculeux artefacts.

Pâle et frissonnant à la lueur de l'aube, je saisis la lanière du petit cruciforme pour la faire passer par-dessus ma tête.

Le cruciforme ne bougea pas.

Il était fixé à moi comme s'il faisait partie de ma chair. J'eus beau tirer dessus, le tordre, le griffer, essayer de l'arracher par la lanière jusqu'à ce qu'elle se casse et demeure pendante, je n'obtins aucun résultat. Le cruciforme était dans ma chair. À part les égratignures que je m'étais faites avec mes propres ongles, je ne ressentais rien, aucune douleur à l'endroit où il était fixé. Dans mon âme, par contre, régnait la plus folle terreur à l'idée de cette chose qui s'était attachée à moi. Mais passé le premier moment de panique, je remis ma robe et regagnai le village d'un pas rapide.

Mon couteau avait disparu, de même que mon maser, mes ciseaux, mon rasoir, tout ce qui aurait pu m'aider à décoller l'excroissance fixée à ma poitrine. Mes ongles avaient laissé des sillons rouges sur les boursouflures de ma chair et tout autour. C'est alors que je me souvins du scanneur. Je passai le capteur sur ma poitrine, lus les données affichées sur l'écran et secouai la tête, incrédule. Puis je me scannai sur tout le corps. Au bout d'un moment, je demandai les résultats imprimés de l'examen et demeurai très longtemps immobile.

J'ai les documents en main. Le cruciforme est parfaitement visible, à la fois sur les images soniques et transversales, de même que les fibres internes, ramifiées comme des tentacules ou des racines à travers mon corps tout entier !

Des ganglions excédentaires irradient à partir d'un gros noyau situé au-dessus du sternum jusqu'à des corps filamenteux qui se trouvent partout ! Un vrai cauchemar de nématodes… Pour autant que je puisse le déterminer avec mon scanneur portatif, cette chaîne de nématodes se termine dans le noyau amygdalien et dans les autres noyaux gris de la base de chaque hémisphère cérébral. Ma température, mon métabolisme et ma numération lymphocytaire sont normaux. Il n'y a eu aucune invasion de tissus étrangers. D'après le scanneur, les filaments nématoïdes résultent d'une métastase étendue mais simple. Toujours d'après le scanneur, le cruciforme proprement dit est composé de tissus familiers, dont l'ADN est le même que le mien.

Je fais partie du cruciforme.

Cent seizième jour :

Chaque jour, j'arpente le territoire de ma cage, délimité par la forêt des flammes à l'est et au sud, les versants abrupts des forêts au nord-est et la Faille au nord et à l'ouest. Les Soixante-dix ne me laissent pas descendre dans la Faille au-delà de la basilique. Le cruciforme, lui, ne me laisse pas m'éloigner de plus d'une dizaine de kilomètres de la Faille.

Je ne voulais pas le croire au début. J'avais pris la décision de m'engager vaille que vaille dans la forêt des flammes, en remettant mon sort entre les mains de Dieu, mais je n'avais pas fait deux kilomètres à l'intérieur de la forêt lorsque j'ai senti une violente douleur à la poitrine, aux bras et à la tête. J'étais certain qu'il s'agissait d'une attaque cardiaque aiguë, mais les symptômes ont cessé dès que j'ai rebroussé chemin en direction de la Faille. J'ai fait plusieurs tests, et le résultat n'a pas varié. Chaque fois que je m'enfonçais parmi les teslas, la douleur reprenait et me forçait à m'arrêter et à faire volte-face.

Je commence à comprendre un certain nombre de choses. Hier, je suis tombé, en explorant la région située au nord, sur l'épave du fameux vaisseau d'ensemencement. Il n'en reste qu'une carcasse rouillée à moitié envahie par la végétation au milieu des rochers qui bordent la forêt des flammes. Accroupi près des nervures métalliques à nu de ce vaisseau, j'ai essayé d'imaginer la joie des soixante-dix survivants, leur découverte de la Faille et de la basilique, et...

Je ne sais plus. Les conjectures, à ce stade, ne servent plus à rien, mais les suspicions demeurent. Demain, je ferai une nouvelle tentative pour obtenir que l'un des Bikuras se laisse examiner physiquement. Maintenant que j'« appartiens au cruciforme », ils accepteront peut-être plus facilement.

Chaque jour, je me passe au scanneur. Les nématodes sont toujours là. Ils ont peut-être légèrement grossi, mais c'est difficile à dire. Je suis persuadé qu'ils ont un rôle purement parasitaire, bien que cela ne se voie pas sur moi. J'observe mon visage dans le plan d'eau au pied de la cascade, et je ne vois que la physionomie vieillissante que j'ai appris, depuis quelques années, à détester. Ce matin, tout en contemplant dans l'eau mon reflet, j'ai ouvert grand la bouche, en m'attendant presque à voir, sur mon palais et au fond de ma gorge, des filaments gris et des grappes de nématodes. Mais il n'en a rien été.

Cent dix-septième jour :

Les Bikuras sont asexués. Ni célibataires, ni hermaphrodites, ni avortons, mais véritablement asexués. Ils sont tout aussi dépourvus d'organes génitaux externes ou internes qu'un poupon de mousse lovée. Rien n'indique que leur pénis, leurs testicules ou les organes féminins correspondants se soient atrophiés ou aient été chirurgicalement altérés. Il n'y a tout simplement aucun signe qu'ils aient jamais existé. L'urine passe par un urètre simplifié qui aboutit à une petite poche contiguë à l'anus. Un cloaque rudimentaire, en quelque sorte.

Bêta s'est laissé examiner. Le scanneur a confirmé ce que mes yeux avaient refusé de croire. Del et Thêta ont également accepté de se soumettre à l'examen. Je suis absolument certain que les Soixante-dix sont tous comme eux. Rien n'indique que les Bikuras aient été… modifiés. Je pense qu'ils sont nés ainsi, mais de quels parents ? Et comment ces blocs inachevés d'argile humaine font-ils pour se reproduire ? Tout cela, d'une manière ou d'une autre, doit être lié au mystère du cruciforme.

Après avoir fini l'examen des trois Bikuras, je me suis déshabillé pour m'étudier. Le cruciforme sort de ma poitrine comme une crête rose de tissu cicatriciel, mais je suis toujours un homme.

Pour combien de temps ?

Cent trente-troisième jour :

Alpha est mort.

J'étais avec lui, il y a trois jours, au milieu de la matinée, lorsqu'il est tombé. Nous étions à trois ou quatre kilomètres du village, à l'est, en train de chercher des tubercules de chalme parmi les gros blocs qui bordent la Faille. Il avait beaucoup plu la veille et l'avant-veille, ce qui avait rendu la roche extrêmement glissante. J'ai levé les yeux juste au moment où il a perdu l'équilibre sur la pente d'un rocher qui surplombait l'abîme. Il n'a pas poussé le moindre cri. Le seul son que j'ai entendu a été le frottement rêche de sa robe sur la pierre, suivi, plusieurs secondes après, d'un bruit écœurant de citrouille éclatée tandis que son corps s'écrasait sur une corniche située quatre-vingts mètres plus bas.

Il m'a fallu une heure pour descendre jusqu'à lui. Avant même d'entamer ma périlleuse mission, je savais qu'il serait trop tard pour l'aider, mais c'était mon devoir de le faire.

Le corps d'Alpha était à moitié coincé entre deux gros rochers. Il avait dû être tué sur le coup. Ses bras et ses jambes étaient disloqués, et tout le côté droit du crâne était défoncé. La roche humide était jonchée de sang et de débris de matière cérébrale évoquant les restes d'un sinistre pique-nique. Je pleurai quelques instants à côté du pauvre petit corps. J'ignore pourquoi, mais je versai des larmes abondantes. Puis je lui administrai l'extrême-onction, en priant Dieu qu'il accepte l'âme de cette pathétique créature asexuée. Un peu plus tard, j'enveloppai le corps dans des lianes et commençai laborieusement à grimper les quatre-vingts mètres de falaise, en m'arrêtant fréquemment pour reprendre mon souffle.

Lorsque j'eus enfin hissé le corps et regagné le village, je constatai avec étonnement que la vue du cadavre ne soulevait pas grand intérêt. Seuls Bêta et une demi-douzaine d'autres s'approchèrent, au bout d'un moment, pour le regarder. Personne ne me demanda comment il était mort. Au bout de quelques minutes, chacun retourna à ses occupations.

Je traînai le corps jusqu'au plateau où j'avais enterré Tuk de nombreuses semaines auparavant. Je peinais pour creuser une fosse peu profonde avec une pierre plate lorsque Gamma est arrivé. Les yeux du Bikura se sont agrandis. L'espace d'une seconde, il m'a semblé lire une sorte d'émotion dans son visage autrement inexpressif.

— Que fais-tu ? m'a-t-il demandé.

— Je l'enterre.

J'étais trop fatigué pour en dire plus. Je me suis adossé à une grosse racine de chalme pour souffler un peu.

— Non, a-t-il dit sur un ton impératif. Il appartient au cruciforme.

Je l'ai suivi des yeux tandis qu'il s'éloignait rapidement vers le village. Quand il a été hors de vue, j'ai tiré sur la toile grossière dans laquelle j'avais enveloppé le corps.

Alpha était bien mort, cela ne faisait aucun doute. Quelle importance, pour lui ou pour l'univers, qu'il ait appartenu ou non au cruciforme ? La chute lui avait arraché presque tous ses vêtements et lui avait ôté toute sa dignité. Le côté droit de son crâne avait éclaté et s'était vidé comme un œuf à la coque. Un œil aveugle, à la cornée de plus en plus opaque, était fixé sur le ciel d'Hypérion tandis que l'autre regardait mollement à travers l'étroite fente des paupières gonflées. Sa cage thoracique était tellement défoncée que des éclats d'os perçaient à travers la peau. Les deux bras étaient disloqués, et la jambe gauche avait été presque arrachée. J'avais procédé à un examen de pure forme avec le scanneur, qui avait révélé de graves dommages internes. Même le cœur avait été littéralement réduit en bouillie par la chute.

J'avançai la main pour toucher la peau glacée. La rigidité cadavérique était déjà en train de s'installer. Mes doigts rencontrèrent la crête de peau où était incrusté le cruciforme, et se retirèrent précipitamment.

Le cruciforme était chaud !

— Ne reste pas là.

Je levai les yeux. Bêta était là avec le reste des Bikuras. Je ne doutais pas qu'ils fussent capables de me mettre à mort dans la seconde suivante si je refusais de m'éloigner du corps. Mais tout en leur obéissant, je fus traversé, dans une partie de mon esprit apeuré, par la pensée idiote que les Soixante-dix étaient maintenant devenus les Soixante-neuf, et je fus pris d'une folle envie de rire.

Les Bikuras soulevèrent le corps et retournèrent avec lui au village. Bêta leva les yeux vers le ciel, se tourna vers moi et me dit :

— Le moment est presque venu. Suis-nous.

Nous descendîmes dans la Faille. Le corps d'Alpha fut soigneusement attaché dans un panier de lianes et descendu en même temps que nous au bout d'une corde.

Le soleil n'illuminait pas encore l'intérieur de la basilique quand ils placèrent Alpha sur le gigantesque autel et lui ôtèrent les haillons qui le couvraient encore.

J'ignore à quoi je m'attendais ensuite. Sans doute un acte de cannibalisme rituel. Rien n'aurait pu me surprendre, à vrai dire. Mais au lieu de cela, l'un des Bikuras leva les deux bras, au moment même où les premiers rayons de lumière colorée pénétraient dans la basilique, et se mit à psalmodier :

— Tu serviras la croix toute ta vie.

Les autres Bikuras s'agenouillèrent et répétèrent cette phrase. Je demeurai debout, sans rien dire.

— Tu appartiendras au cruciforme toute ta vie, reprit le petit Bikura, et la basilique résonna de toutes les voix qui répétèrent cela en chœur. Une lumière de la couleur et de la texture du sang coagulé projeta l'ombre énorme de la croix sur le mur opposé.

— Tu appartiens au cruciforme aujourd'hui et toujours, pour l'éternité, psalmodia le Bikura tandis que le vent de la Faille se levait à l'extérieur et que les formidables tuyaux d'orgue de l'abîme faisaient entendre leur gémissement d'enfant torturé.

Lorsque le chœur des Bikuras eut repris la phrase, je ne murmurai pas *amen*. Je demeurai là, immobile, tandis que les autres se dirigeaient vers la sortie avec la soudaine indifférence d'un groupe d'enfants gâtés qui ont perdu tout intérêt pour leur jeu.

— Tu n'as aucune raison de rester, me dit Bêta lorsque tout le monde fut sorti.

— Je préfère rester, répliquai-je en m'attendant à être forcé d'obéir.

Bêta fit cependant volte-face sans le moindre haussement d'épaules, et me laissa tout seul. La lumière s'affaiblit. J'allai jusqu'à l'entrée de la galerie pour contempler le coucher du soleil. Lorsque je retournai vers l'autel, cela avait commencé.

Un jour, il y a de cela des années, à l'école, on nous avait passé un holo en temps décalé représentant la décomposition d'une souris du désert. Une semaine de lent et patient travail de recyclage de la nature accélérée en trente secondes d'horreur. Le petit animal avait soudain gonflé, d'une manière presque comique, puis la chair s'était étirée et ulcérée, des asticots avaient grouillé dans la bouche, les yeux, les plaies béantes. Finalement, en une incroyable tornade – je ne vois pas d'autre mot pour décrire cela –, la chair avait été nettoyée des os par une myriade d'asticots tourbillonnant en une folle spirale de droite à gauche, l'un derrière l'autre, dans un flou d'accélération qui ne laissa subsister rien d'autre que la peau, le cartilage et les os.

Mais c'était un cadavre humain que j'étais en train de contempler.

La dernière lueur du jour s'estompait rapidement. Aucun son ne se faisait entendre dans le silence résonnant de la basilique excepté le battement de mes propres artères à mes oreilles. Je vis le corps d'Alpha s'agiter d'abord de plusieurs tressaillements, puis se mettre à vibrer de plus en plus fort, comme pour léviter au-dessus de l'autel dans la violence spasmodique d'une décomposition soudaine. L'espace de quelques secondes, le cruciforme sembla augmenter de volume et changer de couleur pour devenir vermeil, puis aussi écarlate qu'un morceau de viande crue. J'eus alors l'impression de voir le réseau de filaments et de nématodes maintenir la cohésion du corps en décomposition comme les fils métalliques de l'armature d'un modèle de sculpteur en train de fondre.

Les chairs étaient en train de se remodeler sous mes yeux.

Je passai toute la nuit dans la basilique. L'autel était entouré d'une lueur qui irradiait du cruciforme incrusté dans la poitrine d'Alpha. Chaque fois qu'un mouvement animait celui-ci, la lueur projetait sur les murs des ombres étranges.

Je ne quittai la basilique qu'au troisième jour, à la suite d'Alpha. Mais c'était dès le premier soir que la plupart des modifications visibles avaient pris place. Le corps du petit Bikura auquel j'avais donné le nom d'Alpha avait été détruit puis reconstitué sous mes yeux. Le résultat n'était pas tout à fait Alpha, mais ce n'était pas tout à fait *autre chose* non plus. En tout cas, c'était quelqu'un d'entier. Son visage lisse, sans traits, ressemblait à celui d'un poupon de mousse lovée au léger sourire figé. À l'aube du troisième jour, j'avais vu sa poitrine se soulever, et j'avais entendu son premier souffle, comme un bruit d'eau versée dans une gourde en cuir. Peu après midi, j'avais quitté la basilique pour grimper aux lianes.

Alpha m'avait précédé.

Il ne dit pas un mot, ne semble pas comprendre les questions qu'on lui pose. Son regard reste fixe, et son visage se fige de temps à autre, comme s'il entendait une voix lointaine qui l'appelle.

Personne ne nous a prêté attention lorsque nous sommes revenus au village. Alpha s'est dirigé vers une hutte vide où il se trouve en ce moment. Je suis dans la mienne. Il y a une minute, j'ai passé la main sous ma robe pour tâter la crête de chair qui entoure le cruciforme. Il est là, tranquille. Il attend.

Cent quarantième jour :

Je suis en train de guérir de mes blessures et de la perte de sang. Il est impossible de l'extirper avec une pierre tranchante.

Il n'aime pas la douleur. J'ai perdu connaissance bien avant que la douleur ou la perte de sang ne le justifient. Chaque fois, j'ai essayé encore avec la pierre, et il m'a fait reperdre connaissance. Il ne supporte pas la douleur.

Cent cinquante-huitième jour :

Alpha commence à dire quelques mots. Il semble plus lent, plus borné, à peine conscient de ma présence (ou de celle des autres), mais il marche et il se nourrit. J'ai même l'impression qu'il me reconnaît dans une certaine mesure. Le scanneur indique que son cœur et ses organes sont ceux d'un jeune homme, qui pourrait avoir dans les seize ans.

Il ne me reste plus que cinquante jours en temps local à attendre pour que l'activité de la forêt des flammes se calme suffisamment et me permette de m'en aller, quelle que soit la souffrance que cela me coûtera. Nous verrons bien qui résistera le mieux à la douleur.

Cent soixante-treizième jour :

Quelqu'un d'autre est mort.

Celui que j'appelle Will – c'est celui qui a un doigt cassé – n'était pas rentré depuis une semaine. Hier, les Bikuras ont parcouru plusieurs kilomètres en direction du nord-est, comme s'ils étaient guidés par une balise, et ont retrouvé ses restes près du précipice.

Il semble qu'une branche ait cédé sous son poids alors qu'il descendait cueillir du chalme. La mort a dû être instantanée, vu l'état de sa nuque brisée, mais c'est l'endroit où il est tombé qui est le plus important. Le cadavre – si toutefois on peut l'appeler ainsi gisait entre deux hauts cônes de boue marquant l'emplacement des galeries de ces gros insectes rouges que Tuk appelait des mantes de feu. En l'espace de quelques jours, ils ont tout dévoré pour ne laisser que les os, quelques tendons et des lambeaux de tissu. Le cruciforme était fixé à la cage thoracique comme une croix précieuse déposée dans le sarcophage de quelque pape depuis longtemps décédé.

C'est une chose terrible, mais je ne puis m'empêcher d'éprouver, au-delà de ma tristesse, un léger sentiment de triomphe. Il est impossible que le cruciforme puisse régénérer quoi que ce soit à partir de ces os nus. Même s'il n'obéit pas aux lois de la logique, ce maudit parasite doit respecter la loi de la conservation des masses. Le Bikura que j'appelais Will est mort de la vraie mort. Les Soixante-dix, désormais, devront s'appeler les Soixante-neuf.

Cent soixante-quatorzième jour :

Je suis un crétin.

Je me suis renseigné à propos de Will et de la vraie mort. C'est le manque de réaction des Bikuras qui m'a mis la puce à l'oreille. Ils ont pris le cruciforme en laissant le squelette à l'endroit où il se trouvait, sans essayer de transporter ses restes dans la basilique. La nuit dernière, je n'ai pas pu dormir parce que j'étais tourmenté à l'idée que c'était moi qui devrais faire le soixante-dixième.

— Quelle tristesse, leur ai-je dit, que l'un de vous soit mort de la vraie mort. Que va devenir votre groupe ?

Bêta m'a regardé avec surprise.

— Il ne peut pas mourir de la vraie mort, a répliqué le petit androgyne au crâne chauve. Il fait partie du cruciforme.

Je n'ai découvert la vérité que quelque temps après, en continuant de passer au scanneur le reste de la tribu. Celui que j'ai baptisé Thêta n'a pas changé d'aspect ni de comportement, mais il porte maintenant deux cruciformes incrustés dans sa chair. Je suis sûr qu'il va bientôt se mettre à enfler obscènement, comme un vulgaire *E. Coli* dans une boîte de Petri. Et quand il (ou elle) mourra, deux Bikuras sortiront de la tombe, et les Soixante-dix se retrouveront au complet.

J'ai l'impression que je vais devenir fou.

Cent quatre-vingt-quinzième jour :

J'ai passé des semaines à étudier ce maudit parasite, et je n'ai toujours pas la moindre idée sur la manière dont il fonctionne. Pis encore, cette question m'est devenue indifférente. J'ai d'autres préoccupations plus importantes.

Comment Dieu a-t-il pu permettre une telle obscénité ? Pourquoi les Bikuras sont-ils punis de cette manière ? Pourquoi ai-je été choisi pour partager leur sort ? Je pose toutes ces questions dans mes prières du soir, mais aucune autre réponse que le hurlement sanglant du vent dans la Faille ne me parvient.

Deux cent quatorzième jour :

Je voulais consacrer les dix dernières pages aux notes prises sur le terrain et à un certain nombre de conjectures techniques, mais j'écris ici mes derniers mots avant de partir affronter la forêt des flammes demain matin.

Sans le moindre doute, j'ai découvert ici ce qu'il peut y avoir de plus bas dans les eaux croupies des sociétés humaines. Les Bikuras ont réalisé le rêve humain de l'immortalité, mais ils ont payé celle-ci de leur humanité et de leur âme immortelle.

Je peux te dire, Édouard, que j'ai passé des heures et des heures à lutter avec ma foi – ou plutôt mon absence de foi –, mais que j'ai maintenant retrouvé, dans ce recoin effrayant d'un monde presque oublié, aux prises avec mon répugnant parasite, une ferveur que je n'avais pas connue depuis les jours où toi et moi nous étions enfants. J'ai compris la nécessité d'une foi pure, aveugle, qui vole dans les plumes de la raison, pour se protéger, autant que faire se peut, dans l'océan menaçant et infini d'un univers soumis à des lois aveugles et totalement insensibles aux pauvres créatures de raison qui l'habitent.

Jour après jour, j'ai essayé de m'éloigner de la Faille. Jour après jour, j'ai enduré des souffrances si pénibles qu'elles sont devenues une partie tangible de mon univers, tout comme le soleil trop petit ou le ciel d'émeraude et de lapis-lazuli. La douleur a fini par devenir mon alliée, mon ange gardien, mon dernier lien avec l'humanité. Le cruciforme n'aime pas la souffrance. Moi non plus, mais je suis prêt, comme lui, à l'utiliser pour servir mes fins. Et je le ferai consciemment, non pas instinctivement comme la masse sans cervelle de tissus étrangers incrustés dans ma chair. Cette chose cherche machinalement à éviter la mort à tout prix. Ce n'est pas que je la recherche, pour ma part, mais je préfère la souffrance ou la mort à une vie végétative éternelle. La vie est quelque chose de sacré – je m'accroche encore à ce dogme comme à un élément central de la pensée et de l'enseignement de l'Église durant ces derniers vingt-huit siècles, au cours desquels elle a eu, à vrai dire, si peu de prix –, mais l'âme est encore plus sacrée.

Je me rends compte, à présent, que ce que j'essayais de faire avec les fouilles d'Armaghast n'aurait pas conduit à un renouveau de l'Église, mais tout au plus à une existence factice comme celle qui anime ces pauvres cadavres ambulants. Si l'Église est condamnée à mourir, qu'elle meure, mais en toute gloire, en pleine connaissance de sa renaissance dans le Christ. Elle doit s'enfoncer dans les ténèbres non pas de son plein gré, mais dignement, bravement, forte de toute sa foi, comme les millions de croyants qui nous ont précédés, toutes ces générations qui ont fait face à la mort dans le silence désespéré des camps d'extermination, devant les boules de feu de l'apocalypse nucléaire, dans les services des cancéreux des hôpitaux ou au milieu des pogroms. Tous, ils ont rejoint la nuit éternelle, non pas avec espoir, mais en priant qu'il y ait une raison à tout cela, quelque chose qui justifie le prix de leurs souffrances et de leurs sacrifices. Mais les ténèbres les ont engloutis sans leur donner la moindre assurance préalable, la moindre théorie logique ou convaincante autre qu'un mince fil d'espoir rattaché à la trop fragile conviction de la foi. Et s'ils ont su garder ce mince espoir face à la nuit noire, je dois être capable d'en faire autant, et l'Église aussi.

Je ne crois plus qu'un traitement ou une opération chirurgicale puisse me guérir de cette abomination, mais si quelqu'un pouvait l'exciser pour l'étudier et la détruire, même au prix de ma propre mort, je m'estimerais satisfait.

La forêt des flammes ne sera jamais plus calme qu'en ce moment. Au lit, à présent. Demain, je pars avant l'aube.

Deux cent quinzième jour :

Il n'existe aucune sortie.

Quatorze kilomètres à travers la forêt. Quelques explosions de flammes éparses, mais rien d'impénétrable. Trois semaines de marche, et j'aurais pu passer.

Mais le cruciforme ne me laisse pas partir.

La douleur ressemble à celle d'une crise cardiaque sans fin. Mais j'ai continué d'avancer en chancelant dans la poussière de cendre. J'ai fini par perdre connaissance. Lorsque je suis revenu à moi, j'étais déjà en train de ramper en direction de la Faille ! J'ai fait dix fois demi-tour, pour marcher sur un kilomètre, ramper sur cinquante mètres, perdre connaissance et reprendre mes sens à l'endroit d'où j'étais parti. Cette bataille insensée pour la possession de mon corps a duré toute la journée.

Peu avant le coucher du soleil, les Bikuras sont entrés dans la forêt, m'ont trouvé à cinq kilomètres de la Faille et m'ont ramené avec eux.

Mon bon Jésus, comment as-tu pu permettre ces choses ?

Il ne me reste plus aucun espoir, à moins que quelqu'un ne vienne me chercher jusqu'ici.

Deux cent vingt-troisième jour :

Nouvelle tentative. Nouvelles souffrances. Nouvel échec.

Deux cent cinquante-septième jour :

C'est mon anniversaire aujourd'hui. J'ai soixante-huit ans standard. Le travail avance bien sur le chantier de la chapelle que j'édifie à proximité de la Faille. J'ai tenté hier de descendre jusqu'au fleuve, mais Bêta et quatre autres Bikuras m'en ont empêché.

Deux cent quatre-vingtième jour :

Une année locale sur Hypérion. Une année de purgatoire. Ou bien est-ce l'enfer ?

Trois cent onzième jour :

En taillant les pierres de la chapelle sur une saillie en contrebas du plateau où elle s'élèvera, j'ai fait une découverte : les tubes du paravolt, que les Bikuras ont dû jeter dans l'abîme la nuit où ils ont assassiné Tuk, il y a exactement deux cent vingt-trois jours de cela.

Ces tubes pourraient me permettre de traverser la forêt des flammes à n'importe quel moment si le cruciforme le voulait bien. Mais il ne veut pas. Si seulement ils n'avaient pas détruit ma trousse médicale, avec les analgésiques ! Mais à force de contempler ces tubes, il m'est venu une idée.

Mes expériences sommaires avec le scanneur médical ont continué. Il y a une quinzaine de jours, lorsque Thêta s'est cassé la jambe en trois endroits, j'ai observé attentivement la réaction du cruciforme. Le parasite a fait de son mieux pour contrer la douleur. Thêta était sans connaissance, la plupart du temps, et son corps produisait d'incroyables quantités d'endorphines. Mais les fractures étaient trop douloureuses, et les Bikuras, le quatrième jour, lui ont tranché la gorge et l'ont descendu dans la basilique. Le cruciforme a eu moins de mal à le ressusciter qu'à supporter la douleur sur une longue période de temps. Mais juste avant le meurtre, mon scanneur avait eu le temps d'enregistrer un retrait appréciable des nématodes de certaines parties de son système nerveux central.

J'ignore s'il serait possible de s'infliger – ou de supporter – des niveaux de douleur non mortels mais susceptibles de provoquer le retrait total du cruciforme. Tout ce que je sais, cependant, c'est que les Bikuras ne le permettraient pas.

Toute la journée, assis sur le rebord de la saillie en contrebas de la chapelle en construction, j'ai beaucoup réfléchi à toutes ces possibilités.

Quatre cent trente-huitième jour :

La chapelle est achevée. C'est l'œuvre de ma vie.

Ce soir, pendant que les Bikuras descendaient dans la Faille pour procéder à leur parodie quotidienne de culte, j'ai célébré la messe sur le nouvel autel. J'avais préparé le pain avec de la farine de chalme, et je suppose qu'il avait le même goût douceâtre que les feuilles dont se nourrissent les Bikuras, mais pour moi il avait la saveur de ma première hostie, le jour de ma communion à Villefranche-sur-Saône.

Demain matin, je ferai ce qui est prévu. Je pense que tout est prêt. Mon journal et les enregistrements du scanneur seront dans une pochette en fibre d'abeste. Je ne vois pas ce que je pourrais faire de plus.

Le vin de messe n'était rien d'autre que de l'eau, mais la lumière du crépuscule lui donnait la couleur vermeille du sang, et son goût était celui du vin consacré.

L'astuce consistera à pénétrer le plus profondément possible à l'intérieur de la forêt des flammes. Il me faudra tabler sur une activité suffisante des teslas, même en période calme.

Adieu, Édouard. Je doute que tu sois toujours en vie, et même si tu l'es, je ne vois guère comment nous pourrions nous retrouver un jour, séparés que nous sommes, non seulement par des années de distance, mais par un gouffre plus vaste, en forme de croix. Mon espoir de te revoir ne se situe pas dans cette vie, mais dans l'autre. Étrange, de m'entendre de nouveau parler ainsi, n'est-ce pas ? Il faut que je te dise, Édouard, qu'après toutes ces décennies d'incertitude, et malgré la grande peur qui m'étreint quant à ce qui m'attend, mon cœur et mon âme sont en paix.

Mon Dieu,
Je suis contrit de t'avoir offensé.
J'abhorre tous mes péchés
Parce qu'ils me barrent l'accès du ciel
Et me font endurer les souffrances de l'enfer,
Mais par-dessus tout parce que je t'ai déplu.
Mon Dieu,
Toi qui n'es que bonté
Et mérites tout mon amour,
Accepte ma promesse de m'amender
Avec la grâce infinie de ton aide,
De confesser tous mes péchés et de faire pénitence.
Amen.

Minuit :

Les rayons du soleil couchant pénètrent par la fenêtre ouverte de la chapelle et baignent l'autel, le calice grossièrement taillé et moi d'une lumière ambrée. Le vent de la Faille mugit les derniers soupirs de ce genre qu'avec un peu de chance et l'aide de Dieu j'entendrai jamais.

— Ce sont ses derniers mots, déclara Lénar Hoyt après avoir achevé sa lecture.

Les six visages des pèlerins assis autour de la table se levèrent vers lui, comme émergeant d'un rêve commun. Penchant la tête en arrière, le consul vit qu'Hypérion était maintenant beaucoup plus proche et occupait un bon tiers du ciel, éclipsant les étoiles de son éclat froid.

— Je suis arrivé dix semaines après avoir vu le père Duré pour la dernière fois, continua Hoyt d'une voix rauque. Plus de huit années s'étaient écoulées sur Hypérion, et la dernière inscription du journal datait de sept ans.

Le prêtre souffrait visiblement. Son visage, où perlait la transpiration, avait maintenant une pâleur morbide.

— Il m'a fallu un peu moins d'un mois pour remonter la rivière, à partir de Port-Romance, jusqu'à la plantation de Perecebo, reprit-il en se forçant à maîtriser sa voix. J'espérais que les planteurs de fibroplastes ne me refuseraient pas la vérité, même s'ils ne veulent généralement pas avoir affaire aux fonctionnaires du consulat ou du Conseil intérieur. Je ne me trompais pas sur ce point. Le contremaître de Perecebo, un nommé Orlandi, se souvenait très bien du père Duré, de même que sa nouvelle épouse, la Semfa dont il est fait mention dans le carnet. Quant au directeur de la plantation, il a essayé d'organiser plusieurs expéditions de recherche sur le plateau, mais ses tentatives ont échoué en raison d'une recrudescence de l'activité des teslas au cours des dernières saisons. Au bout de plusieurs années, il a perdu tout espoir de retrouver son employé Tuk ou le père Duré vivants. Cependant, il a engagé, à mon arrivée, deux pilotes de brousse pour explorer la Faille avec des glisseurs de la plantation. Nous avons survolé la région aussi longtemps que nous l'avons pu, en comptant sur nos détecteurs d'obstacles et sur la chance pour nous conduire en territoire bikura. Mais, même en évitant de cette manière une grande partie de la forêt des flammes, nous avons perdu quatre hommes et un glisseur que nous ont pris les teslas.

Le père Hoyt s'interrompit en vacillant légèrement. Agrippant le bord de la table pour s'empêcher de trembler, il s'éclaircit la voix et poursuivit :

— Je n'ai plus grand-chose à ajouter. Nous avons fini par repérer le village. Les Bikuras, tous les soixante-dix, se sont montrés aussi bornés et aussi peu communicatifs que le suggère son journal. J'ai tout de même pu leur faire confirmer que le père Duré avait trouvé la mort en essayant de s'enfoncer dans la forêt des flammes. La pochette en abeste avait résisté au feu, et nous y avons trouvé son carnet et les enregistrements médicaux.

Hoyt fit du regard le tour de l'assistance, puis continua en baissant les yeux :

— Nous avons réussi à nous faire indiquer l'endroit où le père Duré était mort. Ils ne… ils ne l'avaient pas enterré. Ses restes étaient plus qu'à moitié carbonisés et décomposés, mais suffisamment complets pour nous montrer que l'intensité des décharges des teslas avait été suffisante pour détruire le… cruciforme en même temps que son corps.

» Le père Duré est mort de la vraie mort. Nous avons ramené ses restes à la plantation de Perecebo, où ils ont été ensevelis après la célébration d'un service funèbre complet. (Il prit une profonde inspiration.) Malgré mes protestations vigoureuses, H. Orlandi a ordonné la destruction du village et d'une partie de la paroi de la Faille à l'aide de charges creuses nucléaires qu'il avait apportées de la plantation. Je ne pense pas qu'un seul Bikura ait pu survivre à cela, et il est probable que l'entrée du labyrinthe et celle de la "basilique" ont été obstruées par l'éboulement.

» Souffrant de plusieurs blessures ou affections contractées au cours de l'expédition, j'ai dû séjourner plusieurs mois à la plantation avant de pouvoir retourner sur le continent septentrional, d'où j'ai gagné Pacem. Personne n'est au courant de l'existence de ce journal à l'exception de H. Orlandi et de Monseigneur Édouard, ainsi, naturellement, que tous ses supérieurs auxquels il aura jugé bon de révéler la chose. Mais, à ma connaissance, l'Église n'a encore publié aucun communiqué relatif au journal du père Duré.

Le père Hoyt, qui était debout, se rassit alors. La sueur dégoulinait sur son menton, et son visage, à la lumière réfléchie d'Hypérion, était d'une pâleur bleuâtre.

— Et… c'est tout ? demanda Martin Silenus.

— Oui, réussit à murmurer le père Hoyt.

— Madame, messieurs, fit Het Masteen, il commence à se faire tard. Je vous suggère donc d'aller rassembler vos bagages et de gagner, dans une demi-heure au plus, le vaisseau de notre ami le consul, que vous trouverez dans la sphère n° 11. Je vous rejoindrai plus tard à la surface avec l'un des vaisseaux de descente de l'arbre.

Presque tout le groupe fut prêt en moins de quinze minutes. Les Templiers avaient aménagé une passerelle de service reliant l'un des quais intérieurs de la sphère au balcon supérieur du vaisseau. Le consul passa le premier dans le grand salon tandis que les clones d'équipage apportaient les bagages puis se retiraient.

— Ce vieil instrument est fascinant, dit le colonel Kassad en passant la main sur le couvercle du Steinway. C'est un clavecin ?

— Un piano, répondit le consul. De l'époque préhégirienne. Est-ce que tout le monde est là ?

— Il ne manque que Hoyt, fit Brawne Lamia en s'asseyant sur un coussin de la fosse de projection.

Het Masteen entra à ce moment-là.

— Le vaisseau de guerre de l'Hégémonie vous accorde l'autorisation de vous poser sur l'astroport de Keats, dit-il. Je vais envoyer un membre de l'équipage voir si H. Hoyt a besoin d'aide.

— Inutile, fit le consul en modulant sa voix. J'aimerais y aller moi-même. Pouvez-vous m'indiquer le chemin ?

Le commandant du vaisseau-arbre regarda longuement le consul, puis glissa la main dans les plis de sa robe.

— Bon voyage, dit-il en lui tendant une plaquette. Nous nous retrouverons à la surface, avant notre départ à minuit, aux portes du Temple gritchtèque de Keats.

Le consul s'inclina.

— J'ai eu plaisir à voyager sous la protection des hautes branches de l'Arbre, Het Masteen, déclara-t-il cérémonieusement avant de se tourner vers les autres pour ajouter :

— Installez-vous aussi confortablement que possible dans le salon ou dans la bibliothèque située juste au-dessous. Le vaisseau pourvoira à vos besoins et répondra à toutes vos questions. Nous partirons dès que je serai de retour avec le père Hoyt.

La nacelle à environnement contrôlé du prêtre était sur une branche secondaire, à peu près à mi-hauteur du vaisseau-arbre. Comme s'y attendait le consul, la plaque d'orientation persoc que lui avait donnée Het Masteen pouvait servir de passe pour ouvrir la serrure palmaire. Après avoir passé plusieurs minutes à actionner le carillon et à tambouriner vainement sur le portail, il se servit du passe pour pénétrer dans la nacelle.

Le père Hoyt était à genoux au centre de la moquettepelouse, et il se tordait de douleur. Des vêtements et des objets divers ainsi que le contenu d'une trousse médicale standard étaient éparpillés autour de lui. Il avait arraché sa vareuse et son faux col, et avait transpiré à travers sa chemise, dont les plis mouillés collaient à sa peau, déchirés aux endroits où ses doigts fébriles avaient tiré sur le tissu délicat. La lumière d'Hypérion filtrait à travers la paroi de la nacelle, donnant au tableau un aspect étrange, comme s'ils étaient sous la mer ou bien, se disait le consul, à l'intérieur d'une cathédrale.

Les traits de Lénar Hoyt étaient déformés par une souffrance atroce tandis que ses mains labouraient sa poitrine. Les muscles de ses avant-bras saillaient comme des serpents vivants sous sa peau blafarde.

— La seringue… n'a pas fonctionné, haleta-t-il. S'il vous plaît…

Le consul hocha la tête, commanda à la porte de se refermer, puis s'agenouilla aux côtés du prêtre. Il retira la seringue automatique défectueuse de la main crispée du prêtre et éjecta la cartouche. Ultramorphine. Il hocha de nouveau la tête et prit une seringue neuve dans la trousse qu'il avait apportée de son vaisseau. Il lui fallut moins de cinq secondes pour charger la cartouche.

— Vite… supplia Hoyt.

Son corps était agité de spasmes. Le consul voyait presque les ondes de douleur qui le traversaient.

— Voilà, fit-il d'une voix sourde. Mais je veux le reste de l'histoire d'abord.

Hoyt leva vers lui des yeux hagards tout en essayant de tendre la main vers la seringue.

Transpirant à son tour, le consul éloigna lentement la seringue hors de sa portée.

— Vous l'aurez dans une seconde, dès que j'aurai entendu la suite de votre histoire. C'est très important pour moi.

— Seigneur ! sanglota Hoyt. Par pitié !

— Dites-moi la vérité d'abord, haleta le consul.

Le père Hoyt retomba sur ses avant-bras, respirant par saccades.

— Putain de salaud ! s'écria-t-il.

Il prit plusieurs inspirations profondes, retint l'air dans ses poumons jusqu'à ce qu'il cesse de trembler, puis tenta de se redresser. Lorsqu'il regarda de nouveau le consul, celui-ci crut lire une sorte de soulagement dans ses yeux égarés.

— Ensuite, vous me ferez… la piqûre ? demanda-t-il.

— C'est promis.

— D'accord… fit Hoyt dans un souffle amer. Voilà la vérité… La plantation de Perecebo… Comme je l'ai raconté. Nous sommes arrivés… début octobre. Lycius… huit ans après la disparition de Duré… Seigneur ! J'ai mal ! L'alcool ne me fait plus rien, et les endos ne marchent plus du tout. Il n'y a que… l'ultramorphine pure…

— Je sais, murmura le consul. Tout est prêt. Dès que vous aurez achevé l'histoire.

Le prêtre baissa la tête. La sueur dégoulinait sur ses joues et son nez, et tombait dans l'herbe courte de la moquette. Le consul vit ses muscles se tendre comme s'il se préparait à attaquer, puis un nouveau spasme de douleur secoua son corps décharné, et ses épaules s'affaissèrent.

— Le glisseur n'a pas été détruit… par les teslas. Avec Semfa et… deux autres hommes, je suis descendu explorer la Faille pendant que… Orlandi remontait le fleuve. Son glisseur… a dû attendre, pour passer, que les teslas se calment…

Les Bikuras sont venus pendant la nuit. Ils ont tué… tué Semfa, le pilote, l'autre homme… oublié son nom… Ils m'ont laissé… vivant.

Hoyt voulut toucher son crucifix sur sa poitrine, mais s'aperçut qu'il l'avait déjà arraché. Il eut un rire bref, qui faillit se terminer en sanglot.

— Ils m'ont… parlé de la croix, du cruciforme… et du « Fils des flammes ». Le lendemain, ils m'ont… emmené voir celui… qu'ils appelaient ainsi…

Hoyt se redressa péniblement et porta soudain les mains à son visage, qu'il laboura de ses ongles. Ses yeux étaient agrandis, il avait visiblement oublié l'ultramorphine malgré la douleur.

— Environ trois kilomètres à l'intérieur de la forêt des flammes... un énorme tesla, quatre-vingts, cent mètres de haut, peut-être. Relativement calme à ce moment-là, mais l'air... chargé d'électricité, tout autour... et des cendres partout.

» Les Bikuras avaient peur... de s'approcher. Ils ont prié, à genoux, leur maudit crâne chauve baissé... Mais je me suis... avancé, tout près. Il le fallait... Mon Dieu ! C'était lui... Duré... Ce qu'il en restait, tout au moins...

» Il avait confectionné une échelle... pour grimper... à trois ou quatre mètres du sol. Il avait fait une sorte de plate-forme... en abeste... pour ses pieds. Et avec les tubes arrachés au paravolt... et brisés comme des piquets pointus... en se servant, sans doute, d'une pierre pour les enfoncer... il s'était cloué à l'arbre et à la plate-forme.

» Son bras gauche... Il avait enfoncé le piquet entre le cubitus et le radius... en évitant les veines... exactement comme ces foutus Romains... Pour que ça tienne tant que le squelette demeurerait intact... L'autre main... la paume en bas... Il avait planté le piquet d'abord... aiguisé aux deux bouts... Puis... empalé sa main droite... et recourbé le piquet, je ne sais comment... comme un crochet.

» L'échelle était tombée... depuis longtemps... mais c'était de l'abeste. Ça ne brûle pas... Je m'en suis servi pour grimper jusqu'à lui... Tout avait brûlé depuis des années... Vêtements, peau, chair... mais il avait toujours la pochette en abeste autour du cou.

» Les piquets de métal continuaient de conduire le courant, même quand... C'était quelque chose que je sentais... que je pouvais voir sous mes yeux... parcourant ce qu'il restait du corps...

» Ce corps avait encore l'aspect de Paul Duré... Très important... Je l'ai bien expliqué à Monseigneur... Plus d'épiderme... La chair à vif, ou carbonisée... Les nerfs et le reste, visibles... comme un réseau de capillaires gris ou jaunes... Seigneur, quelle puanteur ! Mais cela avait encore l'aspect de Paul Duré !

» J'ai tout compris, à ce moment-là. Même avant de lire son journal. J'ai compris qu'il était resté cloué là...

sept années entières… Ô mon Dieu ! Mourant… Ressuscitant… Forcé à vivre par le cruciforme… Traversé à chaque seconde de ces sept années par des décharges électriques… Livré aux flammes… à la douleur… à la faim… tandis que ce maudit… cruciforme… devait puiser, pour le nourrir… ou ce qu'il restait de lui… la substance de l'arbre… de l'air, peut-être… reconstituant tout ce qui pouvait l'être… le forçant à sentir la douleur, encore et encore et encore…

» Mais il a fini par gagner… La souffrance était son alliée… Doux Jésus ! Au lieu de quelques heures cloué à l'arbre, un coup de lance et puis le repos… il est resté ainsi sept ans ! Mais… il a gagné. Lorsque j'ai retiré la pochette, le cruciforme est tombé… Il s'est détaché, simplement, avec ses longues racines couleur de sang… Puis la chose… la chose dont j'étais sûr qu'il s'agissait d'un cadavre… *l'homme* a levé la tête. Ses yeux blancs étaient sans paupières… Il n'avait plus de lèvres… Mais il m'a regardé, et il a souri… Puis il est mort, réellement mort… dans mes bras. Pour la dix millième fois, peut-être… mais c'était la bonne… Il m'a souri et il est mort.

Hoyt se tut, communiant en silence avec sa propre souffrance, puis continua, serrant les dents entre chaque bribe de phrase :

— Les Bikuras m'ont… ramené à la Faille… Orlandi est arrivé… le lendemain… Il m'a libéré… avec Semfa… Je n'ai pas… Il a détruit le village au laser… brûlé les Bikuras sur place… Ils nous regardaient avec leurs yeux… de moutons hébétés… Je n'ai pas… essayé de m'interposer… Je riais aux éclats ! Pardonne-moi, ô mon Dieu ! Orlandi a tout nettoyé… avec des charges creuses… nucléaires… habituellement utilisées pour… défricher la jungle… autour des matrices de fibroplastes.

Hoyt regarda le consul dans les yeux, en esquissant un geste maladroit de la main droite.

— Les analgésiques faisaient de l'effet, au début… Mais chaque année… chaque année qui passait… c'était pire. Même en état de fugue… Cette douleur ! Je n'aurais pu rester ainsi, de toute manière… Comment a-t-il pu… pendant sept ans ! Mon Dieu !

Le père Hoyt agrippa la moquette d'une main. Le consul le retint au moment où il allait s'écrouler et lui fit l'injection, rapidement, au-dessous de l'aisselle, vidant toute l'ampoule d'ultramorphine. Puis il le laissa doucement retomber, inanimé, dans l'herbe verte. Sa vision était trouble. Il écarta rapidement la chemise trempée du prêtre. C'était bien là, comme il s'y attendait. Incrusté dans la peau blême et lisse de son torse, un bourrelet vermeil ressortait comme une espèce de gros ver en forme de croix. Le consul retint sa respiration et retourna le prêtre sur le ventre. Le second cruciforme était là, lui aussi, un peu plus petit, serti entre les omoplates. Il sembla vibrer d'une légère pulsation lorsque le consul passa le doigt sur la crête de chair boursouflée.

Sans perdre de temps, il rassembla les affaires du prêtre et remit un peu d'ordre dans la pièce. Puis il habilla le père Hoyt avec autant de douceur et de ménagements que s'il s'agissait du corps d'un défunt très proche.

Son persoc bourdonna à ce moment-là.

— Il est l'heure de partir, fit la voix du colonel Kassad.

— Nous arrivons, répondit le consul.

Il programma le persoc pour qu'il fasse enlever les bagages par les clones d'équipage, mais porta le prêtre lui-même. Le malheureux ne pesait pas plus lourd qu'une plume.

Le diaphragme de la nacelle s'ouvrit et il sortit, quittant la pénombre des frondaisons pour s'avancer vers l'éclat bleu-vert de la planète qui occupait maintenant la presque totalité du ciel. Tout en cherchant ce qu'il allait dire aux autres, il s'arrêta quelques secondes pour regarder le visage de l'homme assoupi. Puis il leva les yeux vers Hypérion, et continua son chemin. Même si la gravité avait été celle de la Terre, il savait que le prêtre n'aurait pas pesé beaucoup plus lourd dans ses bras.

Il avait eu un fils, naguère, qui était mort. Et en portant Hoyt, il connut de nouveau la sensation de conduire un fils endormi dans son lit.

2

La journée à Keats, capitale d'Hypérion, avait été chaude et pluvieuse. Même après l'orage, un tapis de sombres nuages continuait de flotter au-dessus de la ville, emplissant l'air de l'odeur salée de l'océan qui se trouvait à vingt kilomètres à l'ouest. Le soir venu, tandis que la grisaille du jour faisait place au gris du crépuscule, un double bang secoua la ville, se réverbérant sur le pic montagneux solitaire dont la silhouette dentelée se dressait au sud. Les nuages avaient pris un éclat bleu nacré. Trente secondes plus tard, un vaisseau couleur d'ébène perça la couverture de nuages et descendit doucement sur son panache de flammes de fusion, ses feux de navigation lançant leurs éclats rouges et verts dans le ciel plombé.

À mille mètres, les projecteurs d'atterrissage du vaisseau s'allumèrent, et trois faisceaux de lumière cohérente, montant de l'astroport au nord de la ville, verrouillèrent l'appareil sur un trépied de bienvenue vermeil. Le vaisseau tomba lentement jusqu'à trois cents mètres du sol, puis se déplaça latéralement, avec la sûreté d'une chope qui glisse sur un comptoir mouillé, jusqu'à ce qu'il arrive au niveau de la fosse de refroidissement qui l'attendait.

Des jets à haute pression arrosèrent la fosse et la base du vaisseau, faisant surgir des geysers de vapeur qui se mêlèrent aux rideaux de pluie fine balayant la plaine de bitume de l'astroport. Lorsque tout fut fini, le silence retomba, à l'exception du bruissement de la pluie et des cliquetis et craquements espacés du vaisseau en train de refroidir.

Un balcon sortit d'une coupée dans la muraille, trente mètres au-dessus de la fosse. Cinq silhouettes s'avancèrent.

— Merci pour la promenade, fit le colonel Kassad en se tournant vers le consul.

Celui-ci hocha distraitement la tête et s'appuya à la rambarde, en respirant l'air frais à grandes goulées. Des gouttelettes de pluie ruisselèrent sur sa barbe et sur ses sourcils.

Sol Weintraub souleva le bébé de son panier. L'enfant avait été réveillée, sans doute par le changement de température et de pression, ou par les bruits, les odeurs et les mouvements différents. Elle se mit à brailler. Il la berça et lui parla doucement, mais les glapissements continuèrent.

— Voilà une musique de circonstance pour célébrer notre arrivée, déclara Martin Silenus.

Le poète portait une longue cape mauve et un béret grenat incliné sur son épaule droite. Il but une gorgée du vin qu'il avait apporté avec lui du salon.

— Jésus à béquilles, cet endroit a vraiment changé ! s'écria-t-il.

Le consul, qui n'avait quitté Hypérion que depuis huit années locales, devait en convenir. Le port spatial se trouvait alors à neuf kilomètres des premiers faubourgs de la ville. Aujourd'hui, il était entouré de cabanes en bois, de tentes et de rues boueuses. De son temps, il n'y avait pas plus d'une arrivée par semaine, alors qu'il comptait aujourd'hui plus d'une vingtaine de vaisseaux sur le terrain. Le minuscule bâtiment de douane et d'administration avait été remplacé par une énorme bâtisse en préfabriqué. Une douzaine de fosses et de grilles destinées aux vaisseaux de descente avaient été ajoutées, un peu n'importe comment, à l'ouest, et les installations étaient partout encombrées de modules bâchés sous une toile de camouflage, qui pouvaient servir, le consul le savait, aussi bien de station de commandement au sol que de baraquement. Une forêt d'antennes exotiques se dressait vers le ciel à partir d'un groupe de ces modules à une extrémité du terre-plein.

— Le progrès, murmura le consul.

— La guerre, fit le colonel Kassad.

— Mais ce sont des gens qu'il y a là-bas ! s'exclama Brawne Lamia, pointant l'index en direction des portes du terminal principal, à l'extrémité sud du terrain.

Un océan de couleurs ternes venait s'écraser, comme une houle silencieuse, sur le grillage qui marquait la séparation avec l'extérieur et sur le champ de confinement mauve.

— Bon Dieu ! Elle a raison ! fit le consul.

Kassad sortit ses jumelles, et ils observèrent à tour de rôle la foule de milliers de personnes qui se pressaient contre la barrière de grillage et le champ répulsif.

— Que font-ils là ? demanda Lamia. Que veulent-ils ?

Même à cinq cents mètres de distance, l'énergie aveugle qui se dégageait de cette foule était impressionnante. On voyait les silhouettes sombres des soldats de la Force en train de patrouiller juste à l'intérieur du périmètre. Le consul se rendit soudain compte que la bande de terrain nu qu'il voyait entre la grille, le champ de confinement et les sentinelles devait être minée, ou balayée par un rayon de mort, ou encore les deux à la fois.

— Que veulent-ils ? répéta Lamia.

— Ils veulent partir, dit Kassad.

Avant même que le colonel eût parlé, le consul avait compris la raison de la présence des tentes et des baraques autour du port spatial. Les habitants d'Hypérion cherchaient à fuir leur planète. Ils devaient s'agglutiner ainsi au grillage, silencieusement, chaque fois qu'un vaisseau se posait.

— En voilà un, en tout cas, qui ne risque pas de s'envoler, fit Martin Silenus en désignant du doigt une montagne basse située au sud, au-delà du fleuve. Ce bon vieux William Rex le Pleureur, que Dieu garde son âme impie.

Le visage sculpté du roi Billy le Triste était à peine visible à travers la pluie fine et l'obscurité grandissante.

— Je l'ai bien connu, Horatio, continua le poète ivre. Un homme jamais à court de plaisanteries. Pas une seule qui fût drôle. Un vrai trou du cul, Horatio…

Sol Weintraub se tenait en retrait à l'entrée du balcon, pour abriter son bébé de la pluie et écarter ses braillements de la conversation générale.

— Nous avons de la visite, fit-il en tendant le bras.

Un véhicule de sol au polymère de camouflage inactivé et un VEM militaire modifié par l'adjonction de souffleries de sustentation adaptées au faible champ magnétique d'Hypérion s'approchaient d'eux sur la piste mouillée.

Sans quitter des yeux un seul instant la montagne représentant le roi Billy à la triste figure, Silenus récita d'une voix douce, à peine audible :

Au plus profond des ombres d'une triste vallée,
Enfoui loin de l'haleine vivifiante du matin,
Loin de midi flamboyant et de l'étoile solitaire du soir,
Saturne aux cheveux gris était assis, muet comme une pierre,
Aussi immuable que le silence environnant son refuge.
Des forêts et des forêts s'étageaient à l'entour de sa tête,
Telles des nuées sur des nuées...

Le père Hoyt sortit sur le balcon, en se frottant les joues des deux mains. Ses yeux étaient hagards comme ceux d'un enfant émergeant du sommeil.

— Nous sommes arrivés ? demanda-t-il.

— Pour sûr, bordel de merde ! s'écria le poète en rendant les jumelles au colonel. Préparons-nous à affronter ces foutus *marines*.

Le jeune lieutenant ne parut nullement impressionné par le groupe, même après avoir passé dans son scanneur la plaquette que Het Masteen lui avait remise de la part du commandant du détachement de la Force. L'officier prit son temps pour examiner en détail chaque laissez-passer, les faisant attendre sous la pluie et lançant de temps à autre une remarque avec l'arrogance oisive de ces petits chefs qui viennent de se voir attribuer une parcelle de pouvoir. Puis ce fut le tour de Fedmahn Kassad, et il leva les yeux avec l'expression d'une belette effarée.

— Le colonel Kassad !

— En retraite, précisa ce dernier.

— Je suis vraiment désolé, mon colonel... balbutia le

lieutenant en rendant précipitamment les laissez-passer à tout le monde. Je ne me doutais pas que vous faisiez partie de ce groupe… C'est-à-dire… le commandant ne nous a pas… Mon oncle a fait campagne avec vous sur Bressia, mon colonel. Je veux dire que… Je suis navré… S'il y a quelque chose que mes hommes ou moi puissions faire pour…

— Repos, lieutenant, coupa Kassad. Dites-nous s'il y a un moyen de transport disponible pour nous rendre en ville.

— Euh… C'est que…

Le jeune *marine* voulut se gratter le menton, mais se rappela juste à temps qu'il avait son casque.

— C'est faisable, mon colonel, mais… la foule, là-bas, n'est pas commode, et ces foutus VEM ne fonctionnent pas très bien sur cette putain de… euh… Pardonnez-moi, mon colonel. Le problème, c'est que tous les appareils de transport au sol sont réservés au matériel, et il ne reste plus aucun glisseur de libre jusqu'à vingt-deux heures. Mais je me ferai un plaisir d'inscrire votre groupe sur la liste des prochains…

— Une seconde, fit le consul.

Un glisseur à la coque bosselée, arborant, sur le côté de la jupe, l'emblème géodésique doré de l'Hégémonie, venait de se poser à une dizaine de mètres de là. Un homme grand et maigre en descendit.

— Théo ! s'écria le consul.

Les deux hommes coururent l'un vers l'autre, firent mine de se serrer la main, mais se ravisèrent et se donnèrent joyeusement l'accolade.

— Bon Dieu ! fit le consul. Tu as une mine superbe, mon vieux Théo !

C'était vrai. Son ex-adjoint avait gagné six ans sur lui, mais il avait toujours ce sourire de jeune garçon, ce visage mince et cette tignasse rousse qui avaient incité plus d'une jeune créature célibataire – et quelques femmes mariées aussi – à postuler pour un emploi au consulat. La timidité qui faisait partie des points sensibles de Théo Lane était toujours là, elle aussi, comme l'attestait le geste inutile avec lequel il était en train de rajuster les lunettes archaïques à monture de corne qui représentaient sa seule affectation.

— Je suis ravi que tu sois de retour parmi nous, déclara-t-il.

Le consul se tourna pour faire les présentations, puis s'interrompit brusquement.

— Mon Dieu ! Mais le consul, c'est toi, maintenant ! s'exclama-t-il. Excuse-moi, Théo, je n'y pensais plus.

Théo Lane sourit en rajustant une nouvelle fois sa monture.

— Ce n'est pas grave, dit-il, d'autant plus que j'ai cessé de porter ce titre depuis quelques mois. Je suis maintenant gouverneur général. Le Conseil intérieur a réclamé – et obtenu – le statut officiel de colonie. Soyez tous les bienvenus sur la dernière planète en date de l'Hégémonie.

Un flou d'une fraction de seconde passa dans le regard du consul, puis il donna une nouvelle accolade à son ancien protégé.

— Toutes mes félicitations, Excellence.

Théo eut un large sourire, puis leva les yeux vers le ciel.

— Je crois que ça ne va pas tarder à tomber pour de bon, dit-il. Pourquoi ne pas faire monter tout le monde à bord du glisseur ? Je vous déposerai en ville.

Il se tourna en souriant vers le jeune officier.

— Lieutenant ?

— Euh… Oui, Votre Excellence ? fit l'officier en se mettant au garde-à-vous.

— Pourriez-vous faire charger les bagages de ces personnes dans mon appareil ? Nous aimerions tous partir avant qu'il ne pleuve.

Le glisseur suivit le ruban gris de la route du sud, à une hauteur constante de soixante mètres. Le consul occupait un fauteuil à côté du pilote tandis que le reste du groupe se détendait à l'arrière sur les sièges inclinables en mousse lovée. Martin Silenus et le père Hoyt semblaient dormir. Le bébé de Weintraub avait cessé de hurler en échange d'un biberon souple de lait maternel synthétique.

— Les choses ont bien changé, déclara le consul.

Collant la joue à la verrière ruisselante de pluie, il contempla le chaos qui régnait au-dessous d'eux. Des milliers de cabanes et d'abris de fortune couvraient les flancs des collines et des ravins le long des trois kilomètres de route qui séparaient le port spatial des premiers faubourgs. Des feux avaient été allumés çà et là sous des bâches humides, et le consul distingua des silhouettes couleur de boue qui allaient et venaient entre les cabanes de même couleur. De hautes clôtures bordaient l'ancienne route du port spatial, qui avait été élargie et rénovée. Sur deux files de chaque côté, les camions et les véhicules à effet de sol, pour la plupart militaires, vert kaki ou revêtus d'un polymère de camouflage inactivé, se déplaçaient lentement l'un derrière l'autre. Plus loin, les lumières de Keats, bien plus étendues que dans le souvenir du consul, envahissaient de nouveaux secteurs de la vallée et des collines.

— Trois millions, murmura Théo comme s'il avait lu dans la pensée de son ex-patron. Ils sont au moins trois millions, et il en arrive chaque jour.

Le consul écarquilla les yeux.

— Il n'y avait que quatre millions et demi d'habitants sur toute la planète quand je suis parti !

— Ce nombre n'a pas changé, mais ils veulent tous venir à Keats, embarquer sur n'importe quel vaisseau et foutre le camp d'ici. Certains attendent que nous construisions un distrans, mais la plupart pensent qu'il ne sera jamais prêt à temps. Ils ont peur.

— Des Extros ?

— En partie aussi, mais surtout du gritche.

Le consul écarta son visage de la verrière glacée.

— Il est donc descendu au sud de la Chaîne Bridée ?

Théo laissa entendre un petit rire sans conviction.

— Il est partout. Ils sont partout, plutôt. La plupart des gens d'ici sont convaincus qu'il y en a maintenant des douzaines ou même des centaines. On attribue au gritche des carnages sur les trois continents. Partout, en fait, à l'exception de Keats, de certaines parties de la côte de la Crinière et de quelques villes comme Endymion.

— Combien de victimes ? demanda le consul, qui ne tenait pas tellement à connaître la réponse.

— Vingt mille morts ou disparus au moins. Il y a aussi pas mal de blessés, mais on ne peut pas tout attribuer au gritche, n'est-ce pas ? fit Théo avec un rire sec. Le gritche, comme chacun sait, ne fait pas de blessés. Les gens se tirent dessus dans l'affolement général, ils tombent dans l'escalier, se jettent par les fenêtres ou se font piétiner par la foule. C'est la panique. Un putain de désastre.

En onze ans de collaboration avec Théo Lane, le consul ne l'avait jamais entendu utiliser un tel langage.

— Et la Force ne fait rien ? demanda-t-il. Est-ce sa présence qui éloigne le gritche des villes ?

— La Force se contente de contenir la foule en cas d'émeute, fit Théo en secouant la tête. Ces foutus *marines* ne s'intéressent qu'aux accès du port spatial et de la zone militaire de Port-Rom. Ils évitent tout affrontement direct avec le gritche. Ils se réservent pour les Extros.

— Et les FT ? demanda le consul, qui savait très bien que les Forces Territoriales, peu entraînées, n'étaient pas à la hauteur de cette situation.

— Parmi les victimes, huit mille au moins sont des FT, répondit Théo avec un haussement d'épaules. Le général Braxton a remonté la Route du Fleuve avec sa vaillante « Troisième Unité de Combat » pour « abattre le gritche dans sa tanière », et plus personne n'a jamais revu aucun d'eux.

— Tu plaisantes ? fit le consul.

Mais il lui suffisait de voir la tête que faisait Théo pour savoir que ce n'était pas le cas.

— J'aimerais savoir, reprit le consul au bout de quelques secondes de silence, comment tu t'arranges pour avoir le temps de venir nous accueillir ici.

— Je ne l'ai pas, dit le gouverneur général en tournant la tête pour regarder les autres passagers, à l'arrière, qui s'étaient assoupis ou se penchaient, l'air épuisé, aux hublots. J'avais besoin de te parler. Pour te dissuader d'y aller.

Le consul secouait déjà la tête, mais Théo lui saisit le bras et le serra très fort.

— Écoute d'abord ce que j'ai à te dire, bon Dieu ! Je sais que c'est difficile pour toi de revenir ici après... après ce qui est arrivé, mais merde, c'est ridicule de tout foutre en l'air sans raison. Laisse tomber ce stupide pèlerinage. Reste avec nous à Keats.

— Impossible... commença le consul.

— Laisse-moi te parler d'abord ! Premièrement, tu es le meilleur diplomate que j'aie jamais connu, et le plus apte à gérer cette crise. Nous avons besoin de tes compétences.

— Cela n'a rien à...

— Tais-toi un peu. Deuxièmement, toi et les autres, vous n'arriverez jamais à moins de deux cents kilomètres des Tombeaux du Temps. Nous ne sommes plus à l'époque que tu as connue, où ces cons de candidats au suicide pouvaient jouer au touriste pendant une semaine et puis changer d'avis et rentrer chez eux. C'est fini. Le gritche est sorti au grand jour. Et il ne rigole pas.

— Je comprends tout cela, mais...

— Troisièmement, j'ai *personnellement* besoin de toi ! J'ai supplié Tau Ceti Central d'envoyer quelqu'un d'autre ici. Lorsque j'ai appris ta venue... ça m'a permis de tenir le coup ces deux dernières années.

Le consul secoua la tête sans comprendre.

Théo vira en direction du centre de la ville, puis demeura quelques instants en vol stationnaire. Quittant ses commandes des yeux, il se tourna vers le consul.

— Je veux que tu prennes à ma place le poste de gouverneur général. Le Sénat ne dira rien, à l'exception de Gladstone, peut-être, mais il sera trop tard quand elle s'en apercevra.

C'était comme si quelqu'un venait de frapper le consul sous la troisième côte. Il se détourna pour regarder, au-dessous de lui, le dédale de ruelles et d'immeubles délabrés qu'était Jacktown, la Vieille ville. Quand il recouvra sa voix, il murmura :

— Je ne peux pas, Théo.

— Écoute, si tu...

— Je te dis que je ne peux pas ! Je ne réussirais pas

mieux que toi si j'acceptais, mais ce n'est pas la question. Je ne peux pas parce qu'il faut que je fasse ce pèlerinage !

Théo rajusta ses lunettes puis regarda fixement droit devant lui, sans rien dire.

— Tu es de loin le plus compétent des diplomates des Affaires étrangères avec qui j'ai eu l'occasion de travailler, reprit le consul. Je me suis retiré depuis huit ans. Il me semble que...

Théo hocha sèchement la tête en l'interrompant.

— C'est au Temple gritchtèque que vous voulez aller ?

— Oui.

Le glisseur décrivit un large cercle et se posa. Le consul, perdu dans ses pensées, regardait dans le vide tandis que les portières latérales du véhicule se soulevaient pour s'escamoter dans leur logement et que Sol Weintraub s'exclamait :

— Oh mon Dieu !

Le groupe descendit pour faire face à une plaine de décombres calcinés occupant l'emplacement du Temple gritchtèque. Depuis que les Tombeaux du Temps avaient été fermés, quelque vingt-cinq années locales auparavant, pour cause de trop grand danger, le Temple gritchtèque était devenu l'attraction touristique la plus en vogue. De la largeur de trois pâtés de maisons, culminant à cent cinquante mètres au sommet de la flèche effilée de sa tour centrale, le temple principal de l'Église gritchtèque tenait en même temps de la cathédrale grandiose et impressionnante, de la pure plaisanterie gothique, avec ses courbes dentelées et ses arcs-boutants de pierre permasoudés à un squelette en fibres composites armées, de la gravure d'Escher, avec ses perspectives truquées et ses angles impossibles, et du cauchemar à la Jérôme Bosch, avec ses entrées de tunnel, ses chambres secrètes, ses jardins sombres et ses secteurs interdits. Mais, par-dessous tout, cet édifice appartenait au passé mystérieux d'Hypérion.

Il ne restait plus rien de tout cela à présent. Seuls des tas de pierres noircies rappelaient la splendeur passée du lieu. Des poutrelles de métal à moitié fondu sortaient des ruines comme les côtes de quelque gigantesque carcasse.

La grande masse des décombres avait été engloutie par les souterrains, catacombes et galeries qui se trouvaient au-dessous de l'édifice âgé de trois cents ans. Le consul s'avança au bord d'une fosse et se demanda si, comme le disait la légende, les sous-sols étaient véritablement reliés à l'un des labyrinthes de la planète.

— On dirait qu'ils ont utilisé des claps pour raser cet endroit, fit Martin Silenus en se servant d'un terme archaïque désignant tout type de canon laser à amplification de puissance.

Le poète, qui semblait subitement dégrisé, rejoignit le consul devant la fosse.

— Je me souviens d'une époque où il n'y avait rien d'autre ici que le Temple et une petite partie de la Vieille ville, dit-il. Après la catastrophe au voisinage des Tombeaux, Billy a décidé de reconstruire Jacktown ici, à cause du Temple. Et maintenant, il ne reste plus rien. Bon Dieu !

— Non, déclara Kassad.

Les autres se tournèrent vers lui.

Le colonel se redressa à l'endroit où il s'était accroupi pour examiner les décombres.

— Pas des claps, dit-il, mais des charges creuses au plasma. Il y en a eu plusieurs.

— Et maintenant, tu veux toujours rester ici pour entreprendre cet inutile pèlerinage ? demanda Théo. Pourquoi ne pas venir plutôt avec moi au consulat ?

Il s'adressait au consul, mais avait étendu l'invitation à tout le monde.

Le consul se tourna vers lui. Pour la première fois, il voyait sous les traits de son ex-adjoint le gouverneur général d'une planète assiégée de l'Hégémonie.

— C'est impossible, Votre Excellence, dit-il. Pour moi, tout au moins. Je ne sais pas ce que décideront les autres.

Les quatre hommes et la femme secouèrent négativement la tête. Silenus et Kassad commencèrent à décharger les bagages. La pluie recommençait à tomber, sous la forme d'une légère bruine issue de nulle part. En cet instant, le consul remarqua la présence de deux glisseurs de combat de la Force qui tournaient au-dessus des toitures avoisinantes. L'obscurité grandissante et leur coque revêtue d'un polymère-caméléon les avaient très bien cachés jusqu'ici, mais la pluie révélait leurs contours.

Naturellement, songea le consul. Le gouverneur général ne se déplace pas sans escorte.

— Est-ce que les prêtres ont pu se mettre à l'abri ? demanda Brawne Lamia. Y a-t-il eu des survivants quand le Temple a été détruit ?

— Oui, répondit Théo.

Le dictateur *de facto* de cinq millions d'âmes condamnées ôta ses verres pour les essuyer sur un pan de sa chemise.

— Tous les prêtres du culte gritchtèque, avec leurs acolytes, ont pu s'échapper par les galeries. La foule assiégeait cet endroit depuis des mois. Son chef, une femme nommée Cammon, qui vient de quelque part à l'est de la mer des Hautes Herbes, a donné tout ce qu'il fallait comme avertissements à ceux du Temple avant de lancer ses DL-20.

— Que faisait la police ? demanda le consul. Et les FT ? La Force ?

Théo Lane sourit. En cet instant, il semblait avoir des dizaines d'années de plus que le jeune homme qu'avait connu le consul.

— Vous êtes tous restés en transit pendant trois ans, dit-il. L'univers a changé depuis. Les fidèles du gritche se font tabasser et immoler par le feu dans le Retz tout entier. Imaginez ce que cela peut donner ici. La police de Keats s'occupe uniquement de faire respecter la loi martiale que j'ai décrétée depuis quatorze mois. Les FT et elle ont assisté sans intervenir à la destruction du Temple. J'y étais moi aussi. Il y avait cinq cent mille personnes ici ce soir-là.

Sol Weintraub fit un pas en avant.

— Est-ce qu'ils sont au courant, pour nous ? demanda-t-il. Le pèlerinage…

— S'ils l'étaient, vous seriez déjà tous morts. On pourrait croire qu'ils accueilleraient favorablement tout ce qui serait de nature à apaiser le gritche, mais la seule chose qu'une foule déchaînée se dirait, c'est que vous avez été désignés par l'Église gritchtèque. Pour tout vous dire, il a fallu que j'use de mon droit de veto contre mon propre Conseil. Il s'était prononcé en faveur de la destruction de votre vaisseau avant même son entrée dans notre atmosphère.

— Pourquoi as-tu fait ça ? demanda le consul. Je veux dire, pourquoi as-tu mis ton veto ?

En soupirant, Théo rajusta ses lunettes.

— Hypérion a encore besoin de l'Hégémonie, et Gladstone bénéficie toujours du vote de confiance de la Pangermie, sinon de celui du Sénat. Sans compter que j'ai besoin de toi.

Le consul contempla sans rien dire les ruines du Temple gritchtèque.

— Ce pèlerinage était déjà terminé avant que vous ne soyez annoncés, reprit le gouverneur général Théo Lane. Veux-tu revenir au consulat avec moi, au moins en qualité de conseiller spécial ?

— Désolé, déclara le consul. C'est impossible.

Théo tourna abruptement les talons et, sans un mot de plus, grimpa dans son glisseur et décolla, suivi de son escorte à peine visible dans la bruine.

La pluie se mit à tomber plus fort tandis que le groupe se resserrait dans l'obscurité. Weintraub avait improvisé une capuche pour abriter Rachel, et le crépitement des gouttes d'eau sur le plastique faisait de nouveau pleurer le bébé.

— Que faisons-nous ? demanda le consul en regardant autour de lui dans la nuit à peine éclairée par les lumières des ruelles avoisinantes.

Leurs bagages étaient entassés en une montagne ruisselante. Il émanait du monde une odeur de cendre. Martin Silenus répondit, découvrant ses dents dans un large sourire :

— Je connais un bistrot...

Il se trouva que le consul connaissait aussi ce bistrot, *Chez Cicéron*. Il avait même vécu là pendant la plus grande partie de son séjour de onze ans sur Hypérion.

Contrairement à la plupart des appellations en vigueur sur cette planète, *Cicéron* n'était pas une allusion à un quelconque produit littéraire de l'époque préhégirienne.

On disait que l'établissement portait le nom d'un quartier d'une ancienne ville de la Terre – certains parlaient de Chicago, USA, d'autres de Calcutta, AIS –, mais Stan Leweski, le propriétaire, arrière-petit-fils du fondateur, prétendait être le seul à en connaître la véritable origine, et il n'avait jamais voulu révéler son secret à personne. Le local proprement dit, au cours de ses cent cinquante ans d'existence, avait éclaté, passant d'une simple salle au dernier étage sans ascenseur de l'un des immeubles les plus vieux et les plus croulants de Jacktown, en bordure du fleuve Hoolie, à *quatre* vieux immeubles de huit étages sur la berge du même fleuve. Les seuls éléments de *Chez Cicéron* qui n'avaient pas changé au fil des décennies étaient les plafonds bas, l'atmosphère enfumée et le brouhaha constant des conversations, qui donnaient une impression d'intimité au milieu d'un tourbillon de bruit et d'agitation.

Ce soir-là, pourtant, tout sentiment d'intimité était absent. Le consul et son groupe s'arrêtèrent avec leurs bagages à l'entrée qui donnait sur le chemin de Marsh.

— Par les larmes de Jésus ! s'écria Martin Silenus.

Chez Cicéron présentait l'aspect d'un champ de bataille occupé par des hordes barbares. Il n'y avait pas une seule table de libre, pas le moindre siège. C'étaient surtout des hommes qui étaient présents, et le sol était jonché de paquetages, d'armes, de rouleaux de couchage, de matériel de communication suranné, de rations et de toutes sortes d'objets hétéroclites accompagnant une armée de réfugiés… Une armée en déroute, peut-être. L'atmosphère de *Chez Cicéron*, riche, autrefois, des parfums mêlés des grillades, du vin, de la bière, des stims et du tabac détaxé, était à présent lourdement saturée d'un mélange d'odeurs corporelles, d'urine âcre et de désespoir.

À ce moment-là, l'énorme silhouette de Stan Leweski se matérialisa dans la pénombre de la salle. Ses avant-bras étaient toujours aussi épais, mais son front avait grignoté quelques centimètres sur la lisière de ses cheveux noirs clairsemés, et les rides étaient plus nombreuses autour de ses petits yeux ronds, présentement écarquillés à la vue du consul.

— Un revenant ! s'écria-t-il.

— Pas du tout !

— Tu n'es pas mort ?

— Comme tu vois.

— Merde alors ! déclara Stan Leweski.

Saisissant le consul par les bras, il le souleva aussi aisément que s'il s'agissait d'un bambin de cinq ans.

— Merde alors ! répéta-t-il. Tu n'es pas mort ! Mais qu'est-ce que tu fiches ici ?

— Je viens vérifier ta licence, fit le consul. Ça ne te dérange pas de me reposer par terre ?

Leweski le reposa délicatement sur ses pieds, lui donna un grand coup sur l'épaule et fit un large sourire. Puis il se tourna vers Martin Silenus, et le sourire se mua en un froncement de sourcils.

— Votre visage me paraît familier, dit-il, mais je ne crois pas vous avoir déjà vu ici.

— J'ai connu votre arrière-grand-père, fit Silenus. À propos, est-ce qu'il vous reste de cette fameuse ale pré-hégirienne ? Cette bibine tiède, typiquement britannique, qui avait un goût de pisse d'élan recyclée. Je n'arrêterais pas d'en boire.

— Plus rien, fit Leweski en se prenant le menton. Bon Dieu ! La vieille malle du grand-père Jiri ! Les vieux holos du satyre de l'ancienne Jacktown… Serait-ce possible ?

Il dévisagea longuement Silenus, puis le consul, avançant la main pour les toucher prudemment de son médius massif.

— Deux revenants, murmura-t-il.

— Six personnes exténuées, lui dit le consul tandis que le bébé se remettait à pleurer. Ou plutôt sept. Avez-vous de la place pour nous ?

Leweski tourna sur lui-même d'un quart de cercle, d'un côté puis de l'autre, les bras écartés et les mains à plat.

— Toutes les salles sont comme ça, dit-il. Plus une seule place de libre. Plus rien à boire, plus rien à manger. Plus de bière, fit-il en plissant les yeux à l'adresse de Silenus. Nous sommes devenus un hôtel sans lits. Ces gros cons des FT se sont installés ici sans payer, et ils boivent leur propre bistouille en attendant la fin du monde. Qui ne saurait tarder, à mon avis.

Ils se tenaient dans ce qui avait été autrefois la mezzanine d'entrée. Les bagages entassés se mêlaient aux équipements de toutes sortes qui jonchaient déjà le sol. De petits groupes de soldats se pressaient à travers la foule pour voir les nouveaux arrivants, en hochant la tête d'un air appréciateur quand ils détaillaient Brawne Lamia, qui leur jetait en retour des regards glacés.

Stan Leweski regarda le consul un long moment avant de murmurer :

— Je crois pouvoir vous trouver une table de balcon. Elle est occupée depuis une semaine par cinq de ces foutus commandos de la mort des FT. Ils n'arrêtent pas de raconter à tout le monde comment ils vont écraser de leurs mains nues les légions des Extros. Si vous voulez la table, je me ferai un plaisir de foutre ces merdeux dehors.

— D'accord, dit le consul.

Il faisait déjà volte-face pour s'éloigner lorsque Lamia posa la main sur son bras.

— Voulez-vous de l'aide ? demanda-t-elle.

Il haussa les épaules, puis sourit.

— Je crois pouvoir me débrouiller tout seul, mais ce n'est pas de refus. Venez.

Ils disparurent dans la foule.

Le balcon du deuxième étage offrait juste assez de place pour la table délabrée et six chaises. Malgré l'encombrement insensé des salles principales, des marches d'escalier et des paliers, personne ne leur avait disputé la place après que Leweski et Lamia eurent balancé les commandos de la mort, sans tenir compte de leurs protestations, par-dessus la balustrade, dans la rivière qui coulait neuf mètres plus bas. Un peu plus tard, Leweski s'était arrangé pour leur faire monter un pot de bière, une corbeille de pain et des tranches de rosbif.

Le groupe mangeait en silence, ayant eu plus que sa part de fatigue post-fugue, de faim et de dépression. L'obscurité du balcon était à peine adoucie par les lumières de l'intérieur ou celles des péniches qui passaient en bas sur le fleuve. La plupart des bâtiments sur les berges du Hoolie étaient plongés dans le noir, mais les nuages bas reflétaient d'autres lumières de la cité, et le consul put distinguer les ruines du Temple gritchtèque à cinq cents mètres de là en amont.

— Bon, fit le père Hoyt, qui avait visiblement récupéré des effets de la dose massive d'ultramorphine et se trouvait actuellement à mi-chemin entre la douleur et l'apaisement du sédatif. Que faisons-nous, maintenant ?

Comme personne ne répondait, le consul ferma à demi les yeux. Il refusait de prendre l'initiative en quoi que ce soit. Assis là sur le balcon de *Chez Cicéron*, il était trop facile de se laisser aller à reprendre les rythmes d'une existence passée où il boirait jusqu'au petit matin, contemplant les averses météoriques annonçant l'aube et le départ des nuages, puis regagnerait en titubant son appartement vide près de la place du marché, pour se lever quatre heures plus tard et se rendre au consulat, lavé, rasé, présentant une apparence à peu près humaine à l'exception de ses yeux injectés de sang et de la douleur insensée qui lui vrillait le crâne. Il faisait confiance à Théo, le discret et très efficace Théo, pour lui faire franchir sans encombre la matinée. Il faisait confiance à la chance pour l'amener jusqu'à la fin de la journée, à la bière de *Chez Cicéron* pour lui faire passer la nuit et à l'insignifiance de sa carrière pour le conduire jusqu'au bout de son existence.

— Prêts pour le pèlerinage ?

Le consul rouvrit brusquement les yeux. Une silhouette drapée d'une cape, à la tête encapuchonnée, se tenait sur le seuil du balcon, et il crut un instant qu'il s'agissait de Het Masteen. Mais il se rendit compte que cet homme était beaucoup plus petit, et que sa voix n'avait pas l'emphase de celle du Templier dans sa manière d'appuyer sur les consonnes.

— Si vous êtes prêts, il faut partir tout de suite, reprit la silhouette sombre.

— Qui êtes-vous ? demanda Brawne Lamia.

— Suivez-moi, fut la seule réponse.

Fedmahn Kassad se leva, baissant la tête pour ne pas se cogner au plafond, et se saisit de la main gauche d'un coin du capuchon qu'il tira en arrière.

— Un androïde ! s'exclama Lénar Hoyt, incapable de détacher son regard de la peau bleue et des yeux bleu sur bleu de l'homme.

Le consul était moins surpris. La loi hégémonienne interdisait, depuis un peu plus d'un siècle, de posséder des androïdes, et pratiquement aucun d'entre eux n'avait été biofabriqué pendant cette période, mais on les utilisait toujours comme main-d'œuvre dans les régions reculées des mondes non coloniaux comme Hypérion. Le Temple gritchtèque en avait beaucoup fait usage, conformément à la doctrine de l'Église gritchtèque, qui proclamait que les androïdes, étant exempts de tout péché originel, étaient spirituellement supérieurs à l'humanité et, incidemment, préservés du terrible et inéluctable châtiment gritchtèque.

— Suivez-moi vite ! répéta l'androïde en remettant son capuchon en place.

— C'est le Temple qui vous envoie ? demanda Brawne Lamia.

— Chut ! fit l'androïde en tournant furtivement la tête vers la salle, puis en faisant signe que oui. Dépêchez-vous, je vous en prie, chuchota-t-il.

Ils se levèrent tous, hésitant encore. Le consul vit Kassad défaire avec précaution la fermeture étanche du gilet de cuir qu'il portait. Il entrevit, en un éclair, le bâton de la mort passé à la ceinture du colonel. En temps normal, la seule pensée de se trouver à proximité d'une telle arme l'aurait bouleversé. Une seule fausse manœuvre, et toutes les synapses des personnes présentes sur ce balcon pouvaient être réduites en bouillie. Mais dans ces circonstances, il fut étrangement rassuré par ce qu'il avait vu.

— Nos bagages… commença Weintraub.

— On s'en occupe, fit l'androïde. Suivez-moi, maintenant.

Ils descendirent derrière lui et s'enfoncèrent dans la nuit, aussi las et passifs qu'un soupir.

Le consul dormit jusqu'à une heure relativement tardive. Une demi-heure après l'aube, un rayon de lumière se fraya un chemin à travers les lames du volet du hublot et forma un rectangle sur l'oreiller. Le consul se tourna dans son sommeil, mais ne se réveilla pas. Une heure plus tard, il y eut une forte secousse tandis que les mantas épuisées qui avaient tiré le chaland toute la nuit étaient remplacées par d'autres. Le consul continua cependant de dormir. Durant toute l'heure qui suivit, les allées et venues et les cris de l'équipage sur le pont, devant sa cabine, se multiplièrent, de plus en plus fort, sans le réveiller, et ce fut finalement la sirène retentissante des écluses de Karla qui le tira de son lourd sommeil.

Avec des gestes lents, ankylosé par les effets de la fugue comme s'il était drogué, il se lava du mieux qu'il put au-dessus du lavabo où il fallait pomper l'eau, puis revêtit un confortable pantalon de velours côtelé, une vieille chemise de toile et des chaussures de marche à semelles de mousse. Il grimpa ensuite sur le pont intermédiaire.

Le petit déjeuner était servi sur un long buffet à proximité d'une table épaisse qui pouvait s'escamoter dans les bordages du pont. Un auvent abritait l'endroit où l'on mangeait, et sa toile rouge et or claquait sous la brise que produisait leur passage. La matinée était splendide, claire et dégagée. Le soleil d'Hypérion rattrapait en vigueur ce qui lui manquait en grosseur.

Weintraub, Lamia, Kassad et Silenus étaient là depuis quelque temps déjà. Lénar Hoyt et Het Masteen se joignirent au groupe quelques minutes après l'arrivée du consul. Celui-ci se servit des toasts à la crème de poisson et du jus d'orange, puis se dirigea vers le bastingage. Le fleuve était large à cet endroit, au moins un kilomètre d'une rive à l'autre, et sa surface émeraude et lapis-lazuli reflétait la couleur du ciel. À première vue, le consul ne reconnaissait pas le paysage qui s'étendait de part et d'autre du fleuve. À l'est, des rizières de plantes-périscopes étalaient à perte de vue dans les lointains brumeux leur surface mouillée miroitante où se reflétait le soleil levant. Quelques huttes d'indigènes étaient visibles à la jonction des levées de terre des paddies, dont les murs à angle droit étaient renforcés de bois de vort blanchi ou de demichêne doré. À l'ouest, la rive du fleuve était couverte de buissons plats de gissen, de racines de tuviers et d'une sorte de fougère d'un rouge flamboyant que le consul était incapable d'identifier. Tout cela poussait autour de marais boueux et de lagunes en miniature qui s'étendaient, sur un kilomètre ou plus, jusqu'aux berges escarpées où des buissons bleus épineux s'accrochaient aux moindres interstices de la roche granitique.

Durant quelques secondes, le consul se sentit perdu, désorienté sur un monde qu'il croyait bien connaître. Puis il se souvint du coup de sirène des écluses de Karla, et comprit qu'ils s'étaient engagés dans un bras rarement fréquenté du fleuve Hoolie, au nord de la forêt de Doukhobor. Il n'avait jamais remonté cette partie du fleuve, ses voyages par voie aérienne ou fluviale l'ayant généralement conduit à suivre plutôt le Canal Royal qui passait à l'est des falaises. Il supposait qu'ils prenaient ce chemin détourné pour éviter un danger ou un obstacle quelconque sur la route normale de la mer des Hautes Herbes. D'après ses estimations, ils devaient se trouver en ce moment à environ cent quatre-vingts kilomètres au nord-ouest de Keats.

— Elle n'a pas du tout le même aspect à la lumière du jour, n'est-ce pas ? demanda le père Hoyt.

Le consul continua d'observer la rive sans répondre. Il n'était pas bien sûr d'avoir compris ce que Hoyt voulait dire. Puis il s'avisa qu'il parlait de la péniche.

Comme en un rêve étrange, ils avaient suivi le messager androïde sous la pluie pour monter à bord de la vieille péniche et emprunter le dédale de coursives et de cabines au sol en damier. Het Masteen les avait rejoints à hauteur des ruines du Temple, puis ils avaient laissé les lumières de Keats derrière eux.

Le consul gardait un souvenir flou et épuisé des heures qui avaient précédé et suivi minuit. Il supposait que les autres étaient aussi désorientés que lui. Il se rappelait vaguement sa surprise en découvrant que l'équipage de la péniche n'était composé que d'androïdes, mais tout avait été effacé par le soulagement qu'il avait éprouvé quand il avait enfin refermé la porte de sa cabine pour se traîner dans son lit.

— J'ai discuté un peu avec A. Bettik, ce matin, lui dit Weintraub en se référant à l'androïde qui leur avait servi de guide. Ce vieux sabot a toute une histoire.

Martin Silenus se leva pour aller se servir au buffet un supplément de jus de tomate, auquel il ajouta une dose de quelque chose qu'il gardait sur lui dans un flacon plat.

— Il ne date pas d'hier, c'est sûr, dit-il. Ce foutu bastingage a été poli par d'innombrables mains, le pont usé par des légions de pieds, le plafond noirci par la suie des lampes et les lits défoncés par des générations de baiseurs. D'après moi, cette péniche a plusieurs siècles. Les moulures et ces putains de boiseries rococo sont uniques. Avez-vous remarqué que sous les autres odeurs, les incrustations de bois dégagent encore un parfum de santal ? Je ne serais pas surpris si on me disait que ces trucs-là viennent tout droit de l'Ancienne Terre.

— C'est tout à fait le cas, fit Sol Weintraub tandis que le bébé Rachel, qu'il tenait aux bras, soufflait sur lui des bulles de salive dans son sommeil. Nous sommes sur le pont du fier *Bénarès*, construit et baptisé en l'honneur de la ville du même nom sur l'Ancienne Terre.

— Je ne me rappelle pas avoir jamais entendu parler d'une ville de l'Ancienne Terre appelée ainsi, fit le consul.

Brawne Lamia leva les yeux des restes de son petit déjeuner.

— Bénarès, également connue sous le nom de Varanasi ou Gandhipur, dit-elle. État libre de l'Inde. A fait partie de la seconde Sphère de coprospérité après la Troisième Guerre sino-japonaise. Détruite lors de l'Échange nucléaire limité entre l'Inde et la République soviétique musulmane.

— C'est exact, fit Weintraub. Le Bénarès a été construit quelque temps avant la Grande Erreur. Milieu du XXIIe siècle, à vue de nez. D'après A. Bettik, c'était à l'origine une barge de lévitation.

— Est-ce que les générateurs EM sont toujours là ? interrompit le colonel Kassad.

— Il me semble, répondit Weintraub. Près du grand salon, sur le pont inférieur. Vous verrez que le sol du salon est fait de cristal de lune transparent. Splendide quand on croise à deux mille mètres... mais sans objet, à présent.

— Bénarès... murmura Martin Silenus en caressant amoureusement de la main le bastingage poli par les ans. Je m'y suis fait entièrement dépouiller, autrefois.

Brawne Lamia posa bruyamment sa tasse à café.

— Vous n'allez pas nous dire, mon vieux, que vous êtes assez décrépit pour vous souvenir de l'Ancienne Terre ? Vous nous prenez pour des idiots ?

— Ma chère enfant, fit Martin Silenus en rayonnant, je ne vous prends pour rien du tout. L'idée m'a seulement effleuré qu'il serait amusant, en même temps qu'intéressant et fort édifiant, que tous ici nous échangions la liste des différents endroits où nous avons soit dépouillé les autres, soit été dépouillés par eux. Et puisque vous avez l'avantage injuste d'être fille de sénateur, je suis certain que votre liste serait beaucoup plus passionnante et bien plus longue que les nôtres.

Lamia ouvrit la bouche pour répliquer, mais fronça les sourcils et demeura muette.

— Je me demande comment ce vaisseau est arrivé jusqu'à Hypérion, murmura le père Hoyt. À quoi bon transporter une barge de lévitation sur un monde où l'équipement EM ne fonctionne pas ?

— Ce n'est pas si sûr, lui dit le colonel Kassad. Hypérion possède un champ magnétique, même s'il est faible et peu fiable quand il s'agit de maintenir un appareil en l'air.

Le père Hoyt haussa un sourcil, visiblement perplexe devant cette distinction.

— Hé ! s'écria soudain le poète en s'adossant au bastingage. Nous sommes tous là !

— Et alors ? demanda Brawne Lamia, dont les lèvres se pinçaient toujours en une ligne mince lorsqu'elle s'adressait à Silenus.

— Nous sommes tous ensemble. Pourquoi ne pas continuer de raconter nos histoires ?

— Je croyais, déclara Het Masteen, que nous devions faire cela après dîner.

Martin Silenus haussa les épaules.

— Déjeuner ou dîner, qu'est-ce que ça peut foutre ? Profitons de l'occasion. Nous n'allons pas mettre six ou sept jours pour arriver aux Tombeaux du Temps, je suppose ?

Le consul réfléchit quelques secondes. Un peu moins de deux jours pour arriver à l'endroit où le fleuve ne pourrait plus les porter. Encore deux jours, un peu moins, peut-être, avec des vents favorables, pour traverser la mer des Hautes Herbes. Certainement pas plus d'une journée pour franchir les montagnes.

— Non, dit-il. Nous ne mettrons pas tout à fait six jours.

— Très bien, fit Silenus. Reprenons nos récits. Sans compter que le gritche peut très bien décider de venir à notre rencontre avant que nous n'allions frapper à sa porte. Si ces histoires de coin du feu sont censées augmenter nos chances de survie, je dis qu'il faut se dépêcher d'entendre le plus de monde possible avant que les conteurs ne commencent à se faire réduire en bouillie pour les chats par ce broyeur-mixeur ambulant auquel nous sommes si pressés de rendre visite.

— Vous êtes dégoûtant, fit Brawne Lamia.

— Ma petite chérie ! sourit Silenus. Ce sont les paroles mêmes qui sont sorties de votre bouche la nuit dernière, après votre second orgasme.

Lamia détourna les yeux. Le père Hoyt se racla la gorge et demanda :

— À qui le tour ? De raconter son histoire, bien sûr.

Il y eut un silence pesant.

— C'est à moi, dit Fedmahn Kassad en sortant de la poche de sa vareuse blanche un morceau de papier sur lequel était tracé un grand 2.

— Ça ne vous dérange pas de commencer tout de suite ? demanda Sol Weintraub.

Kassad esquissa l'ombre d'un sourire.

— Je n'étais pas du tout pour, au début, dit-il. Mais s'il faut que la chose soit faite à l'heure, autant qu'elle soit faite avant l'heure.

— Hé ! s'écria Martin Silenus. Notre homme connaît même ses classiques préhégiriens !

— Shakespeare, murmura le père Hoyt.

— Non, répliqua Silenus. Lerner et ce putain de Lowe. Neil de mes deux Simon. Posten sodomisé par Hamel.

— Colonel, déclara gravement Sol Weintraub, il fait beau et personne ici ne semble rien avoir de plus pressé à faire durant l'heure qui vient. Nous vous serions très obligés de nous exposer les circonstances qui vous ont amené à participer à ce dernier pèlerinage gritchtèque sur Hypérion.

Kassad hocha lentement la tête. Le soleil était un peu plus chaud, la toile d'auvent claquait et les ponts du *Bénarès* craquaient tandis que l'ex-barge de lévitation remontait tranquillement le fleuve vers les montagnes et les marais hantés par le gritche.

Le récit du soldat :

« Les amants de la guerre »

C'est durant la bataille d'Azincourt que Fedmahn Kassad rencontra la femme qu'il allait passer le reste de sa vie à essayer de retrouver.

Par une matinée froide et humide de la fin du mois d'octobre 1415, on l'avait introduit comme archer dans l'armée du roi Henri V d'Angleterre. Les forces anglaises se trouvaient sur le sol français depuis août 1414 et battaient peu à peu en retraite depuis le 8 octobre devant des troupes françaises supérieures en nombre. Henri avait convaincu son Conseil de guerre que l'armée anglaise était capable de rejoindre Calais, où elle serait en sécurité, à marches forcées, avant les Français. Cette stratégie avait échoué. À l'aube de ce vingt-cinquième jour gris et bruineux d'octobre, sept mille Anglais, pour la plupart des archers, se massèrent face à une force de quelque vingt-huit mille hommes d'armes français sur une largeur d'un kilomètre de terrain bourbeux.

Kassad avait froid, il se sentait fatigué et malade, et il avait très peur. Avec les autres archers, il se nourrissait presque exclusivement de baies sauvages depuis huit jours que durait leur marche, et la majorité des hommes en ligne comme lui ce matin-là souffraient de diarrhée. La température ne dépassait pas douze degrés. Kassad avait vainement essayé, la nuit précédente, de trouver le sommeil à même la terre humide. Il était extrêmement impressionné par l'incroyable réalisme de l'expérience. Le Réseau Tactique Historique de l'École de Commandement Militaire d'Olympus était aussi différent par rapport aux stimsims traditionnelles que les polyholos comparés aux ferrotypes d'antan, mais les sensations physiques étaient si convaincantes, si réelles que Kassad appréhendait pour de bon d'être blessé au combat. On racontait que des élèves officiers, ayant reçu une blessure fatale dans une sim du RTH-ECMO, avaient été retirés morts de leur crèche d'immersion.

Kassad et le reste de l'archerie du flanc droit de l'armée d'Henri observaient sans rien faire les forces françaises depuis le début de la matinée lorsque des pennons s'agitèrent. L'équivalent d'un sergent du XVe siècle aboya ses ordres, et les archers, obéissant au commandement royal, marchèrent sur l'ennemi. Le front irrégulier des Anglais, qui s'étalait sur sept cents mètres d'une ligne d'arbres à l'autre, consistait en groupes d'archers comme ceux de la troupe de Kassad, mêlés à des groupes plus petits d'hommes d'armes. Les Anglais ne disposaient pas de cavalerie organisée. La plupart des chevaux que Kassad pouvait voir de son côté avaient pour cavaliers des hommes rattachés au groupe de commandement du roi, à trois cents mètres du centre, ou aux positions du duc d'York, beaucoup plus proches de l'endroit où se tenaient Kassad et les autres archers, sur le flanc droit. Ces groupes de commandement rappelaient à Kassad le QG mobile de l'état-major d'une unité terrestre de la Force, à l'exception de l'inévitable forêt d'antennes de communication, ici remplacées par des pennons et gonfalons qui pendaient au bout de leurs piques. Cible rêvée pour l'artillerie, se dit Kassad, pour se rappeler aussitôt que de telles notions militaires n'existaient pas encore.

Kassad avait constaté que les Français ne manquaient pas de chevaux. Il estima que chaque flanc de leur armée devait comporter six ou sept cents hommes montés, en plus d'une longue ligne de cavalerie derrière le front principal de leurs troupes. Il n'aimait pas beaucoup ces bêtes. Il en avait déjà eu sous les yeux des images et des représentations holos, naturellement, mais il n'en avait jamais contemplé en chair et en os avant cet exercice. Leur taille, leur odeur, les bruits que les chevaux faisaient entendre le rendaient nerveux, surtout dans la mesure où ces fichus quadrupèdes étaient revêtus d'une armure de la tête aux sabots, bardés de fer et entraînés à porter des hommes en armure maniant des lances de quatre mètres de long.

L'avance des Anglais prit fin. Kassad estimait que sa ligne de bataille se trouvait à deux cent cinquante mètres environ de la ligne française. Il savait, d'après l'expérience de la semaine passée, que les Français se trouvaient à portée de ses flèches, mais il aurait fallu, pour bander l'arc, se déboîter à moitié l'épaule.

Les Français criaient ce qu'il supposait être des injures. Il les ignora tout en s'avançant, avec ses compagnons silencieux, à quelques mètres de l'endroit où ils avaient fiché en terre leurs longues flèches, pour les avoir à portée de la main, et trouvèrent un terrain meuble pour y enfoncer leurs pieux. Ceux-ci étaient lourds et longs, environ un mètre cinquante, et cela faisait une semaine que Kassad traînait le sien. Ils les avaient rendus pointus aux deux extrémités. Lorsque l'ordre avait été transmis à toute l'archerie de couper de jeunes arbres pour en faire des pieux, quelque part au cœur de la forêt, après la traversée de la Somme, Kassad s'était vaguement demandé à quoi cela pourrait bien servir. Il détenait maintenant la réponse.

Un archer sur trois avait dans son équipement un lourd marteau d'armes, et les pieux furent enfoncés avec, selon un angle soigneusement étudié. Kassad sortit son grand couteau pour tailler de nouveau la pointe du pieu qui, malgré son inclinaison, lui arrivait presque à hauteur de poitrine. Puis il recula, à travers le hérisson de pieux acérés, pour attendre la charge des Français à côté de ses flèches.

Les Français ne chargèrent pas.

Kassad attendit. Son grand arc était bandé. Quarante-huit flèches étaient plantées en deux faisceaux à ses pieds, dont la position était parfaitement réglementaire.

Les Français ne chargeaient toujours pas.

La pluie avait cessé, mais une brise fraîche s'était levée, et la faible quantité de chaleur corporelle produite par Kassad au cours de la brève marche et de la corvée des pieux s'était rapidement dissipée. Les seuls bruits que l'on entendait maintenant étaient les frottements métalliques des armures des hommes et des bêtes, quelques rires et murmures nerveux occasionnels, ainsi que les piétinements sourds des sabots de la cavalerie ennemie qui se redisposait mais refusait toujours de donner l'assaut.

— Bordel ! s'exclama un yeoman aux cheveux grisonnants à quelques mètres de Kassad. Ces putains de salauds nous ont fait perdre toute notre foutue matinée. Qu'ils lèvent le cul du pot, s'ils ne peuvent pas chier !

Kassad hocha la tête d'un air approbateur. Il ignorait si l'autre s'était exprimé réellement en moyen anglais ou en simple standard. Il n'aurait su dire si l'archer grisonnant était comme lui un élève officier de l'école militaire ou bien un instructeur, ou encore un artefact créé par la sim. Il n'aurait pas su dire non plus si l'argot était authentique. Il s'en fichait, en fait. Son cœur battait très fort et ses doigts étaient moites. Il s'essuya les mains sur son pourpoint.

Comme si le roi Henri n'avait attendu que le signal du vieil archer, des bannières de commandement s'agitèrent soudain, des sergents hurlèrent leurs ordres et des rangées d'archers anglais levèrent leurs grands arcs, les bandèrent à un commandement et lâchèrent la corde au commandement suivant.

Quatre volées représentant plus de six mille flèches longues d'un yard, à la tête triangulaire, semblèrent former un nuage à trente mètres de haut puis retombèrent sur les Français.

Les hennissements aigus des chevaux s'élevèrent, accompagnés du crépitement de dix mille pots d'étain battus par des milliers d'enfants déments tandis que les hommes d'armes français se penchaient pour recevoir le gros de l'averse sur l'acier de leur bassinet ou de leurs plaques de buste et d'épaules. Kassad n'ignorait pas que, militairement, peu de dommages réels étaient ainsi causés, mais c'était piètre consolation pour le soldat français qui se retrouvait avec dix pouces de bois de flèche dans l'œil ou pour les dizaines de chevaux qui trébuchaient, vacillaient ou s'écroulaient les uns sur les autres tandis que leurs cavaliers luttaient pour arracher les dards des flancs des malheureuses créatures.

Les Français, cependant, ne chargeaient toujours pas.

De nouveaux ordres furent lancés. Kassad mit l'arc en position, banda, lâcha son trait. Puis encore et encore. Toutes les dix secondes, le ciel se noircissait. Son bras et son épaule étaient endoloris. Il ne ressentait ni exaltation ni colère. Il faisait simplement son travail. Les muscles de son avant-bras étaient en feu. De nouveau, les flèches volèrent. Puis encore. Cinq de ses premiers faisceaux de vingt-quatre flèches y étaient déjà passés lorsqu'un grand cri se propagea le long des lignes anglaises. Retenant sa respiration, l'arc bandé, il baissa les yeux pour regarder devant lui.

Les Français étaient en train de charger.

Une charge de cavalerie était quelque chose qui dépassait l'expérience de Kassad. La vue de douze cents chevaux en armure fonçant droit sur lui créait des sensations internes qu'il trouvait pour le moins déroutantes. La charge ne dura pas plus de quarante secondes, mais il découvrit que c'était largement suffisant pour que sa bouche devienne absolument sèche, que sa respiration commence à lui poser quelques problèmes et que ses testicules se rétractent entièrement. Si le reste de son corps avait pu trouver un endroit comparable où se recroqueviller tout entier, il aurait sérieusement envisagé de s'y réfugier aussi.

En l'occurrence, il était trop occupé pour penser seulement à prendre la fuite. Au commandement, sa ligne d'archers lâcha cinq volées successives sur les cavaliers lancés à l'attaque, réussit à placer une volée supplémentaire en libre tir et recula de cinq pas.

Les chevaux, en fin de compte, se montrèrent trop malins pour s'empaler délibérément sur les pieux, quelle que fût l'ardeur avec laquelle leurs cavaliers les poussaient à le faire. Mais la deuxième et la troisième vague de cavalerie ne purent s'arrêter aussi brusquement que la première, et il suffit d'un seul instant dément pour que montures et cavaliers s'écroulent pêle-mêle dans un concert de cris et de hennissements aigus. Kassad s'élança en hurlant, s'attaquant à tous les Français désarçonnés qu'il voyait, abattant son marteau d'armes sur tous ceux qui étaient à terre sur son passage, plantant son long couteau au défaut de toutes les armures quand il n'avait pas la place de faire des moulinets avec le marteau. Bientôt, avec l'archer grisonnant et un soldat un peu plus jeune qui avait perdu son bassinet, il forma une équipe redoutable qui s'attaquait systématiquement à tous les cavaliers démontés, sur trois côtés à la fois. Kassad se servait de son marteau d'armes pour faire rouler à terre le cavalier qui l'implorait à genoux, puis tous les trois lui sautaient dessus avec leurs lames nues.

Un seul chevalier français réussit à se remettre debout et à leur opposer son épée. Soulevant sa visière, il formula la demande honorable d'un combat singulier. Mais tandis que le vieil homme et le jeune tournaient autour de lui comme des loups, Kassad alla prendre son arc et lui planta, à dix pas, une flèche dans l'œil gauche.

La bataille se poursuivit dans la veine mortelle d'un opéra comique propre à tous les combats depuis les premiers affrontements à coups de cailloux et de fémurs sur l'Ancienne Terre. La cavalerie française réussit à faire volte-face et à battre en retraite juste au moment où la première vague de dix mille hommes d'armes chargeait à pied le centre des forces anglaises. La mêlée qui s'ensuivit rompit le rythme de l'attaque et, avant que les Français n'eussent le temps de reprendre l'initiative, les hommes d'armes d'Henri les tenaient au bout de leurs piques, et des milliers d'archers, dont Kassad, lâchaient des volées de traits meurtriers, à courte distance, sur l'infanterie française massée en rangs serrés.

Cela ne mit pas un terme à la bataille. Ce ne fut pas non plus nécessairement le moment décisif. L'instant crucial, quand il arriva, fut perdu, comme cela arrive régulièrement en de telles circonstances, dans le tourbillon de poussière de mille rencontres individuelles, fantassin contre fantassin, uniquement séparés par la distance des armes individuelles. Avant la fin de la bataille, quelque trois heures plus tard, des variations mineures de thèmes répétés allaient prendre place, des poussées inefficaces, contrées par des contre-poussées maladroites, se succéderaient, et il y aurait un moment moins qu'honorable où Henri ordonnerait que l'on mît à mort les prisonniers français plutôt que de les abandonner sur les arrières lorsque les Anglais durent faire face à une nouvelle menace. Mais hérauts et historiens, plus tard, s'accorderaient pour dire que l'issue s'était jouée quelque part au milieu de la confusion qui avait marqué la première charge de l'infanterie française. Les soldats français avaient péri par milliers, et la domination anglaise sur cette partie du continent continuerait de s'exercer encore un bon moment. L'ère des hommes d'armes en armure, des chevaliers et de tout ce que la chevalerie représentait était terminée, clouée dans le cercueil de l'histoire par une armée disparate de quelques milliers de paysans munis de grands arcs. L'ultime insulte faite aux nobles français qui avaient trouvé la mort – si tant est que les morts puissent être insultés plus avant – résidait dans le fait que les archers anglais n'étaient pas seulement des hommes du commun, commun au sens le plus vil du terme, le plus infesté de poux et de puces, mais étaient également de simples conscrits, des appelés, des grognards, des troufions, des GI's, des bérets rouges, des techniciens de la mort, des Spets.

Tout cela, bien sûr, faisait partie de la leçon que Kassad était censé apprendre à l'occasion de cet exercice du RTH-ECMO. Mais il n'avait rien retenu du tout. Il était trop absorbé par un autre type de rencontre, qui allait bouleverser sa vie.

L'homme d'armes français passa par-dessus la tête de son cheval stoppé net, roula une fois sur lui-même et se releva aussitôt, avant que la boue ne retombe, pour courir vers l'abri des arbres. Kassad le suivit. Il se trouvait à mi-chemin de la ligne d'arbres lorsqu'il se rendit compte que le vieil archer et le jeune soldat n'étaient plus avec lui. Peu lui importait, après tout. L'adrénaline affluait, et l'appel du sang l'étreignait irrésistiblement.

L'homme d'armes, qui avait été désarçonné par son cheval lancé au galop et se trouvait empêtré dans une armure de soixante livres, aurait dû être pour Kassad une proie facile. Mais ce fut loin d'être le cas. Le Français, ayant jeté un seul coup d'œil en arrière, le vit arriver sur lui en courant, le marteau levé, le regard meurtrier. Il courut de plus belle et atteignit le bois avec une quinzaine de mètres d'avance sur son poursuivant.

Kassad ne ralentit que lorsqu'il eut pénétré assez profondément dans la forêt. Il s'appuya alors sur le manche de son marteau et considéra la situation. Les cris, les chocs et les commotions du champ de bataille lui parvenaient assourdis par la distance et la végétation. Les arbres, presque sans feuillage, laissaient encore tomber des gouttes de pluie du dernier orage. La forêt était tapissée d'une épaisse couche de feuilles mortes et de brindilles. L'homme d'armes avait laissé une piste de branches cassées visible sur la première vingtaine de mètres, mais elle devenait de plus en plus difficile à suivre avec la multiplication des sentiers d'animaux envahis par les broussailles.

Kassad progressait lentement, en s'efforçant de repérer le moindre bruit autre que ceux de sa respiration haletante ou de son propre cœur près d'éclater. Il s'avisa que, tactiquement parlant, ce qu'il était en train de faire n'était peut-être pas particulièrement prudent. L'homme d'armes portait une armure complète et tenait son épée à la main quand il avait disparu dans ces bois. D'un moment à l'autre, il pouvait se ressaisir, surmonter sa panique, regretter sa conduite peu honorable pour un chevalier et se souvenir de ses années d'entraînement au combat. Kassad, lui aussi, avait reçu un entraînement spécial. Il baissa les yeux vers son gilet de cuir et sa chemise de toile. Il tenait toujours son marteau à la main, et son poignard était passé à sa large ceinture. Il était entraîné à l'utilisation d'armes à haute énergie, capables de tuer dans un rayon allant de quelques mètres à des milliers de kilomètres. Il était qualifié dans le maniement des grenades au plasma, des claps, canons à fléchettes, soniques, armes sans recul sous gravité zéro, bâtons de la mort, fusils d'assaut cinétiques et autres gantelets à faisceau. Il possédait maintenant une bonne connaissance du grand arc anglais. Mais aucun de tous ces objets – pas même le grand arc – n'était à présent à portée de sa main.

— Merde ! murmura le deuxième lieutenant Kassad.

L'homme d'armes sortit des buissons comme un ours lancé à la charge, les bras levés, les jambes écartées, l'épée décrivant un arc de cercle plat visant à éviscérer Kassad. L'élève officier de l'ECMO essaya de faire un bond en arrière et de lever son marteau en même temps, mais il ne réussit tout à fait ni dans l'un ni dans l'autre. La lourde épée du Français lui arracha le marteau de la main tandis que la pointe émoussée de la lame éraflait le cuir, la chemise et la peau.

Kassad bondit de nouveau en arrière en beuglant, portant instinctivement la main au poignard de sa ceinture. Mais son talon droit s'empêtra dans les branches d'un arbre déraciné, et il tomba en jurant dans le fouillis de branchages tandis que l'homme d'armes fonçait sur lui, son épée taillant à droite et à gauche comme une machette démesurée. Kassad avait réussi à sortir son poignard au moment où le Français commençait à se frayer un chemin dans l'enchevêtrement des branches, mais que pouvait faire une pauvre lame de dix pouces d'acier contre une armure, à moins que le chevalier ne fût immobilisé, ce qui n'était présentement pas le cas ? Kassad savait qu'il n'aurait jamais aucune chance d'introduire sa lame à l'intérieur du cercle où opérait l'épée. Son seul espoir était dans la fuite, mais le gigantesque tronc derrière lui et l'enchevêtrement devant éliminaient cette option. Il ne tenait pas à se faire transpercer en tournant le dos au Français, ni à être embroché par-dessous en essayant de grimper. Il ne tenait à mourir d'aucune façon.

Il adopta la posture défensive du lutteur au couteau, qu'il n'avait pas utilisée depuis l'époque où il se battait dans les ruelles sordides des bas-fonds de Tharsis. Il se demandait comment la simulation allait traiter sa mort.

Une ombre apparut, surgie de nulle part, derrière le chevalier français. Le bruit du marteau de Kassad retombant sur l'épaulière d'acier de l'armure évoqua très précisément, dans l'esprit de ce dernier, celui qu'aurait fait un marteau-pilon en retombant sur le capot d'un véhicule EM.

Le Français tituba, se retourna pour faire face à la nouvelle menace et reçut le second coup de marteau sur son plastron. Le sauveur de Kassad était petit de taille. L'homme d'armes ne tomba pas. Il brandissait déjà son épée au-dessus de sa tête lorsque Kassad le frappa d'un violent coup d'épaule, par-derrière, à l'articulation de la genouillère.

Les branches craquèrent tandis que le Français en armure tombait lourdement. Le petit attaquant l'enjamba aussitôt, immobilisant son épée du pied et abattant à plusieurs reprises son marteau sur le heaume et son ventail. Kassad réussit enfin à s'extirper de l'enchevêtrement de branches et de jambes. Il s'assit sur les genouillères du chevalier abattu et commença méthodiquement à traverser l'armure avec son poignard aux articulations du bas-ventre, des côtés et des aisselles. Le petit combattant sauta alors à pieds joints sur le poignet du chevalier, et Kassad rampa vers l'endroit où le heaume s'articulait au reste de l'armure pour larder le Français de coups de poignard.

Il réussit enfin à introduire la pointe de son arme dans une fente du ventail, et un hurlement s'éleva tandis que le marteau retombait sur le manche du poignard, enfonçant les dix pouces de lame dans le défaut de l'armure comme un vulgaire piquet de tente dans le sol. Le chevalier souleva du sol, dans un dernier soubresaut, les soixante livres d'acier de son armure et Kassad, puis retomba inerte.

Kassad se laissa rouler sur le côté. Son sauveur tomba également près de lui. Ils étaient tous les deux couverts de transpiration et du sang du chevalier mort. Il regarda de plus près le visage de l'autre et vit qu'il s'agissait d'une femme, vêtue à peu près comme lui. Puis il laissa de nouveau retomber sa tête, haletant.

— Est-ce que… Est-ce que tout va bien ? réussit-il à dire au bout d'un moment.

Il ressentait maintenant le choc de la surprise. Elle avait les cheveux bruns et courts, tout au moins selon les critères actuellement en vigueur dans le Retz, avec, de part et d'autre de la raie, une frange qui naissait à quelques centimètres du centre de son front, sur le côté gauche, pour finir juste au-dessus de son oreille droite. C'était une coiffure de garçon appartenant à quelque époque révolue, mais elle était loin de ressembler à un garçon. Kassad se disait au contraire que c'était peut-être la plus belle femme qu'il eût jamais rencontrée. La structure osseuse de son visage était parfaite. Son menton et ses pommettes n'étaient ni trop ronds ni trop pointus ; ses grands yeux brillaient de vie et d'intelligence ; ses lèvres étaient douces et tendres. Kassad se rendit compte qu'elle n'était pas si petite qu'il l'avait cru. Sans être aussi grande que lui, elle était d'une taille supérieure à la plupart des femmes du XVe siècle. Et malgré sa tunique épaisse et son pantalon bouffant, il devinait la courbe douce de ses hanches et de sa poitrine. Elle paraissait plus vieille que lui de quelques années, peut-être la trentaine, mais c'est à peine s'il enregistra cette impression tandis qu'elle continuait de le dévisager de ses yeux enjôleurs aux profondeurs insondables.

— Vous n'avez pas de mal ? demanda-t-il de nouveau, d'une voix qui parut étrange même à ses propres oreilles.

Elle ne répondit pas. Ou plutôt, sa réponse consista à faire glisser ses longs doigts le long du torse de Kassad, défaisant au passage les lanières de cuir qui fermaient le gilet grossier. Elle fit de même avec la chemise, à moitié déchirée et couverte de sang. Puis elle se serra contre lui, ses doigts et ses lèvres contre son torse nu, ses hanches déjà en mouvement. De la main droite, elle chercha les cordons qui fermaient le devant de son pantalon et les défit aussi.

Kassad l'aida à retirer les vêtements qu'il avait encore sur lui, puis fit glisser ceux de la fille en trois gestes fluides. Elle ne portait rien sous sa chemise et son pantalon de toile rude. Il passa la main entre ses cuisses, par-derrière, contre la rondeur de ses fesses, et glissa les doigts entre les lèvres humides de la toison rêche. Elle s'ouvrit à sa caresse tandis que sa bouche happait la sienne. Malgré tous leurs mouvements quand ils s'étaient déshabillés, à aucun moment leur peau n'avait perdu le contact, et le membre dur de Kassad se frottait contre le ventre rond de la fille.

Elle roula alors sur lui, ses cuisses écartées au-dessus de ses hanches, son regard toujours rivé au sien. Kassad ne s'était jamais senti aussi excité de sa vie. Il haleta lorsqu'elle passa une main derrière elle pour le saisir et le guider en elle. Lorsqu'il rouvrit les yeux, elle se balançait lentement sur lui, la tête en arrière, les paupières closes. Il fit remonter ses mains le long de ses hanches, jusqu'au galbe parfait de ses seins, dont il sentit le bout durcir contre ses paumes.

Ils firent alors l'amour, passionnément. À vingt-trois ans standard, Kassad avait été amoureux une fois et avait connu plusieurs fois les plaisirs de la chair. Il pensait tout savoir de A à Z sur la question. Il n'y avait rien, dans son expérience antérieure, qu'il n'eût pu décrire d'une seule phrase accompagnée d'un éclat de rire à ses camarades d'escadron dans la soute d'un transport de troupes. Avec l'assurance tranquille et cynique d'un vétéran de vingt-trois ans, il était sûr qu'il ne connaîtrait jamais rien qui ne pût être ainsi décrit et oublié aussitôt après. Mais il s'était trompé. Jamais il ne pourrait communiquer en mots à qui que ce fût les impressions des quelques minutes qui suivirent. Jamais il ne se risquerait à essayer.

Ils firent l'amour dans le cercle soudain d'un rayon de lumière de cette fin d'octobre, sur un tapis de vêtements et de feuilles mortes, leur peau luisante lubrifiée par une pellicule de sueur et de sang. Elle ne cessait de regarder Kassad de ses grands yeux verts, qui s'élargirent légèrement lorsqu'il commença à accélérer le rythme, et se fermèrent à la même seconde que les siens.

Ils synchronisèrent alors leurs mouvements, portés par une vague soudaine de sensations aussi éternelles et inéluctables que le cours des planètes. Leur pouls s'accéléra, leur chair suivit les tropismes de ses propres liquides dans une pâmoison finale commune où le monde extérieur était réduit à rien du tout. Puis, toujours joints par le sens du toucher, au diapason de leurs battements de cœur et de l'excitation de leur passion assouvie, ils laissèrent la conscience réintégrer lentement leur chair de nouveau dissociée tandis que le monde se remettait à couler à travers leurs perceptions momentanément oubliées.

Ils demeurèrent quelque temps étendus côte à côte. L'armure du mort était glacée au contact du bras gauche de Kassad, dont la jambe droite touchait la cuisse chaude de la fille. Les rayons du soleil étaient une bénédiction. Des couleurs cachées remontaient à la surface des choses. Kassad tourna la tête pour la regarder tandis qu'elle appuyait la tête contre son épaule. Elle avait les joues roses, et la lumière de l'automne jouait sur les fils d'or de sa chevelure étalée sur le bras de Kassad. Elle souleva sa jambe pliée pour la poser sur la cuisse de Kassad, et celui-ci sentit renaître en lui un tourbillon d'excitation. Le soleil lui caressait le visage. Il ferma les yeux.

Quand il se réveilla, elle n'était plus là. Il était certain qu'il ne s'était pas écoulé plus de quelques secondes – une minute, peut-être, au maximum. Pourtant, le soleil avait disparu, la forêt avait perdu ses couleurs, et une brise froide agitait les branches nues des arbres.

Il remit en frissonnant ses vêtements déchirés rigidifiés

par le sang. L'homme d'armes gisait toujours à ses pieds dans l'attitude impersonnelle de la mort, comme un objet qui aurait toujours fait partie du décor. Il n'y avait pas le moindre signe d'une présence féminine.

Fedmahn Kassad retourna en boitant vers le champ de bataille, à travers la forêt sombre et glacée.

La plaine était jonchée de corps, morts et vivants. Les morts étaient entassés par paquets comme les soldats de plomb avec lesquels il jouait quand il était enfant. Les blessés rampaient, aidés par des soldats valides. Çà et là, des formes furtives se frayaient un chemin parmi les morts. Près de la ligne d'arbres opposée à celle d'où il venait, un groupe animé de hérauts, anglais et français, tenait un conclave ponctué d'exclamations et de gesticulations. Kassad savait qu'ils étaient en train de décider du nom de cette bataille, afin d'accorder leurs archives. Il savait aussi que le nom choisi serait celui de la forteresse la plus proche, Azincourt, même si ce nom n'avait figuré jusque-là dans aucun plan de bataille ou de stratégie.

Kassad commençait à croire qu'il ne faisait pas du tout partie d'une simulation, que cette journée de grisaille était la réalité et que le rêve était son existence dans le Retz lorsque soudain toute la scène se figea, hommes, chevaux et paysage. La forêt sombre devint transparente comme une image holo en train de s'éteindre, et quelqu'un l'aida à sortir de sa crèche de simulation de l'École de Commandement Militaire d'Olympus. Les instructeurs et les autres élèves officiers discutaient et riaient, apparemment inconscients du fait que le monde avait à jamais changé.

Des semaines durant, après cela, Kassad passa chacune de ses heures libres à errer le long des remparts de l'école militaire pour observer les ombres du mont Olympus qui couvraient d'abord la forêt du plateau, puis les hautes terres, puis tout ce qui s'étendait à mi-chemin de l'horizon, puis la planète entière. Et pas une seule seconde il ne pensait à autre chose que ce qui lui était arrivé. Il ne pensait qu'à elle.

Personne n'avait rien remarqué d'anormal dans la

simulation. Personne d'autre que lui n'avait quitté le champ de bataille. Un instructeur lui avait même expliqué que rien ne pouvait exister au-delà du secteur limité de la simulation. Personne ne s'était aperçu de l'absence de Kassad. Tout se passait comme si la poursuite dans la forêt – et la rencontre de cette femme – n'avaient jamais eu lieu.

Mais Kassad n'en pensait pas moins. Il suivait régulièrement ses cours d'histoire militaire et de mathématiques. Il faisait le nombre d'heures requis au polygone et à la salle de gym. Il exécutait sans rechigner les marches disciplinaires sur le terrain de Caldera, bien qu'il fût rarement puni. D'une manière générale, le jeune Kassad devint un élève officier encore mieux noté qu'il ne l'était déjà. Mais durant tout ce temps il n'avait qu'une seule idée en tête.

Et il finit par la revoir.

Cela se passa, de nouveau, vers la fin d'une simulation du RTH-ECMO. Entre-temps, Kassad avait appris que ces exercices étaient un peu plus que de simples sims. Le RTH-ECMO faisait partie de la Pangermie du Retz, le réseau en temps réel qui supervisait toute la politique hégémonienne, fournissait des informations aux dizaines de milliards de citoyens avides de données et avait fini par acquérir une forme particulière de conscience et d'autonomie. Plus de cent cinquante infosphères planétaires mêlaient leurs ressources dans un cadre commun créé par quelque six mille IA de classe oméga pour permettre au RTH-ECMO de fonctionner.

— Le RTH ne simule pas à proprement parler, lui avait expliqué l'élève officier Radinski, le meilleur expert en la matière que Kassad eût réussi à faire parler. Il *rêve*, d'une manière aussi conforme que possible avec la réalité historique du Retz. Et le résultat dépasse largement la somme des parties en cause, car il introduit, à côté des faits réels, la notion d'intuition holistique, qui nous permet de faire partie intégrante du rêve.

Kassad n'avait pas trop compris cette explication, mais il était prêt à y croire. Elle était revenue.

Durant la première guerre entre les États-Unis et le Viêt-nam, ils firent l'amour dans les instants de ténèbres et de terreur qui suivirent une embuscade contre une patrouille nocturne. Kassad portait une tenue de camouflage grossière, sans sous-vêtements à cause des risques, dans la jungle, d'attraper des champignons au scrotum. Il avait sur la tête un casque d'acier qui n'était guère plus perfectionné que ceux d'Azincourt. Elle était vêtue d'un kimono noir et de sandales, costume traditionnel des paysans du Sud-Est asiatique – et du Viêt-cong. Mais, très vite, ils n'eurent plus aucun vêtement sur eux tandis qu'ils faisaient l'amour debout dans la nuit, elle adossée à un arbre, les jambes enserrant sa taille, et que le monde explosait un peu plus loin à la lueur verdâtre des feux périphériques, sous les détonations en série des mines antipersonnel.

Elle vint à lui au deuxième jour de la bataille de Gettysburg, puis à Borodino, où la fumée de la poudre formait des nuages qui stagnaient au-dessus des tas de cadavres telles les vapeurs figées des âmes sur le départ.

Ils firent l'amour dans la carcasse éventrée d'un véhicule blindé de transport de troupes, près du bassin de Hellas, alors que la bataille de blindés à effet de sol faisait encore rage et que la poussière rouge du simoun menaçant commençait à crépiter sur la coque en titane.

— Dis-moi au moins comment tu t'appelles, avait-il murmuré en standard.

Mais elle s'était contentée de secouer la tête.

— Es-tu réelle… en dehors de la sim ? avait-il demandé en nippo anglais de l'époque.

Elle avait hoché affirmativement la tête tout en se penchant sur lui pour l'embrasser.

Ils étaient longtemps demeurés côte à côte, dans un endroit bien abrité, au milieu des ruines de Brasilia, tandis que les rayons de mort des VEM chinois jouaient comme des projecteurs bleutés sur les murs disloqués de céramique bleue. Pendant une bataille sans nom qui faisait suite au siège d'une ville-tour oubliée des steppes russes, il la retint par le bras dans le local bombardé où ils venaient de faire l'amour pour murmurer à son oreille :

— Je veux rester avec toi.

Mais elle lui posa un doigt sur la bouche en secouant doucement la tête.

Après l'évacuation de New Chicago, alors qu'ils se reposaient sur le balcon du centième étage où Kassad s'était embusqué pour assurer une couverture défensive désespérée à l'action d'arrière-garde du dernier Président des États-Unis, il avait posé la main sur la peau douce et chaude entre ses deux seins en disant :

— Nous ne pouvons donc pas nous retrouver… en dehors de ces exercices ?

Elle lui avait simplement effleuré la joue de la paume de sa main fine en souriant.

Durant sa dernière année à l'école militaire, les élèves officiers de sa promotion étant de plus en plus conviés à de vraies manœuvres sur le terrain, il ne participa qu'à cinq simulations du RTH. Sanglé dans son fauteuil de commandement tactique, il lui arriva ainsi de fermer les yeux, durant l'assaut aéroporté de tout un bataillon sur Cérès, et de sentir, entre les points primaires colorés de la matrice géographique corticale représentant les opérations tactiques sur le terrain, la présence de… quelqu'un qui cherchait peut-être à le rejoindre. Mais ce n'était qu'une impression.

Il ne devait plus la revoir avant son départ de l'école. Elle ne vint pas dans la dernière sim, celle de la grande bataille de Coal Sack, où la mutinerie du général Horace Glennon-Height fut écrasée. Elle ne vint pas non plus aux fêtes et aux défilés de la promotion, ni à la revue finale où le Président de l'Hégémonie les salua du haut de sa plate-forme de lévitation tout illuminée de rouge.

Les jeunes officiers n'avaient plus, au demeurant, le temps de rêver, occupés qu'ils étaient à se distransporter sur la Lune terrestre pour assister à la cérémonie du Massada, puis sur Tau Ceti Central, pour y prêter officiellement serment d'allégeance à la Force.

Le deuxième lieutenant Kassad, devenu le lieutenant

Kassad, put alors passer trois semaines standard de permission dans le Retz, muni d'une plaque universelle de la Force qui lui permettait de se distransporter aussi loin et aussi souvent qu'il en avait envie. Après cela, on l'envoya à l'École Coloniale de l'Hégémonie sur Lusus, pour le préparer au service actif outre-Retz. Il était certain de ne plus jamais la revoir.

Il se trompait.

Fedmahn Kassad avait grandi dans un contexte de pauvreté et de mort précoce. Membre d'une minorité qui portait encore le nom de Palestiniens, il avait vécu, avec sa famille, dans les taudis de Tharsis, exemple vivant du stade ultime de déchéance auquel peut arriver un être humain dépossédé de tout. Chaque Palestinien du Retz et d'ailleurs portait en lui la mémoire culturelle d'un siècle de combats couronné par un mois de triomphe nationaliste juste avant que le djihad nucléaire de 2038 ne balaye tout. Ce fut alors le début de leur seconde diaspora, qui devait durer cinq siècles et les conduire, leur rêve ayant pris fin avec la mort de l'Ancienne Terre, sur des mondes-déserts tels que Mars.

Kassad, comme tous les autres garçons des Camps de Regroupement de Tharsis-Sud, était obligé de se joindre à une bande ou de se résigner à être la proie de tous les prédateurs improvisés du camp. Il avait choisi les bandes. Avant d'atteindre l'âge de seize années standard, il avait déjà tué un rival.

Si Mars était réputée dans le Retz pour quelque chose, c'était pour ses parties de chasse dans Valles Marineris, pour son massif zen de Schrauder, dans le bassin de Hellas, et pour son École de Commandement Militaire d'Olympus. Kassad n'avait nul besoin de visiter Valles Marineris pour apprendre à être chasseur ou proie. Il n'éprouvait aucune attirance pour le gnosticisme zen, et il ne ressentait, adolescent, que mépris pour les élèves officiers en uniforme qui venaient de tous les coins du Retz pour entrer dans la Force. Avec ceux de sa bande, le jeune Kassad traitait les membres du Nouveau Bushido de pédés, mais il avait en lui, de longue date, une fibre d'honneur qui résonnait secrètement à l'évocation des samouraïs dont l'existence était organisée autour des notions de devoir, de dignité et de respect absolu de la parole donnée.

À l'âge de dix-huit ans, Kassad se vit offrir par un juge itinérant de la province de Tharsis le choix entre une année martienne de travail forcé dans un camp de la région du Pôle et l'engagement, en tant que volontaire, dans la brigade John Carter, qui se formait alors en vue d'aider la Force à écraser les rebelles du général Glennon-Height, dont les activités étaient en recrudescence dans toutes les colonies de classe 3. Kassad fut donc volontaire. Il s'aperçut que la discipline et l'hygiène de vie militaires lui convenaient parfaitement, même si la brigade John Carter ne mena jamais qu'une vie de garnison au sein du Retz et fut dissoute peu après la mort du petit-fils cloné de Glennon-Height sur la planète Renaissance. Deux jours après son dix-neuvième anniversaire, Kassad présenta sa candidature à la Force et fut refusé. Il ne dessoûla pas pendant les neuf jours qui suivirent, et se réveilla dans l'un des souterrains les plus profonds de Lusus, dépouillé de son implant persoc militaire (par quelqu'un qui, apparemment, avait suivi des cours de chirurgie par correspondance) et de sa plaquette universelle. Il n'avait plus accès au distrans, et sa tête explorait de nouveaux territoires de douleur.

Il travailla sur Lusus durant toute une année standard pour économiser un peu plus de six mille marks. Soumis à une gravité égale à 1,3 par rapport au standard terrestre, il eut amplement le temps de s'adapter aux conditions martiennes, de sorte que, lorsqu'il eut enfin de quoi se payer le passage pour Alliance-Maui sur un antique cargo à voiles solaires équipé de réacteurs Hawking bricolés, Kassad pouvait toujours être qualifié de grand et maigre selon les critères généralement en vigueur dans le Retz, mais cela ne l'empêchait pas de posséder une musculature qui donnait toute satisfaction en quelque lieu que ce fût.

Il arriva sur Alliance-Maui exactement trois jours

avant le début de la sale et impopulaire Guerre des Îles. Au bout de quelque temps, le commandant interarmes de la Force sur le Site n° 1 en eut tellement assez de voir le jeune Kassad faire antichambre devant son bureau qu'il l'autorisa à s'engager dans le Vingt-troisième Régiment d'Approvisionnement comme pilote auxiliaire d'hydroptère. Onze mois standard plus tard, le caporal Fedmahn Kassad du Douzième Bataillon d'Infanterie Mobile s'était déjà vu décerner deux Constellations du Mérite Militaire, une citation du Sénat pour sa bravoure durant la campagne de l'archipel Équatorial et deux médailles pourpres. De plus, il figurait sur la liste des postulants à l'école militaire de la Force, et fut renvoyé dans le Retz avec le convoi suivant.

Il rêvait souvent d'elle. Elle ne lui avait jamais dit son nom, elle ne lui avait même jamais parlé, mais il l'aurait reconnue sans hésitation au toucher et à l'odeur parmi dix mille autres dans l'obscurité la plus totale. Il avait fini par l'appeler Arcane.

Lorsque les autres élèves officiers allaient voir les putes ou se trouvaient des filles dans la population indigène, Kassad restait à la base militaire ou faisait de longues promenades à travers les cités étrangères. Il tenait secrète son obsession, car il savait très bien ce que cela donnerait dans un rapport psychologique. Parfois, durant un bivouac sous un ciel éclairé par des lunes multiples ou dans le ventre à gravité zéro d'un transport de troupes, il prenait conscience du caractère insensé de son histoire d'amour avec un fantôme. Mais il se souvenait alors du petit grain de beauté, sous le sein gauche, qu'il avait embrassé une nuit. Il avait senti palpiter le cœur d'Arcane sous ses lèvres tandis que la terre tremblait sous les coups des canons géants de Verdun. Et il se rappellerait toujours le petit geste d'impatience avec lequel elle avait ramené ses cheveux en arrière en soulevant légèrement la joue qui reposait sur sa cuisse. Les jeunes officiers continuaient donc d'aller en ville ou dans les huttes qui entouraient la base pendant que Kassad lisait des livres d'histoire, courait autour de l'enceinte militaire ou faisait des simulations tactiques sur son persoc.

Il ne fallut pas très longtemps pour que ses supérieurs le remarquent.

Pendant la guerre non déclarée avec les Libres Mineurs des Territoires Périphériques de Lambert, ce fut le lieutenant Kassad qui conduisit les troupes d'infanterie survivantes et les *marines* à travers le puits de mine de Peregrine, sur le vieil astéroïde, pour évacuer le personnel du consulat et les citoyens de l'Hégémonie qui s'étaient réfugiés au fond.

Mais c'est durant le court règne du Nouveau Prophète sur Qom-Riyad que le capitaine Fedmahn Kassad s'imposa à l'attention du Retz tout entier.

Le commandant du seul vaisseau de la Force spatiale de l'Hégémonie qui se trouvât à moins de deux années de voyage du monde-colonie était à la surface en visite de courtoisie lorsque le Nouveau Prophète décida de dresser trente millions de chiites de l'Ordre Nouveau contre deux continents entiers de petits boutiquiers sunnites et quatre-vingt-dix mille résidents infidèles, ressortissants de l'Hégémonie. Le commandant du vaisseau et cinq de ses officiers supérieurs furent faits prisonniers. Des messages urgents de Tau Ceti Central affluèrent sur les mégatrans, réclamant que l'officier le plus gradé à bord de l'*HS Denieve* prît immédiatement des mesures pour régler la situation sur Qom-Riyad, libérer les otages et déposer le Nouveau Prophète, tout cela sans recourir à l'utilisation d'armes nucléaires dans l'atmosphère de la planète. Le *Denieve* était un vieux patrouilleur du système orbital de défense, qui ne possédait pas le moindre armement nucléaire susceptible d'être utilisé à l'intérieur ou à l'extérieur d'une quelconque atmosphère. Et l'officier le plus gradé à bord était le capitaine Fedmahn Kassad.

Le troisième jour de la révolution, Kassad posa l'unique bâtiment d'assaut dont disposait le *Denieve* dans la cour centrale de la grande mosquée de Mashhad. À la tête de trente-quatre combattants de la Force, il vit grossir la foule des fidèles en colère jusqu'à trois cent mille personnes uniquement retenues par le champ de confinement du vaisseau d'intervention et l'absence d'ordre d'attaque du Nouveau Prophète. Celui-ci n'était pas sur les lieux. Il s'était rendu dans l'hémisphère Nord pour célébrer sa victoire.

Deux heures après avoir posé son vaisseau, le capitaine Kassad sortit pour diffuser un bref communiqué. Il y disait qu'il était né et avait été élevé en tant que musulman, et que toutes les interprétations du Coran depuis l'époque des vaisseaux d'ensemencement chiites indiquaient sans équivoque possible que le Dieu de l'Islam n'excuserait ni ne permettrait jamais un massacre d'innocents, quels que soient les djihads proclamés par des hérétiques de pacotille comme leur Nouveau Prophète. Kassad avait ensuite donné trois heures aux dirigeants des trente millions de fanatiques pour lui remettre leurs otages et rentrer chez eux, sur le continent-désert de Qom.

Au cours des trois premiers jours de la révolution, les armées du Nouveau Prophète avaient occupé la plupart des villes importantes des deux continents et pris plus de vingt-sept mille otages hégémoniens. Des pelotons d'exécution s'étaient occupés, jour et nuit, de régler les anciennes querelles théologiques. Selon les estimations de Kassad, au moins deux cent cinquante mille sunnites avaient été massacrés les deux premiers jours de l'occupation. En réponse à l'ultimatum, le Nouveau Prophète fit savoir qu'il mettrait tous les infidèles à mort immédiatement après son intervention télévisée en direct prévue dans la soirée. Il ordonna également que l'assaut soit donné contre le vaisseau d'intervention.

Évitant l'emploi d'explosifs trop puissants à cause de la grande mosquée, la Garde Révolutionnaire n'avait à sa disposition que des armes automatiques, des canons à énergie, des charges au plasma et les vagues d'assaut de ses fantassins. Le champ de confinement tint bon.

L'allocution télévisée du Nouveau Prophète commença un quart d'heure avant l'expiration de l'ultimatum de Kassad. Le Nouveau Prophète y disait en substance qu'il partageait l'opinion de Kassad sur le terrible châtiment qu'Allah réservait aux hérétiques, mais que ce châtiment s'abattrait sur les infidèles de l'Hégémonie. C'était la première fois que le Nouveau Prophète perdait son calme devant les caméras. Écumant de rage, il renouvela son ordre de lancer des vagues d'assaut humaines contre le vaisseau stationné dans la cour de la mosquée, et annonça qu'une douzaine de bombes à fission étaient assemblées en ce moment même dans la ville d'Ali, sur le site occupé du réacteur Énergie Pour la Paix. Avec ces bombes, les forces d'Allah deviendraient maîtresses de l'espace luimême. La première bombe à fission serait utilisée ce soir même contre le vaisseau satanique de l'infidèle Kassad.

Le Nouveau Prophète se mit alors à expliquer en détail de quelle manière les otages de l'Hégémonie allaient être exécutés, mais l'ultimatum de Kassad expira au milieu d'une de ses phrases.

Qom-Riyad était, de par son propre choix et de par sa situation éloignée dans l'espace, un monde à la technologie primitive, mais pas assez, toutefois, pour ignorer l'infosphère. Les mollahs révolutionnaires à la tête de l'invasion n'étaient pas opposés au « grand Satan de la science hégémonienne » au point de refuser de connecter leurs persocs au réseau d'information global.

Le *HS Denieve* avait disséminé suffisamment de satellites espions pour que, à 17 h 29, heure locale centrale de Qom-Riyad, l'infosphère eût livré au vaisseau de l'Hégémonie les coordonnées de six mille huit cent trente mollahs révolutionnaires, y compris leur code d'accès. À 17 h 29 min 30 s, les satellites espions commencèrent à émettre leurs instructions de tir en temps réel à l'intention des vingt et un satellites de défense périphérique que le vaisseau d'intervention de Kassad avait laissés sur orbite basse. Ces armes de défense orbitale étaient si anciennes que la mission du *Denieve* consistait précisément à les ramener dans le Retz pour les y détruire sans danger. Mais Kassad leur avait trouvé une autre utilisation.

À 17 h 30 précises, dix-neuf de ces petits satellites amorcèrent l'explosion de leur noyau de fusion. Dans les nanosecondes précédant cette autodestruction, les rayons X ainsi produits furent concentrés, dirigés puis lâchés, sous la forme de seize mille huit cent trente faisceaux de particules invisibles mais non moins cohérentes. Les vieux satellites de défense n'étaient pas conçus pour un usage atmosphérique. Leur rayon de destruction efficace était de l'ordre du millimètre. Cependant, il n'en fallait pas plus. Ils ne franchirent pas tous les différents obstacles qui s'interposaient entre les mollahs et le ciel, mais quinze mille sept cent quatre-vingt-quatre d'entre eux y parvinrent quand même, ce qui n'était pas trop mal.

L'effet fut immédiat et spectaculaire. Dans chaque cas, le cerveau et les fluides cérébraux de la cible humaine entrèrent en ébullition, se transformèrent en vapeur et firent éclater en morceaux la boîte crânienne. À 17 h 30, le Nouveau Prophète était en plein milieu de son allocution diffusée en direct sur toute la planète, et, plus précisément, au milieu du mot : *hérétique*.

Durant près de deux minutes, les écrans de télévision et les écrans muraux de toute la planète montrèrent l'image du corps sans tête du Nouveau Prophète affaissé sur son micro. Puis Fedmahn Kassad intervint sur l'ensemble du réseau pour annoncer que la prochaine échéance se situait dans une heure et que toute action entreprise contre les otages se solderait par une démonstration encore plus sévère du déplaisir d'Allah.

Les otages furent libérés.

Cette nuit-là, en orbite autour de Qom-Riyad, Arcane rendit visite à Kassad pour la première fois depuis les sims de l'école militaire. Il dormait, mais cette visite fut un peu plus qu'un rêve tout en étant un peu moins que la réalité parallèle des simulations du RTH-ECMO. Ils étaient côte à côte sous une couverture légère, à l'abri d'une toiture à moitié défoncée. Sa peau était chaude et électrique, son visage n'était qu'un vague contour parmi les ombres de la nuit. Au-dessus d'eux, les étoiles commençaient à peine à disparaître dans la fausse clarté qui précède l'aube. Kassad se rendit compte qu'elle faisait des efforts pour lui dire quelque chose. Les lèvres douces formaient des mots juste en dessous de son seuil de perception auditive. Il prit un peu de recul pour essayer de mieux distinguer ses lèvres, mais, ce faisant, perdit tout contact avec elle. Il sortit du sommeil, dans son harnais de nuit, avec des traces humides sur la joue, et le ronronnement des systèmes de bord parvenait à ses oreilles comme la respiration étrange de quelque bête à demi éveillée.

Neuf semaines-vaisseau standard plus tard, Kassad fut traduit devant une cour martiale de la Force sur Freeholm. Il savait très bien, lorsqu'il avait pris sa décision sur Qom-Riyad, que ses supérieurs n'auraient pas d'autre choix que de le crucifier ou de le faire monter en grade.

La Force se targuait de pouvoir faire face à n'importe quel type de situation dans le Retz ou les mondes coloniaux, mais rien ne l'avait préparée vraiment à la bataille du continent Sud de Bressia, avec ses répercussions sur le Nouveau Bushido.

Le code d'honneur du Nouveau Bushido qui gouvernait la vie de Kassad avait évolué en fonction de la nécessité de survivre de la classe militaire. Après les atrocités de la fin du XXe et du début du XXIe siècle sur l'Ancienne Terre, où les chefs de guerre avaient engagé leurs nations respectives dans des stratégies qui prenaient des populations civiles tout entières comme objectif légitime tandis que les bourreaux en uniforme se réfugiaient à cinquante mètres sous terre dans des bunkers pourvus de tout, l'hostilité des civils survivants envers tout ce qui portait le nom de « militaire » avait été si forte que, durant plus d'un siècle, ce seul mot avait été synonyme d'appel au lynchage.

Dans son évolution, le Nouveau Bushido avait combiné les anciens concepts d'honneur et de vaillance avec la nécessité absolue d'épargner les populations civiles chaque fois que la chose était possible. Il avait également retenu comme souhaitable le retour au concept prénapoléonien de guerre « non totale » à objectif bien défini, d'où tout excès devait être proscrit. Le Nouveau

Bushido exigeait non seulement l'abandon de toutes les armes nucléaires et de toutes les campagnes de bombardement stratégique à l'exception des cas de nécessité absolue, mais il allait encore plus loin en demandant le retour au concept médiéval de la bataille rangée entre des forces limitées de soldats professionnels en un lieu et en un moment mutuellement convenus d'avance dans le but de limiter le plus possible toute destruction de biens publics ou privés.

Le code d'honneur du Nouveau Bushido fonctionna à peu près correctement durant les quatre siècles d'expansion posthégirienne. Le fait que les technologies essentielles eussent été relativement figées durant trois de ces siècles joua en la faveur de l'Hégémonie, dont le monopole d'utilisation du distrans lui permettait d'utiliser ponctuellement les modestes ressources de la Force chaque fois que le besoin s'en faisait sentir. Même séparé du reste de l'univers par les inévitables années de voyage du déficit temporel, aucun monde colonial ou indépendant ne pouvait espérer tenir tête à l'Hégémonie. Des incidents tels que la rébellion politique d'Alliance-Maui, avec sa manière toute particulière de conduire une guérilla, ou encore les insanités religieuses de Qom-Riyad, avaient été réprimés rapidement et fermement, et tout excès commis à l'occasion de ces campagnes ne faisait que souligner l'importance de la stricte application du Nouveau Bushido. Cependant, malgré tous les calculs et toutes les précautions de la Force, personne n'avait réellement prévu ce qui se passerait lors de l'inévitable confrontation avec les Extros.

Les Extros constituaient la seule menace extérieure qui pesait sur l'Hégémonie durant les quatre siècles qui suivirent le départ du système Sol des ancêtres des hordes barbares, avec leur flotte archaïque de cités O'Neill dégoulinantes, d'astéroïdes déboulants et d'agricomètes expérimentales. Même après l'acquisition du réacteur Hawking par les Extros, la politique officielle de l'Hégémonie fut de les ignorer aussi longtemps que leurs essaims restaient dans les ténèbres interstellaires et limitaient leurs rapines au prélèvement de petites quantités d'hydrogène sur les géantes gazeuses ou de blocs de glace pour leur approvisionnement en eau sur des lunes inhabitées.

Les premiers raids des Extros sur le monde de Bent ou sur GHC en 2990 furent considérés comme des accidents présentant peu d'intérêt pour l'Hégémonie. Même la bataille rangée pour la conquête de Lee 3 fut traitée comme un problème ne dépassant pas le cadre du Service Colonial, et lorsque l'unité d'intervention de la Force arriva sur les lieux, six années locales après le début de l'attaque et cinq années locales après le départ des Extros, les exactions commises furent commodément oubliées en fonction du principe selon lequel aucun raid barbare ne saurait se reproduire dès lors que l'Hégémonie serait là pour montrer sa force.

Au cours des décennies qui suivirent l'épisode de Lee 3, la Force et les Extros s'affrontèrent dans des centaines d'escarmouches aux confins du Retz. Cependant, à l'exception de quelques étranges rencontres faites par les *marines* dans des endroits sans atmosphère et sans gravité, il n'y eut pas de véritables affrontements entre des armées de fantassins. Les rumeurs se multipliaient dans tout le Retz. Les Extros ne constitueraient jamais une menace pour les mondes de type terrestre en raison de leur adaptation, étalée sur trois siècles, à l'impesanteur. Les Extros avaient évolué pour devenir quelque chose de plus – ou peut-être de moins – que de simples humains. Les Extros ignoraient la technologie distrans ; ils ne la maîtriseraient jamais, et ne constitueraient par conséquent jamais une menace pour la Force.

Jusqu'à Bressia.

Il s'agissait d'un de ces petits mondes tranquilles et indépendants, qui se satisfaisait à la fois d'un accès commode au reste du Retz et des quelque huit mois de voyage qui l'en séparaient. Il s'enrichissait de plus en plus grâce au commerce des diamants, de la racine de bourre et de son inégalable café. Il refusait modestement de devenir une colonie à part entière, mais continuait de compter sur le protectorat de l'Hégémonie et sur son marché commun pour répondre à ses objectifs économiques en très forte expansion. Comme la plupart des autres planètes de cette catégorie, Bressia était fière de sa Force de Défense Autonome, qui comprenait douze vaisseaux-torches, un porte-croiseurs remis à neuf – racheté à l'Hégémonie, qui l'avait mis au rancart un demi-siècle auparavant –, une cinquantaine de petits patrouilleurs orbitaux rapides, une infanterie de quatre-vingt-dix mille engagés, une marine planétaire respectable et tout un stock d'armes nucléaires dont le rôle était principalement symbolique.

La signature Hawking des Extros avait été détectée par les stations de surveillance hégémoniennes, mais interprétée à tort comme une nouvelle migration d'essaim qui passerait à plus d'une demi-année de lumière du système de Bressia. Au lieu de quoi, avec une seule correction de trajectoire qui ne fut détectée que lorsque l'essaim se trouva à l'intérieur du nuage d'Oôrt, les Extros fondirent sur Bressia comme un fléau de l'Ancien Testament. Sept mois standard au moins séparaient la planète de toute expédition hégémonienne de secours ou de représailles.

La Force de Défense Autonome de Bressia fut anéantie en moins de vingt-quatre heures de combat. L'essaim extro injecta alors plus de trois mille vaisseaux dans l'espace cislunaire de Bressia, et entreprit la réduction systématique de toutes les défenses planétaires.

Bressia avait été colonisée par d'austères pionniers venus d'Europe centrale lors de la première vague d'émigration hégirienne. Ses deux continents, très prosaïquement, portaient les noms de continent Nord et de continent Sud. Le continent Nord comprenait des déserts, une toundra d'altitude et six villes de moyenne importance, principalement peuplées d'exploitants agricoles de racine de bourre et de travailleurs du pétrole. Le continent Sud, au climat et à la géographie beaucoup plus souriants, abritait la grande majorité de la population planétaire, forte de quatre cents millions de personnes. C'était là, également, que se trouvaient les immenses plantations de café.

Comme s'ils voulaient faire une démonstration complète des horreurs de la guerre ancienne, les Extros lâchèrent sur le continent Nord un déluge de plusieurs centaines de bombes nucléaires sans retombées ainsi que des bombes tactiques au plasma. Il y eut ensuite les rayons de mort et, pour couronner le tout, des virus modifiés. Seule une poignée de résidents parmi les quatorze millions en réchappa. Le continent Sud, par contre, ne fut pas bombardé, à l'exception de quelques missiles lancés sur des objectifs militaires, des aéroports et les installations portuaires de Solno.

La doctrine de la Force était que, s'il était possible de réduire une planète à partir d'une position orbitale, il était tout à fait impossible, par contre, d'envisager l'occupation militaire d'un monde industrialisé. Les problèmes de logistique, les dimensions de la zone à occuper et les effectifs inadéquats de l'armée d'invasion rendaient la tâche beaucoup trop difficile.

De toute évidence, les Extros n'avaient pas connaissance des manuels de théorie militaire de la Force. Vingt-trois jours après le début de l'attaque, plus de deux mille vaisseaux de descente et d'assaut s'abattirent sur le continent Sud. Le reste de l'aviation bressiane fut détruit dans les premières heures de cette invasion. Deux engins à charge nucléaire explosèrent bien dans la zone de rassemblement extro, mais les effets du premier furent déviés par des champs énergétiques et le second ne détruisit qu'une unité de reconnaissance qui était peut-être un leurre.

Les Extros, comme on devait s'en apercevoir bientôt, avaient effectivement changé au cours de ces trois siècles. Ils préféraient bien évoluer dans un environnement à gravité zéro, mais leur infanterie mobile était munie d'exosquelettes motorisés très performants, et il ne lui fallut que quelques jours pour amener ses troupes aux longs membres, en uniforme noir, à pied d'œuvre devant les cités de Bressia comme une armée d'araignées géantes.

Les dernières velléités de résistance organisée s'éteignirent le dix-neuvième jour de l'invasion. Buckminster, la capitale, tomba dans la même journée. Le dernier message mégatrans de Bressia à destination de l'Hégémonie fut coupé en pleine transmission une heure à peine après l'entrée des troupes extros dans la ville.

Le colonel Fedmahn Kassad arriva avec la Première Flotte de la Force vingt-neuf semaines standard plus tard. Trente vaisseaux-torches de la classe Oméga, assurant la protection d'un seul portier équipé d'un distrans, pénétrèrent le système à grande vitesse. La sphère de singularité fut activée trois heures après la descente. Dix heures plus tard, il y avait quatre cents unités de la Force en ligne à l'intérieur du système. La contre-invasion débuta vingt et une heures après.

Telle fut la réalité mathématique des premières minutes de la bataille de Bressia. Mais, pour Kassad, le souvenir de ces jours et de ces semaines n'était pas fait de mathématiques. Il était fait de la terrible beauté du combat. C'était la première fois qu'un vaisseau portier était utilisé à un niveau supérieur à celui d'une division, et il s'ensuivit une confusion qui n'était pas tout à fait inattendue. Kassad traversa à une distance de cinq minutes de lumière et tomba sur une pente de gravier et de poussière jaune, car la porte distrans du bâtiment d'assaut faisait face à un versant de colline escarpé rendu glissant par la boue et le sang des premiers escadrons qui venaient de passer. Il demeura quelques instants dans la boue, contemplant, au pied de la colline, un spectacle de pure folie. Dix des dix-sept bâtiments d'assaut équipés de distrans étaient en train de brûler au sol, dispersés parmi les collines et les plantations comme des jouets disloqués. Les champs de confinement des vaisseaux rescapés se rétractaient sous les assauts des missiles et des BCC, qui transformaient les zones d'arrivée en dômes de feu orange. Le visu tactique de Kassad était en pièces. Son casque n'affichait qu'un impossible emmêlement de vecteurs de tir et de points rouges clignotants indiquant les endroits où les unités de la Force gisaient agonisantes, sur fond de brouillage extro générant des images fantômes en surimpression.

— Bordel de Dieu ! gémissait une voix sur son circuit primaire de commandement. Bordel de Dieu !

Là où les instructions de son groupe de commandement auraient dû se trouver, ses implants ne captaient plus qu'un grand vide. Un soldat l'aida à se relever. Il secoua son bâton de colonel pour en dégager la boue et s'empressa de s'éloigner pour laisser place au nouvel escadron qui allait arriver par le distrans. La guerre était bien partie.

Dès les premières secondes sur le continent Sud de Bressia, Kassad avait compris que le Nouveau Bushido était mort et enterré. Quatre-vingt mille fantassins de la Force, superbement armés et entraînés, s'avancèrent néanmoins au combat, espérant que l'affrontement aurait lieu sur un champ de bataille désert, tandis que les Extros battaient en retraite derrière des lignes de terre brûlée où il n'y avait que des mines et des cadavres de civils. La Force utilisa ses modulateurs distrans pour contourner les positions de l'ennemi et le forcer à accepter le combat, mais les Extros répliquèrent par des tirs de barrage d'obus nucléaires et au plasma qui clouèrent les fantassins de l'Hégémonie sous les abris des champs de force, donnant ainsi à leur propre infanterie le temps de se retirer sur des positions de défense préparées à l'avance aux abords des villes et des zones de rassemblement des vaisseaux de descente.

Aucune victoire spatiale ne vint compenser les revers du continent Sud. Malgré quelques belles manœuvres et quelques engagements féroces, les Extros demeurèrent maîtres de la situation dans un rayon de trois UA autour de Bressia. Les unités spatiales de la Force se replièrent, ne cherchant plus qu'à demeurer à portée de distrans et à protéger leur vaisseau portier.

La bataille, au lieu de durer deux jours au sol, comme l'avaient prévu les états-majors, s'étira sur trente jours, puis soixante. Les méthodes de guerre avaient régressé jusqu'au XXe ou XXIe siècle. Les sinistres campagnes se succédaient sur les ruines des villes et les cadavres de la population civile. Les quatre-vingt mille soldats hégémoniens du début furent décimés, renforcés par cent mille autres, et le massacre continuait toujours lorsque des renforts de deux cent mille hommes furent demandés. Seule l'obstination farouche de Meina Gladstone, soutenue par une douzaine de sénateurs tout aussi déterminés, maintint la guerre en vie et les troupes au casse-pipe tandis que des milliards de voix, dans toute la Pangermie et à l'Assemblée consultative des IA, réclamaient le désengagement.

Kassad n'avait pas tardé à comprendre le changement de tactique. Ses instincts de bagarreur des rues avaient pris le dessus avant que sa division ne fût totalement anéantie dans la bataille de Stoneheap. Alors que les autres commandants étaient paralysés par cette série de violations du Nouveau Bushido, Kassad, à la tête de son régiment, et bientôt de toute une division à la suite de la destruction nucléaire du centre d'opérations Delta, essayait de gagner du temps pour économiser ses hommes et préconisait l'emploi d'armes à fusion pour servir de fer de lance à sa contre-attaque. Lorsque les Extros se retirèrent enfin, quatre-vingt-dix-sept jours après que la Force eut « sauvé » Bressia, Kassad avait gagné le surnom à double tranchant de « Boucher de Bressia », et l'on murmurait que même ses propres hommes étaient terrorisés devant lui.

Mais pendant tout ce temps, Kassad continuait de la voir, dans des rêves qui étaient un peu plus et un peu moins qu'un songe.

Le dernier soir de la bataille de Stoneheap, dans le dédale noir des galeries où Kassad et son groupe de choc utilisaient des soniques et des gaz T-5 pour nettoyer les derniers terriers des commandos extros, le colonel s'endormit au milieu des flammes et des cris, et sentit le contact de ses longs doigts sur sa joue ainsi que la douce pression de ses seins contre lui.

Quand ils étaient entrés dans la Nouvelle-Vienne, le lendemain matin de la frappe nucléaire spatiale ordonnée par Kassad, les troupes victorieuses suivant les sillons vitrifiés de vingt mètres de large jusque dans la cité dévastée par les missiles, le colonel avait contemplé sans broncher les rangées de têtes humaines soigneusement alignées sur les trottoirs comme pour souhaiter la bienvenue, de leur regard accusateur, aux troupes libératrices de la Force. Puis il avait regagné son VEM de commandement. Après avoir verrouillé les portes, il s'était couché en chien de fusil dans la chaude obscurité ionisée, imprégnée d'odeurs de caoutchouc et de plastique surchauffé. Il avait alors entendu sa voix qui lui murmurait des mots doux, couvrant le babillage de la radio et de ses implants de communication.

La nuit qui avait précédé la retraite des Extros, Kassad avait quitté la conférence de commandement, à bord du vaisseau amiral *Brazil*, pour se distransporter dans son QG des Indélébiles, au nord de la vallée de la Hyne. Là, il avait pris son véhicule d'état-major blindé pour grimper au sommet de la colline afin de contempler le bombardement final. La frappe nucléaire tactique la plus proche se situait à une distance de quarante-cinq kilomètres. Les bombes au plasma s'ouvrirent comme des fleurs orangées et sanguines disposées selon une grille parfaite. Kassad compta plus de deux cents colonnes dansantes de lumière verte tandis que les rayons des claps lacéraient le vaste plateau. Et sans même qu'il s'endorme, alors qu'il était adossé à la jupe évasée du VEM, secouant la tête pour chasser de sa rétine les pâles rémanences, il la vit de nouveau. Elle portait une robe bleu clair et s'avançait vers lui d'un pas aérien, au milieu des buissons de bourre calcinés de la colline. La brise soulevait l'ourlet du tissu diaphane de son vêtement. Ses bras et son visage étaient d'une pâleur presque transparente. Elle cria son nom – il eut l'impression de l'entendre de loin – au moment où la deuxième vague de missiles surgissait à travers la plaine qu'il dominait et où tout était secoué par un déchaînement de bruit et de flammes.

Comme c'est souvent le cas dans un univers apparemment gouverné par l'ironie, Fedmahn Kassad passa indemne au travers de quatre-vingt-dix-sept jours des pires combats que l'Hégémonie eût connus pour se faire grièvement blesser deux jours après le départ du dernier Extro dans son vaisseau d'essaim en déroute. Il se trouvait à l'intérieur du Centre Civique de Buckminster, l'un des trois seuls immeubles encore debout de toute la ville, occupé à répondre de manière laconique à une série de questions stupides posées par un médiatique du Retz, lorsqu'une bombe-piège au plasma, pas plus grande qu'un microrupteur, explosa quinze étages plus haut. Le souffle éjecta dans la rue, par une grille de ventilation, le médiatique et deux des collaborateurs de Kassad. L'immeuble s'écroula sur les autres.

Kassad fut médévacué jusqu'au QG de division, puis distransporté à bord du vaisseau portier en orbite autour de la deuxième lune de Bressia. On le ressuscita et on le maintint en vie pendant que les plus hauts militaires et politiciens de l'Hégémonie décidaient de ce qu'il convenait de faire de lui.

En raison des liaisons distrans et de la couverture médiatique en temps réel des événements de Bressia, Kassad était plus ou moins devenu une figure célèbre. Les milliards de personnes qui s'indignaient de la sauvagerie sans précédent de la campagne de Bressia auraient été heureux de voir le colonel Kassad traduit devant une cour martiale qui l'aurait condamné pour crimes de guerre. Mais la Présidente Gladstone, ainsi que beaucoup d'autres, considérait Kassad et les autres commandants de la Force comme des sauveurs.

Finalement, Kassad fut mis dans un vaisseau de la Force à effet de spin pour accomplir le lent voyage de retour au Retz. Comme, de toute manière, les interventions chirurgicales nécessaires pouvaient se faire en état de fugue, il paraissait sensé de grouper les blessés et les morts ressuscitables à bord de ce vieux navire-hôpital. Lorsqu'ils arriveraient dans le Retz, ils seraient tous rétablis et bons pour le service actif. Mais, chose très importante pour Kassad, il aurait accumulé dans l'intervalle un déficit de temps au moins égal à dix-huit mois standard, et il y avait de fortes chances pour que les controverses dont il était l'objet soient alors oubliées.

Lorsqu'il ouvrit les yeux, il vit la silhouette obscure

d'une femme qui se penchait sur lui. Un instant, il crut que c'était *elle*, mais il se rendit bientôt compte qu'il s'agissait d'un médecin de la Force.

— Est-ce que je suis mort ? murmura-t-il.

— Vous l'avez été. Vous vous trouvez à bord du vaisseau-hôpital *Merrick*. Vous avez fait l'objet de plusieurs procédures de résurrection et de rénovation, mais vous n'en gardez probablement aucun souvenir à cause des effets de la fugue. Nous allons maintenant passer au stade thérapeutique suivant. Vous sentez-vous capable de marcher ?

Il souleva un bras pour se cacher les yeux. Malgré la désorientation due à la fugue, il avait de vagues souvenirs des douloureuses séances de thérapie, des longues heures passées dans les bains de virus ARN et sur la table d'opération. Surtout la table d'opération.

— Quelle route faisons-nous ? demanda-t-il sans cesser de s'abriter les yeux. J'ai oublié comment nous allons regagner le Retz.

Elle sourit, comme si c'était une question qu'elle entendait chaque fois qu'il sortait de fugue. Ce qui était bien possible.

— Nous ferons escale sur Hypérion et sur Garden, dit-elle. Nous sommes actuellement sur le point de nous mettre en orbite autour de...

Elle fut interrompue par un vacarme de fin du monde. Des barrissements de trompette, des déchirures de métal, des hurlements de furies. Il se laissa rouler à bas de son lit, enroulant le matelas autour de lui dans sa chute sous une gravité d'un sixième de *g*. Une tornade balaya le pont, faisant voler plateaux, éprouvettes, literie, livres, infirmières, instruments de métal et innombrables autres objets divers dans sa direction. Hommes et femmes glapissaient, avec des voix de fausset de plus en plus aiguës à mesure que l'air quittait la cabine. Le matelas de Kassad heurta une cloison. Il regarda à travers ses mains crispées demeurées sur ses yeux.

À un mètre de lui, une araignée de la taille d'un ballon de football, dont les pattes s'agitaient frénétiquement comme des tentacules, était en train d'essayer de se forcer un passage à travers une brèche soudain apparue dans la cloison. Elle semblait s'acharner à battre de ses tentacules en folie les papiers et autres détritus qui tourbillonnaient autour d'elle. Puis elle pivota vers Kassad, et celui-ci réalisa qu'il s'agissait de la tête du médecin qui lui avait parlé. Elle avait été arrachée par la première explosion, et sa longue chevelure s'agitait frénétiquement en direction du visage horrifié de Kassad. Puis la brèche s'élargit, et la tête s'y engouffra.

Il se redressa juste au moment où l'axe des mâts de spin cessa de tourner et où le « haut » et le « bas » cessèrent d'exister. Les seules forces encore en action étaient les tornades, qui précipitaient tout vers les brèches de la cloison, et l'écœurant mouvement de tangage et de ballottement du vaisseau. Kassad s'efforçait de remonter le courant, en se halant vers la porte de la coursive où se trouvait l'axe de spin au moyen de tout ce qui pouvait lui fournir une prise. Il parcourut les derniers mètres en se propulsant d'un coup de talon. Un plateau de métal le heurta au-dessus de l'œil. Un cadavre aux yeux dégoulinants de sang faillit le repousser en arrière dans la salle de soins. La porte étanche battait inutilement contre le cadavre d'un *marine* en combinaison spatiale, qui l'empêchait de se refermer. Kassad se propulsa en direction de l'axe, dans lequel il s'introduisit tout en traînant le corps du *marine* derrière lui. La porte étanche se referma, mais il n'y avait pas plus d'air dans le puits de l'axe que dans la salle de soins. Quelque part, le hurlement d'une sirène devenait de plus en plus aigu et inaudible.

Kassad hurla aussi, essayant de se libérer de la pression qui menaçait de faire éclater ses poumons et ses tympans. L'axe de spin aspirait toujours de l'air. Il était entraîné, sur les cent trente mètres qui le séparaient du corps principal du vaisseau, en compagnie du cadavre du *marine*, qui semblait exécuter avec lui quelque macabre valse dans un puits sans fond.

Il lui fallut vingt secondes pour faire sauter les attaches de secours de la combinaison du *marine*, puis une minute pour l'en extirper et s'y introduire à sa place. Il mesurait au moins dix centimètres de plus que le mort et, bien que la combinaison fût en partie ajustable, elle lui faisait mal au cou, aux poignets et aux genoux. Le casque lui pressait le front comme un étau rembourré. Des gouttelettes de sang et d'une matière blanchâtre et humide maculaient l'intérieur de la visière. L'éclat de shrapnel qui avait tué le *marine* avait laissé un trou d'entrée et un trou de sortie, mais la combinaison s'était autoréparée de son mieux. Cependant, la plupart des voyants étaient au rouge, et Kassad n'obtint aucune réponse quand il demanda une évaluation des dommages. Le respirateur fonctionnait encore, mais avec un sifflement inquiétant.

Il essaya la radio. Rien, pas même un souffle. Il trouva le fil de raccordement du persoc, fiché dans un termex relié à la coque. Rien non plus. Le vaisseau eut à ce moment-là un brusque mouvement de tangage, et une succession de chocs métalliques se répercuta jusqu'à Kassad, qui fut projeté contre la paroi du puits de l'axe. L'une des cages de transport passa devant lui en culbutant, ses câbles sectionnés battant comme les tentacules d'une anémone de mer affolée. Il y avait des cadavres à l'intérieur, et d'autres ballottés dans les parties encore intactes de l'escalier en spirale qui faisait le tour du puits à l'extérieur. Kassad se propulsa jusqu'à l'extrémité du puits, et trouva toutes les portes étanches fermées. Le diaphragme du puits s'était également refermé, mais il y avait des brèches dans la cloison primaire par lesquelles on aurait pu faire passer un VEM civil.

Le vaisseau fit une nouvelle embardée, et tout fut secoué de plus belle à l'intérieur. Kassad se trouva animé, ainsi que tout ce qui se trouvait à l'intérieur du puits, par des forces complexes de Coriolis. Il se raccrocha à une poutrelle de métal tordue et se hissa à travers une brèche de la triple coque du *Merrick*.

Il faillit éclater de rire en voyant dans quel état se trouvait l'intérieur. Ceux qui avaient pris pour cible le vieux vaisseau-hôpital n'avaient pas fait les choses à moitié. La coque avait été éventrée avec des BCC jusqu'à ce que les joints de pressurisation cèdent, que les unités d'autopressurisation se désagrègent, que les détecteurs d'avaries soient saturés et que les cloisons intérieures s'effondrent. Le vaisseau ennemi avait alors déversé ses missiles, munis de charges militaires curieusement baptisées « mitraille » par les spécialistes de la Force, à l'intérieur de la coque. L'effet équivalait à peu près à celui qu'aurait pu produire une grenade antipersonnel explosant à l'intérieur d'un labyrinthe rempli de rats de laboratoire.

La lumière pénétrait par mille ouvertures, se transformant en rayon irisé partout où elle trouvait une base colloïdale suffisante dans les nuages flottants de poussières, de lubrifiants et de sang. De l'endroit où se tenait Kassad, secoué par les trépidations du vaisseau, il apercevait plus d'une vingtaine de cadavres, nus et déchiquetés, qui dansaient avec la grâce sous-marine trompeuse d'un ballet d'outre-tombe sous gravité zéro. La plupart des corps flottaient au centre d'un microcosme de tissus et de sang. Plusieurs regardaient Kassad de leurs yeux exorbités comme dans un dessin animé, et les mouvements lents et langoureux de leurs bras et de leurs mains semblaient lui faire signe de s'approcher.

Kassad se propulsa à travers les débris flottants jusqu'au puits de descente qui menait au cœur de manœuvre du vaisseau. Il n'avait pas vu d'armes jusque-là – apparemment, personne à l'exception du *marine* n'avait eu le temps de s'équiper d'un scaphandre –, mais il savait qu'il devait y avoir une armurerie dans le cœur de manœuvre ou dans le quartier des *marines* à l'arrière.

Il s'arrêta devant le dernier joint de pressurisation déchiqueté. Il laissa échapper un rire, cette fois-ci, derrière sa visière. Le puits de descente s'arrêtait là. Il n'y avait plus de tronçon arrière. Plus de vaisseau. Le tronçon où il se trouvait – un puits d'axe et un module de soins – avait été arraché au vaisseau aussi aisément que Beowulf avait arraché un bras au corps du monstre Grendel. La dernière porte, non fermée, du puits de descente s'ouvrait sur l'espace. À quelques kilomètres de là, Kassad apercevait une douzaine d'autres fragments ravagés du *Merrick*, culbutant sur eux-mêmes dans la lumière éblouissante du soleil. Une planète vert et lapis grossissait, si proche que, lorsque Kassad se tourna vers elle, il fut pris d'un violent accès d'acrophobie qui l'obligea à s'agripper encore plus fort à l'encadrement d'une porte. Au même moment, une étoile se détacha du limbe de la planète, des lasers de combat crachèrent leur morse couleur de rubis, et un tronçon mutilé de vaisseau, à cinq cents mètres de lui, explosa dans l'abîme spatial, projetant autour de lui une pluie de particules métalliques vaporisées, de matières volatiles gelées et de points noirs dont Kassad s'avisa qu'ils devaient être des cadavres humains.

Il se hâta de retourner dans la sécurité relative des profondeurs de l'épave et considéra la situation. La combinaison du *marine* lui permettrait de survivre encore une heure au maximum. Déjà, il sentait l'odeur d'œuf pourri du respirateur déréglé. Il n'avait vu, en traversant l'épave, aucun compartiment étanche, aucun caisson d'air. Et même s'il découvrait un sas ou un compartiment susceptible de l'abriter, en quoi cela l'avancerait-il ? Il ignorait si la planète qu'il avait vue était Garden ou Hypérion, mais il était sûr que la Force n'occupait aucun de ces deux mondes. Il était également certain qu'aucune force de défense locale n'était capable de tenir tête à un vaisseau extro. Des jours s'écouleraient avant qu'une patrouille ne vienne explorer cette épave. Et il n'était pas impossible que l'orbite de la carcasse pourrie qui lui servait d'abri se dégrade peu à peu, précipitant ses milliers de tonnes de métal vers une atmosphère qui la consumerait avec tout ce qu'elle contenait. Les autochtones n'apprécieraient pas beaucoup cela, mais il était peut-être préférable pour eux de laisser un morceau de ciel leur tomber sur la tête que de faire quelque chose qui risquerait de mécontenter les Extros. Si la planète possédait des systèmes de défense orbitale, même primitifs, ou bien des BCC sol-espace, se disait-il avec un sourire sinistre, il serait plus intelligent pour eux de pulvériser l'épave que de s'attaquer au vaisseau extro.

Pour Kassad, de toute manière, cela ne ferait aucune

différence. Il serait mort longtemps avant que la carcasse ne pénètre dans l'atmosphère ou que les autochtones ne passent à l'action.

L'écran amplificateur du *marine* avait été fêlé par le shrapnel qui l'avait tué, mais Kassad fit descendre ce qu'il en restait à hauteur de sa visière. Des voyants rouges clignotèrent. Cependant, il restait assez d'énergie dans la combinaison pour afficher une vue amplifiée d'un vert pâle sur le fond craquelé. Kassad repéra ainsi le vaisseau-torche des Extros, à une centaine de kilomètres de là, avec ses champs de protection qui occultaient les étoiles à l'arrière-plan. Plusieurs objets furent lancés à ce moment-là. Un instant, Kassad fut persuadé que c'était le coup de grâce et qu'il n'avait plus que quelques secondes à vivre. Un sourire amer éclaira son visage. Puis il remarqua la faible vitesse des engins, et augmenta légèrement l'amplification. Les voyants rouges clignotèrent de plus belle, et l'amplification tomba en panne, mais Kassad avait eu le temps d'apercevoir les formes ovoïdes, effilées à l'arrière, hérissées de propulseurs et de bulles de cockpit. Chaque engin remorquait un enchevêtrement de six bras manipulateurs sans articulations. Les militaires de la Force appelaient ces vaisseaux d'abordage extros des « calmars ».

Kassad s'enfonça au cœur de l'épave. Il estimait qu'il ne disposait que de quelques minutes avant que les calmars n'arrivent jusqu'à lui. Combien d'Extros pouvait-il y avoir à bord de ces engins ? Une dizaine ? Vingt ? Pas moins de dix, en tout cas, et ils seraient puissamment armés, équipés de viseurs infrarouges et de détecteurs de mouvements. Ce seraient des commandos d'élite, l'équivalent des *marines* de l'Hégémonie, non seulement entraînés à se battre sous gravité zéro mais vivant depuis toujours en impesanteur. Leurs longs membres, leurs orteils préhensiles et leur prothèse caudale leur donnaient un avantage accru dans ce type d'environnement. Et des avantages, ils en avaient déjà bien plus qu'il ne leur en fallait pour affronter Kassad.

Il se tapit silencieusement au milieu des morceaux de

ferraille tordus, en luttant contre la montée d'adrénaline qui le poussait à se précipiter, hurlant de peur, dans les ténèbres extérieures. Que cherchaient les Extros ? Des prisonniers. C'était une manière immédiate de résoudre son problème de survie. Il n'avait qu'à se rendre. L'ennui, c'était qu'il avait vu des holos des services de renseignement de la Force montrant l'intérieur des vaisseaux extros capturés dans l'espace de Bressia. L'un des vaisseaux contenait dans ses soutes de conservation plus de deux cents prisonniers. Et les Extros avaient dû avoir beaucoup de choses à demander à ces citoyens de l'Hégémonie. Peut-être était-ce dû à leur désir de ne pas s'encombrer de tant de bouches à nourrir et de tant de prisonniers à garder. Peut-être était-ce le fait de leur manière de procéder aux interrogatoires. Toujours est-il que les civils de Bressia et les militaires capturés de la Force avaient été trouvés écorchés vifs, éventrés et cloués sur des râteliers comme des grenouilles dans un laboratoire de biologie, leurs organes baignant dans des fluides nutritifs, leurs bras et leurs jambes amputés avec une précision chirurgicale, leurs yeux retirés, leur cerveau préparé pour l'interrogatoire à l'aide de rudimentaires contacts corticaux et de dérivations connectées directement à un appareillage de communication à travers des trous de trois centimètres de diamètre pratiqués dans la boîte crânienne.

Kassad se hala doucement en se laissant flotter parmi les débris enchevêtrés des faisceaux de câblage de la carcasse. Il ne tenait vraiment pas à se rendre. Il sentit le choc de l'accostage lorsqu'un engin extro au moins heurta la coque, stabilisant un peu l'épave. *Utilise ta cervelle*, se dit-il. Plus que d'une cachette, il avait surtout besoin d'une arme. Qu'avait-il vu, en se traînant tout à l'heure dans l'épave, qui pourrait éventuellement l'aider à survivre ?

Il s'immobilisa et resta agrippé, tout en réfléchissant intensément, à une longueur de câble de fibres optiques à nu. La salle de soins où il avait repris conscience, les lits, les caissons de fugue, l'appareillage médical de soins intensifs… presque tout cela avait été aspiré à travers la coque du module à effet de spin. Le puits de l'axe, la cage de transport, les corps partout... aucune arme dans tout cela. Presque tous les cadavres avaient été déshabillés par le souffle des bombes à mitraille ou par la décompression subite. Les câbles des cages élévatrices ? Non... ce serait trop long. Impossible de les sectionner sans outils. Des outils ? Il n'en avait vu nulle part. Bureaux éventrés le long de la coursive médicale. Salles d'imagerie. Caissons RM. Cuves CC béantes comme des sarcophages pillés. Au moins un bloc opératoire intact, mais à l'intérieur un fouillis d'appareils et de câbles flottants de toutes sortes. Le solarium, vidé de tout ce qu'il contenait lorsque les vitres avaient éclaté. Les salles d'attente. Les salles de repos du personnel. Les salles d'entretien. Les couloirs. Des cellules affectées à un usage indéterminé. Et encore des cadavres un peu partout.

Il ne demeura là que quelques secondes de plus, le temps de s'orienter dans le dédale de lumière et d'ombre, puis il se propulsa d'un coup de talon. Il avait espéré pouvoir disposer de dix minutes, mais ils ne lui en laissèrent même pas huit. Il savait que les Extros se montreraient méthodiques et efficaces dans leur fouille. Mais il avait sous-estimé leurs capacités sous gravité zéro. Il jouait sa vie sur l'espoir qu'ils ne seraient pas plus de deux à chaque ratissage. C'était la procédure standard des *marines* de la Force, qui ressemblait à celle des paras de l'armée de terre à qui l'on apprenait à progresser, dans les combats de rue, d'une entrée de porte à l'autre, l'un faisant irruption dans chaque pièce tandis que l'autre le couvrait. S'ils étaient plus de deux, si les Extros travaillaient par patrouilles de quatre, Kassad était probablement fini.

Il flottait au milieu de la salle d'opération n° 3 lorsque l'Extro franchit la porte. Le respirateur de Kassad était en train de rendre l'âme. Il était immobile, aspirant par saccades haletantes un air vicié, lorsque le commando s'introduisit d'un bond, s'écarta de la porte et amena ses deux armes, d'un mouvement tournant, sur la silhouette désarmée d'un *marine* en combinaison cabossée.

Kassad avait escompté que l'aspect délabré de son costume spatial et de son casque lui ferait gagner une seconde ou deux. Derrière la visière maculée de sang, ses yeux étaient braqués vers le haut, comme aveugles, tandis que la lumière fixée sur la poitrine de l'Extro le balayait. Les deux armes du commando étaient un étourdisseur sonique, à la main, et un pistolet à faisceau serré, plus petit mais beaucoup plus mortel, qu'il tenait entre les longs « orteils » de son pied droit. Il leva d'abord le sonique. Kassad eut le temps de remarquer l'aiguillon de combat de sa prothèse caudale. Puis il appuya sur la commande qu'il tenait dans son gantelet droit.

Il lui avait fallu la presque totalité des huit minutes pour connecter le générateur de secours aux circuits de la salle d'opération. Une partie seulement des lasers chirurgicaux étaient encore en état de marche, mais il avait pu en mettre six en position. Les quatre plus petits couvraient la zone située juste à droite de la porte, et les deux lasers à sectionner les os avaient pour cible l'espace de droite. L'Extro avait fait un bond sur la droite.

La combinaison explosa. Les lasers continuèrent leurs cercles préprogrammés tandis que Kassad se propulsait en avant, passant sous les rayons bleus qui tranchaient maintenant à vide dans une bruine grandissante de fluides de réparation de la combinaison et de sang bouillonnant. Il arracha le sonique au passage juste au moment où le deuxième Extro bondissait dans la salle avec l'agilité d'un chimpanzé de l'Ancienne Terre.

Kassad appuya le sonique contre le casque de l'homme et fit feu. L'occupant de la combinaison s'affaissa. La prothèse caudale fit quelques soubresauts dus à des impulsions nerveuses incontrôlées. Utiliser un sonique à cette distance n'était pas la meilleure façon de faire un prisonnier. À bout portant, une décharge sonique transformait un cerveau humain en quelque chose qui tenait davantage de la bouillie d'avoine. Mais Kassad ne souhaitait pas faire de prisonniers.

Il se dégagea d'un coup de talon, agrippa une poutrelle et balaya de son sonique l'entrée du corridor. Quelques secondes plus tard, il put s'assurer que personne ne venait de ce côté.

Ignorant le premier cadavre, il extirpa le second de la combinaison intacte. Le commando était nu dans son scaphandre, et il constata que ce n'était pas un homme, mais une femme. Elle avait des cheveux blonds coupés court, des seins menus et un tatouage juste au-dessus de la ligne de toison pubienne. Sa peau était d'une pâleur extrême, et des gouttelettes de sang s'échappaient de son nez, de ses oreilles et de ses yeux. Kassad prit mentalement note du fait que les Extros utilisaient des femmes dans leurs commandos. Tous les cadavres ennemis trouvés à Bressia étaient de sexe mâle.

Il garda son casque et son bloc respirateur pendant qu'il enfilait la combinaison aux formes peu familières. Le vide fit exploser des vaisseaux sanguins dans sa chair. Des aiguilles de froid le figèrent tandis qu'il luttait pour refermer des attaches d'un modèle jamais vu. Malgré sa grande taille, il était encore trop petit pour ce scaphandre de femme. Il pouvait faire fonctionner les gantelets en étirant les bras, mais les moufles des pieds et le logement de la prothèse caudale étaient sans objet pour lui. Il les laissa pendre, inutiles, tout en retirant son casque pour fixer maladroitement le globe extro à sa place.

Plusieurs voyants, sur la corolle du casque, étaient allumés. Ses tympans endoloris lui faisaient entendre le sifflement de l'air qui s'engouffrait. Il faillit suffoquer lorsque d'épais miasmes l'assaillirent. Ce devait être la douce odeur du pays pour un Extro, supposait-il. Les pastilles com du globe susurraient des commandements codés dans un langage qui évoquait une bande audio en anglais archaïque passée à l'envers à grande vitesse. Kassad jouait sa vie, de nouveau, sur le fait que les unités extros fonctionnaient, sur Bressia, par équipes semi-autonomes, reliées uniquement par la radio vocale et la télémétrie de base, contrairement aux groupes d'opérations de la Force, unis par leurs implants à un réseau tactique. Si c'était un système de ce type qu'ils utilisaient ici, le commandant du groupe devait déjà savoir que deux de ses hommes (ou femmes) manquaient à l'appel. Il disposait peut-être même d'un système de surveillance des paramètres vitaux. Mais il n'était pas forcément en mesure de les localiser.

Kassad décida qu'il était temps de mettre fin aux conjectures et de quitter cet endroit malsain. Il programma la télécommande des lasers pour qu'ils soient activés dès que quelqu'un pénétrerait dans cette salle. Puis il s'enfonça, par petits bonds maladroits, dans le couloir. Se déplacer dans un de ces foutus scaphandres équivalait à essayer d'avancer dans un champ gravifique en se servant de son propre pantalon comme d'une paire d'échasses. Il emportait les deux pistolets à énergie et, n'ayant trouvé aucune ceinture ni boucle, aucun étui, aucune attache Velcro ni poche ni plaquette mag pour les maintenir, flottait comme un pirate ivre d'holofilm, une arme dans chaque main, rebondissant d'un mur à l'autre. À contrecœur, il abandonna derrière lui l'un des deux pistolets tout en essayant de se guider d'une seule main. Le gantelet lui allait comme une mitaine extra-large sur la main d'un enfant. Sa foutue queue ballottait de tous les côtés, heurtait la bulle de son casque, et il en avait, littéralement, plein le cul.

Deux fois, il se coula dans des fissures du couloir après avoir vu de la lumière au loin. Il était presque arrivé à la cassure de la coque d'où il avait observé l'arrivée du calmar lorsqu'il tomba nez à nez, au détour d'un corridor, avec trois commandos extros.

Son scaphandre d'Extro lui donna un avantage de deux ou trois secondes. Il tira presque à bout portant dans le casque du premier. Le deuxième lâcha une décharge sonique qui passa au-dessus de son épaule gauche une seconde avant qu'il loge trois rayons d'énergie dans la plaque de poitrine de l'Extro. Le troisième fit un bond en arrière, trouva un triple point d'appui pour s'élancer et disparut au détour d'une cloison déchirée avant que Kassad eût le temps de l'ajuster. Une pluie de jurons, de questions et de commandements rauques fit résonner le casque de Kassad tandis qu'il lui donnait la chasse sans répondre.

L'Extro aurait pu s'échapper si, sans doute poussé par un sens de l'honneur retrouvé, il n'avait fait subitement volte-face pour se battre. Kassad ressentit une inexplicable impression de déjà vu lorsqu'il lui transperça l'œil gauche d'une décharge d'énergie à cinq mètres de distance.

L'Extro bascula en arrière dans la lumière du soleil. Kassad se propulsa jusqu'à l'ouverture béante et se pencha pour regarder le calmar amarré à une vingtaine de mètres de là. C'était, se disait-il, son premier réel coup de veine depuis longtemps.

Il plongea à travers l'ouverture en se propulsant des deux pieds, conscient d'offrir une cible parfaite à la fois pour les occupants du calmar et pour ceux de l'épave. Son scrotum se rétracta de panique comme chaque fois qu'il s'était senti exposé ainsi. Mais aucun coup ne fut tiré. Les ordres et les demandes continuaient de se succéder dans son casque comme des glapissements. Il ne les comprenait pas, il ignorait d'où ils venaient, et il ne tenait pas à engager le dialogue.

Son manque de contrôle sur le scaphandre lui fit presque rater le calmar. L'idée le traversa qu'un tel gag risquait de sonner le glas approprié de l'univers sur ses prétentions martiales. Le vaillant guerrier de l'espace s'éloignant, sur une orbite quasi planétaire, sans aucun dispositif de manœuvre, sans aucun propulseur, sans masse de réaction d'aucune sorte. Même le pistolet était sans recul. Sa carrière finirait aussi dérisoirement et inutilement que celle d'un ballon lâché par un enfant.

Il tendit les deux bras jusqu'à ce que ses jointures craquent, happa l'extrémité d'une antenne flexible et se hala, centimètre par centimètre, jusqu'à la coque du calmar.

Où était ce foutu sas ? La coque était relativement lisse pour un vaisseau spatial, mais ornée d'une multitude de motifs, plaques et panneaux représentant, supposait-il, l'équivalent des avertissements de la Force, du genre : « Ne pas piétiner » ou bien : « Danger, propulseur ». Il ne voyait d'entrée nulle part. Il était probable que des

Extros se trouvaient à bord, au moins un pilote, et ils devaient se demander pourquoi leur commando se traînait sur la coque comme un crabe boiteux au lieu d'actionner le sas. Mais peut-être savaient-ils déjà pourquoi et l'attendaient-ils de pied ferme, le doigt sur la détente. N'importe comment, personne, de toute évidence, n'allait lui ouvrir la porte.

Qu'ils aillent au diable, se dit-il en fracassant l'une des bulles d'observation.

Les Extros ne devaient pas laisser traîner beaucoup d'objets dans leurs vaisseaux. Seul l'équivalent de quelques pièces de monnaie et attaches trombones se déversa en même temps que l'air du vaisseau. Kassad attendit la fin du geyser et se glissa à l'intérieur à travers la bulle.

Il se trouvait dans la section du matériel, une soute capitonnée qui ressemblait à la chambre de largage des paras de n'importe quel vaisseau de descente ou bien à l'intérieur d'un blindé de transport de troupes. Kassad nota mentalement qu'un calmar devait pouvoir contenir une vingtaine de commandos extros en tenue de combat spatial. Mais celui-ci semblait vide.

Une porte étanche ouverte menait au cockpit. Seul le pilote était resté à bord, et il était occupé à se dessangler lorsque Kassad l'abattit. Il traîna le corps dans la soute et se sangla dans ce qu'il espérait être le siège de pilotage.

Une chaude lumière pénétrait par la verrière au-dessus de lui. Les moniteurs vidéo et les holos montraient des vues de l'avant et de l'arrière du calmar ainsi que quelques aperçus, pris par une caméra portative, de la fouille qui se déroulait à l'intérieur de l'épave. Kassad entrevit le cadavre de la femme nue du bloc opératoire et les lasers chirurgicaux en action contre plusieurs silhouettes en scaphandre.

Dans les holofilms qu'il avait vus dans sa jeunesse, les héros de Fedmahn Kassad savaient toujours faire marcher du premier coup les engins exotiques et autres véhicules EM dont ils s'emparaient. Kassad était entraîné à piloter des transports militaires, des tanks, des engins d'assaut et même des vaisseaux de descente, si la situation l'exigeait.

Seul à bord d'un vaisseau de la Force, il aurait pu, si jamais cette situation improbable s'était présentée, retrouver son chemin dans le dédale du cœur de manœuvre au moins pour communiquer avec l'ordinateur central ou pour lancer un message de détresse à la radio ou dans un mégatrans. Mais ici, dans le fauteuil de pilotage d'un calmar extro, il n'avait pas idée de ce qu'il fallait faire pour commencer.

Plus exactement, il reconnaissait les alvéoles de manipulation des tentacules, et il pensait pouvoir se servir de plusieurs autres commandes pour peu qu'on lui laisse trois heures de réflexion et d'expérimentation. Malheureusement, il ne disposait pas d'un tel délai. L'écran lui montrait, à l'avant, trois silhouettes en scaphandre qui se propulsaient vers le calmar tout en tirant devant elles. La figure pâle, curieusement extra-terrestre, d'un commandant extro se dessina soudain dans le foyer de la console holo tandis qu'une pluie de jurons se déversait des plaquettes audio de son casque.

Des globules de transpiration se formèrent devant ses yeux, flottant à l'intérieur du globe. Il les secoua de son mieux en se concentrant sur les commandes. Il appuya sur quelques plaques dont il croyait deviner l'usage. Si ce vaisseau était piloté par commande vocale, par programmation à distance ou par une sorte d'ordinateur de bord, il était fichu. Il y avait déjà pensé une seconde ou deux avant d'abattre le pilote, mais il n'avait pas trouvé de solution pour forcer l'homme à coopérer. Il n'y avait que ce moyen-là, se disait-il en enfonçant d'autres plaques de commande.

Une tuyère fit entendre le sifflement de sa mise à feu. Le calmar tira sur ses amarres. Kassad se sentit poussé en avant puis tiré en arrière dans son harnais.

— Merde ! s'exclama-t-il, parlant pour la première fois depuis qu'il avait demandé à la femme médecin de la Force sur quelles planètes le vaisseau faisait escale.

Il se pencha le plus possible en avant, essayant d'introduire les doigts de son gantelet dans les alvéoles. Quatre des six manipulateurs se mirent en mouvement. Le premier dérapa sur la coque. Le dernier finit par arracher un morceau de cloison à l'épave du *Merrick*.

Le calmar se libéra d'une secousse. Les caméras vidéo montrèrent deux silhouettes en scaphandre qui rataient leur cible et une troisième qui se raccrochait à la même antenne qui avait sauvé la vie de Kassad. Celui-ci savait à présent plus où moins où se trouvaient les commandes des propulseurs. Il les actionna frénétiquement. Un voyant s'alluma sur le tableau. Les projecteurs holos s'éteignirent. Le calmar se lança dans une manœuvre complexe qui réunissait tous les plus violents éléments du tangage, du lacet et du roulis. Kassad vit passer la silhouette en scaphandre au-dessus de la verrière du cockpit, l'écran vidéo avant la montra une fraction de seconde, puis l'écran arrière prit le relais jusqu'à ce que l'Extro ne fût plus qu'un point bientôt invisible. Et pendant tout ce temps, il – ou elle – continuait de décharger son pistolet à énergie jusqu'à ce que tout disparaisse.

Kassad luttait pour ne pas perdre conscience en raison des violents mouvements désordonnés de l'engin. Toutes les alarmes vocales et visuelles étaient déchaînées. Il actionna de nouveau les commandes des propulseurs, et estima que ses efforts étaient couronnés de succès lorsqu'il ne se sentit plus écartelé dans cinq directions à la fois mais dans deux seulement.

Une manipulation de caméra au hasard lui montra que le vaisseau-torche s'éloignait. Parfait. Il ne doutait pas que les Extros fussent capables de le détruire à tout instant, et ils le feraient à coup sûr s'il s'approchait d'eux ou s'il les menaçait de manière quelconque. Il ignorait si le calmar était armé, mais il ne devait pas contenir beaucoup plus que des armes antipersonnel. Dans tous les cas, aucun commandant de vaisseau-torche ne prendrait le risque de laisser s'approcher une navette incontrôlée. Kassad supposait que les Extros savaient tous maintenant que le calmar était aux mains d'un ennemi. Il ne serait pas surpris – simplement déçu – d'être vaporisé d'une seconde à l'autre par le vaisseau-torche. En attendant, il tablait sur deux émotions au plus haut degré humaines – sinon extro-humaines –, la curiosité et le désir de vengeance.

La curiosité, comme il le savait, pouvait être aisément court-circuitée dans les moments de stress, mais il comptait sur une société semi-féodale et paramilitaire comme celle des Extros pour placer au plus haut les concepts d'honneur et de vengeance. Toutes choses étant égales par ailleurs, n'ayant pas la moindre chance de leur faire davantage de mal ni de leur échapper, il semblait bien que le colonel Kassad fût devenu le candidat le mieux placé pour l'accession à l'un de leurs plateaux de dissection. C'était son dernier espoir.

Il jeta un coup d'œil au moniteur vidéo avant, fronça les sourcils et relâcha juste assez longtemps son harnais pour regarder par la verrière au-dessus de lui. L'engin tournoyait toujours, mais pas aussi violemment que précédemment. La planète semblait se rapprocher. L'un des hémisphères emplissait l'horizon « supérieur », mais il n'avait aucune idée de la distance qui le séparait de l'atmosphère. Il était incapable de lire les paramètres affichés. Il ne pouvait que faire des conjectures sur sa vitesse orbitale et sur la violence du choc en cas de rentrée. Son examen visuel attentif de l'épave du *Merrick* lui avait donné l'impression qu'elle se trouvait tout près de la surface, peut-être pas à plus de cinq ou six cents kilomètres, sur une orbite d'attente convenant, par exemple, au lancement d'un vaisseau de descente.

Il voulut essuyer la transpiration sur son front, et poussa un juron lorsque le bout flasque de son gantelet cogna la visière de son casque. Il était épuisé. Il n'y avait que quelques heures qu'il était sorti de fugue, et on l'avait ramassé corporellement mort à peine quelques semaines de voyage avant cela.

Il aurait bien voulu savoir si la planète au-dessous de lui était Hypérion ou Garden. Il ne connaissait ni l'une ni l'autre, mais il savait que Garden était plus peuplée et sur le point de devenir une colonie de l'Hégémonie. Il espérait que c'était celle-là.

Le vaisseau-torche largua trois engins d'assaut. Kassad

les aperçut clairement avant que la caméra de poupe ne les fasse sortir du champ. Il actionna les commandes des propulseurs jusqu'à ce qu'il eût l'impression de dégringoler un peu plus vite vers la muraille planétaire au-dessus de lui. Il ne voyait pas ce qu'il aurait pu faire de plus.

Le calmar atteignit l'atmosphère avant d'être rejoint par les trois chasseurs extros. Il était probablement à portée de tir, mais quelqu'un, dans le circuit de commandement, devait être assez curieux – ou furieux – pour ne pas ordonner de faire feu.

L'engin de Kassad était loin d'avoir un profil aérodynamique. Comme la plupart des navettes de vaisseau à vaisseau, il était conçu pour flirter avec les atmosphères planétaires, mais ce serait sa perte s'il plongeait trop brutalement dans le puits gravifique. Il vit le rougeoiement caractéristique de la rentrée, entendit l'accroissement de l'activité ionique sur les canaux ouverts de la radio et se demanda subitement si son idée était si bonne que ça.

Le flux atmosphérique stabilisa le calmar, et Kassad ressentit les premiers effets de la gravité en cherchant, parmi les commandes du fauteuil et du tableau, celles qui actionnaient les circuits qu'il espérait trouver. Un écran vidéo envahi par les parasites lui montra l'un des vaisseaux de descente, suivi de la traîne de plasma bleuâtre de sa décélération. L'effet d'optique était analogue à celui que connaissaient bien les chuteurs lorsqu'ils voyaient un de leurs compagnons en chute libre au moment où il ouvrait son parachute ou déployait ses suspentes. Le chasseur sembla grimper subitement.

Mais Kassad avait d'autres sujets de préoccupation. Il ne semblait pas y avoir de mécanisme d'éjection ni de système d'évacuation d'urgence de l'appareil. Toutes les navettes spatiales de la Force étaient munies d'un dispositif de sortie dans l'atmosphère. C'était une habitude qui datait de près de huit siècles et remontait à l'époque où les vols spatiaux dépassaient rarement la limite de l'atmosphère de l'Ancienne Terre. Une navette conçue pour des transbordements de vaisseau à vaisseau n'était pas censée avoir besoin de dispositifs d'éjection atmosphérique. Cependant, les terreurs ancestrales inscrites dans les anciens règlements de sécurité avaient la peau dure.

Telle était, tout au moins, la théorie. Kassad ne trouvait toujours rien. Le calmar commençait à trépider dangereusement. Il tournoyait, et la température grimpait rapidement. Kassad défit les attaches de son harnais et se traîna vers la soute, sans même savoir ce qu'il espérait y trouver. Un paquetage de survie ? Un parachute ? Une paire d'ailes ?

Il n'y avait rien, à l'exception du cadavre du pilote et de quelques cartons pas plus grands qu'une boîte à chaussures. Kassad les ouvrit, mais n'y trouva rien de plus utile qu'une trousse médicale, sans remède miracle.

Il entendait maintenant les craquements des membrures du calmar et se disait, agrippé à un anneau à pivot, que les Extros n'avaient sans doute pas gaspillé de l'argent ou de la place pour un dispositif qui avait si peu de chances de servir un jour. Pourquoi l'auraient-ils fait ? Ils passaient toute leur existence dans l'obscurité des espaces interstellaires, et l'idée qu'ils se faisaient d'une atmosphère correspondait au tube pressurisé de huit kilomètres de long d'une de leurs cités de métal.

Les détecteurs audio externes de son casque-bulle commencèrent à lui transmettre le sifflement furieux de l'air sur la coque et à travers la verrière cassée de la section arrière. Kassad haussa les épaules, résigné. Il avait trop pris de paris. Cette fois-ci, il avait perdu.

Le calmar fit une série d'embardées. Kassad entendit le bruit du manipulateur arraché à l'avant. Le cadavre de l'Extro s'envola soudain à travers la verrière cassée comme une fourmi happée dans un aspirateur. Kassad, agrippé maintenant des deux mains à son anneau, avait les yeux tournés vers le cockpit et se disait que ces installations étaient vraiment archaïques, comme s'il s'agissait de pièces de musée. Une partie du revêtement extérieur était en train de brûler. Des fragments enflammés passaient au-dessus des verrières comme des projectiles de lave en fusion. Kassad ferma les yeux, essayant de se rappeler ce qu'il avait appris à l'École Militaire d'Olympus sur les structures et le revêtement des premiers vaisseaux de l'espace. Le calmar était maintenant secoué comme s'il allait se désagréger d'un instant à l'autre, dans un tumulte incroyable.

— Par Allah ! s'exclama Kassad.

Il n'avait pas poussé ce cri depuis son enfance. Il se hala frénétiquement en direction du cockpit, luttant contre le souffle qui l'attirait vers la verrière, en s'aidant des poignées du pont comme s'il grimpait sur une paroi verticale. Ce qu'il faisait en réalité. Le calmar avait pivoté, stabilisé en un plongeon de la mort, poupe pardessus tête. Kassad devait lutter contre une force de 3 *g*, conscient du fait que le moindre faux mouvement risquait de rompre tous les os de son corps. Derrière lui, le sifflement de l'atmosphère se transforma en rugissement puis en hurlement de dragon. La soute s'embrasa dans une série d'explosions soufflées.

Grimper dans le siège de pilotage équivalait à escalader un surplomb de paroi avec le poids de deux autres grimpeurs suspendus à son dos. Les gantelets trop grands ne lui facilitaient pas la tâche tandis qu'il se balançait au-dessus du chaudron en flammes de la section arrière. Puis le vaisseau fit une nouvelle embardée, et Kassad en profita pour ramener ses jambes et se hisser dans le fauteuil. Les moniteurs vidéo avaient cessé de fonctionner. La verrière surchauffée avait un rougeoiement écœurant. Kassad était sur le point de perdre conscience lorsqu'il rassembla ses dernières forces pour se pencher en avant, tâtonnant dans l'obscurité au-dessous du siège, entre ses genoux, à la recherche de… Oui ! Une poignée… Non, par le Christ et Allah… Un anneau en D… issu tout droit des livres d'histoire…

L'engin était en train de se disloquer. Au-dessus de sa tête, la verrière éclata, répandant du Perspex liquide dans tout l'habitacle, éclaboussant la combinaison et la visière de Kassad. L'odeur du plastique fondu parvint à ses narines. Le calmar s'était remis à tournoyer en se désagrégeant. La vision de Kassad rosit, s'affaiblit, disparut totalement... De ses doigts gourds, il serra le harnais... serra... Ou les sangles lui rentraient dans la poitrine, ou le Perspex avait traversé sa combinaison... Sa main chercha de nouveau l'anneau en D. Ses doigts étaient trop maladroits pour se refermer dessus... Non... Tirer de toutes ses forces...

Trop tard. Le calmar explosa en un bouquet final de sifflements et de flammes. Le tableau de commande vola à travers le cockpit en un millier d'éclats de shrapnel.

Kassad se sentit écrasé contre son siège. Il se sentit projeté. Dans le ciel, au cœur des flammes.

Tout culbuta à plusieurs reprises.

Kassad eut vaguement conscience du fait que son siège, en basculant, s'était entouré d'un champ de confinement limité. Les flammes étaient à quelques centimètres à peine de son visage.

Des charges explosives propulsèrent le siège hors du sillage enflammé du calmar. Le fauteuil éjecté laissait sa propre trace bleue derrière lui tandis que ses microprocesseurs l'orientaient de manière à interposer l'écran de force entre son occupant et la fournaise de friction. Un géant était assis sur la poitrine de Kassad tandis qu'il décélérait sur deux mille kilomètres de ciel, sous une pression de huit gravités.

Il se força à ouvrir les yeux une seule fois, s'aperçut qu'il était replié en position fœtale dans le ventre d'une longue colonne de flammes d'un bleu presque blanc, puis referma les yeux. Il n'avait pas vu trace d'un système quelconque de parachute, de suspension ou de freinage. Mais peu importait. Il n'était plus capable de remuer ni les bras ni les jambes.

Le géant changea son poids de place, devint plus lourd.

Kassad s'aperçut qu'une partie de la bulle de son casque avait fondu ou disparu, emportée par le souffle. Le vacarme était insupportable. Mais quelle importance ?

Il serra les paupières encore plus fort. C'était le moment de faire un somme.

Lorsqu'il rouvrit les yeux, il vit la silhouette indistincte d'une femme penchée sur lui. Un instant, il crut que c'était *elle*. Puis il la regarda attentivement, et vit que c'était bien elle. Elle lui toucha la joue de ses doigts glacés.

— Est-ce que je suis mort ? murmura-t-il en levant la main pour lui saisir le poignet.

— Non.

Sa voix avait une douceur un peu rauque, voilée par un léger accent qu'il ne parvenait pas à identifier. C'était la première fois qu'il l'entendait parler.

— Es-tu réelle ?

— Oui.

Il soupira et regarda autour de lui. Il était nu sous une robe de chambre légère sur une sorte de lit ou de plate-forme au milieu d'une grande salle obscure comme une caverne. Au-dessus de lui, les étoiles étaient visibles à travers une brèche du plafond. Il tendit l'autre main pour lui toucher l'épaule. Ses cheveux formaient un nimbe noir au-dessus de lui. Elle portait une robe ample d'un tissu fin qui, même à la lumière des étoiles, lui laissait voir les contours de son corps. Il respirait son parfum, fait de l'arôme délicat du savon, de sa peau et du reste d'elle, qu'il se rappelait si bien de leurs précédentes rencontres.

— Tu dois avoir des choses à me demander, murmura-t-elle tandis que Kassad dégrafait la boucle dorée qui maintenait sa robe.

Le vêtement glissa au sol dans un froissement soyeux. Elle ne portait rien d'autre. Au-dessus d'eux, la ceinture de la Voie lactée était parfaitement visible.

— Non, fit Kassad en l'attirant contre lui.

Au petit matin, une brise se leva, mais Kassad remonta sur eux la couverture légère dont l'étoffe fine sembla préserver la chaleur de leurs corps tandis qu'ils demeuraient blottis dans les bras l'un de l'autre dans une quiétude parfaite. Quelque part, des rafales de sable ou de neige crissaient contre les murs nus. Les étoiles étaient nettes et brillantes.

Ils se réveillèrent peu de temps après le point du jour,

leurs visages se touchant sous la couverture soyeuse. Elle passa la main le long de la hanche de Kassad, s'arrêtant sur ses cicatrices anciennes et récentes.

— Ton nom ? chuchota Kassad.

— Chut ! fit-elle en laissant glisser sa main plus bas.

Il enfouit son visage dans le creux parfumé de son cou. Ses seins étaient chauds et doux contre lui. Une lumière pâle les baignait. Quelque part, un vent de sable ou de neige crépitait contre les murs nus.

Ils firent l'amour, se rendormirent, refirent l'amour. Puis ils s'habillèrent. Il faisait maintenant plein jour. Elle avait disposé pour lui sur le lit des sous-vêtements, une tunique et un pantalon gris. Ils lui allaient parfaitement, de même que les chaussettes de mousse et les chaussures souples. Elle avait un ensemble du même genre, bleu marine.

— Dis-moi ton nom, lui redemanda Kassad tandis qu'ils quittaient le bâtiment à la toiture défoncée et sortaient dans les rues d'une cité morte.

— Monéta, lui répondit la fille de son rêve. Ou bien Mnémosyne. Celui que tu préféreras.

— Monéta... chuchota Kassad.

Il leva les yeux vers un minuscule soleil qui se levait dans un ciel lapis.

— Hypérion ? demanda-t-il.

— Oui.

— Comment suis-je arrivé à la surface ? Un champ de suspension ? Un parachute ?

— Tu es descendu sous une aile dorée.

— Je n'ai mal nulle part. Je n'ai pas été blessé ?

— On s'en est occupé.

— Où sommes-nous ?

— C'est la Cité des Poètes. Abandonnée depuis plus d'un siècle. Derrière cette colline se trouvent les Tombeaux du Temps.

— Et les chasseurs extros qui me poursuivaient ?

— L'un d'eux s'est posé non loin d'ici. Le Seigneur de la Douleur a pris pour lui son équipage.

— Qui est le Seigneur de la Douleur ?

— Viens, fit Monéta.

La cité morte se terminait en désert. Le sable fin balayait du marbre blanc à demi enfoui sous les dunes. À l'ouest, un vaisseau de descente extro était posé avec son diaphragme de chargement ouvert. Non loin d'eux, sur une colonne de marbre abattue, un thermocube offrait du café chaud et des petits pains frais. Ils burent et mangèrent en silence.

Kassad fit un effort pour se remémorer les légendes d'Hypérion.

— Le Seigneur de la Douleur, c'est le gritche, murmura-t-il enfin.

— Évidemment.

— Tu es d'ici ? De la Cité des Poètes ?

Elle sourit tout en secouant doucement la tête.

Kassad finit de boire son café et reposa la tasse. Il avait toujours l'impression de se trouver dans un rêve, mais ce rêve était d'une réalité bien plus concrète que toutes les sims auxquelles il avait jamais participé. Le soleil était chaud sur son visage et sur ses mains, et le café avait un goût amer non déplaisant.

— Viens, Kassad, lui dit Monéta.

Ils traversèrent une étendue de sable froid. Kassad leva plusieurs fois les yeux vers le ciel, sachant que le vaisseau-torche extro pouvait les anéantir du haut de son orbite, mais… brusquement certain qu'il ne le ferait pas.

Les Tombeaux du Temps se trouvaient au fond d'une vallée. Un obélisque court y brillait d'une lueur intérieure, tandis qu'un Sphinx de pierre semblait au contraire absorber la lumière. Une structure complexe de pylônes aux formes contournées semblait projeter des ombres uniquement sur elle-même. D'autres tombeaux se profilaient contre le soleil levant. Chacun avait sa porte, et aucune n'était fermée. Kassad savait que cela datait du temps où les premiers explorateurs avaient découvert les sites, et qu'il n'y avait plus rien à l'intérieur. Plus de trois siècles de fouilles à la recherche d'autres caveaux, monuments ou galeries cachés n'avaient abouti à aucun résultat.

— Tu ne peux pas aller plus loin, lui dit Monéta tandis qu'ils s'approchaient de la paroi qui marquait le début de la vallée. Les marées du temps sont trop fortes aujourd'hui.

L'implant tactique de Kassad ne pouvait pas l'aider. Il n'avait pas de persoc. Il fouilla sa mémoire.

— Tu veux parler des champs de force anentropiques qui entourent les Tombeaux du Temps, dit-il enfin.

— Oui.

— Ces ruines sont très anciennes. Les champs de force anentropiques les empêchent de vieillir.

— Non, fit Monéta. Les marées du temps servent à ramener les Tombeaux en arrière dans le temps.

— En arrière dans le temps, répéta stupidement Kassad.

— Regarde.

Quelque chose de miroitant, comme un mirage, venait d'apparaître soudain dans la brume au milieu d'un nuage de sable et d'ocre tourbillonnant. Cela ressemblait à un arbre bardé d'épines de fer, qui remplissait la vallée et s'élevait sur deux cents mètres jusqu'à la hauteur du sommet de la paroi rocheuse. Ses branches ne cessaient de disparaître et de se reformer comme les éléments d'un hologramme mal réglé. La lumière du soleil faisait jouer des reflets sur les épines de cinq mètres de long. Sur une vingtaine au moins de ces épines, des Extros, hommes et femmes, entièrement nus, étaient empalés. Sur d'autres branches, il y avait d'autres cadavres ainsi suppliciés, et ils n'étaient pas tous humains.

Le sable tourbillonnant empêchait de bien voir. Quand le vent se calma, la vision disparut.

— Viens, répéta Monéta.

Kassad la suivit à travers les rides des marées du temps, évitant le flux et le reflux des champs anentropiques un peu comme un enfant jouant à cloche-pied avec le ressac sur une vaste plage de l'océan. Il sentait physiquement le contact des vagues du temps dans chaque cellule de son corps, et cela lui procurait une curieuse sensation de déjà vu.

Juste après l'entrée de la vallée, là où les collines s'ouvraient sur les dunes et où les basses plaines marécageuses conduisaient à la Cité des Poètes, Monéta effleura de la main un mur d'ardoise bleue, et une entrée secrète leur ouvrit le passage dans une longue salle basse taillée à même la face de la falaise.

— C'est ici que tu vis ? demanda Kassad.

Il ne voyait cependant aucun signe d'habitation dans cette chambre dont les parois de pierre étaient creusées d'une multitude de niches et de renfoncements.

— Nous devons nous préparer, chuchota Monéta tandis que la lumière ambiante prenait des reflets dorés. Elle abaissa du plafond un râtelier chargé d'accessoires tandis qu'une fine bande de polymère accrochée au plafond lui servait de miroir.

Kassad la regardait faire avec la placidité d'un rêveur. Elle ôta ses vêtements, puis le déshabilla à son tour. Leur nudité n'avait plus rien d'érotique, elle était devenue cérémonielle.

— Tu hantes mes rêves depuis des années, lui dit-il.

— Je sais. Ton passé et mon avenir. L'onde de choc des événements se déplace dans le temps comme les rides à la surface d'une mare.

Kassad cligna des paupières tandis qu'elle saisissait une férule d'or pour lui toucher la poitrine. Il ressentit un léger choc, et sa chair devint un miroir, son visage et sa tête un ovoïde lisse reflétant les couleurs et les textures de la salle. Un instant plus tard, elle le rejoignit, et sa peau devint une cascade irisée de reflets liquides, comme de l'eau sur du vif-argent sur du chrome. Il vit les reflets de ses propres reflets sur chaque courbe et chaque muscle du corps de Monéta, dont les seins captaient et courbaient la lumière, les pointes dressées comme de minuscules geysers à la surface lisse d'un lac. Il s'avança pour l'enlacer, et sentit leurs surfaces se joindre comme des fluides magnétisés. Sous les champs connectés, leurs chairs se touchaient.

— Tes ennemis t'attendent aux portes de la cité, murmura-t-elle.

Le chrome de son visage était animé d'une lumière mouvante.

— Mes ennemis ?

— Les Extros. Ceux qui t'ont suivi jusqu'ici.

Il secoua la tête, et vit son reflet déformé faire de même.

— Ils n'ont plus aucune importance, dit-il.

— Ils en ont, murmura Monéta. Les ennemis sont toujours importants. Tu dois t'armer.

— Avec quoi ?

Au moment même où elle disait ces mots, il sentit qu'elle le touchait avec une sphère de bronze, ou plutôt un tore d'un bleu terne. Son propre corps modifié communiquait maintenant avec lui aussi clairement qu'un soldat au rapport dans l'implant de son circuit de commandement. Il sentit le sang affluer en lui avec une vigueur turgescente.

— Viens, souffla Monéta en le guidant de nouveau vers le désert.

La lumière solaire semblait lourde et polarisée. Il se sentit glisser le long des dunes, couler comme un liquide dans les rues de marbre blanc de la cité abandonnée. Près de l'extrémité ouest des ruines, là où les restes délabrés d'un monument laissaient encore lire sur leur linteau le nom d'Amphithéâtre des Poètes, quelque chose se dressait, qui les attendait.

Un instant, Kassad crut qu'il s'agissait d'une autre personne parée des reflets chrome des champs de force dont ils étaient eux-mêmes drapés. Mais il n'y avait rien d'humain dans cet assemblage de vif-argent et de chrome. Comme en un rêve, Kassad remarqua ses quatre bras, les lames rétractiles de ses doigts, la profusion de piquants sur la gorge, au front, aux poignets, aux genoux et sur tout le corps. Mais il ne pouvait, surtout, détacher son regard des deux yeux aux milliers de facettes qui brûlaient d'une flamme rouge auprès de laquelle la lumière du soleil pâlissait et les ombres prenaient des reflets sanglants.

Le *gritche* ! se dit Kassad.

— Le Seigneur de la Douleur, chuchota Monéta.

La créature tourna alors les talons et les guida vers la sortie de la cité morte.

Kassad approuvait en connaisseur la manière dont les Extros avaient organisé leurs défenses. Les deux engins d'assaut étaient posés à moins de cinq cents mètres l'un de l'autre, leurs canons, projecteurs et tourelles lance-missiles se couvrant respectivement ainsi qu'un champ de trois cent soixante degrés de tir. Les fantassins extros avaient pris la peine d'élever des remblais à une centaine de mètres de chaque vaisseau, et Kassad aperçut au moins deux blindés EM au sol, leurs tubes de projection et de lancement commandant la large plaine marécageuse déserte qui les séparait de la Cité des Poètes. Il y avait quelque chose d'anormal dans la vision de Kassad. Il percevait les champs de confinement des vaisseaux, qui se recouvraient en partie, sous la forme de minces rubans de brume jaune, et les détecteurs de mouvement ou les mines antipersonnel comme des œufs entourés de pulsations de lumière rouge.

Il cligna plusieurs fois des paupières, conscient d'une autre anomalie qu'il ne parvenait pas à définir. Puis il comprit soudain. En plus de la consistance de la lumière et de sa perception augmentée des champs d'énergie, c'était l'absence de tout mouvement qui était inhabituelle. Les Extros qu'il apercevait, y compris ceux qui se trouvaient dans une posture de mouvement, étaient aussi figés que les soldats de plastique avec lesquels il jouait, enfant, dans les bidonvilles de Tharsis. Les blindés étaient en position basse au centre de leurs fortifications, mais même leurs radars d'acquisition – qu'il percevait sous la forme d'un triangle d'arcs mauves concentriques – étaient immobiles. Il leva les yeux vers le ciel et vit une sorte de gros oiseau en suspens, comme un insecte dans une inclusion de résine. Il passa à portée d'un nuage de poussière soulevée par le vent, elle aussi en suspens, tendit une main de chrome et fit tomber à terre des spirales de particules brillantes.

Devant eux, le gritche s'avançait sans se presser à travers le dédale rouge des mines à détecteur de présence, enjambait les cordons bleutés des rayons de déclenchement, se baissait pour passer sous les pulsations mauves et immobiles des détecteurs des batteries de tir automatique, traversait le champ de confinement jaune puis le mur bleu-vert du périmètre de défense sonique, et pénétrait dans l'ombre de l'engin d'assaut, suivi de Monéta et de Kassad.

Comment est-ce possible ?

Il se rendit compte qu'il avait formulé la question par un moyen qui n'était pas tout à fait de la télépathie mais qui dépassait de beaucoup les possibilités technologiques d'un simple implant de conduction.

Il contrôle le temps.

Le Seigneur de la Douleur ?

Évidemment.

Que faisons-nous ici ?

Elle fit un geste en direction des Extros figés.

Ce sont tes ennemis.

Kassad eut l'impression de sortir finalement d'un long rêve. Tout cela était réel ! Les yeux de l'Extro devant lui, qui ne clignaient pas sous son casque, étaient réels, de même que le vaisseau d'assaut extro, dressé comme une pierre tombale géante couleur de bronze.

Fedmahn Kassad s'avisa alors qu'il aurait pu les tuer tous, jusqu'au dernier – commandos, *marines*, équipages – sans qu'ils puissent rien faire pour se défendre. Le temps ne s'était pas arrêté, il le savait, pas plus qu'il ne s'arrêtait lorsqu'un vaisseau passait en mode de propulsion Hawking. C'était juste une question de vitesse relative. L'oiseau figé finirait par achever son battement d'ailes au bout quelques minutes ou de quelques heures. La paupière de l'Extro battrait si Kassad avait la patience de l'observer jusque-là. Mais, dans l'intervalle, Kassad, Monéta et le gritche pouvaient les tuer tous sans qu'ils sachent même qu'ils étaient attaqués.

Ce ne serait vraiment pas juste, se disait Kassad. Cela représenterait la violation ultime du Nouveau Bushido, pire, à sa manière, que le massacre gratuit des civils.

L'essence de l'honneur résidait dans l'instant de l'affrontement d'égal à égal. Il allait faire part de ces réflexions à Monéta lorsqu'elle lui dit – ou plutôt, pensa :

Regarde bien !

Le temps s'était remis à couler, dans une explosion qui n'était pas sans rappeler l'irruption brutale de l'air dans un sas. L'oiseau reprit son cercle et son vol vers le haut. La brise du désert souffla de nouveau ses particules de poussière contre le champ de confinement à charge statique. Un commando extro qui avait un genou à terre se releva pour voir le gritche et les deux silhouettes humaines, cria quelque chose dans son équipement de communication tactique et leva le canon de son pistolet à énergie.

Le gritche ne parut pas se déplacer. Pour Kassad, il cessa simplement d'être à un endroit pour apparaître simultanément à un autre endroit. Le commando poussa un deuxième cri, plus bref, puis baissa les yeux, comme incrédule, tandis que la main du gritche se retirait de sa poitrine en tenant son cœur entre ses doigts de métal acéré. Il ouvrit la bouche pour parler, puis s'écroula.

Kassad pivota sur sa droite pour faire face à un autre Extro en combinaison de combat, qui levait lourdement une arme. Kassad avança la main, perçut le bourdonnement du champ de force aux reflets de chrome et vit le tranchant de sa main pénétrer la combinaison, le casque et la base du cou de l'Extro, dont la tête se détacha et roula dans le sable.

Il sauta à pieds joints dans une tranchée. Plusieurs soldats commencèrent à se retourner. Le temps était toujours désarticulé. L'ennemi se déplaçait un instant au grand ralenti, puis aux quatre cinquièmes de la normale l'instant d'après. Mais jamais aussi vite que Kassad. Envolés, ses scrupules à propos du Nouveau Bushido ! Il avait devant lui des barbares qui avaient essayé de le tuer ! Il brisa la nuque d'un fantassin, s'écarta, fit entrer ses doigts de chrome rigides dans le corps d'un deuxième, broya le larynx d'un troisième, esquiva sans difficulté une lame de poignard plongeant sur lui au ralenti et disloqua d'un coup de pied l'épine dorsale de celui qui l'attaquait. Puis il bondit hors de la tranchée.

Kassad !

Il baissa la tête pour éviter le rayon laser qui balayait l'air au niveau de son épaule dans un grésillement de lumière rubis. L'odeur d'ozone demeura.

Impossible ! se dit-il. *Je viens d'esquiver un rayon laser !*

Il ramassa un caillou et le lança sur l'Extro qui servait le clap monté sur l'un des blindés. Il y eut un bang sonique, puis l'artilleur explosa entièrement vers l'arrière. Kassad se baissa pour extraire une grenade au plasma de la cartouchière d'un cadavre, se rua vers l'écoutille du blindé et se trouvait déjà à trente mètres de distance lorsque l'explosion souleva un geyser de flammes aussi haut que le nez d'un vaisseau de descente.

Kassad s'arrêta au cœur de la tempête pour observer Monéta, entourée de son propre cercle de carnage. Elle était éclaboussée de sang, mais celui-ci n'adhérait pas à elle et coulait comme de l'huile à la surface de l'eau sur les courbes irisées de son menton, ses épaules, ses seins et son ventre. Elle le regarda, par-dessus le champ de bataille, et il sentit monter en lui un nouvel élan de désir de sang.

Derrière Monéta, le gritche se déplaçait lentement au milieu du chaos, choisissant ses victimes comme s'il cueillait des fruits. Il continuait de disparaître et d'apparaître, et Kassad comprit que, pour le Seigneur de la Douleur, Monéta et lui devaient donner l'impression de se déplacer aussi lentement que les Extros par rapport à eux.

Le temps fit un nouveau bond aux quatre cinquièmes. Les Extros survivants étaient pris de panique. Ils se tiraient les uns sur les autres, abandonnant leurs postes, se battant pour monter les premiers dans le vaisseau. Kassad essaya d'imaginer ce que les deux dernières minutes avaient dû représenter pour eux. Des fantômes flous pénétrant leurs défenses, faisant sauter leurs têtes ou leurs membres dans des gerbes de sang. Il voyait Monéta qui s'en donnait à cœur joie, tailladant et broyant l'ennemi. À sa grande surprise, il s'aperçut qu'il pouvait, dans une certaine mesure, agir sur le temps. Un battement de paupières, et ses adversaires ralentissaient à un tiers de son propre rythme. Un autre battement, et le flux du temps redevenait presque normal. Son sens de l'honneur et de l'équité lui dictait d'arrêter le massacre, mais sa soif de sang, d'une agressivité presque sexuelle, balayait tout scrupule.

Quelqu'un, à l'intérieur du vaisseau, avait bloqué le sas, et un commando terrorisé lança une charge creuse au plasma pour faire sauter la porte. La foule des Extros s'engouffra à l'intérieur, piétinant les blessés dans sa fuite éperdue devant des tueurs invisibles. Kassad entra avec les autres.

L'expression « se défendre comme une panthère acculée » dit bien ce qu'elle veut dire. Dans toute l'histoire des grandes batailles militaires, il y a toujours eu des combattants humains qui se sont défendus avec la dernière énergie dans des endroits où toute fuite leur était impossible. Que ce soit dans les couloirs de La Haye Sainte et de Hougoumont, à Waterloo, ou bien au plus profond des souterrains de Lusus, quelques-uns des plus féroces corps à corps de l'histoire se sont déroulés dans des espaces exigus interdisant toute retraite, et ce fut le cas ce jour-là. Les Extros se battirent comme des panthères acculées… et périrent jusqu'au dernier.

Le gritche avait démantelé le vaisseau. Monéta s'occupa de massacrer la soixantaine de commandos demeurés à leurs postes à l'extérieur, et Kassad extermina ceux qui étaient à l'intérieur.

Finalement, le deuxième vaisseau extro tira sur celui qui était condamné. Mais Kassad l'avait déjà quitté, et il contempla les couleurs irisées des rayons de particules et des faisceaux laser à haute énergie qui se traînaient vers lui, suivis, une éternité plus tard, de missiles qui avançaient si lentement qu'il aurait pu écrire son nom sur eux pendant leur vol. Tous les Extros du premier vaisseau étaient déjà morts. Le bâtiment était couché sur le flanc, mais son champ de confinement était toujours actif. La dispersion de l'énergie et les explosions provoquées par l'impact projetèrent des cadavres sur tout le périmètre, mirent le feu au matériel et vitrifièrent le sable. Mais Kassad et Monéta étaient à l'abri d'un dôme de flammes orange lorsque le deuxième vaisseau se retira dans l'espace.

Est-ce qu'on ne peut pas les arrêter ? haleta Kassad, qui transpirait à grosses gouttes et tremblait littéralement d'excitation.

Ce serait possible, répliqua Monéta, *mais nous préférons qu'ils s'enfuient pour transmettre le message à leur essaim.*

Le message ? Quel message ?

— Approche, Kassad.

Il se retourna au son de sa voix. Autour d'elle, le champ de force réfléchissant avait disparu. La peau de Monéta était luisante de sueur. Ses cheveux noirs collaient à ses tempes. Les pointes de ses seins avaient durci.

— Viens, dit-elle.

Kassad baissa les yeux pour examiner son propre corps. Le champ de force qui le protégeait avait disparu – il l'avait supprimé par sa simple volonté –, et il était sexuellement plus excité que jamais.

— Viens, répéta Monéta à voix basse.

Il s'avança jusqu'à elle et la souleva, sentant dans ses mains la douceur de ses fesses huilées de sueur. Il la porta sur une élévation de terrain couverte d'un tapis d'herbe, et la posa entre des piles de cadavres extros. Puis il lui ouvrit les cuisses d'un mouvement du genou, en tirant vers le haut ses deux poings serrés dans une seule main pour les clouer au sol dans le prolongement de son corps. Il abaissa ensuite son corps mince et glissant entre ses jambes.

— Oui, murmura-t-elle tandis qu'il lui embrassait le lobe de l'oreille gauche, posait les lèvres sur la pulsation qui faisait battre le creux de son cou, léchait la pellicule de sueur salée sur ses seins.

Tous ces morts gisant autour de nous. Et tant d'autres

à venir. Des milliers. Des millions. Tous ces ventres morts qui gargouillent de rire. Ces longues files de soldats sortant des grands vaisseaux portiers pour se jeter directement dans les flammes qui les attendent…

— Oui, fit le souffle chaud de Monéta à son oreille.

Libérant ses mains, elle les glissa le long des épaules trempées de Kassad, creusant de longs sillons avec ses ongles dans son dos puis agrippant ses fesses pour l'attirer plus près d'elle. Son érection racla la toison pubienne, pulsa contre l'arrondi de son ventre.

Portes distrans s'ouvrant pour laisser passer les fuseaux glacés des gros porteurs de combat. Chaleur des explosions au plasma. Vaisseaux dansant et mourant par centaines, par milliers, comme des grains de poussière dans la tempête. Rayons géants de lumière rubis solidifiée traversant d'immenses étendues, baignant leur objectif d'un spasme ultime de chaleur irradiante, corps en ébullition dans la lumière rougeoyante…

— Oui, fit Monéta en lui ouvrant sa bouche et son corps.

Il sentit sa chaleur en haut et en bas, sa langue explorant sa bouche tandis qu'il la pénétrait, accueilli par un doux étau de friction lubrifiée. Il s'enfonça de tout son corps, se retira légèrement, se laissa envahir par l'ivresse moite et brûlante et replongea tandis qu'elle synchronisait ses mouvements avec lui.

Explosions de soleils sur des centaines de mondes. Continents livrés aux flammes de spasmes aveuglants. Mers en ébullition. L'atmosphère elle-même prend feu. Les océans d'air superchaud se soulèvent comme la peau excitée au contact de la main d'un amant.

— Oui… Oui… Oui…

Le souffle brûlant des lèvres de Monéta effleure les siennes. Sa peau est d'huile et de soie. Il accélère maintenant son rythme, l'univers se contracte et les sensations éclatent. Ses sens se rétractent tandis qu'elle le serre dans son fourreau lustré et que ses hanches le cognent sauvagement en réponse à la terrible montée en puissance qui fait trembler, irrésistible, la base de son être. Il grimace, ferme les yeux, et voit…

… *des boules de feu qui entrent en expansion, des étoiles qui meurent, des soleils qui explosent en un brasier de pulsations géantes, des systèmes solaires qui meurent dans un déchaînement de destruction extatique…*

… il sent une douleur dans sa poitrine. Son mouvement de hanches continue, s'accélère, même quand il ouvre les yeux et voit…

… l'énorme épine d'acier qui surgit de la poitrine de Monéta et qui manque de l'empaler tandis qu'il se redresse par réflexe, en arrière. La lame d'acier a fait couler son sang, qui goutte sur la chair pâle de la fille, à présent réfléchissante comme un miroir, froide comme du métal mort. Les hanches de Kassad sont toujours en mouvement, bien qu'il perçoive, de son regard voilé par la passion, les changements qui rétractent et durcissent les lèvres de Monéta, révélant des rangées de lames d'acier à la place des dents. Des scalpels lacèrent ses fesses là où des doigts l'étreignaient, ses hanches sont prisonnières de puissants cercles d'acier là où des jambes se refermaient sur lui, et il voit ses yeux… dans les quelques secondes précédant l'orgasme, où il tente de se retirer… refermant ses mains sur la gorge d'acier… tandis qu'elle s'agrippe comme une sangsue, une lamproie prête à le vider… et qu'ils roulent contre les cadavres environnants… ses yeux rouges brillant comme des rubis… brûlant d'une chaleur folle, comme celle qui ravage ses testicules près d'éclater, de s'embraser comme un incendie, de verser leur flot jaillissant…

Il plaque violemment ses deux mains au sol, se soulève pour lui échapper, mû par une énergie insensée, mais impuissante à lutter contre la terrible gravité qui les cloue ensemble, qui les suce comme une bouche de lamproie et qui menace de le faire exploser… Il la regarde dans les yeux, et voit… la mort d'un monde… *la mort de tous les mondes !*

Il se redresse, de nouveau, en hurlant, et des lanières de chair se déchirent de lui tandis qu'il réussit enfin à s'arracher à elle. Des mâchoires se referment en claquant dans le vagin de fer, manquant son gland d'un millimètre moite. Il retombe sur le côté, roule sur lui-même, encore pompant des hanches, incapable de retenir son éjaculation. Le sperme jaillit en torrent, retombe sur le poignet serré d'un mort. Kassad gémit, roule encore sur lui-même, se rétracte dans la position du fœtus et jouit encore, et encore.

Il entend le sifflement et le frottement de son mouvement lorsqu'elle se lève derrière lui. Il roule sur le dos et plisse les paupières pour lutter contre le soleil aveuglant et sa propre douleur. Elle le surplombe, les jambes écartées, silhouette hérissée de piquants. Il essuie la sueur sur son front, voit son poignet couvert de sang et se prépare à recevoir le coup de grâce. Sa peau se contracte, attendant la lame qui va le déchirer. Haletant, il lève les yeux et ne voit plus que Monéta au-dessus de lui, ses cuisses de chair – et non d'acier – luisantes, sa toison mouillée du flot de leur étreinte passionnée. Son visage est sombre, elle a le soleil derrière elle, mais il aperçoit des restes de flammes rouges qui se meurent dans l'abîme à multiples facettes de son regard. Elle lui sourit, et il voit des éclats de soleil se refléter sur l'alignement de ses dents de métal. Elle murmure :

— Kassad…

Mais c'est le bruit du sable crépitant contre des ossements qu'il entend.

Il arrache son regard au sien, se remet péniblement debout et enjambe les morts et les décombres encore fumants dans sa terreur panique qui le pousse à fuir ces lieux de toute la vitesse de ses jambes. Il ne se retourne pas une seule fois.

Un peu moins de deux jours plus tard, une patrouille des Forces Territoriales d'Hypérion retrouva le colonel Fedmahn Kassad gisant, inconscient, sur une petite élévation de terrain couverte d'un tapis d'herbe, à peu de distance de la forteresse abandonnée de Chronos, et à une vingtaine de kilomètres de la cité morte et de l'épave du compartiment d'éjection extro. Kassad était entièrement nu, et presque mort des suites de ses blessures graves et de son séjour exposé aux éléments. Il réagit cependant de manière satisfaisante aux premiers soins sur le terrain, et fut immédiatement évacué par la voie des airs vers la Chaîne Bridée puis sur un hôpital de Keats. Les patrouilles de reconnaissance des FT firent prudemment route vers le nord, en prenant soin d'éviter le plus possible les marées anentropiques aux abords des Tombeaux du Temps, attentives aux engins piégés que les Extros auraient pu laisser derrière eux. Mais elles ne trouvèrent rien de tel. Tout ce qu'elles découvrirent, ce fut l'épave de l'appareil qui avait permis à Kassad d'échapper aux Extros ainsi que les carcasses brûlées des deux vaisseaux de descente qui l'avaient poursuivi. Aucun indice n'expliquait pourquoi ils avaient scorifié leurs propres vaisseaux et les cadavres disséminés à l'intérieur et autour des épaves, brûlant le tout en une masse impossible à analyser ou à autopsier.

Kassad avait repris conscience trois jours locaux plus tard, en jurant qu'il ne se rappelait absolument rien à compter du moment où il s'était emparé du calmar. Un vaisseau-torche de la Force l'avait pris à son bord quinze jours après pour lui faire regagner le Retz.

Il démissionna alors de l'armée, et participa quelque temps aux activités de plusieurs mouvements antimilitaristes. On le vit deux ou trois fois sur les écrans de la Pangermie, à l'occasion de débats où il défendait le désarmement. Mais l'attaque de Bressia avait orienté l'opinion de l'Hégémonie vers la guerre interstellaire totale, mieux que n'auraient su le faire trois siècles de discours, et la voix de Kassad fut noyée ou bien mise sur le compte de scrupules de conscience affectant tardivement le Boucher de Bressia.

Durant les seize années qui suivirent Bressia, Kassad disparut totalement de la conscience du Retz. Il n'y eut plus de grande bataille, les Extros demeurant cependant les croque-mitaines de l'Hégémonie tandis que s'estompait le souvenir des prouesses de Kassad.

La matinée était presque achevée lorsque Fedmahn Kassad acheva son histoire. Le consul battit des paupières et regarda autour de lui, de nouveau conscient du vaisseau et de tout ce qui l'entourait pour la première fois depuis deux bonnes heures. Le *Bénarès* avait maintenant rejoint le cours principal du fleuve Hoolie. Le consul entendait les craquements des chaînes et des câbles tirés par les mantas dans leurs harnais. Le *Bénarès* était apparemment le seul navire qui remontait le fleuve, mais il y en avait plusieurs dans l'autre sens. Le consul se frotta le front. Il fut surpris de retirer sa main couverte de sueur. La journée était chaude, et l'ombre de la bâche s'était déplacée sans qu'il s'en aperçût. Il cilla, se frotta les yeux et gagna un coin d'ombre pour se verser à boire en choisissant l'une des bouteilles que les androïdes avaient posées sur un petit meuble à proximité de la table.

— Mon Dieu ! fit alors le père Hoyt. D'après cette Monéta, les Tombeaux du Temps se déplaceraient donc en arrière dans le temps ?

— C'est exact, répliqua Kassad.

— Est-ce vraiment possible ?

— Tout à fait, lui répondit Sol Weintraub.

— Si ce que vous dites est vrai, intervint Brawne Lamia, vous auriez rencontré cette Monéta dans son passé, mais dans votre propre avenir, en un moment qui n'est pas encore arrivé pour nous.

— C'est cela, fit Kassad.

Martin Silenus alla se pencher sur le bastingage et cracha dans le fleuve.

— Colonel, est-ce que vous croyez que cette salope était en réalité le gritche ?

— Je l'ignore, fit Kassad dans un murmure à peine audible.

Silenus se tourna vers Sol Weintraub.

— Vous êtes un érudit. Y a-t-il quoi que ce soit dans la mythographie du gritche qui indique que ce monstre soit capable de changer de forme ?

— Non, répondit Weintraub.

Il était en train de préparer un biberon sphérique pour sa fille, qui babillait en pliant et dépliant les doigts de ses petites mains.

— Colonel, demanda Het Masteen, ce champ de force individuel, ou cet habit de combat... avez-vous pu le ramener avec vous après votre rencontre avec les Extros et cette... créature femelle ?

Kassad regarda le Templier quelques secondes avant de secouer négativement la tête.

Le consul contemplait le fond de son verre, mais il redressa brusquement la tête, comme frappé par une forte pensée.

— Vous dites que vous avez eu la vision de l'arbre aux supplices du gritche... de cette structure, cette *chose* qui lui sert à empaler ses victimes.

Kassad détacha du Templier son regard de basilic pour le reporter sur le consul. Il hocha lentement la tête.

— Et il y avait des cadavres accrochés aux branches ?

Nouveau hochement de tête.

Le consul se frotta le haut de la lèvre supérieure où perlait la transpiration.

— Si l'arbre se déplace à rebours dans le temps comme les Tombeaux, dit-il, cela signifie que les victimes viennent de notre futur.

Kassad ne répondit pas. Les autres regardaient maintenant le consul, mais seul Weintraub semblait comprendre le sens de sa remarque et sa finalité.

Résistant à l'envie de se frotter de nouveau le haut de la lèvre, le consul reprit d'une voix tranquille :

— Avez-vous reconnu dans l'arbre certains d'entre nous ?

Kassad demeura silencieux durant une bonne minute. Puis les bruits du fleuve et des superstructures du navire parurent s'amplifier tandis qu'il répondait, après avoir pris une longue inspiration :

— Oui.

Le silence, de nouveau, s'étira. Ce fut Brawne Lamia qui le rompit.

— Vous ne voulez pas nous dire qui ?

— Non.

Il se leva de son siège et se dirigea vers l'escalier qui menait aux ponts inférieurs.

— Attendez ! lui cria le père Hoyt.

Kassad s'immobilisa en haut de l'escalier.

— Il y a deux autres choses que j'aimerais que vous nous disiez.

— Lesquelles ?

Le père Hoyt grimaça sous l'effet d'une vague de douleur. Son visage décharné pâlit sous la pellicule de transpiration qui le recouvrait. Il prit une profonde inspiration, puis murmura :

— Premièrement, est-ce que vous avez l'impression que le gritche… cette femme… ou qui que ce soit… voudrait se servir de vous pour déclencher cette terrible guerre interstellaire dont vous avez eu la vision ?

— Oui, murmura doucement Kassad.

— Deuxièmement, pourriez-vous nous dire quel vœu vous avez l'intention de présenter au gritche… ou à cette Monéta… quand vous serez en leur présence à l'occasion du pèlerinage ?

Pour la première fois, Kassad sourit. Ce fut un sourire pâle et froid, d'une froideur extrême.

— Je n'aurai aucun vœu à leur soumettre, dit-il. Lorsque je les reverrai, je les tuerai.

Les pèlerins demeurèrent silencieux lorsque Kassad descendit dans les profondeurs du navire. Ils n'échangèrent même pas un regard tandis que le *Bénarès* continuait sa route nord-nord-est dans la chaleur étouffante de l'après-midi.

3

La barge *Bénarès* entra dans le port fluvial de Naïade une heure avant le coucher du soleil. L'équipage et les pèlerins se pressèrent contre le bastingage pour regarder les cendres encore fumantes de ce qui avait été naguère une ville de vingt mille âmes. Il en restait peu de chose. La célèbre *Hostellerie du Fleuve*, construite à l'époque de Billy le Triste, avait brûlé jusqu'aux fondations. Son débarcadère et ses pontons carbonisés, ainsi qu'une partie de ses terrasses ombragées, étaient à demi affaissés dans le lit peu profond du fleuve. Le bâtiment des douanes n'était plus qu'une carcasse incendiée. Le terminal des dirigeables, à l'extrémité nord-est de la ville, subsistait uniquement sous la forme d'une tour d'amarrage noire comme du charbon. Il n'y avait plus le moindre vestige du petit temple gritchtèque du bord de l'eau. Plus grave encore, du point de vue des pèlerins, était la destruction de la Gare Fluviale de Naïade. Le débarcadère était entièrement dévasté, et les enclos des mantas s'ouvraient sur le fleuve.

— Bordel de Dieu ! s'exclama Martin Silenus.

— Qui a pu faire ça ? demanda le père Hoyt. Le gritche, vous croyez ?

— Les FT, plus vraisemblablement, lui dit le consul. Peut-être en se battant contre le gritche, au demeurant.

— Je n'arrive pas à y croire, fit Brawne Lamia.

Elle se tourna vers A. Bettik, qui venait de les rejoindre sur le pont arrière.

— Vous n'étiez pas au courant ?

— Non, répondit l'androïde. Nous n'avons plus aucun

contact, depuis huit jours, avec toute la zone située au nord des écluses.

— Comment ça ? s'étonna Lamia. Même s'il n'y a pas d'infosphère sur ce foutu monde, vous devez bien avoir des radios ?

A. Bettik eut un léger sourire.

— Nous avons bien la radio, H. Lamia, mais les satcoms ont été détruits, ainsi que les relais hyperfréquences des écluses de Karla. Quant aux ondes courtes, nous n'y avons pas accès.

— Et les mantas ? demanda Kassad. Croyez-vous que nous puissions arriver jusqu'à la Bordure avec celles que nous avons ?

Bettik fronça les sourcils.

— Il le faudra bien, colonel. Mais c'est un crime. Les deux mantas déjà harnachées ne s'en remettront pas. Avec de nouvelles bêtes, nous aurions pu atteindre la Bordure avant l'aube. Avec ces deux-là, ajouta l'androïde en haussant les épaules, peut-être dans l'après-midi, si elles tiennent le coup jusque-là.

— Le chariot à vent nous attendra ? demanda Het Masteen.

— Il faut l'espérer, répondit A. Bettik. À présent, si vous voulez bien m'excuser, je vais voir ce que je peux faire pour nourrir ces pauvres bêtes. Il faudrait que nous puissions repartir dans l'heure qui vient.

Ils ne virent absolument personne dans les ruines de Naïade ou aux alentours. Aucun bateau n'arriva de l'amont. Après avoir navigué une heure en direction du nord-est, ils pénétrèrent dans une région où les forêts et les plantations du cours inférieur du Hoolie cédaient la place aux prairies orange et vallonnées du sud de la mer des Hautes Herbes. De temps à autre, le consul apercevait la tour de terre d'une colonie de fourmis architectes. Ces structures dentelées, au bord du fleuve, atteignaient parfois près de dix mètres de haut. Nulle part ils ne virent trace d'une habitation humaine intacte. Le ferry du gué de Betty avait totalement disparu. Il ne restait même pas un bout de câble ou un abri pour marquer l'endroit où il avait fonctionné durant près de deux siècles. *L'Auberge des Randonneurs*, au cap de la Grotte, était sombre et silencieuse. A. Bettik et les autres membres de l'équipage appelèrent à plusieurs reprises, mais aucune réponse ne sortit de l'entrée noire de la caverne.

Le coucher de soleil fit descendre sur le fleuve une quiétude sensuelle que brisa bientôt un chœur d'insectes et de cris d'oiseaux de nuit. Durant quelque temps, la surface du fleuve Hoolie servit de miroir au disque gris-vert du ciel crépusculaire, uniquement troublée par les bonds des poissons happant les insectes du soir et par le sillage des mantas qui peinaient pour remorquer la barge. Tandis que l'obscurité s'établissait enfin, d'innombrables diaphanes de la prairie, beaucoup plus ternes que leurs cousines de la forêt, mais aux ailes plus larges, formant des taches d'ombres luminescentes de la taille d'un jeune enfant, prenaient leur vol au fond des vallées, entre les ondulations des collines. Lorsque les constellations s'allumèrent et que les météores commencèrent à sillonner le ciel nocturne, spectacle merveilleux qu'aucune lumière d'origine humaine ne venait troubler, les lanternes du bateau s'allumèrent et le dîner fut servi sur le pont arrière.

Les pèlerins du gritche étaient silencieux, comme s'ils retournaient encore dans leur tête le sombre et déroutant récit de Kassad. Le consul n'arrêtait pas de boire depuis la fin de la matinée, et il ressentait maintenant l'agréable sensation de déphasement – par rapport à la réalité, et aussi à la douleur du souvenir – qui lui permettait d'affronter chaque soirée et chaque longue nuit. Il demanda, de la voix ferme et posée qui est la marque du véritable alcoolique, à qui il incombait d'entreprendre le récit suivant.

— C'est mon tour, fit Martin Silenus.

Le poète, lui aussi, avait bien bu depuis le début de la matinée. Sa voix n'était pas moins assurée que celle du consul, mais la rougeur de ses pommettes osseuses et la lueur un peu hallucinée de son regard le trahissaient.

— Disons que c'est moi qui ai tiré le numéro 3, fit-il

en brandissant son bout de papier. Si vous tenez toujours à entendre ma putain d'histoire...

Brawne Lamia souleva son verre de vin à hauteur de ses lèvres, fronça les sourcils et le reposa devant elle.

— Ne vaudrait-il pas mieux discuter d'abord de ce que les deux premiers récits nous ont appris, afin de voir comment notre... situation présente pourrait en être affectée ? demanda-t-elle.

— Pas encore, intervint Kassad. Les informations dont nous disposons ne sont pas suffisantes.

— Laissons parler H. Silenus, déclara Sol Weintraub. Nous discuterons ensuite de ce que nous aurons entendu.

— Je suis d'accord, approuva Lénar Hoyt.

Het Masteen et le consul hochèrent la tête.

— Très bien, fit Martin Silenus. Je vais vous raconter mon histoire. Laissez-moi seulement finir ce putain de vin.

Le récit du poète :

« Les Chants d'Hypérion »

Au commencement était le Verbe. Puis arriva le traitement de texte, et leur foutu processeur de pensée. La mort de la littérature s'ensuivit. Ainsi va la vie.

Francis Bacon a déclaré un jour : « De la mauvaise et inadéquate formation des mots découle une délicieuse obstruction de l'esprit. » Nous avons tous eu nos moments de délicieuse obstruction, n'est-ce pas ? Et moi un peu plus que les autres. L'un des plus grands écrivains du XXe siècle, aujourd'hui oublié – l'écrivain, pas le siècle –, a eu un jour ce bon mot : « J'adore le métier d'écrire. C'est l'encre et le papier que je ne peux pas voir. » Vous saisissez ? Eh bien, amigos et amiguette, j'adore le métier de poète. Ce sont ces putains de mots que je ne peux pas supporter.

Par où commencer ?

Par Hypérion, peut-être ?

(Fondu)

Près de deux siècles standard plus tôt.

Les cinq vaisseaux d'ensemencement du roi Billy le Triste spiralent comme des pissenlits dorés sur le fond lapis d'un ciel qui ne nous est que trop familier. Nous nous posons comme des conquistadors à la parade. Plus de deux mille créateurs des arts visuels, écrivains, sculpteurs, poètes, ARNistes, vidéo et holoréalisateurs, compositeurs et décompositeurs – j'en passe, et des meilleurs –, entourés de cinq fois leur nombre d'administrateurs, techniciens, écologistes, superviseurs, chambellans et autres lèche-cul professionnels, sans mentionner la famille des culs royaux en chair et en os, entourée à son tour de dix fois son nombre d'androïdes prêts à retourner la terre, à pelleter le charbon dans les réacteurs, à édifier des cités, à coltiner un fardeau ou un autre… Vous voyez le tableau, quoi.

Nous avions posé le pied sur un monde déjà ensemencé par de pauvres bougres qui avaient régressé à l'état primitif deux siècles plus tôt, et qui survivaient au jour le jour, selon la loi du gourdin, comme ils pouvaient. Naturellement, les nobles descendants de ces vaillants pionniers nous prirent pour des dieux, surtout après que quelques représentants de nos forces de sécurité eurent scorifié deux ou trois des plus agressifs d'entre eux. Tout aussi naturellement, nous acceptâmes leur vénération comme un dû, et nous les fîmes travailler pour nous aux côtés de nos peaux-bleues, labourant le quarantième Sud et édifiant notre rutilante cité sur la colline.

Pour une rutilante cité, on peut dire que c'en était une. Les ruines que vous voyez aujourd'hui ne peuvent pas vous donner une idée de ce qu'était cette cité. Le désert, en trois siècles, s'est avancé, et les aqueducs venus de la montagne se sont écroulés. Il ne reste plus qu'un squelette. Mais à son heure de gloire, la Cité des Poètes était resplendissante : l'Athènes de Socrate avec le piment intellectuel de la Venise de la Renaissance, plus la ferveur artistique du Paris des impressionnistes, la vraie démocratie de la première décennie d'Orbit City, et l'avenir sans fin de Tau Ceti Central.

Vers la fin, bien sûr, il ne restait plus rien de toute cette splendeur. Il n'y avait plus que le claustrophobique hall à hydromel de Hrothgar, avec le monstre qui attendait dans les ténèbres de l'extérieur. Nous avions notre Grendel, pour sûr. Nous avions même notre Hrothgar, si l'on veut bien serrer un peu les paupières en regardant le profil pathétique et quelque peu voûté du roi Billy le Triste. Il ne nous manquait que les Geats, notre grand Beowulf aux larges épaules et à la petite cervelle, avec sa bande de joyeux psychopathes. C'est pourquoi, faute d'avoir un héros, nous nous sommes cantonnés dans les rôles de victimes, composant nos propres sonnets, répétant nos ballets et déroulant nos parchemins pendant que notre Grendel aux épines d'acier emplissait la nuit de terreur et moissonnait les fémurs et les cartilages.

C'est vers cette époque que, sous l'apparence d'un satyre dont la chair était le miroir de l'âme, je me trouvai plus près de finir mes *Cantos*, l'œuvre de toute ma vie, que je ne me suis jamais trouvé au cours de ces cinq siècles de poursuite opiniâtre.

(Fondu au noir)

Il me vient à l'esprit que l'histoire de Grendel est quelque peu prématurée. Les personnages ne sont pas encore en scène. Les scénarios dislinéaires et la prose non contiguë ont leurs défenseurs, dont je ne suis pas le moindre, mais au bout du compte, mes amis, c'est le personnage qui gagne ou perd l'immortalité sur le vélin. N'avez-vous jamais eu le secret sentiment que, quelque part, en cet instant même, Huckleberry Finn et son ami Jim font avancer leur radeau sur une rivière lointaine, et qu'ils sont beaucoup plus réels que le chausseur oublié qui nous a vendu une paire de souliers pas plus tard qu'hier ? N'importe comment, s'il faut que cette putain d'histoire soit racontée, il faut aussi que vous sachiez qui est dedans. Par conséquent – et croyez qu'il m'en coûte –, je suis obligé de commencer par le commencement.

Au commencement était le Verbe. Et le Verbe était programmé en langage binaire. Et le Verbe dit : « Que la vie soit ! » C'est ainsi que, quelque part au plus profond des voûtes du TechnoCentre du domaine de ma mère, le sperme congelé de mon papa depuis longtemps décédé fut décongelé, mis en suspension, secoué comme les milkshakes à la vanille d'antan, fourré dans un engin qui ressemblait pour moitié à un pistolet à eau et pour moitié à un godemiché, puis éjaculé – en appuyant sur une poire magique – dans ma maman, à l'époque où la lune était pleine et l'ovule à point.

Il n'était pas vraiment indispensable que ma maman se fasse imprégner de cette manière barbare, naturellement. Elle aurait pu opter pour une fécondation *ex utero*, pour un amant auquel on aurait greffé l'ADN de papa, pour un clone de substitution, pour une naissance virginale à base de greffe génétique ou tout ce que vous voudrez... Cependant, comme elle me l'a confié bien plus tard, elle a préféré ouvrir les jambes à la tradition. J'ai idée qu'elle y a pris son pied.

Quoi qu'il en soit, je naquis ainsi.

Oui, je suis bien né sur la Terre, l'Ancienne Terre, et allez vous faire empaler, Lamia, si vous ne me croyez pas. Nous vivions dans le domaine de ma mère, sur une île qui n'était pas très éloignée de la Grande Réserve d'Amérique du Nord

(Notes pour la description de la maison natale sur l'Ancienne Terre :)

Crépuscules fragiles passant du violet au fuchsia puis au pourpre au-dessus des silhouettes de papier crépon des arbres qui prolongent la perspective de la pelouse au sud-ouest. Le ciel, que ne trouble aucun nuage ni aucune traînée de condensation, a la transparence délicate de la porcelaine de Chine. Silence présymphonique de la première lumière de l'aube, suivi du coup de cymbale du lever de soleil dont l'orange et le roux s'illuminent d'or. Puis c'est la longue et froide descente vers le vert : ombres des frondaisons de cyprès et de saules pleureurs, feutre vert des clairières.

Le domaine de ma mère – notre domaine – occupe cinq cents hectares centrés au milieu d'un million d'autres. Ses pelouses ont la taille de petites prairies dont l'herbe est si parfaite qu'elle invite à s'y coucher pour une douce sieste.

Les essences nobles servent de cadran solaire à la Terre. Leur ombre tourne sans relâche, se contractant à midi, se profilant à l'est lorsque le jour vient à mourir. Chêne royal. Orme géant. Peuplier du Canada. Cyprès. Séquoia. Bonzaïs. Banians abaissant leurs nouveaux troncs comme les colonnes lisses d'un temple auquel le ciel sert de toit. Saules, alignés le long de canaux soigneusement quadrillés ou de cours d'eau capricieux, dont les longues branches semblent lancer au vent d'antiques chants funèbres.

La maison se dresse au sommet d'une basse colline où, l'hiver, les courbes brunes du sol ressemblent aux flancs lisses de quelque animal femelle aux muscles puissants faits pour la course. La construction accuse le poids des siècles accumulés. Une tour de jade, sur la cour de l'est, capte le premier rayon de l'aube. Une série de pignons, au sommet de l'aile sud, projette des triangles d'ombre sur la serre de cristal, à l'heure du thé, tandis que les terrasses et le dédale des escaliers extérieurs, le long des galeries à colonnades de la façade à l'est, jouent leurs jeux d'Escher avec les ombres de l'après-midi.

C'était après la Grande Erreur, mais avant que tout ne devienne inhabitable. Nous occupions principalement le domaine durant ce que nous appelions, assez curieusement, les « périodes de rémission », qui étaient des oasis de dix à dix-huit mois de tranquillité relative entre deux spasmes planétaires tandis que ce putain de mini-trou noir du Groupe de Kiev digérait des morceaux de choix du cœur de la Terre en attendant le prochain festin. Pendant les périodes « chaudes », nous allions en villégiature chez l'oncle Kowa, dans la banlieue de la Lune, sur un astéroïde terraformé amené là avant la migration extro.

Vous êtes peut-être en train de vous dire que je suis né avec une putain de petite cuiller d'argent entre les miches. Je ne chercherai pas à me disculper. Après trois mille ans de bricolage raté autour de la notion de démocratie, les familles survivantes de l'Ancienne Terre en étaient arrivées à la conclusion que la seule manière de mettre un terme à la prolifération de toute cette racaille, c'était de l'empêcher de se reproduire ou, plutôt, de financer la création de flottes d'ensemencement ou d'exploration par vaisseaux à effet de spin, d'encourager l'émigration distrans – tous les thèmes hégiriens apportés par le vent de panique qui soufflait sur la planète. Qu'ils se reproduisent tant qu'ils veulent, pourvu qu'ils laissent la Terre tranquille. Et le fait que la planète mère était une vieille pute malade qui puait de la bouche n'était pas de nature à arrêter ladite racaille dans son élan. Elle n'était pas si bête.

Comme Bouddha, j'avais presque atteint l'âge adulte lorsque je connus les premières atteintes de la pauvreté. J'étais âgé de seize années standard, en pleine *Wanderjahr*, et je parcourais l'Inde sac au dos lorsque je rencontrai un mendiant. Les Vieilles Familles de L'Inde les gardaient en circulation pour des motifs religieux, mais tout ce que je savais, à l'époque, c'était que j'avais devant moi un homme en haillons, dont on voyait les côtes, qui tendait une corbeille d'osier au milieu de laquelle il y avait un ancien lecteur de crédit, et qui suppliait les passants d'y insérer leur plaque universelle. Mes amis jugèrent ce spectacle hystérique. Je me mis à vomir. Cela se passait à Bénarès.

Mon enfance fut privilégiée, mais pas outrancièrement. Je conserve un plaisant souvenir de la « grande dame » Sybil (c'était ma grand-tante du côté de ma mère) et de ses fastueuses réceptions. Je me rappelle une certaine virée de trois jours dans l'archipel de Manhattan, où les invités furent amenés d'Orbit City et des arcologies européennes par vaisseau de descente. Je me rappelle l'Empire State Building se dressant sur l'eau avec ses innombrables lumières reflétées dans les lagunes et les canaux bordés de fougères tandis que les VEM déversaient leurs passagers sur la plate-forme panoramique d'où l'on apercevait les foyers allumés, tout en bas, sur les îles surpeuplées des gratte-ciel environnants.

La Grande Réserve d'Amérique du Nord était pour nous, en ce temps-là, un vaste terrain de jeux. On dit qu'il restait encore huit mille habitants sur ce mystérieux continent, mais une moitié était composée de vagabonds tandis que l'autre comprenait des ARNistes renégats qui exerçaient leur art en ressuscitant des espèces végétales et animales depuis longtemps disparues de leur habitat nord-américain antédiluvien, des ingénieurs écologistes, des primitifs patentés tels les Sioux Ogalalla ou la confrérie des Hell's Angels, sans compter, bien sûr, les touristes occasionnels. J'avais un cousin qui prétendait parcourir la réserve sac au dos, d'une zone panoramique à l'autre, mais ses déplacements se limitaient en réalité au Middle West, où ces zones étaient relativement plus proches les unes des autres et où les hordes de dinosaures étaient beaucoup moins nombreuses.

Durant le premier siècle qui suivit la Grande Erreur, Gaïa, grièvement blessée, fut néanmoins lente à mourir. L'effet de dévastation était plus prononcé durant les périodes chaudes, qui revenaient régulièrement en spasmes précisément programmés, suivis de rémissions de plus en plus courtes et de conséquences de plus en plus terribles. Cependant, chaque fois, la planète tenait bon et se réparait du mieux qu'elle pouvait.

Comme je l'ai dit, la Grande Réserve était notre terrain de jeux, mais la Terre agonisante l'était aussi, au sens propre. Ma mère m'avait offert mon premier VEM lorsque j'avais sept ans, et aucun endroit du globe ne se trouvait à plus d'une heure de vol de chez nous. Mon meilleur copain, Amalfi Schwartz, habitait dans le Grand Ensemble du Mont Erebus, sur le territoire de l'ancienne République de l'Antarctique. Nous nous retrouvions tous les jours. Le fait que les transports distrans fussent prohibés par les lois de l'Ancienne Terre ne nous gênait pas le moins du monde. Étendus côte à côte, la nuit, sur le versant de quelque colline, contemplant dans le ciel les dix mille Lumières en Orbite, les vingt mille feux de la Ceinture et les deux ou trois mille étoiles visibles, nous ne ressentions aucune jalousie, aucun désir de rejoindre l'hégire qui, en ce moment même, tissait la toile distrans du Retz. Nous étions tout simplement heureux.

Les souvenirs que je conserve de ma mère sont étrangement stylisés, comme si elle n'était qu'un personnage issu de mon cycle de romans de *La Terre qui meurt*.

Ce qui n'est pas totalement à exclure. Peut-être ai-je été élevé par des robots dans les cités automatisées d'Europe, nourri au sein par des androïdes du désert de l'Amazonie. Peut-être ai-je simplement germé dans une cuve, comme la levure de bière. Ce qui reste de ma mère dans mon souvenir, c'est une longue robe blanche qui glisse sans bruit, comme un fantôme, dans l'ombre des grandes salles du domaine, ou bien les veines bleues, d'une délicatesse infinie, sur le dos de ses mains aux doigts effilés, tandis qu'elle sert le thé dans la lumière damasquinée de poussière d'or de notre serre, ou bien encore la lueur d'une bougie, capturée comme une mouche d'or dans la toile luisante de sa chevelure, relevée en chignon dans le style des grandes dames du temps jadis. Il m'arrive de rêver que j'entends sa voix dans toute sa *centralité* berçante et fœtale, mais lorsque je me réveille il n'y a plus que le vent qui agite les rideaux de dentelle ou bien les bruits d'un océan inhumain qui fait crisser les galets.

Dès que j'ai été en âge de penser par moi-même, j'ai su que je serais – qu'il fallait que je sois – poète. Ce n'était pas comme si j'avais eu vraiment le choix. C'était plutôt comme si toute cette beauté agonisante qui m'entourait rendait en moi son dernier soupir et m'ordonnait, me condamnait à passer le restant de mes jours à jouer avec les mots, en expiation, peut-être, du massacre irréfléchi de son propre monde-berceau par notre race. Poète je devins donc, pour le meilleur et pour le pire.

J'avais un précepteur du nom de Balthazar, humain mais décrépit, rescapé des antiques ruelles odoriférantes d'Alexandrie, d'une pâleur presque bleue à force d'avoir subi tous ces traitements Poulsen. On aurait dit une momie irradiée incluse dans du plastique liquide. Et avec ça, aussi lubrique que le bouc proverbial. Des siècles plus tard, dans ma période de satyre, je pense que j'ai fini par comprendre les pulsions priapiques de ce pauvre don Balthazar. Mais, à cette époque, c'était plutôt embarrassant pour les petites filles qui faisaient partie du personnel du domaine. Humaines ou androïdes, Balthazar ne faisait pas le détail, elles y passaient toutes.

Heureusement pour moi et pour mon éducation, le goût prononcé de don Balthazar pour les tendrons n'avait aucune composante homosexuelle. Ses frasques ne se traduisaient pour moi que par des absences à nos séances de répétition ou par une propension excessive à me faire apprendre par cœur des vers d'Ovide, de Senesh ou de Wu.

Ce fut, au demeurant, un excellent précepteur. J'étudiai avec lui les classiques de la dernière période et les Anciens, il me montra les ruines d'Athènes, de Rome, de Londres et d'Hannibal, dans le Missouri. Je n'avais jamais d'interrogations de contrôle ni d'examens. Il voulait que je retienne tout par cœur dès le premier contact, et je ne l'ai jamais déçu sur ce point. Il parvint à convaincre ma mère que les traquenards de l'« éducation progressive » n'étaient pas pour une famille de l'Ancienne Terre, de sorte que je ne connus jamais les raccourcis mentaux acrobatiques de la thérapie ARN, de l'immersion totale dans l'infosphère, du flashback systémique, des groupes transcendantaux, de la « pensée élevée » aux dépens des faits, ou encore de la programmation préscolaire. La conséquence de toutes ces lacunes fut que, dès l'âge de six ans, j'étais capable de réciter par cœur toute la traduction donnée par Fitzgerald de *L'Odyssée*, que je composai une sextine avant de savoir m'habiller tout seul, et que je pensais en vers de fugue spiralés avant même ma première interface avec une IA.

Mon éducation scientifique, par contre, manqua quelque peu de rigueur. Don Balthazar n'éprouvait qu'un intérêt limité pour ce qu'il nommait le « côté mécanique de l'univers ». J'atteignis vingt-deux ans avant de m'apercevoir que les ordinateurs, les UMT et les systèmes de vie de l'astéroïde de mon oncle Kowa étaient des machines, et non des manifestations bienveillantes des *animas* qui nous entouraient. Je croyais dur comme fer aux lutins, aux fées, à la numérologie, à l'astrologie et à la magie de la nuit de la Saint-Jean, au fond des forêts primitives de la GRAN. Comme Keats et Lamb dans le studio de Haydon, don Balthazar et moi portions des toasts à la « confusion des mathématiques » et pleurions la destruction de la poésie de l'arc-en-ciel par le prisme indiscret de H. Newton. Plus tard dans la vie, cette défiance, je peux même dire cette haine, inculquée en moi de manière précoce, de tout ce qui est scientifique ou clinique, devait beaucoup me servir. Il n'est guère difficile, ai-je appris, de vivre en païen pré-copernicien dans l'Hégémonie postscientifique.

Mes premiers poèmes étaient exécrables. Comme c'est le cas pour la plupart des mauvais poètes, je n'avais pas conscience de ce fait, ancré que j'étais dans mon arrogance et dans la croyance stupide que l'acte de création en soi confère de la valeur aux avortons sans valeur que l'on engendre en son nom. Ma mère faisait preuve d'une exquise tolérance tandis que je semais dans toute la maison d'infâmes mirlitons fumeux. Elle avait toujours été indulgente envers son unique enfant, même lorsque celui-ci était aussi incontinent qu'un lama insouciant et non apprivoisé. Don Balthazar, lui, ne faisait aucun commentaire sur mes œuvres, principalement, je suppose, parce que j'évitais de les lui montrer. Il estimait, de toute manière, que le vénérable Daton était un escroc, que Salmud Brevy et Robert Frost auraient dû se pendre avec leurs propres boyaux, que Wordsworth était un crétin, et que tout ce qui était au-dessous des *Sonnets* de Shakespeare représentait une profanation du langage. Je ne voyais aucune raison d'ennuyer don Balthazar avec mes vers, même si je me savais un génie en herbe.

Je publiai plusieurs de ces crottes littéraires dans les divers périodiques sur papier alors en vogue dans les principales arcologies des Grandes Maisons d'Europe, les responsables amateurs de ces publications étant aussi désireux d'obliger ma mère qu'elle l'était de me faire plaisir. De temps à autre, je priais Amalfi ou l'un de mes autres compagnons de jeux (moins aristocrates que moi, et donc branchés sur l'infosphère ou sur les modulateurs distrans) de transmettre quelques-unes de mes œuvres dans la Ceinture ou sur Mars, d'où elles prendraient peut-être le chemin distrans des lointaines colonies alors en plein essor, mais ils ne donnaient jamais suite à mes demandes, et j'en concluais qu'ils étaient trop absorbés par leurs occupations.

La croyance en une identité de poète ou d'écrivain avant l'épreuve du feu de la publication est aussi naïve et dérisoire que la croyance d'un enfant en sa propre immortalité. Et les désillusions qui s'ensuivent sont tout aussi douloureuses.

Ma mère rendit son dernier soupir en même temps que l'Ancienne Terre. La moitié environ des Anciennes Familles étaient encore là au moment du dernier cataclysme. J'avais alors vingt ans, et j'avais conçu le projet romantique de m'éteindre avec ma planète natale. Mais ma mère en décida autrement. Ce n'était pas tant ma disparition prématurée qui la préoccupait – tout comme moi, elle avait une tournure d'esprit beaucoup trop égocentrique pour penser à quelqu'un d'autre en un moment pareil – ni même le fait que l'extinction de l'ADN que je portais en moi signifierait la fin d'une longue lignée d'aristocrates remontant jusqu'au *Mayflower*. Non ; ce qui la tracassait, c'était que la famille allait mourir avec des *dettes*. Nos cent dernières années d'extravagances, semble-t-il, avaient été financées au moyen de prêts massifs accordés par la Banque de la Ceinture et quelques autres discrets établissements extraterrestres. Maintenant que les continents de la Terre se craquelaient, que les grandes forêts étaient en flammes, que les océans brûlants se soulevaient en une soupe stérile, que l'air lui-même se transformait peu à peu en un magma trop chaud et trop épais pour être respiré, mais pas encore assez consistant pour être labouré, les banques demandaient à être remboursées, et j'étais solidaire.

Ou, plutôt, c'était le calcul de ma mère qui l'était pour moi. Elle liquida tous nos avoirs quelques semaines avant qu'ils ne fussent liquéfiés au sens physique du terme. Puis elle déposa deux cent cinquante mille marks sur un compte à long terme à la Banque de la Ceinture, avant le transfert précipité de son agence, et m'expédia en villégiature dans le Protectorat Atmosphérique de Rifkin, sur

Heaven's Gate, une planète mineure qui orbitait autour de l'étoile Véga. Même à cette époque reculée, ce monde toxique possédait une liaison distrans avec le système Solaire, mais je n'en fis pas usage. Je ne voyageai pas non plus à bord de l'unique vaisseau à effet de spin, équipé d'un propulseur Hawking, qui faisait escale sur Heaven's Gate une fois par année standard. Non. Ma mère m'avait envoyé sur ce caillou du bout du monde à bord d'une vieille statofusée de la troisième génération, *infraluminique*, bourrée d'embryons de veaux congelés, de jus d'orange lyophilisé et de virus nourriciers, pour un voyage qui devait durer *cent vingt-neuf* années de vaisseau, avec un déficit de temps objectif qui s'élevait à *cent soixante-sept années standard* !

Ma mère avait calculé que les intérêts cumulés de son dépôt à long terme suffiraient à éponger la dette familiale, et peut-être à me faire vivre confortablement pendant quelque temps. Pour la première et la dernière fois de sa vie, cependant, elle avait fait une erreur dans ses calculs.

(Notes pour une esquisse d'Heaven's Gate :)

Rues bourbeuses rayonnant à partir des docks de transformation de la station comme des stigmates sur le dos d'un lépreux. Nuages d'un brun soufré pendant en haillons d'un ciel de jute pourri. Un enchevêtrement informe de structures de bois à moitié rongées avant même d'avoir été entièrement achevées, et les fenêtres sans carreaux tournent leur regard aveugle vers les bouches béantes de leurs voisines. Indigènes se reproduisant comme… comme des humains, je suppose. Infirmes sans yeux, les poumons brûlés par l'atmosphère pourrie, escortant un chapelet d'enfants à la peau boursouflée, autour de cinq années standard, aux yeux chassieux et larmoyants à cause d'une atmosphère empoisonnée qui les tuera avant la quarantaine. Leur sourire est carié, leurs cheveux gras pullulent de poux et de tiques draculéennes à la panse gonflée de sang. Des parents sourient fièrement. Vingt millions de ces bouseux entassés dans des bidonvilles qui débordent d'une île plus petite que la pelouse de l'aile ouest de ma demeure familiale sur l'Ancienne Terre, luttant pour respirer le seul bloc d'atmosphère respirable sur une planète où inhaler ailleurs, c'est mourir, se pressant le plus près possible du centre d'un cercle de moins de cent kilomètres qui demeure le seul lieu de survie depuis que la Station de Production d'Atmosphère est tombée en panne.

Heaven's Gate. Ma nouvelle patrie.

Ma mère n'avait pas envisagé la possibilité que tous les comptes de la Terre fussent gelés, puis absorbés par l'économie en pleine croissance du Retz. Elle ne s'était pas rappelé non plus que la raison pour laquelle les gens avaient attendu le propulseur Hawking avant d'aller voir comment était fait le bras spiralé de la Galaxie était que, dans le sommeil cryotechnique de longue durée, contrairement à ce qui se passe dans une fugue de quelques semaines ou de quelques mois, les risques d'accident cérébral irréversible s'élevaient à seize pour cent. J'ai eu, relativement, de la chance. Quand ils m'ont sorti de ma caisse, sur Heaven's Gate, et quand ils m'ont mis à la construction des canaux d'acide à la périphérie, je n'avais subi qu'une seule attaque cérébrale. Physiquement, j'étais bon, au bout de quelques semaines de temps local, pour le travail au fond des puits de boue. Mentalement, il y avait beaucoup à désirer.

Tout le côté gauche de mon cerveau avait été isolé, comme on isole un secteur endommagé dans un vaisseau, à l'aide de portes étanches qui laissent le reste des compartiments atteints exposé au vide spatial. J'étais capable de penser normalement. Je retrouvai rapidement le contrôle du côté droit de mon corps. Seuls les centres du langage étaient endommagés au point de ne plus pouvoir être réparés simplement. Le merveilleux ordinateur organique enfoncé dans mon crâne avait vidé son contenu de mots comme un programme avarié. L'hémisphère droit n'était pas dépourvu de toute capacité de langage, mais seules les unités de communication les plus émotionnellement chargées pouvaient trouver place dans cet hémisphère affectif, et mon vocabulaire se trouvait réduit à neuf mots (ce qui, je devais l'apprendre plus tard, était assez exceptionnel, la majorité des victimes d'AVC n'en retenant que deux ou trois). Pour la petite histoire, voici quels étaient ces mots : chier, putain, foufoune, merde, baiser, enfoiré, cul, pipi et caca.

Une analyse rapide mettra ici en évidence un certain facteur de redondance. J'avais à ma disposition six substantifs, deux verbes et un adjectif, plus un mot qui pouvait servir à la fois de substantif et de verbe, avec des sens différents. Il y avait donc en réalité trois verbes et sept substantifs. En outre, trois mots au moins pouvaient servir d'apostrophe. Mon nouvel univers linguistique était composé de trois monosyllabes, cinq bisyllabes et un trisyllabe. Parmi les bisyllabes, trois appartenaient au langage de la petite enfance, et deux consistaient en la répétition d'une même syllabe. Ma panoplie d'expressions offrait trois ou quatre possibilités d'exhortation à s'effacer et deux références directes à l'anatomie humaine. Six mots sur neuf correspondaient à deux fonctions d'élimination, et quatre à la fonction sexuelle.

L'un dans l'autre, c'était suffisant.

Je ne dirai pas que je me souviens des trois années passées au fond des puits de boue et des taudis d'Heaven's Gate avec attendrissement, mais je dois reconnaître que ce furent pour moi des années édifiantes, probablement plus que les deux premières décennies de ma vie sur l'Ancienne Terre.

Je m'aperçus bientôt que, avec mon entourage immédiat – Raclure, le pelleteur, Onk, la terreur des bidonvilles, à qui je payais une taxe de protection, et Kiti, la pute décolorée avec qui je pieutais quand j'en avais les moyens –, mon vocabulaire était bien utile.

— Putain merde ! m'écriais-je en gesticulant. Pipi caca foufoune !

— Je vois, faisait Raclure, exhibant son unique dent. Tu veux aller au magasin de la compagnie acheter du chewing-gum aux algues, hein ?

— Enfoiré ! lui répondais-je en souriant.

La vie d'un poète ne réside pas seulement dans la danse-langage achevée de l'expression, mais également dans la combinaison quasi infinie de la mémoire et de la perception avec une sensibilité particulière à ce qui est perçu et remémoré. Mes trois années en temps local sur Heaven's Gate, représentant près de quinze cents jours standard, me permirent de voir, d'entendre, de sentir et de me rappeler, exactement comme si j'avais littéralement connu une seconde naissance. Quelle importance, si cette seconde naissance avait eu lieu en enfer ? L'expérience retravaillée est la quintessence de toute véritable poésie, et l'expérience brute était mon cadeau de baptême pour cette seconde vie qui s'ouvrait à moi.

Je n'eus pas de problème pour m'adapter à un meilleur des mondes qui avait un siècle et demi d'avance sur celui d'où je venais. Malgré nos beaux discours sur l'expansion et l'esprit pionnier de ces cinq derniers siècles, nous savons tous à quel point notre univers humain est devenu statique et sclérosé. Nous sommes dans la confortable période d'obscurantisme de l'invention intellectuelle. Les institutions changent peu. Quand elles changent, c'est par une évolution graduelle plutôt que par une révolution. La recherche scientifique se traîne de côté, comme un crabe, au lieu de faire des bonds intuitifs en avant, comme par le passé. Les appareils changent encore moins. Les technologies de palier que nous connaissons tous seraient immédiatement identifiables – et utilisables – pour nos arrière-grands-parents. Pendant mon long sommeil, l'Hégémonie était devenue une entité formelle, et le Retz avait commencé à prendre sa forme finale. La Pangermie avait pris sa place démocratique au bas de la liste des despotes bienveillants de l'humanité, le TechnoCentre avait fait sécession du service des humains pour leur offrir son aide, un peu plus tard, en tant que partenaire et non plus comme esclave. Quant aux Extros, ils se cantonnaient dans l'ombre et dans leur rôle de Némésis.

Tout cela n'empêchait pas que la situation évolue, peu à peu, vers la masse critique, avant même que je ne me retrouve en état de congélation dans mon sarcophage de glace, entre des carcasses de porcs et des sorbets. Ces prolongements évidents d'anciennes applications exigeaient peu d'efforts de compréhension. En outre, l'histoire, vue de l'intérieur, est toujours une sombre bouillie digestive bien différente du ruminant trop aisément reconnaissable que les historiens voient de loin.

Ma vie était faite uniquement d'Heaven's Gate et des exigences de la survie au jour le jour sur ce monde. Le ciel y avait la couleur éternelle d'un coucher de soleil marron-jaune suspendu comme un plafond qui s'écroule à quelques mètres au-dessus de ma baraque. Celle-ci m'offrait un confort inattendu, sous la forme d'une table à manger, d'une paillasse à dormir et à baiser, d'un trou à pisser et à chier, et d'une fenêtre à contemplation silencieuse. Mon environnement était le reflet de mon vocabulaire.

La prison a toujours été un endroit stimulant pour les écrivains, en ce qu'elle tue le double démon de la mobilité et de la diversion. Heaven's Gate ne faisait nullement exception à la règle. Le Protectorat Atmosphérique s'était approprié mon corps, mais mon esprit – ou ce qu'il en restait – m'appartenait encore.

Sur l'Ancienne Terre, je composais mes poèmes sur un processeur de pensée persoc Sadu-Dekenar, affalé dans un fauteuil rembourré à dossier inclinable, ou bien flottant dans ma barge EM au-dessus des sombres lagunes, ou encore en me promenant à pied, absorbé dans mes pensées, dans des berceaux de verdure odoriférants. Les produits exécrables, indisciplinés, mous du poignet et flatulents de ces rêveries créatrices ont déjà été décrits. Mais sur Heaven's Gate, j'avais découvert les vertus stimulantes pour l'esprit du travail physique, et je devrais dire plutôt du travail physique brise-membres, éclate-poumons, tord-entrailles, déchire-ligaments et rompt-les-couilles. Mais tant que le labeur est pesant et répétitif, découvris-je, l'esprit n'est pas seulement libre de vagabonder vers des climats plus cléments, il s'envole littéralement vers les cimes.

Sur Heaven's Gate, tout en raclant la merde des canaux à boue dans la lumière rouge de Véga Primo, tout en rampant sur les mains et sur les genoux parmi les stalactites et les stalagmites des bactéries de recyclage qui tapissaient les conduites labyrinthiennes de la station, je devins poète.

Tout ce qu'il me manquait, c'était les mots.

L'auteur le plus honoré du XXe siècle, William Gass, a déclaré un jour à l'occasion d'une interview : « Les mots sont les objets suprêmes. Ce sont des choses dotées d'*esprit*. »

Et c'est vrai. Ils sont aussi purs et transcendants que n'importe quelle Idée qui projeta jamais son ombre dans la caverne platonicienne de nos perceptions. Mais ce sont aussi des traquenards de tromperies et de perceptions erronées. Les mots déforment notre pensée en l'orientant dans des chemins infinis d'auto-illusion, et le fait que nous passions la plus grande partie de notre vie mentale dans des châteaux de l'esprit construits avec des mots signifie que nous manquons de l'objectivité nécessaire pour nous apercevoir de ces terribles distorsions de la réalité que nous apporte le langage. Exemple : l'idéogramme chinois désignant l'honnêteté est un symbole en deux parties représentant un homme qui se tient littéralement à côté du mot. Jusqu'ici, c'est très bien. Mais que signifie le mot « intégrité » dans les langues latines disparues, ou bien « patrie », ou « progrès », ou « démocratie », ou « beauté » ? Même dans nos autotromperies, nous devenons des dieux.

Un philosophe mathématicien du nom de Bertrand Russel, qui vécut et mourut dans le même siècle que Gass, a écrit : « Le langage sert non seulement à exprimer la pensée, mais à rendre possibles des pensées qui ne pourraient exister sans lui. » C'est là que se trouve l'essence du génie créatif de l'humanité, et non dans les grands édifices de la civilisation ni dans les armes flash-bang qui peuvent y mettre fin. C'est dans les mots qui fertilisent les nouveaux concepts comme le spermatozoïde attaquant un ovule. On pourrait rétorquer que les enfants siamois du mot/idée sont la *seule* contribution que l'espèce humaine puisse, veuille ou doive apporter à la complexité du cosmos. (Oui, notre ADN est unique, mais celui d'une salamandre ne l'est pas moins. Oui, nous construisons des artefacts, mais c'est aussi le propre de nombreuses espèces allant du castor à la fourmi architecte dont les tours crénelées sont visibles en ce moment par bâbord avant. Oui, nous tissons des objets réels à partir du fil de l'étoffe dont sont faits les rêves mathématiques, mais l'univers est câblé d'arithmétique. Tracez un cercle, et ϖ surgit. Entrez dans un nouveau système solaire, et les formules de Tycho Brahe vous attendent, tapies sous la cape de velours noir de l'espace-temps. Mais où donc l'univers a-t-il caché un *mot* dans ses couches extérieures de biologie, de géométrie ou de roc insensé ?) Même les traces de vie intelligente que nous avons découvertes – les ballons de Jupi II, les Constructeurs de Labyrinthes, les empathes seneshiens d'Hébron, les Bâtonniers de Durulis, les architectes des Tombeaux du Temps ou le gritche lui-même – nous ont laissé des mystères à étudier, ainsi que d'obscurs artefacts, mais pas de langage. Pas le moindre *mot*.

Le poète John Keats écrivit un jour à son ami Bailey : « Je ne suis certain de rien d'autre que du caractère sacré de l'affection du Cœur et de la vérité de l'Imagination – ce que l'imagination capture en tant que Beauté ne peut être que vérité –, qu'elle ait existé au préalable ou non. »

Le poète chinois George Wu, qui mourut au cours du dernier conflit sino-japonais, environ trois siècles avant l'hégire, comprenait parfaitement ce problème lorsqu'il dictait à son persoc : « Les poètes sont les sages-femmes démentes de la réalité. Ils ne voient pas ce qui est, ni ce qui peut être, mais ce qui *doit devenir*. » Et, plus tard, dans sa dernière disquette adressée à son amante, une semaine avant sa mort, il dit encore : « Les mots sont les seules munitions dans la cartouchière de la vérité. Et les poètes sont les francs-tireurs qui s'en servent. »

Au commencement, voyez-vous, était le Verbe. Et le Verbe prit consistance de chair dans la trame de l'univers humain. Seul le poète peut assurer l'expansion de l'univers, en trouvant des raccourcis vers des réalités nouvelles de la même manière que le propulseur Hawking creuse des galeries sous la barrière de l'espace-temps einsteinien.

Être un poète, un vrai poète, me disais-je, c'était devenir l'avatar de l'humanité incarnée. Accepter de revêtir le manteau du poète, c'est porter la croix du Fils de l'Homme, et souffrir les affres de la naissance de la Mère Spirituelle de l'Humanité.

Devenir un *vrai* poète, c'est devenir Dieu.

J'essayais de mon mieux d'expliquer ces choses à mes amis d'Heaven's Gate.

— Cul baiser foufoune pipi caca cul. Enfoiré !

Ils secouaient la tête en souriant, et finissaient par s'éloigner. Les grands poètes sont rarement compris par leurs contemporains.

Les nuages marron-jaune faisaient pleuvoir sur moi leur pluie acide. Je pataugeais jusqu'aux cuisses dans la boue pour nettoyer les algues-sangsues qui obstruaient les canalisations d'égout de la ville. Raclure mourut au cours de ma deuxième année de séjour sur cette planète, alors que nous étions tous au travail sur le chantier de prolongement du canal de la Première Avenue jusqu'aux plaines de boue de Midsump. Un accident. Il avait voulu escalader une dune de vase pour sauver une rose soufrée de la jointoyeuse qui avançait lorsqu'un éboulement l'a englouti. Kiti s'est mariée quelque temps après. Elle a continué de tapiner à mi-temps, mais nous nous sommes peu à peu perdus de vue. Elle est morte en couches peu après le tsunami vert qui a emporté Bouseville. J'ai continué d'écrire des vers.

Comment, me demanderez-vous, peut-on écrire de la poésie avec un vocabulaire de neuf mots de l'hémisphère droit ?

La réponse est que je me passais des mots. La poésie n'est faite qu'accessoirement de mots. Elle concerne au premier chef la *vérité*. Je traitais directement le *Ding an Sich*, la substance derrière l'ombre, tissant de puissants concepts, des images et des métaphores à la manière d'un ingénieur qui construirait un gratte-ciel en dressant d'abord un squelette en fibres composites, bien avant de mettre en place les revêtements de verre, de plastique et de chrome-aluminium.

Petit à petit, les mots me revinrent. Le cerveau possède une aptitude remarquable à se refaçonner et à se ressourcer. Ce qui s'était perdu dans l'hémisphère gauche s'était installé ailleurs ou avait fait valoir ses droits dans les régions sinistrées comme des fermiers qui retournent sur une plaine dévastée par l'incendie, mais rendue plus fertile par les cendres. Là où, peu de temps avant, un simple mot comme « sel » me faisait bafouiller et bégayer, mon cerveau explorant le vide comme le bout de la langue l'emplacement d'une dent manquante, les paroles et les phrases revenaient peu à peu, comme les noms de compagnons de jeux oubliés. Dans la journée, je peinais dans les champs de boue, mais la nuit, assis à ma table branlante, j'écrivais mes *Cantos* à la lumière d'une lampe à graisse fumante et grésillante. C'est Mark Twain qui a dit un jour de son ton bonhomme : « La différence entre le mot juste et le mot presque juste est la même qu'entre l'éclair et la luciole. » C'est amusant, mais incomplet. Au cours des longs mois où j'ai commencé à rédiger mes *Cantos* sur Heaven's Gate, je me suis aperçu que la différence entre trouver le mot juste et accepter d'utiliser un mot approximatif équivalait plutôt à la différence entre recevoir la foudre sur sa tête et contempler en spectateur les jeux d'éclairs dans le ciel.

Mes *Cantos* prirent forme et consistance. Écrits sur les fines feuilles de papier d'algue-sangsue recyclé dont ils nous distribuaient des tonnes en guise de papier hygiénique, griffonnés à l'aide de feutres à bon marché vendus dans le magasin de la compagnie, mes *Cantos* prirent peu à peu de l'ampleur. Tandis que les mots me revenaient et se mettaient en place comme les fragments éparpillés d'un puzzle en 3 D, j'avais éprouvé le besoin de leur donner une forme. Puisant dans les enseignements de don Balthazar, j'avais tâté de la noblesse mesurée du vers épique de Milton, auquel j'avais ajouté, reprenant de plus en plus confiance, la sensualité romantique de Byron, associée à la célébration keatsienne du langage. Remuant bien le tout, je l'avais assaisonné d'un rien de cynisme brillant à la manière de Yeats et d'une pincée de l'arrogance obscure et scolastique de Pound. J'avais haché menu puis réduit en cubes cette mixture, non sans y avoir ajouté des ingrédients tels que la maîtrise de l'imagerie d'Eliot, le sentiment de l'espace chez Dylan Thomas, le poids du destin chez Delmore Schwartz, avec un zeste d'épouvante emprunté à Steve Tem, un semblant d'innocence à Salmud Brevy, une métrique complexe à Daton, le culte du physique étant fourni par Wu et le sens ludique radical par Edmund Ki Fererra.

Pour finir, naturellement, j'avais écarté tout ce mélange, et j'avais écrit les *Cantos* dans un style entièrement à moi.

Sans Onk, la terreur des bidonvilles, je serais probablement encore sur Heaven's Gate, à creuser des canaux d'acide le jour et à écrire les *Cantos* la nuit.

C'était mon jour de repos, et je me rendais avec mes *Cantos* sous le bras – mon unique exemplaire manuscrit – à la bibliothèque de la compagnie, dans un coin du réfectoire, pour y faire quelques recherches, lorsque Onk et deux de ses copains apparurent au détour d'une ruelle pour me demander le paiement d'avance de la taxe de protection pour le mois suivant. Nous n'avions pas de plaques universelles dans le Protectorat Atmosphérique d'Heaven's Gate. Nous avions l'habitude de payer nos dettes en bons de la compagnie ou en marks de marché noir. J'étais également démuni des deux. Onk demanda à voir ce que j'avais sous le bras. Sans réfléchir, je lui opposai un refus. Ce fut une grave erreur. Si je lui avais montré le manuscrit, il se serait probablement contenté de l'éparpiller dans la boue en me frappant un peu pour accompagner ses menaces. Mais mon refus le mit en colère, et les trois énergumènes m'arrachèrent le paquet, le déchirèrent, en piétinèrent le contenu dans la boue et me donnèrent, comme on dit, la raclée de ma vie.

Or, il advint que, ce jour-là, un VEM appartenant à la direction du contrôle de l'air du Protectorat passait justement à basse altitude, et que l'épouse du directeur, qui se rendait seule au Magasin Résidentiel de la compagnie, ordonna au chauffeur de se poser, me fit ramasser par son domestique androïde avec ce qui restait de mes *Cantos*, puis me conduisit en personne à l'hôpital de la compagnie. Normalement, les membres de la force de travail dirigé ne recevaient d'aide médicale éventuelle que dans la clinique express, mais l'hôpital ne voulut pas refuser cette faveur à la femme du directeur, et je fus admis, toujours sans connaissance, dans le service d'un médecin humain qui me mit quelque temps dans un caisson de guérison.

Quoi qu'il en soit, pour rendre brève et banale une longue histoire banale, j'irai directement aux données ascendantes. Helenda – c'est ainsi que s'appelait la femme du directeur – lut mon manuscrit pendant que je flottais dans les fluides revitaliseurs. Et il lui plut. Le jour même où j'étais décanté à l'hôpital de la compagnie, Helenda se distransporta sur Renaissance, où elle montra mes *Cantos* à sa sœur Felia, qui avait un ami dont la maîtresse connaissait un éditeur chez Transverse. Lorsque je m'éveillai, le lendemain, mes côtes cassées étaient réparées, la colonne vertébrale en morceaux était guérie, mes ecchymoses avaient disparu, et j'avais cinq dents neuves, une cornée pour mon œil gauche et un contrat avec Transverse.

Mon recueil sortit cinq semaines plus tard. Huit jours après, Helenda et son directeur divorcèrent, et elle m'épousa. C'était son septième mariage et mon premier. Nous passâmes notre lune de miel dans le Confluent. À notre retour, un mois plus tard, le livre s'était vendu à plus d'un milliard d'exemplaires. C'était le premier recueil de poèmes figurant sur la liste des best sellers depuis quatre siècles. Et j'étais plusieurs fois milliardaire.

Tyrena Wingreen-Feif fut ma première éditrice chez Transverse. C'est elle qui eut l'idée d'intituler le recueil : *La Terre qui meurt*. Une recherche de copyright fit apparaître que le titre avait déjà été utilisé pour un roman cinq cents ans plus tôt, mais il était maintenant dans le domaine public et épuisé. C'est elle aussi qui sélectionna pour la publication les seuls passages des *Cantos* où j'évoquais les derniers souvenirs nostalgiques de l'Ancienne Terre agonisante. Elle eut également l'idée de retirer les passages qui risquaient de rebuter le lecteur : les développements philosophiques, les descriptions de ma mère, les hommages aux poètes du passé, les pages où je m'étais amusé à faire de la métrique expérimentale, les méditations personnelles – tout, en fait, à l'exception des derniers jours idylliques qui, vidés de toute substance lourde, devenaient bassement sentimentaux, voire insipides. Quatre mois après sa première publication, *La Terre qui meurt* s'était vendu à deux milliards et demi d'exemplaires transcops, et une version abrégée et numérisée était disponible sur l'infosphère Voit-Tout. Il y avait une option pour les holos, et Tyrena estimait que l'opération avait été parfaitement synchronisée. Le choc traumatique original de la mort de l'Ancienne Terre s'était traduit par cent ans de refus pur et simple, comme si la Terre n'avait jamais existé ou presque, suivis d'une période d'intérêt renaissant, qui avait culminé dans le foisonnement des sectes nostalgiques de l'Ancienne Terre, que l'on pouvait trouver aujourd'hui sur tous les mondes du Retz. La sortie d'un livre – même en vers – qui traitait de la période finale était tombée juste à temps.

Pour moi, les premiers mois de cette nouvelle existence de célébrité médiatique de l'Hégémonie représentèrent une désorientation beaucoup plus grande que mon premier passage d'enfant gâté de l'Ancienne Terre à l'état de bétail humain sur Heaven's Gate. Pendant cette période, je signai mon livre et des transcops sur plus de cent planètes différentes. Je fis une apparition dans le show de Marmon Hamlit, je fus reçu par le Président Senister Perot, par le tribun de la Pangermie Drury Fein et par une vingtaine de sénateurs. Je pris la parole devant la Société Interplanétaire des Femmes de Lettres et devant l'Association des Écrivains de Lusus. Je fus nommé docteur *honoris causa* de l'université de la Terre Nouvelle et de Cambridge II. Je fus fêté, interviewé, médiatisé, critiqué (favorablement), biographié (illicitement), vedettisé, feuilletonisé et grugé. Je ne m'ennuyais pas.

(Notes pour une esquisse de la vie dans l'Hégémonie :)

Ma demeure comprend trente-huit pièces sur trente-six planètes. Pas de portes. Les entrées voûtées sont des accès distrans. Quelques-unes sont protégées des regards par des tentures, mais la plupart sont ouvertes à la vue et aux visites. Chaque chambre possède plusieurs fenêtres et au moins deux murs avec des accès. De la grande salle à manger du Vecteur Renaissance, j'aperçois le ciel de bronze et les tours vert-de-gris de la forteresse Enable, dans la vallée située en contrebas de mon pic volcanique. En tournant la tête, je vois, à travers l'ouverture distrans, par-delà l'étendue du grand tapis blanc du hall de réception, l'océan Edgar Allen dont les vagues se brisent au pied des tours du cap Prospero, sur Nevermore. Ma bibliothèque a vue sur les glaciers et les cieux verts de Nordholm, et il me suffit de faire dix pas pour *descendre*, par un étroit escalier, dans ma tour de travail, où une grande salle circulaire et confortable s'ouvre sur trois cent soixante degrés, par des parois de verre polarisé, au somptueux spectacle des plus hauts sommets du Kushpat Karakoram, une chaîne de montagnes de deux mille kilomètres de long qui s'étend de la colonie la plus proche jusqu'aux confins orientaux de la république de Jamnu, sur Deneb Drei.

L'énorme chambre à dormir que je partage avec Helenda se balance doucement dans les branches d'un arbre-monde de trois cents mètres, sur la planète des Templiers de God's Grove. Elle est reliée à un solarium isolé au milieu des salines arides d'Hébron. Mais toutes nos ouvertures ne donnent pas sur des déserts. La salle des médias s'ouvre sur une aire de glisseurs au cent trente-huitième étage d'une tour cambrée de Tau Ceti Central, et notre patio est au milieu d'une terrasse qui domine le marché du vieux quartier animé de La Nouvelle-Jérusalem. L'architecte, disciple du légendaire Millon DeHaVre, a incorporé plusieurs gags dans la conception de cette demeure. Les marches d'escalier qui *descendent* dans la tour, par exemple. Mais il y a aussi la sortie du nid d'aigle qui mène à la salle d'entraînement du plus bas niveau de la plus profonde ruche de Lusus, ou peut-être encore la salle de bains des invités, qui comprend des toilettes, un bidet, un lavabo et une douche à bord d'un radeau sans murs flottant sur l'océan planétaire mauve de Mare Infinitus.

Au début, les changements de gravité au passage d'une pièce à l'autre me dérangeaient un peu, mais je n'ai pas mis trop longtemps à m'adapter, en me durcissant intérieurement pour encaisser la poussée de Lusus, d'Hébron ou de Sol Draconi Septem tandis que mon organisme s'habituait inconsciemment à évoluer, léger, sous la gravité inférieure à 1 de la plupart des autres pièces.

Durant les dix mois standard que nous passons ensemble, Helenda et moi, nous restons très peu à la maison. Nous préférons aller, avec nos amis, dans les arcologies de loisirs et de villégiature ou dans les boîtes de nuit du Retz. Nos « amis » font partie de l'ex-faune distrans, qui se fait maintenant appeler le « troupeau caribou », du nom d'un mammifère migrateur disparu de l'Ancienne Terre. Ce troupeau comprend des écrivains, des artistes visuels en renom, des intellectuels du Confluent, des représentants médiatiques de la Pangermie, quelques ARNistes radicaux, des esthéticiens génétiques, des aristocrates retziens, de riches distranslatés, des adeptes du flashback, des réalisateurs de théâtre et de holos, divers acteurs et artistes de scène, un certain nombre de *maffiosi* rangés, le tout additionné d'une liste tournante de célébrités récentes… parmi lesquelles, bien sûr, je figurais en bonne place.

Tout ce monde boit, utilise des stims et des autoimplants, se câble, s'offre les meilleures drogues sur le marché. La plus en vogue est le flashback. Pour apprécier pleinement ce vice réservé à la haute société, il faut avoir toute la gamme des implants les plus coûteux. Helenda a veillé à ce que je ne manque de rien : biomoniteurs, extenseurs sensoriels, persoc interne, dérivation neurale, props, processeurs du métacortex, puces sanguines, vers plats ARN… Ma propre mère n'aurait pas reconnu mon ventre.

À deux reprises, j'essaie le flashback. La première expérience est une vraie glissade. Je cible la réception de mon neuvième anniversaire et je fais mouche à la première salve. Tout y est. Le chœur des domestiques aux aurores sur la pelouse nord, don Balthazar annulant la classe à contrecœur pour que je puisse passer la journée avec Amalfi dans mon VEM et sillonner les dunes grises du bassin de l'Amazone dans un joyeux abandon, la procession des flambeaux, le soir, tandis que les représentants des autres Anciennes Familles continuent d'arriver, leurs présents somptueux enveloppés dans du papier qui brille sous les rayons de la Lune et des Dix Mille Lumières. Je sors de ces neuf heures de flashback le sourire aux lèvres.

Mais le second voyage me tue presque.

J'ai quatre ans et je suis en train de pleurer, à la recherche de ma mère à travers le labyrinthe sans fin des pièces qui sentent la poussière et les vieux meubles. Des domestiques androïdes cherchent à me consoler, mais j'écarte leurs mains et je cours dans des couloirs tachés d'ombres et de souillures de générations trop nombreuses. Enfreignant la première règle qui m'ait été enseignée, j'ouvre toute grande la porte de sa chambre de couture, le saint des saints où elle se retire pendant trois heures chaque après-midi et d'où elle ressort avec son sourire si doux, l'ourlet de sa robe pâle bruissant sur le tapis comme l'écho du soupir d'un fantôme.

Ma mère est assise dans l'ombre. J'ai quatre ans et je pleure parce que je me suis fait mal au doigt. Je cours jusqu'à elle et je me jette dans ses bras.

Elle n'a pas de réaction. L'un de ses bras graciles repose sur le dossier du fauteuil. L'autre est inerte sur le coussin.

J'ai un mouvement de recul, choqué par sa froide placidité. J'écarte les lourdes tentures sans quitter ses genoux.

Les yeux de ma mère sont vides, révulsés dans leurs orbites. Ses lèvres sont entrouvertes. Un filet de bave coule au coin de ses lèvres et brille sur son menton parfait. Parmi les fils d'or de sa chevelure, coiffée dans le style des grandes dames du temps jadis qu'elle adore, je vois briller l'éclat d'acier des filaments stims et celui, plus terne, de la prise crânienne où elle les a branchés. La peau à nu, autour de la prise, a la blancheur de l'os. Sur la table, près de sa main gauche, est posée la seringue vide du flashback.

Les domestiques arrivent et m'éloignent. Ma mère n'a pas eu un seul battement de paupières. On m'entraîne, hurlant.

Je me réveille en criant.

C'est peut-être mon refus de toucher de nouveau au flashback qui a précipité le départ d'Helenda. Mais j'en doute. Je n'étais pour elle qu'un jouet, un primitif qui l'avait momentanément amusée par son innocence face à un mode de vie qu'elle considérait comme acquis depuis des décennies. Quoi qu'il en soit, mon refus nous sépara concrètement durant toutes les heures et toutes les journées qu'elle passait plongée dans le flashback. Il s'agissait de temps réel, et il arrive que les adeptes de cette drogue, lorsqu'ils meurent, totalisent plus de jours de flashback que de conscience réelle.

Au début, je me distrayais avec les implants et toute la technologie qui m'avait été refusée jusque-là en tant que membre d'une Ancienne Famille de la Terre. L'infosphère, cette année-là, fut pour moi un régal. J'invoquais sans cesse des informations de toutes sortes, pris par une frénésie d'interface totale avec le réseau. J'étais aussi accroché aux données brutes que le troupeau caribou à ses stims et à ses drogues. J'imaginais don Balthazar en train de faire plusieurs tours dans sa tombe en me voyant abandonner la mémorisation à long terme au profit de l'éphémère satisfaction d'une omniscience obtenue par implant interposé. Ce n'est que bien plus tard que j'ai compris ce que j'avais perdu : *L'Odyssée* de Fitzgerald, la *Marche finale* de Wu et une douzaine d'autres œuvres épiques qui avaient survécu à mon accident cérébral étaient maintenant pareilles à des fragments de nuages effilochés par un grand vent. Ce n'est que beaucoup plus tard que, libéré des implants, je les rappris laborieusement.

Pour la première et unique fois de ma vie, je m'intéressai à la politique. Jour et nuit, j'assistais aux débats du Sénat ou de la Pangermie par câble distrans. Quelqu'un, un jour, a estimé qu'il se traite quotidiennement une centaine d'actes de législation dans la Pangermie. Durant les longs mois où je demeurai confiné dans mon sensorium, je n'en manquai aucun. Ma voix et mon nom étaient célèbres sur tous les plateaux de débats. Aucun projet de loi n'était trop modeste, aucune question trop insignifiante ou trop complexe pour que je m'en mêle. Le simple fait de donner mon avis sur tout à chaque instant me communiquait le sentiment factice d'avoir accompli quelque chose. Mais je finis par abandonner mon obsession politique lorsque je m'aperçus que les affaires de la Pangermie me forçaient ou bien à passer ma vie entre quatre murs ou bien à me transformer en zombie ambulant. Quelqu'un qui reste sans interruption connecté à ses implants offre un piètre spectacle à son entourage, et je n'avais pas besoin des sarcasmes d'Helenda pour me rendre compte que, si je continuais dans cette voie, je deviendrais un légume pangermique comme des millions d'autres dans tout le Retz. Je renonçai donc à la politique. Mais je m'étais déjà trouvé une nouvelle passion : la religion.

J'adhérai à des cultes. J'aidai même à créer de nouvelles foutues religions. L'Église zen gnostique connaissait alors un essor fantastique, et je devins un de ses piliers. On me vit souvent sur les plateaux de la TVHD, recherchant mes « centres de pouvoir » avec le zèle d'un musulman préhégirien en pèlerinage à La Mecque. Sans compter que j'adorais me distransporter. J'avais gagné près de cent millions de marks avec *La Terre qui meurt*, et Helenda avait sagement placé l'argent, mais une maison distrans comme la mienne devait coûter au bas mot cinquante mille marks juste pour passer d'une de mes trente-six pièces à l'autre. Et je ne me limitais pas à ces pièces. Transverse m'avait procuré une plaque universelle en or, dont je faisais un usage abondant aux quatre coins du Retz. Je séjournais des semaines entières dans les endroits les plus luxueux, et je louais des VEM pour explorer les lieux les plus reculés des planètes les plus lointaines à la recherche de mes centres de pouvoir.

Je ne trouvai, à vrai dire, pas grand-chose. Je renonçai au gnosticisme zen à peu près à l'époque où Helenda demanda le divorce. J'étais alors submergé de factures, et je dus réaliser la plupart des placements à long terme qui me restaient après qu'Helenda eut prélevé sa part. (Je n'étais pas seulement naïf et amoureux lorsqu'elle avait fait établir notre contrat de mariage par ses avocats, j'étais totalement stupide.)

Finalement, même en faisant des économies sur le distrans et en me séparant de mes domestiques androïdes, j'étais au bord du désastre financier.

J'allai trouver Tyrena Wingreen-Feif.

— Personne n'a envie de lire de la poésie, me dit-elle en feuilletant les quelques pages de nouveaux *Cantos* que j'avais écrites depuis un an et demi.

— Comment ça ? protestai-je. *La Terre qui meurt*, c'était bien de la poésie, non ?

— C'était un coup de veine, qui ne s'explique que par le fait que l'inconscient collectif était prêt à le recevoir.

Elle avait de longs ongles verts, recourbés à la nouvelle mode des mandarins. Ils s'agrippaient à mon manuscrit comme les griffes d'un insecte bourré de chlorophylle.

— Qui vous dit que l'inconscient collectif n'est pas prêt à recevoir celui-ci ? demandai-je avec un début d'agacement.

Elle se mit à rire. Ce n'était pas un bruit très agréable à entendre.

— Martin, Martin ! fit-elle. C'est de la *poésie* que vous m'apportez là. Vous écrivez sur Heaven's Gate et sur le troupeau caribou, mais ce qui transparaît, en réalité, c'est la solitude, le dépaysement, l'angoisse et un regard cynique sur l'humanité.

— Et alors ?

— Personne n'a envie de *payer* pour connaître les angoisses des autres, fit Tyrena en riant.

Tournant le dos à son bureau, je m'éloignai jusqu'à

l'extrémité opposée de la pièce, qui occupait tout le quatre cent trente-cinquième étage de la spire Transverse, dans le quartier Babel de TC^2. Il n'y avait pas la moindre fenêtre dans cette salle circulaire ouverte du sol au plafond et protégée par un champ de confinement à énergie solaire exempt de tout miroitement. On avait l'impression de se trouver entre deux plateaux gris suspendus entre ciel et terre. Je contemplai les nuages écarlates qui passaient entre les plateaux inférieurs, à cinq cents mètres au-dessous de nous, et je me fis un certain nombre de réflexions sur l'*hubris* en général. Le bureau de Tyrena n'avait ni porte, ni escalier, ni ascenseur, ni champ élévateur, ni trappe, ni liaison d'aucune sorte avec les autres étages. On n'y entrait que par le distrans à cinq facettes miroitantes qui flottait au milieu des airs comme une holosculpture abstraite. En même temps qu'à l'*hubris*, je me pris à songer aux incendies et aux pannes de courant.

— Vous voulez dire que vous ne voulez pas le publier ? demandai-je en me retournant.

— Pas du tout, fit mon éditrice en riant. Vous avez fait gagner des milliards de marks à Transverse, Martin. Nous le publierons donc. Simplement, ça ne se vendra pas.

— Vous vous trompez ! hurlai-je. Tout le monde n'apprécie pas la poésie de qualité, mais il y a encore assez de gens qui aiment ça pour assurer le succès de ce livre.

Elle ne riait plus, mais le sourire de ses lèvres vertes lui tordit la bouche.

— Martin, Martin ! Depuis Gutenberg, le pourcentage de la population qui lit encore des livres n'a cessé de diminuer. Au XXe siècle, moins de deux pour cent des habitants des pays dits démocratiques et industrialisés lisaient plus d'un livre par an. Et c'était avant l'avènement des machines intelligentes, de l'infosphère et des environnements conviviaux. Après l'hégire, quatre-vingt-dix-huit pour cent de la population totale de l'Hégémonie n'avaient plus aucune raison de lire quoi que ce soit. L'habitude d'apprendre s'est donc perdue. Aujourd'hui, c'est encore pis. Le Retz représente un peu plus de cent milliards d'êtres humains, parmi lesquels un pour cent à peine prend la peine de transcopier des matériaux imprimés, et encore moins de lire des livres.

— *La Terre qui meurt* a fait près de trois milliards d'exemplaires, lui rappelai-je.

— Mmmm. Le syndrome du *Voyage du Pèlerin.*

— *Le syndrome de quoi ?*

— *Le Voyage du Pèlerin.* Dans la colonie du Massachusetts, sur l'Ancienne Terre, au… XVIIe siècle, je crois, ce livre figurait en bonne place dans chaque maison. Mais cela ne veut pas dire que les gens étaient obligés de le lire. Ce fut la même chose avec le *Mein Kampf* d'Hitler ou les *Visions dans la pupille d'un enfant décapité.*

— Qui était Hitler ? demandai-je.

Tyrena eut un petit sourire.

— Un politicien de l'Ancienne Terre qui a écrit quelques livres. *Mein Kampf* est toujours réédité. Transverse renouvelle ses droits exclusifs tous les cent trente-huit ans.

— Écoutez, lui dis-je. Je vais prendre quelques semaines pour fignoler mes *Cantos* et y mettre le meilleur de moi-même.

— Comme vous voudrez.

— Je suppose que vous avez l'intention d'y pratiquer des coupures comme la dernière fois ?

— Pas du tout. Il n'y a pas de noyau nostalgique, cette fois-ci. Vous pouvez écrire tout ce que vous voudrez.

Je battis des paupières.

— Vous voulez dire que je peux conserver les vers libres ?

— Naturellement.

— Et les passages philosophiques ?

— Ne vous gênez pas.

— Les recherches d'écriture expérimentale ?

— Bien sûr.

— Vous l'imprimerez tel qu'il est ?

— Absolument.

— Et vous dites qu'il n'y a aucune chance pour que cela se vende ?

— Pas la plus petite chance.

Les quelques semaines de « fignolage » durèrent dix mois et tournèrent à l'obsession acharnée. Je condamnai la plupart des pièces de la maison pour ne garder que la tour de Deneb Drei, la salle d'entraînement de Lusus, la cuisine et la salle de bains flottante de Mare Infinitus. Je travaillais chaque jour dix heures d'affilée, suivies d'exercices physiques intenses puis d'un repas et d'un somme. Après quoi je retournais à ma table de travail pour une nouvelle période de huit heures. C'était le même rythme que cinq ans plus tôt, lorsque je récupérais de mon attaque cérébrale et qu'il me fallait parfois une heure ou un jour pour trouver un mot ou pour laisser un concept prendre racine dans le sol ferme du langage. Le processus était encore plus lent cette fois-ci. La recherche du mot précis, du rythme parfait, de l'image enjouée ou de l'analogie capable de transposer la plus subtile des émotions me laissait pantelant, en proie aux affres les plus pénibles de la création.

Au bout de dix mois standard, je mis un terme à ce labeur d'enfer, sacrifiant à l'aphorisme selon lequel on ne finit pas un livre ou un poème, on l'abandonne purement et simplement.

— Qu'en pensez-vous ? demandai-je à Tyrena tandis qu'elle parcourait mon manuscrit.

Ses yeux étaient des disques opaques de couleur bronze, à la mode cette semaine-là, mais cela ne m'empêcha pas de voir ses larmes. Elle en essuya furtivement une en murmurant :

— C'est merveilleux.

— J'ai essayé de retrouver une partie de l'esprit de certains Anciens, lui dis-je, soudain modeste.

— Vous avez brillamment réussi.

— L'interlude d'Heaven's Gate demanderait à être affiné.

— Il est parfait ainsi.

— J'ai voulu y traiter le thème de la solitude.

— Vous avez *tout* dit sur la solitude.

— Vous pensez qu'il n'y a rien à reprendre ?

— C'est la perfection même. Un chef-d'œuvre.
— Et cela se vendra ?
— Pas la moindre foutue chance.

Soixante-dix millions de transcops des *Cantos* étaient initialement prévues. Transverse fit passer des annonces dans toute l'infosphère, acheta des plages publicitaires sur le réseau TVHD, programma des encarts logiciels, réussit à obtenir des commentaires des auteurs les plus en vogue pour les pages de couverture, s'assura qu'il y aurait un article dans la section littéraire du *New New York Times* et dans le *Magazine de* TC^2, dépensa, en bref, une fortune dans sa campagne de lancement. Vingt-trois mille transcops des *Cantos* se vendirent la première année de publication. À raison de dix pour cent du prix de couverture représentant douze KM, je couvris treize mille huit cents des deux millions de KM que m'avait accordés Transverse à titre d'avance. La deuxième année, les ventes atteignirent six cent trente-huit exemplaires transcops. L'infosphère n'acheta pas les droits, les holos ne demandèrent pas d'option et il n'y eut pas de tournée de promotion.

Ce que les *Cantos* n'avaient pas réalisé dans les ventes, ils le récupérèrent dans la quantité impressionnante de critiques défavorables dont ils furent l'objet. « Archaïque… indéchiffrable… sans prise d'aucune sorte sur nos préoccupations quotidiennes », écrivait la *Chronique littéraire du Times*. « H. Silenus nous livre ici la quintessence de l'art de la non-communication », estimait le *Magazine de* TC^2 sous la plume d'Urban Kapry, « en s'adonnant à une orgie d'hermétisme prétentieux. » Mais le coup de grâce m'était porté par Marmon Hamlit, de l'infosphère Voit-Tout, qui s'écriait : « La pseudo-poésie du pseudo-poète Jenneséki, je ne peux pas vous en parler, je n'ai pas pu la lire, et je n'ai pas essayé ! »

Tyrena Wingreen-Feif ne parut pas s'émouvoir pour autant. Deux semaines après les premières critiques et les premiers retours d'exemplaires transcops, un jour après la fin de ma supercuite de treize jours, je me distransportai dans son bureau et me laissai choir dans le fauteuil de mousse lovée tapi au centre du plateau comme une panthère de velours noir. L'une des légendaires tempêtes de Tau Ceti Central était en train de se déchaîner au-dehors, et des éclairs jupitériens déchiraient l'air strié de traînées sanguines à la limite du champ de confinement invisible.

— Ne vous frappez pas, me dit Tyrena, dont la coiffure, à la mode de cette semaine-là, projetait des piques noires à cinquante centimètres au-dessus de son front, et dont le corps était couvert d'un champ opacifiant générateur de courants de couleurs changeantes qui tantôt cachaient et tantôt dévoilaient sa nudité sous-jacente. Le premier tirage ne s'est élevé qu'à soixante mille transcops. La perte n'est pas terrible.

— Mais vous parliez de soixante-dix millions !

— Je sais. Nous avons changé d'avis après avoir donné votre manuscrit à lire à l'IA de la maison.

Je m'enfonçai un peu plus dans la mousse lovée.

— Même l'IA a détesté mon livre ?

— Bien au contraire, elle a adoré. C'est là que nous avons acquis la certitude que le public ne marcherait pas.

— Et le TechnoCentre ? demandai-je. Est-ce qu'il n'y aurait pas moyen de leur vendre quelques exemplaires ?

— C'est déjà fait, répliqua Tyrena. Il y en a eu un de vendu. Les millions d'IA qui sont là-bas l'ont probablement lu en temps réel partagé dans la minute même où il est sorti du mégatrans. Vous savez, la notion de copyright interstellaire, ça ne tient pas la route, quand on a affaire à du silicone.

— D'accord, fis-je en m'affaissant de nouveau. Qu'est-ce qu'on fait, maintenant ?

Au-dehors, des éclairs de la taille des autoroutes de l'Ancienne Terre dansaient entre les spires de la compagnie et les autres immeubles dans les nuages.

Tyrena se leva de son siège et s'avança jusqu'à la limite de la moquette circulaire dont le centre était occupé par sa table de travail. Ses champs corporels miroitaient comme une nappe de pétrole ionisé sur la mer.

— Maintenant, dit-elle, c'est à vous de décider si vous voulez être un écrivain ou le plus grand paumé du Retz.

— Hein ?

— Vous m'avez très bien comprise, fit Tyrena.

Elle se tourna vers moi en souriant. Ses dents avaient été taillées en pointes dorées.

— Notre contrat stipule que nous pouvons récupérer les avances qui vous ont été versées par tout moyen à notre convenance, reprit-elle. Par exemple, par la saisie de tous vos avoirs à l'Interbanque, par la confiscation des pièces d'or que vous avez cachées sur Homefree ou par la vente de votre fastueuse maison distrans. Vous serez alors bon pour aller grossir les rangs des artistes dilettantes, des marginaux et de tous les cas psychiatriques dont le roi Billy le Triste s'entoure sur je ne sais plus quelle planète reculée où il a ses pénates.

Je la regardai en ouvrant de grands yeux.

— L'autre solution, reprit-elle avec son sourire de cannibale, consiste à oublier ce petit contretemps et à vous mettre au travail sur votre prochain livre.

Le prochain livre en question sortit cinq mois standard plus tard. *La Terre qui meurt II* reprenait là où *La Terre qui meurt* s'arrêtait, en prose banale cette fois-ci. La longueur des phrases et le contenu des chapitres étaient soigneusement établis en fonction des réponses neurobiologiquement recueillies auprès d'un échantillon représentatif de six cent trente-huit lecteurs de transcops. Le livre était présenté sous la forme d'un roman assez court pour ne pas effaroucher le lecteur potentiel aux présentoirs des caisses de l'hypermarché Trucbouf. La couverture était un holo interactif de vingt secondes où l'inconnu bronzé et athlétique – mon personnage d'Amalfi Schwartz, je suppose, bien qu'Amalfi soit frêle et pâle et porte des lentilles correctrices – déchire le corsage de la grande blonde qui se débat jusqu'au ras des tétons avant qu'elle se tourne vers nous pour hurler au secours avec les lèvres pulpeuses de la star du porno Leeda Swann.

La Terre qui meurt II se vendit à dix-neuf millions d'exemplaires.

— Pas trop mal, commenta Tyrena. Il faut quand même du temps pour se constituer un public.

— Mais le premier a fait trois milliards d'exemplaires, protestai-je.

— *Le Voyage du Pèlerin. Mein Kampf*. Une fois par siècle. Peut-être moins.

— Mais *trois milliards*...

— Écoutez, me dit Tyrena. Sur l'Ancienne Terre, au XXe siècle, une chaîne de restauration rapide a fait fortune rien qu'en vendant à ses clients de la vache morte frite dans de la graisse, assaisonnée de produits cancérigènes et emballée dans de la mousse à base d'hydrocarbures. Neuf cents milliards d'exemplaires ont été ainsi écoulés. Allez comprendre...

La Terre qui meurt III mettait en scène la jeune esclave en fuite Winona, qui finit par devenir propriétaire de la plantation de fibroplastes de son maître (et tant pis si les fibroplastes n'ont jamais poussé sur l'Ancienne Terre). Il y a aussi Arturo Redgrave, l'audacieux briseur de blocus (quel blocus ?) et Innocence Sperry, la télépathe âgée de neuf ans, qui se meurt d'un vague mal de Nell. Innocence durera tout de même jusqu'à *La Terre qui meurt IX*. Le jour où Transverse m'a autorisé à achever cette foutue petite conne, j'ai arrosé ça avec une cuite de six jours sur vingt-six mondes. Je me suis réveillé dans un boyau-poumon d'Heaven's Gate, couvert de vomi et de mousse verte de respirateur, avec le plus grand mal de tête de tout le Retz et la certitude qu'il faudrait que je me mette bientôt au travail sur le volume X des *Chroniques de la Terre qui meurt*.

Ce n'est pas difficile d'écrire à l'abattage. Entre *La Terre qui meurt II* et *La Terre qui meurt IX*, six années standard s'étaient écoulées assez paisiblement. Les recherches à faire étaient minces, les intrigues étaient issues d'un livre de recettes, les personnages étaient en carton, la prose sommaire et les loisirs abondants. J'en profitai pour voyager, me marier encore deux fois, chacune de mes épouses me quittant en bons termes mais avec une portion non négligeable des droits de *La Terre qui meurt* en cours. Je me lançai dans l'étude sérieuse des religions et des effets de l'ivresse, trouvant plus de consolation durable dans la dernière que dans les premières.

Je gardai néanmoins ma demeure, à laquelle j'ajoutai même six pièces sur cinq mondes différents. Je la remplis d'objets d'art. Je donnai des réceptions. J'avais des écrivains parmi mes relations, mais nous avions tendance, la plupart du temps, à nous méfier les uns des autres et à nous tirer dans les pattes, secrètement jaloux de nos succès respectifs. Chacun de nous s'estimait artiste dans l'âme, obligé d'être commercial pour pouvoir manger, alors que les autres n'étaient que de vulgaires tireurs à la ligne.

Puis, par un matin froid, alors que ma chambre s'agitait doucement dans les hautes branches de mon arbre du monde des Templiers, j'ouvris les yeux pour voir le ciel gris et constater que ma muse s'était envolée. Je n'avais pas écrit la moindre poésie depuis cinq ans. Les *Cantos* étaient restés ouverts dans ma tour de Deneb Drei, quelques pages à peine ayant été écrites en plus de ce qui avait été publié. J'avais utilisé des processeurs de pensée pour rédiger mes romans, et l'un d'eux s'activa automatiquement lorsque j'entrai dans ma chambre de travail. BORDEL, afficha-t-il. QU'EST-CE QUE J'AI DONC FAIT DE MA FOUTUE MUSE ?

Que j'aie pu perdre ma muse sans m'en apercevoir vous donne une idée de ma production. Pour ceux qui n'écrivent pas et qui n'ont jamais été saisis par la manie créatrice, parler de muse peut sembler relever de la figure de style ou de la préciosité bizarre ; mais pour ceux d'entre nous qui ne vivent que par le Verbe, la muse est aussi nécessaire que l'argile pour sculpter le langage. Quand on écrit – je veux dire *réellement* – c'est comme si on était connecté par mégatrans avec les dieux. Aucun véritable poète n'a jamais pu expliquer l'exaltation que l'on ressent lorsque l'esprit devient un outil d'écriture au même titre que la plume ou le processeur de pensée, filtrant et ordonnant les révélations venues *d'autre part*.

Ma muse s'était envolée. Je la cherchai partout dans les autres mondes de ma maison, mais seul le silence me renvoyait son écho vide d'un mur couvert de tableaux de maître à l'autre. Je me distransportai sur tous mes mondes favoris, je contemplai le coucher des soleils sur les plaines de Grass battues par les vents, je vis tomber les brumes nocturnes sur les falaises d'ivoire de Nevermore, mais j'eus beau essayer de tirer mentalement la chasse sur la prose interminable de la *Terre qui meurt* en cours qui me bouchait l'esprit, je n'entendis pas le moindre chuchotement de ma muse.

Je la cherchai dans l'alcool et dans le flashback. Je retournai à l'époque productive d'Heaven's Gate, lorsque l'inspiration était un bourdonnement continu à mes oreilles, interrompant mon travail, me réveillant dans mon sommeil, mais la voix de ma muse, dans ces heures et ces jours revécus, était aussi sourde et dénaturée que dans un disque audio endommagé, rescapé de quelque siècle lointain.

Ma muse s'était bel et bien envolée.

Je me distransportai dans le bureau de Tyrena Wingreen-Feif à l'instant précis de notre rendez-vous. Elle avait été promue éditrice générale au lieu d'éditrice en chef du service transcop. Son nouveau bureau occupait l'étage supérieur de la spire Transverse de Tau Ceti Central, et lorsqu'on se tenait sur ce plateau moquetté on avait l'impression d'être perché au sommet du pic le plus fin et le plus élevé de la Galaxie. Seul le dôme invisible du champ de confinement légèrement polarisé était visible au-dessus de nos têtes, et le bord de la moquette se terminait abruptement sur un vide vertical de six mille mètres. Je me demandais si des auteurs avaient déjà éprouvé l'envie de sauter.

— Votre nouveau chef-d'œuvre ? me demanda Tyrena.

Lusus dominait l'univers de la mode, cette semaine-là, et quand je dis dominer il ne s'agit pas d'un vain mot. Mon éditrice était vêtue de cuir et de fer, avec des piquants rouillés aux poignets et autour du cou. Une cartouchière lui barrait l'épaule et le sein gauche. Les cartouches semblaient authentiques.

— Ouais, répliquai-je en faisant glisser le carton du manuscrit sur son bureau.

— Martin, Martin ! soupira-t-elle. Quand vous déciderez-vous à transmettre vos manuscrits au lieu de vous donner la peine de les apporter en personne sur support papier ?

— J'éprouve une étrange satisfaction à le faire, lui répondis-je. Tout particulièrement dans le cas présent.

— Ah ?

— Oui. Vous n'êtes pas curieuse d'en lire quelques lignes ?

Elle sourit et fit cliqueter ses ongles noirs contre les cartouches de sa cartouchière.

— Je suis certaine que la qualité est à la hauteur de votre production habituelle, dit-elle. Je n'ai pas besoin de lire ce manuscrit pour le savoir.

— Faites-moi plaisir !

— Je vous assure qu'il n'y a pas de raison. De plus, ça me rend nerveuse de prendre connaissance d'un manuscrit en présence de l'auteur.

— Celui-ci est spécial. Lisez juste les premières pages.

Le ton de ma voix dut l'alerter, car elle fronça légèrement les sourcils avant d'ouvrir le carton. Puis les plis de son front se creusèrent lorsqu'elle tourna la page pour feuilleter le reste.

Sur le premier feuillet, il y avait une seule phrase : « Et puis, un beau matin d'octobre, la Terre agonisante avala ses propres boyaux, fut secouée de son dernier spasme et mourut. »

Les deux cent quatre-vingt-dix-neuf autres pages étaient vierges.

— C'est une blague, Martin ?

— Non.

— Une allusion subtile, dans ce cas ? Vous aimeriez débuter une nouvelle série ?

— Non plus.

— Votre réaction n'est pas totalement inattendue, Martin. Nos scénaristes ont quelques idées fascinantes à vous proposer. H. Subwaizee estime que vous seriez parfait pour l'adaptation romancée de la série holo du Vengeur écarlate.

— Vous pouvez foutre votre Vengeur écarlate dans votre joli petit cul d'éditrice de masse, lui dis-je d'une voix cordiale. J'en ai fini pour toujours avec Transverse et cette bouillie prémâchée que vous avez le culot d'appeler littérature.

L'expression de Tyrena ne vacilla pas. Ses dents n'étaient plus pointues, mais leur couleur rouille était assortie aux épines de ses poignets et de son tour de cou.

— Martin, Martin, soupira-t-elle. Vous n'avez pas idée de la manière dont vous serez irrémédiablement et définitivement fini si vous ne vous excusez pas. Redressez le volant et roulez droit. Mais cela peut attendre demain. Pourquoi ne rentrez-vous pas chez vous pour réfléchir à tout ça la tête sobre ?

— Ma tête est parfaitement sobre, ma chère, lui dis-je en souriant. Elle n'a jamais été aussi sobre depuis huit ans. Mais j'avoue qu'il m'a fallu quelque temps pour me rendre compte qu'il n'y avait pas que moi qui écrivais de la merde. Cette année, il n'y a pas eu un seul livre publié dans tout le Retz qui ne soit pas une crotte intégrale. Alors, je quitte le radeau.

Tyrena se leva. Pour la première fois, je remarquai qu'à son ceinturon imitant ceux de la Force pendait un bâton de la mort. J'espérais qu'il était factice comme tout le reste de son costume.

— Écoutez-moi bien, espèce d'écrivaillon à la ligne, écuma-t-elle. Vous appartenez à Transverse depuis les couilles jusqu'aux oreilles. Si vous persistez à vous montrer récalcitrant, nous vous ferons bosser dans notre usine de romans roses sous le pseudonyme de Zézette Lacaille. Et maintenant, fichez-moi le camp d'ici. Dessoûlez-vous la gueule et mettez-vous au travail sur *La Terre qui meurt X*.

Je secouai la tête en souriant calmement. Ses pupilles se rétrécirent alors légèrement.

— Vous nous devez encore près d'un million de marks sur vos avances, dit-elle. Un seul mot de ma part au contentieux, et nous faisons saisir chaque foutue pièce de votre maison, excepté le putain de radeau qui vous sert de chiottes. Vous pourrez y rester jusqu'à ce que l'océan se remplisse de votre merde.

Je me mis à rire, pour la dernière fois.

— Il y a un système de traitement chimique, lui dis-je. De plus, j'ai vendu la maison hier. Le chèque de remboursement du reliquat de l'avance a dû vous parvenir.

Tyrena effleura de la main le manche en plastique de son bâton de la mort.

— Transverse a racheté les droits du concept de la Terre qui meurt, comme vous le savez. Quelqu'un d'autre écrira la série à votre place.

— Je lui souhaite bien du plaisir, fis-je en inclinant la tête.

Quelque chose avait changé dans la voix de mon éditrice quand elle s'était aperçue que je ne plaisantais pas. Je compris qu'elle avait des avantages à tirer de ma collaboration future avec Transverse, mais je ne voyais pas lesquels.

— Je suis sûre que nous pouvons arranger ça, Martin, murmura-t-elle. Je discutais, l'autre jour, avec le patron, et je lui disais justement que Transverse devrait augmenter vos à-valoir et vous laisser débuter une nouvelle série…

— Tyrena, Tyrena, soupirai-je. Adieu.

Je me distransportai alors sur le Vecteur Renaissance, puis sur Parcimonie, où j'embarquai à bord d'un vaisseau de spin pour gagner Asquith et le royaume surpeuplé du roi Billy le Triste.

(Notes pour un portrait sommaire du roi Billy le Triste :)

Son Altesse Royale William XXIII, souverain du royaume de Windsor-en-Exil, ressemble un peu à une chandelle de suif humaine qui aurait séjourné un peu trop longtemps sur un poêle trop chaud. Ses longs cheveux coulent en fins ruisseaux vers ses épaules molles tandis que les sillons de son front rejoignent, un peu plus bas, les rides qui entourent ses yeux de basset, pour continuer, à travers les plis et les replis de ses joues flasques, jusqu'au dédale tremblotant des fanons de son cou et de ses bajoues. On dit que, pour les anthropologues, Billy le Triste rappelle les poupées de chagrin de Kinshasa, tandis que pour les gnostiques zen il évoque le Bouddha de miséricorde après l'incendie du temple de Taï Zhin. Quant aux historiens des médias, ils courent, en le voyant, à leurs photos d'archives, pour vérifier la ressemblance avec un ancien acteur de cinéma bidim nommé Charles Laughton. Mais aucune de ces références n'a de signification pour moi. Plus je regarde Billy le Triste, plus je pense à la figure de mon ancien précepteur, don Balthazar, après une cuite de huit jours.

La réputation de morosité du roi Billy le Triste est quelque peu exagérée, me semble-t-il. Il rit assez souvent, en fait, mais il a le malheur, ce faisant, de secouer ses bajoues de telle manière que la plupart des gens sont persuadés qu'il sanglote.

On ne peut rien pour changer sa physionomie. Dans le cas de Son Altesse Royale, cependant, le personnage tout entier suggère soit le bouffon, soit la victime. Son costume, s'il est permis d'employer ce mot, frise perpétuellement l'anarchie et représente un véritable défi au sens du goût et des couleurs de ses serviteurs androïdes. Il y a des jours où il jure non seulement avec son entourage, mais avec lui-même. Et l'impression de chaos ne concerne pas que sa mise. Le roi Billy évolue dans une atmosphère de laisser-aller permanent. Sa braguette n'est jamais fermée, sa cape de velours est déchirée et balaie toutes les poussières du sol. La ruche de sa manche gauche est deux fois plus longue que celle de sa manche droite, celle-ci donnant l'impression d'avoir été plongée dans un bocal de confiture.

Je pense que vous voyez ça d'ici.

Malgré tout, le roi Billy le Triste possède un esprit intuitif et une passion pour les arts et la littérature qui n'ont pas été égalés depuis l'époque authentique de la Renaissance sur l'Ancienne Terre.

Sous certains aspects, Billy le Triste est un enfant adipeux au visage éternellement collé contre la vitrine d'un marchand de bonbons. Il aime et apprécie en connaisseur la grande musique, mais est incapable d'en produire. Amateur de ballets et de toutes choses gracieuses, Son Altesse a la légèreté d'un cornichon ambulant doublé d'une andouille comique. Lecteur passionné, critique de poésie au goût infaillible, amateur de rhétorique, le roi Billy allie un bégaiement rédhibitoire avec une timidité telle qu'il ne peut jamais se résoudre à montrer sa prose ou sa poésie à quiconque.

Célibataire toute sa vie, entrant dans sa soixantième année, le monarque habite un palais délabré et un royaume de cinq mille mètres carrés comme s'il s'agissait d'un autre de ses costumes royaux dépenaillés, et les anecdotes ne manquent pas sur sa légendaire distraction. Un jour, l'un des peintres auxquels il sert de mécène le croise en train de marcher la tête penchée en avant, les mains croisées dans le dos, un pied sur l'allée de gravier du jardin et l'autre dans la boue, visiblement perdu dans ses pensées. L'artiste interpelle respectueusement le roi. Celui-ci relève la tête en battant des paupières, regarde autour de lui comme s'il sortait d'un long sommeil et demande au peintre médusé :

— Exc-c-c cusez-moi… Est-ce que j-j-j j'allais dans la d-d-d- direction du p-p-p- palais ou d-d-d-d dans l'autre ?

— Dans celle du palais, Majesté, répond l'artiste.

— Ah b-b-b bon, fait le roi. C'est d-d-d donc que j'ai d-d-d déjà d-d-d déjeuné.

Le général Horace Glennon-Height était déjà entré en rébellion, et le monde reculé d'Asquith était tout droit sur son chemin de conquête. Asquith ne se tourmentait pas outre mesure pour cela, l'Hégémonie ayant proposé de faire bouclier avec une flottille de la Force. Mais le royal souverain du royaume de Monaco en exil semblait dans un état de déliquescence adipeuse un peu plus avancé qu'à l'accoutumée lorsqu'il me fit appeler pour me dire :

— M-M-M Martin, vous avez entendu p-p-p parler de la b-b-b bataille de F-F-F Fomalhaut ?

— Oui, répondis-je. Je ne crois pas qu'il y ait lieu de s'inquiéter, Majesté. Fomalhaut est exactement le genre de planète qui intéresse Glennon-Height. Un monde de petite taille, pas plus de quelques milliers de colons, des richesses minières, un déficit de temps d'au moins... Combien ? Vingt mois par rapport au Retz ?

— V-V-V Vingt-trois, fit le roi. Vous ne p-p-p pensez donc pas que nous soyons en d-d-d danger ?

— Pas du tout. Avec une durée de transit réel de trois semaines et un déficit de temps inférieur à un an, l'Hégémonie peut nous envoyer des renforts avant que le général ait le temps d'arriver de Fomalhaut avec ses vaisseaux de spin.

— Vous avez p-p-p peut-être raison, fit le roi Billy en s'appuyant sur un globe qui se mit à tourner sous son poids et l'obligea à se redresser dans un sursaut. Mais, né-né... néanmoins, j'ai décidé de pré-pré préparer notre modeste hégire.

Je battis des paupières, surpris. Billy parlait depuis deux ans de déménager le royaume en exil, mais je n'avais jamais pensé qu'il pouvait parler sérieusement.

— Les vai-vai les vaisseaux sont prêts sur Papa... sur Parvati, dit-il. Asquith a accepté de nous fou-fou... de nous prêter les moyens de trans... de transport dont nous avons b-b-b besoin pour rejoindre le Retz.

— Mais votre palais, Majesté ? La bibliothèque ? Les dépendances ?

— Cédés en échange, naturellement. Mais le contenu de la bi-bi... bliothèque partira avec nous.

Assis sur le bras du canapé de crin, je me frottai plusieurs fois les joues. Depuis dix ans que je me trouvais dans le royaume, j'étais passé du statut de simple protégé à celui de précepteur, confident et ami du roi, mais jamais je n'avais réellement essayé de résoudre l'énigme de ce personnage. Dès mon arrivée, il m'avait accordé audience.

— Sou-Sou Souhaitez-vous rejoindre les rangs des artistes ta-ta talentueux de notre pe-pe petite co-co... lonie ?

— Oui, Majesté.

— Et comptez-vous écrire d'autres li-livres du genre de *La T-T Terre qui meurt ?*

— Pas si je peux l'éviter, Majesté.

— Je l'ai l-l lu, vous savez. C'est t-t très intéressant.

— Vous êtes trop aimable, Majesté.

— Fou-Fou Foutaise, H. Silenus. Ce qui est intéressant, dans ce livre, c'est la manière dont il a été ém-ém… émasculé pour n'y laisser que ce qui est mau-mau… mauvais.

J'avais alors souri, surpris de m'apercevoir que, finalement, j'allais très bien m'entendre avec Billy le Triste.

— Mais les *Can-Can*… les *Cantos*, soupira-t-il, ça c'était une œuvre. Peut-être le plus beau recueil de po-po… de vers publié dans le Retz depuis deux siècles. Comment vous avez réussi à franchir le filtre de la mé-mé… de la médiocrité, je ne l'ai jamais compris. J'ai co-co… commandé vingt mille exemplaires rien que pour mon r-r royaume.

J'inclinai doucement la tête, incapable de trouver mes mots pour la première fois depuis mon attaque cérébrale qui datait alors de vingt ans.

— Est-ce que v-v vous avez l'intention d'écrire encore de la po-po… poésie ? reprit le roi.

— Je suis venu ici pour essayer, Majesté.

— Soyez le b-b bienvenu dans mon royaume, dans ce cas. Vous serez lo-lo… logé dans l'aile ouest du p-p… du château, près de mon b-b bureau. Ma porte vous sera toujours ouverte.

Je regardai la porte fermée puis le petit roi qui, même lorsqu'il souriait, donnait l'impression d'être sur le point d'éclater en sanglots.

— Hypérion ? demandai-je.

Il avait plusieurs fois mentionné le nom de ce monde-colonie retourné à l'état primitif.

— Exactement. Les v-v vaisseaux d'ensemencement y sont d-d depuis quelques années avec des androïdes, Martin. Pour p-p préparer le terrain, en quelque sorte.

Je haussai un sourcil. La fortune du roi Billy ne venait pas de son royaume, mais de ses investissements massifs dans l'économie du Retz. Même ainsi, cependant, s'il avait entrepris un programme clandestin de recolonisation depuis plusieurs années, le coût de l'opération devait être fantastique.

— Est-ce que vous vous rappelez p-p pourquoi les p-p premiers colons ont nommé la p-p planète Hyp-Hyp-Hyp… Hypérion, Martin ?

— Bien sûr. Avant l'hégire, ils formaient une communauté franche sur l'une des lunes de Saturne, qui portait ce nom. Ne pouvant subsister sans être ravitaillés par la Terre, ils ont émigré dans les territoires lointains et nommé Hypérion le monde qu'ils avaient l'intention d'explorer.

Le roi Billy sourit tristement.

— Mais savez-vous pourquoi ce nom est pro-pro… propice à *notre* entreprise ?

Il me fallut une dizaine de secondes pour faire la jonction.

— Keats, lui dis-je.

Plusieurs années auparavant, vers la fin d'une longue discussion sur l'essence de la poésie, le roi Billy m'avait demandé qui était, à mon avis, le plus pur des poètes qui eussent jamais existé.

— Le plus pur ? Vous voulez dire le plus grand, Majesté ?

— Non, non. Il est absurde de chercher à savoir qui était le p-p plus grand. Je suis simplement cu-cu… curieux de savoir qui vous considérez comme le p-p plus p-p pur… et le p-p plus p-p proche de l'essence que vous décrivez.

J'avais réfléchi plusieurs jours à sa question, et je lui avais donné ma réponse tandis que nous contemplions le coucher des soleils du haut de la falaise qui jouxtait le palais. Des ombres rouge et bleu s'étiraient sur la pelouse dans notre direction.

— C'est Keats, lui ai-je dit.

— John Keats. Ah ! Et pour quelle raison ?

Je lui avais expliqué ce que je pensais du poète de l'Ancienne Terre du XIXe siècle, de son éducation, de sa formation et de sa mort précoce. Mais, surtout, je lui avais parlé de son existence presque totalement consacrée aux mystères et aux beautés de la création poétique.

Billy avait paru intéressé. Il semblait même véritablement obsédé, à présent, tandis que d'un geste large de la main il faisait apparaître une modélisation holo qui occupait presque toute la salle. Je fis quelques pas en arrière, passant à travers des constructions, des montagnes et des moutons en train de paître pour avoir le recul nécessaire.

— Contemplez Hypérion, mon ami, me dit-il en oubliant de bégayer, comme chaque fois que quelque chose l'absorbait totalement.

L'image holo se transforma en une série de vues de cités portuaires sur l'océan ou sur des fleuves, de nids d'aigles sur des montagnes et d'une cité perchée sur une colline aux versants couverts de monuments qui ressemblaient aux étranges constructions d'une vallée voisine.

— Les Tombeaux du Temps ? demandai-je.

— Exactement. Le plus grand mystère de tout l'univers connu.

Je fronçai les sourcils devant ce qui me semblait être une exagération.

— Ils sont vides, lui dis-je. On n'a pas retrouvé un seul foutu objet à proximité depuis leur découverte.

— Ils sont la source d'un étrange champ de force anentropique dont les effets se font encore ressentir. Ils représentent l'un des rares phénomènes, en dehors des singularités, qui osent défier le temps lui-même.

— Cela ne va pas très loin. C'est sans doute comme une couche de minium sur du métal, pour le préserver de la rouille. Ils étaient censés durer, mais ils sont vides. Et depuis quand sommes-nous censés nous extasier sur la technologie ?

— Ce n'est pas de la technologie, soupira le roi Billy, dont le visage sembla s'affaisser un peu plus dans ses plis adipeux. C'est du *mystère*. C'est toute l'étrangeté nécessaire à l'esprit créatif. Un mélange parfait d'utopie classique et d'énigme païenne.

Je haussai les épaules, pas du tout impressionné. Le roi chassa d'un geste l'image holo.

— Est-ce que votre po-po... votre poésie s'est améliorée ?

Je croisai les bras en toisant le nain mou royal.
— Non.
— Et votre m-m muse… Est-elle revenue ?
Je ne répondis pas. Si le regard tuait, nous aurions tous crié : « Le roi est mort, vive le roi ! » avant la tombée du soir.
— T-T Très bien, me dit-il, prouvant qu'il était capable d'être aussi suffisant que triste. F-F Faites vos valises, mon garçon. Nous p-p partons pour Hyp-Hyp-Hyp… pour Hypérion.

(Ouverture en fondu)
Les cinq vaisseaux d'ensemencement du roi Billy le Triste flottent comme des aigrettes dorées de pissenlits au-dessus d'un ciel lapis. Des cités toutes blanches se dressent sur trois continents. Keats, Endymion et Port-Romance… La Cité des Poètes elle-même. Plus de huit mille pèlerins des arts cherchant à échapper à la tyrannie de la médiocrité en essayant de renouveler leur vision des choses sur ce monde non dégrossi.
Asquith et Winsdor-en-Exil étaient des centres de biofacture d'androïdes au siècle qui a précédé l'hégire. Ces amis-de-l'homme à la peau bleue travaillaient et suaient dans l'idée qu'une fois leur labeur terminé, ils seraient enfin libres comme l'air. Les cités blanches se sont élevées. Les indigènes, fatigués de jouer aux primitifs, sont sortis de leurs villages et de leurs forêts pour nous aider à reconstruire la colonie selon des spécifications un peu plus humaines. Les technocrates, bureaucrates et écocrates furent sortis de la naphtaline et lâchés sur un monde sans méfiance. Le rêve de Billy le Triste fut alors tout près de se concrétiser.
Lorsque nous arrivâmes sur Hypérion, le général Horace Glennon-Height était mort, sa brève mais brutale mutinerie déjà écrasée. Mais il était trop tard pour retourner en arrière.
Quelques-uns de nos artistes et artisans les plus endurcis boudèrent la Cité des Poètes pour aller mener une existence difficile mais créative à Jackson ou à Port-Romance,

ou même encore dans les territoires vierges en expansion. Mais, pour ma part, je choisis de rester avec Billy.

Durant les premières années, je ne trouvai pas ma muse sur Hypérion. Pour beaucoup d'entre nous, les formidables distances, en raison du manque de moyens de transport (les VEM étaient peu sûrs et les glisseurs extrêmement rares), ainsi que l'amenuisement de la conscience artificielle dû à l'absence d'infosphère et de toute liaison avec la Pangermie autre que notre unique mégatrans, conduisirent à un renouveau des énergies créatrices et à une prise de conscience accrue de ce que signifiait la condition humaine et artistique.

C'est du moins ce que l'on disait.

Aucune muse ne se manifesta à moi. Ma poésie était toujours techniquement parfaite et artistiquement aussi morte que le chat d'Huckleberry Finn.

Je pris la décision de mettre fin à mes jours.

Tout d'abord, cependant, je passai quelque temps – neuf ans au moins – à faire œuvre communautaire en fournissant à Hypérion la seule chose qui lui manquait : le sens de la décadence.

Auprès d'un biosculpteur portant le nom prédestiné de Graumann Raclette, je me procurai les flancs velus, les sabots et les pieds de bouc d'un satyre. Je laissai pousser ma barbe et allongeai mes oreilles en pointe. Graumann pratiqua également quelques intéressantes modifications de mon anatomie sexuelle. La chose ne tarda pas à se savoir. De jeunes paysannes, des indigènes, des femmes de pionniers et d'urbanistes au sang bleu attendirent ou sollicitèrent la visite du seul satyre authentique d'Hypérion. J'appris ce que les mots « priapisme » et « satyriasis » signifient réellement. Outre les joutes sexuelles sans fin, je laissai mes beuveries devenir légendaires et mon vocabulaire régresser presque au stade de l'époque où j'avais eu mon attaque cérébrale.

Je prenais un putain de pied. Je plongeais peu à peu dans un putain d'enfer.

Puis, la nuit où j'avais prévu de me faire sauter la cervelle, Grendel apparut.

(Notes pour une esquisse du monstre :)

Nos pires cauchemars se sont concrétisés. Quelque chose d'horrible nous voile la lumière. Les ombres de Morbius et du Krell. Mets du bois dans l'âtre, maman, Grendel vient nous voir ce soir.

Au début, nous croyons que ceux qui manquent sont simplement partis ailleurs. Il n'y a pas de guetteurs sur les murs de notre cité. Il n'y a même pas de murs, en réalité. Aucun soldat ne garde les portes de notre salle de libations. Puis un mari vient nous signaler la disparition de sa femme entre le repas du soir et le coucher de leurs deux enfants. Hoban Kristus, le peintre impressionniste abstrait, rate son entrée dans l'Amphithéâtre des Poètes pour la première fois de ses quatre-vingt-deux ans de métier. L'inquiétude commence à se répandre. Le roi Billy le Triste, de retour de sa visite officielle sur les chantiers de restauration de Jackson, promet que les mesures de sécurité seront renforcées. Un réseau de surveillance automatique est mis en place autour de la ville. Les électroniciens de notre flotte passent les Tombeaux du Temps au détecteur et nous assurent que tout est vide. Des spécialistes sont envoyés à l'entrée des labyrinthes au pied du Tombeau de Jade. Ils ne détectent rien dans un rayon de six mille kilomètres. Des glisseurs automatiques ou habités sillonnent tout le secteur qui s'étend entre la cité et la Chaîne Bridée. Ils ne repèrent rien de plus que la signature thermique d'une anguille de roche. Durant trois semaines, les disparitions cessent.

Puis la série de morts commence.

Le sculpteur Pete Garcia est retrouvé dans son studio… et dans sa chambre à coucher… et dans son patio. Le directeur de la sécurité, Truin Hines, commet la folie de déclarer à un médiatique :

— C'est comme s'il avait été mutilé par une bête furieuse. Seulement, aucun animal à ma connaissance ne pourrait mettre un homme dans un état pareil.

Nous sommes tous secrètement excités et titillés. C'est vrai que les dialogues sont mauvais, comme dans un million de films et de holos avec lesquels nous avons joué à nous faire peur, mais à présent *nous faisons partie du spectacle*.

Nos soupçons vont d'abord au plus évident. Il est clair qu'un psychopathe se promène en liberté parmi nous. Il tue probablement à l'aide d'une lame pulsante ou d'un clap. Cette fois-ci, il (ou elle) n'a pas eu le temps de faire disparaître le corps. Pauvre Pete.

Le directeur Hines est révoqué, et l'administrateur de la cité, Pruett, reçoit de Sa Majesté la permission de recruter, former et armer une force de sécurité d'une vingtaine d'hommes. Il est question de passer les six mille habitants de la Cité des Poètes au détecteur de mensonges. Les terrasses des cafés bourdonnent de discussions houleuses sur les libertés des citoyens. Ne faisant techniquement pas partie de l'Hégémonie, avons-nous en fait des droits quelconques ? D'extravagants stratagèmes pour capturer l'assassin sont proposés.

C'est alors que le véritable massacre commence.

La série de meurtres n'obéit à aucune logique. Les cadavres vont par deux, par trois, tout seuls, ou disparaissent purement et simplement. Parfois, il n'y a pas la moindre goutte de sang ; d'autres fois, il y en a des torrents. Jamais on ne retrouve de témoins ni de survivants. Cela peut se passer n'importe où. La famille Weimont occupait une villa isolée, mais Sira Rob ne s'éloignait jamais de son studio au sommet d'une tour en plein centre-ville. Deux des victimes ont disparu quand elles étaient seules, probablement en se promenant dans les Jardins du Zen, mais la fille du chancelier Lehman, protégée par deux gardes du corps en faction devant sa porte, se trouvait dans sa salle de bains au dix-septième étage du palais royal quand elle a disparu sans laisser de traces.

Sur Lusus ou sur Tau Ceti Central, de même que sur une douzaine de mondes du Retz, la disparition d'un millier de personnes peut à la rigueur passer à peu près inaperçue. Quelques lignes dans le journal du matin ou dans les nouvelles de l'infosphère, et plus personne n'y pense. Mais dans une ville de six mille habitants, sur un monde-colonie de cinquante mille personnes, une douzaine de meurtres suffisent à attirer l'attention.

Je connaissais bien l'une des premières victimes. Sissipriss Harris avait été l'une de mes premières conquêtes en tant que satyre, et l'une de mes admiratrices les plus enthousiastes. C'était une belle fille aux longs cheveux blonds presque trop veloutés pour être vrais, au teint de pêche presque trop virginal pour être touché, à la beauté trop parfaite pour être contemplée. Le genre de fille que même le plus timoré des mâles rêve de violenter. Et Sissipriss avait fini par se faire violenter pour de bon. On ne retrouva que sa tête, posée verticalement au centre de la place Lord Byron, comme si le reste de son corps était immergé jusqu'au cou dans du marbre liquide. Je compris, en apprenant cela, à quel genre de créature nous avions affaire, car j'avais un chat, au domaine de ma mère, qui avait l'habitude de laisser des offrandes du même genre, les matins d'été, dans le patio sud. La tête d'une souris, le museau dressé sur les dalles de grès dans une expression de pure stupéfaction, ou les restes d'un écureuil aux longues dents laissés par un prédateur fier mais affamé.

Le roi Billy le Triste vint me rendre visite alors que je travaillais à mes *Cantos*.

— Salut, Billy, lui dis-je.

— On dit : « Bonjour, Votre Majesté », grommela le souverain dans l'un de ses rares accès de susceptibilité royale.

Son bégaiement avait disparu le jour où le vaisseau de descente qui le transportait s'était posé sur le sol d'Hypérion.

— Bonjour, Votre Majesté Billy.

— Hum… grogna mon suzerain en déplaçant quelques tas de papiers pour finalement s'asseoir sur le seul endroit du banc où il y avait du café renversé. Je vois que vous vous êtes remis à écrire, Silenus.

Je n'avais aucune raison de confirmer ou de démentir ce qui était parfaitement évident.

— Et vous vous servez toujours d'une plume ? demanda-t-il.

— Seulement lorsque j'écris quelque chose qui vaut la peine d'être lu.

— Vous pensez que c'est le cas ? fit-il en désignant la petite pile de papier que j'avais accumulée en deux semaines locales de travail intensif.

— Oui.

— Comment, oui ? Oui, c'est tout ?

— Oui.

— Et je pourrai bientôt le lire ?

— Non.

Le roi baissa les yeux vers ses pieds, et s'aperçut que le gauche baignait dans une mare de café. Il fronça les sourcils et épongea la mare avec l'ourlet de sa cape.

— Jamais ? fit-il, bougon.

— À moins que vous ne viviez plus longtemps que moi.

— Ce qui est bien dans mes intentions, me dit-il. Je le lirai tandis que vous agoniserez en faisant le bouc auprès des brebis du royaume.

— C'est une métaphore ?

— Pas du tout. Seulement une prévision.

— Je n'ai pas exercé mes charmes sur une brebis depuis mon enfance à la ferme, lui dis-je. J'ai même composé une chanson pour promettre à ma mère de ne plus enculer ses brebis sans sa permission.

Tandis que le roi Billy me contemplait d'un œil morose, j'entonnai quelques mesures d'un classique intitulé : *Il est fini le temps des brebis*.

— Martin, me dit le roi, quelque chose ou quelqu'un est en train de massacrer mes sujets.

Je posai ma plume à côté du papier.

— Je sais.

— J'ai besoin de votre aide.

— Pour l'amour du Christ, je ne vois vraiment pas ce que je pourrais faire ! Vous voulez que je piste le tueur comme un foutu flic de la TVHD ? Que je me batte à mort avec lui au bord d'un putain de précipice ?

— Ce ne serait déjà pas si mal, Martin. Mais pour le moment, je ne vous demande que votre opinion et quelques conseils.

— Première opinion, nous avons eu tort de venir ici. Deuxième opinion, nous serions ridicules de rester. Conseil unique et définitif : foutons le camp.

Billy le Triste hocha lugubrement la tête.

— Vous voulez que nous quittions cette cité, ou tout Hypérion ?

Je haussai les épaules.

Le roi se leva et s'avança jusqu'à la fenêtre de mon petit studio. Elle donnait sur une ruelle étroite qui séparait l'immeuble du palais du mur de brique de l'usine voisine de recyclage automatique. Après avoir contemplé ce mur quelques instants sans rien dire, Billy le Triste se tourna vers moi.

— Vous devez connaître la vieille légende du gritche, me dit-il.

— Quelques fragments.

— Les indigènes associent ce monstre aux Tombeaux du Temps.

— Ils se peinturlurent aussi le ventre pour avoir de meilleures récoltes, et fument du tabac non recombinant.

Le roi hocha la tête devant cette remarque empreinte de sagesse.

— Les équipes d'exploration de l'Hégémonie avaient émis des réserves sur cette planète, dit-il. Elles ont posé des détecteurs partout et ont évité d'établir leurs bases au nord de la Chaîne Bridée.

— Écoutez, Votre Majesté… Que voulez-vous de moi, au juste ? L'absolution pour avoir bousillé et reconstruit la ville ici ? Vous êtes absous. Allez en paix et ne péchez plus, mon enfant. Si vous permettez, Majesté, *adios*. Il me reste encore quelques mirlitons à écrire.

Mais le roi Billy ne s'écarta pas de la fenêtre.

— Vous recommandez l'évacuation de la cité, Martin ?

Je n'hésitai qu'une seule seconde.

— Oui.

— Et vous partiriez en même temps que les autres ?

— Pourquoi pas ?

Il se retourna pour me fixer dans les yeux.

— Est-ce que vous *partiriez* ?

Je ne répondis pas. Au bout d'une minute, je détournai les yeux.

— C'est bien ce que je pensais, me dit le souverain de la planète.

Il croisa ses petites mains potelées dans son dos et se perdit de nouveau dans la contemplation du mur.

— Si j'étais détective, me dit-il, j'aurais sans doute quelques soupçons. Le citoyen le moins productif de notre communauté se remet tout à coup à écrire après dix ans de silence, seulement deux jours... vous entendez, Martin ? Deux jours après le début de cette série de meurtres. Il a totalement disparu de la vie sociale dont il était naguère une figure dominante, et consacre son temps à la composition d'une épopée en vers. Il est devenu étrangement timide, et même les très jeunes filles sont à l'abri de ses ardeurs de bouc.

— Ses ardeurs de bouc, Majesté ? fis-je en soupirant.

Il me jeta un bref coup d'œil par-dessus son épaule.

— Très bien, vous m'avez confondu, lui dis-je. J'avoue tout. Je les ai tous assassinés et je me suis baigné dans leur sang. Cela agit sur moi comme un putain d'aphrodisiaque littéraire. Encore deux ou trois cents victimes, maximum, et mon prochain bouquin sera prêt à être publié.

Le roi Billy tourna le dos à la fenêtre.

— Qu'y a-t-il ? demandai-je. Vous ne me croyez pas ?

— Non.

— Et pourquoi ?

— Parce que, me dit le roi, je sais qui est l'assassin.

Dans l'obscurité de la fosse holo, nous étions en train de regarder le gritche et la manière dont il avait tué la romancière Sira Rob et son amant. La luminosité de l'image était très faible. La chair plus toute jeune de Sira semblait luire d'une pâle phosphorescence tandis que les fesses blanches de son ami beaucoup moins vieux donnaient l'illusion, dans la pénombre, de flotter séparément du reste de son corps bronzé. Leurs ébats frénétiques étaient sur le point d'atteindre leur point culminant lorsque l'inexplicable se produisit. Au lieu des coups de boutoir de la fin et du soudain figé de l'orgasme, le jeune homme sembla se mettre à léviter obliquement en arrière, comme si sa partenaire l'avait éjecté de son vagin. La bande sonore de l'enregistrement, qui consistait jusque-là en soupirs, halètements et exhortations banals, accompagnés des directives généralement associées à ce genre d'activité, se transforma soudain en une cacophonie de cris aigus, tout d'abord ceux de l'homme puis ceux de Sira.

Il y eut un coup sourd tandis qu'une partie du corps du jeune homme heurtait le côté de la caméra. Sira était en position d'attente tragi-comique et vulnérable, les jambes écartées, les bras ouverts, les seins flasques et les cuisses pâles. Sa tête était précédemment rejetée en arrière sous l'effet de l'extase, mais elle avait eu le temps de la redresser, et son expression de béatitude d'orgasme imminent faisait déjà place à celle, étrangement ressemblante, de la terreur indignée. Sa bouche était ouverte pour crier quelque chose.

Aucun son n'en sortit cependant. On n'entendit que le bruit de pastèque éclatée fait par les lames acérées qui perçaient les chairs, et le déchirement des tissus tandis que les crochets, en se retirant, arrachaient les tendons et les os. La tête de Sira bascula mollement en arrière, la bouche ouverte selon un angle impossible, et son corps explosa littéralement du sternum à la plante des pieds. Sa chair se fendait comme si une hache invisible était en train de la débiter en petit bois. Des scalpels non moins invisibles complétaient le travail, pratiquant des incisions latérales qui faisaient penser aux gros plans obscènes en temps décalé de l'opération favorite d'un chirurgien dément. C'était une autopsie délirante effectuée sur une personne vivante, ou plutôt presque vivante. En effet, lorsque le sang avait cessé de jaillir et les spasmes d'agiter son corps, ses membres étaient retombés dans l'inertie de la mort, et ses jambes s'étaient de nouveau ouvertes, comme pour faire pendant à l'étalage obscène de viscères, un peu plus haut. C'est alors que, l'espace d'une fugitive seconde, on aperçut un tourbillon flou de rouge et de chrome à côté du lit.

— Arrêt image, agrandissement et affinement, ordonna le roi Billy le Triste à l'ordinateur central.

Le flou se transforma en une tête issue du cauchemar d'un camé : visage mi-chrome, mi-acier, dents de loup mécanique croisé avec une pelleteuse à vapeur, yeux de laser rubis enchâssés dans des écrins de sang, front où rentrait une lame courbe de trente centimètres issue d'un crâne de vif-argent qu'elle dominait de trente centimètres, cou hérissé d'épines du même genre.

— Le gritche ? demandai-je.

Le roi, pour toute réponse, hocha lentement la tête, ce qui fit néanmoins vibrer sans fin ses bajoues et son triple menton.

— Et le garçon qui était avec elle ?

— Il n'y avait plus aucune trace de lui quand on a découvert le corps de Sira. Personne ne s'est aperçu de sa disparition avant qu'on retrouve ce disque. On l'a identifié comme un professionnel des arts récréatifs d'Endymion.

— Vous venez de trouver cet enregistrement holo ?

— Hier. Les agents de la sécurité ont trouvé l'imageur en examinant le plafond. Moins d'un millimètre de diamètre. Sira possédait toute une discothèque de ce genre d'enregistrements. Apparemment, elle ne se servait de sa caméra que pour... euh...

— Ses ébats privés, suggérai-je.

— Précisément.

Je me levai pour me rapprocher de l'image flottante de la créature. Ma main passa à travers son front, ses épines, ses mâchoires. L'ordinateur l'avait reconstituée grandeur nature. À en juger par cette image, notre Grendel local ne devait pas mesurer plus de trois mètres de haut.

— Le gritche, répétai-je, plus pour le saluer que pour l'identifier.

— Que pouvez-vous me dire sur lui, Martin ? me demanda le roi.

— Que voudriez-vous que je vous dise ? Je suis un poète et non un mythologiste.

— Vous avez demandé à l'ordinateur du vaisseau d'ensemencement des renseignements sur l'origine et la nature du gritche.

Je haussai les sourcils. L'accès aux ordinateurs était censé être aussi secret et anonyme que l'accès à l'infosphère de l'Hégémonie.

— Et alors ? demandai-je. Des centaines de personnes ont dû vouloir se renseigner sur cette légende depuis le début des massacres. Des milliers, peut-être. C'est le seul putain de monstre que nous ayons dans nos légendes.

Des vagues se propagèrent de haut en bas dans les replis adipeux de Billy le Triste.

— Je sais cela, Silenus. Mais vous avez commencé ces recherches seulement trois mois avant les premières disparitions.

Je haussai les épaules et me laissai tomber en soupirant sur les coussins de la fosse holo.

— D'accord. Vous avez raison. Et alors ? Je voulais me servir de cette putain de légende dans le putain de poème que je suis en train d'écrire. C'est un crime ? Arrêtez-moi.

— Qu'avez-vous appris ?

La rage commençait à monter en moi. J'enfonçai plusieurs fois mes sabots de satyre dans la moquette.

— Rien d'autre que ce qui se trouve dans ce foutu fichier, Billy, éclatai-je. Qu'est-ce que vous me voulez, enfin ?

Le roi s'épongea le front du plat de la main et grimaça quand il se mit accidentellement le petit doigt dans l'œil.

— Je ne sais pas trop, me dit-il. Les gens de la sécurité voulaient vous conduire au vaisseau pour vous brancher sur une interface d'interrogatoire total, mais j'ai préféré vous parler plutôt.

Je battis des paupières, sentant déjà une étrange pression sous gravité zéro sur mon ventre. Interrogatoire total signifiait dérivation corticale et plots dans le crâne. La plupart des gens interrogés de cette manière ne gardaient pas de séquelles. La plupart…

— Pourriez-vous m'expliquer quels aspects de la légende du gritche vous comptiez utiliser dans votre poème ? me demanda le roi Billy d'une voix douce.

— Bien sûr, Majesté. D'après l'Évangile gritchtèque des indigènes, le gritche est le Seigneur de la Douleur et l'Ange de l'Expiation Finale. Venu d'un endroit situé hors du temps, il annonce la fin de la race humaine. C'est un concept que j'aime bien.

— La fin de la race humaine, répéta lentement le roi Billy.

— Oui. C'est l'archange Michaël, Moroni, Satan, le Masque de l'Entropie et le monstre de Frankenstein emballés dans le même paquet. Il rôde autour des Tombeaux du Temps en attendant le moment de sortir pour se livrer à ses massacres quand l'humanité sera prête à rejoindre le dodo, le gorille et le grand cachalot au palmarès de l'extinction des espèces.

— Le monstre de Frankenstein… murmura le petit homme adipeux à la cape froissée. Pourquoi pensez-vous à lui ?

Je pris une profonde inspiration.

— Parce que l'Église gritchtèque est persuadée que c'est l'humanité qui, d'une manière ou d'une autre, a *créé* ce monstre, répliquai-je, bien certain que le roi en savait autant, sinon plus que moi sur la question.

— Est-ce qu'elle sait aussi comment il faut faire pour le tuer ? me demanda-t-il.

— Pas à ma connaissance. Il est censé être immortel, en dehors du temps.

— Comme un dieu ?

J'hésitai.

— Pas vraiment, déclarai-je enfin. Plutôt comme l'un des pires cauchemars de l'univers devenu réel. Comme la Faucheuse, si vous voulez, mais avec un penchant morbide pour les âmes accrochées comme des pendeloques aux épines d'un arbre géant… avec leur corps autour.

Le roi Billy hocha tristement la tête.

— Écoutez, lui dis-je, si vous tenez à disséquer les théologies primitives, pourquoi n'allez-vous pas à Jackson poser directement la question aux prêtres gritchtèques ?

— J'y ai déjà pensé, me répondit le roi d'un ton distrait en posant son menton mou sur son poing dodu. Certains sont déjà à bord du vaisseau pour interrogatoire. Mais tout cela n'est pas facile à démêler.

Je me levai pour m'en aller, sans savoir si j'en avais encore le droit.

— Martin ?

— Ouais ?

— Avant de partir, ne savez-vous réellement rien d'autre qui puisse nous aider à comprendre cette créature ?

Je m'immobilisai sur le seuil, sentant les battements de mon cœur contre ma cage thoracique comme s'il cherchait à s'envoler.

— Ouais, murmurai-je d'une voix qui ne tremblait que sur les bords. Je peux vous dire qui il est et ce qu'il est, si vous voulez.

— Ah ?

— C'est la muse que je cherchais.

Je lui tournai le dos et rentrai dans ma chambre pour me remettre à écrire.

Naturellement, c'était moi qui avais provoqué l'apparition du gritche. Je le savais. Je l'avais attiré en commençant à rédiger mon poème épique sur lui. Au commencement était vraiment le Verbe.

Je réintitulai mon poème *Les Chants d'Hypérion*. Le sujet n'était pas seulement la planète, mais la fin des Titans qui se faisaient appeler humains. C'était aussi l'*hubris* sans souci d'une race qui avait osé assassiner sa planète natale par pure négligence et qui avait transporté sa dangereuse arrogance dans les étoiles. Là, elle affrontait le courroux d'un dieu que l'humanité avait en partie enfanté. *Hypérion* était la première œuvre sérieuse à laquelle je m'attaquais depuis des années, et ce serait la plus grande que je produirais jamais. Ce qui avait commencé sous la forme d'un hommage mi-comique, mi-sérieux aux mânes de John Keats devenait ma dernière raison d'être, un tour de force épique à une époque de farce médiocre. *Les Chants d'Hypérion* furent écrits avec un talent auquel je n'aurais jamais pu prétendre et une maîtrise à laquelle je n'aurais jamais accédé. Ils furent interprétés par une voix qui n'était pas la mienne. Mon sujet était la fin de l'humanité. Ma muse était le gritche.

Une vingtaine de personnes moururent encore avant que le roi Billy évacue la Cité des Poètes. Un certain nombre de réfugiés s'installèrent à Keats, à Endymion ou dans l'une des autres cités nouvelles, mais la plupart préférèrent prendre les vaisseaux d'ensemencement pour retourner dans le Retz. Le rêve du roi Billy le Triste de fonder une Utopie créative s'était effondré, bien que Billy lui-même continuât à vivre dans le sinistre palais de Keats. Le gouvernement de la planète passa entre les mains du Conseil intérieur, qui demanda aussitôt à l'Hégémonie d'admettre Hypérion en son sein. Une Force Territoriale fut constituée. Cette FT, principalement composée des mêmes indigènes qui s'entre-tuaient une décennie auparavant, mais commandée à présent par des officiers formés à la hâte par la nouvelle colonie, ne réussit qu'à troubler la sérénité de la nuit avec ses patrouilles de glisseurs automatiques et à perturber, avec ses unités mécaniques de surveillance, la beauté du désert qui revenait s'installer.

Fait assez surprenant, je ne fus pas le seul à rester en arrière. Deux cents personnes au moins firent le même choix que moi, mais nous évitions, pour la plupart, les contacts sociaux. Nous nous adressions des sourires polis lorsque nous nous croisions sur la Promenade des Poètes ou lorsque nous prenions nos repas, à des tables séparées, dans la vaste salle à manger du dôme, où le moindre bruit se réverbérait dans le silence.

Les meurtres et les disparitions continuèrent cependant, à raison d'un ou deux par mois local. Ils n'étaient pas découverts par nous, mais par la FT, qui exigeait de recenser tous les citoyens chaque semaine.

L'image de cette première année qui demeure gravée dans mon esprit est curieusement communautaire. C'est celle de la nuit où nous nous sommes regroupés sur la place pour voir partir le vaisseau d'ensemencement. Nous étions en pleine saison météorique d'automne, et le ciel nocturne d'Hypérion était déjà illuminé d'éclairs dorés et de zébrures enflammées lorsque les moteurs du vaisseau furent mis à feu. Un soleil miniature se forma, et nous contemplâmes, une heure durant, la traînée de flammes de fusion qui s'éloignait, emportant nos amis artistes. Le roi Billy le Triste s'était joint à nous, cette nuit-là, et je me souvins qu'il me regarda longuement avant de monter solennellement dans son carrosse somptueusement décoré pour regagner la sécurité de Keats.

Durant la douzaine d'années qui suivit, je ne quittai la cité qu'en cinq ou six occasions, la première fois pour consulter un biosculpteur capable de me débarrasser de mes attributs de satyre, les autres fois principalement pour me procurer du matériel ou des vivres. Le Temple gritchtèque avait, entre-temps, repris les pèlerinages du gritche, et mon itinéraire me faisait faire à rebours leur parcours de la mort : la forteresse de Chronos, le téléphérique de la Chaîne Bridée, les chariots à vent et le bac de Charon pour descendre le Hoolie. En rentrant, je contemplais les visages des pèlerins et je me demandais qui d'entre eux allait survivre.

Nous recevions très peu de visites dans la Cité des Poètes. Nos tours à moitié finies commençaient à ressembler à des ruines croulantes. Les galeries marchandes, avec leurs arcades et leurs superbes dômes de métal et de verre, étaient envahies par les plantes grimpantes. Les pyrofibres et les scargasses poussaient entre les dalles de pierre. Les FT avaient contribué au chaos ambiant en disséminant des mines et des pièges à l'intention du gritche, mais n'avaient réussi qu'à dévaster des quartiers autrefois magnifiques de la cité. Les systèmes d'irrigation ne fonctionnaient plus. Les aqueducs s'écroulaient. Le désert avançait. Et moi, j'errais de salle en salle dans le palais abandonné du roi Billy, travaillant à mon poème, attendant ma muse.

Quand on y réfléchit bien, l'effet-cause commence à ressembler à une boucle logique insensée issue du cerveau de l'info-artiste Carolus, ou peut-être à une gravure d'Escher. Le gritche s'est matérialisé à cause du pouvoir magique de mon poème, mais celui-ci n'aurait pas pu exister sans la menace bien présente du gritche, qui me sert de muse. Disons que je devais être un peu fou à l'époque.

En une douzaine d'années, la mort avait frappé la cité des dilettantes à un point tel que seul le gritche et moi demeurions en lice. Le passage annuel du pèlerinage gritchtèque représentait un facteur d'irritation mineur, rien de plus qu'une lointaine caravane traversant le désert en direction des Tombeaux du Temps. Parfois, je voyais revenir quelques ombres qui fuyaient à travers les sables vermillon vers le refuge de Chronos, à vingt kilomètres au sud-ouest. La plupart du temps, cependant, personne ne revenait.

J'attendais, tapi dans les ombres de la cité. Mes cheveux et ma barbe avaient poussé au point de recouvrir les maigres haillons que je portais sur moi. Je sortais surtout la nuit, errant au milieu des ruines comme une ombre furtive, me retournant souvent pour regarder mon palais éclairé tel David Hume collant le front à ses propres carreaux et décidant gravement qu'il n'était pas à la maison. Jamais je n'avais pris le synthétiseur de nourriture du dôme pour le transporter dans mes appartements. Je préférais manger dans le silence résonnant sous la coupole craquelée comme un Éloi déboussolé en train de s'engraisser à l'intention de l'inévitable Morlock.

Pas une seule fois je n'avais aperçu le gritche. Souvent, juste avant l'aube, j'étais réveillé en sursaut par un bruit soudain, un crissement de sable ou un raclement de métal. J'étais certain d'être observé, mais je ne réussis jamais à voir celui qui m'épiait.

De temps à autre, je faisais le voyage jusqu'aux Tombeaux du Temps, particulièrement la nuit, en évitant les secousses élastiques et déconcertantes des marées anentropiques tandis que je me frayais un chemin dans les ombres compliquées des ailes du Sphinx ou que je contemplais les étoiles à travers la paroi émeraude du Tombeau de Jade. Et c'est en retournant de l'un de ces pèlerinages nocturnes que je trouvai l'intrus dans mon studio.

— T-T Très impressionnant, M-M Martin, me dit le roi Billy en tapotant l'une des piles de manuscrits éparpillées dans la salle.

Assis dans le vaste fauteuil derrière la longue table, le monarque déchu paraissait plus vieux et plus déliquescent que jamais. Il était visible qu'il lisait ici depuis plusieurs heures.

— C-C Croyez-vous réellement que l'humanité mé-mé mérite une telle fin ? me demanda-t-il d'une voix douce.

Cela faisait douze ans que je n'avais entendu ce bégaiement. Je m'éloignai de la porte sans répondre. Billy était mon ami et mécène depuis plus de vingt années standard, mais à cet instant j'aurais pu le tuer. L'idée que quelqu'un avait lu mon *Hypérion* en mon absence et sans ma permission m'emplissait d'une rage folle.

— V-V Vous da-da datez vos *Can-Can*... vos *Cantos* ? reprit Billy en feuilletant la pile la plus récente de feuillets manuscrits.

— Comment êtes-vous entré ici ? demandai-je subitement.

Ce n'était pas une question gratuite. Les glisseurs, hélicoptères et autres vaisseaux qui tentaient de s'approcher par les airs des Tombeaux du Temps depuis quelques années finissaient assez mal en général. Ils arrivaient sans aucun passager. J'avais fait merveille en alimentant le mythe du gritche.

Le petit homme à la cape froissée haussa les épaules. Son uniforme était censé avoir un aspect royal, mais il le faisait ressembler seulement à un Arlequin obèse.

— J'ai suivi le convoi de pèlerins jusqu'à Chronos, me dit-il. Je suis venu vous faire une petite visite. Je constate que vous n'avez rien écrit depuis des mois, Ma-Ma Martin. Co-Co... Comment expliquez-vous cela ?

Je le fustigeai du regard en silence tout en me rapprochant obliquement de lui.

— J'ai peut-être une explication, reprit le roi Billy en brandissant le dernier feuillet des *Chants d'Hypérion* comme si la solution d'une longue énigme était écrite dessus. Les dernières strophes datent de la semaine où JT Telio a disparu, l'année dernière.

— Et alors ?

J'étais maintenant à l'autre extrémité de la table par rapport à lui. Feignant l'indifférence, je mis la main sur une autre pile de feuillets et les éloignai hors de sa portée.

— D'a-D'a... D'après le système de surveillance des des des... FT, c'est la date de la mo-mo... de la mort du dernier po-po... du dernier poète de la Cité, Martin. Le dernier avant vous, b-b bien sûr.

Je haussai les épaules et continuai de tourner subrepticement autour de la table. Il fallait que je me rapproche de lui sans que le manuscrit soit entre nous.

— Sa-Sa... Savez-vous que votre œuvre est ina... ina... incomplète, Martin ? me demanda-t-il de sa voix grave et infiniment triste. Il y a encore une chance pour que l'humanité su-sur... survive à la chute.

— Non, fis-je en continuant d'avancer obliquement.

— Mais vous ne pourrez pas écrire la fin, n'est-ce p-p pas, Martin ? Vous ne pouvez plus c-c composer si votre m-m muse ne fait pas couler le sang, vrai ou faux ?

— Foutaise.

— Peut-être. Mais c'est tout de même une coïncidence assez fascinante, ne t-t trouvez-vous pas ? Vous êtes-vous jamais demandé pour quelle raison vous aviez été épargné, Ma-Ma... Martin ?

Je haussai de nouveau les épaules, en faisant glisser une autre pile hors de sa portée. J'étais plus grand, plus fort et plus coriace que Billy. Mais il fallait que je m'assure qu'aucune page ne risquait d'être endommagée lorsque je le soulèverais par les replis du cou pour le jeter dehors.

— Il est t-t temps de faire quelque chose pour vous faciliter la t-t tâche, me dit mon ex-mécène.

— Il est plutôt temps pour vous de foutre le camp d'ici, répliquai-je en mettant à l'abri la dernière pile de poésie.

Je fus moi-même surpris, en levant les deux bras, de

voir que je tenais un chandelier de bronze à la main droite.

— Plus un pas, je vous prie, me dit le roi Billy d'une voix douce en sortant un neuro-étourdisseur de sa poche.

Je n'eus qu'une seule seconde d'hésitation, puis j'éclatai de rire.

— Espèce d'avorton minable ! m'écriai-je. Vous seriez incapable de vous servir de ce putain de truc même si votre vie en dépendait !

Je m'avançai pour lui donner la raclée qu'il méritait et le jeter dehors.

J'avais la joue contre une dalle de pierre de la cour, mais l'un de mes yeux était suffisamment ouvert pour me laisser apercevoir les étoiles qui brillaient encore à travers la verrière cassée de la galerie marchande. J'étais cependant incapable de cligner. Mes membres et le haut de mon corps commençaient à fourmiller comme si j'avais dormi trop longtemps avant de connaître un réveil douloureux. J'avais envie de hurler, mais mes mâchoires et ma langue étaient paralysées. Soudain, je me sentis soulevé et adossé à un banc de pierre de telle manière que mon champ de vision englobait une partie de la cour et la fontaine sèche, dessinée par Rithmet Corbet, où un Laocoon de bronze luttait avec des serpents du même métal dans la lumière vacillante des averses météoriques précédant les premières lueurs de l'aube.

— Je regrette b-b beaucoup, Martin, me dit une voix familière, mais toute cette f-f folie doit cesser.

Le roi Billy s'avança dans mon champ de vision avec une épaisse liasse de feuillets à la main. D'autres feuillets étaient éparpillés sur le rebord de la fontaine, aux pieds du Troyen de bronze. Un bidon de kérosène était débouché un peu plus loin.

Je réussis enfin à battre des cils. Mes paupières étaient lourdes comme des couvercles de fer rouillé.

— Les effets de l'étou... l'étou... l'étourdisseur devraient cesser d'-d' d'une minute à l'autre, me dit Billy.

Plongeant les mains dans le bassin, il prit une liasse de feuilles et y mit le feu avec son briquet.

— Non ! réussis-je à hurler à travers mes mâchoires insensibles.

Les flammes dansèrent, puis moururent. Le roi Billy laissa les cendres retomber dans le bassin et prit un autre tas de feuilles qu'il roula en cornet. Je vis des larmes perler sur sa joue illuminée par le feu.

— C'est v-v vous qui avez causé cela, me dit le petit homme. Maintenant, il faut en fi... en fi-fi... en finir.

Je fis des efforts surhumains pour me relever. Mes bras et mes jambes remuèrent comme les membres mous d'une marionnette mal contrôlée. La douleur était devenue atroce. Je hurlai de nouveau, mais seuls le marbre et le granit firent écho à mon gargouillement inarticulé.

Le roi Billy brandit un feuillet et déclama :

Sans autre script ou accessoire
Que ma propre faible mortalité, je portai
Le poids de cette quiétude éternelle,
La fixité morose et la triple forme inchangée
Pesant sur mes sens d'une lune entière.
Dans mon cerveau brûlant assurément j'en mesurai
Les saisons d'argent hébergées par la nuit.
Chaque jour me voyant plus pâle et plus blême
(Souvent, avec ferveur, je priais que la Mort
Veuille bien m'arracher à cette vallée des larmes
Et à tous ses fardeaux), haletant de désespoir,
Appelant le changement, heure après heure,
Je me maudissais.

Billy le Triste leva le front vers les étoiles et jeta cette page aux flammes.

— Non ! protestai-je de nouveau.

Forçant mes jambes à se plier, je me redressai sur un genou, essayai de me stabiliser à l'aide d'un bras transpercé de mille aiguilles de feu, puis retombai sur le côté.

La silhouette drapée de la cape royale se saisit d'une

liasse trop épaisse pour être roulée en cornet et plissa les paupières pour lire dans la pénombre :

Je vis alors un visage livide
Non encore transfixé par le désespoir humain
Mais blanchi par une aveuglante maladie
D'immortalité qui ne tue point.
Elle opère de continuels changements
Que ne peut interrompre une fin bienheureuse.
Cheminant pas à pas vers la mort sans mourir,
Ce visage était au-delà du lis et de la neige.
Plus loin, je n'ose imaginer,
Bien que j'aie longuement contemplé son profil...

Le roi Billy leva son briquet, et cinquante nouveaux feuillets disparurent dans les flammes. Il laissa tomber le tout dans la fontaine et se pencha pour prendre une nouvelle liasse.

— Par pitié ! implorai-je en me levant, les jambes flageolantes sous l'effet saccadé d'impulsions nerveuses contradictoires. Je vous en prie ! Arrêtez !

La troisième présence n'apparut pas à un moment précis. Lorsqu'elle entra dans ma conscience, ce fut comme si elle avait toujours été là et que le roi Billy et moi avions négligé de la voir jusqu'à ce que les flammes soient assez hautes pour cela. Elle était géante, à quatre bras, moulée dans le chrome et la chitine cartilagineuse. Son regard rougeoyant était tourné vers nous.

Le roi Billy recula avec une exclamation étouffée, puis se ravisa, fit un pas en avant et jeta le reste du manuscrit dans les flammes de la fontaine. Des fragments de papier carbonisé volèrent, portés par un courant ascendant d'air chaud. Quelques colombes prirent leur vol, dans un brusque froissement d'ailes, du haut du dôme aux poutrelles tordues envahies de vigne vierge.

Je fis, moi aussi, un pas chancelant en avant. Le gritche demeurait immobile. Ses yeux injectés de sang ne bougeaient pas.

— Va-t'en ! s'écria Billy sans bégayer, d'une voix exaltée peut-être par toute la poésie qui l'entourait. Retourne dans les abîmes d'où tu n'aurais pas dû sortir !

Le gritche sembla incliner très légèrement la tête. Les surfaces brillantes lancèrent des éclats rouges.

— Seigneur ! m'écriai-je.

J'ignorais, et j'ignore encore à ce jour si je m'adressais ainsi à l'apparition infernale ou au roi Billy. Mais je fis trois nouveaux pas chancelants et voulus me retenir au bras du roi.

Il n'était plus là. Un instant le petit roi était à moins d'un mètre de moi, et l'instant suivant il se trouvait à dix mètres, porté à bout de bras au-dessus de la cour dallée. Des doigts de métal acéré lui transperçaient les bras, la poitrine et les cuisses, mais il se débattait toujours, et tenait quelques pages enflammées dans son poing serré. Le gritche le brandissait comme un père apportant son fils au baptême.

— Détruisez-le ! me cria Billy en agitant pathétiquement ses bras transpercés. Détruisez-le !

Je m'appuyai au rebord de la fontaine, les jambes toujours en coton. Au début, j'avais compris qu'il me demandait de détruire le gritche. Puis je m'étais dit que c'était le poème. En fait, je crois qu'il voulait dire les deux. Il y avait un millier de pages intactes dans le bassin. Je me penchai pour prendre le bidon de kérosène.

Le gritche n'eut pas de réaction. Il serra seulement le roi un peu plus fort contre sa poitrine, dans un geste presque affectueux. Billy se débattit et ouvrit grand la bouche en un cri silencieux tandis qu'une longue épine d'acier perçait la soie de son costume d'Arlequin juste au-dessus du sternum. Stupidement, encore à moitié paralysé, je pensai à la collection de papillons que je faisais dans mon enfance. Lentement, d'un geste mécanique, j'aspergeai de kérosène les pages éparpillées.

— Dépêchez-vous ! me cria le roi d'une voix rauque. Pour l'amour de Dieu, Martin !

Je ramassai le briquet tombé par terre. Le gritche ne s'occupait toujours pas de moi. Les carreaux gris de la cape du roi devenaient aussi écarlates que les carreaux déjà rouges. J'actionnai du pouce la roulette de l'antique briquet, une fois, deux fois, trois fois. Je n'obtins que des étincelles. À travers mes larmes, je voyais l'œuvre d'une vie étalée dans le fond poussiéreux du bassin à sec. Je lâchai le briquet.

Billy hurla. Confusément, j'entendis le choc du métal contre ses os tandis qu'il se tordait dans l'étau du gritche.

— Ne me laissez pas ! cria-t-il. Par pitié, Martin ! Oh, mon Dieu !

Je fis alors volte-face, accomplis cinq pas rapides en avant et jetai sur eux le contenu du bidon de kérosène encore à moitié plein. La fumée obscurcit ma vision déjà trouble. Billy et l'impossible créature qui le tenait dans ses bras étaient mouillés comme deux personnages d'une bande dessinée holo. Je vis Billy recracher du liquide. Je vis le museau luisant du gritche refléter un éclat de ciel embrasé par les météores. Puis les pages encore rougeoyantes du manuscrit que tenait Billy enflammèrent le kérosène.

Je levai les deux mains pour me protéger le visage, mais il était trop tard. Ma barbe et mes sourcils étaient déjà roussis. Je reculai jusqu'au bord de la fontaine.

L'espace de quelques instants, le bûcher vivant fut une parfaite statue de flammes, une *Pietà* bleu et jaune représentant une madone à quatre bras tenant un Christ embrasé. Puis la silhouette en feu se tordit, toujours embrochée par les épines d'acier et transpercée par vingt griffes acérées comme des scalpels. Un cri monta, que je ne pus croire originaire de la moitié humaine de ce couple enlacé par la mort. L'intensité de ce cri me fit plier les genoux et se répercuta sur chaque aspérité de la cité abandonnée. D'autres pigeons prirent lourdement leur vol. Le hurlement déchirant se prolongea plusieurs minutes, même après la disparition pure et simple de l'image embrasée qui ne laissa derrière elle ni cendres ni rémanence rétinienne. Il me fallut encore une minute ou deux pour me rendre compte que la plainte que j'entendais maintenant sortait de ma propre gorge.

Il faut bien qu'à un moment la tension redescende. La réalité ménage rarement des dénouements acceptables.

Il me fallut plusieurs mois, peut-être un an, pour recopier entièrement les pages tachées de kérosène et pour récrire les *Chants* brûlés. Vous ne serez pas surpris d'apprendre que je n'ai jamais fini mon poème. Ce n'est pas moi qui l'ai voulu. Ma muse m'avait abandonné.

La Cité des Poètes tomba tranquillement en ruine. J'y restai encore un an ou deux. Peut-être cinq, je ne sais pas. Je n'avais plus toute ma raison. À ce jour, les premiers pèlerins gritchtèques parlent encore de la silhouette fantomatique et décharnée, aux cheveux hirsutes, en haillons et aux yeux protubérants, qui les sortait de leur sommeil gethsémanien en criant des obscénités et en secouant le poing vers les Tombeaux du Temps silencieux, défiant le monstre qui s'y cachait d'avoir le courage de se montrer.

Finalement, même ma folie finit par se consumer, bien qu'elle rougeoie encore un peu en moi. Je regagnai à pied la civilisation, distante de quinze cents kilomètres, avec un sac à dos où je n'avais glissé que mon manuscrit. Je survécus en mangeant des anguilles de roche, en buvant de la neige et en jeûnant totalement les dix derniers jours.

Les deux siècles et demi qui se sont écoulés depuis n'ont apporté aucun élément digne d'être rapporté ici, et encore moins d'être revécu. Le traitement Poulsen aide à se maintenir en forme et à attendre. Deux longs voyages glacés et illégaux en état de fugue cryotechnique ont fait le reste, chacun absorbant un siècle ou plus, chacun prélevant sa dîme de cellules nerveuses et de mémoire.

J'attendais alors, et j'attends toujours. Le poème doit être achevé, et il sera achevé.

Au commencement était le Verbe.

À la fin… au-delà des honneurs, au-delà de la vie, au-delà des soucis…

À la fin sera le Verbe.

HYPÉRION

Volume 2

4

Le *Bénarès* atteignit la Bordure le lendemain peu après midi. L'une des mantas était morte dans son harnais à vingt kilomètres à peine de notre destination. A. Bettik la laissa s'en aller avec le courant. L'autre résista jusqu'à ce qu'ils fussent amarrés au quai, puis roula sur le côté, totalement épuisée, ses ouïes laissant passer un mince filet de bulles d'air. Bettik la relâcha aussi, en expliquant qu'elle avait une faible chance de survie si elle se laissait porter quelque temps par le courant.

Les pèlerins étaient debout depuis l'aube pour contempler le paysage qui défilait devant eux. Ils échangeaient peu de paroles. Ils ne trouvaient rien à ajouter au récit de Martin Silenus. Le poète ne paraissait pas s'en soucier. Il continuait de boire du vin au petit déjeuner et de chanter des chansons obscènes pour saluer le lever du soleil.

Le fleuve s'était considérablement élargi depuis la veille. Il formait maintenant un ruban d'autoroute de deux kilomètres de large qui s'enfonçait, gris-bleu, à travers les basses collines vertes du sud de la mer des Hautes Herbes. Il n'y avait pas d'arbres si près de l'océan, et les tons roux et chatoyants des buissons de la Crinière s'étaient progressivement éclaircis pour se rapprocher du vert vif des herbes hautes de deux mètres qui tapissaient les plaines du nord. Toute la matinée, les collines n'avaient cessé de s'aplatir pour ne plus former que des talus herbeux bordant le fleuve de chaque côté. Une bande sombre presque indiscernable flottait juste au-dessus de l'horizon au nord et à l'est, et les pèlerins qui avaient déjà vécu sur des mondes océaniques comprirent que la mer n'était plus très loin, même si celle-ci n'était formée que de milliards d'hectares de hautes herbes.

La Bordure n'avait jamais été un lieu très fréquenté. Aujourd'hui, elle était totalement déserte. La vingtaine de bâtisses alignées de chaque côté de la route qui partait du quai offrait un spectacle d'abandon et de désolation. Certains indices pouvaient laisser supposer que la population avait fui à peine quelques semaines plus tôt. *Le Repos du Pèlerin*, une vieille taverne vieille de trois siècles, perchée sur une colline juste en dessous de la crête, avait entièrement brûlé.

A. Bettik les accompagna jusqu'au sommet du talus.

— Que comptez-vous faire, à présent ? lui demanda le colonel Kassad.

— D'après les termes du contrat de servage qui nous lie au Temple, nous sommes libres après ce voyage, lui répondit Bettik. Nous vous laissons le *Bénarès* pour effectuer le voyage de retour. En ce qui nous concerne, nous redescendrons le fleuve avec le radeau. Puis nous continuerons notre route.

— Vous vous ferez évacuer avec les autres réfugiés ? demanda Brawne Lamia.

— Non, répliqua Bettik en souriant. Nous avons nos propres objectifs et nos propres pèlerinages sur Hypérion.

Le groupe avait atteint la crête arrondie du talus. Vu d'en haut, le *Bénarès* semblait bien petit, amarré à son ponton croulant. Le fleuve coulait dans les lointains bleutés du sud-ouest, au-delà de la ville, puis obliquait vers l'ouest, rétrécissant son cours à l'approche des infranchissables cataractes situées à une douzaine de kilomètres en amont de la Bordure. Au nord et à l'est s'étendait la mer des Hautes Herbes.

— Mon Dieu ! murmura Lamia.

L'impression qu'ils avaient était de se trouver sur la dernière colline avant la fin de la création. Au-dessous d'eux, une succession de quais, de pontons et d'entrepôts marquait la limite de la Bordure et le commencement de la mer des Hautes Herbes. À perte de vue, il n'y avait que l'herbe qui ondoyait sensuellement sous la brise légère et qui semblait venir lécher la base de l'escarpement. Cet océan végétal paraissait infini et ininterrompu. De hauteur apparemment uniforme, il se prolongeait jusqu'aux quatre horizons. Rien n'indiquait la présence des sommets enneigés de la Chaîne Bridée, qui se trouvait, ils le savaient, à huit cents kilomètres de là, au nord-est. L'illusion de contempler une vaste mer émeraude était presque parfaite, jusqu'au frémissement des tiges agitées par le vent, qui ressemblaient à des moutons au large.

— C'est merveilleux ! s'extasia Lamia, qui se trouvait pour la première fois devant un tel spectacle.

— C'est surtout au lever et au coucher du soleil qu'il faut le voir, lui dit le consul.

— Fascinant, murmura Sol Weintraub.

Il souleva l'enfant pour qu'elle puisse admirer aussi. Elle gigota de plaisir et se concentra dans la contemplation de ses petits doigts potelés.

— Un écosystème parfaitement bien conservé, fit Het Masteen d'un ton approbateur. Le Muir serait satisfait.

— Merde ! s'exclama Martin Silenus.

Tous les regards se tournèrent vers lui.

— Il devrait y avoir ici un de ces putains de chariots à vent, fit le poète.

Les quatre hommes qui l'entouraient ainsi que la femme et l'androïde se tournèrent vers le quai abandonné, puis vers la plaine vide.

— Il a du retard, c'est tout, suggéra le consul.

Martin Silenus éclata d'un rire rauque.

— Dites plutôt qu'il est reparti ! Nous avions rendez-vous hier.

Le colonel Kassad prit ses jumelles à amplification électronique et balaya l'horizon en disant :

— À mon avis, il est peu probable qu'il soit reparti sans nous. Ce sont les prêtres du Temple gritchtèque qui devaient nous l'envoyer. Ils ont intérêt à ce que nous fassions ce pèlerinage.

— Nous pouvons le faire à pied, proposa Lénar Hoyt.

Il était plus pâle que jamais, visiblement dans un état

de faiblesse avancé, sous l'empire de la douleur ou de la drogue, ou encore des deux à la fois. Il était à peine en état de se tenir debout, et encore moins de marcher.

— Pas question, fit Kassad. Cela représente plusieurs centaines de kilomètres, et ces herbes sont plus hautes que nous.

— Nous avons des boussoles, insista le prêtre.

— Les boussoles ne servent à rien sur Hypérion, fit Kassad, les jumelles toujours braquées sur un point de l'horizon.

— Un indicateur de direction, alors.

— Nous avons un radiogoniomètre, c'est vrai, lui expliqua le consul, mais ce n'est pas là le problème. L'herbe est coupante. Au bout de cinq cents mètres, nous serions en sang.

— Vous oubliez les serpents, dit Kassad en abaissant ses jumelles. C'est un écosystème bien conservé, c'est vrai, mais cela n'a rien à voir avec un jardin d'agrément.

Le père Hoyt soupira et se laissa tomber sur l'herbe rase de la crête. Il y avait presque du soulagement dans sa voix lorsqu'il murmura :

— D'accord, il ne nous reste plus qu'à rebrousser chemin, dans ce cas.

A. Bettik s'avança.

— L'équipage vous attendra volontiers pour vous reconduire à Keats avec le *Bénarès* si le chariot à vent ne vient pas, dit-il.

— Inutile, répliqua le consul. Prenez le radeau et partez comme prévu.

— Pas si vite ! s'écria Martin Silenus. Je ne me souviens pas qu'on vous ait élu dictateur, *amigo*. Si ce foutu chariot ne se montre pas, il faudra bien trouver un autre moyen de transport. Nous devons absolument arriver là-bas !

Le consul fit volte-face pour aboyer :

— Quel autre moyen de transport ? Un bateau ? Il nous faudrait au moins deux semaines pour remonter la Crinière et contourner la côte nord jusqu'à Otho ou l'un des autres points de rassemblement. De toute manière, il faudrait qu'un bateau soit disponible. Il est probable que tout ce qui est en état de naviguer a été réquisitionné pour être intégré au dispositif d'évacuation.

— Un dirigeable, peut-être, grogna le poète.

Brawne Lamia éclata de rire.

— C'est vrai qu'il en passe sans arrêt, depuis deux jours que nous remontons le fleuve !

Martin Silenus se tourna rageusement vers elle, le poing fermé, comme s'il voulait la frapper. Puis il sourit.

— Très bien, ma petite dame. Qu'est-ce qu'on fait, alors ? Peut-être qu'un sacrifice humain aux serpents des hautes herbes nous attirerait les bonnes grâces du dieu des transports.

Elle lui jeta un regard arctique.

— Une auto-immolation par le feu serait tout à fait dans vos cordes, mon garçon, dit-elle.

Le colonel Kassad s'interposa. D'une voix de commandement, il lança :

— Ça suffit comme ça, vous deux. Le consul a raison. Le mieux est de rester ici jusqu'à ce que le chariot arrive. H. Masteen et H. Lamia, allez superviser le déchargement de nos affaires avec A. Bettik. Pendant ce temps, le père Hoyt et H. Silenus iront chercher du bois pour faire un grand feu.

— Un grand feu ? Et pourquoi ? demanda le prêtre.

Il trouvait qu'il faisait assez chaud comme ça sur la colline.

— Quand la nuit tombera, il faut que le chariot à vent puisse nous repérer facilement, lui expliqua Kassad. Tout le monde à son poste, maintenant.

En silence, le groupe contemplait le radeau à moteur qui descendait lentement le fleuve dans le crépuscule. Malgré la distance, le consul distinguait la peau bleue des membres de l'équipage. Le long du quai, le *Bénarès* semblait vieux et abandonné, à l'image de la cité déserte. Lorsque le radeau disparut à l'horizon, le groupe se tourna vers la mer des Hautes Herbes. Les ombres des berges du fleuve se profilaient sur ce que le consul ne pouvait s'empêcher d'appeler mentalement des vagues et de la houle. Au large, l'océan d'herbes semblait changer de couleur et miroitait d'un éclat d'aigue-marine avant de s'assombrir comme pour indiquer la présence de grands fonds. Le ciel lapis se fondit en un crépuscule d'ors et de pourpres, illuminant la crête et donnant des reflets liquides à la peau des pèlerins. Les seuls bruits que l'on entendait étaient les murmures du vent dans les herbes.

— C'est un sacré foutu tas de bagages que nous avons là, pour des gens qui ne font qu'un aller simple, fit remarquer Martin Silenus.

Il n'avait pas tort, se disait le consul. Leurs affaires formaient une belle petite montagne sur le talus herbeux.

— Quelque part au milieu de tout ça, déclara Het Masteen d'une voix tranquille, nous attend peut-être notre salut.

— Que voulez-vous dire ? demanda Brawne Lamia.

— Le salut, c'est possible, fit Martin Silenus en s'étendant sur l'herbe, les mains croisées sous la tête, pour contempler le ciel. Mais avez-vous pensé à vous munir d'un slip antigritche ? Vous pourriez en avoir besoin.

Le Templier secoua lentement la tête. Le crépuscule maintenait son visage dans l'ombre sous le capuchon de son vêtement.

— Il est inutile de nous leurrer ou de minimiser les raisons qui amènent ici chacun d'entre nous, dit-il. Il est temps d'admettre que nous avons tous apporté dans ce pèlerinage quelque chose de particulier avec quoi nous espérons, lorsque le moment sera venu d'affronter le Seigneur de la Douleur, changer le cours inévitable des événements.

Le poète se mit à rire.

— Dire que je n'ai même pas apporté ma putain de patte de lapin porte-bonheur !

Le capuchon du Templier s'inclina légèrement en avant.

— Vous avez votre manuscrit, peut-être ?

Le poète ne répondit pas.

Het Masteen fit passer son regard invisible sur son voisin de gauche.

— Et vous, colonel, qu'avez-vous dans ces grosses malles qui portent votre nom ? Des armes ?

Kassad le regarda sans répondre.

— Évidemment, fit Het Masteen. Il serait ridicule d'aller à la chasse sans être armé.

— Et moi, demanda Brawne Lamia en croisant les bras. Savez-vous quelle arme secrète je transporte clandestinement ?

— Nous n'avons pas encore eu l'honneur d'entendre votre récit, H. Lamia, fit remarquer le Templier de sa voix posée aux accents étranges. Il serait prématuré de vouloir spéculer là-dessus.

— Et le consul ? demanda Lamia.

— Là, il me semble qu'elle est tout à fait évidente, l'arme que notre ami diplomate tient en réserve.

Le consul s'arracha à la contemplation du coucher de soleil.

— Je n'ai dans mes bagages que quelques vêtements et deux livres à lire, dit-il, sincère.

— Oui, soupira le Templier. Par contre, c'est un bien beau vaisseau que vous avez laissé derrière vous.

Martin Silenus bondit sur ses pieds en entendant ces mots.

— Ce vaisseau de merde ! s'écria-t-il. Je suis sûr que vous pouvez l'appeler ! Sortez votre putain de sifflet magique, j'en ai marre de poireauter ici !

Le consul arracha un brin d'herbe et le fendit méthodiquement en long. Au bout d'une minute, il déclara :

— Même s'il était en mon pouvoir de le faire venir ici – et vous avez entendu comme moi A. Bettik dire que les satcoms et les stations de répéteurs étaient hors service – nous ne pourrions absolument pas nous poser au nord de la Chaîne Bridée. Cela a toujours inévitablement tourné au désastre, même avant que le gritche commence à écumer la région située au sud des montagnes.

— D'accord, fit Silenus en agitant nerveusement les bras. Mais nous pourrions au moins quitter ce putain de... gazon ! Qu'est-ce que vous attendez pour l'appeler ?

— Nous en reparlerons demain. Si le chariot à vent

n'est toujours pas là, nous envisagerons des solutions de rechange.

— Allez vous faire foutre avec vos...

Mais Silenus fut coupé par Kassad, qui fit un pas en avant en lui tournant le dos, ce qui eut pour effet de le mettre hors du cercle.

— H. Masteen, demanda le colonel, ne nous direz-vous pas quel est votre secret ?

Les derniers feux du couchant permettaient à peine de distinguer le sourire qui flottait sur les lèvres fines du Templier. Il désigna la montagne de bagages.

— Comme vous avez pu le constater, la malle qui m'accompagne est la plus lourde et la plus mystérieuse de toutes.

— C'est un cube de Möbius, affirma le père Hoyt. J'ai vu transporter ainsi des artefacts anciens.

— Ou des bombes à fusion, suggéra Kassad.

Het Masteen secoua la tête.

— Rien d'aussi brutal, leur dit-il.

— N'allez-vous pas nous révéler votre secret ? demanda Lamia.

— Lorsque viendra mon tour de parler.

— Ce n'est pas votre tour ? demanda le consul. Nous pourrions écouter le récit suivant en attendant.

Sol Weintraub se racla la gorge.

— C'est moi qui ai le numéro quatre, dit-il en leur montrant son morceau de papier. Mais je cède volontiers la place à la Voix de l'Arbre Authentique, si tel est son désir.

Il souleva Rachel pour en faire passer le poids d'une épaule à l'autre, tout en lui tapotant affectueusement le derrière.

— Nous avons tout le temps, fit Het Masteen en secouant la tête. Je voulais seulement vous faire comprendre qu'il y a toujours de l'espoir au plus profond du plus sombre désespoir. Nous avons beaucoup appris, jusqu'à présent, en écoutant les récits qui ont été faits. Néanmoins, chacun de nous a le germe d'une promesse enfoui en lui, encore plus loin que nous ne voulons l'admettre.

— Je ne vois vraiment pas en quoi…

Le père Hoyt fut brutalement interrompu par le cri de Martin Silenus :

— Le voilà ! Il a quand même fini par arriver, ce putain de chariot à vent !

Il fallut encore vingt minutes pour que le chariot s'amarre à l'un des pontons. Il venait du nord, et ses voiles formaient des carrés blancs contre la plaine obscure vidée de toutes ses couleurs. Les dernières lueurs du couchant s'étaient éteintes lorsque le gros vaisseau, ayant décrit un large cercle pour se présenter dans l'alignement du talus, ferla ses voiles et s'arrêta progressivement de rouler.

Le consul fut impressionné par ce spectacle. L'engin était en bois, entièrement assemblé à la main, et d'une taille gigantesque. Sa ligne ventrue évoquait celle d'un galion de mer tout droit issu de l'histoire de l'Ancienne Terre. Son unique roue, énorme, placée au centre, devait normalement rester invisible au milieu des herbes de deux mètres. Mais le consul aperçut la partie inférieure de la coque lorsqu'il commença à porter les bagages sur le quai. Il y avait bien six ou sept mètres entre le niveau du sol et le plat-bord, et environ cinq fois cette distance jusqu'au sommet du grand mât. De l'endroit où il se trouvait, haletant sous la charge, il entendait le claquement des bannières, tout en haut, ainsi qu'un bourdonnement continu, presque subsonique, sans doute produit par le volant d'inertie intérieur du vaisseau ou par ses gyroscopes massifs.

Une passerelle sortit de la partie supérieure de la coque et s'inclina jusqu'au quai. Le père Hoyt et Brawne Lamia durent reculer précipitamment pour ne pas se faire écraser.

Le chariot à vent était beaucoup moins bien éclairé que le *Bénarès*. Ses seules sources d'illumination semblaient consister en une série de lanternes suspendues à des vergues. Aucun équipage ne s'était manifesté durant l'approche du vaisseau, et il n'y avait pas la moindre silhouette en vue sur le pont.

— Holà ! appela le consul au pied de la passerelle.

Personne ne lui répondit.

— Attendez-moi ici un instant, voulez-vous ? fit Kassad.

En cinq enjambées, il se retrouva en haut de la passerelle inclinée. Tandis que les autres le regardaient sans rien dire, il s'immobilisa un instant, toucha sa ceinture à l'endroit où était glissé un petit bâton de la mort, puis disparut à l'intérieur du vaisseau. Quelques minutes plus tard, une lumière s'alluma derrière les larges baies de la poupe, projetant des ombres jaunes trapézoïdales sur l'herbe en contrebas.

— Vous pouvez monter, fit Kassad du haut de la rampe. Il n'y a personne à bord.

Ils durent faire plusieurs voyages pour les bagages. Le consul aida Het Masteen à porter la lourde malle de Möbius et crut sentir dans ses doigts une vibration légère mais soutenue.

— Où est passé ce bordel de Dieu d'équipage ? demanda Martin Silenus quand ils se rassemblèrent sur le pont principal.

Ils avaient fait, en file indienne, le tour des coursives étroites et des cabines, et descendu des escaliers qui étaient plutôt de simples échelles. Les logements prévus pour les passagers étaient à peine plus spacieux que les couchettes qu'ils contenaient. Seule la cabine de poupe, celle du capitaine, si toutefois l'on pouvait se fier aux apparences, était à peu près comparable en volume et en confort aux installations du *Bénarès*.

— Il est automatique, de toute évidence, fit Kassad.

L'officier de la Force leur montra des drisses qui disparaissaient dans des rainures du pont, des manipulateurs presque invisibles parmi les espars et le gréement, ainsi que tout un mécanisme subtil que l'on devinait à mi-hauteur du mât d'artimon gréé d'une voile latine.

— Je n'ai vu aucun poste de commande, fit observer Brawne Lamia. Pas la moindre disquette ni le plus petit noyau C.

Elle sortit un persoc d'une de ses poches et essaya de

se connecter à une interface standard, sur les fréquences de données, de communication, puis biomédicale. Elle n'obtint aucune réponse du vaisseau.

— Ces engins ont toujours eu un minimum d'équipage, murmura le consul. Généralement, des initiés du Temple chargés d'accompagner les pèlerins dans les montagnes.

— Ce qui est sûr, c'est qu'ils ne sont pas là, déclara Hoyt. Mais nous pouvons supposer qu'il y a *quelqu'un*, à la station du téléphérique ou à la forteresse de Chronos, qui nous a envoyé ce chariot à vent.

— À moins que tout le monde ne soit mort et qu'il ne soit venu automatiquement, fit Lamia.

Elle regarda, par-dessus son épaule, la toile et le gréement qui craquaient au vent.

— C'est vraiment lugubre, d'être coupé de tout et de tout le monde dans des endroits pareils, reprit-elle. Je ne sais pas comment les coloniaux peuvent supporter cette vie.

Martin Silenus s'approcha alors du groupe et s'adossa au bastingage. Il but une longue gorgée à la bouteille verte qu'il tenait à la main, puis se mit à déclamer :

Où est le Poète ? Montrez-le-moi, mes muses,
Que je le reconnaisse.
C'est l'égal de tout homme,
Fût-il roi ou mendiant
Ou autre créature merveilleuse
Entre le singe et Platon.
C'est l'homme qui avec un oiseau,
Roitelet ou aigle, trouve le chemin
De tous ses instincts.
S'il entend le rugissement du lion
Il sait traduire les sons issus de cette
Gorge puissante.
Pour lui, le feulement du tigre
A un sens et sonne à ses oreilles
Comme sa langue natale.

— Où avez-vous déniché cette bouteille ? lui demanda Kassad.

Martin Silenus sourit. Ses petits yeux brillaient à la lueur de la lanterne.

— La cambuse est amplement pourvue, dit-il. Il y a même un bar. Je me suis permis de le déclarer ouvert.

— Nous devrions peut-être nous restaurer, fit le consul.

Il ne souhaitait, pour sa part, rien d'autre qu'un verre de vin, mais il y avait bien dix heures qu'ils n'avaient rien mangé.

Ils entendirent soudain un grand bruit à tribord et se retournèrent comme un seul homme pour voir la passerelle rentrer dans la coque. Ils firent de nouveau volte-face et levèrent la tête lorsque la toile se déploya sous les vergues et que les drisses se tendirent. Quelque part, un volant d'inertie vibra dans le registre ultrasonique. Les voiles se gonflèrent, le pont s'inclina légèrement et le chariot s'éloigna du quai pour s'enfoncer dans les ténèbres. Les seuls sons que l'on entendait étaient le claquement des voiles et le grincement des cordages, le grondement lointain de la roue et le frottement des herbes sous la coque.

Les six pèlerins regardèrent s'éloigner derrière eux l'ombre de la crête. Le bûcher qu'ils avaient préparé pour signaler leur position et qu'ils n'avaient jamais allumé refléta quelques instants la pâle lueur des étoiles sur ses branches faiblement argentées, puis il n'y eut plus que le ciel et la nuit pour servir de fond aux oscillations rythmées des feux émis par les lanternes de bord.

— Je descends voir s'il y a quelque chose à grignoter, leur dit le consul.

Les autres s'attardèrent quelques instants sur le pont qui trépidait légèrement, admirant le crépuscule qui commençait à s'installer. La mer des Hautes Herbes n'était visible que comme un endroit où finissaient les étoiles et où commençaient les ténèbres. Kassad sortit une lampe-torche pour illuminer une partie du gréement. Les cordages se tendaient, tirés par des mains invisibles, tandis qu'il examinait tous les recoins, de la proue à la poupe. Les autres le regardaient faire en silence. Quand il éteignit la torche, l'obscurité parut soudain moins oppressante et les étoiles un peu plus brillantes. Une riche odeur de fertilité, qui évoquait davantage une ferme au printemps qu'un océan, leur arriva, apportée par une brise qui avait balayé mille kilomètres de prairie.

Peu de temps après, le consul les appela et ils descendirent manger.

La salle à manger était minuscule. Il n'y avait pas de grande table commune. Ils durent utiliser la cabine du capitaine, à l'arrière, en réunissant trois malles bout à bout pour former une table de fortune. Quatre lanternes accrochées aux poutres basses servirent à éclairer l'endroit. Une brise pénétra dans la cabine lorsque Het Masteen ouvrit l'une des larges baies situées au-dessus du lit.

Le consul posa des assiettes pleines de sandwiches sur la plus grosse malle, puis revint quelques instants plus tard avec de gros bols blancs et un thermos. Il servit le café à ses compagnons pendant qu'ils mangeaient.

— C'est excellent, lui dit Fedmahn Kassad. Où avez-vous trouvé tout ça ?

— Le frigo est très bien pourvu. Et il y a encore une chambre froide dans la réserve de poupe.

— Électrique ? demanda Masteen.

— Non. Double isolation seulement.

Martin Silenus renifla un pot, trouva un couteau dans l'une des assiettes et ajouta quelques gros morceaux de raifort à son sandwich. Il se mit à manger, les yeux brillants de larmes.

— Combien de temps dure généralement ce genre de traversée ? demanda Lamia au consul.

Il releva la tête, s'arrachant à la contemplation du cercle que faisait le café noir sur le bord de sa tasse.

— Pardonnez-moi, fit-il. Vous disiez ?

— La traversée de la mer des Hautes Herbes… Elle dure combien de temps ?

— Une nuit et la moitié d'une journée pour atteindre les montagnes, répondit le consul. À condition d'avoir le vent pour nous.

— Et ensuite, combien de temps pour franchir les montagnes ? demanda le père Hoyt.

— Moins d'un jour.

— Si le téléphérique est en état de marche, précisa Kassad.

Le consul porta le café brûlant à ses lèvres et fit la grimace.

— Espérons qu'il le sera, dit-il. Sinon…

— Sinon quoi ? demanda Lamia.

— Sinon, reprit Kassad en mettant les mains sur les hanches pour marcher jusqu'à la fenêtre ouverte, nous serons bloqués à six cents kilomètres des Tombeaux du Temps et à un millier de kilomètres des grandes villes du sud.

Le consul secoua la tête.

— Impossible, dit-il. Les prêtres du Temple, ou qui que ce soit d'autre qui orchestre ce pèlerinage, ont veillé à ce que nous arrivions jusqu'ici. Ils feront en sorte que nous puissions aller jusqu'au bout.

Brawne Lamia croisa les bras en fronçant les sourcils.

— En qualité de quoi ? De victimes promises au sacrifice ?

Martin Silenus fit entendre un rire bruyant et sortit sa bouteille.

Quels sont ceux-ci qui viennent au sacrifice ?
À quel autel verdoyant, ô prêtre mystérieux,
Mènes-tu cette génisse qui mugit aux cieux,
Ses flancs soyeux tout parés de guirlandes ?
Quelle ville au bord d'un fleuve ou de la mer,
Ou bâtie sur la montagne, autour de son acropole paisible,
S'est vidée de ce peuple, en ce matin recueilli ?
Tes rues, petite ville, pour toujours
Resteront silencieuses,
Et pas une âme, pour dire pourquoi tu es
Déserte, ne reviendra jamais.

Brawne Lamia glissa la main sous sa tunique et en sortit un couteau laser, pas plus large que son petit doigt, qu'elle pointa sur la tête du poète.

— Misérable avorton de merde ! Un mot de plus de votre part, et je jure que je vous découpe sur place !

Le silence se fit soudain, absolu à l'exception des trépidations étouffées du vaisseau. Le consul se rapprocha discrètement de Martin Silenus tandis que le colonel Kassad faisait deux pas vers Brawne Lamia, par-derrière.

Le poète but une longue gorgée et sourit à la femme aux cheveux bruns. Les lèvres mouillées, il murmura :

— Construisez votre navire de la mort, oh oui, construisez-le !

Les doigts de Lamia étaient exsangues au contact du tube laser. Le consul s'était encore rapproché de Silenus, sans trop savoir ce qu'il allait pouvoir faire. Il imaginait la lueur aveuglante du laser en train de lui dévorer les yeux. Pendant ce temps, Kassad se penchait vers Lamia telle une ombre géante prête à bondir.

— Madame, fit Sol Weintraub de la couchette où il était assis contre la paroi opposée, permettez-moi de vous rappeler qu'il y a un bébé parmi nous.

Lamia tourna vivement la tête à droite. Weintraub avait retiré un tiroir assez profond d'un meuble de rangement et l'avait posé sur la couchette pour en faire un berceau. Il était allé faire la toilette de l'enfant et était revenu juste avant la tirade du poète. Il posa délicatement l'enfant dans son nid capitonné.

— Excusez-moi, fit Lamia en abaissant le laser miniature. C'est qu'il me… porte tellement sur les nerfs !

Weintraub hocha la tête en remuant doucement le tiroir pour bercer l'enfant. Le mouvement du chariot, associé au grondement sourd de la roue, semblait avoir déjà endormi Rachel.

— Nous somme tous sur les nerfs et physiquement épuisés, leur dit Weintraub. Il serait peut-être plus raisonnable que chacun se trouve un endroit où dormir et se retire pour la nuit.

Brawne Lamia soupira et rangea son arme.

— Je ne trouverai jamais le sommeil, dit-elle. Il se passe des choses trop… étranges.

Les autres approuvèrent en hochant la tête. Martin

Silenus s'était installé sur le large rebord d'une baie. Il allongea les jambes contre la vitre, but une nouvelle gorgée et demanda à Weintraub :

— Racontez-nous donc votre histoire, mon vieux.

— Oui, fit à son tour le père Hoyt, d'une pâleur cadavérique mais les yeux fiévreux d'excitation. Racontez-nous. Il faut que nous en sachions le plus possible avant d'arriver. Nous aurons ainsi un peu de temps pour réfléchir.

Weintraub passa la main sur son crâne chauve.

— Mon récit n'aura rien de très palpitant, dit-il. C'est la première fois que je viens sur Hypérion. Vous ne m'entendrez parler ni de monstres ni d'actes d'héroïsme. Pour celui qui va vous conter cette histoire, la plus grande aventure épique, c'est de s'adresser à sa classe quand il a oublié ses notes.

— Tant mieux, fit Martin Silenus. Nous avons tous besoin d'un bon soporifique.

Sol Weintraub soupira, rajusta ses lunettes et hocha la tête. Il y avait quelques filets noirs dans sa barbe, mais la plus grande partie était grise. Il baissa la lumière de la lanterne au-dessus du lit où était le bébé, et alla s'asseoir au centre de la grande cabine.

Le consul éteignit les autres lampes et servit du café à ceux qui en voulaient encore. La voix de Sol Weintraub s'éleva, lente et précise dans son phrasé et dans le choix des mots. Avant longtemps, tout le monde fut sous le charme de sa cadence, mêlée au rythme sourd des mouvements du chariot à vent qui progressait imperturbablement vers le nord.

Le récit du lettré :

« Amer est le goût du Léthé »

Sol Weintraub et sa femme Saraï aimaient la vie qu'ils menaient bien avant que la naissance de leur fille, Rachel, ne les comble autant que pouvait l'être ce couple.

Saraï avait vingt-sept ans lorsque l'enfant fut conçu.

Sol en avait vingt-neuf. Ni l'un ni l'autre n'avait envisagé de suivre un traitement Poulsen, car ils n'en avaient guère les moyens, mais même ainsi ils pouvaient escompter l'un et l'autre un demi-siècle de bonne santé.

Ils n'avaient jamais quitté le monde de Barnard, l'une des plus anciennes mais aussi plus ternes planètes de l'Hégémonie. Barnard faisait partie du Retz, mais cela faisait peu de différence pour Sol et Saraï dans la mesure où ils ne pouvaient se permettre de se distransporter souvent, et ne le souhaitaient pas vraiment, de toute manière. Sol avait récemment célébré sa dixième année à l'université de Nightenhelser, où il enseignait l'histoire et les belles-lettres tout en poursuivant ses propres recherches sur l'évolution de l'éthique. Nightenhelser était une petite université, de moins de trois mille étudiants, mais sa réputation était grande et elle attirait des jeunes de tout le Retz. Le principal grief des étudiants était que Nightenhelser et l'agglomération de Crawford qui l'entourait constituaient un îlot de civilisation au milieu d'un océan d'ennui. Et c'était vrai. L'université se trouvait à trois mille kilomètres de Bussard, la capitale, et les régions terraformées qui les séparaient étaient exclusivement consacrées à l'agriculture. Il n'y avait eu ni forêts à abattre, ni collines à aménager, ni montagnes à contourner qui auraient pu rompre la plate monotonie des champs de maïs succédant aux champs de haricots puis de blé puis encore de maïs puis aux rizières, à perte de vue. Le poète radical Salmud Brevy avait enseigné quelque temps à Nightenhelser, avant la mutinerie de Glennon-Height. Lorsqu'il avait été radié, avant de se distransporter sur le Vecteur Renaissance, il avait déclaré à ses amis que le comté de Crawford, sur le continent Sud de Sinzer de la planète de Barnard, représentait, à son avis, le Huitième Cercle de la désolation sur le plus infime furoncle au cul de la Création.

Sol et Saraï Weintraub s'y plaisaient cependant. Crawford, avec ses vingt-cinq mille habitants, semblait construite sur le modèle de quelque ville des Grandes Plaines américaines du XIXe siècle. Les rues étaient larges et bordées d'ormes et de grands chênes qui formaient des voûtes épaisses. (Barnard avait été la deuxième colonie extrasolaire de la Terre, aménagée plusieurs siècles avant l'apparition du propulseur Hawking et l'hégire, et les vaisseaux d'ensemencement, à l'époque, étaient énormes.) Les maisons de Crawford évoquaient des styles qui allaient de l'époque victorienne à celle du renouveau canadien. Elles étaient cependant toutes blanches, et posées à l'arrière de pelouses irréprochables.

Les bâtiments de l'université proprement dite étaient d'inspiration géorgienne, avec une prédominance de briques rouges et de colonnades blanches entourant l'ovale de la cour d'honneur. Le bureau de Sol se trouvait au deuxième étage du bâtiment Placher, le plus vieux du campus. L'hiver, il avait vue sur les branches nues qui ciselaient la cour de leurs contours complexes. Il adorait l'odeur de craie et de vieilles boiseries qui n'avait pas changé depuis l'époque où il était lui-même étudiant ici. Chaque jour, en montant dans son bureau, il regardait avec amour les vieilles marches en bois usées par vingt générations d'étudiants de Nightenhelser.

Saraï était née dans une ferme située à mi-chemin de Bussard et de Crawford. Elle avait eu son diplôme de théorie musicale l'année avant celle où Sol avait réussi à son doctorat. C'était une jeune femme active et pleine de vie, qui compensait amplement par sa personnalité ce qui lui manquait en beauté selon les canons en vigueur. Elle avait toujours gardé, plus tard, ce charme personnel. Elle avait fait deux années d'études à l'extérieur, à l'université de Lugdunum, sur Deneb Drei, mais elle y avait eu le mal du pays. Les couchers de soleil y étaient trop brusques ; les montagnes si célèbres découpaient la lumière en tranches comme une faux à la lame ébréchée, et elle avait la nostalgie des crépuscules de son monde natal, qui duraient des heures, avec l'Étoile de Barnard flottant à l'horizon comme un gros ballon écarlate tandis que le ciel se figeait pour le soir. Mais ce qui lui manquait peut-être le plus, c'était la plaine parfaite où, petite fille, de sa chambre du deuxième étage, sous les combles à pente abrupte, elle voyait s'approcher, à travers cinquante kilomètres de champs quadrillés, un rideau de tempête bleu ecchymose éclairé de l'intérieur par des éclairs blancs. Et c'était sa famille, aussi, qui manquait à Saraï.

Elle avait connu Sol une semaine après être arrivée à Nightenhelser. Il lui avait fallu trois ans pour se décider à la demander en mariage, et elle avait accepté. Au début, elle ne voyait rien d'extraordinaire chez ce petit étudiant de deuxième cycle. Elle s'habillait toujours à la mode du Retz, s'intéressait au mouvement musical post-destructionniste, lisait *Obit* et *Nihil* ainsi que les revues d'avant-garde du Vecteur Renaissance et de TC^2. Elle affectait d'être blasée par la vie et d'utiliser un vocabulaire de révolutionnaire, et rien de tout cela n'allait vraiment avec l'étudiant en histoire demi-portion mais assidu qui avait renversé sur elle une salade de fruits à la soirée d'honneur du doyen Moore. Les qualités exotiques qu'auraient pu conférer à Sol Weintraub ses ascendances juives étaient annulées par son accent barnardien, sa garde-robe de la boutique des princes de Crawford, et aussi le fait qu'il était venu à la réception, distraitement, avec sous le bras un exemplaire des *Variations sur la Solitude* de Detresque.

Pour Sol, cela avait été le coup de foudre. Il ne pouvait détacher son regard de la fille aux pommettes rouges et au rire argentin, ignorant la toilette coûteuse et les ongles démesurés à la mode des mandarins pour ne retenir que le charme pétillant de la jeune fille qui avait tout pour faire des signaux énergiques à un jeune homme esseulé. Sol ignorait qu'il souffrait de la solitude jusqu'à ce qu'il eût rencontré Saraï. Mais après lui avoir serré la main et lui avoir renversé sa salade de fruits sur le corsage, il comprit que la vie sans elle serait éternellement vide s'il ne l'épousait pas.

Ils convolèrent la semaine qui suivit l'annonce du recrutement de Sol comme professeur à l'université. Leur lune de miel se déroula sur Alliance-Maui. C'était la première fois qu'il utilisait le distrans. Ils louèrent pour trois semaines une île mobile sur laquelle ils visitèrent les merveilles de l'archipel Équatorial. Sol ne devait jamais oublier les images paradisiaques de ce voyage au soleil et au vent du grand large. La plus chère et la plus secrète de ces images était celle de Saraï surgissant toute nue de l'océan après un bain de minuit, entourée des mille feux des étoiles de la Centralité et de celles qui brillaient dans le sillage phosphorescent de l'île et sur son propre corps.

Ils voulaient avoir un enfant immédiatement, mais la nature ne leur donna satisfaction qu'au bout de cinq ans.

Sol n'oublierait jamais comment il avait tenu le ventre de Saraï dans le creux de ses mains tandis qu'elle se tordait dans les douleurs. L'accouchement fut difficile, jusqu'au moment où, finalement, incroyablement, Rachel Sarah Weintraub naquit, à 2 h 01 du matin, au Centre Médical du Comté de Crawford.

La présence de l'enfant ne fut pas sans troubler l'existence solipsiste de Sol en tant qu'universitaire distingué, et celle de Saraï en tant que critique musicale pour l'infosphère de Barnard. Mais ils ne s'en plaignirent pas. Les premiers mois mêlèrent continuellement les fatigues et les joies. Tard, le soir, entre deux tétées, Sol entrait sur la pointe des pieds dans la chambre de Rachel pour la regarder dormir dans son berceau. Le plus souvent, Saraï était là aussi, et ils contemplaient ensemble, main dans la main, le miracle d'un bébé en train de dormir sur le ventre, les fesses à l'air, la tête sous le rebord capitonné du berceau.

Rachel était l'un de ces rares enfants qui parviennent à être naturellement charmants sans devenir précocement imbus d'eux-mêmes. À l'âge de deux années standard, sa personnalité et son aspect physique étaient déjà frappants. Elle avait les cheveux châtains, les pommettes rouges et le sourire de sa mère. Ses grands yeux bruns étaient ceux de son père. Les gens disaient qu'elle alliait ce qu'il y avait de mieux dans la sensibilité de Saraï aux qualités intellectuelles de Sol. Un psychologue de leurs amis, spécialiste des enfants, leur avait dit un jour que Rachel, à cinq ans, lui semblait particulièrement douée pour son âge. Elle présentait, d'après lui, tous les signes d'une curiosité intellectuelle parfaitement structurée, avec des tendances profondes à l'empathie et à la compassion ainsi qu'un sens de l'équité aigu.

Un jour, dans son bureau, alors qu'il étudiait des documents datant de l'Ancienne Terre, Sol tomba sur un passage écrit par un critique littéraire du XXe ou du XXIe siècle à propos de la manière dont Béatrice influençait la conception du monde de Dante Alighieri.

> Elle seule [Béatrice] avait encore une réalité pour lui ; elle seule donnait encore un sens au monde, et de la beauté. Sa nature devint un phare pour lui, ce que Melville devait appeler plus tard, avec plus de sobriété que nous ne pouvons le faire aujourd'hui, son « méridien de Greenwich »…

Sol s'interrompit pour chercher la définition de « méridien de Greenwich », puis continua sa lecture. Le critique ajoutait une note personnelle :

> La plupart d'entre nous, je l'espère, ont une Béatrice dans leur vie, épouse, enfant ou amie, quelqu'un qui, par sa nature même, sa divinité innée ou son intelligence, nous rend inconfortablement conscient de nos mensonges lorsqu'il nous arrive d'en faire.

Sol avait alors arrêté le défilement du texte, et s'était penché vers la fenêtre pour contempler l'enchevêtrement géométrique des branches au-dessus de la cour d'honneur.

Rachel n'était pas d'une perfection insoutenable. À cinq années standard, elle coupa méthodiquement avec une paire de ciseaux les cheveux de ses cinq poupées préférées, puis coupa encore plus court ses propres cheveux. À sept ans, décidant que les travailleurs immigrés qui vivaient dans les maisons délabrées des quartiers sud de la ville n'avaient pas une alimentation assez équilibrée, elle vida tous les garde-manger, congélateurs et synthétiseurs de la maison, réussit à convaincre trois de ses amies de l'accompagner et distribua l'équivalent de plusieurs centaines de marks prélevés sur le budget alimentaire de la famille.

Quand elle atteignit ses dix ans, Rachel, en réponse à un défi lancé par Stubby Berkowitz, voulut grimper au sommet du plus vieil orme de Crawford. Elle était parvenue à quarante mètres du sol, soit à moins de cinq mètres du faîte, lorsqu'une branche cassa. Rachel dégringola sur les deux tiers de la distance qui la séparait du sol. Son père fut prévenu sur son persoc au milieu d'un cours sur les conséquences morales du premier désarmement nucléaire sur la Terre. Il quitta sa classe sans un mot et franchit en courant les douze pâtés de maisons qui le séparaient du Centre Médical.

Rachel avait la jambe gauche cassée, deux côtes enfoncées, un poumon perforé et la mâchoire fracturée. Elle flottait dans un bain de liquide nourricier réparateur lorsqu'il fit irruption dans la chambre où elle se trouvait. Elle réussit, en le regardant par-dessus l'épaule de sa mère, à sourire légèrement et à lui dire, à travers l'appareil qui lui plâtrait la mâchoire :

— Papa, j'étais seulement à cinq mètres du sommet, peut-être moins. La prochaine fois, je suis sûre de réussir !

Rachel réussit brillamment dans ses études secondaires. Elle reçut des propositions de bourse de différentes écoles spécialisées sur cinq mondes ainsi que de trois universités, parmi lesquelles figurait Harvard, sur la Nouvelle-Terre. Mais elle préféra s'inscrire à Nightenhelser.

Sol ne fut guère surpris lorsque sa fille choisit, comme matière principale, l'archéologie. L'un des plus chers souvenirs qu'il gardait d'elle était celui des longs après-midi qu'elle passait sous l'auvent, lorsqu'elle avait à peine deux ans, à remuer la terre, ignorant les araignées et les zygopèdes, courant montrer dans la maison chaque bout de plastique et chaque pfennig décoloré qu'elle avait déterré, demandant des explications sur leur origine et sur les gens qui les avaient laissés là.

Elle décrocha son diplôme à dix-neuf ans. Tout l'été, elle travailla à la ferme de sa grand-mère, puis elle se distransporta au début de l'automne. Elle passa alors vingt-huit mois, en temps local, à l'université de Reichs, sur Freeholm. Lorsqu'elle fut de retour chez elle, ce fut comme si les couleurs étaient revenues dans l'univers de Sol et de Saraï.

Durant les deux semaines qui suivirent, leur fille, à présent adulte et responsable d'une manière rarement donnée à des individus faisant deux fois son âge, prit plaisir à se reposer chez elle. Un soir, alors qu'ils se promenaient sur le campus, juste après le coucher du soleil, elle questionna son père sur leur héritage culturel.

— Dis-moi, papa, est-ce que tu te considères toujours comme un juif ?

Surpris par la question, Sol s'était passé la main dans les cheveux avant de répondre :

— Un juif ? Oui, je suppose. Mais cela ne signifie peut-être plus pour moi la même chose qu'avant.

— Est-ce que je suis juive ? avait alors demandé Rachel, dont les joues luisaient dans la pâle clarté du ciel.

— Tu l'es si tu choisis de l'être. Tout cela n'a plus le même sens depuis que l'Ancienne Terre est morte.

— Si j'avais été un garçon, m'aurais-tu fait circoncire ?

Sol avait éclaté de rire, à la fois ravi et embarrassé par la question.

— Je suis très sérieuse, lui avait dit Rachel.

— Je suppose que oui, ma louloute, avait dit Sol en rajustant ses lunettes. Mais je n'y avais jamais réfléchi avant, je l'avoue.

— Es-tu déjà allé à la synagogue de Bussard ?

— Pas depuis ma bar mitzvah, répondit Sol en repensant au jour où, cinquante ans plus tôt, son père avait emprunté le Vikken de l'oncle Richard et avait emmené toute la famille à la capitale pour y célébrer le rite.

— Papa, pourquoi les juifs pensent-ils que tout cela a… moins d'importance maintenant qu'avant l'hégire ?

Sol avait écarté ses mains puissantes, qui ressemblaient plus à celles d'un tailleur de pierres qu'à celles d'un universitaire.

— Voilà une excellente question, Rachel. C'est sans doute parce que la plus grande partie de notre rêve s'est éteinte. Il n'y a plus d'Israël. Le Nouveau Temple a duré moins longtemps que le premier et le deuxième. Dieu a rompu sa parole en détruisant la Terre une seconde fois. Et la diaspora que nous connaissons maintenant est... éternelle.

— Mais il y a d'autres endroits où les juifs conservent leur identité ethnique et religieuse, insista Rachel.

— C'est certain. Sur Hébron, et dans certains secteurs isolés du Confluent, on trouve des communautés entières... hassidiques, orthodoxes, asmonéennes, tout ce que tu voudras. Mais elle ont plutôt tendance à se figer, et à s'orienter vers... les activités touristiques.

— Comme un parc thématique ?

— Si tu veux.

— Est-ce que tu veux bien m'emmener demain au temple Beth-el ? Je pourrais emprunter son strat à Khaki.

— Inutile. Nous pouvons prendre la navette de l'université. C'est d'accord... Cela me fera plaisir d'aller avec toi à la synagogue.

La nuit tombait sous les grands ormes. Les lumières de la ville s'allumèrent de part et d'autre de la grande allée qui conduisait à leur maison.

— Papa, avait déclaré Rachel, je vais te poser une question que j'ai dû répéter mille fois depuis l'âge de deux ans. Est-ce que tu crois en Dieu ?

Sol n'avait pas souri. Il n'avait aucune autre réponse à lui donner que celle qu'il lui avait déjà répétée mille fois :

— J'attends de voir.

Le mémoire d'études supérieures de Rachel portait sur les artefacts d'origine non humaine ou préhégirienne. Durant trois années standard, Sol et Saraï ne virent Rachel qu'en quelques occasions espacées, entrecoupées d'envois de pelures distrans à partir de mondes exotiques relativement proches mais n'appartenant pas au Retz. Ils savaient que ses études sur le terrain n'allaient pas tarder à la conduire bien au-delà du Retz, dans les Confins où le déficit de temps dévorait la vie et les souvenirs de ceux qui restaient derrière.

— Où diable se trouve cet Hypérion ? avait demandé Saraï durant le dernier séjour de Rachel, juste avant le départ de son expédition. On dirait une nouvelle marque de produit à récurer !

— C'est un endroit formidable, maman. Il y a plus d'artefacts non humains sur cette planète que partout ailleurs, à l'exception, sans doute, d'Armaghast.

— Dans ce cas, pourquoi ne vas-tu pas sur Armaghast, qui n'est qu'à quelques mois du Retz ? Pourquoi te contenter du numéro deux ?

— Hypérion n'est pas encore un pôle d'attraction majeur pour les touristes, bien qu'ils commencent à poser des problèmes là-bas aussi. Les gens qui ont de l'argent voyagent de plus en plus en dehors du Retz.

Sol était intervenu, d'une voix soudain rauque.

— Ce sont les labyrinthes que tu as l'intention d'étudier, ou bien les artefacts appelés Tombeaux du Temps ?

— Les Tombeaux du Temps, papa. Je vais travailler avec le professeur Melio Arundez, qui en sait plus que n'importe qui sur les Tombeaux.

— Je croyais qu'ils étaient dangereux, fit Sol d'un ton aussi neutre que possible mais avec un serrement de gorge.

Rachel sourit.

— Tu penses à la légende du gritche ? Il y a deux siècles qu'on n'entend plus parler de ça.

— Mais j'ai vu des documents sur les événements troublants qui ont accompagné la seconde colonisation... commença Sol.

— Je les ai vus aussi, papa. À l'époque, on ne connaissait pas encore les grosses anguilles de roche qui descendent chasser dans le désert. Elles ont sans doute emporté quelques colons, et cela a dégénéré en panique.

Tu sais bien comment naissent les légendes. D'ailleurs, les chasseurs les ont exterminées depuis.

— Aucun vaisseau ne se pose là-bas, insista Sol. Il faut y aller à la voile. Ou à pied. Ou je ne sais par quel foutu moyen de transport archaïque.

Rachel se mit à rire.

— Dans l'ancien temps, les gens qui arrivaient là-bas par la voie aérienne sous-estimaient les effets des champs anentropiques, et il y a eu des accidents, c'est vrai. Mais il y a aujourd'hui une ligne de dirigeables qui fonctionne très bien. Il y a aussi un grand hôtel, appelé forteresse de Chronos, sur les contreforts des montagnes du nord, qui reçoit chaque année des centaines de touristes.

— C'est là que tu descendras ? demanda Saraï.

— Une grande partie du temps. Ça va être fabuleux, maman !

— Pas trop fabuleux quand même, j'espère, avait dit Saraï.

Et ils avaient souri tous les trois.

Rachel resta quatre ans en transit. Pour elle, ce ne furent que quelques semaines de fugue cryotechnique, mais Sol souffrit de son absence encore plus que si elle avait été quelque part dans le Retz, occupée et inaccessible. L'idée qu'elle s'éloignait de lui à une vitesse supraluminique, enveloppée du cocon quantique artificiel de l'effet Hawking, lui semblait effrayante et de mauvais présage.

Ils avaient toujours de nombreuses activités. Saraï avait abandonné la critique pour se consacrer davantage à des problèmes locaux liés à l'environnement, mais pour Sol ce furent des années particulièrement productives, durant lesquelles il fit paraître son deuxième livre, bientôt suivi d'un troisième. Le deuxième, *Repères moraux*, connut un tel succès qu'il fut sollicité dans tout le Retz pour donner des conférences et participer à des symposiums. Il y alla quelquefois seul, quelquefois avec Saraï, mais, bien que l'idée de voyager ne leur déplût pas en soi, ils se lassèrent vite des changements de nourriture, de gravité et de lumière solaire, et Sol préféra, au bout d'un moment, rester chez lui pour se consacrer à des recherches sur son prochain livre ou participer à des conférences, le cas échéant, par l'intermédiaire du système interactif de l'université.

Cinq années s'étaient presque écoulées depuis le départ de Rachel lorsque Sol fit un rêve qui allait bouleverser sa vie.

Il se voyait, dans ce rêve, errant à travers un énorme espace parsemé de colonnes de la hauteur d'un séquoia de bonne taille, avec un plafond trop haut pour être discernable, qui laissait passer des rayons d'une lumière rouge presque solide. De temps à autre, il apercevait des formes mouvantes, de chaque côté, dans la pénombre. Il crut ainsi voir, à un moment, une paire de jambes de pierre qui s'élevaient dans la nuit comme des sculptures monumentales. Il lui sembla distinguer également une sorte de scarabée de cristal qui tournait, très haut au-dessus de sa tête, illuminé de l'intérieur par des faisceaux de lumière froide.

Finalement, il s'arrêta pour se reposer. Derrière lui, au loin, il entendit ce qui ressemblait à une immense conflagration, comme si des forêts et des cités entières étaient en train de brûler. Devant lui brillaient les lumières vers lesquelles il se dirigeait depuis le début, deux ovales d'un rouge grenat.

Il épongeait la sueur de son front lorsqu'une voix retentissante, venue de nulle part, lui dit :

— Sol ! Prends ta fille, ta fille unique, Rachel, que tu aimes, et rends-toi sur le monde qu'on appelle Hypérion pour l'immoler par le feu à l'un des endroits que je t'indiquerai.

Et dans son rêve, Sol s'était dressé pour s'écrier :

— Tu ne peux pas parler sérieusement !

Et il avait repris son chemin dans la pénombre, toujours guidé par les ovales grenat qui brillaient maintenant comme des lunes sanglantes flottant au-dessus d'une plaine indistincte. Et lorsqu'il s'était de nouveau arrêté, la voix retentissante avait répété :

> — Sol ! Prends ta fille, ta fille unique, Rachel, que tu aimes, et rends-toi sur le monde qu'on appelle Hypérion pour l'immoler par le feu à l'un des endroits que je t'indiquerai.

Sol avait alors secoué le poids de cette voix puissante, et il s'était adressé de manière distincte aux ténèbres en leur disant :

— J'avais bien entendu la première fois... La réponse est toujours non !

Il avait compris, à ce moment-là, qu'il était en train de rêver, et une partie de lui-même avait apprécié l'ironie du scénario. Mais une autre partie de lui ne demandait qu'à se réveiller au plus vite. Au lieu de cela, cependant, il se retrouva soudain sur une terrasse basse qui dominait une vaste salle où Rachel était étendue, nue, sur une énorme roche. La scène était éclairée par les deux ovales rouges. Sol s'aperçut alors qu'il tenait quelque chose dans la main droite. Baissant les yeux, il vit un long poignard à lame courbe, d'une seule pièce, qui semblait en corne.

La voix, qui donnait plus que jamais à Sol l'impression de correspondre à l'idée que se faisait de la voix de Dieu le réalisateur d'une production holo à bon marché, s'éleva de nouveau :

> — Sol ! Il faut m'écouter attentivement. L'avenir de l'humanité dépend de ton obéissance en la matière. Tu dois prendre ta fille, ta fille unique, Rachel, que tu aimes, et te rendre sur le monde qu'on appelle Hypérion pour l'immoler par le feu à l'un des endroits que je t'indiquerai.

Sol, las de ce rêve qui le mettait quelque peu mal à l'aise, s'était alors tourné pour jeter au loin le poignard dans la nuit. Et quand il avait voulu voir de nouveau sa fille, toute la scène avait disparu. Seuls les ovales rouges demeuraient, plus près de lui que jamais, et il se rendait compte, maintenant, qu'il s'agissait de gemmes à multiples facettes, chacun de la taille d'un petit monde.

— Sol ? Je t'ai donné ta chance, Sol Weintraub. Si tu changes d'avis un jour, tu sais où me trouver.

Il s'était alors réveillé, riant et frissonnant en même temps de ce cauchemar. Ce qui l'amusait, surtout, c'était l'idée que le Talmud et l'Ancien Testament tout entiers auraient pu n'être rien d'autre qu'un vaste mélodrame cosmique de série Z.

À peu près vers l'époque où Sol faisait ce rêve, Rachel se trouvait sur Hypérion, où elle achevait sa première année de recherches. Les gens de son équipe, composée de neuf archéologues et de six physiciens, trouvaient la forteresse de Chronos fascinante mais beaucoup trop fréquentée par les touristes et les candidats au pèlerinage gritchtèque. Ils avaient donc, après avoir passé un mois à faire la navette entre le site et l'hôtel, établi un camp permanent entre les ruines de la cité et le petit canyon abritant les Tombeaux du Temps.

Pendant qu'une moitié de l'équipe creusait le site plus récent de la cité inachevée, deux des collègues de Rachel l'aidaient à dresser un catalogue complet des différents aspects des Tombeaux. Les physiciens étaient fascinés par les champs anentropiques, et passaient une grande partie de leur temps à planter des petits drapeaux de toutes les couleurs pour marquer les limites de ce que l'on appelait les marées du temps.

L'équipe de Rachel concentrait son travail sur la structure appelée le Sphinx, bien que la créature de pierre n'eût l'aspect ni humain ni léonin. Il n'était même pas certain que ce fût la représentation d'une créature, malgré les lignes légèrement ondulées, au sommet du monolithe, qui suggéraient des courbes vivantes, et les appendices évasés, qui faisaient immédiatement penser à des ailes. Contrairement aux autres Tombeaux, ouverts et facilement visibles à l'intérieur, le Sphinx était un assemblage de gros blocs ménageant des alvéoles et des passages étroits, certains se resserrant progressivement de manière infranchissable, d'autres s'élargissant aux dimensions d'un auditorium, mais ne menant nulle part, de toute manière, et revenant seulement sur eux-mêmes. Il n'y avait ni crypte, ni salle du trésor, ni sarcophages pillés, ni fresques, ni passages secrets. Rien d'autre qu'un labyrinthe de corridors insensés aux parois suintantes.

Rachel et son petit ami, Melio Arundez, commencèrent à établir un relevé du Sphinx, selon une méthode en usage depuis au moins sept cents ans et expérimentée déjà au XXe siècle sur les pyramides égyptiennes. Après avoir disposé des détecteurs sensibles de radiations et de rayonnement cosmique au point le plus bas du Sphinx, ils enregistrèrent les temps d'arrivée et les diagrammes de déviation des particules qui franchissaient la masse de pierre au-dessus d'eux, essayant de découvrir des chambres ou des passages secrets que même les radars à haute résolution n'avaient pu déceler. En raison de la présence des touristes, assez nombreux en cette saison, et du Conseil intérieur d'Hypérion, qui craignait que ces recherches n'endommagent les Tombeaux du Temps, Rachel et Melio quittaient le campement chaque soir à minuit, mettaient une heure pour traverser, parfois en rampant, le dédale des corridors, qu'ils avaient équipés de globes lumineux bleuâtres, puis restaient, accroupis sous des centaines de milliers de tonnes de pierre, surveiller leurs instruments jusqu'au matin, les oreilles pleines du *ping* des particules nées dans le ventre des étoiles mourantes.

Les marées du temps n'avaient pas posé de problème particulier au Sphinx. De tous les Tombeaux, il semblait être le moins protégé par les champs anentropiques, et les physiciens avaient soigneusement établi le diagramme des moments où les maximums des marées pouvaient constituer une menace. La marée haute se situait à 10 h, et elle refluait seulement vingt minutes plus tard en direction du

Tombeau de Jade, qui se trouvait à cinq cents mètres au sud. Les touristes n'avaient pas le droit de s'approcher du Sphinx avant midi. Pour s'assurer une marge de sécurité suffisante, les responsables du site faisaient en sorte que tout le monde soit parti avant 9 h. L'équipe des physiciens avait installé des capteurs chronotropes en différents points du sentier et des passerelles qui desservaient les Tombeaux, à la fois pour détecter les variations des marées et pour mettre les visiteurs en garde.

Rachel était à peine à trois semaines de la fin de son année de recherches sur Hypérion lorsqu'elle se leva, une nuit, quitta son amant qui dormait à côté d'elle et prit une jeep à effet de sol pour se rendre du campement aux Tombeaux. Melio et elle avaient décidé qu'il était stupide d'aller chaque nuit surveiller tous les deux les appareils, et qu'il valait mieux alterner. Pendant que l'un des deux restait travailler au site, l'autre pouvait classer les données et les préparer en vue de leur projet final, l'établissement d'un relevé radar de toutes les dunes situées entre le Tombeau de Jade et l'Obélisque.

La nuit était splendide et fraîche. Les étoiles emplissaient le ciel d'un horizon à l'autre. Il y en avait quatre ou cinq fois plus que dans celui du monde de Barnard où Rachel avait grandi. Les dunes plates semblaient bruire et onduler sous la brise qui soufflait des montagnes du sud.

Rachel trouva le site encore éclairé. L'équipe des physiciens venait de terminer sa journée et était en train de charger la jeep. Elle échangea quelques mots avec eux, se fit une tasse de café tandis qu'ils s'éloignaient, prit son sac à dos et s'avança sur le sentier qui menait au Sphinx en une vingtaine de minutes.

Pour la centième fois, elle se demanda qui avait bien pu édifier ces Tombeaux, et dans quel but. La datation des matériaux n'avait rien révélé en raison des effets exercés par les champs anentropiques. Seule l'analyse des Tombeaux, en relation avec l'érosion du canyon et avec les autres formations géologiques environnantes, avait pu suggérer un âge d'un demi-million d'années au moins. Le sentiment général était que les architectes des Tombeaux du Temps appartenaient à une espèce humanoïde, bien que rien d'autre que l'échelle globale des constructions ne suggérât une telle chose. Les galeries du Sphinx ne révélaient rien de particulier à cet égard. Si certaines étaient de forme et de taille à peu près humaines, le même couloir, quelques mètres plus loin, pouvait très bien se resserrer au point de n'être plus qu'un tube de la taille d'une canalisation d'égout, puis s'élargir soudain aux dimensions d'une caverne qui n'avait rien de naturel. Les entrées, si toutefois elles pouvaient être appelées ainsi, car elles ne s'ouvraient sur rien de particulier, avaient parfois la forme d'un triangle, parfois celle d'un trapèze ou d'un décagone, quand ce n'était pas celle d'un simple rectangle.

Rachel descendit les vingt derniers mètres de pente abrupte en rampant et en faisant glisser son sac à dos devant elle. Les globes lumineux sans émission de chaleur donnaient à la roche et à sa peau une coloration exsangue et bleutée. La « caverne », lorsqu'elle l'atteignit enfin, lui apparut comme un havre d'odeurs et de désordre humains. Plusieurs fauteuils pliants occupaient le petit espace libre central tandis que des détecteurs, oscilloscopes et autres appareils s'alignaient sur la table étroite adossée à la paroi nord. Une planche sur des chevalets, le long du mur opposé, était garnie de tasses à café, d'un jeu d'échecs, d'un beignet à moitié mangé, de deux livres à couverture souple et d'une sorte de jouet de plastique représentant un chien dans l'herbe.

Rachel s'installa, posa son thermos près de la garniture de plastique et regarda les détecteurs de rayonnement cosmique. Les relevés semblaient inchangés. Pas la moindre caverne ni le moindre passage secret. Tout au plus quelques cavités que le radar avait négligées. Dès le lendemain matin, Melio et Stefan avaient l'intention de mettre en place une sonde munie d'un filament imageur, puis de faire un prélèvement d'air avant d'explorer ces cavités avec le micromanipulateur. Jusqu'à présent, ils avaient découvert une dizaine de crevasses du même genre, et leur exploration n'avait rien révélé d'extraordinaire. La plaisanterie qui circulait au camp était que la prochaine cavité, pas plus grosse que le poing, recèlerait des mini-sarcophages, des urnes en miniature et une toute petite momie ou, comme disait Melio, un « Toutânkhamon lilliputien ».

Machinalement, Rachel essaya les canaux de communication de son persoc. Rien ne passait. Normal, sous quarante mètres de pierre. Il avait été question de tirer une ligne téléphonique à partir de la surface, mais l'urgence ne s'en était jamais vraiment fait ressentir, et leur séjour arrivait maintenant à sa fin. Elle ajusta les réglages de réception du persoc sur les émissions des capteurs, et se prépara à une longue nuit d'ennui.

Elle songea à cette merveilleuse histoire du pharaon de l'Ancienne Terre – Khéops, si son souvenir était bien exact – qui, après avoir autorisé la construction de son énorme pyramide et accepté que la chambre sépulcrale soit profondément enterrée sous le centre de l'édifice, était demeuré ensuite éveillé toute la nuit, durant des années, en proie à une panique claustrophobique à l'idée des centaines de milliers de tonnes de pierre qui seraient au-dessus de sa tête pour l'éternité. Finalement, le pharaon avait ordonné que la salle sépulcrale soit placée aux deux tiers de la hauteur de la Grande Pyramide. Solution peu orthodoxe. Mais Rachel comprenait la position du roi. Et elle espérait, où qu'il soit maintenant, qu'il dormait mieux ainsi.

Elle avait presque succombé elle-même au sommeil lorsque son persoc se mit brusquement à bourdonner. Il était exactement 2 h 15. Les détecteurs hurlèrent, et elle bondit sur ses pieds. D'après les instruments, le Sphinx avait maintenant une douzaine de nouvelles salles, dont certaines étaient plus grandes que la structure totale. Rachel régla fébrilement l'affichage des moniteurs, et l'air devint flou tandis que les modèles changeaient de forme sous ses yeux. Les dessins des corridors s'enroulaient sur eux-mêmes comme des rubans de Möbius en rotation. Les capteurs extérieurs indiquaient que le sommet du

Sphinx se courbait et s'agitait comme du polyflexe au vent – ou bien comme des ailes.

Rachel ne doutait pas qu'elle eût affaire à une forme de défaillance multiple du matériel, mais elle s'acharnait à recalibrer les données et à les retraiter sur son persoc lorsque plusieurs choses se produisirent en même temps.

Elle entendit un lourd bruit de pas dans le corridor au-dessus d'elle.

Tous les systèmes de visualisation s'éteignirent.

Quelque part, dans le dédale des couloirs, un signal d'alarme branché sur les marées du temps retentit.

Toutes les lumières s'éteignirent.

Ce dernier événement était insensé. Les appareils avaient tous une alimentation autonome, et même une explosion nucléaire n'aurait pas pu avoir d'effet sur eux. Les éclairages qu'ils utilisaient dans la caverne avaient des batteries d'une durée de vie de dix ans. Quant aux globes qui éclairaient les galeries, ils étaient bioluminescents et ne nécessitaient aucune source d'énergie.

Toutes les lumières s'étaient quand même éteintes. Rachel sortit une torche laser de la poche du genou de sa combinaison et l'actionna. Il ne se passa rien.

Pour la première fois de sa vie, Rachel Weintraub sentit la terreur l'agripper comme une main se refermant sur son cœur. Elle ne pouvait plus respirer. Durant trente secondes, elle se força à demeurer parfaitement immobile, sans même écouter, attendant simplement que la panique reflue. Lorsqu'elle put enfin respirer sans haleter, elle se dirigea en tâtonnant vers les instruments et essaya de les faire fonctionner. En vain. Soulevant son persoc, elle fit tourner le disque du pouce. Rien ne se passa non plus. Tout cela était absolument impossible, bien entendu. L'objet était pratiquement indestructible, et son alimentation à toute épreuve.

Elle entendait ses propres pulsations, mais elle maîtrisait mieux la panique et commença à se diriger, toujours à tâtons, vers la seule issue de la caverne. L'idée qu'il lui faudrait retrouver son chemin, à travers le dédale des galeries, dans l'obscurité totale, la rendait folle. Mais elle ne voyait aucun autre moyen de procéder.

Une seconde… Il y avait des lumières un peu partout à l'intérieur du Sphinx, mais l'équipe de recherches à laquelle elle appartenait avait *suspendu* les globes d'éclairage. Oui, ils étaient suspendus à un câble en perlon qui remontait jusqu'à la surface, et qu'il lui suffisait de suivre.

Parfait.

Elle sentit sous ses doigts, en se rapprochant de la sortie, la froideur de la roche. Était-elle si froide que cela à son arrivée ?

C'est alors qu'elle entendit, très distinctement, le bruit de quelque chose qui raclait la galerie en pente.

— Melio ? cria-t-elle dans l'obscurité. Tanya ? Kurt ?

Le frottement se rapprochait d'elle. Elle recula, renversant dans le noir un fauteuil et un appareil. Elle sentit quelque chose qui lui touchait les cheveux. Elle poussa un cri étouffé et leva la main.

Le plafond était plus bas qu'avant. La dalle de pierre massive, de cinq mètres carrés environ, descendit encore au moment même où elle levait l'autre main pour la toucher. L'ouverture de la galerie était à mi-hauteur de la paroi. Elle avança vers elle en titubant, les mains tendues en avant, comme une aveugle. Elle trébucha sur un fauteuil pliant, trouva la tablette aux instruments, la suivit jusqu'à la paroi et… sentit le bord inférieur de la galerie disparaître tandis que le plafond continuait de descendre. Elle dut retirer promptement ses doigts avant qu'ils ne fussent sectionnés.

Elle s'assit par terre dans le noir. Le haut d'un oscilloscope entra en contact avec le plafond. La table se mit à craquer, puis s'effondra dans un grand bruit. Rachel ne cessait de bouger la tête d'un côté puis de l'autre, par petits mouvements courts et désespérés. Il y eut un grincement métallique rauque, presque un bruit de respiration, à moins d'un mètre d'elle. Elle recula lentement, en se traînant par terre au milieu des débris des appareils. La respiration se fit plus forte.

Quelque chose d'acéré, d'une froideur extrême, lui saisit Je poignet.

À la fin, elle hurla.

Il n'y avait pas de mégatransmetteur sur Hypérion à cette époque, et le vaisseau de spin *Farraux* n'avait pas non plus de mégatrans à son bord. Sol et Saraï n'apprirent donc l'accident survenu à leur fille que lorsque le consulat de l'Hégémonie sur Parvati avisa l'université que Rachel était blessée, inconsciente mais dans un état stationnaire, et qu'elle était rapatriée sur le Vecteur Renaissance à bord d'un vaisseau-torche-hôpital. Le voyage prendrait un peu plus de dix jours en temps de transit, avec un déficit de temps égal à cinq mois. Ces cinq mois représentaient un vrai supplice pour Sol et Saraï, qui eurent mille fois le temps d'imaginer le pire avant que le vaisseau-hôpital arrive au noyau distrans de Renaissance. Ils n'avaient pas revu leur fille depuis huit ans.

Le Centre Médical de Vinci était une tour flottante soutenue par une énergie à diffusion directe. La vue sur la mer de Côme était époustouflante, mais ni Sol ni Saraï n'avaient le temps de s'attarder tandis qu'ils parcouraient les corridors à la recherche de leur fille. Le docteur Singh et Melio Arundez les accueillirent dans le moyeu de la section des soins intensifs. Les présentations expédiées, Saraï demanda :

— Où est-elle ?

— Elle dort, fit le docteur Singh, une grande femme d'allure aristocratique mais au regard empreint de gentillesse. Pour autant que nous puissions l'affirmer, elle ne souffre d'aucune commotion… euh… physique. Mais elle est restée longtemps dans le coma, depuis dix-sept semaines de son temps réel, exactement, et il n'y a qu'une dizaine de jours que ses ondes cérébrales indiquent qu'elle a quitté le coma pour présenter plutôt les symptômes d'un profond sommeil.

— Je ne comprends pas, déclara Sol. Que s'est-il passé là-bas ? Un accident ? Un choc ?

— Il s'est effectivement passé quelque chose, intervint Melio Arundez, mais nous ne savons pas quoi exactement. Rachel était à l'intérieur de l'un des artefacts, toute seule, et ni son persoc ni les autres instruments n'ont rien enregistré d'extraordinaire. Mais il y a eu, cette nuit-là, un pic d'activité concernant ce que nous appelons les champs anentropiques.

— Les marées du temps, coupa Sol. Nous savons ce que c'est. Continuez.

Arundez hocha la tête et courba les mains comme pour modeler l'air.

— Cela ressemble à une... surcharge locale. Un miniraz de marée, si vous voulez, par rapport à une marée normale. Le Sphinx – c'est le nom de l'artefact où se trouvait Rachel – a été totalement submergé. C'est-à-dire qu'il n'y a eu aucune destruction physique, mais... Rachel a été retrouvée inanimée, et...

Il se tourna vers le docteur Singh comme pour lui demander de l'aide.

— Votre fille était dans le coma, dit-elle. Nous ne pouvions pas, dans cet état, lui faire subir la fugue cryotechnique...

— Elle a fait le saut quantique sans être en état de fugue ? s'étonna Sol.

Il avait lu, quelque part, que les voyageurs soumis directement à l'effet Hawking pouvaient souffrir de graves séquelles psychologiques.

— Rassurez-vous, lui dit Singh. Dans l'état d'inconscience où elle se trouvait, elle était tout aussi protégée que dans la fugue.

— Est-elle... blessée ? demanda Saraï.

— Nous l'ignorons. Ses paramètres vitaux sont tous proches de la normale. Son activité cérébrale est à la limite de la conscience. Le seul problème est que son organisme semble avoir absorbé... Disons que les champs anentropiques l'ont contaminée.

Sol se passa la main sur le front.

— Des radiations ? demanda-t-il.

— Pas exactement. Euh... C'est un cas tout à fait nouveau pour nous. Des spécialistes du vieillissement doivent arriver ici cet après-midi, de TC^2, Lusus et Metaxas.

Sol la regarda dans les yeux.

— Vous voulez dire que Rachel a contracté sur Hypérion une maladie du vieillissement ? Quelque chose comme le syndrome de Mathusalem ou la maladie d'Alzheimer ?

— Non, soupira le docteur Singh. La maladie de votre fille n'a pas de nom, en fait. Les gens qui la soignent ici l'appellent provisoirement maladie de Merlin. Le vieillissement de Rachel s'opère dans le temps à la vitesse normale, mais... dans le mauvais sens, semble-t-il.

Saraï s'avança alors vers elle, en la regardant comme si elle était complètement folle.

— Je veux voir ma fille, dit-elle d'une voix calme mais ferme. J'exige de la voir immédiatement.

Rachel se réveilla moins de quarante heures après l'arrivée de Sol et de Saraï. En quelques minutes, elle fut d'attaque, assise dans son lit, discutant pendant que les infirmiers et les médecins s'affairaient autour d'elle.

— Papa ! Maman ! Que faites-vous ici ?

Mais avant qu'ils puissent répondre, elle regarda autour d'elle en cillant et ajouta :

— Je ne comprends pas. Où sommes-nous ? Nous ne sommes pas à Keats ?

Saraï lui prit la main.

— Nous sommes sur le Vecteur Renaissance, ma chérie, dans un hôpital de Vinci.

— Renaissance ? fit Rachel en écarquillant presque comiquement les yeux. Nous sommes dans le Retz ?

Elle regarda de nouveau autour d'elle, totalement éberluée.

— Rachel, quelle est la dernière chose dont vous ayez gardé le souvenir ? lui demanda le docteur Singh.

La jeune femme se tourna, sans comprendre, vers le médecin.

— La dernière chose dont je me... Je me souviens que je me suis couchée à côté de Melio juste après... après...

Elle regarda ses parents, puis se toucha la joue du bout des doigts.

— Et Melio ? Tous les autres ? Ils sont…

— Tous les membres de l'expédition vont bien, fit le docteur Singh pour la calmer. Vous avez eu un léger accident. Dix-sept semaines ont passé depuis. Vous êtes en sécurité dans le Retz. Tout le monde va très bien.

— Dix-sept semaines…

Sous le reste de son bronzage, Rachel était devenue très pâle.

— Comment te sens-tu, ma petite fille ? lui demanda Sol en lui prenant la main.

Elle voulut lui serrer les doigts, mais elle était d'une faiblesse qui fendit le cœur à Sol.

— Je ne sais pas, réussit-elle à dire. J'ai… la tête qui tourne. Tout est si… embrouillé !

Saraï s'assit au bord du lit et la serra dans ses bras.

— C'est fini, maintenant, mon bébé. Tout va aller très bien, tu verras.

Melio entra à ce moment-là dans la chambre. Il n'était pas rasé, et ses cheveux étaient hirsutes après le somme qu'il venait de faire dans le petit salon attenant.

— Rachel ?

Elle se tourna vers lui sans quitter les bras protecteurs de sa mère.

— Salut, dit-elle, presque timide. Je suis revenue, tu vois.

L'opinion de Sol avait toujours été que la médecine n'avait guère changé depuis l'époque des sangsues et des cataplasmes. Aujourd'hui, ils vous mettaient dans des centrifugeuses, ils réalignaient le champ magnétique de votre corps, ils vous bombardaient d'ondes soniques, ils vous mettaient des sondes cellulaires pour ausculter votre ARN, mais ils finissaient par avouer leur ignorance sans le dire vraiment en toutes lettres. La seule chose qui changeait tout le temps, c'était la note à payer, toujours plus élevée.

Il était à demi assoupi dans son fauteuil lorsque la voix de Rachel le fit sursauter.

— Papa ?

Il se redressa, lui prit la main.

— Là, ma petite fille.

— Papa, dis-moi où je suis ! Que s'est-il passé ?

— Tu es sur Renaissance, à l'hôpital, ma chérie. Il y a eu un accident sur Hypérion. Tout va bien, à présent, sauf en ce qui concerne ta mémoire, qui a été légèrement affectée.

Elle accentua la pression de sa main.

— Un hôpital ? Dans le Retz ? Comment suis-je arrivée ici ? Depuis combien de temps ?

— Cinq semaines environ, chuchota Sol. Quel est ton dernier souvenir, Rachel ?

Elle se laissa aller en arrière contre son oreiller et porta la main à son front, sur lequel étaient disposés de minuscules capteurs.

— Melio et moi, nous étions allés à une réunion. Pour discuter avec les autres de la possibilité d'installer du matériel à l'intérieur du Sphinx. Oh ! mais j'ai oublié de te parler de Melio, papa ! C'est mon...

— Oui, soupira Sol en tendant son persoc à Rachel. Écoute bien ce qui est enregistré là-dessus, ma petite fille.

Il quitta la chambre.

Elle mit le persoc en marche et cligna plusieurs fois des paupières tandis que sa propre voix lui parlait :

— Bon, tu viens de te réveiller et tu ne sais plus où tu en es. Il t'est arrivé quelque chose, Rachel. Écoute bien.

Cet enregistrement date du douzième jour du mois Dix, année 457 de l'hégire, ou 2739 selon l'ancien calendrier. Oui, je sais, cela fait six mois standard plus tard que ton dernier souvenir. Mais ouvre bien les oreilles.

Il est arrivé quelque chose à l'intérieur du Sphinx. Tu t'es fait prendre par la marée du temps, qui t'a changée. Tu vieillis à l'envers, même si ça paraît complètement idiot. Tu rajeunis à chaque instant qui passe. Mais ce n'est pas le plus important. Quand tu dors... quand *nous* dormons, tu oublies. Tu perds un jour, chaque fois, de tout ce qui s'est passé *avant* l'accident. Ne me demande pas pourquoi c'est ainsi. Les médecins n'y comprennent rien. Les spécialistes sont perdus. Si tu veux une comparaison, pense à un virus de l'ancien temps, qui dévorerait les données enregistrées dans ton cerveau, à partir des *dernières* entrées.

Ils ignorent pourquoi ta mémoire régresse pendant ton sommeil. Ils ont essayé de te donner des pilules antisommeil, mais au bout d'une trentaine d'heures tu deviens complètement catatonique et le virus continue de faire son œuvre. Voilà.

Veux-tu que je te dise ? Cette façon de te parler à la troisième personne a un effet thérapeutique. En réalité, j'attends qu'ils viennent me chercher pour me conduire en salle d'imagerie. Et je sais que je m'endormirai en revenant, et que j'oublierai encore tout. Ça me fout vraiment la frousse.

Bon, tu vas maintenant écouter un petit speech qui te mettra au courant de tout ce qui s'est passé depuis l'accident. Ah oui ! maman et papa sont ici, et ils sont au courant, pour Melio. En fait, c'est moi qui ne sais plus très bien où j'en suis. Quand avons-nous couché ensemble pour la première fois, hein ? Deux mois après notre arrivée sur Hypérion ? Dans ce cas, il ne nous resterait plus que quelques semaines pour que nous redevenions de simples connaissances. Dépêche-toi de profiter de tes souvenirs pendant que c'est encore possible, ma grande.

Signé, Rachel d'hier.

Lorsque Sol rentra dans la chambre, il trouva sa fille assise raide dans son lit, serrant encore le persoc dans ses mains, le visage blême et l'air terrifié.

— Papa…

Il alla s'asseoir auprès d'elle et la laissa pleurer… pour le vingtième jour d'affilée.

Huit semaines standard après l'arrivée de Rachel sur Renaissance, Sol et Saraï firent leurs adieux à Rachel et à Melio sur le multiport distrans de Vinci, d'où ils regagnèrent leur monde de Barnard.

— Elle n'aurait pas dû quitter si tôt l'hôpital, murmura Saraï tandis qu'ils prenaient place dans la navette du soir en partance pour Crawford.

Sous eux, le continent fut bientôt une mosaïque de carrés et de rectangles prêts à être moissonnés. Sol posa la main sur le genou de sa femme et se pencha vers elle.

— Les médecins n'auraient pas mieux demandé que de la garder éternellement, dit-il, mais uniquement pour satisfaire leur curiosité. Je crois qu'ils ont fait tout ce qui était en leur pouvoir pour l'aider… c'est-à-dire rien du tout. Elle a maintenant sa propre vie à vivre.

— Mais pourquoi est-elle partie avec… ce garçon ? Elle le connaît à peine.

Il soupira et se laissa aller en arrière contre le dossier de son siège.

— Dans deux semaines, elle ne se souviendra même plus de lui, fit-il. Tout au moins par rapport à leurs relations actuelles. Il faut essayer de comprendre le point de vue de Rachel, Saraï. Elle se bat chaque matin pour essayer de s'y retrouver dans un monde pour elle insensé. Elle a vingt-cinq ans, et elle est amoureuse. Laisse-la profiter de son bonheur.

Saraï se tourna vers le hublot. Ensemble, sans parler, ils contemplèrent le soleil rouge suspendu à l'orée du soir comme un ballon au bout d'une ficelle.

Le deuxième semestre universitaire était déjà bien avancé lorsque Rachel appela son père. C'était un message unidirectionnel par câble distrans, émis à partir de Freeholm, et son image flottait au centre de la fosse holo comme un fantôme à l'aspect étrangement familier.

— Salut, m'man. Salut, p'pa. Désolée de n'avoir pas eu le temps d'appeler ces dernières semaines. Vous savez sans doute que j'ai quitté l'université. Et Melio, par la même occasion. C'était stupide, de ma part, de vouloir m'inscrire à de nouveaux cours. J'oubliais le mardi ce que j'avais fait le lundi. Même avec des disquettes et un persoc, le combat était perdu d'avance. Je m'inscrirai peut-être en première année. Je n'ai rien oublié du programme ! Mais je dis ça juste pour plaisanter...

Ça ne pouvait pas continuer comme ça avec Melio. C'est du moins ce que me disent mes notes. Ce n'est pas sa faute, j'en suis persuadée. Il a été patient et adorable jusqu'au bout. Mais... on ne peut pas faire démarrer ainsi chaque jour une relation à partir de rien... Notre chambre était pleine de photos de nous, de notes que je m'étais écrites à moi-même, de holos pris sur Hypérion. Pourtant... il faut me comprendre... Chaque matin, il était devenu pour moi un étranger. Ce n'est qu'au milieu de l'après-midi que je commençais à croire à ce qu'il avait été pour moi, même si je n'en gardais aucun souvenir. Le soir, je pleurais dans ses bras... et je finissais, tôt ou tard, par m'endormir. Oui, je pense que c'est bien mieux ainsi.

L'image de Rachel sembla hésiter, se tourna à demi comme si elle voulait mettre fin à la communication, puis se ravisa. En souriant, elle ajouta :

— J'ai laissé tomber mes études pour quelque temps. Le Centre Médical de Freeholm voudrait m'avoir à plein temps, mais il faudrait qu'il y mette le prix. J'ai une proposition de l'Institut de Recherche de Tau Ceti qui me paraît difficile à battre. Ils m'offrent... Je crois qu'ils appellent ça un poste de « chercheur honoraire ». C'est plus que ce que nous avons payé en tout pour mes quatre ans d'études à Nightenhelser et pour mon séjour à Reichs. J'ai quand même refusé. Je continue de suivre chaque jour le traitement de l'hôpital, mais les transplantations d'ARN me laissent des bleus et me dépriment un peu. Sans doute parce que, chaque matin, quand je me lève, je ne me rappelle pas comment j'ai eu ces bleus, hi ! hi !

N'importe comment, je compte habiter quelque temps chez Tanya, et puis... j'ai pensé que je pourrais ensuite revenir quelque temps à la maison. Ça va être bientôt le deuxième mois, et mon anniversaire. J'aurai de nouveau vingt-deux ans. Ça fait tout drôle, hein ? Mais c'est plus facile pour moi d'être avec des gens que je connais. J'ai rencontré Tanya pour la première fois juste après mon arrivée ici. Je venais d'avoir vingt-deux ans. Alors, vous comprenez...

Est-ce que ma chambre est toujours là, maman, ou l'as-tu transformée en salon de mah-jong, comme tu menaçais tout le temps de le faire ? Écrivez-moi vite, ou appelez-moi. La prochaine fois, je me fendrai d'une communication double voie, pour qu'on puisse discuter vraiment. En attendant, si vous... C'est-à-dire...

Elle fit un joyeux signe de main en ajoutant :

— Faut qu'j'y aille, salut, les poilus, je vous adore tous les deux !

Sol fit le voyage à Bussard, la semaine précédant l'anniversaire de Rachel, pour l'accueillir à l'unique terminex distrans public de la planète. Ce fut lui qui la vit le premier, au milieu de ses bagages, près de l'horloge florale. Elle avait un aspect très jeune, mais pas tellement plus jeune, après tout, que le jour où ils s'étaient quittés sur le Vecteur Renaissance. Ou plutôt, se dit-il en la regardant mieux, c'était dans son maintien qu'il y avait une différence. Elle semblait beaucoup moins assurée qu'avant. Mais il secoua la tête pour chasser ces pensées, cria son nom et courut la serrer dans ses bras.

L'expression d'étonnement sur le visage de Rachel, quand il la lâcha, était si intense qu'il ne put l'ignorer.

— Qu'y a-t-il, ma chérie ? demanda-t-il. Quelque chose ne va pas ?

C'était l'une des rares fois où sa fille avait semblé à court de mots.

— Je... Tu... J'avais oublié, bredouilla-t-elle.

Elle secoua la tête d'une manière qu'il connaissait bien, et réussit à rire et à pleurer en même temps.

— Tu n'es plus tout à fait le même, c'est tout, lui dit-elle. Je me souviens du jour où j'ai quitté la maison comme si c'était hier. Alors, tu comprends... Quand j'ai vu tes cheveux...

Elle porta la main devant sa bouche. Sol se passa les doigts dans les cheveux.

— Je vois, dit-il, soudain lui-même au bord du rire et des larmes. Pour toi, ça fait un peu plus de onze ans, avec tous tes voyages. Et tu me retrouves vieux et chauve.

Il lui ouvrit de nouveau ses bras.

— Bienvenue à la maison, petite.

Rachel se blottit dans le cercle protecteur que lui offrait son père.

Durant plusieurs mois, les choses se passèrent très bien. Rachel, entourée d'objets familiers, se sentait plus en sécurité. Et pour Saraï, le chagrin causé par la maladie de sa fille était provisoirement compensé par le plaisir de l'avoir de nouveau auprès d'elle.

Chaque matin, Rachel se levait de bonne heure et prenait connaissance de son « aide-mémoire » personnel, qui contenait des images de Sol et de Saraï d'une douzaine d'années plus vieilles que dans son souvenir. Sol essayait d'imaginer ce qu'éprouvait sa fille en se réveillant dans son lit, âgée de vingt-deux ans, la mémoire pleine d'images décalées, en vacances chez elle avant de retourner à ses études sur une autre planète, quand elle voyait ses parents plus vieux, la maison changée, la ville différente, les nouvelles étranges, des années d'histoire ayant passé sans qu'elle s'en aperçoive.

Il en était incapable.

Leur première erreur fut d'accéder à la demande de Rachel en invitant ses anciens amis à son vingt-deuxième anniversaire. Ils vinrent tous, comme la première fois : l'irrésistible Niki, Don Stewart et son copain Howard, Kathi Obeg, Marta Tyn et sa meilleure amie, Linna McKyler. Tous de fraîche date à l'université, tous à peine sortis du cocon de leur enfance et prêts à se tisser une nouvelle vie d'adulte.

Rachel les avait tous revus depuis son retour, mais...

elle s'endormait chaque soir, et elle oubliait. Et, cette fois-là, Sol et Saraï oublièrent qu'elle avait oublié.

Niki avait trente-quatre ans et deux enfants. Elle était toujours débordante d'énergie et d'un comique irrésistible, mais d'une autre génération, selon les critères de Rachel. Don et Howard parlèrent de leurs investissements, des prouesses sportives de leurs enfants et de leurs projets de vacances. Kathi était toute désorientée, elle n'adressa que deux fois la parole à Rachel, et encore comme s'il s'agissait d'une autre personne qui voulait se faire passer pour elle. Marta ne cacha pas sa jalousie devant la jeunesse de Rachel. Linna, qui s'était convertie entre-temps au gnosticisme zen, se mit à pleurer au milieu de la soirée et partit la première.

Lorsque tout le monde eut pris congé, Rachel, au milieu du champ de bataille du salon, contempla le gâteau à moitié intact, mais ne pleura pas. Avant de monter se coucher, elle serra sa mère dans ses bras et murmura à l'oreille de son père :

— Je t'en prie, papa, ne me laisse plus jamais recommencer une telle bêtise.

Puis elle alla se coucher.

Ce printemps-là, Sol refit le même cauchemar. Il était perdu dans un endroit vaste et noir, éclairé seulement par deux globes rouges. Et la voix, qu'il ne trouvait nullement absurde, lui dit sur un ton monocorde :

> — Sol ! Prends ta fille, ta fille unique, Rachel, que tu aimes, et rends-toi sur le monde qu'on appelle Hypérion pour l'immoler par le feu à l'un des endroits que je t'indiquerai.

Sol avait hurlé dans les ténèbres de son rêve :

— Tu me l'as déjà prise, salaud ! Que faut-il donc que je fasse pour que tu me la rendes ? Dis-moi ce que je dois faire, maudit !

Il s'était alors réveillé, en sueur, les yeux pleins de larmes et le cœur plein de rage. Dans la chambre voisine, Rachel dormait, dévorée par son virus.

Au cours des mois suivants, Sol chercha par tous les moyens à rassembler le plus possible d'informations sur Hypérion, les Tombeaux du Temps et le gritche. En tant que chercheur aguerri, il fut surpris de constater que les documents sur la question, compte tenu de son caractère spectaculaire, étaient très peu nombreux. Il y avait l'Église gritchtèque, naturellement. Il n'existait aucun temple de cette dénomination sur le monde de Barnard, mais il pouvait contacter ceux des autres planètes du Retz. Cependant, il s'aperçut bientôt que rassembler des faits à partir des écrits concernant le culte gritchtèque revenait à essayer de dresser un plan de Sarnâth en visitant un monastère bouddhiste. Le dogme gritchtèque faisait bien allusion au temps, mais uniquement dans la mesure où le gritche était censé être « l'ange du châtiment, venu d'au-delà du temps ». Et ce « temps authentique » n'existait plus pour la race humaine depuis que l'Ancienne Terre était morte. Les quatre siècles qui avaient passé depuis se situaient dans un « temps factice ». Ce genre de langage à double sens n'évoquait rien d'autre, pour Sol, que la pommade égocentrique commune à presque toutes les religions. Néanmoins, il avait l'intention d'aller visiter un temple gritchtèque dès qu'il aurait exploré des voies de recherche un peu plus sérieuses.

Melio Arundez organisa une nouvelle expédition sur Hypérion, également patronnée par l'université de Reichs, avec pour objectif officiel l'étude des phénomènes liés aux marées du temps et à la maladie de Merlin dont souffrait Rachel. Fait important, le Protectorat de l'Hégémonie avait décidé d'envoyer, à l'occasion de cette expédition, un émetteur distrans destiné au consulat de Keats. Ce qui n'empêchait pas qu'il faudrait au moins trois ans, en temps du Retz, pour que l'expédition arrive sur Hypérion. La première réaction de Sol avait été de vouloir partir avec Arundez et son équipe. Dans tout holodrame qui se respecte, les protagonistes retournent toujours sur les lieux de l'action. Mais il avait rapidement surmonté cette impulsion. Il était avant tout historien et philosophe. Il ne pouvait espérer apporter qu'une modique contribution au succès d'une telle entreprise. Rachel manifestait toujours un talent et un intérêt prometteurs en tant qu'étudiante en archéologie, mais ses capacités déclinaient chaque jour, et Sol ne pensait pas qu'elle gagnerait à retourner sur les lieux de son accident. Chaque matin, elle aurait un choc en se réveillant sur un monde inconnu, pour accomplir une mission qu'elle serait de moins en moins apte à accomplir. Saraï ne permettrait jamais une telle chose.

Il laissa momentanément de côté le livre auquel il travaillait actuellement, une analyse des théories de Kierkegaard sur l'éthique en tant que moralité de compromis, appliquées à l'appareil légal de l'Hégémonie. Puis il s'occupa de rechercher des informations ésotériques sur le temps, sur Hypérion et sur l'histoire d'Abraham.

Les mois qu'il passa à poursuivre ses activités habituelles et à réunir des informations ne suffirent pas à satisfaire son besoin d'action. Régulièrement, il s'en prenait, pour se libérer de ses frustrations, aux représentants des différentes spécialités scientifiques et médicales qui défilaient pour examiner Rachel comme des pèlerins dans un lieu saint.

— Comment est-ce possible ? hurla-t-il à la figure de l'un de ces spécialistes, qui avait commis l'erreur de se montrer à la fois suffisant et condescendant avec le père de la jeune malade et qui avait un crâne si dégarni que les traits de son visage semblaient dessinés sur une boule de billard. Elle commence à rapetisser ! s'exclama-t-il en saisissant littéralement par le col de sa blouse le pauvre homme qui reculait. Cela ne se voit pas immédiatement, mais sa masse osseuse est en train de diminuer. Comment peut-on seulement *concevoir* qu'elle puisse redevenir enfant ? Qu'en est-il de cette foutue loi de la conservation de la masse ?

Le spécialiste avait remué les lèvres, mais il était trop terrifié pour qu'il en sorte un son. L'un de ses collègues, barbu, avait expliqué à sa place :

— Voyez-vous, H. Weintraub, vous devez comprendre

que votre fille habite actuellement... hum... Essayez d'imaginer un espace local où l'entropie serait inversée.

Sol fit volte-face pour affronter le barbu.

— Essayez-vous de m'expliquer qu'elle est simplement prisonnière d'une bulle de régression ?

— Euh... pas tout à fait, déclara l'homme en se massant le menton. Pour choisir une analogie peut-être plus appropriée – biologiquement, tout au moins –, disons que, chez elle, le mécanisme de vie et de métabolisme semble avoir été inversé, et que...

— Ridicule ! coupa Sol. Si c'était le cas, ses fonctions de nutrition seraient remplacées par des fonctions d'excrétion. Elle régurgiterait sa nourriture, etc. Et que faites-vous de la sphère neurologique ? Inversez les influx électrochimiques, et vous n'obtiendrez que de l'incohérence. Son cerveau fonctionne parfaitement, messieurs ! C'est sa mémoire qui disparaît. Pourquoi ? Êtes-vous capables de me l'expliquer ?

Le premier spécialiste avait fini par retrouver sa voix.

— Nous ignorons la réponse à cette question, H. Weintraub, dit-il. Mathématiquement, l'organisme de votre fille ressemble à une équation à effet de temps inversé... ou peut-être à un objet qui serait passé au travers d'un trou noir en rotation rapide. Nous ne savons pas comment une telle chose a pu se produire ni pourquoi ce qui est physiquement impossible est arrivé en l'occurrence. Nos connaissances en la matière ne sont pas suffisantes.

Sol leur serra la main.

— Très bien, dit-il. C'est tout ce que je voulais savoir, messieurs. Je vous souhaite bon voyage.

Le soir de son vingt et unième anniversaire, Rachel alla frapper à la porte de son père une heure après qu'ils se furent retirés.

— Papa ?

— Qu'y a-t-il, ma petite fille ?

Passant une robe de chambre, il la rejoignit sur le seuil en demandant :

— Tu n'arrives pas à dormir ?

— Ça fait deux nuits que je me couche tard, avoua-t-elle. J'ai pris des pilules antisommeil pour me mettre mon aide-mémoire à jour.

Sol hocha silencieusement la tête.

— Papa, tu ne veux pas descendre boire un verre avec moi ? Il y a plusieurs choses dont j'aimerais te parler.

Il prit ses lunettes sur la table de nuit et la rejoignit en bas.

Ce fut la première et la dernière fois qu'il se cuita avec sa fille. Ce ne fut pas une cuite retentissante. Ils bavardèrent en plaisantant et en faisant des calembours jusqu'à ce qu'ils ne puissent plus continuer tant ils pouffaient. Rachel commença une histoire, s'arrêta pour boire au moment le plus drôle et faillit recracher son whisky par le nez dans son verre tant elle riait. Chacun d'eux pensait que c'était la chose la plus drôle qui leur fût jamais arrivée.

— Je vais chercher un autre bouteille, fit Sol lorsque les larmes eurent cessé de jaillir. Le doyen Moore m'a offert un excellent scotch à Noël… Si je me souviens bien…

Quand il revint, marchant comme sur des œufs, Rachel s'était assise droite sur le canapé et avait ramené ses cheveux en arrière avec sa main. Il lui versa une petite quantité d'alcool, et ils burent en silence pendant quelques instants.

— Papa ?

— Oui, Rachel ?

— J'ai bien réfléchi à tout. Je me suis vue, je me suis écoutée, j'ai vu les holos de Linna et des autres, à l'âge mûr…

— N'exagérons rien, lui dit Sol. Linna n'a pas encore trente-cinq ans.

— Enfin, plus vieux. Tu vois ce que je veux dire, quoi. Donc, j'ai lu les rapports médicaux, j'ai examiné les photos d'Hypérion, et… Tu ne sais pas ?

— Quoi ?

— Je n'arrive pas à y croire, papa !

Il posa son verre et regarda sa fille. Elle avait un visage plus épanoui que jamais, plus direct, et même plus beau.

— Je veux dire que j'y crois, bien sûr, reprit-elle avec un petit rire apeuré. Je sais bien que maman et toi vous ne me joueriez pas un tour aussi cruel. Et puis, il y a... votre âge. Et les nouvelles du monde. Je suis bien obligée d'admettre que c'est réel, mais je ne peux pas y croire. Est-ce que tu me comprends, papa ?

— Oui, murmura Sol.

— Je me suis réveillée, ce matin, en me disant : « Bravo ! Demain, j'ai mon examen de paléontologie, et je n'ai presque pas révisé. » J'avais tellement envie de donner une leçon à Roger Sherman, qui se croit si futé...

Sol but une gorgée de whisky.

— Roger est mort il y a trois ans dans un accident d'avion au sud de Bussard, dit-il.

Il n'aurait pas dit cela s'il n'avait pas tant bu. Mais il fallait qu'il sache quelle autre Rachel se cachait dans celle qu'il avait devant lui.

— Je sais, dit-elle en remontant ses genoux sous son menton. Je me suis mise à jour sur tous les gens que je connais. Gram est morte. Le professeur Eikhardt a pris sa retraite. Niki a épousé je ne sais quel... voyageur de commerce. Il se passe beaucoup de choses en quatre ans.

— Plus de onze ans, corrigea Sol. Ton aller-retour sur Hypérion t'a donné six ans de retard sur nous.

— Ça, c'est normal ! s'écria Rachel. Il y a des tas de gens qui voyagent à l'extérieur du Retz. Ils ne sont pas traumatisés pour autant !

Sol hocha lentement la tête.

— Ton cas est différent, ma petite fille.

Elle parvint à sourire, et but le reste de son scotch.

— Ça, c'est le plus bel euphémisme que j'aie jamais entendu, dit-elle en reposant son verre dans un bruit sec. Voilà donc ce que j'ai décidé... Je viens de passer un jour et demi à trier toutes les notes qu'elle... que j'ai rassemblées pour me faire comprendre où j'en suis. Et je constate que ça ne m'aide pas du tout !

Sol demeurait parfaitement immobile, osant à peine respirer.

— Je veux dire, continua Rachel, que je sais que je vais rajeunir chaque jour, et perdre le souvenir de gens que je n'aurai même pas encore rencontrés… Et qu'est-ce qui va se passer ensuite ? Je deviendrai de plus en plus petite et de moins en moins capable de comprendre, jusqu'au moment où… je disparaîtrai, comme ça ? Bon Dieu ! C'est vraiment cocasse, tu ne trouves pas ?

Elle s'était courbée davantage en avant, enserrant plus fort ses genoux de ses deux mains croisées.

— Non, fit Sol d'une voix douce.

— Je sais. Ça ne l'est pas du tout, soupira Rachel, dont les grands yeux noirs s'étaient embués de larmes. Ce doit être le pire cauchemar, pour maman et pour toi, de me voir chaque matin descendre l'escalier avec des souvenirs qui, pour moi, sont d'hier, jusqu'à ce que ma propre voix m'explique que cet hier est déjà passé depuis des années, et que j'ai eu une liaison avec quelqu'un qui s'appelle Amelio…

— Melio, souffla Sol.

— Peu importe. Comprends que ça ne m'aide pas du tout, papa. J'ai à peine le temps d'absorber tout ça qu'il faut encore que j'aille me coucher, et… tu connais la suite mieux que moi.

— Qu'est-ce que… commença Sol avant de se racler la gorge. Qu'est-ce que tu voudrais que nous fassions, ma petite fille ?

Elle le regarda dans les yeux, puis sourit. C'était le même sourire que celui dont elle l'avait gratifié dans les cinq premières semaines de son existence.

— Ne me dis rien, papa, fit-elle d'une voix ferme. Ne me laisse pas m'expliquer quoi que ce soit. Ça fait trop mal. Je n'ai jamais vécu tout cela, tu comprends ?

Elle s'interrompit pour se passer la main sur le front avant de continuer :

— Tu comprends ce que je veux dire, n'est-ce pas ? La

Rachel qui est allée sur une autre planète et qui est tombée amoureuse et qui a souffert, c'est une autre Rachel ! Je n'ai pas à souffrir pour elle ! Tu me comprends, dis ?

Elle pleurait, à présent.

— Je te comprends, fit Sol en lui ouvrant ses bras pour la consoler.

Il sentit sa chaleur et ses larmes contre son torse.

— Je te comprends très bien, ajouta-t-il.

Plusieurs messages distrans leur parvinrent d'Hypérion, cette année-là, mais ils n'apportèrent rien. La nature et la source des champs anentropiques demeuraient un mystère. Aucune activité particulière des marées du temps n'avait été enregistrée aux alentours du Sphinx. Des expériences sur des animaux de laboratoire dans les régions des marées s'étaient soldées par la mort de certains sujets, mais la maladie de Merlin n'avait pu être reproduite. Melio achevait chacun de ses messages par les mots : « Tout mon amour à Rachel. »

Sol et Saraï empruntèrent de l'argent à l'université de Reichs pour se soumettre, dans une clinique de Bussard, à un traitement Poulsen simplifié. Ils étaient déjà trop vieux pour songer à prolonger leur existence d'une centaine d'années, mais cela leur redonna l'aspect d'un couple de quinquagénaires plutôt que de septuagénaires. Ils étudièrent attentivement leurs vieilles photos de famille, et n'eurent pas trop de difficulté à s'habiller comme ils le faisaient une quinzaine d'années plus tôt.

Rachel, âgée maintenant de seize ans, descendit deux par deux les marches d'escalier avec son persoc branché sur la radio universitaire.

— Est-ce que je peux avoir des soufflettes de riz ?

— C'est ce que tu prends chaque matin, lui dit Saraï en souriant.

— Je sais, mais il pourrait ne plus en rester, ou je ne sais quoi. J'ai entendu le téléphone. C'était Niki ?

— Non, fit Sol.

— Zut ! s'exclama Rachel. Pardon, s'excusa-t-elle aussitôt. Mais elle avait promis de m'appeler dès que les résultats des épreuves communes seraient affichés. Ça fait déjà trois semaines que les contrôles ont eu lieu ! On devrait me mettre au courant, quand même !

— Ne t'inquiète pas, lui dit Saraï en posant la cafetière sur la table puis en servant Rachel et elle-même. Je suis sûre que tes résultats seront assez bons pour te donner accès à l'établissement de ton choix.

— Maman... soupira Rachel. Tu ne peux pas savoir. Ils ne font pas de cadeaux, tu sais.

Elle fronça les sourcils.

— Tu n'aurais pas vu mon ansible de maths ? Je ne retrouve plus rien avec le désordre qu'il y a dans ma chambre.

Sol s'éclaircit la voix.

— Pas d'école, aujourd'hui, ma petite fille.

— Pas d'école ? s'étonna Rachel en ouvrant de grands yeux. Un mardi ? À six semaines de la remise des diplômes ? Et pourquoi ça ?

— Tu as été souffrante, déclara Saraï avec fermeté. Tu peux rester à la maison aujourd'hui. Juste aujourd'hui.

Le front de Rachel se plissa de plus belle.

— Souffrante ? Je ne me sens pas souffrante, maman, mais simplement toute drôle. Comme si quelque chose clochait, mais je ne sais pas quoi au juste. Par exemple, pourquoi est-ce que le canapé n'est plus à sa place dans le salon des médias ? Et où est passé Chips ? Je n'ai fait que l'appeler, mais il ne vient pas.

Sol lui prit gentiment le poignet.

— Tu as été un peu fatiguée, lui dit-il. Le docteur a dit que tu te réveillerais peut-être avec quelques trous de mémoire. Nous allons en parler un peu en nous promenant jusqu'au campus, si tu veux. D'accord ?

Rachel leva vers lui un visage radieux.

— Manquer les cours et faire un tour sur le campus ? D'accord.

Elle feignit un instant la consternation avant d'ajouter :

— Pourvu qu'on ne tombe pas sur Roger Sherman ! Il est en première année de maths, et je ne peux pas le voir !

— Tu ne risques pas de le rencontrer, ma petite fille. Tu es prête ?

— Un instant.

Elle se pencha vers sa mère pour l'embrasser.

— Salut, poilue !

— À plus tard, tête de lard, fit Saraï.

— Ça y est, dit Rachel en secouant ses longs cheveux. Je suis prête, papa.

Les voyages fréquents à Bussard avaient rendu nécessaire l'achat d'un VEM et, par une fraîche matinée d'automne, Sol prit la route la plus longue, bien au-dessous des couloirs de circulation, décidé à profiter du spectacle et des senteurs des champs moissonnés qui s'étendaient de part et d'autre. Plusieurs paysans qui travaillaient là lui firent signe en le voyant passer.

Bussard s'était étendu de manière impressionnante depuis l'enfance de Sol, mais la synagogue était toujours au même endroit, à la limite de l'un des quartiers les plus anciens de la ville. C'était un vieux temple, Sol se sentait très vieux, et même la calotte qu'il posa sur sa tête, en entrant, lui parut terriblement vieille, usée par des dizaines d'années. Seul le rabbin était jeune. Il devait avoir tout de même quarante ans passés, se disait Sol en voyant les cheveux clairsemés qui dépassaient autour de la kippa noire. Cependant, à ses yeux, c'était encore un jeune homme, et il fut soulagé quand le rabbin lui suggéra de poursuivre leur conversation dans le jardin public qui se trouvait de l'autre côté de la rue.

Ils s'assirent sur un banc. Sol s'aperçut qu'il avait gardé sa kippa, et il la fit passer, gêné, d'une main dans l'autre. Il flottait dans l'air une odeur de feuilles brûlées et de pluie de la nuit précédente.

— Je ne comprends pas très bien, H. Weintraub, lui dit le rabbin, si c'est votre rêve qui vous dérange ou si vous êtes troublé par le fait que la maladie de votre fille a commencé juste après ce rêve.

Sol leva la tête vers la lumière du soleil.

— Ni l'un ni l'autre, dit-il. Mais je ne peux pas m'empêcher de penser qu'il y a un rapport.

Le rabbin se passa le doigt sur la lèvre inférieure.

— Quel âge a votre fille ?

— Treize ans, fit Sol après une légère hésitation.

— Et sa maladie… est très grave ? Elle met ses jours en danger ?

— Pas pour le moment, déclara Sol.

Le rabbin croisa les mains sur son ventre replet.

— Vous ne croyez pas… Vous permettez que je vous appelle Sol ?

— Bien sûr.

— Vous ne croyez pas, Sol, que c'est à la suite de ce rêve, et par votre faute, que votre petite fille est tombée malade, n'est-ce pas ?

— Non, répondit Sol en se demandant si c'était bien la vérité.

— Vous pouvez m'appeler Mortie, Sol.

— Très bien, Mortie. Non, je ne suis pas venu vous trouver parce que je me sentais coupable de la maladie de ma fille ou de quoi que ce soit. Mais j'ai tout de même le sentiment que mon subconscient essaie de me dire quelque chose.

Mortie se balança légèrement d'avant en arrière.

— Peut-être qu'un psychologue ou un neurologue pourrait vous aider davantage, Sol. Je ne vois pas très bien ce que je…

— C'est l'histoire d'Abraham qui m'intéresse, interrompit Sol. Je veux dire que j'ai quelque expérience de différents systèmes d'éthique, mais il m'est difficile de comprendre celui qui commence, pour un père, par l'ordre de sacrifier son fils.

— Mais non, mais non ! protesta le rabbin en agitant comiquement devant lui des doigts d'enfant. Le moment venu, Dieu a retenu la main d'Abraham. Il n'aurait jamais accepté qu'un sacrifice soit commis en son nom. Il voulait seulement une obéissance aveugle à son commandement et…

— Je sais, murmura Sol. Une obéissance aveugle. Mais il est dit : « Alors Abraham avança la main et prit le couteau pour tuer son fils. » Dieu avait dû lire dans son âme et voir qu'Abraham était prêt à faire périr Isaac. Une simple démonstration d'obéissance, sans engagement total, n'aurait pas apaisé le Dieu de la Genèse. Mais que se serait-il passé si Abraham avait aimé son fils plus que Dieu ?

Mortie pianota quelques instants sur son genou, puis saisit le bras de Sol.

— Je vois que la maladie de votre fille vous bouleverse, dit-il. Mais ne mélangez pas cela avec un document écrit depuis huit mille ans. Parlez-moi d'elle. Les enfants ne meurent plus de maladie, aujourd'hui. Pas dans le Retz.

Sol se leva, un sourire aux lèvres, et fit un pas en arrière pour libérer son bras.

— J'aimerais bien bavarder encore un peu avec vous, Mortie, sincèrement, dit-il. Mais il faut que je rentre. J'ai un cours dans la soirée.

— Viendrez-vous au temple pour le sabbat ? demanda le rabbin en lui tendant ses doigts courts pour un dernier contact humain.

Sol déposa la kippa dans le creux de sa main.

— Un de ces jours, peut-être, dit-il. Je viendrai un de ces jours, Mortie.

Vers la fin du même automne, Sol vit un jour, en regardant par la fenêtre de son bureau, la silhouette sombre d'un homme qui se tenait au pied de l'orme aux branches nues devant la maison. Les médias, se dit-il avec un serrement de cœur. Depuis dix ans, il appréhendait le moment où leur secret serait découvert et où leur vie secrète à Crawford prendrait fin. Il sortit, dans l'air glacé du soir, et reconnut aussitôt le visage de l'homme.

— Melio ! s'écria-t-il.

L'archéologue avait les mains dans les poches de sa

longue vareuse bleu marine. Malgré les dix années qui s'étaient écoulées depuis leur dernière rencontre, Arundez n'avait pas tellement vieilli. Il devait avoir un peu moins de trente ans, se disait Sol. Mais son visage hâlé par le soleil était sillonné de rides de tourment. Il lui serra la main, presque timidement.

— Sol !

— Je ne savais pas que vous étiez de retour. Entrez donc.

— Non, fit l'archéologue en reculant d'un pas. Il y a une heure que je suis devant votre porte, Sol. Je n'ai pas eu le courage de venir frapper.

Sol ouvrit la bouche pour dire quelque chose, mais se contenta de hocher la tête. Il mit, lui aussi, les mains dans ses poches, à cause du froid. Les premières étoiles apparaissaient au-dessus des pignons noirs de la maison.

— Rachel est sortie, dit-il finalement. Elle est allée à la bibliothèque. Elle croit... Elle croit qu'elle a un devoir d'histoire à rendre.

Melio prit une inspiration pénible et hocha la tête à son tour.

— Sol, dit-il d'une voix rauque, il faut que vous compreniez, Saraï et vous, que nous avons vraiment fait tout ce que nous avons pu. Nous sommes restés près de trois ans sur Hypérion, toute l'équipe. Nous serions restés davantage si l'université ne nous avait pas coupé les vivres. Nous n'avons *rien* trouvé qui...

— Je sais, murmura Sol. Nous vous remercions de nous avoir envoyé ces messages distrans.

— J'ai moi-même passé des mois entiers à l'intérieur du Sphinx, reprit Melio. D'après les instruments, il ne s'agissait que de pierre inerte, mais à certains moments j'ai eu l'impression que *quelque chose*...

Il secoua de nouveau la tête.

— Je lui ai failli, Sol.

— Ne dites pas cela, fit Sol en agrippant l'épaule du jeune homme à travers sa vareuse. Mais j'ai une question à vous poser. Nous avons contacté les sénateurs qui nous représentent, et même les plus hauts responsables du

Conseil des Sciences… Personne n'a pu nous expliquer pourquoi l'Hégémonie n'a pas consacré plus de temps et d'argent à enquêter sur les phénomènes qui se sont produits sur Hypérion. Il me semble que le Retz aurait dû depuis longtemps coloniser ce monde, ne serait-ce que pour le potentiel scientifique qu'il représente. Comment une énigme aussi mystérieuse que les Tombeaux du Temps a-t-elle pu demeurer ignorée si longtemps ?

— Je comprends très bien ce que vous voulez dire, Sol. Même l'arrêt des crédits de l'université nous a paru suspect. Tout se passe comme si l'Hégémonie avait pour politique délibérée d'éviter tout ce qui touche à Hypérion.

— Vous croyez que…

Sol fut interrompu par Rachel, qui s'approchait d'eux dans la lumière automnale du soir. Elle avait les mains profondément enfoncées dans son blazer rouge, ses cheveux étaient coupés court dans l'ancien style des adolescents d'un peu partout, et ses joues rebondies étaient rouges sous le froid mordant. Elle était, en fait, à la frontière de l'enfance et de l'adolescence, avec ses longues jambes cachées par des jeans, ses tennis et son blazer qui aurait pu la faire passer de loin pour un garçon. Elle leur sourit en les apercevant.

— Salut, p'pa, dit-elle en s'approchant dans la pénombre, inclinant timidement la tête à l'intention de Melio. Excusez-moi, je ne voulais pas interrompre votre conversation.

Sol prit une profonde inspiration.

— Ce n'est pas grave, ma petite fille, dit il. Rachel, je te présente le professeur Arundez, de l'université de Reichs, sur Freeholm. Professeur Arundez, ma fille, Rachel.

— Très heureuse de faire votre connaissance, fit Rachel, véritablement rayonnante à présent. Ouah ! Reichs ! J'ai vu le programme des cours. J'aimerais tellement pouvoir y aller un jour !

Melio s'inclina raidement, comme s'il avait, se disait Sol, du mal à courber les épaules.

— Est-ce que… commença Melio… Est-ce que vous avez une idée de ce que vous aimeriez étudier ?

La douleur dans sa voix devait être perceptible, même pour Rachel, mais elle se contenta de hausser les épaules en riant.

— Ben… N'importe quoi, à vrai dire. Le vieux Eikhardt – c'est mon prof de paléontologie et d'archéologie à l'école où je suis des cours spéciaux – dit qu'ils ont là-bas une section formidable d'artefacts anciens et classiques.

— C'est vrai, réussit à dire Melio.

Le regard de Rachel se porta timidement de cet homme à son père, comme si elle sentait une tension qu'elle était incapable de définir.

— Bon, dit-elle, vous devez avoir beaucoup de choses à vous dire, et je ne voudrais pas vous interrompre plus longtemps. Je rentre, il est l'heure d'aller me coucher, je pense. Maman dit que je ne dois pas veiller, avec ce virus de la méningite ou je ne sais trop quoi que j'ai attrapé, car ça risquerait de me porter sur le système. Je suis heureuse d'avoir fait votre connaissance, professeur Arundez. Et j'espère que nous nous reverrons à Reichs un de ces jours.

— Je l'espère aussi, lui dit Melio en la regardant avec une telle intensité, dans la semi-obscurité de la rue, que Sol eut l'impression qu'il cherchait à mémoriser cette scène dans ses moindres détails.

— Bon, ben… Bonne nuit, alors, fit Rachel en s'éloignant à reculons sur le trottoir, ses semelles crissant légèrement. À demain, p'pa !

— Bonne nuit, Rachel.

Elle s'arrêta encore dans l'encadrement de la porte d'entrée. La lumière du porche la faisait paraître beaucoup plus jeune que les treize ans qu'elle avait.

— Salut, poilu ! lança-t-elle.

— À plus tard, tête de lard, lui répondit Sol, et il vit les lèvres de Melio remuer à l'unisson.

Ils demeurèrent quelque temps sur le trottoir en silence tandis que la nuit s'installait sur la ville. Une bicyclette passa dans la rue, faisant craquer les feuilles mortes, les rayons de ses roues brillant dans la lumière diffusée par les vieux réverbères.

— Entrez, dit Sol. Saraï sera heureuse de vous revoir. Rachel sera dans sa chambre.

— Non, merci, lui dit Melio, les mains toujours dans les poches, immobile dans l'ombre. J'ai besoin de… J'ai commis une erreur, Sol.

Il commença à s'éloigner, s'arrêta puis tourna la tête.

— Je vous appellerai de Freeholm, dit-il. Nous mettrons sur pied une nouvelle expédition.

Sol hocha la tête.

Trois ans de transit, songea-t-il. Si elle partait ce soir avec lui, elle aurait… moins de dix ans en arrivant.

— Entendu, répondit-il.

Melio agita la main pour lui dire au revoir, puis s'éloigna en faisant craquer les feuilles mortes sous ses pas.

Sol ne devait plus jamais le revoir en personne.

Le plus grand temple gritchtèque du Retz se trouvait sur Lusus, et Sol s'y distransporta quelques semaines avant le dixième anniversaire de Rachel. Le bâtiment proprement dit n'était pas beaucoup plus grand qu'une cathédrale de l'Ancienne Terre, mais il semblait gigantesque, avec ses effets d'arcs-boutants auxquels il ne manquait qu'une église, ses étages supérieurs déformés et ses murs extérieurs en verre fumé. L'humeur de Sol était au plus bas, et la lourde gravité lusienne n'était pas de nature à l'alléger. Malgré son rendez-vous avec l'évêque, il dut attendre cinq bonnes heures avant d'être introduit dans le saint des saints. Il passa la plus grande partie de ce temps à contempler l'imposante sculpture d'acier polychrome, de vingt mètres de haut, qui tournait lentement sur elle-même et qui représentait peut-être le gritche légendaire. C'était à coup sûr en même temps un hommage abstrait à toutes les armes coupantes et tranchantes qui eussent jamais été inventées. Mais ce qui intéressait le plus Sol Weintraub, c'étaient les deux globes rouges qui flottaient à l'intérieur de l'espace de cauchemar censé représenter un crâne.

— H. Weintraub ?

— Votre Excellence, murmura Sol.

Il remarqua que les acolytes, exorcistes, assesseurs et huissiers qui lui avaient tenu compagnie durant sa longue attente se prosternaient sur les dalles de pierre noire à l'arrivée du grand prêtre. Il fit un effort pour s'incliner de manière aussi respectueuse que possible.

— Avancez, avancez, je vous en prie, H. Weintraub, dit le prêtre en indiquant l'entrée du sanctuaire gritchtèque d'un geste large de son bras à la manche pendante.

Sol passa dans une salle sombre où chaque bruit résonnait et qui n'était pas sans lui rappeler le décor de son rêve. Il prit un siège que lui indiquait l'évêque. Tandis que ce dernier prenait place sur ce qui ressemblait à un petit trône derrière un bureau sculpté de manière complexe mais indubitablement moderne, Sol s'avisa que le grand prêtre était natif de Lusus, avec l'embonpoint et le double menton typiques, qui ne l'empêchaient pas d'être impressionnant comme tous les résidents de cette planète. Sa robe était d'un rouge agressif, couleur de sang artériel, et coulait en plis qui évoquaient plus un liquide retenu par des barrières transparentes qu'un tissu de soie ou de velours bordé d'hermine couleur d'onyx. L'évêque avait un gros anneau rouge ou noir à chaque doigt, et l'alternance de ces deux couleurs produisait sur Sol un effet extrêmement troublant.

— Votre Excellence... commença Sol, je vous prie d'avance de m'excuser si j'ai enfreint le protocole de votre Église gritchtèque ou si je l'enfreins plus tard. J'avoue mon ignorance presque totale en la matière, mais c'est le peu que je connais déjà qui m'amène ici. Pardonnez-moi donc si j'utilise inconsidérément les titres ou les appellations. Ces maladresses ne seront dues qu'à l'imperfection de mes connaissances.

L'évêque fit tortiller ses doigts devant Sol. Les pierres rouges et noires scintillèrent dans la lumière diffuse.

— Les titres n'ont pas beaucoup d'importance,

H. Weintraub. Il est acceptable, pour un non-croyant, de nous appeler « Votre Excellence ». Nous vous ferons cependant remarquer que la dénomination officielle de notre modeste culte est l'Église de l'Expiation Finale, et que l'entité que le monde appelle si légèrement le gritche est pour nous, dans les rares cas où nous nous référons à son nom, le Seigneur de la Douleur, ou encore, plus communément, l'Avatar. Mais veuillez maintenant formuler la très importante requête que vous dites avoir à nous présenter.

Sol s'inclina légèrement.

— Votre Excellence, je ne suis qu'un simple enseignant...

— Pardonnez-moi de vous interrompre, H. Weintraub, mais vous êtes beaucoup plus qu'un enseignant. Vous êtes un très grand érudit. Vos écrits sur l'herméneutique morale ont retenu notre attention. Vos interprétations sont quelquefois erronées, mais fort intéressantes. Nous les citons régulièrement dans nos cours sur l'apologétique doctrinale. Poursuivez, je vous prie.

Sol cligna plusieurs fois des paupières. Ses travaux étaient pratiquement inconnus en dehors des sphères académiques les plus étroites, et cette déclaration le troublait. Dans les cinq secondes qui lui furent nécessaires pour retrouver ses esprits, cependant, il préféra se dire que l'évêque gritchtèque avait un excellent secrétariat et aimait se documenter sur les gens à qui il avait affaire.

— Votre Excellence, mes antécédents n'ont rien à voir avec la question qui m'amène ici. Je vous ai demandé cette audience parce que mon enfant... ma fille... a contracté une maladie... à la suite, peut-être, de certaines recherches qu'elle menait dans un domaine qui a pour votre Église une grande importance. Je veux parler, naturellement, de ce que l'on appelle les Tombeaux du Temps, sur la planète Hypérion.

L'évêque hocha lentement la tête. Sol se demanda s'il connaissait déjà l'histoire de Rachel.

— Vous savez sans doute, H. Weintraub, que la région à laquelle vous faites allusion – et que nous appelons les

Arches de l'Alliance – a été récemment interdite aux soi-disant chercheurs par le Conseil intérieur d'Hypérion ?

— Oui, Votre Excellence. Je l'ai appris récemment. Dois-je comprendre que votre Église a exercé une influence sur cette décision légale ?

L'évêque n'eut aucune réaction. Au loin, par-delà la pénombre troublée d'encens, un carillon très faible se fit entendre.

— Quoi qu'il en soit, reprit Sol, j'avais espéré, Votre Excellence, que la doctrine de votre Église pourrait jeter quelque lumière sur la maladie de ma fille.

L'évêque pencha la tête en avant de telle manière que l'unique rayon de lumière qui éclairait les lieux faisait luire son front, laissant ses yeux dans l'ombre.

— Souhaitez-vous être religieusement initié aux mystères de notre Église, H. Weintraub ?

Sol passa un doigt dans sa barbe.

— Non, Votre Excellence, à moins que cette initiation ne soit en mesure d'améliorer le bien-être de mon enfant.

— Votre fille désire peut-être faire partie de l'Église de l'Expiation Finale ?

Sol hésita un bref instant.

— Je vous répète, Excellence, que tout ce qu'elle désire, c'est guérir. Si vous pensez qu'elle peut atteindre ce but en embrassant votre foi, nous envisagerons sérieusement cette éventualité.

L'évêque se laissa aller en arrière sur son trône dans un froissement d'étoffe dont le rouge semblait couler de lui comme un liquide dans la demi-obscurité.

— C'est de bien-être *physique*, H. Weintraub, que vous voulez parler. Notre Église est l'arbitre final du salut *spirituel*. Avez-vous conscience de ce que le premier découle invariablement du second ?

— Je sais qu'il s'agit là d'une très ancienne et très respectable proposition, répondit Sol. Ce qui nous intéresse, ma femme et moi, c'est le bien-être total de notre enfant.

L'évêque appuya son large menton sur son poing.

— Puis-je savoir la nature du mal qui ronge votre fille, H. Weintraub ?

— C'est… une maladie liée à l'écoulement du temps, Votre Excellence.

L'évêque se pencha en avant, soudain tendu.

— Et dans quel lieu saint dites-vous qu'elle a contracté ce mal, H. Weintraub ?

— Dans l'artefact que l'on appelle le Sphinx, Votre Excellence.

L'évêque se leva alors si vivement que plusieurs papiers de son bureau volèrent jusqu'au sol. Même sans les plis de sa robe, cet homme devait faire au moins deux fois la masse de Sol, qu'il dominait à présent comme une figure incarnée de la mort rouge.

— Vous pouvez vous retirer ! fit-il d'une voix tonitruante. Votre fille est la plus bénie et la plus maudite des créatures de ce monde. Il n'y a rien que vous ou cette Église – ou quoi que ce soit de ce côté-ci de la vie – puissiez faire pour elle.

— Votre Excellence, insista Sol sans se démonter, si la moindre possibilité existait de…

— Non ! s'écria l'évêque, dont le rouge, à présent, s'était communiqué au visage.

Il frappa du poing sur son bureau. Des assesseurs et des exorcistes se présentèrent sur le seuil. Leurs robes noires ourlées de rouge formaient un sinistre complément au costume de l'évêque. À côté d'eux, les huissiers tout en noir se confondaient avec les ombres.

— L'audience est terminée, déclara l'évêque d'une voix moins forte mais tout aussi déterminée. Votre fille a été choisie par l'Avatar pour expier d'une manière que tous les pécheurs et infidèles devront connaître un jour. Un jour très prochain.

— Votre Excellence, si vous pouviez m'accorder cinq minutes de plus…

L'évêque fit claquer ses doigts, et deux exorcistes s'avancèrent pour le reconduire. C'étaient des Lusiens. Un seul d'entre eux aurait pu maîtriser cinq universitaires de la taille de Sol.

— Votre Excellence… protesta Sol en libérant d'une

secousse son bras prisonnier de la main de l'un des assesseurs.

Mais trois autres exorcistes s'avançaient déjà pour prêter main-forte aux acolytes musclés. L'évêque leur tournait le dos et semblait absorbé dans la contemplation des ténèbres.

L'antichambre du sanctuaire résonna des hurlements de Sol et de ses piétinements. Il y eut au moins un cri de douleur lancé par l'un des exorcistes lorsque le pied de Sol entra malencontreusement en contact avec l'une des parties les plus sacrées de son individu. Mais cela n'affecta nullement l'issue du débat. Il se retrouva sur le trottoir du temple tandis que le dernier huissier lui lançait son chapeau aplati comme une crêpe.

Il séjourna encore dix jours sur Lusus, sans que cela lui rapporte rien de plus qu'un surcroît de fatigue gravifique. Les bureaucrates du Temple refusaient de répondre à ses appels. Les tribunaux se déclaraient incompétents. Les exorcistes l'attendaient à l'entrée du vestibule.

Sol se distransporta alors sur la Nouvelle-Terre et sur le Vecteur Renaissance, sur Fuji et sur Tau Ceti Central, sur Deneb Drei et Deneb Vier. Partout, les portes des temples gritchtèques lui restèrent obstinément fermées.

Frustré, à bout de forces et d'argent, il regagna le monde de Barnard, sortit son VEM du parking longue durée et arriva chez lui une heure avant l'anniversaire de Rachel.

— Tu m'as rapporté quelque chose, papa ? demanda d'un air joyeux la petite fille de dix ans à qui Saraï avait dit, ce matin-là, que son père était parti en voyage.

Il lui tendit un paquet cadeau. C'était la série complète de *La Petite Fille de la Maison verte*. Mais ce n'était pas tout à fait le présent qu'il aurait souhaité lui rapporter.

— Je peux l'ouvrir ?

— Plus tard, ma chérie. Avec le reste.

— Oh, papa, s'il te plaît ! Juste celui-là, avant que Niki et les autres arrivent !

Sol interrogea Saraï du regard. Elle secoua presque imperceptiblement la tête. Rachel se souvenait qu'elle avait invité Niki, Linna et d'autres amis, mais Saraï n'avait pas encore eu le courage d'inventer une excuse.

— Très bien, dit-il. Juste celui-là avant que les autres arrivent.

Tandis que la petite Rachel déchirait l'emballage de son cadeau, Sol aperçut dans la salle de séjour le paquet géant, entouré de ruban rouge. C'était la bicyclette, naturellement. Rachel en réclamait une depuis un an. Il se demanda, accablé, comment elle allait réagir, le lendemain, en voyant son nouveau vélo la veille de son anniversaire. Le mieux était peut-être de s'en débarrasser quand elle irait se coucher.

Il se laissa tomber sur le canapé. Le ruban rouge lui rappelait la robe de l'évêque.

Saraï n'avait jamais renoncé facilement au passé. Chaque fois qu'elle avait mis de côté, après les avoir lavés et repassés, les vêtements de Rachel devenus trop petits, elle avait versé des larmes secrètes dont Sol avait eu, d'une manière ou d'une autre, connaissance. Elle avait chéri chaque phase de l'enfance de Rachel et, par-dessus tout, la normalité banale du quotidien, qu'elle acceptait tranquillement comme le meilleur que la vie eût à lui donner. Elle avait toujours pensé que l'essence de l'expérience humaine ne résidait pas avant tout dans les moments exceptionnels, les jours de mariage ou de triomphe que l'on cerclait de rouge sur les calendriers de l'ancien temps, mais plutôt dans le flot inaperçu des petites choses courantes tels les après-midi de week-end où chaque membre de la famille s'occupait à des activités personnelles, croisant les autres sans s'en apercevoir ou échangeant avec eux des propos aussitôt oubliés. C'était la *somme* de tous ces instants qui créait une synergie éminemment importante et éternelle.

Il trouva Saraï dans le grenier, en train de pleurer silencieusement tout en fouillant dans de vieilles malles. Mais ce n'étaient pas les larmes résignées qu'elle avait autrefois versées sur l'inévitable fin des petites choses. C'étaient des larmes de rage. Saraï Weintraub était *furieuse*.

— Que fais-tu ? lui demanda Sol.

— Rachel a besoin de vêtements. Plus rien ne lui va. Ses affaires sont devenues trop grandes. Je suis sûre que j'en ai rangé dans une de ces malles.

— Laisse ça, Saraï. Nous en achèterons.

Elle secoua la tête.

— Pour qu'elle me demande, chaque jour, où sont passés les vêtements qu'elle aime ? Non. Je suis sûre qu'ils sont là, quelque part.

— Tu le feras plus tard.

— Merde ! Tu ne comprends pas ? Il n'y a pas de plus tard !

Elle se détourna alors, et enfouit son visage dans ses mains.

— Excuse-moi, dit-elle.

Il la serra tendrement contre lui. Malgré le traitement Poulsen, ses bras nus étaient beaucoup plus maigres que dans son souvenir. Des cordes et des nœuds sous une peau parcheminée. Il la serra encore plus fort.

— Excuse-moi, répéta-t-elle en donnant libre cours à ses sanglots. Mais ce qui nous arrive n'est pas juste !

— Non, admit Sol. Ce n'est pas juste.

La lumière du soleil qui filtrait à travers les carreaux poussiéreux du grenier avait quelque chose de froid et de triste qui rappelait l'atmosphère d'une cathédrale. Pourtant, Sol avait toujours aimé les odeurs de grenier, la chaleur, le renfermé et, surtout, les promesses recelées par un endroit généralement sous-utilisé et rempli de futurs trésors. Mais pour aujourd'hui, c'était fichu.

Il s'accroupit devant une vieille malle.

— Très bien, dit-il. Nous allons chercher ensemble.

Rachel continuait d'être heureuse, insouciante et active, à peine désorientée par les contradictions qui s'offraient à elle chaque matin quand elle se réveillait. À mesure qu'elle rajeunissait, il devenait de plus en plus facile de lui trouver une explication pour les changements qui lui semblaient s'être produits du jour au lendemain. Pourquoi le vieil orme devant la maison avait disparu, pourquoi la demeure de style colonial du voisin, H. Nesbitt, avait été remplacée par un immeuble, pourquoi ses amis ne venaient pas la voir. Sol comprit alors, plus que jamais, à quel point l'esprit d'un enfant était flexible. Il imaginait maintenant Rachel chevauchant la crête de l'énorme vague du temps, incapable de voir les sombres profondeurs de l'océan sous elle, gardant son équilibre grâce à ses maigres réserves de souvenirs et à son engagement total dans les douze ou quinze heures de temps présent qui lui étaient dévolues chaque jour.

Ni Sol ni Saraï ne désiraient que leur fille fût tenue à l'écart des autres enfants, mais il était difficile d'établir et de maintenir un contact. Rachel était toujours ravie d'aller jouer avec la « nouvelle » ou le « nouveau » du quartier, enfants d'enseignants de l'université, voire petits-enfants de leurs amis ou même, pendant un moment, la propre fille de Niki. C'étaient les autres qui devaient s'habituer à se voir approcher chaque jour comme des inconnus, et peu d'entre eux avaient le goût de poursuivre des relations aussi déroutantes avec une compagne de jeu qui les oubliait régulièrement.

L'histoire de la petite fille et de sa maladie très particulière n'était plus, naturellement, un secret pour personne à Crawford. Toute l'université était au courant dès la première année du retour de Rachel, et bientôt toute la ville le sut. Les habitants de Crawford réagirent comme il en a toujours été dans toute petite ville qui se respecte. Certaines langues ne cessaient de s'agiter pour se lamenter du malheur des autres, d'autres ne pouvaient cacher leur plaisir, mais dans l'ensemble la petite communauté serra les coudes autour de la famille Weintraub et les abrita sous son aile comme une mère poule protégeant maladroitement ses poussins.

Tant bien que mal, ils continuaient de mener une existence à peu près normale, même lorsque Sol fut obligé de prendre sa retraite de manière anticipée pour mieux pouvoir se consacrer aux voyages qu'il faisait toujours à la recherche d'un traitement pour Rachel. À l'université, personne ne fit jamais allusion aux véritables raisons de son départ.

C'était trop beau pour durer, naturellement. Un matin de printemps, lorsque Sol sortit sur le pas de sa porte et vit sa petite fille de sept ans revenir en larmes du jardin public, entourée et suivie d'une horde de médiatiques aux implants-caméras brillants et aux persocs tendus, il comprit qu'une phase de leur vie venait de prendre fin à jamais. Il courut vers Rachel pour la saisir dans ses bras.

— H. Weintraub, est-il vrai que votre fille ait attrapé une maladie du temps incurable ? Que va-t-il se passer dans sept ans ? Est-ce qu'elle guérira d'un coup ?

— H. Weintraub ! H. Weintraub ! Rachel nous dit qu'elle pense que Raben Dowell est Président et que nous sommes en 2711. Ces trente-quatre ans sont-ils complètement perdus pour elle, ou bien s'agit-il d'une illusion causée par la maladie de Merlin ?

— Rachel ! Est-ce que tu te souviens d'avoir été une femme adulte ? Quel effet ça te fait d'être redevenue enfant ?

— H. Weintraub ! H. Weintraub ! Juste une photo, s'il vous plaît ! Que diriez-vous de tenir à la main une photo de Rachel plus âgée et de poser avec la gosse ?

— H. Weintraub ! Est-il vrai que Rachel soit sous le coup de la malédiction des Tombeaux du Temps ? Est-ce qu'elle a vu le gritche ?

— Hé, Weintraub ! Sol ! Hé, Solly ! Qu'est-ce que vous allez faire, vous et votre petite dame, lorsque la gamine aura disparu ?

L'un des médiatiques bloquait à Sol l'accès à sa porte d'entrée. Il se pencha en avant, et les lentilles stéréo de ses yeux s'allongèrent tandis qu'il zoomait pour faire un gros plan de Rachel. Sol l'agrippa par les cheveux, opportunément réunis en queue de cheval, et l'écarta violemment.

La meute hurla devant leur maison durant sept semaines. Sol comprit ce qu'il avait su jadis, puis oublié. Les petites communautés étaient fréquemment ennuyeuses, toujours désagréablement empreintes d'esprit paroissial, souvent insupportablement indiscrètes dans les relations de personne à personne, mais elles n'étaient jamais tombées dans les travers vicieux hérités d'un prétendu « droit du public à l'information ».

C'était le cas du Retz. Plutôt que de voir sa famille assiégée de manière permanente par les médias en folie, Sol décida de passer lui-même à l'offensive. Il s'arrangea pour donner des interviews sur les chaînes d'information distrans les plus regardées, participa à des débats de l'Assemblée de la Pangermie et assista personnellement au Grand Symposium du Confluent sur la recherche médicale. En l'espace de dix mois standard, il put ainsi réclamer de l'aide pour sa fille sur quatre-vingts planètes.

Les propositions affluèrent de dix mille sources variées, mais le gros des réponses émanait de guérisseurs, de promoteurs immobiliers, d'instituts privés de toutes sortes et de chercheurs isolés offrant leurs services en échange d'un peu de publicité. Les adeptes de l'Église gritchtèque ou d'autres cultes apocalyptiques soutenaient que Rachel devait faire face à un châtiment mérité. Certaines firmes de publicité offraient à Rachel de « patronner » une marque, et de nombreux agents proposaient de « gérer » les rapports de la petite fille avec ces firmes. Le bon peuple offrait sa sympathie, souvent accompagnée d'une petite offrande pécuniaire. Les scientifiques faisaient part de leur scepticisme, les producteurs de holos et les éditeurs voulaient acheter les droits exclusifs d'une biographie de Rachel.

L'université de Reichs constitua un secrétariat spécialement chargé de trier les différentes propositions en fonction de l'utilité qu'elles pourraient avoir pour Rachel. La plupart des messages furent rejetés. Quelques offres de médecins ou de chercheurs furent mises de côté pour examen plus approfondi. Finalement, aucune voie ne semblait se présenter qui n'eût déjà été essayée par Reichs ou par Sol.

Un message distrans attira cependant l'attention de

ce dernier. Il provenait de l'administrateur du kibboutz K'far Shalom d'Hébron, et disait simplement :

SI C'EST TROP DUR À SUPPORTER, VENEZ.

Cela devint rapidement insupportable, en effet. Au bout de quelques mois de battage médiatique, le siège sembla sur le point d'être levé, mais il ne s'agissait en réalité que du prélude du second acte. La presse télécopiée surnommait maintenant Sol le « Juif errant » et le présentait comme un père désespéré voyageant de planète en planète à la recherche d'un remède à la curieuse maladie de sa fille. Appellation pleine d'ironie dans la mesure où Sol avait toujours détesté les voyages. Saraï, évidemment, était la « mère éplorée ». Rachel était « l'enfant marquée par le destin » ou, dans un titre particulièrement inspiré, « la victime virginale de la malédiction des Tombeaux du Temps ». Aucun membre de la famille ne pouvait espérer sortir sans trouver un médiatique ou un imageur quelconque dissimulé derrière un arbre du voisinage.

Crawford s'aperçut vite qu'il y avait de l'argent à tirer de l'infortune des Weintraub. Au début, la petite ville avait gardé sa dignité, mais lorsque des entreprises de Bussard vinrent installer leurs boutiques de T-shirts et de souvenirs, leurs animations automatiques et leurs visites guidées pour les touristes de plus en plus nombreux, les commerçants locaux commencèrent par s'agiter, par hésiter, puis décidèrent à l'unanimité que, s'il y avait des affaires à faire, il n'était pas question que les bénéfices aillent à des gens de l'extérieur.

Après quatre cent trente-huit années standard de tranquillité relative, la petite ville de Crawford s'équipa d'un terminex distrans. Ainsi, les visiteurs n'eurent plus à supporter les vingt minutes de vol à partir de Bussard. La foule des touristes grossit encore.

Le jour où ils déménagèrent, il pleuvait à verse. Les rues étaient désertes. Rachel ne pleura pas, mais ses grands yeux demeurèrent brillants toute la journée. Elle ne s'exprimait qu'à mi-voix. Dans dix jours, elle fêterait son sixième anniversaire.

— Pourquoi est-ce que nous devons changer de maison, papa ?

— Il le faut, ma chérie.

— Mais *pourquoi* ?

— Nous ne pouvons pas faire autrement, ma petite fille. Tu verras qu'Hébron te plaira. Il y a beaucoup de jardins là-bas.

— Mais pourquoi est-ce qu'on ne m'a pas prévenue avant ?

— Nous t'en avons parlé, ma colombe. Tu as dû l'oublier.

— Et papi et mamie, et l'oncle Richard, la tante Tetha, l'oncle Saül et tous les autres ?

— Ils pourront venir nous voir quand ils voudront.

— Et Niki et Linna, et tous mes amis ?

Sol ne répondit pas. Il transporta le reste des bagages dans le VEM. La maison était vide, déjà vendue. Les meubles avaient été vendus ou transportés sur Hébron. Durant toute la dernière semaine, il y avait eu un flot continu de visites d'amis, de parents et de collègues. Même certains membres de l'équipe soignante de Reichs, qui s'occupaient de Rachel depuis dix-huit ans, étaient venus leur dire adieu. Mais aujourd'hui, la rue était déserte. La pluie ruisselait sur la verrière en perspex du vieux VEM, formant des arabesques complexes. Ils demeurèrent tous les trois un bon moment immobiles, contemplant leur maison, à l'intérieur du véhicule qui sentait la laine et les cheveux mouillés.

Rachel serrait très fort dans ses bras l'ours en peluche que Saraï avait repêché du grenier six mois plus tôt.

— Ce n'est pas juste, dit-elle.

— C'est vrai, reconnut Sol. Ce n'est pas juste, ma petite fille.

Hébron était un monde de déserts. Quatre siècles de terraformation en avaient rendu l'atmosphère respirable et avaient permis la culture de quelques millions d'hectares de sol. Les êtres vivants qui le peuplaient avant la colonisation étaient minuscules, coriaces et infiniment rusés, ce en quoi ils ne le cédaient en rien aux créatures importées de l'Ancienne Terre, race humaine y comprise.

— Oh ! fit Sol le jour où ils arrivèrent dans le village de Dan, au-dessus du kibboutz de K'far Shalom, écrasé de soleil. Nous sommes vraiment des masochistes, nous les juifs. Vingt mille mondes recensés s'offraient à nous au début de l'hégire, et c'est celui-là que ces schmucks ont choisi !

Mais ce n'était pas tout à fait par masochisme que Sol et les siens, tout comme les premiers colons, avaient choisi Hébron. Si la planète était principalement un désert, ses régions fertiles étaient d'une richesse presque effrayante. L'université du Sinaï était respectée dans tout le Retz, et son Centre Médical attirait des curistes fortunés qui constituaient une source de revenus non négligeable pour la communauté. Hébron disposait d'un seul terminex distrans, situé à la Nouvelle-Jérusalem, et interdisait d'en ouvrir d'autres. N'étant membre ni de l'Hégémonie ni du Protectorat, elle pouvait taxer lourdement ceux qui faisaient usage de ses installations distrans et se permettre de limiter les déplacements des touristes à la Nouvelle-Jérusalem. Pour un juif à la recherche d'un peu de tranquillité, c'était peut-être le plus sûr des trois cents mondes foulés par le pied de l'homme.

Le kibboutz vivait sur un mode communautaire plus par tradition que par nécessité économique réelle. Les Weintraub se virent attribuer une maison modeste en pisé, avec plus de courbes que d'angles droits et des planchers de bois rustique. Mais ils avaient une magnifique vue sur le désert infini au-delà des orangeraies et des oliveraies. Le soleil ardent semblait tout dessécher, se disait Sol, même les soucis et les mauvais rêves. La lumière était épaisse au point d'être presque tangible. Le soir, leur maison luisait d'une lumière rose durant une bonne heure après le coucher du soleil.

Chaque matin, Sol venait s'asseoir au bord du lit de sa fille jusqu'à ce qu'elle s'éveille. Les premières minutes de confusion lui étaient particulièrement pénibles, mais il tenait à être la première chose sur laquelle Rachel posait les yeux. Il la serrait contre lui lorsqu'elle posait ses questions :

— Où sommes-nous, papa ?

— Dans un endroit merveilleux, ma colombe. Je t'expliquerai tout cela pendant que nous déjeunerons.

— Comment sommes-nous arrivés ici ?

— Par distrans, par la voie des airs et un peu à pied. Ce n'est pas tellement loin, mais assez loin pour en faire une aventure merveilleuse.

— Mais c'est mon lit, mes animaux en peluche... Pourquoi est-ce que je ne me rappelle pas comment nous sommes arrivés ici ?

Sol la prenait alors doucement par les épaules, et la regardait dans les yeux.

— Tu as eu un léger accident, Rachel. Tu te souviens, dans l'histoire du *Crapaud qui avait le mal du pays*, quand Terrence se cogne la tête et oublie, pendant quelques jours, dans quel endroit il se trouve ? C'est un peu cela qui t'est arrivé.

— Et je vais mieux, maintenant ?

— Oui, ma chérie. Tu vas beaucoup mieux.

L'odeur du petit déjeuner montait alors jusqu'à eux, et ils sortaient sur la terrasse, où Saraï les attendait.

Rachel n'avait jamais eu autant de compagnons de jeu. Le kibboutz possédait une école où elle était toujours la bienvenue. Chaque fois qu'elle voulait y aller, les enfants l'accueillaient comme si c'était la première fois. L'après-midi, elle jouait avec eux dans les vergers ou le long des falaises.

Avner, Robert et Ephraïm, les anciens du Conseil, encourageaient Sol à travailler à son livre. Hébron se flattait de donner asile, en tant que citoyens ou résidents à long terme, à un très grand nombre d'érudits, artistes, compositeurs, musiciens, philosophes et écrivains en tous genres. La maison, disaient-ils, était un cadeau de l'État. La pension de Sol, bien que modeste selon les critères du Retz, était plus que suffisante pour faire face à leurs besoins ici. À sa grande surprise, cependant, Sol s'aperçut que le labeur physique ne lui déplaisait pas. Il découvrit que tout en soignant les orangers, en ôtant les pierres d'un champ laissé à l'abandon ou en réparant un mur sur les hauteurs du village, il avait l'esprit plus libre, pour penser, que depuis de nombreuses années. Il pouvait rivaliser avec Kierkegaard en attendant que le mortier prenne, ou trouver de nouveaux angles pour expliquer la pensée de Kant ou celle de Vandeur en examinant soigneusement les pommes pour voir si elles n'étaient pas véreuses. À l'âge de soixante-treize ans, Sol eut ses premiers cals aux mains.

Le soir, il jouait un peu avec Rachel, puis faisait une promenade à pied avec Saraï dans les collines tandis que Judith ou une autre fille du voisinage surveillait leur enfant endormi. Un week-end, ils allèrent à la Nouvelle-Jérusalem, juste Saraï et lui, seuls pour la première fois depuis que Rachel était revenue vivre avec eux, dix-sept années standard auparavant.

Tout était loin d'être idyllique, cependant. Trop fréquentes étaient les nuits où Sol se réveillait tout seul dans le lit et marchait, sur la pointe des pieds, jusqu'à la chambre de Rachel, pour voir Saraï penchée au-dessus du lit où dormait l'enfant. Souvent, à la fin d'une longue journée, tandis qu'il lui donnait son bain dans la vieille baignoire de céramique ou qu'il la bordait dans sa chambre aux murs baignés d'une lumière rosée, la petite fille lui disait :

— J'aime bien être ici, papa, mais est-ce qu'on ne pourrait pas rentrer à la maison demain ?

Et Sol se contentait de hocher la tête.

Après une dernière histoire dans son lit, après la berceuse et le dernier baiser, quand il était sûr qu'elle dormait, il sortait de la chambre à reculons, sur la pointe des pieds, pour entendre, étouffé par les couvertures, un ultime : « Salut, poilu » auquel il se devait de répondre par le traditionnel : « À plus tard, tête de lard. » Puis, s'étant lui-même glissé dans son lit à côté de la forme probablement endormie, à en juger par sa respiration paisible, de la femme qu'il aimait, il contemplait les rayons de lumière pâle de l'une des deux petites lunes d'Hébron, ou peut-être des deux, qui se déplaçaient sur les murs de pisé, et il parlait à Dieu.

Sol parlait à Dieu depuis des mois avant de prendre véritablement conscience de ce qu'il faisait. Cette idée l'amusait. Les entretiens n'étaient nullement des prières, mais prenaient la forme de monologues furieux, juste à la limite de la diatribe, qui devenaient de vigoureuses altercations avec lui-même. Mais peut-être pas seulement cela. Il s'avisa en effet un jour que les sujets de ces débats très mouvementés étaient si profonds, les enjeux si sérieux et les champs de discussion si vastes que le seul être à qui il pouvait véritablement s'en prendre pour toutes ces déficiences était Dieu lui-même. Mais comme le concept d'un Dieu personnel, ne dormant pas la nuit, penché sur les problème des hommes, lui avait toujours paru totalement absurde, la simple pensée de ces conversations le faisait douter de sa propre santé mentale.

Cependant, les entretiens continuaient.

Sol aurait voulu savoir comment toute une éthique – et, à plus forte raison, une religion assez indomptable pour avoir survécu à tous les maux que l'humanité avait pu accumuler sur elle – pouvait découler d'une injonction divine à un père d'assassiner son fils. Sol ne tenait pas compte du fait que le commandement avait été annulé à la dernière seconde. Il refusait de considérer qu'il s'agissait d'un test d'obéissance. En fait, l'idée même que c'était son obéissance qui avait fait d'Abraham le père de toutes les tribus d'Israël le mettait dans une colère noire.

Après avoir consacré cinquante-cinq années de sa vie à l'étude des systèmes éthiques, Sol Weintraub en était arrivé à une conclusion unique et inébranlable. Pour lui, toute allégeance à une divinité ou bien à un concept ou encore à un principe universel qui plaçait l'obéissance avant un comportement décent face à une créature humaine innocente était nécessairement mauvaise.

— Et comment définis-tu donc l'innocence ? lui demanda la voix vaguement amusée et un peu agacée qu'il associait à ces discussions.

— Un enfant est toujours innocent, répliqua Sol. Isaac était innocent. Rachel l'est aussi.

— Le simple fait d'être enfant la rend innocente ?

— Oui.

— Et il n'existe pas de situation dans laquelle le sang des innocents doive être versé pour une cause plus large ?

— Non.

— Mais je suppose que l'innocence n'est pas l'apanage des enfants ?

Sol hésita, redoutant un piège, essayant de deviner où son interlocuteur subconscient voulait l'entraîner. Mais il ne trouva rien.

— Non, répondit-il. Il n'y a pas que les enfants qui soient innocents.

— Par exemple Rachel ? À l'âge de vingt-quatre ans ? Et, quel que soit son âge, un innocent ne peut être sacrifié ?

— C'est exact.

— C'est peut-être là une partie de la leçon qu'Abraham avait besoin d'apprendre avant d'être le père de la plus bénie d'entre toutes les nations de la Terre.

— Quelle leçon ? demanda Sol. Quelle leçon ?

Mais la voix dans sa tête avait disparu, et il n'entendait plus que les cris des oiseaux de nuit à l'extérieur, et la respiration lente et rythmée de Saraï à côté de lui.

Rachel savait encore lire à l'âge de cinq ans. Sol avait du mal à se rappeler à quel moment elle avait appris. Il lui semblait qu'elle avait toujours su.

— À quatre ans, lui dit Saraï. C'était le début de l'été, trois mois après son anniversaire. Nous étions en train de pique-niquer dans la prairie sur les hauteurs de l'université. Rachel feuilletait un livre, *Winnie l'ourson*, et tout à coup elle nous a dit : « J'entends une voix dans ma tête. »

Sol se souvenait, maintenant.

Il se souvenait également de la joie que Saraï et lui avaient éprouvée devant les progrès étonnants de Rachel pour son âge. Il l'oubliait d'autant moins qu'ils se trouvaient actuellement confrontés au processus inverse.

— Papa, demanda Rachel, allongée par terre dans son bureau, laborieusement occupée à colorier un album, c'était il y a combien de jours, l'anniversaire de maman ?

— C'était lundi, répondit distraitement Sol, plongé dans la lecture de son livre.

L'anniversaire de Saraï n'était pas encore passé, mais Rachel s'en souvenait.

— Je sais bien, répondit Rachel. Mais je te demande combien de jours !

— Nous sommes jeudi, fit Sol.

Il était en train de lire un long traité talmudique sur l'obéissance.

— Je le sais aussi ! s'impatienta Rachel. Mais ça fait *combien* de jours ?

Sol posa son livre sur le bureau.

— Tu connais les jours de la semaine ?

Le monde de Barnard, au contraire de Hébron, utilisait l'ancien calendrier.

— Bien sûr, répondit fièrement Rachel. Samedi, dimanche, lundi, mardi, mercredi, jeudi, vendredi, samedi...

— Tu as déjà dit samedi.

— D'accord, mais combien de jours ?

— Sais-tu compter de lundi à jeudi ?

Rachel fronça les sourcils, remua les lèvres, recommença, essaya de compter sur ses doigts.

— Quatre jours ?

— Très bien, lui dit Sol. Peux-tu me dire à combien est égal quatre ôté de dix, ma chérie ?

— Qu'est-ce que ça veut dire, ôté ?

Sol se força à replonger le nez dans son traité.

— Ce n'est pas grave, dit-il. Tu apprendras bientôt cela à l'école.

— Quand on rentrera à la maison ?

— Oui.

Un matin, après que Rachel fut sortie avec Judith pour jouer avec les autres enfants – elle était maintenant trop jeune pour continuer d'aller à l'école –, Saraï dit à Sol :

— Il faut que nous la conduisions sur Hypérion.

— Hein ? demanda-t-il en ouvrant de grands yeux.

— Tu as entendu ce que j'ai dit. Nous ne devons pas attendre qu'elle soit trop jeune pour marcher ou parler. Nous-mêmes, nous ne rajeunissons pas. Je sais que cela peut paraître étrange, n'est-ce pas ? ajouta-t-elle avec un rire un peu jaune. Mais nous vieillissons vite. Et le traitement Poulsen n'aura plus aucun effet sur nous d'ici un an ou deux.

— Saraï, aurais-tu oublié ce que nous ont dit les médecins ? Rachel ne survivrait pas à une nouvelle fugue cryotechnique. Et il est impossible d'affronter un voyage supraluminique sans être en état de fugue. L'effet Hawking peut provoquer la folie… ou pis.

— Peu importe, dit Saraï. Il faut que Rachel retourne sur Hypérion.

— Comment peux-tu donc parler ainsi ? demanda Sol, furieux.

Elle lui saisit la main.

— Crois-tu être le seul à faire ces rêves ?

— Ces rêves ? balbutia-t-il.

Elle soupira et retourna s'asseoir devant la table blanche de la cuisine. La lumière du matin tombait sur les plantes du rebord de la fenêtre comme la lueur jaune d'un projecteur.

— Cet endroit sombre, dit-elle. Ces deux petites lumières rouges. La voix… qui nous ordonne d'aller sur Hypérion… pour… offrir un sacrifice.

Sol passa le bout de sa langue sur ses lèvres sèches. Son cœur battait à coups redoublés.

— Quel est… le nom qui a été prononcé ? demanda-t-il.

Saraï lui lança un regard étrange.

— Nos deux noms. Si tu n'avais pas été là… dans le rêve, avec moi… je n'aurais jamais pu le supporter pendant toutes ces années.

Il se laissa tomber sur une chaise. Puis il regarda ses mains et ses avant-bras, posés sur la table, comme si c'étaient ceux d'un étranger. Les articulations des doigts commençaient à s'élargir sous les effets de l'arthrose. Les veines des avant-bras ressortaient fortement et les taches hépatiques étaient nombreuses. Mais c'étaient ses mains et ses bras, naturellement.

— Tu ne m'en as jamais parlé, murmura-t-il. Tu n'as jamais dit un mot de…

Cette fois-ci, le rire de Saraï fut totalement dépourvu d'amertume.

— Comme si c'était nécessaire ! Combien de fois ne nous sommes-nous pas réveillés tous les deux dans le noir ? Tu étais couvert de sueur. Dès le début, j'ai su que ce n'était pas seulement un rêve. Il faut y aller, Sol. Il faut aller sur Hypérion.

Il retourna la main qu'il regardait et qui lui semblait toujours appartenir à quelqu'un d'autre.

— Pourquoi, Saraï ? Pour l'amour de Dieu, pourquoi ? Tu sais très bien que nous ne pouvons pas… *sacrifier* Rachel !

— Bien sûr que non. Comment n'y as-tu pas pensé ? Il faut que nous allions sur Hypérion, là où le rêve nous demandera d'aller, pour… nous offrir en sacrifice à sa place !

— Nous offrir en sacrifice à sa place… répéta Sol.

Il se demandait si son cœur n'allait pas lâcher. Il avait terriblement mal dans la poitrine, il n'arrivait plus à respirer. Il demeura silencieux durant une bonne minute, convaincu que s'il essayait de prononcer un mot, seul un sanglot sortirait de sa gorge. Finalement, il réussit à demander :

— Depuis combien de temps... as-tu cette idée dans la tête, Saraï ?

— Tu veux dire depuis combien de temps je *sais* ce qu'il nous reste à faire ? Un peu plus d'un an. Depuis le cinquième anniversaire de Rachel.

— Un an ! Et tu ne m'as rien dit pendant tout ce temps !

— J'attendais que tu te décides. Que l'idée te vienne toute seule.

Il secoua la tête. Tout semblait tellement lointain autour de lui. Même les murs étaient légèrement déformés.

— C'est impossible, dit-il. Cela semble... Je ne sais pas. Il faut que j'y réfléchisse, Saraï.

Il regarda la main d'un étranger qui caressait les cheveux familiers de Saraï.

Elle hocha lentement la tête.

Sol alla passer trois jours et trois nuits dans les montagnes arides, ne se nourrissant que du pain dur qu'il avait emporté et buvant l'eau de son thermos à condensation.

Dix mille fois, au cours des vingt dernières années, il avait souhaité de tout son cœur avoir la maladie de Rachel à sa place. Si quelqu'un devait souffrir, que ce soit le père et non l'enfant. Mais tous les parents devaient réagir ainsi. Chaque fois que leur enfant était blessé ou gisait terrassé par la fièvre, c'était ce qu'ils devaient se dire. Mais cela ne pouvait être aussi simple.

Dans la chaleur torride du troisième après-midi, alors qu'il s'était à moitié endormi à l'ombre d'une mince table rocheuse, Sol apprit que cela n'était effectivement pas aussi simple.

— Abraham pouvait-il répondre cela à Dieu ? Qu'il se proposait en sacrifice à la place d'Isaac ?

— Abraham aurait pu répondre cela, mais pas toi.

— Et pourquoi pas moi ?

Comme en réponse, Sol eut une vision fébrile d'adultes nus encadrés d'hommes en armes, faisant la queue devant des fours crématoires, et de mères cachant leurs bébés sous des piles de vêtements. Il vit des hommes et des femmes dont la chair brûlée pendait en lambeaux, éloignant leurs enfants inanimés des cendres de ce qui avait été une grande ville. Sol savait que ces images n'appartenaient pas à un rêve, mais qu'elles étaient tirées du Premier et du Second Holocauste. Et il comprit la réponse avant que la voix dans sa tête ne reprenne :

— Les parents se sont déjà offerts en sacrifice. Et il a été accepté. Nous avons dépassé ce stade.

— Mais que veux-tu, alors ? Que veux-tu donc ?

Il n'eut que le silence pour réponse. Il se remit debout, dans la clarté aveuglante du soleil, et faillit tomber. Un gros oiseau noir décrivit des cercles au-dessus de sa tête ou bien dans sa vision. Il secoua le poing en direction du ciel couleur d'acier de canon.

— Tu te sers des nazis comme instrument. Des fous. Des monstres. Tu n'es toi-même qu'un foutu monstre.

— Non.

La terre bascula, et Sol tomba sur le côté contre le tranchant de plusieurs cailloux pointus. Il avait l'impression de s'adosser à un mur hérissé de tessons de bouteille. Un caillou de la taille de son poing lui meurtrissait la joue.

— La seule réponse correcte pour Abraham était l'obéissance, pensa Sol. D'un point de vue éthique, Abraham était lui-même un enfant. Tous les hommes l'étaient à cette époque-là. La réponse correcte, pour les enfants d'Abraham, était de devenir des adultes et de s'offrir eux-mêmes en sacrifice à la place de leur père. Mais quelle est la bonne réponse dans *notre* cas ?

Il n'y eut pas d'écho à sa pensée. La terre et le ciel cessèrent de tourner. Au bout d'un moment, il se releva en tremblant, essuya le sang et la poussière sur sa joue puis reprit lentement le chemin de la vallée.

— Non, dit-il à Saraï. Nous n'irons pas sur Hypérion. Ce n'est pas la bonne solution.

— Tu préfères que nous ne fassions rien, alors...

Les lèvres de Saraï étaient blêmes en répondant, mais sa voix était ferme et bien contrôlée.

— Non. Je veux simplement éviter de faire ce qu'il ne faut pas.

Elle souffla bruyamment, puis fit un geste du bras en direction de la fenêtre où leur petite fille de quatre ans était visible, dans la cour, entourée de ses jouets.

— Tu crois qu'elle a le temps d'attendre indéfiniment que nous discutions sur la bonne ou la mauvaise solution ?

— Assieds-toi, Saraï.

Elle demeura debout. Il y avait du sucre en poudre sur le devant de sa robe beige en coton. Il se souvint soudain de la jeune femme nue surgissant dans le sillage phosphorescent de l'île mobile d'Alliance-Maui.

— Il faut que nous fassions quelque chose, dit-elle.

— Nous avons consulté une centaine d'experts médicaux et scientifiques. Elle a été examinée, testée, tripotée, torturée dans des douzaines d'hôpitaux. J'ai voulu demander conseil aux prêtres gritchtèques de tous les mondes du Retz. Ils m'ont fermé la porte au nez. Melio et les autres spécialistes d'Hypérion, à l'université de Reichs, affirment qu'il n'y a rien, dans la doctrine gritchtèque, qui évoque de près ou de loin la maladie de Merlin. Les indigènes d'Hypérion n'ont aucune légende de ce genre qui puisse nous orienter vers un remède. Les recherches sur le terrain ont duré trois ans et ont toutes échoué. Aujourd'hui, elles sont interdites. L'accès aux Tombeaux du Temps n'est réservé qu'aux soi-disant pèlerins. Même un simple visa est presque impossible à obtenir. Sans compter que le voyage pourrait être fatal à Rachel.

Il s'interrompit, haletant, et toucha de nouveau le bras de Saraï.

— Je regrette d'avoir à le répéter, mais je crois que nous avons fait tout ce qui pouvait être fait.

— Ce n'est pas assez, lui dit Saraï. Pourquoi ne pas y aller en tant que pèlerins ?

Il croisa les bras de frustration.

— L'Église gritchtèque choisit ses victimes sacrificielles parmi des milliers de volontaires. Le Retz est rempli de fanatiques stupides et suicidaires. Peu d'entre eux reviennent de ce pèlerinage.

— Cela ne prouve-t-il pas déjà quelque chose ? souffla Saraï en se penchant en avant. Il y a quelqu'un ou je ne sais quoi qui s'acharne sur ces pauvres gens.

— Des pillards ou bien des bandits.

— C'est le golem, fit-elle en secouant la tête.

— Tu veux dire le gritche.

— Le golem, insista Saraï. Le même que celui que nous voyons dans notre rêve.

— Je n'ai jamais vu de golem, fit Sol, mal à l'aise. De quoi parles-tu ?

— Ces yeux rouges qui brillent dans le noir. C'est le golem que Rachel a entendu quand elle était à l'intérieur du Sphinx.

— Comment sais-tu ce qu'elle a pu entendre ?

— C'est dans le rêve. Juste avant le moment où nous entrons dans l'endroit où le golem nous attend.

— Nous n'avons pas fait le même rêve, dans ce cas. Saraï, Saraï... Pourquoi ne m'as-tu pas parlé de tout cela avant ?

— Je croyais que j'étais en train de devenir folle, soupira-t-elle.

Songeant à ses conversations secrètes avec Dieu, Sol entoura du bras la taille de sa femme.

— Oh, Sol ! gémit-elle en se serrant contre lui. Cet endroit fait si mal à regarder ! Cette impression de solitude est si écrasante !

Il l'embrassa sur la joue. Ils avaient essayé de rentrer chez eux – c'était toujours pour eux le monde de Barnard – une demi-douzaine de fois, pour rendre visite à leurs amis et à leur famille, mais chaque fois leur plaisir avait été gâché par une invasion de touristes et de médiatiques. Ce n'était la faute de personne. Les nouvelles voyageaient de manière quasi instantanée à travers la méga-infosphère de cent soixante mondes du Retz. Pour assouvir sa curiosité, il suffisait d'insérer sa carte universelle dans la rainure d'un terminex et de traverser une porte distrans. Ils avaient bien essayé d'arriver à l'improviste, en voyageant incognito, mais ils n'avaient pas l'entraînement d'un agent secret et leurs efforts eurent des résultats pitoyables. Moins de vingt-quatre heures après leur arrivée dans le Retz, ils étaient assiégés. Les instituts de recherche et les grands centres médicaux fournissaient des écrans de sécurité pour ces visites, mais les amis et la famille en souffraient. Rachel était toujours à la une.

— Nous pourrions inviter encore Tetha et Richard... commença Saraï.

— J'ai une meilleure idée, lui dit Sol. Vas-y toi, Saraï. Tu as envie de revoir ta sœur, mais je sais que tu aimerais aussi te retrouver chez toi, retrouver les odeurs des champs et les couchers de soleil là où il n'y a pas d'iguanes... Pars !

— Partir toute seule ? Je ne pourrais pas abandonner Rachel !

— Ridicule ! Ce serait la deuxième fois en vingt ans – presque quarante, si l'on compte les jours bénis d'avant. Deux fois, même en vingt ans, je ne crois pas que l'on puisse parler d'abandon. Je me demande même comment notre famille a pu demeurer unie si longtemps, après être restée en vase clos pendant toutes ces années.

Saraï gardait les yeux obstinément baissés, apparemment perdue dans la contemplation de la nappe.

— Et tu crois que les médiatiques ne me retrouveraient pas ?

— Je pense que c'est uniquement à Rachel qu'ils s'intéressent. Mais s'ils en ont après toi, tu pourras toujours rentrer au bout d'une semaine, après avoir rendu visite à tout le monde.

— Une semaine... Je ne pourrais jamais...

— Bien sûr que tu le peux. Tu le dois, même. Cela me donnera l'occasion de passer un peu plus de temps avec Rachel, et lorsque tu rentreras, les batteries rechargées, je m'occuperai égoïstement de mon bouquin.

— Celui sur Kierkegaard ?

— Non. Quelque chose d'autre que j'ai dans la tête depuis un moment, et que je compte intituler *Le Problème d'Abraham*.

— Un peu maladroit comme titre, fit remarquer Saraï.

— Le problème n'a rien d'élégant non plus. Va faire tes valises, maintenant. Nous t'accompagnerons demain jusqu'à la Nouvelle-Jérusalem, pour que tu puisses te distransporter avant le sabbat.

— Je vais y réfléchir, dit-elle d'un air peu convaincu.

— Tu vas faire tes valises, répéta Sol en la serrant dans ses bras.

Quand il la lâcha, il lui avait fait faire un demi-tour complet sur elle-même, de sorte qu'elle faisait maintenant face au couloir et à la porte de la chambre.

— Va, dit-il. Et quand tu reviendras, j'aurai trouvé un moyen d'agir.

— Tu me le promets ? demanda Saraï en se retournant sur le seuil.

— Je te le promets, dit-il en la regardant d'un air solennel. Je trouverai un moyen avant que le temps ne détruise tout. Aussi vrai que je suis son père, je jure de trouver un moyen.

Elle hocha la tête, plus rassurée qu'il ne l'avait vue depuis des mois.

— Je vais faire mes valises, dit-elle.

Le lendemain, après être rentré de la Nouvelle-Jérusalem avec Rachel, Sol sortit arroser leur maigre pelouse tandis que l'enfant jouait sagement à l'intérieur. Lorsqu'il rentra, la lumière rosée du couchant donnait aux murs des reflets évoquant le calme chaud et immense de l'océan. Mais Rachel n'était pas dans sa chambre ni dans aucun de ses endroits habituels.

— Rachel ?

N'obtenant pas de réponse, il se prépara à sortir alerter les voisins, mais entendit soudain un faible bruit du côté du placard où Saraï rangeait des affaires de toute sorte. Il ouvrit doucement la porte.

Elle était là, sous les vêtements de la penderie. Le sol était jonché de photos et de pastilles holos qui la représentaient étudiante, à la maison, le jour de son départ pour l'université, ou bien sur Hypérion, au pied d'une montagne sculptée. Le persoc de travail de Rachel débitait un enregistrement à voix basse sur les genoux de la petite fille. Le cœur de Sol se serra quand il entendit la voix familière et assurée de la jeune femme.

— Papa, dit la petite fille assise par terre, sa voix aiguë s'élevant comme l'écho effrayant de celle du persoc, tu ne m'avais jamais dit que j'avais une sœur !

— Tu n'en as pas, ma chérie.

Elle plissa le front.

— C'est maman, alors, quand elle était… bien moins vieille ? Hmmm… C'est impossible, elle dit qu'elle s'appelle Rachel, elle aussi. Comment…

— Je t'expliquerai, lui dit Sol en s'apercevant tout à coup que l'holophone était en train de sonner dans la salle de séjour. Attends-moi un instant, ma chérie. Je reviens tout de suite.

L'image qui se forma au-dessus de la fosse était celle d'un homme qu'il n'avait jamais vu avant. Il n'activa pas son propre imageur, pressé de se débarrasser de l'intrus.

— Oui ? fit-il d'une voix brusque.

— H. Weintraub ? Vous êtes bien H. Weintraub du monde de Barnard, actuellement dans le village de Dan, sur Hébron ?

Il allait couper la communication, mais se ravisa. Leur code d'accès n'était pas sur la liste officielle. Il arrivait qu'un représentant les appelle de la Nouvelle-Jérusalem, mais les communications de l'extérieur étaient rarissimes.

Et il s'avisa soudain, la gorge serrée, que le soleil était déjà couché et que c'était le jour du sabbat. Seuls étaient autorisés les appels urgents.

— Oui, répondit-il.

— H. Weintraub, fit l'homme, dont le regard se perdait par-delà les épaules de Sol, un très grave accident vient de se produire.

Lorsque Rachel ouvrit les yeux, son père était assis au bord du lit. Il semblait épuisé. Ses yeux étaient rouges, et ses joues étaient couvertes d'un duvet gris qui dépassait les limites de sa barbe.

— Bonjour, p'pa.

— Bonjour, ma colombe.

Elle regarda autour d'elle, battant des paupières. Quelques-unes de ses poupées étaient là avec ses jouets favoris, mais ce n'était pas sa chambre. La lumière était différente. L'air était différent. Son papa n'était pas le même.

— Où sommes-nous ? demanda-t-elle.

— Nous sommes partis en voyage, ma chérie.

— Dans quel endroit ?

— Ça n'a pas d'importance pour le moment. Debout, mon bébé. Ton bain t'attend, et il faut nous préparer ensuite.

Une robe noire qu'elle n'avait jamais vue avant était étalée au pied du lit. Elle la regarda, puis se tourna de nouveau vers son père.

— Qu'est-ce qu'il y a, papa ? Où est maman ?

Il lui caressa la joue. C'était le troisième matin depuis l'accident. L'enterrement avait lieu aujourd'hui. Il le lui avait dit chacun des jours précédents, parce qu'il ne pouvait pas imaginer de lui mentir. C'eût été une trahison ultime, à la fois envers Rachel et Saraï. Mais il ne savait pas s'il aurait le courage de le refaire.

— Il y a eu un accident... commença-t-il d'une voix rauque de douleur. Maman est morte. Nous allons lui dire au revoir au cimetière aujourd'hui.

Il se tut. Il savait qu'il faudrait une minute entière à

Rachel pour accuser le coup. Le premier jour, il ignorait si une petite fille de quatre ans était capable de bien saisir le concept de la mort. Aujourd'hui, il savait que Rachel en était capable.

Un peu plus tard, tandis qu'il serrait dans ses bras l'enfant sanglotante, Sol essaya de comprendre l'accident qu'il lui avait décrit en quelques mots. Les VEM étaient de loin le moyen de transport individuel le plus sûr que l'humanité eût jamais inventé. Leur système de sustentation pouvait avoir des défaillances, mais même ainsi la charge résiduelle des générateurs EM était suffisante pour permettre à la cabine de descendre au sol en toute sécurité à partir de n'importe quelle altitude. La conception de base des équipements anticollision des VEM n'avait pas changé depuis des siècles. Elle était jugée à toute épreuve. Pourtant, tous les systèmes furent inefficaces. En l'occurrence, il s'agissait d'un jeune couple en virée dans un VEM volé, en dehors de tous les couloirs de circulation, évoluant à la vitesse de Mach 1,5 avec toutes ses lumières et tous ses transpondeurs éteints pour échapper à la détection. Un hasard extraordinaire avait fait que le vieux Vikken de la tante Tetha descendait au même moment vers l'aire de parking de l'opéra de Bussard. Outre Saraï, la tante Tetha et les deux jeunes occupants de l'appareil volé, la collision avait fait trois autres victimes, touchées par des fragments des VEM qui avaient été projetés jusqu'à l'intérieur de l'opéra lui-même.

Saraï !

— Est-ce que maman reviendra un jour avec nous ? demanda Rachel entre deux sanglots.

Elle avait posé la même question les deux jours précédents.

— Je ne sais pas, ma chérie, lui répondit Sol.

Et il était sincère.

Les funérailles eurent lieu au cimetière de la famille, dans le comté de Kates, sur le monde de Barnard. La presse n'envahit pas le cimetière, mais des médiatiques survolèrent les arbres qui se trouvaient en bordure et se pressèrent contre les grilles noires comme une sinistre et dangereuse marée humaine.

Richard demanda à Sol de rester quelques jours chez lui avec Rachel, mais c'était une trop lourde épreuve à infliger au paisible fermier si jamais la presse s'en apercevait. Il se contenta de donner tristement l'accolade à son beau-frère, prononça quelques mots face à la meute des médiatiques de l'autre côté de la grille et retourna sur Hébron avec sa petite fille accablée et muette.

Les médiatiques les suivirent jusqu'à la Nouvelle-Jérusalem. Ils essayèrent ensuite de parvenir jusqu'à Dan, mais la police militaire arrêta le VEM qu'ils avaient affrété, en mit une douzaine en prison à titre d'exemple et annula les visas distrans des autres.

Le soir même, Sol alla se promener sur la crête qui dominait le village pendant que Judith veillait sur la petite fille endormie. Il s'aperçut que ses conversations avec Dieu étaient devenues audibles, et résista à l'envie de secouer le poing en direction du ciel, de crier des obscénités ou de jeter des pierres. Au lieu de tout cela, il posa de nouvelles questions, qui se terminaient toutes par le même mot : *Pourquoi ?*

Il ne reçut pas de réponse. Le soleil d'Hébron se posa derrière les montagnes lointaines, et la roche, autour de lui, brillait en restituant la chaleur du jour. Il s'assit sur un bloc et se frotta les tempes des deux mains.

Saraï.

Ils avaient vécu une longue existence ensemble, malgré la tragédie qui les avait frappés. Quelle ironie, qu'au moment où elle prenait pour la première fois un peu de repos chez sa sœur…

Il se mit à gémir tout haut.

Le piège, naturellement, c'était qu'ils n'avaient su voir que la maladie de Rachel. Ni elle ni lui n'avaient été capables d'envisager ce qui allait se passer après la… mort ? la disparition ? de leur fille. Le monde était articulé autour des jours que vivait Rachel, et ils n'avaient pas accordé une seule pensée à la possibilité d'un accident, cette antilogique perverse d'un univers au tranchant acéré. Sol était sûr que Saraï avait envisagé comme lui le suicide, mais aucun des deux n'aurait pu se résoudre à abandonner l'autre. Ni Rachel, bien sûr. Il n'avait jamais songé qu'il pourrait se retrouver seul avec sa fille si...

Saraï !

C'est à ce moment-là que Sol se rendit compte que le dialogue souvent amer et virulent que son peuple entretenait avec Dieu depuis tant de millénaires n'avait pas pris fin avec la mort de l'Ancienne Terre... ni avec la nouvelle diaspora, mais se poursuivait encore. Rachel, Saraï et lui en faisaient partie, et ce n'était pas fini.

Il laissa la douleur le pénétrer. Elle prit la forme d'une résolution acérée comme une arme d'acier aux multiples lames.

Debout sur la crête, il versa des larmes amères dans l'obscurité qui tombait.

Le lendemain matin, lorsque les rayons du soleil envahirent la chambre de Rachel et qu'elle ouvrit les yeux pour lui dire bonjour, il était là pour lui répondre :

— Bonjour, ma chérie.

— Où sommes-nous, papa ?

— Nous sommes en voyage, dans un très bel endroit.

— Où est maman ?

— Elle est chez ta tante Tetha, aujourd'hui.

— Est-ce qu'elle reviendra demain ?

— Oui, ma petite fille. Et maintenant, nous allons t'habiller et puis nous descendrons prendre le petit déjeuner.

Sol posa sa candidature auprès de l'Église gritchtèque lorsque Rachel eut trois ans. Les voyages à Hypérion étaient sévèrement limités, et l'accès aux Tombeaux du Temps était devenu presque impossible. Seuls les pèlerinages gritchtèques pouvaient encore pénétrer dans cette région.

Rachel était triste que sa mère ne soit pas là pour fêter

son anniversaire, mais la présence de plusieurs jeunes enfants du kibboutz contribua à la distraire un peu. Son plus beau cadeau fut un livre de contes de fées somptueusement illustré, que Saraï avait choisi à la Nouvelle-Jérusalem plusieurs mois auparavant.

Sol lut quelques contes à Rachel avant l'heure de dormir. Il y avait sept mois qu'elle ne savait plus déchiffrer les caractères toute seule, mais elle adorait les histoires, particulièrement *La Belle au bois dormant*, qu'elle lui fit relire une deuxième fois.

— Je vais le montrer à maman, dit-elle dans un bâillement tandis que Sol éteignait la lumière.

— Bonne nuit, ma petite fille, dit-il à voix basse, en s'arrêtant sur le seuil de la chambre.

— Papa ?

— Oui ?

— Salut, poilu.

— À plus tard, tête de lard.

Il l'entendit pouffer dans l'oreiller.

Ce n'était pas tellement différent, se disait Sol les deux dernières années, du spectacle d'un être aimé que l'on voit sombrer dans la vieillesse et la mort. Mais c'était pis. Bien pis.

Les dents définitives de Rachel étaient tombées l'une après l'autre entre huit et deux ans. Les dents de lait les avaient remplacées, mais à dix-huit mois elles avaient commencé à lui rentrer dans la mâchoire.

Ses cheveux, dont elle tirait une si grande fierté, étaient devenus plus courts et plus fins. Son visage avait perdu peu à peu ses traits. Son menton et ses pommettes s'étaient arrondis. Sa coordination avait faibli par degrés. Un jour, elle n'avait plus été capable de tenir correctement une fourchette ou un crayon. Le jour où elle ne sut plus marcher, Sol la déposa dans son berceau plus tôt que d'habitude et s'enferma dans son bureau pour se cuiter tranquillement à mort.

C'était le langage qui était le plus dur pour lui. La

perte de vocabulaire était comme un pont qui brûlait entre Rachel et lui. C'était leur dernier lien d'espoir qui disparaissait. Quelque temps après son deuxième anniversaire, l'ayant bordée dans son lit, il s'était retourné sur le seuil et avait lancé :

— Salut, poilu !

— Hein ?

— Salut, poilu !

Elle avait gloussé de rire.

— Il faut répondre : « À plus tard, tête de lard », lui avait dit Sol.

Mais il avait fallu lui expliquer ce que c'était qu'un poilu et une tête de lard.

— À ta, têtard, avait gloussé Rachel.

Le lendemain matin, elle avait tout oublié.

Il emmena Rachel avec lui lorsqu'il retourna voyager dans le Retz, ignorant les médiatiques, insistant auprès de l'Église gritchtèque pour qu'on l'accepte dans un pèlerinage, faisant le siège du Sénat pour obtenir un visa et la permission de se rendre dans les zones interdites d'Hypérion. Il retourna voir les instituts de recherche et les établissements hospitaliers susceptibles de lui proposer un traitement pour Rachel. Plusieurs mois furent ainsi perdus, les médecins admettant un par un leur échec. Quand il rentra sur Hébron, Rachel avait quinze mois standard. Dans l'ancien système de mesures de la planète, elle pesait vingt-cinq livres et faisait trente pouces de haut. Elle ne savait plus s'habiller toute seule. Son vocabulaire ne comportait que vingt-cinq mots, parmi lesquels « maman » et « papa » revenaient le plus souvent.

Sol adorait porter sa fille dans ses bras. Il y avait des moments où le poids de sa tête contre sa joue, sa chaleur contre sa poitrine ou l'odeur de sa peau lui faisaient oublier l'injustice atroce de tout ce qu'il endurait. Dans ces moments, il aurait pu être momentanément en paix avec le reste de l'univers si seulement Saraï avait été à ses côtés. Quoi qu'il en soit, il y avait des trêves dans ses conversations furieuses avec un Dieu auquel il ne croyait pas.

— Quelles raisons peut-il donc y avoir à tout cela ?

— Quelles raisons visibles y a-t-il jamais eu à la souffrance, sous toutes ses formes, subie par l'humanité ?

— Exactement, pensa Sol, en se demandant s'il avait marqué un point pour la première fois. Il en doutait.

— Le fait qu'une chose ne soit pas visible ne signifie nullement qu'elle n'existe pas.

— Quelle formulation maladroite ! Trois négations pour aboutir à une affirmation, particulièrement aussi peu profonde que celle-là !

— Précisément, Sol. Tu commences à comprendre où tout cela peut mener.

— Hein ?

Il n'y eut pas de réponse à cette dernière pensée. Sol demeura allongé sur son lit, écoutant le sifflement du vent du désert.

Le dernier mot de Rachel fut « maman », prononcé à l'âge de cinq mois.

Elle se réveilla dans son berceau et ne demanda pas – elle en était incapable – où elle était. Son univers était fait de biberons, de sommeil et de jouets en caoutchouc. Quelquefois, quand elle pleurait, Sol se demandait si c'était pour réclamer sa mère.

Il faisait ses courses dans les magasins de Dan. Il emmenait le bébé avec lui quand il achetait les couches, les accessoires pour la toilette ou un nouveau jouet.

La semaine qui précéda son départ pour Tau Ceti Central, Ephraïm et deux autres anciens lui rendirent visite pour discuter avec lui. C'était le soir, et les dernières lueurs du crépuscule se reflétaient sur le crâne chauve d'Ephraïm.

— Nous nous faisons du souci pour toi, Sol, lui dit-il.

Les semaines qui viennent vont être difficiles. Les femmes voudraient faire quelque chose pour t'aider. Nous aussi.

Il posa la main sur le bras de l'ancien.

— J'apprécie beaucoup, Ephraïm. J'apprécie tout ce que vous avez fait pour moi depuis des années. Nous nous sentons chez nous ici. Saraï aurait aimé… Elle aurait aimé que je vous remercie pour tout. Mais nous partons dimanche. Ne vous inquiétez pas pour Rachel, elle va aller mieux.

Les trois hommes assis sur le banc de bois échangèrent des regards étonnés. Avner demanda :

— Ils ont découvert un traitement ?

— Non, lui répondit Sol. Mais j'ai une bonne raison d'espérer.

— L'espoir, c'est bien, fit Robert, prudent.

Sol lui sourit, ses dents blanches luisant contre le gris de sa barbe.

— Heureusement, murmura-t-il. Quelquefois, c'est tout ce qu'il nous reste.

La caméra holo du studio zooma pour faire un gros plan de Rachel, dans les bras de Sol, sur le plateau de l'émission « Entre nous ».

— Vous affirmez donc, fit Devon Whiteshire, présentateur du show et troisième visage le plus populaire de toute l'infosphère du Retz, que le refus de l'Eglise gritchtèque de vous laisser retourner dans les Tombeaux du Temps, ainsi que les réticences de l'Hégémonie à vous fournir un visa, condamnent votre enfant à… l'extinction ?

— Tout à fait, déclara Sol. Le voyage à Hypérion ne peut s'effectuer en moins de six semaines. Rachel n'a plus maintenant que six semaines. Tout nouveau délai imposé par l'Église gritchtèque ou la bureaucratie du Retz se soldera par la mort de ce bébé.

Un frémissement parcourut les spectateurs présents dans le studio. Devon Whiteshire se tourna vers l'imageur le plus proche. Son visage osseux et bon enfant emplit l'écran.

— Cet homme ignore s'il pourra sauver sa fille, dit-il d'une voix puissante chargée d'intonations subtiles. Mais tout ce qu'il demande, c'est qu'on lui donne une chance. Pensez-vous que son bébé et lui méritent une telle chance ? Si oui, appelez vos représentants planétaires et le temple gritchtèque le plus proche de votre domicile. Leurs numéros devraient apparaître sur votre écran… Voilà…

Il se tourna de nouveau vers Sol.

— Nous vous souhaitons bonne chance, H. Weintraub. Et… (posant sa large main sur la joue du bébé) bonne chance à toi aussi, ma poupée.

La caméra resta braquée sur Rachel jusqu'à la disparition de l'image en un fondu au noir.

L'effet Hawking causait des nausées, des vertiges, des maux de tête et des hallucinations. Durant la première partie du voyage, d'une durée de dix jours, effectuée jusqu'à Parvati à bord d'un vaisseau-torche de l'Hégémonie appelé l'*Intrépide*, Sol garda Rachel dans ses bras, stoïque. Ils étaient les seuls passagers pleinement conscients à bord du vaisseau de guerre. Au début, Rachel pleura beaucoup. Au bout de quelques heures, cependant, elle se calma, ses grands yeux bruns continuellement levés vers lui. Sol se souvenait du jour où elle était née. Les infirmières l'avaient prise des bras de Saraï pour la lui donner. Ses cheveux n'étaient pas beaucoup plus courts que maintenant, et ses grands yeux n'étaient pas moins profonds.

Finalement, ils s'endormirent tous les deux d'épuisement.

Sol rêva qu'il avançait à l'intérieur d'un énorme édifice dont les colonnes avaient chacune la taille d'un séquoia géant et dont le plafond était si haut qu'on l'apercevait à peine. Une lumière vermeille baignait le vide glacé de ces lieux. Il fut surpris de voir qu'il tenait toujours le bébé dans ses bras. Rachel enfant n'avait jamais, jusque-là, fait partie de ses rêves. Le bébé le regardait avec intensité, et Sol se sentait en contact avec la conscience de sa fille aussi sûrement que si elle avait pu parler.

Soudain, une voix différente, immense et glacée, se réverbéra dans l'édifice désert :

— Sol ! Prends ta fille, ta fille unique, Rachel, que tu aimes, et rends-toi sur le monde qu'on appelle Hypérion pour l'immoler par le feu à l'un des endroits que je t'indiquerai.

Hésitant, il baissa les yeux vers l'enfant. Les yeux lumineux de Rachel étaient fixés sur lui. Il perçut un *oui* muet. Il la serra un peu plus fort dans ses bras et s'avança pour apostropher les ténèbres silencieuses :

— Écoute-moi bien ! Il n'y aura plus de sacrifice, ni d'enfants ni de parents. Il n'y aura plus d'autre sacrifice que pour nos semblables les humains. Le temps de l'obéissance et de l'expiation est passé !

Il tendit l'oreille. Il sentait les battements de cœur de Rachel et la chaleur de son petit corps contre son bras. De tout en haut descendait le sifflement froid du vent à travers des fissures invisibles. Il mit les mains en porte-voix autour de ses lèvres et cria :

— C'est fini ! Plus jamais ! Laisse-nous tranquilles ou bien mets-toi de notre côté comme père et non comme demandeur de sacrifices. Tu as le choix d'Abraham !

Rachel s'agita dans ses bras tandis qu'un grondement montait du sol de pierre. Les colonnes se mirent à vibrer. La lumière vermeille s'assombrit puis s'éteignit, ne laissant plus que les ténèbres autour d'eux. Au loin, des pas monstrueux retentirent. Sol serra très fort Rachel contre lui tandis qu'un vent violent soufflait à ses oreilles.

Une lueur les sortit du cauchemar. C'était celle de *l'Intrépide*, à bord duquel ils fonçaient vers Parvati pour embarquer sur le vaisseau-arbre *Yggdrasill* à destination de la planète Hypérion. Sol sourit à sa petite fille âgée de sept semaines. Elle lui rendit son sourire.

Ce devait être le dernier – ou le premier.

La cabine principale du chariot à vent demeura quelque temps plongée dans le silence lorsque le vieux lettré eut fini son récit. Sol Weintraub s'éclaircit la voix et but un peu d'eau dans un gobelet de cristal. Rachel dormait profondément dans le berceau improvisé avec un tiroir. Le chariot à vent oscillait doucement dans sa course. Le ronflement de la grande roue et le bourdonnement du gyroscope principal formaient un fond sonore qui les berçait.

— Mon Dieu ! fit Brawne Lamia à voix basse.

Elle était sur le point d'ajouter quelque chose lorsqu'elle se ravisa en secouant la tête.

Les yeux fermés, Martin Silenus récita :

Puisque, par le rejet de la moindre rancœur,
L'âme recouvre, libre, une entière innocence,
Et reconnaît enfin qu'elle donne naissance
Elle-même à sa paix, son bonheur,
Et que son doux vouloir est le vouloir divin,
Quand bien même on lui ferait la tête,
Quand même vingt soufflets gronderaient en tempête,
Mon enfant peut garder un cœur doux et serein.

— William Butler Yeats ? demanda Sol Weintraub.

Silenus hocha la tête.

« Prière pour ma fille », dit-il.

— Je crois que je vais aller prendre un peu l'air sur le pont avant de rentrer, déclara le consul. Quelqu'un veut-il m'accompagner ?

Tout le monde le suivit. La brise soulevée par leur passage était rafraîchissante tandis qu'ils se tenaient sur le gaillard d'arrière, contemplant la mer des Hautes Herbes qui défilait en grondant sous eux. Le ciel au-dessus d'eux était une grosse soupière saupoudrée d'étoiles et sillonnée de météores. Les voiles et le gréement craquaient, produisant des bruits aussi vieux que les premiers temps des voyages humains.

— Je pense que nous devrions monter la garde, cette nuit, déclara le colonel Kassad. Une sentinelle veillera pendant que les autres dormiront. Elle sera relevée toutes les deux heures.

— D'accord, fit le consul. Je prends la première garde.

— Demain matin... commença Kassad...

— Regardez ! s'écria le père Hoyt.

Ils suivirent la direction de son doigt. Entre les constellations scintillantes, des boules de feu multicolores éclataient, vertes, mauves, orangées et de nouveau vertes, illuminant la grande plaine herbeuse autour d'eux comme des boules de foudre en grappes. Les étoiles et les météores, à côté de ce feu d'artifice soudain, étaient devenus pâles et insignifiants.

— Des explosions ? demanda le prêtre.

— Une bataille spatiale, estima Kassad. Cislunaire. Armes de fusion.

Il descendit rapidement dans l'entrepont.

— L'Arbre ! s'exclama Het Masteen.

Il désigna une tache de lumière qui se déplaçait au milieu des explosions comme un brandon au milieu d'un feu d'artifice.

Kassad remonta avec ses jumelles à amplification, qu'il fit passer à tout le monde.

— Les Extros ? demanda Lamia. Ils ont lancé leur invasion ?

— Il y a de fortes chances pour que ce soient les Extros, répondit Kassad. Mais je pense qu'il s'agit seulement d'un raid de reconnaissance. Vous voyez les essaims ? Là, ce sont les missiles de l'Hégémonie que font exploser les systèmes de contre-mesures des croiseurs extros.

Les jumelles arrivèrent jusqu'au consul. Les éclairs étaient maintenant bien visibles, avec leurs couronnes de flammes brèves. Il discerna l'ombre et la traîne d'au moins deux croiseurs poursuivis par des vaisseaux de l'Hégémonie.

— Je ne crois pas... commença Kassad...

Il s'arrêta net tandis que les voiles de leur chariot et les herbes de la plaine s'embrasaient d'une lueur orange.

— Mon Dieu ! murmura le père Hoyt. Ils ont touché le vaisseau-arbre !

Le consul braqua les jumelles sur la gauche. On voyait le nimbe grandissant des flammes à l'œil nu ; mais avec les jumelles, le tronc principal d'un kilomètre de long et les branches secondaires de l'*Yggdrasill* demeurèrent un instant visibles, entourés de longues flammes qui se courbaient dans l'espace sous l'effet des champs de confinement saturés et de l'oxygène qui brûlait. Puis le nuage orangé se contracta, devint flou et s'effilocha, rendant le tronc visible, l'espace d'une seconde, alors même qu'il s'embrasait une dernière fois et disparaissait comme les dernières braises d'un feu qui s'éteint. Rien n'avait pu survivre. Le vaisseau-arbre *Yggdrasill* avait péri avec tout son équipage, ses clones et ses maîtres d'ergs semi-sentients.

Le consul se tourna vers Het Masteen et lui tendit, un peu tard, les jumelles.

— Je... Je suis navré, murmura-t-il.

Le Templier ne prit pas les jumelles. Lentement, il baissa la tête, rajusta son capuchon puis descendit sans dire un mot.

Le vaisseau-arbre se désintégra dans une explosion finale. Dix minutes plus tard, lorsque la nuit fut redevenue calme, Brawne Larnia demanda :

— Vous croyez qu'ils les ont eus tous ?

— Les Extros ? demanda Kassad. Il est probable que non. Ces croiseurs sont faits pour la défense et la rapidité. Ils doivent déjà être à des minutes de lumière.

— Est-ce que le vaisseau-arbre était leur objectif principal, à votre avis ? demanda Silenus, qui semblait soudain étrangement sobre.

— Je ne crois pas, répondit Kassad. Il formait pour eux une cible tentante, c'est tout.

— Une cible tentante... répéta Sol Weintraub en

secouant la tête. Je crois que je vais aller me reposer quelques heures, ajouta-t-il. L'aube n'est plus très loin.

Un par un, les autres le suivirent. Kassad et le consul demeurèrent seuls sur le pont.

— Où dois-je monter la garde ? demanda le consul.

— Faites une ronde, suggéra le colonel. De la coursive au pied de l'échelle de descente, vous pouvez surveiller toutes les portes des cabines et l'entrée de la cambuse et de la salle à manger. Vous pouvez ensuite monter sur le pont et sur la passerelle. Laissez les lanternes allumées. Avez-vous une arme ?

Le consul secoua négativement la tête.

Kassad lui tendit son bâton de la mort.

— Il est réglé sur faisceau serré, dit-il. Environ cinquante centimètres sur une distance de dix mètres. Ne vous en servez que si vous êtes sûr d'avoir vu un intrus. La pastille piquetée qui glisse en avant est la sécurité. Elle est enclenchée.

Le consul hocha la tête, en s'assurant que son doigt n'était pas en contact avec le bouton de tir.

— Je viendrai prendre la relève dans deux heures, annonça Kassad.

Il consulta son persoc.

— L'aube se lèvera avant la fin de ma faction, ajouta-t-il.

Il leva les yeux vers le ciel, comme s'il s'attendait à voir l'*Yggdrasill* réapparaître et continuer son chemin comme une luciole à travers le ciel. Mais seules les étoiles scintillaient là-haut. À l'horizon nord-est, une masse noire en mouvement annonçait un orage.

— Quel gâchis ! fit le colonel Kassad en secouant la tête.

Puis il descendit dans l'entrepont.

Le consul demeura quelques instants au même endroit, écoutant le bruit du vent dans la toile, les craquements du gréement et le grondement de la roue. Au bout d'un moment, il se tourna vers le bastingage et contempla les ténèbres, perdu dans ses réflexions.

5

Le lever du soleil sur la mer des Hautes Herbes était un pur objet de beauté. Le consul contempla le spectacle du point le plus élevé du pont arrière. Après son tour de garde, il avait essayé en vain de dormir, puis il était remonté sur le pont voir la nuit pâlir avec les premières lueurs du matin. Le front orageux alignait à l'horizon ses nuages sombres ourlés d'or en haut et en bas par le soleil levant qui se reflétait sur le monde. Les voiles, les cordages et les espars, polis par le temps, du chariot à vent brillèrent quelques minutes sous cette brève manne de lumière privilégiée, juste avant que les nuages, obscurcissant le ciel, retirent de nouveau toute couleur au monde. Le vent qui suivit ce tomber de rideau fut glacial, comme s'il descendait des sommets enneigés de la Chaîne Bridée, à peine visible sous la forme d'une masse floue à l'horizon du nord-est.

Brawne Lamia et Martin Silenus rejoignirent bientôt le consul sur la plage arrière avec une tasse de café chaud qu'ils s'étaient servie dans la cambuse. Le vent faisait gémir le gréement et claquer les voiles. La masse de boucles épaisses de Brawne Lamia auréolait son visage comme un nimbe noir.

— Bonjour, grogna Silenus en louchant par-dessus sa tasse en direction de la mer des Hautes Herbes creusées par le vent.

— Bonjour, répondit le consul, étonné de se sentir alerte malgré la nuit blanche qu'il venait de passer. Nous avons le vent dans la proue, mais le chariot se comporte bien. Je pense que nous atteindrons les montagnes avant le soir.

— Hmmm, commenta Silenus, le nez dans sa tasse.

— Je n'ai pas fermé l'œil, dit Brawne Lamia. Je pensais à l'histoire de H. Weintraub.

— Je ne crois pas que... commença le poète.

Il s'interrompit à l'arrivée de Weintraub avec son bébé, dont la tête dépassait du sac en bandoulière contre sa poitrine.

— Bonjour tout le monde, fit Weintraub en regardant autour de lui. Il ne fait pas chaud, ce matin, n'est-ce pas ? ajouta-t-il après avoir pris une grande inspiration.

— Vous voulez dire qu'on se les gèle, oui, lui dit Silenus. Et au nord des montagnes, ce sera pire.

— Je descends prendre un gilet, fit Brawne Lamia.

Mais avant qu'elle pût faire un pas, un cri perçant monta de l'entrepont.

— *Du sang !*

Il y avait, effectivement, du sang partout. La cabine de Het Masteen était curieusement intacte – le lit non défait, les malles et les autres bagages soigneusement empilés dans un coin, la robe pliée sur le dossier d'une chaise –, à l'exception du sang qui couvrait de larges sections du plancher, des cloisons et du plafond. Les six pèlerins se massèrent à l'entrée, hésitant à avancer.

— Je passais dans la coursive pour monter sur le pont, expliqua le père Hoyt d'une voix étrangement monocorde. La porte était entrebâillée. J'ai aperçu le... sang sur le mur.

— Est-ce réellement du sang ? demanda Martin Silenus.

Brawne Lamia entra dans la cabine, passa la main sur une large trace qui s'étalait sur la cloison, porta deux doigts à ses lèvres.

— C'est bien du sang.

Elle regarda autour d'elle, marcha jusqu'à l'armoire, jeta un bref coup d'œil aux cintres et aux étagères vides, puis s'avança jusqu'au hublot. Il était verrouillé de l'intérieur.

Lénar Hoyt, l'air plus malade que jamais, se laissa tomber sur une chaise.

— Il est mort, alors ?

— Nous ne savons pas la moindre foutue chose, répliqua Lamia. Tout ce que nous pouvons constater, c'est que le commandant Masteen n'est pas dans sa cabine, mais qu'il y a pas mal de sang à sa place.

Elle s'essuya la main sur la jambe de son pantalon.

— Ce qu'il faut faire, maintenant, c'est fouiller ce vaisseau de fond en comble.

— Absolument, dit le colonel Kassad. Mais si nous ne retrouvons pas le commandant ?

Brawne Lamia ouvrit le hublot. L'air frais dissipa aussitôt l'odeur d'abattoir tandis que le grondement régulier de la roue et le froissement de l'herbe contre la coque entraient dans la cabine.

— Si nous ne le retrouvons pas, dit-elle, nous en conclurons qu'il a quitté le vaisseau, soit volontairement, soit contre son gré.

— Mais... Tout ce sang... commença le père Hoyt.

— Cela ne prouve absolument rien, lui dit Kassad. H. Lamia a parfaitement raison. Nous ne sommes pas en mesure d'identifier ces traces. Nous ne connaissons pas le génotype de Masteen. Personne n'a vraiment rien vu ni entendu ?

Il n'eut que le silence pour réponse, à l'exception de quelques grognements soulignés par des mouvements de tête négatifs.

Martin Silenus regarda autour de lui.

— Vous n'êtes donc pas capables de reconnaître le travail de notre ami le gritche quand vous le voyez ? demanda-t-il.

— Qu'est-ce que nous en savons ? coupa sèchement Lamia. C'est peut-être quelqu'un qui cherche à nous faire croire qu'il s'agit du gritche.

— Tout cela n'a pas de sens, dit Hoyt, qui semblait avoir encore du mal à respirer.

— Nous fouillerons tout de même ce vaisseau par groupes de deux, décida Lamia. Qui est armé, à part moi ?

— J'ai une arme, fit le colonel Kassad. J'en ai même plusieurs, si ça vous intéresse.

— Non, refusa le père Hoyt.

Le poète secoua la tête.

Sol Weintraub revenait dans la coursive avec son bébé. Il passa la tête à l'intérieur de la cabine.

— Je n'ai rien, dit-il.

— Moi non plus, déclara le consul.

Il avait rendu le bâton de la mort à Kassad lorsque celui-ci avait pris sa relève, deux heures avant l'aube.

— Très bien, déclara Lamia. Le prêtre viendra avec moi sur le pont inférieur. Silenus, vous accompagnerez le colonel. Fouillez tout l'entrepont. H. Weintraub, vous et le consul, vous examinerez toute la partie supérieure du vaisseau. Donnez l'alerte si vous apercevez quoi que ce soit d'inhabituel. Le moindre signe de lutte, en particulier.

— Juste une question, dit Silenus.

— Oui ?

— Qui vous a élue reine du bal ?

— Je suis détective privée, répliqua Lamia en soutenant froidement le regard du poète.

Martin Silenus haussa les épaules.

— Hoyt est le prêtre de je ne sais quelle religion oubliée, dit-il. Cela ne nous oblige pas à nous agenouiller chaque fois qu'il dit la messe.

— D'accord, soupira Lamia. Je vais vous fournir une meilleure raison.

Elle entra en action avec une telle rapidité que le consul, pour avoir cligné une fois des yeux, faillit ne pas la suivre. Un instant elle se trouvait devant le hublot ouvert, et l'instant d'après elle était au milieu de la cabine, soulevant Martin Silenus du sol avec un bras, sa main massive autour du cou fragile du poète.

— Et si la logique, haleta-t-elle, consistait simplement à faire ce qui est logique, parce que c'est ce qu'il y a de mieux à faire ?

— Arrrgh, réussit à couiner Martin Silenus.

— Bon, fit-elle d'une voix dépourvue de toute émotion, en laissant choir le poète sur le plancher.

Silenus tituba sur un mètre et faillit retomber assis sur Hoyt.

— Voilà, leur dit Kassad en revenant avec deux petits neuro-étourdisseurs.

Il en tendit un à Sol Weintraub.

— Qu'est-ce que vous avez comme arme ? demanda-t-il à Lamia.

Elle plongea la main dans une poche de sa tunique et en sortit un pistolet archaïque. Kassad considéra quelques instants l'objet d'antiquité, puis hocha la tête.

— Ne vous éloignez à aucun prix de votre équipier, dit-il. Ne tirez pas si vous n'êtes pas absolument sûr d'avoir identifié votre cible, et qu'elle représente vraiment une menace.

— Cela s'applique exactement à la salope que j'ai l'intention de buter, fit Silenus sans cesser de se masser la gorge.

Brawne Lamia fit un demi-pas vers le poète. Fedmahn Kassad s'interposa.

— Allons, cessez, dit-il. Au travail.

Silenus le suivit dans la coursive.

Sol Weintraub se rapprocha du consul et lui tendit son étourdisseur.

— Je ne veux pas de ce truc-là avec Rachel dans les bras, dit-il. On monte ?

Le consul lui prit l'arme des mains tout en hochant la tête.

Le chariot à vent ne contenait plus le moindre signe de présence de la Voix de l'Arbre Authentique, le Templier Het Masteen. Après avoir fouillé le vaisseau pendant une heure, le groupe se rassembla dans la cabine du disparu, où les traces de sang, plus noires, semblaient avoir séché.

— Quelque chose aurait-il pu nous échapper ? demanda le père Hoyt. Un passage secret ? Une cachette quelconque ?

— C'est possible, fit Kassad. Mais j'ai passé tout le vaisseau aux détecteurs thermiques et aux détecteurs de mouvement. S'il y a à bord quelque chose de plus gros qu'une souris qui m'ait échappé, c'est vraiment bien caché.

— Si vous aviez ces foutus détecteurs, grogna Silenus, pourquoi nous avoir laissés ramper dans la merde pendant une heure ?

— Parce qu'il est toujours possible, avec un équipement approprié, d'échapper à une fouille électronique.

— Si je comprends bien, déclara Hoyt en faisant la grimace, visiblement sous le coup d'une vague de douleur, pour répondre à ma question, vous nous dites qu'avec un équipement approprié le commandant Masteen pourrait très bien se cacher quelque part à bord ?

— C'est possible, mais improbable, à mon avis, dit Brawne Lamia. Je pense qu'il n'est plus à bord.

— Le gritche, fit Martin Silenus d'une voix écœurée.

Et ce n'était pas une question.

— C'est une autre possibilité, murmura Lamia. Colonel, le consul et vous avez monté la garde pendant ces quatre heures. Vous êtes bien sûrs de n'avoir rien vu ni entendu ?

Les deux hommes hochèrent la tête.

— Il n'y avait pas le moindre bruit à bord, lui dit Kassad. S'il y avait eu une lutte, j'aurais entendu quelque chose, même avant de prendre mon tour de garde.

— Quant à moi, je n'ai pas pu dormir lorsque j'ai regagné ma cabine, déclara le consul. Elle est contiguë à celle de Masteen. Je n'ai rien entendu du tout.

— Très bien, déclara Silenus. Les deux suspects armés qui rôdaient dans le noir quand la pauvre victime a été zigouillée se déclarent innocents. Au suivant de ces messieurs !

— Si Masteen a été tué, expliqua le colonel Kassad, ce n'est pas avec un bâton de la mort. Aucune arme moderne silencieuse à ma connaissance ne projette une telle quantité de sang. Aucune détonation n'a été entendue. Aucune trace de projectile n'a été retrouvée. Je pense qu'on peut dire aussi, par conséquent, que le pistolet automatique de H. Lamia ne peut être soupçonné. Si le sang appartient bien au commandant Masteen, l'arme utilisée était plutôt, à mon avis, une arme blanche.

— Le gritche entre dans cette catégorie, fit remarquer Martin Silenus.

Lamia s'approcha du petit tas de bagages.

— Ce n'est pas en discutant que nous allons résoudre le problème, dit-elle. Voyons plutôt si nous découvrons quelque chose dans les affaires de Masteen.

Lénar Hoyt leva une main hésitante.

— Ce sont... ses possessions privées, dit-il. Je ne sais pas si nous avons le droit...

Brawne Lamia croisa les bras.

— Écoutez, père Hoyt. Si Masteen est mort, il n'y verra pas d'objection. S'il est vivant, fouiller dans ses affaires nous donnera peut-être une idée de l'endroit où il a été conduit. Dans les deux cas, nous devons essayer de découvrir un indice.

Hoyt hocha la tête d'un air peu convaincu. Mais, finalement, la fouille se révéla peu indiscrète. La première malle de Masteen ne contenait que du linge de rechange et un exemplaire du *Livre de Vie du Muir*. Dans le sac, il y avait une centaine de graines séchées, enveloppées séparément et conservées dans du terreau humide.

— Les Templiers ont le devoir de planter au moins cent graines de l'Arbre d'Éternité sur chaque monde où ils se rendent, expliqua le consul. Elles germent rarement, mais c'est plutôt un rituel qu'autre chose.

Brawne Lamia se pencha sur la caisse en métal qu'elle venait de dégager.

— N'y touchez pas ! s'écria le consul.

— Et pourquoi ?

— C'est un cube de Möbius, répondit le colonel Kassad à la place du consul. Une enceinte de carbone-carbone autour d'un champ de confinement à impédance nulle replié sur lui-même.

— Et alors ? demanda Lamia. Les cubes de Möbius servent à isoler des matériaux ou des artefacts. Ils ne présentent pas de danger d'explosion ou de quoi que ce soit.

— C'est exact, reconnut le consul, mais leur *contenu* peut très bien être explosif, ou même avoir *déjà* explosé.

— Un cube de cette taille peut tenir en laisse une explosion nucléaire de l'ordre du millier de tonnes, à condition qu'elle ait été mise en boîte pendant la nanoseconde suivant la mise à feu, ajouta Kassad.

Lamia fit la grimace.

— Comment savoir, dans ce cas, si ce n'est pas quelque chose qui se cache dans cette caisse qui a tué Masteen ?

Kassad lui montra une bande verte lumineuse qui longeait la seule rainure visible du conteneur.

— Il est encore scellé. Une fois ouvert, un cube de Möbius, pour être réactivé, doit être transporté à en endroit où existent des installations capables de générer un champ de confinement. Je ne sais pas ce qu'il y a à l'intérieur de celui-ci, mais je suis en mesure de vous assurer que ce n'est pas cela qui a attaqué le commandant Masteen.

— Nous n'avons donc aucun indice ? fit Lamia.

— Je peux émettre une hypothèse, dit le consul.

Les autres se tournèrent vers lui. Au même moment, Rachel se mit à pleurer, et Sol détacha la bande autochauffante d'un biberon.

— Rappelez-vous, reprit le consul. Hier, lorsque nous nous trouvions à la Bordure, Masteen nous a parlé du cube en nous laissant entendre qu'il s'agissait d'une arme secrète.

— Une arme secrète ? répéta Lamia.

— Bien sûr ! s'exclama Kassad. C'est un erg !

— Un erg ? demanda Martin Silenus en regardant la caisse. Je croyais que les ergs étaient ces créatures à champ de force que les Templiers utilisent pour protéger leurs vaisseaux.

— C'est bien cela, lui dit le consul. Ces créatures ont été découvertes il y a environ trois siècles sur les astéroïdes qui entourent Aldébaran. Leur corps occupe à peu près le même volume que l'épine dorsale d'un chat, et consiste principalement en un système nerveux piézoélectrique enrobé d'un cartilage de silicium. Mais ils se nourrissent de champs de force qu'ils manipulent et qui ont la taille de ceux que peut engendrer un petit vaisseau à effet de spin.

— Et comment fait-on tenir tout ça dans la petite boîte ? demanda Silenus. Avec des effets de miroirs ?

— C'est à peu près ça, répondit Kassad. Leur champ de force est suspendu. Ils ne se nourrissent pas et ne dépérissent pas. Un peu comme l'état de fugue pour nous. Sans compter qu'il doit s'agir d'un spécimen assez jeune. Un bébé, si vous voulez.

Lamia passa la main le long de la boîte de métal.

— Les Templiers les contrôlent ? Ils communiquent avec eux ?

— Oui, répondit Kassad. Personne ne sait au juste de quelle manière, car c'est l'un des grands secrets de leur fraternité, mais Het Masteen avait certainement de bonnes raisons de croire qu'un erg pouvait l'aider à combattre…

— Le gritche, acheva pour lui Martin Silenus. Le Templier pensait que cette créature d'énergie serait son arme secrète face au Seigneur de la Douleur.

Il éclata de rire. Le père Hoyt se racla la gorge et murmura :

— L'Église a accepté l'avis de l'Hégémonie selon lequel ces… ces ergs… ne sont pas des créatures sensitives, et ne sont pas non plus, par conséquent, candidats au salut.

— Vous vous trompez, père Hoyt, lui dit le consul. Ils sont bien plus sensitifs que nous ne pouvons même l'imaginer. Mais si vous voulez dire intelligents et dotés de conscience, alors vous pouvez les comparer à un criquet des champs. Est-ce que les criquets, d'après vous, sont candidats au salut de leur âme ?

Hoyt ne répondit pas.

— En tout cas, intervint Brawne Lamia, il est évident que le commandant Masteen comptait sur eux pour assurer son salut à lui, et que quelque chose n'a pas marché comme il l'espérait.

Elle fit une nouvelle fois du regard le tour de la cabine aux murs maculés de sang séché.

— Ne restons pas ici, dit-elle.

Le chariot à vent tirait des bordées contre des vents de plus en plus violents à mesure que le grain s'approchait du nord-est. Des banderoles nuageuses effilochées couraient, blanches, sur le fond gris du rideau annonçant la tempête. L'herbe claquait et se couchait sous les rafales de vent glacé. Les éclairs, par cascades, illuminaient l'horizon, suivis de coups de tonnerre qui résonnaient comme des tirs de semonce à l'avant du vaisseau. Les pèlerins contemplèrent ce spectacle en silence jusqu'au moment où les premières gouttes de pluie glacée les chassèrent du pont et les obligèrent à se réfugier dans la grande cabine de poupe.

— J'ai trouvé ça dans la poche de sa robe, dit Brawne Lamia en montrant aux autres un morceau de papier sur lequel était tracé le chiffre 5.

— C'était donc lui qui devait raconter la prochaine histoire, murmura le consul.

Martin Silenus inclina sa chaise en arrière jusqu'à ce que le dossier bute contre la fenêtre. Les éclairs donnaient à ses traits de satyre un caractère légèrement démoniaque.

— Il y a une autre possibilité, dit-il. C'est peut-être quelqu'un qui n'a pas encore parlé qui l'a tué pour échanger le n° 5 avec le sien.

Lamia le regarda froidement.

— Il n'y a plus que le consul et moi, articula-t-elle d'une voix tranquille.

Silenus haussa les épaules.

Elle tira un morceau de papier de sa tunique et le montra aux autres.

— J'ai le n° 6. Qu'est-ce que j'aurais gagné ? De toute manière, c'est mon tour.

— C'est peut-être pour empêcher Masteen de parler qu'on l'a tué, fit le poète en haussant de nouveau les épaules. Mais, personnellement, je crois plutôt que c'est le gritche qui commence à nous massacrer. Qu'est-ce qui a pu nous laisser croire qu'il nous laisserait nous approcher des Tombeaux du Temps alors qu'il tue des gens sur toute la moitié de la distance qui nous sépare de Keats ?

— Notre cas est différent, protesta Sol Weintraub. Nous sommes des pèlerins du gritche.

— Et alors ?

Dans le silence qui s'ensuivit, le consul marcha jusqu'aux grandes baies de la cabine. Des torrents de pluie courbée par le vent obscurcissaient la mer et crépitaient contre les carreaux. Le chariot craquait de toutes ses membrures et s'inclina fortement sur tribord pour tirer une nouvelle bordée.

— H. Lamia, demanda le colonel Kassad, voulez-vous commencer votre histoire tout de suite ?

Elle croisa les bras en contemplant la pluie qui ruisselait sur le verre.

— Non. Attendons de quitter ce maudit vaisseau. Il pue la mort.

Le chariot à vent atteignit le port du Repos du Pèlerin en milieu d'après-midi. La tempête qui faisait rage voilait tellement la lumière que les voyageurs fatigués avaient l'impression que la nuit tombait. Le consul s'attendait, à ce stade de leur voyage, à être accueilli par des représentants du Temple gritchtèque, mais le Repos du Pèlerin était aussi désert que l'avait été la Bordure.

La vue des premières collines et des sommets lointains de la Chaîne Bridée ranima un peu l'énergie des six candidats pèlerins, qui restèrent sur le pont malgré la pluie glacée qui continuait de tomber. Les contreforts étaient à la fois arides et sensuels, leurs courbes brunes et leurs pitons épars contrastant fortement avec la verdoyante monochromie de la mer des Hautes Herbes. Au loin, les sommets de neuf mille mètres se devinaient à peine à leurs surfaces grises et blanches très vite occultées par le plafond bas des nuages. Mais même ainsi, ils donnaient une impression de puissance. La limite des neiges descendait jusqu'à un niveau situé juste au-dessus de l'assemblage hétéroclite de taudis carbonisés et d'hôtels sordides qui constituaient le Repos du Pèlerin.

— S'ils ont détruit le téléphérique, c'en est fini de nous, grommela le consul.

Cette pensée, refoulée jusqu'à maintenant, lui révulsait l'estomac.

— J'aperçois les cinq premiers pylônes, déclara le colonel Kassad, qui avait sorti ses jumelles. Ils paraissent intacts.

— Vous voyez une cabine ?

— Non... Attendez, oui. Il y en a une devant la station de départ.

— Elle ne bouge pas ? demanda Martin Silenus, qui comprenait, de toute évidence, la gravité de la situation dans laquelle ils se trouveraient si la cabine n'était pas en état de fonctionner.

— Non.

Le consul secoua la tête. Même par mauvais temps et en l'absence de tout passager, les cabines continuaient de fonctionner pour assurer la souplesse des câbles et les empêcher de se recouvrir de glace.

Les six pèlerins avaient monté tous leurs bagages sur le pont avant même que le chariot à vent eût fini de carguer ses voiles et de sortir sa passerelle. Ils s'étaient tous chaudement vêtus. Kassad portait la capote thermouflage réglementaire de la Force ; Brawne Lamia avait revêtu un long manteau appelé *trench-coat* pour des raisons depuis longtemps oubliées de tout le monde ; Martin Silenus était couvert d'épaisses fourrures chatoyantes qui tiraient tantôt sur le noir, tantôt sur le gris, selon les caprices du vent ; le père Hoyt était tout en noir, ce qui lui donnait, plus que jamais, l'allure d'un épouvantail ; Sol Weintraub arborait une épaisse parka de duvet qui le protégeait en même temps que l'enfant ; le consul, enfin, avait le manteau un peu élimé mais toujours efficace que sa femme lui avait offert plusieurs dizaines d'années auparavant.

— Que faisons-nous des affaires du commandant Masteen ? demanda Sol tandis qu'ils se regroupaient en haut de la passerelle en attendant le retour de Kassad, qui était parti en reconnaissance dans le village.

— Je les ai amenées, dit Lamia. Nous les emportons avec nous.

— Je ne sais pas si ce que nous faisons est bien, déclara le père Hoyt. Je veux dire quitter le chariot ainsi, sans même une messe ou... une cérémonie à sa mémoire.

— Nous ne savons pas s'il est mort, lui rappela Brawne Lamia en soulevant d'une main un sac à dos qui devait peser quarante kilos.

Hoyt lui lança un regard incrédule.

— Vous croyez vraiment qu'il pourrait être encore en vie ?

— Non, dit-elle tandis que des flocons de neige se posaient sur ses cheveux noirs.

Kassad apparut à l'autre bout du quai et leur fit signe de descendre. Ils sortirent les bagages du chariot silencieux. Personne ne regarda en arrière.

— Il n'y a personne ? demanda Lamia quand ils eurent rejoint le colonel, dont la capote caméléon oscillait entre le gris pâle et le noir.

— Personne.

— Pas de morts ?

— Non.

Il se tourna vers Sol et le consul.

— Vous avez pris les affaires dans la cambuse ?

Les deux hommes hochèrent affirmativement la tête.

— Quelles affaires ? demanda Silenus.

— Des vivres pour une semaine, fit Kassad en se tournant vers la station du téléphérique.

Pour la première fois, le consul remarqua le long fusil d'assaut que le colonel tenait sous l'aisselle, à peine visible sous sa capote.

— Nous ne sommes pas sûrs de pouvoir nous ravitailler les jours prochains, ajouta Kassad.

Qui sait si nous serons vivants ou morts dans une semaine ? songea le consul. Mais il s'abstint de toute remarque.

Ils firent deux voyages pour porter tout le matériel à la station. Le vent soufflait lugubrement à travers les fenêtres ouvertes et les verrières brisées de l'abri. Au second voyage, le consul porta le cube de Möbius avec le père Hoyt, qui dut s'arrêter plusieurs fois pour souffler.

— Pourquoi emmener cet erg avec nous ? demanda le prêtre en haletant lorsqu'ils furent au pied de l'escalier de métal qui conduisait à la plate-forme.

La station était envahie par la rouille, qui formait des plaques et des traînées orange faisant penser à des lichens.

— Je ne sais pas, répondit le consul, un peu essoufflé lui aussi.

De la plate-forme, ils avaient une vue plongeante sur la mer des Hautes Herbes. Le chariot à vent était là où ils l'avaient laissé, ses voiles roulées, forme sombre et sans vie. La tempête de neige qui balayait la plaine donnait l'illusion de moutons blancs couronnant à perte de vue l'immensité de l'océan vert.

— Chargez le matériel dans la cabine, ordonna Kassad. Je vais voir si le mécanisme peut être mis en marche à partir du poste de commande de la station.

— Le fonctionnement n'est pas automatique ? demanda Martin Silenus, dont la tête, minuscule, se perdait au milieu des fourrures.

— Je ne crois pas, lui dit Kassad. Dépêchez-vous de tout charger, je vais voir ce que je peux faire.

— Et si la cabine part sans vous ? demanda Lamia tandis qu'il s'éloignait déjà.

— Cela ne risque pas de se produire, n'ayez pas peur.

L'intérieur de la cabine était glacé et nu, à l'exception des bancs de métal du compartiment avant et d'une douzaine de couchettes rudimentaires dans la partie arrière, plus petite. L'espace ne manquait pas. Le tout faisait au moins huit mètres sur cinq. L'arrière était séparé du corps principal de la cabine par une mince cloison de métal percée d'une ouverture, mais sans porte. Un coffre de rangement occupait un coin du compartiment arrière. À l'avant, des panneaux vitrés occupaient tout l'espace entre une hauteur de taille et le toit.

Les pèlerins avaient mis leurs bagages en tas au centre du vaste plancher et se réchauffaient comme ils le pouvaient en battant des pieds par terre ou en agitant les bras. Martin Silenus s'était allongé sur l'une des banquettes, et seuls ses pieds et le sommet de son crâne émergeaient des fourrures.

— J'aimerais bien savoir où est le bouton du chauffage dans ce foutu truc de merde, dit-il d'une voix étouffée.

Le consul se tourna vers le tableau d'éclairage plongé dans l'obscurité.

— C'est électrique, dit-il. Le chauffage se mettra en marche quand le colonel aura fait démarrer la cabine.

— S'il réussit, ajouta Silenus.

Sol Weintraub venait de changer Rachel. Dans sa thermocombinaison, elle ressemblait à une petite boule qu'il berçait maintenant doucement dans ses bras.

— Vous savez que c'est la première fois que je viens ici, dit-il. Est-ce votre cas aussi ?

— Non, grogna le poète.

— Oui, répondit le consul. Mais j'avais déjà vu le téléphérique en images.

— Kassad nous a dit qu'il avait fait un jour le voyage de retour à Keats par cette voie, leur cria Brawne Lamia du compartiment arrière.

— Je pense… commença Sol Weintraub…

Il fut interrompu par un grand bruit de rouages qui s'enclenchaient et par une secousse qui ébranlait la cabine. Tout le monde se précipita vers la fenêtre qui donnait sur le quai.

Kassad avait mis toutes ses affaires à bord avant de grimper à l'échelle qui conduisait au poste de commande à quai. Ils le virent sortir en courant, descendre l'échelle à toute vitesse et courir pour rattraper la cabine qui dépassait déjà la partie horizontale du quai.

— Il n'y arrivera pas, souffla le père Hoyt.

Les longues jambes de Kassad sprintaient à une vitesse impossible sur les dix derniers mètres qui le séparaient du bout du quai. Il ressemblait à une silhouette de dessin animé.

Il y eut une nouvelle série de secousses lorsque l'avant du téléphérique dépassa le quai et que le vide apparut sous eux. Il y avait bien huit mètres de dénivellation entre la cabine et les rochers en contrebas. De plus, le givre rendait le quai glissant. Kassad était maintenant presque à hauteur de l'arrière de la cabine.

— Allez ! cria Lamia.

Les autres reprirent son cri en chœur. Le consul jeta un coup d'œil à la gangue de glace qui craquait et se détachait du câble à mesure que la cabine s'avançait et grimpait. Puis il regarda de nouveau à l'arrière. La distance était trop grande. Kassad n'y arriverait jamais.

Le colonel était lancé à une vitesse incroyable au moment où il atteignit le bout de la plate-forme. Pour la deuxième fois, le consul pensa à un jaguar qu'il avait vu un jour au zoo de Lusus. Il s'attendait plus ou moins à le voir glisser, au dernier moment, sur une plaque de glace, et continuer horizontalement sur son élan pour s'écraser sur les rochers à moitié couverts de neige. Mais, en un instant qui parut interminable, Kassad sembla prendre son vol, ses longs bras tendus en avant, sa cape flottant derrière lui, et il disparut, caché par l'arrière de la cabine.

Il y eut un choc, suivi d'une longue minute de silence angoissé et immobile. Il y avait bien quarante mètres de vide au-dessous d'eux, à présent, et le premier pylône se rapprochait rapidement. Une seconde plus tard, Kassad apparut au coin de la cabine, progressant lentement le long d'une série de poignées et d'alvéoles gelées pratiquées dans le métal. Brawne Lamia ouvrit la porte de la cabine. Dix mains se tendirent pour agripper le colonel et le tirer à l'intérieur.

— Dieu soit loué ! murmura le père Hoyt.

Le colonel prit une longue inspiration, puis sourit.

— Il y avait un système de maintien d'appui. Il m'a fallu bloquer le levier avec un poids. Je n'avais pas envie de faire un deuxième voyage tout seul.

Martin Silenus leur montra le pylône qui se rapprochait rapidement et la couverture de nuages, juste au-delà, dans laquelle le câble se perdait.

— Nous sommes partis pour traverser les montagnes, maintenant, dit-il, que nous le voulions ou non.

— Combien de temps dure le voyage ? demanda Hoyt.

— Douze heures. Un peu moins, peut-être. Quelquefois, les conducteurs arrêtaient la cabine, si le vent devenait trop violent ou la glace trop lourde.

— Il n'y aura pas d'arrêt pour nous, leur dit Kassad.

— À moins que le câble ne soit rompu quelque part, fit le poète, ou que nous ne heurtions un récif.

— Taisez-vous, lui dit Lamia. Qui veut réchauffer une ou deux boîtes ? C'est bientôt l'heure du dîner.

— Regardez, murmura le consul.

Ils se massèrent devant les vitres à l'avant de la cabine. Ils se trouvaient à une centaine de mètres au-dessus des dernières collines. Derrière eux, la station était devenue minuscule et la vue embrassait le Repos du Pèlerin avec ses taudis et le chariot à vent toujours à quai.

Puis la neige et les nuages épais les enveloppèrent.

Il n'y avait rien de prévu pour cuisiner à bord, mais le compartiment arrière était équipé d'un réfrigérateur et d'un four à micro-ondes pour réchauffer des plats. Lamia et Weintraub puisèrent dans les réserves de la cabine pour préparer une fricassée honnête à base de plusieurs viandes et légumes. Martin Silenus avait amené quelques bouteilles de vin du *Bénarès* et du chariot à vent. Il choisit un bourgogne d'Hypérion pour accompagner la fricassée.

Ils avaient presque fini de manger lorsque la pénombre extérieure pâlit, puis s'éclaircit tout d'un coup. Le consul se retourna sans quitter son banc. Un rayon de soleil pénétra dans la cabine, qu'il emplit d'une chaude lumière dorée.

Il y eut un soupir de soulagement collectif. Ils avaient eu l'impression que la nuit était tombée depuis des heures, mais ils s'aperçurent, en grimpant au-dessus d'une mer de nuages percée par un archipel de montagnes, que le soleil couchant était encore vigoureux. Le ciel d'Hypérion avait perdu sa couleur glauque du jour pour prendre les teintes lapis-lazuli plus foncées du couchant. Le soleil illuminait d'un rouge doré les nuages cotonneux et les sommets de roche et de glace. Le consul regarda autour de lui. Ses compagnons, qui lui paraissaient pâles et accablés, une demi-minute plus tôt, dans la pénombre de la cabine, semblaient maintenant rayonner en harmonie avec le soleil doré.

Martin Silenus leva son verre.

— On se sent mieux ainsi, par Dieu !

Le consul suivit des yeux le câble massif qui grimpait devant eux. Il se perdait, au loin, avec l'épaisseur d'un cheveu, jusqu'à ce qu'il n'y ait plus rien. Sur un sommet encore distant de plusieurs kilomètres, le pylône suivant jetait des éclats de lumière dorée.

— Cent quatre-vingt-douze pylônes en tout, récita Silenus sur le ton blasé d'un guide touristique. Chacun a une hauteur de quatre-vingt-trois mètres et une structure en duralumin et carbone renforcé.

— Nous devons être déjà très haut, murmura Lamia.

— Le point culminant du parcours, d'une longueur totale de quatre-vingt-seize kilomètres, domine le sommet du mont Dryden, le cinquième en altitude de toute la Chaîne Bridée, à neuf mille deux cent quarante-six mètres, continua Silenus sur le même ton.

Le colonel Kassad regarda autour de lui.

— La cabine est pressurisée, dit-il. J'ai senti le changement tout à l'heure.

— Regardez ! s'écria Lamia.

Le soleil était depuis un bon moment sur la ligne d'horizon formée par les nuages. Il était en train de s'enfoncer dans le tapis cotonneux, illuminant le ciel d'orage de l'intérieur de cette masse et projetant une panoplie de couleurs spectaculaires sur tout le bord occidental du globe. Des corniches de glace luisaient sur les versants enneigés des pitons qui s'élevaient à mille mètres ou plus au-dessus de la cabine qui grimpait toujours. Quelques étoiles, les plus brillantes, apparurent dans le ciel de plus en plus foncé.

Le consul se tourna vers Brawne Lamia.

— Pourquoi ne pas nous raconter maintenant votre histoire, H. Lamia ? Nous aurons tous envie de dormir, plus tard, avant d'arriver à la forteresse.

Elle vida le fond de son verre de vin.

— Tout le monde est d'accord ? demanda-t-elle.

Toutes les têtes acquiescèrent dans la lumière rosâtre, à l'exception de Silenus, qui se contenta de hausser les épaules.

— Très bien, dit-elle.

Elle posa son verre, mit ses jambes sur le banc, adossée à la paroi, les coudes reposant sur les genoux, et commença son récit.

Le récit de la détective :

« Le long adieu »

Je compris que l'affaire n'allait pas être comme les autres dès l'instant où il entra dans mon bureau. Il était beau. Et je ne veux pas dire efféminé ou « mignon », à l'image des stars de la TVHD. Il était simplement… beau.

C'était un homme de petite taille, pas plus grand que moi, qui suis née et qui ai grandi sous les 1,3 *g* de Lusus. Il était cependant bien proportionné selon les critères du Retz. Athlétique et mince. Son visage exprimait tout entier une énergie et une volonté de fer. Sourcils bas, pommettes saillantes, nez compact, mâchoires fortes et large bouche, traduisant à la fois un côté sensuel et une tendance à l'entêtement. Ses yeux noisette étaient grands, et il ne semblait pas avoir plus d'une trentaine d'années standard.

Comprenez bien que je n'ai pas enregistré tous ces détails à l'instant où il est entré. Ma première pensée fut plutôt : *Est-ce un client ?*, et ma deuxième : *Merde, quel beau mec !*

— H. Lamia ?

— Ouais.

— H. Brawne Lamia, de l'Agence Pangermique de Recherches et Filatures ?

— Ouais.

Il regarda autour de lui comme s'il n'y croyait pas vraiment. Je comprenais un peu ce qu'il devait penser. Mon bureau se trouve au vingt-troisième étage d'un vieux rucher industriel dans le quartier des Reliques, à Gueuse, sur Lusus. J'ai trois grandes fenêtres qui plongent sur la tranchée d'entretien 9, toujours plongée dans l'obscurité et toujours bruineuse à cause des écoulements abondants du filtre du rucher au-dessus. La vue donne principalement sur des quais de chargement automatique abandonnés et sur des poutrelles rouillées. Mais le loyer est bon marché, merde. Et, n'importe comment, la plupart de mes clients préfèrent appeler au lieu de passer en personne.

— Puis-je m'asseoir ? demanda-t-il, acceptant apparemment l'idée qu'une agence de détectives qui se respecte puisse opérer dans un contexte si sordide.

— Bien sûr, dis-je en lui désignant une chaise. Et à qui ai-je l'honneur… ?

— Johnny.

Il n'était pas du genre, me disais-je, à se faire appeler par son prénom par des inconnus. Quelque chose chez lui criait qu'il était bourré de fric. Ce n'étaient pas ses vêtements, plutôt sobres, de couleur noire et anthracite, bien qu'ils fussent de bonne qualité. Non, c'était plutôt l'impression qu'il donnait d'avoir de la classe. Peut-être son accent, aussi. Je m'y connais assez dans ce domaine, c'est plutôt utile dans ma profession, mais j'étais incapable de situer sa planète natale, et encore moins la région d'où il venait.

— Que puis-je faire pour vous, Johnny ? demandai-je en lui présentant la bouteille de scotch que j'étais sur le point de ranger avant son arrivée.

Il secoua négativement la tête. Il croyait peut-être que je lui suggérais de boire à la bouteille. Merde, j'ai un peu plus de classe que ça, quand même. J'avais des gobelets en carton à côté du distributeur d'eau glacée.

— H. Lamia, me dit-il avec cet accent cultivé qui ne cessait de me turlupiner depuis le début, j'ai besoin de faire une enquête.

— Je suis là pour ça.

Il hésita. Il était timide. Beaucoup de mes clients le sont au moment de m'expliquer ce qu'ils veulent. Rien d'étonnant à ça, vu que quatre-vingt-quinze pour cent des affaires que je traite concernent des divorces et des histoires conjugales. J'attendis patiemment qu'il me déballe son truc.

— Il s'agit d'une question assez délicate, commença-t-il.

— Ouais. Écoutez, euh… Johnny, presque toutes mes activités entrent dans cette catégorie. Je suis assermentée auprès de l'UniRetz, et tout ce qui se passe entre mes clients et moi tombe sous le coup de la loi sur la protection de la vie privée des individus. Tout est strictement confidentiel, y compris le fait que nous parlions ensemble en ce moment. Même si vous décidez de n'avoir pas recours à mes services.

C'était essentiellement du baratin, dans la mesure où les autorités pouvaient avoir accès à mes fichiers en un instant si elles le voulaient. Mais je sentais qu'il fallait mettre ce gus à l'aise d'une manière ou d'une autre. Dieu, ce qu'il était beau !

— Hum… fit-il en regardant de nouveau autour de lui puis en se penchant en avant. H. Lamia, j'ai besoin que vous fassiez une enquête sur un meurtre.

Il avait réussi à m'intéresser. J'avais les pieds sur mon bureau. Je les posai par terre et me penchai en avant en redressant mon fauteuil.

— Un meurtre ? Vous en êtes bien sûr ? Et les flics ?

— Ils ne sont pas concernés.

— C'est impossible, lui dis-je avec le sentiment profondément déçu que j'avais affaire à un détraqué plutôt qu'à un riche client. C'est un crime de dissimuler un meurtre à la police.

En réalité, ce que je pensais, c'était : *Le meurtrier, c'est toi, Johnny ?*

Il sourit tout en secouant la tête.

— Pas dans ce cas, dit-il.

— Que voulez-vous dire ?

— Ce que je veux dire, H. Lamia, c'est qu'un meurtre a bien été commis, mais que la police locale ou hégémonienne n'en a pas connaissance, car cela ne fait pas partie de sa juridiction.

— Impossible, répétai-je tandis qu'au-dehors les étincelles d'un chalumeau de soudage industriel retombaient en cascade dans la tranchée parmi la bruine rouillée. Expliquez-vous.

— Le meurtre dont je vous parle a été commis en dehors du Retz. En dehors du Protectorat. Dans un endroit où il n'y a pas d'autorités locales.

Cela aurait pu se tenir, à la rigueur. Sauf que je ne voyais vraiment pas de quel genre d'endroit il voulait parler. Les mondes coloniaux et même les établissements des Confins ont leurs flics. Peut-être à bord d'un vaisseau spatial ? Même pas. Un tel cas relevait de la juridiction de l'Agence Interstellaire de Transit.

— Je vois, soupirai-je.

Il y avait quelques semaines que j'étais sans boulot.

— Donnez-moi tous les détails, lui dis-je.

— Et cette conversation demeurera secrète même si vous ne vous chargez pas de l'affaire ?

— Absolument.

— Si vous vous en chargez, par contre, vous ne communiquerez vos résultats à personne d'autre que moi ?

— Bien entendu.

Mon client potentiel hésita encore en se frottant le menton. Il avait des mains exquises.

— Très bien, finit-il par dire.

— Commencez par le commencement. Qui a été assassiné ?

Il redressa la tête, comme un écolier que l'on interroge. Son visage respirait la sincérité.

— Moi, répondit-il.

Il me fallut dix bonnes minutes pour lui tirer toute l'histoire. Quand il eut fini, je ne pensais plus qu'il était fou. C'était moi qui avais perdu l'esprit. Ou qui le perdrais si jamais j'acceptais de m'occuper de cette fichue affaire.

Johnny – son vrai nom était un ensemble codé de chiffres, de lettres et de rangées de zéros plus long que mon bras – était un cybride.

J'avais déjà entendu parler des cybrides, comme tout le monde. J'avais même un jour accusé mon ex-mari d'en être un. Mais je ne m'attendais pas à en rencontrer un, ni à me retrouver assise en face de lui dans la même pièce, ni à le trouver si foutrement séduisant.

Johnny était une Intelligence Artificielle. Sa conscience, son ego, appelez ça comme vous voudrez, flottait quelque part dans un infoplan de la méga-infosphère du TechnoCentre. Comme tout le monde, à l'exception, peut-être, du Président du Sénat et des éboueurs des IA, j'ignorais totalement où se trouvait le TechnoCentre. Les IA avaient fait tranquillement sécession de l'autorité humaine plus de trois siècles auparavant, mais c'était pour moi de l'histoire ancienne. Ils continuaient de servir l'Hégémonie en tant qu'alliés et conseillers de la Pangermie, en supervisant l'infosphère et en utilisant, à l'occasion, leur pouvoir de prédiction pour nous éviter des bourdes majeures ou des catastrophes naturelles. Le TechnoCentre, pendant ce temps, poursuivait dans l'ombre ses activités mystérieuses et fondamentalement non humaines.

Pour ma part, je n'avais rien à redire à tout ça.

Habituellement, les IA font leurs affaires avec les humains et leurs machines uniquement par l'intermédiaire de l'infosphère. Ils peuvent créer des holos interactifs si le besoin s'en fait sentir. Je me souviens, par exemple, que, lors du rattachement d'Alliance-Maui, les ambassadeurs du TechnoCentre présents à la signature du traité ressemblaient tous étrangement à l'ancien acteur holo Tyrone Bathwaite.

Les cybrides sont quelque chose d'encore différent. Fabriqués à partir de matériaux génétiques humains, ils nous ressemblent beaucoup plus dans leur aspect physique et leur comportement que de simples androïdes. Et des accords très stricts entre l'Hégémonie et le TechnoCentre limitent sévèrement le nombre de cybrides en circulation.

Je regardai mon Johnny de plus près. Du point de vue d'une IA, le corps splendide et la personnalité fascinante assis en face de moi ne devaient être qu'un prolongement parmi beaucoup d'autres, quelque chose de plus complexe mais pas plus important que les milliers de terminaux, capteurs, manipulateurs, engins autonomes ou télécommandés qu'une IA devait utiliser au cours de sa journée de travail. La destruction d'un « Johnny » ne devait pas troubler cette IA davantage que, pour moi, la perte d'une rognure d'ongle.

Quel gâchis ! me disais-je.

— Un cybride, répétai-je à haute voix.

— Oui. Et tous mes papiers sont en règle. J'ai mon visa délivré par le Retz.

— Parfait, m'entendis-je murmurer. Et… quelqu'un a

donc assassiné votre cybride, et vous voulez que j'enquête pour savoir qui ?

— Pas exactement.

Le jeune homme assis en face de moi avait des boucles auburn qui, au même titre que son accent ou sa coupe de cheveux, m'échappaient momentanément. Son aspect avait quelque chose d'archaïque, bien sûr, mais j'étais certaine d'avoir vu tout cela quelque part.

— Ce n'est pas seulement le corps que vous voyez qui a été tué, reprit-il. Mon agresseur m'a assassiné.

— Vous ?

— Moi.

— Vous en tant que… euh… IA ?

— Précisément.

Je ne saisissais pas très bien. Les IA ne peuvent pas mourir. Pas à la connaissance des citoyens ordinaires du Retz, en tout cas.

— Je ne saisis pas très bien, lui dis-je.

Johnny hocha quelques instants la tête.

— Contrairement à la personnalité humaine, qui peut être… de l'avis général, je pense… détruite par la mort, ma conscience d'IA ne peut être… euh… annihilée. Cependant, à la suite de l'agression dont je vous ai parlé, il y a eu, disons… une interruption. Je possédais, bien sûr, ce que l'on pourrait appeler des… sauvegardes de mes souvenirs, personnalités, etc. Mais il y a eu des pertes. Certaines données ont été détruites. C'est dans ce sens que mon agresseur a commis un meurtre.

— Je vois, mentis-je.

Je pris une longue inspiration avant de demander :

— Pourquoi n'êtes-vous pas allé exposer votre cas aux autorité IA – si elles existent – ou bien aux cyberflics de l'Hégémonie ?

— Pour des raisons tout à fait personnelles, me dit le beau jeune homme dont j'essayais de me persuader qu'il était un cybride. Il est très important et même indispensable que je ne m'adresse pas à ces autorités.

Je haussai un sourcil. Ce langage ressemblait davantage à celui de mes clients habituels.

— Je vous assure, reprit-il, qu'il n'y a absolument rien d'illégal dans cette affaire. Rien qui soit contraire à la morale, non plus. Il s'agit seulement de… faits embarrassants pour moi, à un niveau dont je ne peux pas vous parler.

Je croisai lentement les bras.

— Écoutez, Johnny. Votre histoire est déjà assez tarabiscotée comme ça. Comprenez-moi bien, c'est vous qui dites que vous êtes un cybride. Vous pourriez aussi bien être le roi des arnaqueurs, à ce que j'en sais.

Il parut étonné.

— Je n'y avais pas pensé. Que faut-il que je fasse pour vous prouver que je suis bien ce que je prétends être ?

Je n'hésitai pas une seule seconde.

— Virez un million de marks sur mon compte en banque chez TransRetz, lui dis-je.

Il sourit. Au même instant, l'holophone sonna et l'image d'un homme accablé, avec le logo de TransRetz flottant derrière lui, me dit :

— Excusez-moi, H. Lamia, mais nous voudrions savoir si… euh… avec un dépôt de cette importance, vous seriez intéressée par nos plans d'épargne à long terme, ou par un placement monétaire à revenu minimum garanti.

— Plus tard.

Le directeur de la banque me salua d'une courbette et disparut.

— Il pourrait s'agir d'une simulation, déclarai-je.

Johnny eut un sourire adorable.

— La démonstration serait quand même concluante, non ?

— Pas obligatoirement.

Il haussa les épaules.

— En supposant que je sois celui que je prétends être, accepteriez-vous de vous occuper de cette affaire ?

— D'accord, soupirai-je. Une petite précision, cependant. Mes honoraires ne s'élèvent pas à un million de marks. Ils sont de cinq cents marks par jour, plus les frais.

Le cybride hocha la tête.

— Cela signifie que vous acceptez ?

Je me levai, mis mon chapeau et pris un vieux manteau

accroché à une patère près de la fenêtre. Puis je me baissai pour prendre dans un tiroir du bureau le vieux pistolet de mon père, que je glissai dans ma poche.

— Allons-y, déclarai-je.

— D'accord, me dit Johnny. Mais où ?

— Je veux voir les lieux où vous avez été assassiné.

On dit toujours que les gens comme moi qui sont nés sur Lusus détestent quitter leur ruche et souffrent d'agoraphobie dès qu'ils n'ont pas au moins le toit d'une galerie marchande sur la tête. La vérité est que la grande majorité des affaires dont je m'occupe vient de ou aboutit à des mondes extérieurs. Par exemple suivre la piste de péquenots dont le premier réflexe est d'utiliser le système distrans et de changer d'identité pour mieux se noyer dans la foule, ou retrouver des conjoints volages qui croient qu'en organisant leurs rencontres sur une autre planète ils ne pourront jamais être découverts, ou ramener des adolescents en fuite à leurs parents, ou quelquefois l'inverse.

Je fus tout de même surprise, au point d'hésiter une seconde ou deux, lorsque nous sortîmes du poste distrans reliant Gueuse au Confluent pour nous retrouver sur un plateau rocheux aride et désert qui semblait s'étendre à l'infini. Mis à part le cadre d'airain du portail distrans derrière nous, il n'y avait pas la moindre trace de civilisation aussi loin que portait le regard. L'air avait une odeur d'œuf pourri. Le ciel était un chaudron marron-jaune de nuages maladifs. Le sol autour de nous était gris et pelé, et ne portait aucune trace de vie, pas le moindre lichen. Je n'avais aucune idée véritable de la distance à laquelle se trouvait l'horizon. Mais j'avais l'impression d'être en altitude, et de le voir très, très loin. Il n'y avait ni arbre, ni buissons, ni vie animale entre cet horizon et moi.

— Où sommes-nous donc ? demandai-je.

J'étais certaine, jusqu'à ce moment-là, d'avoir entendu parler de tous les mondes du Retz.

— Madhya, fit Johnny.

— Jamais entendu parler.

Je mis la main dans la poche où se trouvait le vieil automatique de papa, avec sa crosse incrustée de nacre.

— Elle ne fait pas encore partie du Retz, me dit le cybride. Officiellement, c'est une colonie de Parvati. Mais elle ne se trouve qu'à quelques minutes de lumière de la base de la Force sur cette planète, et la liaison distrans a été établie avant que Madhya ne soit admise au sein du Protectorat.

Je contemplai de nouveau la désolation qui s'étendait autour de moi. La puanteur de l'anhydride sulfureux me rendait malade, et j'avais peur de salir mon manteau.

— Il y a des zones habitées ? demandai-je.

— Pas par ici. Il y a quelques villes sur l'autre hémisphère.

— Quelle est l'endroit habité le plus proche ?

— Nanda Devi. Trois cents habitants. Plus de deux mille kilomètres au sud.

— Je ne comprends pas l'intérêt de cette porte distrans.

— Terrains miniers, me dit Johnny avec un large geste qui englobait tout le plateau. Métaux lourds. Le consortium a autorisé l'installation de plus de cent portes de ce genre sur cet hémisphère pour faciliter l'exploitation, qui doit commencer bientôt.

— D'accord. Pour un assassinat, ce n'est pas mal, comme site. Mais qu'est-ce que vous fichiez là ?

— Je l'ignore. Cela fait partie des souvenirs que j'ai perdus.

— Avec qui étiez-vous ?

— Je l'ignore également.

— Que savez-vous, alors ?

Le jeune homme fourra ses jolies mains dans ses poches.

— Celui – ou je ne sais quoi – qui m'a attaqué a utilisé une arme connue dans le Centre sous le nom de virus du sida 2.

— Qu'est-ce que c'est que ce truc ?

— Le sida 2 était une maladie épidémique préhégirienne, qui s'attaquait au système immunitaire humain. Ce… virus agit de la même manière sur les IA. En moins d'une seconde, il s'infiltre à travers les systèmes de sécurité et lance des programmes phagocytaires mortels contre son hôte, c'est-à-dire contre l'IA elle-même, c'est-à-dire *moi*.

— Vous n'auriez donc pas pu attraper ce virus de manière naturelle ?

Il sourit.

— Impossible. Cela revient à demander à la victime d'une arme à feu si ce n'est pas elle qui s'est jetée sur les balles.

Je haussai les épaules.

— Écoutez, si c'est un expert en réseau de données ou en IA qu'il vous faut, vous vous êtes trompé de nana. À part le fait d'utiliser l'infosphère comme vingt milliards d'autres gogos, je n'entrave que pouic à votre monde des ombres, moi.

J'avais utilisé cette dernière expression, tombée en désuétude, exprès pour voir s'il aurait une réaction.

— Je sais, me répondit Johnny, toujours sur le même ton. Mais ce n'est pas pour cela que je vous ai engagée.

— Pourquoi, alors ?

— Pour découvrir l'identité de mon meurtrier et ses motivations.

— Très bien. Pour commencer, qu'est-ce qui vous fait dire que c'est ici qu'on vous a tué ?

— C'est ici que j'ai retrouvé le contrôle de mon cybride lorsque j'ai été... reconstitué.

— Vous voulez dire que votre cybride a été mis hors circuit pendant que le virus vous détruisait ?

— Oui.

— Et combien de temps cela a-t-il duré ?

— Ma mort ? Un peu moins d'une minute, le temps que ma personnalité de secours puisse être activée.

Je me mis à rire. Je ne pouvais pas m'en empêcher.

— Qu'est-ce qui vous amuse tant, H. Lamia ?

— Votre conception de la mort.

Ses yeux noisette prirent un air peiné.

— C'est peut-être drôle de votre point de vue, mais vous ne pouvez pas savoir ce que représente une minute de... déconnexion pour un élément du TechnoCentre. Ce sont des siècles de temps et d'informations qui se perdent. Des millénaires de non-communication.

— Ouais… grognai-je, encore capable de retenir mes larmes sans trop me forcer. Et qu'est-ce que votre corps, votre cybride a fait pendant que vous changiez de bande ou je ne sais quoi ?

— Je suppose qu'il est resté dans le coma.

— Il n'a aucune autonomie de fonctionnement ?

— Si, mais pas en cas d'arrêt général du système.

— Bon. Où avez-vous repris connaissance ?

— Je vous demande pardon ?

— Où se trouvait le cybride quand vous l'avez réactivé ?

Il hocha la tête pour montrer qu'il avait compris. Puis il tendit la main vers un gros bloc qui se trouvait à moins de cinq mètres de la porte distrans.

— Là-bas.

— De ce côté-ci ou de l'autre ?

— De l'autre.

J'allai examiner l'endroit. Pas de traces de sang. Pas le moindre écrit. Pas d'arme du crime oubliée. Pas même une empreinte ni le moindre indice attestant que le corps de Johnny était resté là une éternité ou une minute. Une équipe médico-légale de la police aurait peut-être trouvé là des tas d'indices microscopiques ou biotiques, mais je n'y voyais rien d'autre que de la caillasse.

— Si vous avez réellement perdu la mémoire, lui dis-je, comment pouvez-vous savoir que vous êtes venu ici avec quelqu'un d'autre ?

— J'ai interrogé la mémoire du système distrans.

— Vous vous êtes peut-être donné la peine de vérifier l'identité du porteur de la carte universelle ?

— Nous avons utilisé une seule carte, la mienne.

— Une seule autre personne ?

— Oui.

Je hochai lentement la tête. Les archives distrans auraient suffi à résoudre toutes les énigmes policières intermondes s'il s'était agi de vraie téléportation. Elles auraient permis de reconstituer le sujet de la première à la dernière molécule. Mais le distrans, c'est autre chose. Essentiellement, d'après ce que j'ai compris, il s'agit de percer un trou dans la texture de l'espace-temps au moyen d'une singularité de phase. Si le criminel distrans n'utilise pas sa carte personnelle, les seules données disponibles après son passage sont le point d'origine et la destination.

— D'où veniez-vous ? demandai-je.

— De Tau Ceti Central.

— Vous avez le code ?

— Naturellement.

— Allons-y avant de continuer cette conversation. Cet endroit pue la peau du diable.

TC², comme on surnomme Tau Ceti Central depuis des temps immémoriaux, est sans conteste le monde le plus peuplé de tout le Retz. Outre sa population normale de cinq milliards d'habitants qui se disputent un espace continental représentant moins de la moitié de celui de l'Ancienne Terre, il dispose d'un anneau écologique orbital qui abrite un demi-milliard d'individus supplémentaires. Non seulement TC² est la capitale de l'Hégémonie et le siège du Sénat, mais c'est aussi le centre incontesté des affaires de tout le Retz. Le code que Johnny avait trouvé nous conduisit dans un terminex de six cents portes au cœur de l'une des plus hautes spires de la Nouvelle-Londres, dans l'un des plus vieux quartiers de la ville.

— Bon, si on allait boire quelque chose ? demandai-je.

Le choix ne manquait pas parmi les bars qui entouraient le terminex. Je jetai mon dévolu sur un endroit qui me paraissait relativement calme. Le décor imitait celui d'une taverne de marins. Il y faisait frais et sombre, et il y avait beaucoup de cuivres et de boiseries factices. Je commandai une bière. Je ne bois jamais rien de plus fort que ça et je n'utilise jamais le flashback lorsque je suis sur une affaire. Parfois, j'ai l'impression que c'est ce besoin d'autodiscipline qui me maintient dans la profession.

Johnny commanda également une bière, une brune allemande importée du Vecteur Renaissance. L'idée me traversa qu'il aurait été intéressant de savoir quels vices un cybride comme lui pouvait bien avoir.

— Qu'avez-vous découvert d'autre avant de venir me voir ? demandai-je.

Il écarta les mains.

— Rien du tout.

— Merde, déclarai-je gravement. Vous rigolez ? Avec tous les moyens dont les IA disposent, vous allez me dire que vous êtes incapable de reconstituer les faits et gestes de votre cybride pendant les quelques jours qui ont précédé… l'accident ?

— Oui, dit-il. Ou plutôt, reprit-il après avoir bu une gorgée de bière, je pourrais le faire, mais j'ai d'importantes raisons de m'abstenir. Je ne tiens pas à ce que les autres IA me surprennent en train d'enquêter.

— Vous soupçonnez l'une d'elles ?

Au lieu de me répondre directement, Johnny me tendit une pelure où figurait un relevé de ses achats par carte universelle.

— Le trou consécutif à mon assassinat représente cinq jours standard, me dit-il. Voici les dépenses effectuées pendant cette période.

— Je croyais vous avoir entendu dire que vous n'étiez resté déconnecté qu'une minute.

Johnny se gratta la joue d'un doigt.

— Je m'estime heureux de n'avoir perdu que cinq jours de données.

Je fis signe au serveur humain de m'apporter une autre bière.

— Écoutez, Johnny… ou qui que vous soyez. Je ne pourrai jamais attaquer correctement cette affaire si vous ne m'en dites pas un peu plus sur vous et sur la situation dans laquelle vous vous trouvez. Qu'est-ce qui pourrait inciter quelqu'un à vous tuer s'il sait que vous pourrez vous reconstituer ou je ne sais pas trop quoi ?

— Je vois deux mobiles possibles, me dit Johnny en levant sa bière.

— D'accord. Le premier, c'est de créer le trou de mémoire qu'ils ont réussi à créer. Cela signifie, j'imagine, que ce qu'ils veulent vous faire oublier vous trottait déjà dans la tête depuis une semaine ou deux. Et quel est le deuxième ?

— Me faire passer un message. Mais j'ignore lequel, et de qui.

— Vous ne savez pas qui aurait intérêt à vous supprimer ?

— Non.

— Pas la moindre idée ?

— Pas la moindre.

— La plupart des assassinats sont des actes de colère irréfléchie commis par quelqu'un que la victime connaissait bien. Un membre de la famille, un ami ou un partenaire sexuel. La majorité des crimes prémédités ont pour auteur un proche de la victime.

Johnny demeurait silencieux. Il y avait quelque chose dans son visage que je trouvais incroyablement séduisant. Une sorte de force masculine associée à une sensibilité féminine. Peut-être était-ce son regard.

— Est-ce que les IA ont de la famille ? demandai-je. Se querellent-ils ? Ont-ils des brouilles, des scènes de ménage ?

Il sourit légèrement.

— Non. Nous avons une organisation quasi familiale, mais qui n'implique pas du tout de liens émotionnels ou protecteurs comme ceux des familles humaines. Les « familles » des IA sont essentiellement des classements par groupes qui permettent éventuellement de codifier certains processus de pensée ou d'action.

— Vous ne pensez donc pas que c'est une autre IA qui vous a attaqué ?

— Ce n'est pas impossible, murmura Johnny en faisant tourner lentement son verre dans ses mains. Mais je ne vois pas pourquoi, dans ce cas, on m'aurait attaqué par l'intermédiaire de mon cybride.

— Plus facile ?

— Possible. Mais cela aurait compliqué inutilement les choses pour mon agresseur. Un attentat dans l'infoplan aurait été infiniment plus préjudiciable pour moi. Je ne vois pas non plus de mobile pour une IA. Tout cela n'a guère de sens. Je ne représente un danger pour personne.

— Pourquoi avez-vous un cybride, Johnny ? Si je comprenais votre rôle dans tout ça, je pourrais peut-être trouver un mobile.

Il prit un bretzel et joua quelques instants avec.

— J'ai un cybride… Je *suis* un cybride, en quelque sorte, parce que mon rôle est… d'observer les humains, et de réagir devant eux. Si vous voulez, c'est… parce que j'ai été humain moi-même, autrefois.

Je secouai la tête, les sourcils froncés. Depuis le début, rien de tout ce qu'il m'avait dit n'avait de sens.

— Vous avez peut-être entendu parler des programmes de récupération de la personnalité ? me demanda-t-il.

— Non.

— On en a beaucoup parlé il y a environ une année standard, lorsque les sims de la Force ont recréé la personnalité du général Horace Glennon-Height, pour voir ce qui faisait de lui un si brillant militaire. C'était dans tous les médias.

— Ouais.

— Eh bien, je suis – ou plutôt j'étais – l'aboutissement d'un projet du même genre, mais plus ancien et beaucoup plus complexe. Ma personnalité de base était calquée sur celle d'un vieux poète préhégirien de l'Ancienne Terre, né vers la fin du XVIIIe siècle selon l'ancien calendrier.

— Comment diable peuvent-ils reconstituer une personnalité perdue dans le fin fond du temps ?

— Par ses écrits. Ses poèmes, sa correspondance, ses journaux intimes, et aussi les biographies, les critiques, les témoignages de ceux qui l'ont connu. Mais surtout par sa poésie. Les sims recréent son environnement, incorporent les facteurs connus et extrapolent vers l'amont à partir de ses œuvres. Voilà. C'est ce qu'on appelle la personnalité de base. Elle est un peu rudimentaire, au début, mais la mienne était déjà pas mal dégrossie lorsque j'ai été créé. Notre première tentative portait sur un poète du XXe siècle nommé Ezra Pound. Sa personnalité recréée était têtue jusqu'à l'absurdité la plus totale, pleine de préjugés à un point insensé, et techniquement démente. Il nous a fallu une année entière de tâtonnements pour nous apercevoir qu'elle correspondait bien à la réalité historique. Le personnage était réellement dingue. Génial, mais dingue.

— Bon. Ils ont bâti votre personnalité autour de celle d'un poète mort. Et ensuite ?

— Cela représente le gabarit à partir duquel l'IA est constituée. Le cybride me permet de jouer mon rôle dans la communauté de l'infoplan.

— En tant que poète ?

— Disons plutôt en tant que poème, fit Johnny en souriant de nouveau.

— Poème ?

— Ou œuvre d'art permanente… mais pas au sens humain du terme. Une sorte de puzzle, si vous voulez. Une énigme à géométrie variable, capable d'offrir de temps à autre une ouverture inhabituelle sur des analyses beaucoup plus sérieuses.

— Je ne vous suis vraiment pas.

— Cela n'a pas beaucoup d'importance, je suppose. Je doute fort que ma… finalité ait été la raison de cette agression.

— Quelle en a été la raison, à votre avis ?

— Je n'en ai pas la moindre idée.

Le cercle vicieux s'était refermé.

— Très bien, soupirai-je. Essayons de découvrir ce que vous faisiez et avec qui vous étiez pendant les cinq jours manquants. À part la pelure que vous m'avez donnée, vous ne voyez vraiment pas d'autre indice qui puisse me fournir une piste ?

Il secoua la tête.

— Je suppose que vous comprenez pourquoi il est si important pour moi d'identifier mon agresseur et de connaître ses mobiles, me dit-il.

— Bien sûr. Il pourrait avoir envie de recommencer.

— Précisément.

— Comment vous contacter en cas de nécessité ?

Il me tendit une plaque de communication.

— La ligne est sûre ? demandai-je.

— Absolument.

— Très bien. Je vous ferai signe quand j'aurai du nouveau, éventuellement.

Nous sortîmes du bar pour reprendre le chemin du terminex. Il s'éloignait de son côté lorsque je me mis soudain à courir pour le rattraper.

— Johnny, lui dis-je en lui saisissant le bras, vous ne m'avez pas dit le nom du poète de l'Ancienne Terre qu'ils ont ressuscité.

— Reconstitué.

— D'accord. Celui sur lequel votre personnalité d'IA est calquée.

Le séduisant cybride parut hésiter. Je remarquai la longueur inhabituelle de ses cils.

— Vous croyez que c'est important ? demanda-t-il.

— Qui peut savoir ce qui est important et ce qui ne l'est pas ?

Il hocha doucement la tête.

— Keats. Né en 1795, mort en 1821 de la tuberculose. John Keats.

Suivre la trace de quelqu'un à travers une série de changements distrans est une tâche quasiment impossible à mener à terme. Particulièrement si vous voulez le faire discrètement. Les flics du Retz ont les moyens de le faire, à condition de mettre sur le job cinquante hommes munis d'un équipement coûteux et sophistiqué, et bénéficiant, qui plus est, de la coopération de l'Agence de Transit. En solo, l'entreprise relève de la pure utopie.

Il était cependant vital pour moi de savoir où se rendait mon nouveau client.

Johnny ne se retourna même pas lorsqu'il traversa la place du terminex. Je me dissimulai derrière un kiosque voisin et l'observai sur mon imageur de poche tandis qu'il composait une série de codes sur un disque manuel, insérait sa carte et pénétrait dans le rectangle lumineux.

L'utilisation d'un disque manuel signifiait probablement qu'il visait un accès public, dans la mesure où les codes distrans privés sont généralement gravés sur des plaques non accessibles. Bravo. J'avais réduit la liste des destinations possibles à la bagatelle de deux millions de portes sur cent cinquante planètes du Retz et environ moitié autant de lunes.

D'une main, je fis sortir complètement la « doublure » rouge de mon manteau tout en repassant l'enregistrement de l'imageur dont l'oculaire spécial me permettait d'agrandir la séquence du disque. Je tirai de ma poche une casquette rouge assortie à la couleur de mon nouveau trois-quarts et rabattis la visière sur mon front. À pas rapides, je traversai la place et interrogeai mon persoc sur le code de transfert à neuf chiffres que j'avais lu sur l'imageur. Je savais déjà que les trois premiers chiffres correspondaient au monde de Tsingtao-Hsishuang Panna – je connaissais par cœur tous les préfixes planétaires – et j'appris, un instant plus tard, que le code correspondait à une porte située dans un quartier résidentiel de la cité de Wansiehn, datant de la première vague de l'Expansion.

Je gagnai sans perdre de temps la première cabine disponible et m'y distransportai. Je ressortis sur une petite place de terminex au dallage poli par l'usage. De vieilles échoppes orientales, accolées les unes aux autres, couvraient de leurs toits en pagode des ruelles obscures. La place était pleine de monde. Les gens se tenaient, oisifs, devant les entrées des maisons. La plupart étaient manifestement des descendants des exilés de la Longue Course qui avaient colonisé THP. Beaucoup, cependant, venaient de mondes extérieurs. L'atmosphère était saturée d'odeurs de végétation exotique, d'eaux usées et de riz frit.

— Merde, murmurai-je.

Il y avait trois autres portes distrans juste à côté de la mienne. Johnny avait très bien pu en prendre une aussitôt après son arrivée.

Au lieu de retourner sur Lusus, je passai quelques minutes à explorer la place et les venelles. Entre-temps, les pilules à la mélanine que j'avais avalées avaient fait leur effet, et j'étais une jeune femme noire – ou bien un homme, c'était assez difficile à dire avec ma veste-ballon rouge dernier cri et ma visière polarisée – qui déambulait tranquillement en prenant des instantanés avec son imageur de touriste.

Le cube traceur que j'avais fait fondre dans la deuxième bière allemande de Johnny avait eu largement le temps de faire son effet. Les microspores UV-positives devaient être maintenant en suspension dans l'air. Je pouvais presque suivre à l'odeur ses expirations. Je découvris même la marque jaune vif d'une de ses mains sur un mur noir (jaune vif uniquement à travers ma visière spéciale, bien sûr, et totalement invisible en dehors du spectre UV), puis je suivis la piste des taches plus ou moins nettes faites par ses vêtements imprégnés chaque fois qu'ils avaient frôlé un mur ou un étal.

Johnny était en train de déjeuner dans un restaurant cantonais à moins de deux pâtés de maisons de la place du terminex. Les odeurs de nourriture étaient alléchantes, mais je résistai à l'envie d'y entrer. Je me promenai dans les allées du marché, m'intéressant aux bouquinistes, pendant près d'une heure, avant qu'il se décide à ressortir et retourne sur la place se distransporter de nouveau. Cette fois-ci, il utilisa une plaque codée pour accéder probablement à une porte privée, sans doute celle d'une demeure particulière. Je pris un double risque en le suivant au moyen de ma plaque rémora. D'une part, parce qu'elle est totalement illégale (et me coûtera ma licence si je me fais prendre un jour avec, ce qui est somme toute assez peu probable si je continue d'utiliser la polyplaque du père Silva, d'un coût éhonté, mais efficace et esthétiquement parfaite). D'autre part, parce que je pouvais très bien me retrouver directement dans la chambre à coucher de Johnny, situation pour le moins embarrassante.

Ce ne fut pas le cas. Avant même de lire le nom de la rue, j'avais reconnu le petit supplément familier de gravité, la lumière pâle aux reflets bronzés et l'odeur de mazout et d'ozone de l'atmosphère. J'étais revenue chez moi, sur Lusus.

Johnny s'était distransporté dans l'une des tours résidentielles surveillées du rucher de Bergson. C'était peut-être pour cela qu'il avait jeté son dévolu sur mon agence.

Nous étions presque voisins. Moins de six cents kilomètres nous séparaient.

Mon cybride n'était nulle part en vue. Je m'efforçai de marcher d'un pas décidé afin de ne pas alerter les caméras de surveillance programmées pour réagir devant une démarche suspecte. Il n'y avait pas de liste des résidents, pas de noms ni même de numéros sur les portes des appartements, pas de répertoire accessible au moyen d'un persoc. Selon mes estimations, le rucher de Bergson-Est devait comprendre au moins vingt mille logements.

La trace laissée par les microspores était de plus en plus faible, mais je n'eus à explorer que deux des corridors radiaux avant de retrouver la piste. Johnny habitait une aile éloignée au sol vitrifié, avec vue sur un lac de méthane. Sa serrure palmaire portait une empreinte qui brillait encore faiblement. Je me servis de mon outillage de monte-en-l'air pour prendre un cliché de la configuration, puis je regagnai mon bureau.

Au bout du compte, j'avais réussi brillamment à le surprendre en train de déjeuner, puis de rentrer dormir chez lui. Je décidai d'arrêter les frais pour la journée.

BB Surbringer était mon expert en IA. Il travaillait au Bureau des Archives et de la Statistique du Ministère de la Régulation de l'Hégémonie, où il passait le plus clair de son temps vautré sur une couche à gravité zéro, le crâne hérissé d'une demi-douzaine de microfils qui lui servaient à communier avec d'autres bureaucrates de l'infoplan. Nous nous connaissions depuis la fac, où il était déjà mordu d'informatique, cyberpunk de la plus pure espèce et bidouilleur de la vingtième génération, habitué à la dérivation corticale depuis l'âge de douze années standard. De son vrai nom Ernest, il avait gagné le surnom de BB en sortant avec une de mes amies du nom de Shayla Toyo. Elle l'avait vu nu à leur deuxième rencontre, et cela avait déclenché chez elle un fou rire d'une bonne demi-heure. Ernest mesurait – et mesure toujours – près de deux mètres de haut, pour un poids inférieur à cinquante kilos. Shayla avait raconté partout qu'il avait « un petit cul comme deux boules de billard », et le surnom « BB » lui était resté accroché, comme tout ce qui part d'un mauvais sentiment.

J'allai le trouver dans l'un des monolithes ouvriers sans fenêtres de TC^2. Pour BB et ses pareils, pas question de tour traversant les nuages.

— Tu t'intéresses sur le tard aux sciences informatiques, Brawne ? me demanda-t-il. Je ne crois pas qu'il y ait encore des débouchés pour les gens de ton âge.

— Je veux seulement quelques renseignements sur les IA, BB.

— L'un des sujets les plus complexes de tout l'univers exploré, soupira-t-il en regardant à regret sa dérivation neurale déconnectée et ses électrodes métacorticales.

Les cyberpunks ne redescendent jamais. Les fonctionnaires, cependant, arrêtent pour déjeuner. Et, comme la plupart des cyberpunks, BB n'était jamais à l'aise quand il s'agissait d'échanger des informations autrement que sur le réseau de données.

— Que veux-tu savoir au juste ? me demanda-t-il.

— Pourquoi les IA nous ont-ils laissés tomber ?

Il fallait bien commencer quelque part.

BB décrivit une arabesque complexe avec ses mains.

— Ils disaient qu'ils avaient des projets incompatibles avec leur immersion totale dans les affaires de l'Hégémonie, c'est-à-dire les affaires humaines. En réalité, personne ne connaît leurs motivations véritables.

— Mais ils sont toujours là, pour tout superviser ?

— Évidemment. Le système ne pourrait pas fonctionner sans eux, Brawne. Tu le sais très bien. Même la Pangermie est tributaire de leur gestion en temps réel de la trame de Schwarzschild, et…

— D'accord, l'interrompis-je avant qu'il ne me fasse un discours en cyberjargon. Mais que sais-tu de leurs autres « projets » ?

— Personne n'est au courant. D'après Branner et Swayze, de chez Art Intel, les IA s'efforceraient de faire évoluer la conscience à l'échelle galactique. Nous savons qu'ils ont lancé leurs propres sondes dans les Confins, bien plus loin que...

— Et les cybrides ?

— Les cybrides ? Qu'est-ce qui te fait penser aux cybrides ?

Il s'était redressé et avait pris un air intéressé pour la première fois depuis le début de notre entretien.

— Pourquoi trouves-tu étonnant que je t'en parle, BB ?

Il frotta distraitement son orifice de connexion de dérivation.

— D'abord, presque tout le monde a oublié leur existence. Il y a deux siècles, on n'entendait que des discours alarmistes, on disait que les hommes artificiels allaient prendre le pouvoir et tout le reste. Aujourd'hui, plus personne n'en parle. Par contre, je suis tombé hier sur un avis d'anomalie indiquant que les cybrides sont en train de disparaître.

— De disparaître ?

C'était moi, cette fois-ci, qui venais de me redresser.

— On les retire progressivement de la circulation, tu comprends ? Jusqu'ici, les IA possédaient un millier de cybrides autorisés dans le Retz. La moitié environ étaient basés ici, à TC^2. Le dernier recensement, qui date de huit jours à peine, indique que les deux tiers ont été rappelés ces dernières semaines.

— Que se passe-t-il quand une IA rappelle son cybride ?

— Je n'en sais rien. Je suppose qu'il est détruit. Mais les IA détestent le gaspillage. Sans doute les matériaux génétiques sont-ils recyclés d'une manière ou d'une autre.

— Et pour quelle raison crois-tu qu'ils soient recyclés massivement ?

— Qui peut savoir, Brawne ? Nous n'avons même pas idée de ce à quoi s'occupent les IA la plupart du temps.

— Est-ce que les spécialistes les considèrent – je veux parler des IA – comme une menace potentielle ?

— Tu rigoles ? Il y a six cents ans, peut-être. Il est vrai que leur sécession, il y a deux siècles, nous a rendus soupçonneux. Mais s'ils avaient voulu nuire à l'humanité, il y a longtemps qu'ils auraient eu l'occasion de le faire.

Se demander s'ils vont se retourner un jour contre nous est aussi peu réaliste que de s'inquiéter d'une révolte des animaux de basse-cour.

— Sauf que les IA sont plus malins que nous.

— Oui, bien sûr, il y a cet aspect-là.

— Est-ce que tu as entendu parler des programmes de récupération de la personnalité ?

— Comme le projet Glennon-Height ? Oui, bien sûr, comme tout le monde. J'ai même travaillé sur l'un de ces programmes, il y a quelques années, à l'université de Reichs. Mais cela appartient au passé. Personne ne s'y intéresse plus, aujourd'hui.

— Et pour quelle raison ?

— Bon Dieu ! Tu ne connais vraiment rien à rien, toi ! Les programmes de récupération de la personnalité ont tous été des fiascos retentissants. Même avec les meilleures sims – et ils avaient la coopération du RTH-ECMO de la Force –, il est impossible de tenir compte de toutes les variables de manière satisfaisante. Le gabarit personnel devient conscient… Je ne veux pas dire conscient de sa propre existence, comme toi ou moi, mais conscient d'être une personnalité artificiellement consciente, et cela conduit à des « boucles étranges » rédhibitoires et à des labyrinthes non harmoniques qui se perdent dans un espace eschérien.

— Tu ne pourrais pas traduire ?

BB soupira en jetant un coup d'œil au bandeau horaire bleu et blanc du mur opposé. Son heure de déjeuner obligatoire arrivait à sa fin. Il pourrait bientôt rejoindre le monde réel.

— Cela veut dire, expliqua-t-il, que la personnalité récupérée s'effondre. Perd les pédales. Devient parano. Flippe à mort.

— Tout ça en même temps ?

— En même temps.

— Mais les IA continuent de s'intéresser à cette technique ?

— Bof ! Qui peut savoir ? À ma connaissance, ils n'ont jamais mené aucun de ces projets à terme. La plupart étaient des travaux universitaires, dirigés par des humains, et qui se sont soldés par des ratages. Des universitaires poussiéreux essayant de faire revivre, avec des budgets monstrueux, d'autres universitaires poussiéreux.

J'eus un sourire forcé. Dans trois minutes, il allait pouvoir se rebrancher.

— Est-ce que toutes les personnalités récupérées ont reçu des cybrides annexes ? demandai-je.

— Quelle idée ! Ça ne s'est jamais fait ! Ça n'aurait pas marché.

— Pourquoi ?

— Ça n'aurait fait que bousiller la stimsim. Sans compter qu'il faudrait disposer de clones parfaits et d'un environnement interactif précis jusque dans ses moindres détails. Vois-tu, ma grosse, avec ces personnalités reconstituées, il fallait recréer tout un univers pour pouvoir glisser quelques questions par l'intermédiaire de rêves ou de scénarios interactifs. Mais de là à extraire une personnalité de sa réalité sim pour la transporter dans le temps ralenti…

C'était le terme que les cyberpunks employaient depuis une éternité pour désigner – pardonnez-moi l'expression – le monde réel.

— Ce serait la rendre dingo encore plus vite, acheva-t-il.

Je secouai plusieurs fois la tête.

— Bon, ben… merci, BB.

Je me dirigeai vers la porte. Encore trente secondes, et mon vieux copain de fac pourrait s'échapper du temps ralenti pour rejoindre *son* monde réel.

— BB, lui dis-je quand même, en me ravisant. Tu n'aurais pas entendu parler d'une personnalité reconstituée à partir d'un ancien poète de la Terre, nommé John Keats ?

— Keats ? Bien sûr. On en parlait beaucoup dans le programme, l'année de mon diplôme. C'est Martin Carollus qui a conduit cette expérience à la Nouvelle-Cambridge, il y a une cinquantaine d'années de ça.

— Et ça s'est terminé comment ?

— Comme d'habitude. La perso a craqué. Mais avant

de se perdre dans les boucles étranges, elle est morte en sim. D'une maladie ancienne.

BB regarda la montre, sourit et prit sa dérivation. Avant de l'enficher dans son orifice crânien, il se tourna vers moi avec un sourire déjà béat.

— Je me souviens, dit-il. C'était la tuberculose.

Si notre société devait un jour opter pour une dictature à la George Orwell, le meilleur instrument d'oppression serait sans doute le sillage laissé par la carte bancaire. Dans une économie sans espèces, avec un marché noir de troc réduit à l'état de curiosité historique, les activités d'un individu pourraient être pistées en temps réel par la simple étude du sillage monétaire tracé par sa carte universelle. Il y avait des lois très strictes sur la protection des libertés individuelles, mais les lois ont la mauvaise habitude de s'effacer ou de se faire abroger chaque fois que la pression sociale se transforme en poussée totalitaire.

Le sillage monétaire concernant les cinq jours qui avaient précédé l'assassinat de Johnny indiquait qu'il s'agissait d'un homme modéré dans ses habitudes et dans son train de vie. Avant de me lancer sur les pistes ouvertes par la pelure qu'il m'avait donnée, j'avais déjà vérifié cela par moi-même en le filant discrètement pendant deux jours où il ne s'était rien passé de notable.

Il vivait seul dans le rucher de Bergson-Est, et une vérification de principe m'apprit qu'il n'avait pas changé d'adresse depuis sept mois locaux, soit un peu moins de cinq mois standard. Le matin, il déjeunait dans un bar du voisinage, puis se distransportait sur le Vecteur Renaissance, où il travaillait cinq ou six heures d'affilée dans une bibliothèque. Renseignements pris, il semble qu'il rassemblait des informations à partir de documents écrits appartenant aux archives. Il prenait ensuite un repas léger au comptoir d'un marchand ambulant, puis retournait travailler une heure ou deux. Pour terminer sa journée, il se distransportait dans son appartement de Lusus ou dans l'un de ses restaurants favoris sur un autre monde.

Il rentrait rarement après vingt-deux heures. Il utilisait le distrans un peu plus que la moyenne de ses concitoyens de Lusus, mais son emploi du temps n'était pas beaucoup plus mouvementé. Les pelures confirmaient qu'il n'avait rien fait d'extraordinaire, la semaine où il avait été assassiné, à part quelques emplettes : une paire de chaussures un jour, de l'épicerie le lendemain, et une visite dans un bar de Renaissance V le jour du « meurtre ».

Je le retrouvai à l'heure du dîner dans le petit restaurant de la rue du Dragon-Rouge, près de la porte distrans de Tsingtao-Hsishuang Panna. Les plats étaient très épicés, à vous emporter le palais, mais excellents.

— Comment ça se passe ? me demanda-t-il.

— Au poil. J'ai mille marks de plus que le jour où je vous ai connu à mon compte en banque, et j'ai découvert un fameux restaurant cantonais.

— Ravi de voir que mon argent sert à quelque chose de noble.

— À propos de votre argent… D'où vous vient-il ? Ce n'est pas en fréquentant une petite bibliothèque du Vecteur Renaissance que vous devez vous remplir les poches.

Il haussa un sourcil.

— J'ai fait un… modeste héritage.

— Pas trop modeste, j'espère. J'aimerais bien continuer d'être payée.

— Cela suffira amplement à nos besoins, H. Lamia. Qu'avez-vous découvert d'intéressant ?

Je haussai les épaules.

— Dites-moi ce que vous faites à la bibliothèque.

— Je ne vois pas le rapport.

— Il y en a peut-être un.

Il me jeta un drôle de regard. Je me sentis soudain les jambes en coton.

— Vous me rappelez quelqu'un, murmura-t-il d'une voix douce.

— Ah ?

Venant de n'importe qui d'autre, cette réplique aurait eu le don de me refroidir.

— Qui ? demandai-je.

— Une... femme que j'ai connue... il y a très longtemps.

Il se passa la main sur le front, comme s'il était soudain très las ou comme si la tête lui tournait.

— Comment s'appelait-elle ?

— Fanny.

Il avait presque chuchoté ce nom. Je savais de qui il voulait parler. John Keats avait eu une fiancée nommée Fanny. Leur histoire d'amour avait été une succession de frustrations romantiques qui l'avaient conduit presque au bord de la folie. Au moment de sa mort, en Italie, seul à l'exception d'un compagnon de voyage, se sentant abandonné de ses amis et de sa bien-aimée, il avait demandé qu'un paquet de lettres non ouvertes et une boucle de la chevelure de Fanny soient déposés à côté de lui dans sa tombe.

Je n'avais jamais entendu parler de John Keats avant la visite de Johnny, mais j'avais eu le temps de me documenter depuis sur toutes ces conneries avec mon persoc.

— Vous ne voulez pas me dire ce que vous faites à la bibliothèque ? insistai-je.

Le cybride s'éclaircit la voix.

— Je cherche un poème. Ou des fragments de l'original.

— Un poème de Keats ?

— Oui.

— Ce ne serait pas plus facile d'interroger votre persoc ?

— Naturellement. Mais il est important pour moi de voir l'original... De le toucher.

Je méditai quelques instants sur ce qu'il venait de dire.

— De quoi parle ce poème ?

Il sourit... ou, du moins, ses lèvres sourirent tandis que ses yeux noisette demeuraient pensifs.

— Il s'appelle *Hypérion*. Il est difficile de vous expliquer... de quoi il parle. D'échec artistique, je suppose. Keats ne l'a jamais achevé.

Je repoussai mon assiette pour tremper mes lèvres dans ma tasse de thé tiède.

— Vous dites que Keats ne l'a jamais achevé. Cela veut-il dire que *vous* ne l'avez jamais achevé ?

L'étonnement que je lus alors sur son visage n'était pas simulé… à moins que les IA ne soient des acteurs consommés, ce qu'ils étaient peut-être bien, après tout.

— Mais, bon Dieu, murmura-t-il, comprenez que je ne suis pas John Keats. Le fait que ma personnalité soit calquée sur un gabarit de récupération ne fait pas plus de moi John Keats que vous n'êtes un monstre parce que vous vous appelez Lamia. Il y a un million d'influences diverses qui me distinguent de ce pauvre génie mélancolique.

— Vous avez pourtant dit que je vous rappelais Fanny.

— L'écho d'un rêve. Même pas. Il vous est déjà arrivé de prendre des stimulants mémoriels à base d'ARN, je suppose ?

— Quelquefois.

— C'est un peu comme ça. Des souvenirs… creux.

Un serveur humain nous apporta des biscuits-horoscopes.

— Cela vous intéresserait-il de visiter le vrai Hypérion ? lui demandai-je.

— Qu'est-ce que c'est que ça ?

— Le monde des Confins. Quelque part au-delà de Parvati, je crois.

Johnny avait l'air intrigué. Il venait de déchirer l'emballage de son biscuit, mais n'avait pas encore lu l'horoscope.

— On l'a aussi appelé le monde des Poètes, je crois, poursuivis-je. Et il y a une ville qui porte votre nom… ou celui de Keats.

Le jeune homme secoua la tête.

— Je regrette, dit-il, mais je n'en ai jamais entendu parler.

— Comment est-ce possible ? Les IA ne savent donc pas tout ?

Il eut un rire bref et sec.

— Celle à qui vous avez affaire est tout à fait ignare.

Il lut l'horoscope : GARDEZ-VOUS DE VOS IMPULSIONS.

Je croisai les bras.

— Vous savez, à part votre tour de passe-passe avec la banque, je n'ai toujours pas de preuve que vous soyez ce que vous prétendez.

— Donnez-moi la main, dit-il.

— La main ?

— Oui. Celle que vous voudrez. Là.

Il emprisonna ma main droite dans ses deux mains. Ses doigts étaient plus longs que les miens, mais moins musclés.

— Fermez les yeux, me dit-il.

Je lui obéis. Sans transition, je me retrouvai… nulle part. Ou plutôt quelque part au milieu de l'infoplan gris-bleu, planant au-dessus des autoroutes d'informations jaune de chrome, survolant, contournant par-dessous ou traversant de grandes cités rutilantes abritant des banques de données monumentales, des gratte-ciel écarlates enrobés de cocons de sécurité de glace noire, des entités simples comme des comptes courants personnels ou des grands comptes illuminant la nuit telles des raffineries en train de brûler. Au-dessus de tout cela, hors de vue, comme en suspens dans un espace distordu, était la gigantesque *masse* des IA, dont les communications les plus simples pulsaient comme de violents éclairs de chaleur le long d'horizons infinis. Quelque part, au loin, presque perdus dans le dédale des néons tridimensionnels délimitant une infime seconde d'arc dans l'incroyable infosphère d'un tout petit monde, je devinai plutôt que je ne distinguai deux yeux noisette qui m'attendaient tranquillement.

Johnny me lâcha la main. Puis il déchira l'emballage de mon biscuit et lut mon horoscope : INVESTISSEZ SAGEMENT DANS DES ENTREPRISES NOUVELLES.

— Doux Jésus ! chuchotai-je.

BB m'avait déjà emmenée faire un tour dans l'infosphère ; mais sans dérivation, l'expérience n'avait été qu'une ombre sans consistance à côté de celle-ci. C'était la même différence qu'entre une photo en noir et blanc représentant un feu d'artifice et le feu d'artifice lui-même.

— Comment faites-vous ça ? lui demandai-je.

— Pensez-vous faire avancer l'enquête demain ?

— Demain, répliquai-je, recouvrant mon sang-froid, j'ai l'intention de résoudre cette affaire.

Enfin, peut-être pas résoudre, mais démarrer pour de bon, au moins. Le dernier débit porté sur la pelure de Johnny indiquait le bar de Renaissance V. Je m'y étais rendue dès le premier jour, naturellement. J'avais discuté avec plusieurs habitués, car il n'y avait pas de personnel humain, mais je n'avais trouvé personne qui se souvînt de Johnny. J'y étais retournée deux fois, sans avoir davantage de succès. Mais le troisième jour, j'avais bien l'intention de rester jusqu'à ce que quelque chose craque.

Le bar était loin d'avoir la classe de la taverne aux boiseries et aux cuivres où Johnny et moi étions allés sur TC^2. Celui-ci était coincé à l'étage d'une bâtisse lépreuse dans un quartier délabré à deux rues de la bibliothèque où Johnny passait ses journées. Ce n'était pas le genre d'endroit où il avait l'habitude de s'arrêter en allant sur la place où se trouvaient les cabines distrans, mais c'était le lieu parfait pour discuter en privé avec quelqu'un qu'il aurait rencontré à la bibliothèque ou en chemin.

Il y avait six heures que j'étais là, et je commençais à en avoir marre des cacahuètes salées et de la bière éventée lorsqu'un vieux dépenaillé entra. Je compris tout de suite qu'il s'agissait d'un habitué à sa manière de pousser la porte sans s'arrêter ni regarder autour de lui et de se diriger droit sur une petite table, dans le fond, où il commanda un whisky avant même que le mécaserveur fût parvenu à sa hauteur. Lorsque je m'approchai de sa table, je m'aperçus qu'il n'était pas tant dépenaillé qu'accablé, à l'image des hommes et des femmes que j'avais aperçus dans les boutiques ou aux étals du voisinage. Il leva vers moi des yeux rougis et résignés.

— Vous permettez que je m'assoie cinq minutes ?

— Ça dépend, frangine. Vous vendez quoi ?

— Je ne vends pas, j'achète.

Je m'assis, posai ma chope sur la table et fis glisser vers

lui une photo bidim de Johnny en train d'entrer dans la cabine distrans de TC[2].

— Vous avez déjà vu ce gus ?

Il jeta un coup d'œil à la photo, puis reporta toute son attention sur son whisky.

— C'est possible.

Je fis signe au méca de nous servir une autre tournée.

— Si vous l'avez vu, c'est votre jour de chance.

Il renifla et frotta le dos de sa main contre sa joue grise mal rasée.

— Si ce que vous dites est vrai, ce sera bien la première fois depuis une putain d'éternité. Combien ? Et quoi ? ajouta-t-il en plissant les yeux.

— Des renseignements. La somme dépendra de leur quantité. Vous l'avez vu ?

Je sortis de la poche de ma tunique une coupure de cinquante marks achetée au marché noir.

— Ouais.

La coupure glissa sur la table, mais je gardai la main dessus.

— Quand ?

— Mardi dernier. Le matin.

C'était la bonne date. Je lui laissai les cinquante marks et sortis un nouveau billet.

— Il était seul ?

Le vieil homme s'humecta les lèvres.

— Attendez que je réfléchisse. Je ne crois pas... Non. Il était là-bas... (Il désigna une table, dans le fond.) Il y en avait deux autres avec lui. L'un d'eux... C'est grâce à ça que je me suis rappelé...

— Quoi ?

Il se frotta le pouce et l'index en un geste aussi éternel que la rapacité humaine.

— Parlez-moi de ces deux hommes, l'encourageai-je.

— Le jeune... votre ami... il était avec un de ces mecs, vous savez, ces écolos qui portent la robe et qu'on voit souvent à la TVHD... avec leurs foutus arbres...

Des arbres ?

— Un Templier ! m'écriai-je, sidérée.

Qu'est-ce qu'un Templier faisait dans un bar de Renaissance V ? S'il en avait après Johnny, pourquoi portait-il sa robe ? C'était comme si un assassin allait faire son coup en costume de clown.

— C'est ça. Un Templier. Une robe brune, et l'air oriental.

— Un homme ?

— Je vous l'ai déjà dit.

— Vous ne pouvez pas le décrire mieux ?

— Non. Un Templier. Une grande perche. J'ai pas pu bien voir sa gueule.

— Et l'autre ?

Le vieux haussa les épaules. Je sortis un nouveau billet et le posai avec l'autre à côté de mon verre.

— Est-ce qu'ils sont arrivés ensemble ? Les trois hommes ?

— Je ne me... Attendez. Le Templier et votre copain sont arrivés les premiers. J'ai remarqué la robe avant que le deuxième les rejoigne.

— Décrivez-moi le deuxième.

Il fit signe au mécaserveur de lui remettre ça. Je tendis ma carte de crédit, et le méca s'éloigna sur ses répulseurs bruyants.

— Comme vous, dit-il. Un peu comme vous.

— Trapu ? Avec des jambes et des bras costauds ? Un Lusien ?

— Ouais. J'sais pas, j'suis jamais allé là-bas.

— Quoi d'autre ?

— Pas de cheveux sur le front. Juste un truc comme ma petite nièce en avait dans le temps. Une queue de...

— Une queue de cheval.

— Ouais.

Il tendit la main vers les billets.

— Encore une ou deux questions, lui dis-je. Ils se sont disputés ?

— Non. J'crois pas. Ils parlaient tranquillement dans leur coin. Y a pas grand monde à cette heure-là.

— Quelle heure était-il ?

— Dix heures du matin, environ.

Cela coïncidait avec les indications de la pelure.

— Vous n'avez pas du tout entendu leur conversation ?

— Non.

— Qui parlait le plus ?

Il but une gorgée et plissa le front sous l'effort de la réflexion.

— Le Templier, au début. Votre copain se contentait de répondre à ses questions, je crois. À un moment, il a eu l'air surpris.

— Choqué ?

— Non. Juste étonné. Comme si le mec à la robe brune lui avait dit une chose à laquelle il ne s'attendait pas.

— Vous avez dit que le Templier parlait beaucoup au début. Et ensuite, qui parlait le plus ? Mon copain ?

— Non. Celui à la queue de cheval. Ensuite, ils sont sortis.

— Ils sont sortis tous les trois ?

— Non. Seulement votre copain et le mec à la queue de cheval.

— Le Templier est resté en arrière ?

— Ouais. Enfin, j'crois bien. J'me suis levé pour aller aux chiottes. Quand j'suis revenu, j'crois bien qu'il était plus là.

— De quel côté sont partis les deux autres ?

— J'en sais rien, merde ! J'étais là pour boire un coup, pas pour jouer aux espions !

Je hochai la tête. Le méca s'approcha aussitôt de nous, mais je l'écartai d'un signe de main. Le vieil homme fronça les sourcils en le regardant s'éloigner.

— Vous dites qu'ils ne se disputaient pas quand ils sont sortis ? Rien ne pouvait laisser croire que l'un des deux forçait l'autre à partir ?

— Qui ça ?

— Mon copain et celui à la queue de cheval.

— Ben… Qu'est-ce que j'en sais, moi ?

Il reluqua l'argent entre ses mains crasseuses, puis le whisky dans le compartiment vitré du mécaserveur. Il devait se dire qu'il n'obtiendrait plus de moi ni l'un ni l'autre.

— Et d'abord, pourquoi voulez-vous savoir tous ces trucs ?

— Je suis à la recherche de mon copain, lui dis-je.

Je regardai autour de moi. Il y avait une vingtaine de consommateurs attablés. La plupart semblaient être des habitués.

— Qui d'autre aurait pu les voir ? demandai-je. Y a-t-il quelqu'un d'autre ici qui se trouvait dans la salle ce jour-là ?

— Personne, fit-il d'une voix pâteuse.

Je m'aperçus pour la première fois que ses yeux avaient exactement la même couleur que le whisky qu'il éclusait. Posant un dernier billet de vingt marks sur la table, je me levai en disant :

— Merci, mon vieux.

— À vot' service, frangine.

Le méca roulait déjà vers lui avant que j'aie atteint la porte.

Je retournai vers la bibliothèque, m'arrêtai quelques instants sur la place pleine de monde où se trouvaient les cabines distrans et fis le point de la situation. Jusqu'à présent, le scénario se présentait comme suit : Johnny avait rencontré le Templier, ou bien celui-ci l'avait abordé, soit à la bibliothèque, soit en chemin, quand il était sorti vers le milieu de la matinée. Ils avaient cherché un endroit tranquille pour discuter, et ils étaient entrés dans ce bar. Là, le Templier avait dit quelque chose qui avait surpris Johnny. Un homme avec une queue de cheval – peut-être un Lusien – les avait rejoints et s'était mêlé à leur conversation. Johnny et Queue de cheval étaient ressortis ensemble. Quelque temps après, Johnny s'était distransporté sur TC puis, de là, en compagnie d'une autre personne qui pouvait être Queue de cheval ou le Templier, sur Madhya, où quelqu'un avait tenté de l'assassiner. Ou, plutôt, *l'avait* assassiné.

Trop de trous dans ce scénario. Trop d'inconnues et

d'inconnus. C'était bien maigre comme résultat d'une journée de travail.

J'étais en train de me demander si je devais retourner sur Lusus lorsque mon persoc grésilla sur la fréquence com privée que j'avais communiquée à Johnny.

— H. Lamia, dit-il d'une voix âpre. Venez immédiatement, s'il vous plaît. Je crois qu'ils ont recommencé. À vouloir me tuer.

Les coordonnées qui suivirent étaient celles de son rucher de Bergson-Est. Je courus jusqu'aux cabines distrans.

La porte de l'appartement était entrebâillée. Il n'y avait personne dans le corridor. Aucun bruit ne venait de l'appartement. J'ignorais ce qui s'était passé au juste, mais cela n'avait pas alerté la police.

Je sortis l'automatique de papa de la poche de mon manteau, introduisis une cartouche dans la chambre et activai le laser de visée, tout cela en un seul mouvement.

J'entrai baissée, les deux bras tendus, le point rouge glissant sur les murs sombres, la gravure bon marché sur la cloison opposée, le couloir noir menant à l'intérieur de l'appartement. Le vestibule était vide. Le séjour et la fosse des médias étaient déserts.

Johnny gisait par terre dans la chambre, la tête contre le bord du lit. Le drap était imprégné de sang. Il lutta pour se redresser, mais retomba. La porte-fenêtre, derrière lui, était ouverte, et un vent moite et pollué montait de l'avenue.

J'allai jeter un coup d'œil à l'unique placard, au petit couloir et au coin cuisine, puis je retournai inspecter la terrasse. La vue était spectaculaire de ce perchoir situé à deux cents mètres d'altitude au moins sur la paroi de la ruche. Elle embrassait les dix ou vingt kilomètres du boulevard. Le faîte de la ruche, ou du moins sa partie visible, était une masse sombre, hérissée de poutrelles, qui se trouvait à une centaine de mètres au-dessus de la terrasse. Des milliers de lumières, des néons et des publicités holos illuminaient l'avenue, formant au loin un nuage électrique de lumière floue.

Il y avait des centaines de terrasses semblables sur cette paroi de la ruche, et elles étaient toutes désertes. La plus proche se trouvait à vingt mètres de distance. C'était le genre de truc que les agents immobiliers ne manquaient pas de souligner comme un avantage extraordinaire. Johnny avait dû payer les yeux de la tête pour avoir un appartement en façade. Pourtant, ces terrasses étaient totalement inutilisables en raison des violents appels d'air créés par les systèmes de ventilation du toit. Les courants d'air transportaient non seulement les poussières et les débris habituels, mais ils étaient chargés, également, des inévitables odeurs de mazout et d'ozone propres à tous les ruchers.

Je rangeai mon automatique et me penchai sur Johnny. La blessure allait de la naissance de ses cheveux à son sourcil gauche. Rien de profond, mais ce n'était pas joli à voir. Lorsque je revins de la salle de bains avec un pansement adhésif pour l'appliquer sur son front, il s'était déjà redressé tout seul.

— Que s'est-il passé ? lui demandai-je.

— Deux hommes... Ils m'attendaient dans la chambre quand je suis entré. Ils ont neutralisé l'alarme de la terrasse.

— Il faudra vous faire rembourser votre abonnement sécurité. Et ensuite ?

— J'ai résisté. Ils voulaient m'entraîner sur le palier. L'un d'eux avait une seringue, mais j'ai réussi à la lui faire sauter des mains.

— Qu'est-ce qui les a fait fuir ?

— J'ai déclenché l'alarme intérieure.

— Mais pas celle du rucher ?

— Non. Je ne voulais pas que la sécurité intervienne.

— Comment avez-vous été blessé ?

Il eut un sourire gêné.

— C'est ma faute. Quand ils m'ont lâché, j'ai voulu les poursuivre et j'ai glissé. Je suis tombé sur le coin de la table de nuit.

— Pas très glorieux comme bagarre, ni d'un côté ni de l'autre.

J'allumai une lampe et me penchai sur la moquette jusqu'à ce que je trouve la seringue, qui avait roulé sous le lit.

Johnny la regarda comme si c'était un serpent à sonnettes.

— Qu'en dites-vous ? demandai-je. Encore le sida 2 ?

Il secoua négativement la tête.

— Je connais un endroit où ils pourront l'analyser, lui dis-je. Mais, à mon avis, ce doit être un simple somnitrank. Ils voulaient vous forcer à les suivre. Ils n'avaient pas l'intention de vous supprimer.

Johnny toucha son pansement en faisant la grimace. Le sang continuait de couler.

— Pourquoi voudrait-on enlever un cybride ? murmura-t-il.

— Je n'en sais pas plus que vous. Mais je commence à me demander si cette fameuse tentative de meurtre n'était pas plutôt une tentative d'enlèvement.

Il secoua de nouveau la tête, sans rien dire.

— Est-ce que l'un des deux hommes avait une queue de cheval ? fis-je à brûle-pourpoint.

— Je n'en sais rien. Ils portaient tous les deux une casquette et un masque à osmose.

— Est-ce que l'un d'eux aurait pu être assez grand pour être un Templier, ou assez fort pour être un Lusien ?

— Un Templier ? fit Johnny, surpris. Non. Le premier était de taille moyenne. Celui qui tenait la seringue, par contre, aurait pu être un Lusien. Il était assez costaud.

— Vous avez donc pu résister les mains nues à un Lusien. Utiliseriez-vous par hasard des bioprocesseurs ou des implants amplificateurs dont vous ne m'auriez pas encore parlé ?

— Non. J'étais simplement hors de moi.

Je l'aidai à se remettre debout.

— Ainsi, les IA peuvent se mettre en colère ?

— Moi oui.

— Venez. Je connais une clinique automatique qui fait de bons prix. Ensuite, vous resterez quelque temps chez moi.

— Chez vous ? Pourquoi ?

— Vous êtes monté en grade. Vous n'avez pas seulement besoin d'une détective, à présent, mais d'une protection rapprochée.

Mon logement n'était pas répertorié comme un appartement dans le plan de zonage du Rucher. C'était un loft, un entrepôt rénové repris à l'un de mes amis qui avait eu quelques ennuis avec des requins de la finance. Il avait décidé, sur le tard, d'émigrer vers l'une des colonies des Confins, et j'estimais avoir fait une bonne affaire en prenant cet endroit situé à un kilomètre de mon bureau. L'environnement était peut-être un peu pénible, et le vacarme des docks éclipsait parfois les conversations, mais je disposais de dix fois plus de place que je n'en aurais eu dans un appartement normal, et cela me permettait d'utiliser mes haltères et tout mon équipement à domicile.

Johnny semblait sincèrement intrigué par cet endroit. Pour ma part, je me serais donné des baffes tellement j'étais contente. Encore un peu et je me serais mis du rouge aux lèvres et aux ongles pour plaire à ce cybride.

— Pourquoi êtes-vous venu vous établir sur Lusus ? lui demandai-je. La plupart des gens qui sont nés sur un autre monde ont du mal à s'adapter à la gravité et trouvent les paysages insipides. Sans compter que vos recherches se font à la bibliothèque de Renaissance V. Qu'est-ce qui vous attire ici ?

J'écoutai gravement et attentivement ses explications. Ses cheveux étaient drus sur le sommet de la tête, avec une raie au milieu, et retombaient sur son col en petites boucles auburn. Il appuyait souvent la joue contre son poing quand il parlait. Je m'avisai subitement, en l'écoutant, que son intonation était en fait une absence d'accent propre à quelqu'un qui a appris un langage de toutes pièces, de manière parfaite mais sans les raccourcis nonchalants d'une personne dont c'est la langue maternelle. De plus, au fond de tout cela, je distinguais un rien d'accent chantant qui me rappelait la façon de parler d'un monte-en-l'air que j'avais connu autrefois et qui avait grandi sur Asquith, un monde éloigné et tranquille du Retz, colonisé par les premiers immigrants de l'Expansion, originaires d'une région de l'Ancienne Terre appelée Îles Britanniques.

— J'ai vécu sur un grand nombre de mondes, me dit Johnny. Ma fonction est d'observer.

— En tant que poète ?

Il secoua la tête, fit la grimace et porta la main à son pansement.

— Non. Je ne suis pas un poète. C'est *l'autre* qui l'était.

Malgré les circonstances, il émanait de Johnny une énergie et une vitalité que j'avais rencontrées chez très peu d'hommes. Je ne sais comment l'expliquer, mais j'avais vu des salles entières, pleines de personnages importants, se défaire puis se refaire autour de personnalités comme la sienne. Il ne s'agissait pas seulement de ses réticences et de sa sensibilité, mais d'une sorte d'intensité qu'il émettait même lorsqu'il se contentait d'observer.

— Et vous, demanda-t-il, pourquoi vivez-vous ici ?

— J'y suis née.

— Vous avez quand même passé toute votre enfance sur Tau Ceti Central. Votre père était sénateur.

Je ne répondis pas.

— Beaucoup de gens s'attendaient à vous voir vous lancer dans la politique, poursuivit-il. Est-ce le suicide de votre père qui vous en a dissuadée ?

— Ce n'était pas un suicide.

— Ah bon ?

— La justice et les médias ont conclu au suicide, murmurai-je d'une voix sans intonation, mais c'est faux. Mon père n'aurait jamais fait ça.

— Il a donc été assassiné ?

— Oui.

— Malgré l'absence de tout suspect ou de mobile plausible ?

— Oui.

— Je vois, me dit Johnny, dont les cheveux brillaient comme de l'airain à la lueur des lumières du dock qui filtraient à travers les vitres poussiéreuses. Cela vous plaît d'être détective ?

— Quand le boulot me réussit. Vous avez faim ?

— Non.

— Allons nous coucher, dans ce cas. Vous pouvez prendre le canapé.

— Et cela vous réussit souvent ? Le métier de détective ?

— Nous verrons ça demain.

Le lendemain matin, Johnny se distransporta sur le Vecteur Renaissance à peu près à son heure habituelle, attendit un moment sur la place puis reprit le distrans jusqu'au Musée de la Colonisation sur Sol Draconi Septem. De là, il rejoignit le terminex principal de Nordholm et se distransporta, pour finir, sur la planète des Templiers appelée le Bosquet de Dieu.

Nous avions tout synchronisé à l'avance. Je l'attendais sur Renaissance V, dans l'ombre de la colonnade.

La troisième personne qui passa après Johnny fut un homme avec une queue de cheval. Un Lusien, aucun doute là-dessus. Avec son teint pâle, sa corpulence, sa musculature et sa démarche arrogante, il aurait pu être mon frère perdu depuis longtemps.

Il ne regarda pas une seule fois dans la direction de Johnny, mais je peux dire qu'il fut surpris de voir le cybride se diriger, en un mouvement tournant, vers les portes donnant sur les mondes extérieurs. Je demeurai dans l'ombre et ne pus qu'entrevoir sa carte, mais j'aurais parié n'importe quoi qu'il s'agissait d'un traceur.

Il se montra extrêmement prudent à l'intérieur du musée. Il ne perdait pas Johnny de vue, mais regardait souvent derrière lui également. Je portais une chasuble de méditation zen gnostique, avec visière d'isolation et tout le reste, et je ne tournai pas une seule fois la tête vers eux en contournant le bâtiment vers le portail distrans pour me retrouver directement sur le Bosquet de Dieu.

Cela me faisait une drôle d'impression, de laisser Johnny tout seul derrière moi pour traverser le musée et le terminex de Nordholm. Mais il s'agissait, dans les deux cas, de lieux publics très fréquentés, et le risque était calculé.

Johnny franchit le portail d'accès de l'Arbre-monde juste à l'heure prévue. Il acheta un billet d'excursion. Son suiveur dut se dépêcher pour ne pas le perdre, courant à découvert pour sauter dans le glisseur omnibus avant son départ. J'étais déjà installée sur le pont arrière. Johnny trouva une place à l'avant, comme convenu. Je portais maintenant des vêtements de touriste, et mon imageur n'était que l'un des dix ou douze en action au moment où Queue de cheval se dépêcha de prendre place au troisième rang derrière Johnny.

La visite guidée de l'Arbre-monde est toujours quelque chose de très marrant. Papa me l'avait fait faire dès l'âge de trois années standard. Cette fois-ci, cependant, tandis que le glisseur se faufilait entre des rameaux de la taille d'une autoroute ou contournait un tronc de l'épaisseur du mont Olympe, je m'aperçus que je réagissais aux regards détournés des Templiers encapuchonnés qui m'entouraient avec une sorte de malaise angoissé.

Johnny et moi avions longuement discuté pour savoir quelle serait la manière la plus habile et la plus subtile de filer Queue de cheval, s'il se pointait, et de découvrir son repaire pour y voir un peu plus clair dans son jeu, même si cela nous prenait des semaines. Mais, finalement, j'optai pour une approche un peu moins en finesse.

L'omnibus nous avait déposés près du musée du Muir, et les passagers se répandirent sur la place, déchirés entre l'envie de dépenser dix marks dans un billet d'entrée destiné à parfaire leur culture et celle d'aller directement à la boutique de cadeaux. Je m'avançai vers Queue de cheval, lui agrippai le gras du bras et lui demandai sur le ton de la conversation :

— Salut, connard. Tu peux me dire ce que tu veux à mon client ?

Il y a une opinion préconçue selon laquelle les Lusiens seraient aussi raffinés qu'une poire à lavement, et à peu près aussi plaisants. S'il est vrai que je venais de contribuer à confirmer la première partie, Queue de cheval ne se priva pas d'apporter de l'eau au moulin de la deuxième.

Il réagit avec une rapidité foudroyante. Bien que ma prise apparemment inoffensive lui paralysât les muscles du bras droit, le poignard qui avait surgi dans sa main gauche fendit l'air dans deux directions différentes, vers le haut puis latéralement, en moins d'une seconde.

Je me laissai tomber sur la droite. La lame passa à quelques centimètres de ma joue. Je touchai le sol et roulai plusieurs fois sur moi-même tout en sortant mon neuro-étourdisseur. Puis je me redressai sur un genou pour faire face à la menace.

Il n'y avait plus de menace. Queue de cheval avait pris la fuite. Il s'éloignait en même temps de Johnny. Bousculant les touristes et zigzaguant, il se dirigeait vers l'entrée du musée.

Je remis l'étourdisseur dans son fourreau et me mis à courir aussi. Les neuro-étourdisseurs sont des armes formidables de près, aussi faciles à manier qu'une carabine, mais sans les effets secondaires fâcheux si d'innocents passants se trouvent dans leur rayon d'action. Au-delà de huit ou dix mètres, cependant, ils ne valent pas tripette. Sur faisceau large, je pouvais flanquer une bonne migraine à la moitié des touristes qui se trouvaient sur cette place. Mais Queue de cheval était déjà trop loin pour être touché. Je n'avais plus qu'à courir.

Je vis Johnny qui courait, lui aussi, vers moi. Je lui fis signe de s'en aller.

— Chez moi ! lui criai-je. Mettez tous les verrous !

Queue de cheval avait atteint l'entrée du musée. Il se retourna pour me regarder. Il tenait toujours le poignard à la main.

Je chargeai, exultante à l'idée de ce qui allait se passer dans les minutes suivantes.

Queue de cheval sauta par-dessus un tourniquet et écarta des touristes pour franchir les portes. Je suivis.

Ce n'est que lorsque j'atteignis le grand hall voûté et que je le vis se frayer un chemin à travers la foule pour grimper par l'escalier mécanique en direction de la galerie d'excursion que je compris ce qu'il voulait faire.

Mon père m'avait fait faire l'excursion des Templiers à l'âge de trois ans. Les accès distrans étaient ouverts en permanence. Il fallait environ trois heures pour faire à pied le tour guidé de la trentaine de mondes où les écologistes templiers préservaient des fragments de la nature susceptibles, d'après eux, de faire plaisir au Muir. Je ne me rappelais pas exactement, mais il me semblait bien que chaque parcours formait une boucle et que les portes étaient suffisamment proches les unes des autres pour que les guides templiers et les agents d'entretien puissent se déplacer partout sans difficulté.

Merde !

Un gardien en uniforme, devant le portillon, s'aperçut de la confusion créée par Queue de cheval et s'avança pour interpeller l'intrus. Bien qu'à quinze mètres de lui, je vis nettement le désarroi et l'incrédulité qui se figèrent sur le visage de cet homme âgé, probablement un retraité de la police locale, quand il tituba en arrière, le manche du long poignard de Queue de cheval émergeant de sa poitrine. Il baissa la tête, le visage blême, posa la main sur le manche de corne, en hésitant, comme s'il s'agissait d'un gag, puis s'écroula, la tête la première, sur le carrelage de la galerie. Des touristes hurlèrent. Quelqu'un cria qu'il fallait un médecin. Je vis Queue de cheval écarter un guide templier et foncer à travers la porte luminescente.

Les choses ne se passaient pas tout à fait comme je l'avais prévu.

Je bondis sans ralentir de l'autre côté de la porte.

J'étais sur le versant glissant d'une colline herbeuse. Le ciel était jaune citron et les odeurs tropicales. Des visages étonnés se tournaient vers moi. Queue de cheval était déjà à mi-chemin de l'autre porte. Il coupait sans vergogne à travers des plantations florales élaborées et bousculait des forêts de bonzaïs. Je reconnus au passage le monde de Fuji et dévalai la colline sur les chapeaux de roues, puis regrimpai sur ses traces à travers les plates-bandes déjà massacrées par Queue de cheval.

— Arrêtez cet homme ! m'écriai-je, consciente du ridicule de mon exhortation.

Personne ne bougea, naturellement, excepté une touriste nippone qui leva son imageur pour tourner une séquence.

Queue de cheval regarda rapidement derrière lui, fonça au milieu d'un groupe de touristes pétrifiés et s'élança à travers la porte distrans. J'avais de nouveau mon étourdisseur à la main. Je l'agitai en menaçant la foule.

— Écartez-vous ! Écartez-vous !

Ils me firent précipitamment un passage. Je franchis prudemment la porte, étourdisseur levé. Queue de cheval n'avait plus son poignard, mais j'ignorais de quels autres joujoux il pouvait disposer.

Plan d'eau miroitant. Vaguelettes mauves de Mare Infinitus. La passerelle en bois, étroite, passait à dix mètres au-dessus des caissons de flottaison. Elle s'éloignait en direction d'un récif de corail féerique et d'une île de varech jaune avant de faire une boucle pour revenir à son point de départ, mais un pont encore plus étroit offrait un raccourci pour gagner la porte suivante. Queue de cheval était en train d'escalader la grille qui portait une pancarte ENTRÉE INTERDITE, et retombait agilement de l'autre côté pour reprendre sa course.

Arrivée à la grille, je m'arrêtai, mis le sélecteur de mon arme sur faisceau serré et balayai l'espace devant moi d'un rayon invisible comme si j'étais un jardinier en train d'arroser sa pelouse.

Queue de cheval sembla trébucher légèrement, mais réussit à parcourir les derniers dix mètres qui le séparaient de la porte et à passer de l'autre côté. Je poussai un juron et escaladai à mon tour la grille, ignorant les injonctions d'un guide templier derrière moi. J'aperçus en un éclair la pancarte qui conseillait aux visiteurs de se couvrir de leurs combinaisons thermiques, puis je me retrouvai de l'autre côté, sentant à peine un picotement au moment où je franchissais la porte distrans.

Le blizzard soufflait, fouettant le champ de confinement incurvé qui transformait le parcours touristique en un tunnel transparent à travers la blancheur déchaînée de Sol Draconi Septem, ou tout au moins une partie de ses régions septentrionales où les groupes de pression templiers de la Pangermie avaient mis le holà au projet de réchauffement atmosphérique de la colonie afin de sauver les spectres arctiques en péril. Je sentais le poids des 1,7 *g* standard sur mes épaules comme si c'était la barre de mon appareil de musculation. Dommage que l'autre ait été lui aussi un Lusien. S'il avait été dans la moyenne physique du Retz, il n'y aurait eu aucun doute sur le vainqueur de cette course. Mais nous allions bien voir qui tenait la meilleure forme.

Il avait une cinquantaine de mètres d'avance sur moi, et il se retournait sans cesse pour regarder par-dessus son épaule. La porte suivante ne devait pas être loin, mais le blizzard empêchait de distinguer quoi que ce soit en dehors du tunnel. Je galopais allégrement dans son sillage. Eu égard à la gravité, ce parcours était le plus court de toute l'excursion. Le tunnel s'incurvait à une centaine de mètres à peine du point de départ vers lequel il nous ramenait. Je savais que je gagnais sur Queue de cheval. J'entendais sa respiration haletante. Je n'étais même pas essoufflée. Il ne pouvait plus m'échapper. Nous n'avions dépassé aucun touriste jusqu'à présent, et personne ne semblait nous poursuivre. Après tout, ce n'était pas un trop mauvais endroit pour lui tomber dessus et lui poser quelques questions.

Il était à trente mètres de la sortie lorsqu'il se retourna subitement, mit un genou à terre et pointa son pistolet thermique. Le premier tir fut trop court. Il ne devait pas avoir l'habitude de la gravité sur Sol Draconi. Mais le rayon avait tout de même laissé un sillon à un mètre de moi dans le sol gelé. Et il était en train d'ajuster sa visée.

Je sortis du champ de confinement, enfonçant d'abord mon épaule dans la résistance élastique et titubant dans des congères qui m'arrivaient à la taille. Les rafales glacées me brûlaient les poumons. La neige forma une gangue sur mon visage et mes bras nus en l'espace de quelques secondes. J'aperçus Queue de cheval qui me cherchait à l'intérieur du tunnel éclairé, mais le blizzard jouait maintenant en ma faveur et je fendis les congères pour me rapprocher de l'endroit où il se trouvait.

Il passa la tête, les épaules et le bras droit à travers la paroi de confinement, clignant des yeux pour chasser les particules de glace qui se formaient instantanément sur ses joues et son front. Son second tir passa trop haut, mais je sentis la chaleur du rayon au-dessus de ma tête. J'étais maintenant à moins de dix mètres de lui. Je réglai mon étourdisseur sur son faisceau le plus large et arrosai tout l'espace dans sa direction sans sortir la tête de la congère où je m'étais enfoncée.

Queue de cheval laissa choir son pistolet dans la neige et tomba en arrière de l'autre côté de la paroi de confinement.

Je poussai un cri de triomphe, qui se perdit dans la tourmente, et titubai en direction du tunnel. Mes pieds et mes mains étaient des prolongements lointains qui ne ressentaient plus ni le chaud ni le froid. Mes joues et mes oreilles, par contre, étaient en feu. J'essayai de ne pas y penser et me jetai de nouveau contre le champ élastique.

C'était une enceinte de confinement de classe 3, prévue pour contenir les éléments et tout ce qui avait au moins la taille imposante d'un spectre arctique tout en permettant au touriste égaré ou aux agents d'entretien de rentrer sans problème dans le circuit. Mais j'étais sonnée par le froid, et je me cognai sans succès pendant plusieurs secondes contre la paroi molle, comme une mouche dans du plastique transparent, mes pieds dérapant sur la glace et la neige. Je réussis finalement à m'introduire lourdement dans le tunnel, non sans avoir à tirer mes jambes derrière moi.

La soudaine chaleur du tunnel me communiqua un tremblement irrépressible. Des aiguilles de glace tombèrent partout autour de moi tandis que je forçais d'abord mes genoux puis mes pieds à soutenir mon poids.

Je vis Queue de cheval qui parcourait péniblement les

cinq mètres qui le séparaient de la porte. Son bras droit pendait comme s'il était cassé. Je connaissais le genre de douleur que peut causer un neuro-étourdisseur, et je n'aurais pas voulu me trouver à sa place. Il tourna la tête pour me regarder tandis que je me remettais à courir, tant bien que mal, dans sa direction, puis il franchit la porte.

Alliance-Maui. L'atmosphère était tropicale et saturée d'odeurs de végétation et d'océan. Le ciel avait la couleur d'azur de l'Ancienne Terre. Je vis immédiatement que le parcours débouchait sur l'une des rares îles mobiles encore naturelles que les Templiers avaient sauvées de la colonisation hégémonienne. C'était une assez grande île, de cinq cents mètres de long environ. De l'endroit où je me trouvais, sur une plate-forme circulaire au milieu de laquelle se dressait le tronc-mât principal, j'apercevais les larges voiles qui se gonflaient avec le vent et les traînes bleues des lianes de gouvernail. La porte de sortie n'était qu'à quinze mètres de là, au pied d'un escalier, mais j'avais vu Queue de cheval courir dans la direction opposée, sur le sentier principal, vers une série de huttes et de stands touristiques situés non loin du bord de l'île.

C'était le seul endroit, à mi-chemin du parcours touristique, où il était permis aux marcheurs fatigués de se reposer en achetant des rafraîchissements et des souvenirs au bénéfice de la Fraternité des Templiers. Je m'élançai vers les marches, toujours frissonnante, mes vêtements pleins de neige qui fondait rapidement. Pourquoi Queue de cheval se dirigeait-il vers ces huttes ?

Dès que je vis les tapis rutilants alignés pour les touristes qui désiraient les louer, je compris ce qu'il voulait faire. L'usage des hawkings était officiellement prohibé sur la plupart des mondes du Retz, mais ils faisaient encore partie des traditions d'Alliance-Maui à cause de la légende de Siri. D'une longueur de moins de deux mètres sur un de large, ces antiques jouets attendaient les touristes pour les promener au-dessus de la mer et les ramener sur l'île mobile. Si Queue de cheval mettait la main sur un de ces tapis…

Je fonçai de toute la vitesse de mes jambes meurtries,

rattrapai mon homme à quelques mètres des hawkings et le plaquai au-dessous des genoux. Nous roulâmes au milieu des étals et des quelques touristes qui s'écartaient en poussant des cris.

Mon père m'avait appris quelque chose qu'un enfant ne peut ignorer qu'à ses risques et périls. Un grand gaillard, quand il est fort, peut toujours battre un plus petit que lui. Dans ce cas précis, nous étions à peu près à égalité. Queue de cheval se dégagea comme une anguille et bondit sur ses pieds, adoptant instantanément la posture de combat d'un lutteur asiatique, bras écartés, doigts tendus. Nous allions bien voir, maintenant, qui de nous deux était le gaillard le plus fort.

Ce fut lui qui porta le premier coup au but. Il feinta de la main gauche à plat, doigts serrés, et lança à la place son pied en arc de cercle. J'esquivai, mais pas assez rapidement. L'impact fut assez fort pour me paralyser quelques secondes l'épaule gauche et le haut du bras.

Queue de cheval recula en dansant. Je suivis. Il lança un direct du droit que je bloquai, puis une manchette de la main gauche que je parai avec mon avant-bras droit. Il recula en dansant, tourna soudain sur lui-même et balança un coup du pied gauche. J'esquivai. Je happai sa jambe au passage et l'envoyai rouler dans le sable.

Il se releva d'un bond. Je le cueillis d'un crochet du gauche qui le fit retomber. Il roula plusieurs fois sur lui-même et se redressa sur les genoux. Mon pied vola et le heurta juste derrière l'oreille gauche. J'avais mesuré la force du coup de manière à le laisser conscient.

Trop conscient, constatai-je la seconde suivante lorsqu'il réussit à faire passer quatre doigts tendus sous ma garde, visant le cœur. Mais il ne réussit qu'à endolorir quelques couches de muscles sous mon sein droit. Je le cognai de toutes mes forces en plein sur la bouche, faisant gicler le sang. Il roula jusqu'au bord de l'eau et ne bougea plus. Derrière nous, les gens se bousculaient devant la porte distrans et hurlaient pour que la police arrive.

Je soulevai par la queue celui qui était censé vouloir assassiner Johnny, le tirai à l'écart près de l'eau et lui plongeai la tête dedans pour le faire revenir à lui. Puis je le fis rouler sur le dos et le soulevai par le col froissé et maculé de sa chemise. Nous n'allions pas avoir plus d'une minute ou deux avant que les autorités rappliquent.

Il leva vers moi un regard vitreux. Je le secouai une bonne fois et me penchai pour dire :

— Écoute-moi bien, mon pote. Il faut que nous ayons, toi et moi, une conversation courte mais sérieuse. Pour commencer, je veux savoir qui tu es et ce que tu as contre la personne que tu suivais.

Je sentis la montée du courant avant de voir la lumière bleue. Je lâchai la chemise de l'homme en jurant. Aussitôt, tout son corps fut entouré d'un nimbe électrique. Je fis un bond en arrière, mais pas avant que mes propres cheveux se dressent et que toutes les alarmes de mon persoc se mettent à bourdonner impérieusement. Queue de cheval ouvrit la bouche pour hurler, et je vis le bleu à l'intérieur comme des effets spéciaux holos réalisés avec peu de moyens. Le devant de sa chemise grésilla, noircit et prit feu. Sur son torse se formèrent des pustules bleues, comme sur une ancienne pellicule de cinéma perforée par le feu. Les pustules s'élargirent, se touchèrent, s'élargirent encore. Je vis l'intérieur de sa cavité thoracique, avec des organes entourés de flammes bleues. Il hurla de nouveau, cette fois-ci de manière audible, et je vis ses dents et ses yeux se transformer en flammes bleues.

Je fis un nouveau pas en arrière.

Queue de cheval était maintenant tout en flammes. Le centre bleu était éclipsé par le feu rouge orange. La chair explosait comme si les os s'embrasaient de l'intérieur. En moins d'une minute, il prit l'apparence d'une momie carbonisée, recroquevillée dans la posture d'un boxeur comme toutes les victimes des flammes. Je me détournai, la main sur la bouche, dévisageant les quelques témoins présents pour voir si l'un deux aurait pu être responsable de ce qui venait de se passer. Je ne vis que des yeux élargis et des regards apeurés. Plus loin, des gardes de la sécurité déboulaient en force de la porte distrans.

Merde.

Au-dessus de ma tête, les voiles de l'arbre étaient gonflées par le vent, et les diaphanes, magnifiques même en plein jour, volaient au milieu d'une végétation tropicale parée de mille couleurs. La lumière du soleil faisait miroiter l'océan bleu. La route de chacune des deux portes m'était barrée. Celui qui semblait être à la tête du détachement de la sécurité avait dégainé son arme.

J'atteignis la première, en trois enjambées, le tapis hawking le plus proche, essayant désespérément de me rappeler, à partir de l'unique fois où j'étais montée sur l'un d'eux, vingt ans avant, comment on faisait fonctionner les fils de commande. En désespoir de cause, je tapai sur tous les motifs.

Le tapis se raidit et s'éleva à dix centimètres du sol. J'entendis les cris des gardes qui fendaient la foule. Une femme en costume voyant de Renaissance Minor pointa le doigt dans ma direction. Je sautai du tapis, rassemblai rapidement les sept autres hawkings et remontai sur le mien. À peine capable de retrouver les motifs de vol sous l'amoncellement des autres tapis, je cognai comme une folle sur les commandes jusqu'à ce que le hawking se décide à décoller, en me faisant presque basculer en arrière.

Cinquante mètres plus loin, à une hauteur de trente mètres, je balançai à la mer les autres tapis et me retournai pour voir ce qui se passait en bas. Plusieurs uniformes gris étaient penchés sur les restes carbonisés de Queue de cheval. Quelqu'un pointait un bâton argenté dans ma direction.

De folles aiguilles de douleur glacée se propagèrent le long de mon bras, de mon épaule et de ma nuque. Mes paupières devinrent lourdes comme du plomb. Je faillis glisser du tapis du côté droit. J'agrippai de la main gauche le côté opposé, me penchai en avant et martelai le motif d'ascension avec des doigts que je ne sentais plus. Dès que le tapis grimpa, je tâtai ma manche droite à la recherche de mon propre étourdisseur. Mais la sangle élastique était vide.

Une minute ou deux plus tard, je pus me redresser et

reprendre un peu mes esprits. Mes doigts étaient encore douloureux et j'avais une migraine de tous les diables, mais l'île mobile était loin derrière moi et devenait de plus en plus petite. Un siècle plus tôt, elle aurait été remorquée par un attelage de dauphins amenés spécialement ici à cet effet pendant l'hégire. Mais les opérations de pacification menées par l'Hégémonie pendant la révolte de Siri avaient eu pour conséquence l'extermination de la plus grande partie des mammifères marins, et les îles dérivaient aujourd'hui au hasard, livrées uniquement aux touristes et aux exploitants des installations de villégiature.

Je balayai l'horizon du regard à la recherche d'une autre île ou de l'un des rares continents de cette planète. Mais je ne vis rien d'autre que le ciel bleu, l'océan infini et les fines traînées de nuages à l'ouest. À moins que ce ne fût l'est ?

Je sortis mon persoc et entrepris de demander l'accès à l'infosphère générale. Mais j'arrêtai avant de valider. Si les autorités essayaient de retrouver ma trace, la première chose qu'elles feraient serait de me localiser et de me coller aux fesses un glisseur ou un VEM de la sécurité. Je n'étais pas sûre qu'elles puissent le faire à partir d'un accès sur mon persoc, mais autant éviter de leur faciliter la tâche. Je me contentai donc de laisser le persoc en sommeil, et scrutai de nouveau les quatre horizons.

Bravo, Brawne. Te voilà en train de foncer à deux cents mètres d'altitude sur un tapis volant âgé d'au moins trois siècles, sans même savoir combien d'heures – ou de minutes – d'énergie il reste dans les fils de commande, à mille kilomètres ou plus de toute terre, et complètement perdue, pour tout dire. Encore bravo !

Je croisai les bras et m'efforçai de réfléchir.

— H. Lamia ?

La voix douce de Johnny me fit presque tomber à la renverse.

— Johnny ?

Je regardai le persoc, toujours en sommeil. L'indicateur de fréquence n'était pas éclairé.

— Johnny ? C'est vous, Johnny ?

— Naturellement. Je me demandais quand vous vous décideriez à allumer votre persoc.

— Comment avez-vous retrouvé ma trace ? Sur quelle fréquence m'appelez-vous ?

— Ne vous occupez pas de ça. Où allez-vous ?

J'éclatai de rire et lui expliquai que je n'en avais pas la moindre idée.

— Pouvez-vous m'aider ?

— Une seconde… Voilà, reprit-il au bout d'une fraction de ce temps. Je vous ai localisée sur un des satellites météo. Rudimentaire, mais ça fera l'affaire. Vous avez de la chance que votre hawking ait un transpondeur passif.

Je regardai la mince épaisseur de tapis qui était la seule chose entre moi et une longue chute vertigineuse dans la mer.

— Ah oui ? Mais les autres peuvent donc me retrouver aussi ?

— Ce serait vrai, répliqua Johnny, si je n'avais pas pris la peine de brouiller le signal. Où voulez-vous aller ?

— Chez moi.

— Je me demande si ce serait une très bonne idée après… euh… le décès prématuré de notre suspect.

Je fronçai les sourcils, soudain soupçonneuse.

— Comment savez-vous cela ? Je ne vous ai encore rien dit.

— Un peu de sérieux, H. Lamia. Vos exploits sont racontés sur toutes les fréquences de la sécurité de six mondes au moins. Ils ont même un signalement de vous qui correspond assez bien.

— Merde !

— Vous avez raison. Où voulez-vous aller, maintenant ?

— Où êtes-vous ? Chez moi ?

— Non. Je suis parti lorsque les fréquences de la police ont commencé à parler de vous. Je suis… à proximité d'une porte distrans.

— C'est là que je veux être aussi.

Je regardai de nouveau autour de moi. L'océan, le ciel, les traînées de nuages au loin. Aucune trace de VEM, en tout cas.

— Très bien, fit la voix désincarnée de Johnny. Il y a une multiporte désaffectée de la Force à moins de dix kilomètres de l'endroit où vous vous trouvez actuellement.

Je mis la main en visière sur mon front et balayai l'horizon sur trois cent soixante degrés.

— Vous vous foutez de moi ? J'ignore à quelle distance est l'horizon sur ce monde, mais ça ne peut pas être inférieur à quarante bornes, et je ne vois pas le moindre foutu truc !

— Base submersible, expliqua Johnny. Accrochez-vous. Je prends les commandes.

Le tapis hawking s'inclina violemment, vira, piqua du nez, puis se stabilisa et commença à perdre rapidement de l'altitude. Je m'agrippais à deux mains, refoulant une envie hystérique de hurler à pleins poumons.

— Submersible ! criai-je pour couvrir le sifflement du vent. Et à quelle distance ?

— Vous voulez dire à quelle profondeur ?

— C'est ça !

— Huit brasses.

Je convertis l'unité archaïque en mètres. Cette fois-ci, je hurlai pour de bon.

— Ça fait presque quatorze mètres sous l'eau !

— Où serait une base submersible sinon sous l'eau ?

— Qu'est-ce que je dois faire ? Retenir ma respiration ? glapis-je tandis que l'océan montait vers moi à toute vitesse.

— Pas nécessaire, me répondit mon persoc. Votre tapis hawking est muni d'une bulle anticrash assez primitive qui devrait tenir sur huit ou dix brasses. Accrochez-vous, s'il vous plaît.

Je m'accrochai de toutes mes forces.

Johnny m'attendait à mon arrivée de l'autre côté. La base submersible abandonnée, obscure et moite, possédait une porte distrans d'un modèle militaire dont je n'avais jamais entendu parler jusque-là. Ce fut un grand soulagement pour moi que d'émerger dans les rues d'une grande ville ensoleillée pour rejoindre Johnny.

Je lui racontai ce qui était arrivé à Queue de cheval. Nous étions dans une grande artère toute vide, bordée de vieux immeubles. Le ciel était bleu pâle, ce devait être la fin de l'après-midi. Mais le plus frappant était qu'il n'y avait personne en vue.

— Hé ! lui dis-je en m'arrêtant brusquement. Où sommes-nous ?

Ce monde était nettement de type terrestre, mais le ciel, la gravité et la *texture* de l'endroit ne ressemblaient à rien de ce que j'avais visité.

Il sourit.

— Essayez de deviner. Marchons encore un peu.

Nous descendions une large avenue. Sur ma gauche, je vis des ruines. Je m'arrêtai, bouche bée.

— C'est le Colisée ! m'exclamai-je. Le Colisée romain de l'Ancienne Terre !

Je regardai de plus près les vieux immeubles alentour, les pavés de la chaussée et les arbres qui oscillaient doucement sous la brise.

— C'est une reconstitution de la ville de Rome sur l'Ancienne Terre, affirmai-je en essayant de réprimer l'étonnement qui perçait dans ma voix. Nous sommes sur la Nouvelle-Terre ?

Mais je savais très bien que ce n'était pas le cas. J'avais visité la Nouvelle-Terre de nombreuses fois. La couleur du ciel, les odeurs et la gravité n'étaient pas les mêmes.

Il secoua la tête.

— Nous ne sommes pas dans le Retz, me dit-il.

Je m'arrêtai net.

— C'est impossible !

Par définition, tout monde accessible par le réseau distrans faisait partie du Retz.

— C'est pourtant la vérité, me dit Johnny.

— Où sommes-nous, alors ?

— Sur l'Ancienne Terre.

Nous nous étions remis à marcher. Il me montra une autre ruine.

— Le Forum.

Nous descendîmes un grand escalier, et il ajouta :

— Devant nous, la Piazza di Spagna, où nous passerons la nuit.

— L'Ancienne Terre... commentai-je, ouvrant la bouche pour la première fois depuis vingt minutes. Un voyage dans le temps ?

— Impossible, H. Lamia.

— Un parc thématique ?

Il se mit à rire, d'une manière plaisante et décontractée.

— C'est possible. J'ignore à quoi il répond exactement. Mais c'est... un analogue.

— Un analogue...

Je plissai les yeux, regardant le soleil pourpre en train de se coucher au fond d'une rue étroite.

— Cela ressemble exactement aux holos de l'Ancienne Terre que j'ai eu l'occasion de voir. On a l'impression d'y être vraiment, même sans y avoir jamais mis les pieds.

— C'est d'une très grande précision.

— Où est-ce ? Quelle étoile ?

— J'ignore le numéro. C'est dans l'amas d'Hercule.

Je m'efforçai de ne pas répéter ce qu'il venait de dire, mais je m'arrêtai net et m'assis sur une marche. Grâce au propulseur Hawking, l'humanité avait exploré, colonisé et relié par distrans des mondes étalés sur des milliers et des milliers d'années-lumière. Mais personne n'avait essayé d'atteindre les soleils en explosion de la Centralité. Nous n'avions fait que ramper timidement pour sortir du berceau de notre bras spiral. L'amas d'Hercule.

— Pourquoi le TechnoCentre a-t-il construit une réplique de Rome dans l'amas d'Hercule ? demandai-je.

Johnny s'assit à côté de moi. Nous levâmes en même temps la tête tandis qu'une masse froufroutante de pigeons explosait en un vol tournoyant au-dessus des toits.

— Je ne sais pas, H. Lamia. Il y a beaucoup de choses que j'ignore encore, en partie, sans doute, parce que je ne m'y suis pas intéressé jusqu'à présent.

— Brawne, lui dis-je.

— Pardon ?

— Appelez-moi Brawne.

Il sourit, et inclina la tête.

— D'accord, Brawne. Merci. Un détail, cependant... Je ne pense pas que ce soit une réplique de Rome uniquement. Il s'agit de toute l'Ancienne Terre.

Je posai les deux mains sur la marche chauffée par le soleil.

— Toute la Terre ? Vous voulez dire avec ses continents, ses villes... au complet ?

— C'est ce que je pense, oui. Je n'ai visité que l'Italie et l'Angleterre, y compris la traversée par mer, mais j'ai bien l'impression que l'analogue est complet.

— Mais pourquoi, pour l'amour de Dieu ?

Johnny hocha gravement la tête.

— Vous ne croyez pas si bien dire. Il est possible que l'explication soit là, en effet. Voulez-vous que nous allions à l'intérieur manger quelque chose tout en continuant d'en discuter ? Il y a peut-être un rapport avec la personne qui a voulu me tuer et ses mobiles.

L'« intérieur » était un appartement intégré à une vaste demeure au pied de l'escalier de marbre. Les fenêtres ouvraient sur ce que Johnny appelait la « piazza ». Elles laissaient apercevoir, en haut des marches, une grande église aux murs de couleur ocre et, plus bas sur la place, une fontaine en forme de bateau qui projetait ses jets d'eau dans le silence du soir. Johnny m'apprit que c'était Bernini qui l'avait conçue, mais ce nom ne signifiait rien pour moi.

Les chambres étaient petites, mais de plafond haut, avec un mobilier rustique aux moulures élaborées appartenant à un style que je ne reconnaissais pas. Il n'y avait aucun appareil électrique, aucun signe de confort moderne. La demeure ne répondit pas lorsque je m'adressai à elle sur le seuil, ni dans les chambres du haut. La nuit tombait sur la place et sur la ville, dont les seules lumières étaient celles de quelques lampadaires ou becs de gaz utilisant je ne sais quel combustible primitif.

— C'est une reconstitution du passé de l'Ancienne Terre, murmurai-je en tapotant les oreillers épais.

Je relevai brusquement la tête, saisie d'une compréhension soudaine.

— Keats est mort en Italie, au début du XIXe ou du XXe siècle. C'est... son époque.

— Oui. Début du XIXe. 1821, pour être plus précis.

— C'est un monde-musée ?

— Pas du tout. Mais les autres régions appartiennent à des époques différentes, naturellement, en fonction de l'analogue recherché.

— Je ne comprends pas.

Nous étions maintenant dans une pièce encombrée de mobilier très lourd, et je m'assis sur un lit curieusement sculpté près d'une fenêtre. La lumière dorée du couchant éclairait encore la flèche de l'église ocre. Des pigeons blancs volaient en cercles dans le bleu du ciel.

— Est-ce qu'il y a des millions d'habitants – des cybrides – qui vivent sur cette Terre factice ? demandai-je.

— Je ne crois pas. Il n'y a que ceux qui sont nécessaires à un analogue particulier.

Voyant que je ne comprenais toujours pas, il prit une profonde inspiration avant de continuer :

— Lorsque je me suis... réveillé ici, il y avait des analogues de Joseph Severn, du docteur Clark, de la propriétaire, Anna Angeletti, du jeune lieutenant Elton et de quelques autres. Des boutiquiers italiens, le patron de la *trattoria* sur la place, qui nous apportait nos repas, et quelques passants. En tout une vingtaine de personnes, pas plus.

— Que sont-ils devenus ?

— Ils ont probablement été... recyclés. Comme votre homme à la queue de cheval.

— Queue de... C'était un cybride ? demandai-je soudain en le fixant dans la pénombre.

— La chose ne fait aucun doute. L'autodestruction que vous m'avez décrite correspond exactement à la manière dont je me débarrasserais de ce cybride en cas de nécessité.

Les rouages tournèrent dans ma tête à toute allure.

Je compris à quel point j'avais été stupide, à quel point j'avais été longue à saisir.

— C'est donc une autre IA qui a essayé de vous tuer, murmurai-je.

— Il semble bien.

— Pour quelle raison ?

Il fit un geste vague.

— Peut-être pour effacer définitivement un certain nombre d'informations qui sont mortes avec mon cybride. Quelque chose que j'aurais appris tout récemment et que l'autre ou les autres IA savaient pouvoir détruire en provoquant l'arrêt de mon système.

Je me levai pour faire les cent pas et m'arrêtai devant la fenêtre. L'obscurité tombait maintenant pour de bon. Il y avait des lampes dans l'appartement, mais Johnny ne semblait pas vouloir les allumer et je préférais moi aussi la pénombre, même si cela rendait encore plus irréelles les révélations auxquelles j'étais confrontée. Tandis que les fenêtres à l'ouest laissaient pénétrer la dernière clarté du soir, faisant briller d'un éclat phosphorescent le dessus-de-lit blanc, je murmurai :

— C'est dans cette chambre que vous êtes mort.

— Lui, pas moi. N'oubliez pas que je ne suis pas lui.

— Mais vous avez ses souvenirs.

— Des rêves à moitié oubliés. Il y a des trous énormes.

— Vous savez cependant ce qu'il ressentait.

— Ce que mes concepteurs *croyaient* qu'il ressentait.

— Racontez-moi.

— Quoi ?

La peau très pâle de Johnny luisait dans la pénombre. Ses boucles courtes semblaient noires.

— Ce que l'on ressent quand on meurt. Et quand on ressuscite.

Il me parla, d'une voix douce, presque mélodieuse, dans une langue parfois trop archaïque pour être intelligible mais beaucoup plus belle à l'oreille que le langage hybride que nous utilisons aujourd'hui.

Il me raconta ce que c'était que d'être un poète obsédé par la perfection, beaucoup plus dur envers ses propres efforts que les plus hargneux des critiques. Et les critiques ne manquaient pas d'être hargneux. Son œuvre avait été dénigrée, raillée, décrite comme insignifiante et absurde. Trop pauvre pour épouser la femme qu'il aimait, obligé de prêter de l'argent à son frère en Amérique et privé ainsi de son unique chance de sécurité financière, il avait ensuite connu la gloire éphémère d'atteindre la pleine maturité de ses moyens poétiques au moment où il était devenu la proie de la « phtisie » qui avait déjà emporté sa mère et son frère Tom. Puis il s'était exilé en Italie, officiellement « pour sa santé », sachant très bien que cela ne signifiait rien d'autre qu'une mort pénible et solitaire à l'âge de vingt-six ans. Il me parla aussi de la souffrance causée par l'écriture de Fanny sur des enveloppes qu'il n'avait pas le courage d'ouvrir. Il me parla de l'amitié fidèle du jeune artiste Joseph Severn, qui avait été choisi comme compagnon de voyage de Keats par des « amis » qui l'avaient abandonné dans ses derniers moments. Il me raconta comment Severn avait soigné jusqu'à la fin le poète agonisant. Il me décrivit ses hémorragies nocturnes, et le traitement du docteur Clark qui consistait à lui faire des saignées et à lui prescrire « de l'exercice et du grand air ». Il me parla de ses ultimes désespoirs personnels et religieux, qui avaient conduit Keats à demander que son épitaphe, gravée dans la pierre, dise simplement :

Ci-gît Celui
Dont le nom
Était écrit dans l'eau.

Seule une infime clarté venue d'en bas ourlait maintenant les fenêtres hautes, et la voix de Johnny semblait flotter dans l'air saturé de parfums nocturnes. Il me parla de son réveil, dans le lit même où il était mort, avec le fidèle Severn et le docteur Clark à ses côtés, et du souvenir qu'il avait d'être le poète John Keats, un peu comme on se rappelle un rêve en train de disparaître rapidement, tout en sachant qu'il était en réalité autre chose.

Il me parla de l'illusion prolongée, du voyage de retour en Angleterre, des retrouvailles avec une Fanny qui n'était pas Fanny et de la dépression nerveuse que cela avait failli provoquer. Il me confia son incapacité à écrire de la poésie, son éloignement de plus en plus grand par rapport aux imposteurs cybrides, sa retraite dans un état qui ressemblait à une catatonie mêlée d'« hallucinations » empruntées à sa véritable existence d'IA dans un Techno-Centre pratiquement incompréhensible pour un poète du XIXe siècle. Il me fit part, enfin, de l'effondrement total de ses illusions et de l'abandon du « Projet Keats ».

— En fait, murmura-t-il, toute cette comédie sinistre me faisait de plus en plus penser à un passage d'une lettre que j'ai… qu'il a écrite à son frère George quelque temps avant sa maladie, et où il disait :

> N'existerait-il pas des êtres supérieurs qui pourraient s'amuser des attitudes gracieuses quoique purement instinctives où mon esprit m'entraîne, de la même manière que je m'amuse de la vivacité d'une hermine ou des angoisses d'un daim ? Bien qu'une rixe en pleine rue soit chose haïssable, les énergies qui s'y déploient sont intéressantes. Vus par un être supérieur, nos raisonnements peuvent prendre la même coloration. Bien qu'erronés, ils n'en sont peut-être pas moins valables. C'est cela, la véritable nature de la poésie.

— Vous pensez que le… Projet Keats… était nuisible ? demandai-je.

— Tout ce qui est fait pour tromper est haïssable, à mon avis.

— Peut-être y a-t-il plus en vous de John Keats que vous ne voulez bien le reconnaître.

— Non. L'absence d'instinct poétique a démontré le contraire, même au milieu des illusions les plus élaborées.

Je fis du regard le tour de la pièce, avec ses formes noires dont les contours étaient à peine visibles.

— Les IA savent-elles que nous sommes ici ?

— Probablement. Presque certainement, même. Il n'y a pas un seul endroit où je puisse aller sans que le TechnoCentre retrouve ma trace et me suive. Mais ce sont les autorités du Retz et ses brigands que nous avons voulu fuir, n'est-ce pas ?

— Vous savez néanmoins, à présent, que c'est quelqu'un – ou une intelligence du Centre – qui vous a attaqué.

— Oui, mais uniquement sur le territoire du Retz. Ce genre d'action violente ne serait pas toléré dans le Centre.

Un bruit monta de la rue. J'espérais que ce n'était qu'un pigeon. Ou peut-être le vent qui poussait des débris sur les pavés.

— Comment le TechnoCentre va-t-il réagir à ma présence ici ? demandai-je.

— Je n'en ai pas la moindre idée.

— Ce doit être un secret, tout de même.

— C'est... quelque chose qui, d'après eux, ne regarde pas l'humanité.

Je secouai la tête. Geste futile, dans cette obscurité.

— La reconstitution de l'Ancienne Terre... La résurrection de... combien de personnalités humaines, sous la forme de cybrides peuplant des environnements recréés... Des IA qui assassinent d'autres IA... Et cela ne regarde pas les humains !

Je me mis à rire, mais repris le contrôle en ajoutant :

— Même Jésus-Christ a versé des larmes, Johnny.

— C'est certain. Ou presque.

Je me déplaçai jusqu'à la fenêtre, sans me soucier de savoir si j'offrais une cible à quelqu'un qui se serait posté en bas dans la rue sombre, et je sortis une cigarette de ma poche. Elles avaient pris l'humidité quand j'avais pourchassé mon homme dans les congères, mais l'une d'elles s'alluma quand même quand je la frottai.

— Tout à l'heure, Johnny, quand vous m'avez dit que l'analogue de l'Ancienne Terre était complet et que je vous ai demandé : « Pourquoi, pour l'amour de Dieu ? », vous m'avez répondu quelque chose comme : « Vous ne croyez pas si bien dire. » Est-ce que c'était juste une plaisanterie à la con, ou bien aviez-vous réellement une idée derrière la tête ?

— Je voulais dire que c'était peut-être effectivement pour l'amour de Dieu.

— Expliquez-vous.

Je l'entendis soupirer dans l'obscurité.

— Je ne comprends pas la finalité exacte du Projet Keats ou des autres analogues de l'Ancienne Terre, mais je les soupçonne de faire partie d'un programme plus vaste du TechnoCentre, vieux de sept siècles standard au moins, visant à créer l'Intelligence Ultime.

— L'Intelligence Ultime, répétai-je, exhalant ma fumée. Hum... Le TechnoCentre essaye de construire... Dieu, ou quoi ?

— C'est à peu près cela.

— Mais pourquoi ?

— Il n'y a pas de réponse simple à cette question, Brawne, ni à celle qui consiste à demander pourquoi l'humanité est à la recherche de Dieu depuis dix mille générations et sous un million de facettes. Pour le TechnoCentre, cependant, il faut voir l'intérêt de la chose sous l'angle de la recherche d'une plus grande efficacité et d'une manière plus fiable de manipuler... les variables.

— Mais le TechnoCentre a ses propres ressources et celles des infosphères de deux cents mondes...

— Qui laissent encore des blancs dans ses... capacités de prédiction.

Je jetai ma cigarette par la fenêtre, et suivis du regard la courbe du point rouge à travers l'obscurité. La brise avait soudain fraîchi. Je croisai les bras sur mes épaules.

— Comment tout cela... L'Ancienne Terre, les résurrections, les cybrides... Comment cela mène-t-il à la création de l'Intelligence Ultime ?

— Je l'ignore, Brawne. Il y a huit siècles standard, au début de la première âre de l'Information, un homme appelé Norbert Wiener a écrit : « Dieu peut-il jouer de manière significative avec ses créatures ? Un créateur quelconque, même limité, peut-il jouer avec les siennes à un jeu significatif ? » L'humanité n'a pas fourni de réponse satisfaisante à cette question en construisant ses premières IA. Le TechnoCentre se débat avec cette question dans ses programmes de résurrection. Peut-être son projet IU est-il arrivé à terme. Peut-être tout cela fait-il partie des fonctions de l'ultime Créature/Créateur, une entité dont les motivations seraient aussi éloignées des capacités de compréhension du TechnoCentre que celui-ci l'est de l'humanité.

Je commençai à faire les cent pas dans le noir, me cognai la jambe contre une table basse et restai sur place, toujours debout.

— Tout cela ne nous apprend rien sur ceux qui veulent vous tuer, murmurai-je.

— Non, fit Johnny en se levant pour aller à l'autre bout de la pièce, où il craqua une allumette.

Il alluma une bougie. Nos ombres déformées vacillèrent sur les murs et au plafond. Il revint vers moi et me saisit les bras. La flamme de la bougie donnait à ses boucles et à ses sourcils des reflets cuivrés, et faisait briller son menton et ses pommettes hautes.

— Pourquoi vous faites-vous si dure ? me demanda-t-il.

Je le regardai dans les yeux. Son visage n'était qu'à quelques centimètres du mien. Nous étions de la même taille.

— Laissez tomber, lui dis-je.

Au lieu de cela, il se pencha en avant et m'embrassa. Ses lèvres étaient douces et chaudes, et le baiser sembla durer des heures. *C'est une machine*, me disais-je. *Il est peut-être humain, mais il y a une machine derrière tout ça*. Je fermai les yeux. Sa main me caressa doucement la joue, le cou, la nuque.

— Écoutez… commençai-je lorsqu'il me lâcha un instant.

Il ne me laissa pas finir. Il me souleva dans ses bras et me porta dans la chambre où était le grand lit. Le matelas était doux et l'édredon moelleux. La bougie, dans l'autre pièce, faisait danser les ombres tandis que nous nous ôtions mutuellement nos vêtements, pris d'une soudaine frénésie.

Nous fîmes l'amour à trois reprises, cette nuit-là,

comme un aboutissement, chaque fois, de la douce et lente montée du plaisir causée par le contact, la chaleur et la tendresse qui nous submergeaient. Je me souviens de m'être penchée sur lui, la deuxième fois, pour le contempler. Il avait les yeux fermés, et ses cheveux retombaient en désordre sur son front. La bougie éclairait la roseur de son torse pâle et ses bras d'une force étonnante qui me maintenaient toujours par la taille. Il ouvrit les yeux, à cet instant, pour me regarder à son tour, et j'y lus toute l'émotion et la passion qui l'habitaient.

Un peu avant l'aube, nous nous assoupîmes. Juste avant de sombrer, je sentis sa main froide qui se posait sur ma hanche en un geste naturel et protecteur sans être pour autant possessif.

Ils nous attaquèrent juste après les premières lueurs de l'aube. Ils étaient cinq. Ce n'étaient pas des Lusiens, mais il n'y avait que des hommes, tous athlétiques et bien rodés pour le travail en équipe.

Je les entendis au moment où ils enfonçaient d'un coup de pied la porte de l'appartement. Je roulai aussitôt à bas du lit, bondis jusqu'à la porte de la chambre et m'embusquai au moment où ils entraient. Johnny se redressa, hurlant quelque chose au premier homme qui brandissait un étourdisseur. Il avait mis un slip en coton avant de s'endormir. J'étais nue. C'est un désavantage réel que de se battre nue contre des adversaires habillés, mais le problème est surtout d'ordre psychologique. Si l'on est capable de surmonter l'impression de vulnérabilité accrue, le reste peut être aisément compensé.

Le premier homme m'aperçut et décida quand même d'étourdir Johnny. Il paya chèrement son erreur. Je fis voler son arme d'un coup de pied et l'assommai d'un revers de main derrière l'oreille gauche. Deux autres entrèrent. Cette fois-ci, ils eurent le réflexe de s'occuper de moi d'abord tandis que les deux derniers sautaient sur Johnny.

Je bloquai une main lancée à plat, doigts serrés, esquivai un coup de pied qui aurait pu faire des dégâts et reculai. Il y avait une commode sur ma gauche, et le tiroir du haut glissa sans se faire prier. Le costaud qui me faisait face s'abrita le visage des deux mains, de sorte que le bois épais éclata, mais sa réaction instinctive m'avait donné la fraction de seconde dont j'avais besoin pour mettre tout mon poids dans le coup de pied que je lui balançai. Le numéro deux s'affaissa contre son copain avec un grognement sourd.

Johnny se débattait, mais l'un de ses attaquants l'avait pris à la gorge et l'autre le maintenait par les pieds. Je fonçai, encaissant au passage un coup de mon numéro trois, et fis un bond énorme par-dessus le lit. Celui qui tenait les jambes de Johnny passa sans un cri à travers le bois et le verre de la fenêtre.

Quelqu'un atterrit sur mon dos. Je continuai avec son propre élan et l'amenai contre le mur opposé. Il savait se battre. Il encaissa de l'épaule et voulut me triturer un nerf derrière l'oreille. Mais il eut du mal à cause des couches de muscles qu'il rencontra. Je lui enfonçai mon coude dans l'estomac et me dégageai en roulant sur moi-même. Celui qui était en train d'étrangler Johnny le lâcha et me lança un coup de pied dans les côtes exécuté selon les règles de l'art. J'encaissai l'impact à moitié. Je sentis au moins une côte qui cédait. Je pirouettai, tête baissée, et abandonnai toute élégance pour lui écraser un testicule de la main gauche. Il hurla. Il était hors circuit.

À aucun moment je n'avais oublié l'étourdisseur tombé par terre, et mon dernier adversaire valide non plus. Il fit le tour du lit, hors d'atteinte, et se jeta à quatre pattes pour s'emparer de l'arme. Oubliant la douleur causée par ma côte cassée, je soulevai le lit massif, avec Johnny dedans, et le laissai retomber sur la tête et les épaules du gus. Puis je me baissai de mon côté du lit, récupérai l'étourdisseur et reculai jusqu'à un coin inoccupé de la chambre.

Nous étions au premier étage. L'un des cinq hommes était passé par la fenêtre. Le premier entré était toujours inconscient sur le seuil. Celui qui avait été terrassé d'un coup de pied avait réussi à se redresser sur les coudes et sur un genou. À la couleur du sang qui dégoulinait au coin de ses lèvres et sur son menton, je déduisis qu'une côte lui avait transpercé un poumon. Sa respiration était un sifflement rauque. Le lit avait broyé le crâne du quatrième. Le cinquième était recroquevillé sous la fenêtre. Il vomissait en se tenant les couilles. Je le fis taire d'un coup d'étourdisseur. Je m'approchai de celui qui crachait son poumon et lui soulevai la tête par les cheveux.

— Qui t'envoie ?

— Va te faire foutre, dit-il en me crachant une sanie rose à la figure.

— Plus tard, peut-être, répliquai-je en plaçant trois doigts sur sa cage thoracique, à l'endroit où elle semblait concave, et en les enfonçant. Je veux d'abord savoir qui t'envoie.

Il hurla et devint très blanc. Quand il toussa, le sang était rouge vif contre sa peau blême.

— Qui t'envoie ? répétai-je en enfonçant quatre doigts.

— L'évêque ! s'écria-t-il en essayant d'échapper à mes doigts.

— Quel évêque ?

— Le Temple gritchtèque… Lusus… arrêtez, par pitié… Oh, merde…

— Qu'alliez-vous faire de lui… de nous ?

— Rien du tout… Non ! Arrêtez ! J'ai besoin d'un médecin… Par pitié !

— D'accord. Réponds d'abord.

— Le prendre vivant… Le ramener là-bas… au Temple… sur Lusus… Je vous en supplie ! Je ne peux plus respirer !

— Et moi ?

— Vous tuer si vous résistiez.

— Bon, déclarai-je en le soulevant un peu plus par les cheveux. Je vois qu'on est devenu raisonnable. Et que lui veulent-ils ?

— Je ne sais pas…

Il poussa un cri perçant. Je ne quittais pas des yeux

l'entrée de la chambre. J'avais toujours l'étourdisseur dans la main, sous une masse de cheveux englués.

— Je... Je ne... sais rien... de plus, haleta-t-il.

Il avait une sérieuse hémorragie, à présent. Le sang coulait abondamment sur mon sein gauche et le long de mon bras.

— Comment êtes-vous venus ?

— VEM... Le toit.

— Quelle station distrans ?

— Je ne sais pas... Je le jure... Une ville... Sur l'eau. Réglage automatique... pour le retour. Par pitié !

Je lui écartai sa chemise. Pas de persoc. Pas d'autre arme. Juste un tatouage au-dessus du cœur. Un trident bleu.

— Goonda ? lui demandai-je.

— Oui... Fraternité de Parvati.

En dehors du Retz. Sans doute presque impossible à remonter.

— Les autres aussi ?

— Oui... Faites venir quelqu'un, je vous en supplie... Aidez-moi...

Il sombra dans une semi-inconscience.

Je le lâchai, reculai et l'arrosai de mon rayon étourdisseur.

Johnny était assis dans le lit. Il se massait la gorge en m'observant d'une étrange manière.

— Habille-toi, lui dis-je. On s'en va.

Le VEM était un vieux Vikken de tourisme à la coupole transparente, sans plaque de démarrage ni serrure palmaire sur le tableau de bord. Nous rattrapâmes le terminateur avant d'avoir traversé la France et contemplâmes au-dessous de nous dans la nuit ce que Johnny appelait l'océan Atlantique. Exception faite des lumières d'une cité flottante occasionnelle ou d'une plate-forme de forage, la seule illumination provenait des étoiles et de la clarté sous-marine des colonies établies dans les profondeurs de l'océan.

— Pourquoi avons-nous pris leur engin ? me demanda Johnny.

— Je veux savoir à partir d'où ils se sont distransportés.

— Il a parlé du Temple gritchtèque de Lusus.

— Je sais. Nous allons bientôt en avoir le cœur net.

Le visage de Johnny était à peine visible tandis qu'il se penchait pour regarder la mer vingt mille kilomètres plus bas.

— Tu crois qu'ils vont tous mourir ? me demanda-t-il.

— L'un d'eux était déjà mort. Celui qui a le poumon perforé s'en tirera peut-être s'il est soigné à temps. Deux autres s'en sortiront. Pour celui qui est passé à travers la fenêtre, je ne sais pas. C'est important pour toi ?

— Oui. Toute cette violence… Quelle barbarie !

— *Bien qu'une rixe en pleine rue soit chose haïssable, les énergies qui s'y déploient sont intéressantes*, lui rappelai-je. Ce n'étaient pas des cybrides, cette fois-ci, n'est-ce pas ?

— Je ne pense pas.

— Il y a donc aux moins deux groupes qui veulent ta peau. Les IA, et l'évêque du Temple gritchtèque. Quant aux mobiles, nous n'en savons toujours rien.

— Je crois que j'ai une petite idée, à présent.

Je fis pivoter mon siège-couchette capitonné. Les constellations au-dessus de nous – je ne reconnaissais ni celles des holos de l'Ancienne Terre ni celles des mondes du Retz qui m'étaient familiers – diffusaient juste assez de clarté pour que je puisse apercevoir les yeux de Johnny.

— Explique, lui dis-je.

— C'est quand tu as parlé d'Hypérion que tu m'as mis sur la voie. Le fait que je ne possède aucune information sur ce monde. C'est cela qui est important.

— C'est comme l'énigme du chien qui aboyait dans la nuit.

— Hein ?

— Rien, rien. Continue.

Il se pencha vers moi.

— La seule explication pour toutes ces données manquantes, c'est que certains éléments du TechnoCentre les ont délibérément censurées.

— Ton cybride…

Cela me faisait tout drôle, à présent, de m'adresser à Johnny de cette manière.

— Tu as passé la plus grande partie de ton temps à l'intérieur du Retz, n'est-ce pas ? lui demandai-je.

— C'est exact.

— Et tu n'étais jamais tombé sur le nom d'Hypérion ? Il est pourtant régulièrement à la une des médias, particulièrement quand le culte gritchtèque est d'actualité.

— Il est possible que cela se soit produit, et que j'aie été assassiné justement pour ça.

Je me renfonçai en arrière dans mon siège tout en continuant de regarder les étoiles.

— Nous poserons la question à l'évêque, lui dis-je.

Il m'expliqua que les constellations dans le ciel étaient un analogue de New York au XXIe siècle. Il ignorait pour quel programme de résurrection la cité avait été reconstituée. Je coupai le pilotage automatique du VEM et descendis plus près du sol.

Les hautes tours de l'époque phallique de l'architecture urbaine s'élevaient au milieu des marécages et des lagunes du littoral nord-américain. Plusieurs de ces tours étaient illuminées. Johnny me montra une structure décrépite mais aux formes encore curieusement élégantes, en disant :

— L'Empire State Building.

— D'accord, murmurai-je. Quel que soit son nom, c'est là que le VEM a envie de se poser.

— Ce n'est pas dangereux ?

Je lui souris de toutes mes dents.

— Il n'y a rien, dans la vie, qui ne soit pas dangereux.

Je laissai faire le pilote automatique, et nous descendîmes nous poser sur une petite plate-forme à ciel ouvert juste au-dessous de la flèche du gratte-ciel. Nous sortîmes sur la terrasse au sol craquelé. Il faisait sombre malgré les étoiles et les lumières qui brillaient au-dessous de nous. Un peu plus loin sur la terrasse, les contours bleutés d'une porte distrans nous attendaient à l'endroit où devait se trouver jadis un ascenseur.

— Je passe la première, dis-je à Johnny, mais il m'avait déjà précédée de l'autre côté de la porte. Je sortis l'étourdisseur que j'avais conservé et lui emboîtai le pas.

Je n'avais jamais visité le Temple gritchtèque de Lusus, mais il ne faisait aucun doute que c'était là que nous nous trouvions maintenant. Johnny se tenait à quelques pas devant moi, et il n'y avait personne d'autre que nous. L'endroit était froid et sombre comme une caverne, si toutefois il existait des cavernes de cette taille. Une sculpture polychrome à l'aspect effrayant, suspendue à des câbles invisibles, tournait lentement sur elle-même comme sous l'action d'une brise que nous ne sentions pas. Nous nous retournâmes en même temps, Johnny et moi, vers la porte distrans, au moment où celle-ci disparut.

— On dirait que nous leur avons facilité le travail, murmurai-je à l'oreille de Johnny.

Même ce faible chuchotement sembla se répercuter sous les voûtes de la grande salle aux reflets de lumière rouge. Je n'avais pas escompté, à vrai dire, que Johnny se distransporterait dans ce Temple avec moi.

La lumière sembla alors s'intensifier, sans pour autant éclairer les murs de la salle, mais révélant la présence de plusieurs personnes en demi-cercle. Je me souvins que certains prêtres gritchtèques étaient appelés exorcistes, d'autres assesseurs et je ne savais plus quoi encore. Mais il était peu rassurant de les voir là, au moins deux douzaines d'entre eux, avec leurs robes aux motifs noirs ou rouges et leurs grands fronts qui luisaient sous la lumière rubis venue d'en haut. Je n'eus aucun mal à reconnaître l'évêque. Il était né sur le même monde que moi, bien que plus trapu et plus corpulent que la moyenne des Lusiens. Et sa robe était celle qui avait le plus de rouge.

Je n'essayai pas de dissimuler mon arme. S'ils faisaient mine de nous sauter dessus, j'avais une chance, bien que mince, de les abattre avant. Aucun d'eux ne semblait armé. Cependant, ils pouvaient aussi bien cacher un arsenal sous leurs robes.

Johnny s'avança vers l'évêque. Je le suivis. Nous nous arrêtâmes à dix pas de l'homme. Il était le seul assis. Son siège était en bois et semblait pouvoir se plier à des dimensions très réduites pour être transporté aisément. On ne pouvait pas en dire autant de la masse de chair et de graisse qui tendait les plis de la robe rouge de son occupant.

Johnny fit un nouveau pas en avant.

— Pourquoi avez-vous essayé de kidnapper mon cybride ? demanda-t-il, s'adressant au grand prêtre du culte gritchtèque comme s'il était seul avec lui.

L'évêque gloussa en secouant la tête.

— Ma chère… entité, il est vrai que nous désirions votre présence dans ce sanctuaire, mais aucune preuve ne vous permet d'affirmer que nous soyons mêlés à une quelconque tentative d'enlèvement sur votre personne.

— Ce ne sont pas les preuves qui m'intéressent. Je suis seulement curieux de savoir pourquoi vous souhaitez ma présence ici.

J'entendis un froissement derrière nous, et je pivotai vivement, l'étourdisseur pointé et prêt à faire feu. Mais le cercle des prêtres gritchtèques n'avait pas bougé. La plupart d'entre eux, au demeurant, étaient hors de portée. J'aurais préféré avoir sur moi le pistolet de mon père.

La voix de l'évêque s'éleva de nouveau, riche en sonorités graves. Elle semblait remplir tout le Temple.

— Vous devez savoir que l'Église de l'Expiation Finale porte un très grand intérêt à la planète Hypérion.

— Oui.

— Et vous savez aussi, je pense, qu'au cours de ces derniers siècles, la personnalité du poète Keats de l'Ancienne Terre s'est trouvée étroitement mêlée au mythe culturel de la colonie d'Hypérion ?

— Oui, et alors ?

L'évêque se frotta la joue avec un gros anneau rouge qu'il portait à un doigt.

— Lorsque vous nous avez proposé de faire partie du pèlerinage gritchtèque, nous vous avons donné notre agrément. Votre revirement n'a pas été apprécié.

L'expression de stupéfaction qui se peignit sur le visage de Johnny n'aurait pas pu être plus humaine.

— Moi ? Je vous ai proposé ça ? Et quand donc ?

— Il y a huit jours en temps local. Dans ce Temple même. C'est vous qui en avez émis l'idée.

— Vous ai-je dit... pourquoi je voulais accomplir ce pèlerinage ?

— Selon vos propres termes, si je me souviens bien, vous vouliez... parfaire votre éducation. Mais tous les entretiens de ce genre sont enregistrés par nos soins. Si vous le désirez, nous vous remettrons une copie de l'enregistrement, que vous pourrez étudier à loisir.

— Volontiers, dit Johnny.

L'évêque fit un signe à un acolyte ou je ne sais quoi, qui disparut aussitôt dans l'ombre et revint quelques instants plus tard avec une plaque vidéo standard. L'évêque inclina de nouveau la tête, et l'homme en robe noire s'avança pour remettre la plaque à Johnny. Je gardai mon étourdisseur pointé jusqu'à ce que l'acolyte retourne prendre sa place parmi les autres.

— Pourquoi nous avez-vous envoyé vos goondas ? demandai-je.

C'était la première fois que je m'adressais à l'évêque, et ma voix était trop forte et trop âpre.

Le grand prêtre du culte gritchtèque fit un geste vague de sa grosse main potelée.

— H. Keats a exprimé le désir de se joindre à notre pèlerinage le plus sacré. Comme nous croyons que l'Expiation Finale se rapproche un peu plus de nous chaque jour, cette requête revêt pour nous une importance non négligeable. C'est pour cette raison que, lorsque nos agents nous ont appris que H. Keats avait été victime d'une ou plusieurs agressions et qu'une certaine personne qui se dit détective – il s'agit de vous, H. Lamia – avait détruit le garde du corps cybride affecté par le TechnoCentre à la protection de H. Keats...

— Garde du corps !

C'était mon tour de tomber des nues.

— Naturellement, reprit l'évêque.

Il se tourna vers Johnny.

— Cet homme à la queue de cheval, qui s'est fait récemment assassiner sur le site d'excursion des Templiers, n'est-ce pas celui que vous m'avez présenté comme votre garde du corps il y a huit jours ? On le voit très bien sur l'enregistrement.

Johnny ne répondit pas. Il semblait faire des efforts désespérés pour se rappeler quelque chose.

— Quoi qu'il en soit, continua l'évêque, il nous faut votre réponse à propos du pèlerinage avant la fin de cette semaine. Le *Sequoia Sempervirens* quitte le Retz dans neuf jours locaux.

— Mais c'est un vaisseau-arbre des Templiers, s'étonna Johnny. Ils ne desservent pas Hypérion par la voie longue.

L'évêque sourit.

— Ils feront une exception pour cette fois. Nous avons de bonnes raisons de penser que ce voyage pourrait être le dernier à être patronné par notre Église, et nous avons affrété ce vaisseau templier de manière à permettre au plus grand nombre possible de fidèles de faire le pèlerinage.

L'évêque fit un geste, et les hommes en rouge et en noir reculèrent dans l'obscurité. Deux exorcistes s'avancèrent pour replier le siège de l'évêque lorsque celui-ci se leva.

— Nous comptons sur votre réponse le plus tôt possible, insista-t-il.

Puis il disparut à son tour. Un seul prêtre était resté pour nous raccompagner. Il n'y avait plus de porte distrans. Nous sortîmes par la grande porte du Temple, qui donnait sur le parvis du grand escalier dominant le quartier marchand des Ruchers. L'air était froid et imprégné de l'odeur familière du mazout.

L'automatique de mon père était dans le tiroir où je l'avais laissé. Je m'assurai qu'il y avait le plein de fléchettes, repoussai le magasin en place et portai l'arme à la cuisine où le petit déjeuner était sur le feu. Johnny était assis à un bout de la grande table. Il regardait les docks par la fenêtre. Je servis les omelettes. Il leva les yeux vers moi tandis que je lui versais du café.

— Tu le crois ? demandai-je. Tu es convaincu que c'est toi qui as eu cette idée ?

— Tu as vu comme moi l'enregistrement vidéo.

— Un enregistrement, ça se truque.

— Celui-là n'était pas truqué.

— Pourquoi aurais-tu été volontaire pour faire ce pèlerinage ? Et pourquoi ton garde du corps aurait-il essayé de te tuer après ton entretien avec l'Eglise gritchtèque et l'officier templier ?

Il goûta à l'omelette, hocha la tête et en découpa un plus gros morceau.

— Le... garde du corps... m'est totalement inconnu. Il a dû être engagé pendant la semaine dont j'ai perdu le souvenir. De toute évidence, il était surtout là pour s'assurer que je ne découvrirais pas... une certaine chose... et, le cas échéant, pour m'éliminer.

— Une certaine chose... dans le Retz ou dans l'infoplan ?

— Dans le Retz, je suppose.

— Il faut que nous découvrions pour qui... ou pour quoi... il travaillait, et pour quelle raison on te l'a affecté comme garde du corps.

— Je le sais déjà, me dit Johnny. Il m'a suffi de poser la question au TechnoCentre. Ils affirment que c'est moi qui l'ai demandé, et que le cybride était contrôlé par un noyau IA qui joue un rôle équivalent à celui d'une force de sécurité.

— Dans ce cas, demande-leur pourquoi il a essayé de te tuer.

— C'est fait. Ils nient catégoriquement qu'une telle chose soit possible.

— Alors, pourquoi ce soi-disant garde du corps est-il revenu rôder autour de toi une semaine après le crime ?

— Ils disent que, bien que je ne leur aie rien demandé après mon... interruption, ils ont jugé plus prudent de m'assurer une protection.

Je me mis à rire.

— Tu parles d'une protection ! Pourquoi se serait-il enfui, sur la planète des Templiers, lorsque je lui ai couru après ? Ils ne cherchent même pas à te donner une explication plausible, Johnny.

— Je sais.

— Et l'évêque ne nous a pas expliqué comment il se fait que l'Église gritchtèque ait un accès distrans direct à l'Ancienne Terre... ou à sa réplique de cinéma.

— Nous ne lui avons pas posé la question.

— J'ai préféré ne pas le faire parce que je tenais à ressortir de ce foutu Temple en un seul morceau !

Johnny ne semblait pas m'écouter. Il buvait lentement son café, le regard perdu dans le vague.

— Qu'est-ce qu'il y a ? demandai-je.

Il se tourna vers moi en se tapotant de l'ongle la lèvre inférieure.

— Il y a un paradoxe quelque part, Brawne, me dit-il.

— Quel paradoxe ?

— Si mon objectif avait été vraiment de me rendre sur Hypérion ou bien d'y envoyer mon cybride, je n'aurais jamais pu rester dans le TechnoCentre. Il aurait fallu que j'investisse toute ma conscience dans le cybride lui-même.

— Pourquoi ?

Mais au moment même où je formulais la question, j'entrevoyais déjà la réponse.

— Réfléchis, fit Johnny. L'infoplan proprement dit est une abstraction, un mélange complexe d'infosphères générées par les ordinateurs et les IA, d'une part, et de matrices gibsonniennes quasi perceptuelles, d'autre part, conçues à l'origine pour des utilisateurs humains et actuellement reconnues comme un terrain commun entre l'homme, la machine et l'IA.

— Mais les IA doivent bien avoir des installations à eux quelque part dans l'espace réel, objectai-je. Il faut qu'ils se situent quelque part dans le TechnoCentre.

— Bien sûr. Mais cela n'a rien à voir avec leur type de conscience et ses fonctions. Je peux me « retrouver » en n'importe quel point où les recoupements des infosphères me permettront de voyager, c'est-à-dire dans tous les mondes du Retz, naturellement, ainsi que dans l'infoplan ou dans les créations du TechnoCentre telles que l'Ancienne Terre ; mais… ce n'est que dans cet environnement qu'il m'est possible d'affirmer ma « conscience » et de manipuler des capteurs ou des prolongements comme le cybride qui est devant toi.

Je posai ma tasse de café et regardai la chose que j'avais aimée comme un homme la nuit passée.

— Continue, murmurai-je.

— Les mondes coloniaux ont des infosphères restreintes. Il y a bien des contacts avec le TechnoCentre par mégatrans, mais ce ne sont que des échanges de données… Un peu comme les interfaces de communication des ordinateurs de la première âre de l'Information, et non comme un courant de conscience continu. L'infosphère d'Hypérion est primitive à un point tel qu'on pourrait dire qu'elle est inexistante. Et, d'après les réponses à mes demandes d'informations, le Centre n'a absolument aucun contact avec ce monde.

— Est-ce que c'est normal ? Est-ce que cela peut s'expliquer par l'éloignement ?

— Non. Le Centre entretient des contacts avec tous les mondes coloniaux. Il en a avec ces barbares interstellaires que sont les Extros, et avec d'autres sources que l'Hégémonie n'imagine même pas.

— Les Extros ? répétai-je, sidérée.

Depuis la guerre de Bressia, qui datait déjà de quelques années, les Extros étaient les croque-mitaines attitrés du Retz. L'idée que le TechnoCentre – cette même assemblée d'IA qui conseillait la Pangermie et le Sénat, et faisait fonctionner toute notre économie, nos communications distrans et notre civilisation technologique en général – fût en contact avec les Extros avait quelque chose d'effrayant. Et qu'est-ce que Johnny pouvait bien vouloir dire quand il parlait d'« autres sources » ? Je n'avais pas vraiment envie de le lui demander pour l'instant.

— Tu m'as bien dit que ton cybride pouvait *quand même* faire ce voyage, lui rappelai-je. Mais qu'entends-tu par « investir toute ta conscience » en lui ? Est-ce qu'une

IA peut devenir… humaine ? Est-ce que tu peux exister uniquement dans ton cybride ?

— La chose s'est déjà faite, murmura Johnny d'une voix douce. Dans le passé. Il s'agissait d'une reconstitution qui n'était pas très différente de la mienne. Celle d'un poète du XXe siècle nommé Ezra Pound. Il a abandonné sa personnalité IA et s'est enfui du Retz dans son cybride. Mais la reconstitution de Pound était affectée de démence.

— Ce qui était normal, fis-je remarquer.

— Oui.

— Ainsi, toutes les données et toute la personnalité d'une IA peuvent se retrouver dans le cerveau organique d'un cybride ?

— Bien sûr que non, Brawne. Il n'y aurait pas le millième de ma conscience totale qui survivrait à un tel transfert. Les cerveaux organiques sont incapables de traiter même les informations les plus élémentaires comme nous le faisons. La personnalité qui en résulterait ne serait pas celle de l'IA d'origine… Ce ne serait pas non plus une conscience totalement humaine, ni un cybride, d'ailleurs…

S'interrompant au milieu de sa phrase, Johnny se tourna vivement pour regarder par la fenêtre.

Au bout d'une longue minute, je demandai :

— Qu'y a-t-il ?

J'avançai une main vers lui, mais sans le toucher.

Il me parla sans me regarder.

— Il est possible que je me trompe en affirmant que cette conscience ne serait pas humaine, murmura-t-il. Peut-être la personnalité résultante serait-elle humaine, après tout, mais avec un grain de folie divine et de perspective métahumaine. Elle pourrait être – si elle était purgée de toute la mémoire de notre époque, et de toute conscience du Centre – elle pourrait être… la personne que le cybride est programmé pour être…

— John Keats ? suggérai-je.

Il se détourna de la fenêtre et ferma les paupières.

D'une voix rauque d'émotion, il récita, pour la première fois en ma présence, de la poésie :

Les fanatiques ont leurs rêves, grâce auxquels ils tissent
Un paradis pour leur secte.
Le sauvage, également, au sommet de son sommeil,
A un aperçu du Paradis.
Dommage qu'ils ne puissent tracer ni l'un ni l'autre
Sur du vélin ou sur du parchemin indien
L'esquisse d'une mélodieuse expression,
Car ils vivent, rêvent et meurent dépourvus des lauriers du poète.
Seule la Poésie sait exprimer les rêves
Et sauver, par la seule magie des mots,
L'imagination du charme noir
Et de l'enchantement muet.
Quel vivant peut dire : « Tu n'es pas poète,
Tu ne peux exprimer tes rêves » ?
Tout homme dont l'âme n'est pas une motte de terre
A des visions et voudrait les décrire,
Pour peu qu'il aime et qu'il cultive sa langue natale.
Que le rêve dont je vais maintenant vous entretenir
Soit celui d'un poète ou d'un fanatique,
Cela ne se saura que lorsque mon vivant stylet, ma main,
Sera dans la tombe.

— Je ne comprends pas, lui dis-je. Qu'est-ce que ça veut dire ?

— Ça veut dire, fit Johnny en me souriant gentiment, que je sais maintenant quelle décision j'ai prise et pour quelle raison. Je voulais cesser d'être un cybride et devenir un homme. Je voulais me rendre sur Hypérion. Je le désire toujours.

— Quelqu'un t'a tué, il y a huit jours, pour avoir pris cette décision.

— Oui.

— Et tu veux essayer encore ?

— Oui.

— Pourquoi ne pas plutôt investir ta conscience dans ton cybride ici ? Devenir humain dans le Retz ?

— Cela ne marcherait jamais. Ce que tu considères comme une société interstellaire complexe n'est en fait qu'une petite partie de la matrice de réalité du Centre. Je serais sans cesse exposé aux attaques des IA, à leur merci. La personnalité... la *réalité* de Keats n'y survivrait jamais.

— D'accord. Il faut que tu sortes du Retz. Mais il existe d'autres colonies. Pourquoi Hypérion ?

Johnny me prit la main. Ses longs doigts étaient chauds et puissants.

— Tu ne comprends donc pas, Brawne ? Il y a une relation. Je ne sais pas laquelle, mais il y en a une. Il se peut que les rêves de Keats concernant Hypérion aient été une sorte de moyen de communication transtemporelle entre sa personnalité d'alors et celle de maintenant. De toute manière, Hypérion est le principal mystère de notre époque, que ce soit sur le plan physique ou poétique, et il est tout à fait probable qu'il soit... ou que *je* sois né, puis mort, puis reconstitué dans le but d'explorer ce monde.

— Tout ça, pour moi, c'est de la folie pure. La folie des grandeurs.

— C'est sûr, reconnut Johnny en riant. Et j'avoue que je m'amuse en ce moment comme un vrai fou.

Il me saisit les bras et me força à me mettre debout, ses bras autour de moi.

— Est-ce que tu iras là-bas avec moi, Brawne ? Est-ce que tu m'accompagneras sur Hypérion ?

Je clignai les yeux d'étonnement, non seulement à cause de sa question mais également de la réponse que je lui donnai, et qui m'emplit soudain d'une sensation de chaleur :

— Oui. J'irai avec toi.

Nous nous retirâmes alors dans la chambre pour faire l'amour pendant le reste de la journée et dormir. Nous nous réveillâmes, à un moment, à la lumière blême de la troisième faction de la tranchée industrielle au-dehors. Johnny était sur le dos, ses yeux noisette grands ouverts, contemplant le plafond, perdu dans ses pensées mais suffisamment ancré dans la réalité pour sourire et me serrer fort de son bras passé autour de ma taille. J'avais la joue confortablement calée dans le creux de son épaule. Je me rendormis.

J'étais dans mes plus beaux atours – tailleur noir en whipcord, corsage en soie de Renaissance avec pierre de jaspe de Carvnel au ras du cou, tricorne d'Eulin Bré – lorsque je me distransportai, le lendemain, en compagnie de Johnny, sur TC^2. Je le laissai dans le petit bar aux cuivres et aux boiseries factices, près du terminex, mais non sans lui avoir glissé, dans un sac en papier, l'automatique de mon père, avec pour instruction de tirer à vue sur le premier qui faisait seulement mine de le regarder de travers.

— Parfois, la langue du Retz est un peu trop subtile pour moi, me dit-il.

— Cette expression est bien plus ancienne que le Retz. Fais à la lettre ce que je te demande.

Je posai un instant ma main sur la sienne, puis m'éloignai sans me retourner.

Je pris un taxi aérien jusqu'au Complexe Administratif et dus franchir à pied les neuf contrôles de sécurité pour pouvoir pénétrer dans le Centre. Puis je traversai les cinq cents mètres du Parc aux Daims, admirant au passage la grâce des cygnes glissant à la surface du lac et les bâtiments blancs au loin sur la colline. Il y eut encore neuf postes à franchir avant qu'une femme de la sécurité m'escorte enfin sur la route dallée menant à la Maison du Gouvernement, un élégant bâtiment qui se dressait au milieu de parterres de fleurs et de versants paysagés. L'antichambre était meublée avec raffinement, mais j'eus à peine le temps de prendre place sur un authentique De Kooning préhégirien lorsqu'un huissier se présenta pour me faire entrer dans le bureau de la Présidente du Sénat.

Meina Gladstone se leva pour faire le tour de son imposant bureau et me serrer la main avant de m'indiquer un siège. Cela faisait une drôle d'impression de la revoir en chair et en os après l'avoir regardée tant d'années à la TVHD. Elle était encore plus impressionnante que sur l'écran. Ses cheveux, bien que coupés court, donnaient l'impression de flotter derrière elle en plis grisonnants. Ses joues et son menton étaient aussi osseux et lincolniens que le proclamaient les pontifes de l'histoire, mais c'étaient ses grands yeux tristes et bruns qui dominaient son visage et donnaient à ses interlocuteurs l'impression de se trouver devant un personnage véritablement original.

Je m'aperçus que j'avais la bouche sèche.

— Merci d'avoir accepté de me recevoir, H. Présidente. Je sais que vous êtes très occupée.

— Jamais trop occupée pour vous, Brawne. De même que votre père ne l'était jamais pour moi lorsque j'étais encore débutante au Sénat.

J'inclinai légèrement la tête. Papa m'avait un jour décrit Meina Gladstone comme l'unique génie politique de l'Hégémonie. Il avait toujours su qu'elle deviendrait un jour Présidente malgré son entrée tardive dans la politique. Si seulement il avait vécu pour la voir…

— Comment se porte votre mère, Brawne ?

— Elle va très bien, H. Présidente. Elle quitte de plus en plus rarement notre vieille résidence d'été sur Freeholm, mais je la vois chaque année à Noël.

Gladstone hocha la tête. Elle s'était assise sans façon sur le bord de l'énorme bureau dont les journaux disaient qu'il avait jadis appartenu à un Président assassiné – ce n'était pas Lincoln – des États-Unis d'avant la Grande Erreur. Mais elle se leva en souriant et alla s'installer dans le fauteuil tout simple qui se trouvait derrière.

— Votre père me manque, Brawne, me dit-elle. J'aimerais tellement qu'il soit là en ce moment. Avez-vous regardé le lac en arrivant ?

— Oui.

— Vous souvenez-vous de l'époque où vous faisiez naviguer dessus des petits bateaux avec mon Kresten, quand vous n'étiez tous les deux pas plus hauts que trois pommes ?

— À peine, H. Présidente. J'étais vraiment très petite.

Meina Gladstone me sourit de nouveau. L'interphone bourdonna, mais elle le réduisit d'un geste au silence.

— Que puis-je faire pour vous, Brawne ?

Je pris une grande inspiration.

— H. Présidente, vous savez peut-être que je travaille comme détective privée. (Je n'attendis pas qu'elle hoche la tête pour continuer.) Une affaire dont je me suis récemment occupée m'a ramenée au suicide de papa...

— Brawne, vous savez très bien que l'enquête n'a rien laissé au hasard. J'ai eu entre les mains le rapport de la commission.

— Oui. Moi aussi. Mais j'ai découvert il y a peu de temps d'étranges choses sur l'attitude du TechnoCentre à l'égard de la planète Hypérion. Est-ce que papa et vous n'étiez pas alors en train de travailler à un projet de loi visant à faire entrer Hypérion dans le Protectorat de l'Hégémonie ?

Gladstone hocha la tête.

— C'est exact, Brawne. Mais il y avait plus de douze autres colonies sur la liste cette année-là. Aucune n'a été acceptée.

— Je le sais. Cependant, est-ce que le TechnoCentre ou l'Assemblée consultative des IA n'ont pas manifesté un intérêt tout particulier pour Hypérion ?

La Présidente du Sénat se tapota la lèvre inférieure avec son stylo.

— Quel genre d'informations avez-vous sur Hypérion, Brawne ?

J'allais répondre lorsqu'elle me fit taire en levant l'index.

— Une seconde !

Elle appuya sur la touche de l'interphone.

— Thomas, je m'absente quelques minutes. Veillez à ce qu'on amuse la délégation de Sol Draconi si je prends un peu de retard sur l'horaire.

Je ne la vis pas faire d'autre mouvement, mais une porte distrans bleu et or se matérialisa subitement en grésillant à proximité du mur opposé. Elle me fit signe de passer la première.

Une plaine dorée de hautes herbes s'étendait autour de moi jusqu'aux quatre horizons, qui semblaient plus éloignés que sur la moyenne des mondes. Le ciel était d'un jaune très pâle, avec des traînées brun foncé qui auraient pu être des nuages. Je ne reconnaissais pas cette planète.

Meina Gladstone apparut et toucha une plaque persoc sur sa manche. La porte distrans disparut. Une brise chaude soufflait sur nous des senteurs épicées.

Gladstone toucha de nouveau sa manche, leva les yeux vers le ciel et hocha la tête.

— Désolée de ce contretemps, Brawne. Mais Kastrop-Rauxel n'a ni infosphère ni satcoms d'aucune sorte. Vous pouvez maintenant poursuivre. Quelles informations sont arrivées jusqu'à vous ?

Je regardai de nouveau la plaine déserte.

— Rien qui justifie ces mesures de sécurité, je suppose. J'ai seulement découvert que le TechnoCentre semble porter un intérêt particulier à Hypérion. Il a également construit une sorte d'analogue de l'Ancienne Terre. Un monde au complet !

Si j'attendais d'elle une réaction de surprise, j'en étais pour mes frais. Elle se contenta de hocher la tête en murmurant :

— Nous sommes au courant de cet analogue.

Ce fut moi qui manifestai ma surprise.

— Mais pourquoi la chose n'a-t-elle pas été rendue publique ? Si le Centre est capable de reconstituer l'Ancienne Terre, il y a des tas de gens que cela intéresse !

Gladstone se mit à marcher et je l'imitai, en allongeant le pas pour me maintenir à la même cadence que ses grandes jambes.

— Brawne, je ne crois pas qu'il serait de l'intérêt de l'Hégémonie d'ébruiter une telle chose. Nos plus grands spécialistes ignorent pour quelles raisons le TechnoCentre fait cela. Les IA ne laissent rien filtrer. Notre meilleure politique, pour le moment, est d'attendre. Qu'avez-vous appris à propos d'Hypérion ?

J'ignorais si je pouvais faire confiance à Meina Gladstone, bon vieux temps ou pas. Mais je savais que si je voulais des informations, il fallait que j'en lâche de mon côté.

— Ils ont reconstitué la personnalité d'un poète de l'Ancienne Terre, lui dis-je, et ils semblent obsédés par l'idée qu'aucune information sur Hypérion ne doit parvenir jusqu'à lui.

Gladstone cueillit un long brin d'herbe et le porta à ses lèvres.

— Le cybride de John Keats, murmura-t-elle.

— Oui, fis-je en prenant bien soin, cette fois-ci, de ne pas laisser percer mon étonnement. Je sais que papa tenait à obtenir le statut de protectorat pour Hypérion. Si le Centre s'intéresse particulièrement à cette planète, il a peut-être eu quelque chose à voir avec...

— Avec un suicide apparent ?

— Oui.

Le vent faisait ondoyer les herbes dorées. Une minuscule créature détala devant nous.

— C'est une possibilité qu'on ne peut pas exclure, Brawne. Mais nous n'avons absolument aucune preuve. Dites-moi ce que veut faire le cybride.

— Parlez-moi d'abord des raisons de l'intérêt que porte le TechnoCentre à Hypérion.

Gladstone écarta les bras.

— Si nous le savions, Brawne, je dormirais beaucoup plus tranquillement la nuit. Cet intérêt pour Hypérion n'est pas nouveau. Il date de plusieurs siècles au moins, à notre connaissance. Lorsque le Président du Sénat Levchenski a autorisé le roi Billy le Triste d'Asquith à recoloniser la planète, cela a failli provoquer une véritable sécession des IA. Récemment, lorsque nous avons installé là-bas notre mégatrans, il y a eu une crise du même genre.

— Mais les IA n'ont jamais fait sécession.

— Non, Brawne. Pour une raison assez mystérieuse, ils semblent avoir besoin de nous tout autant que nous avons besoin d'eux.

— Si Hypérion les intéresse tant, pourquoi s'opposent-ils à ce qu'il fasse partie du Retz ? Ils pourraient s'y rendre plus facilement.

Gladstone se passa la main dans les cheveux. Les nuages bruns, très haut dans le ciel, moutonnèrent soudain, sans doute sous l'action d'un fantastique courant-jet.

— Ils sont inflexibles en ce qui concerne l'admission d'Hypérion au sein du Retz, dit-elle. C'est un paradoxe intéressant. Mais dites-moi quelles sont les intentions du cybride.

— Expliquez-moi d'abord pourquoi le TechnoCentre attache tant d'importance à Hypérion.

— Nous l'ignorons, je vous l'ai déjà dit.

— Vous avez bien une idée.

La Présidente retira le brin d'herbe qu'elle avait dans la bouche et le contempla.

— Nous pensons que le Centre s'est lancé dans un programme absolument incroyable, qui lui permettrait de prédire... à peu près tout, et de traiter chaque variable spatiale, temporelle ou historique comme une parcelle d'information contrôlable.

— L'Intelligence Ultime, murmurai-je.

J'étais consciente de prendre des risques, mais ça m'était égal.

Cette fois-ci, Gladstone accusa le coup.

— Comment savez-vous ça ?

— Quel rapport y a-t-il entre ce programme et Hypérion ?

Elle soupira.

— Nous n'avons pas de certitude là-dessus, Brawne, mais il semble qu'il y ait une anomalie sur Hypérion et qu'ils n'aient pas pu l'intégrer dans leurs analyses de prédiction. Avez-vous entendu parler des Tombeaux du Temps que l'Église gritchtèque considère comme sacrés ?

— Bien sûr. On en a beaucoup parlé lorsque toute la région a été interdite aux touristes.

— C'est cela. À la suite d'un accident survenu à un membre d'une équipe de chercheurs il y a un certain nombre d'années, nos spécialistes ont pu confirmer que les champs anentropiques aux alentours des Tombeaux ne constituent pas simplement, comme on le croyait généralement jusque-là, une protection contre l'érosion du temps.

— À quoi servent-ils, alors ?

— Ce sont les vestiges d'un champ – ou d'une force – qui a littéralement propulsé les Tombeaux et leur contenu en arrière dans le temps, à partir de je ne sais quel avenir lointain.

— Leur contenu ? réussis-je à murmurer. Mais les Tombeaux du Temps ont toujours été vides, depuis leur découverte.

— Ils sont vides, c'est vrai, mais certains indices montrent qu'ils… seront pleins quand ils s'ouvriront, et que cela se produira dans un avenir… pas très lointain pour nous.

J'ouvris de grands yeux.

— Pas très lointain ? Quand ?

Ses grands yeux sombres gardèrent toute leur douceur, mais son mouvement de tête fut catégorique.

— Je vous en ai déjà beaucoup trop dit, Brawne. Je vous interdis formellement de répéter quoi que ce soit. Nous ferons en sorte de nous assurer de votre silence, si nécessaire.

Je cachai mon propre trouble en cueillant à mon tour un brin d'herbe pour le mâchonner.

— D'accord, murmurai-je. Qu'est-ce qui va donc sortir de ces Tombeaux ? Des extraterrestres ? Des bombes ? Des capsules à remonter le temps ?

Elle eut un sourire figé.

— Si nous le savions, Brawne, nous aurions une longueur d'avance sur le TechnoCentre, mais ce n'est malheureusement pas le cas.

Le sourire disparut abruptement.

— Selon l'une de nos hypothèses, reprit-elle, les Tombeaux auraient un rapport avec une guerre du futur. Une sorte de règlement de comptes de l'avenir en modifiant le passé, par exemple.

— Mais une guerre entre qui et qui, pour l'amour du Christ ?

Elle écarta de nouveau les bras.

— Il faut rentrer, maintenant, Brawne. Voulez-vous me dire ce que le cybride compte faire ?

Je baissai les yeux, puis relevai la tête pour croiser son regard inflexible. Je ne pouvais faire confiance à personne, mais le TechnoCentre et l'Église gritchtèque connaissaient déjà les intentions de Johnny. Si c'était une partie à trois, il valait peut-être mieux que tous les trois soient au courant, pour le cas où l'un d'eux aurait eu de bonnes intentions.

— Il veut investir toute sa conscience dans son cybride, déclarai-je, mal à l'aise. Il veut devenir humain, puis se rendre sur Hypérion. Et j'ai l'intention de l'accompagner.

La Présidente du Sénat et de la Pangermie, à la tête d'un gouvernement qui englobait près de deux cents mondes et des milliards de citoyens, me regarda un long moment en silence. Puis elle murmura :

— C'est donc qu'il veut rejoindre le pèlerinage à bord du vaisseau templier.

— Oui.

— Impossible.

— Que voulez-vous dire ?

— Le *Sequoia Sempervirens* n'aura pas l'autorisation de quitter l'espace hégémonien. Il n'y aura pas de pèlerinage. À moins, bien sûr, que le Sénat ne décide que cela sert ses intérêts.

Sa voix avait une dureté d'acier.

— Johnny et moi irons là-bas sur un vaisseau de spin, déclarai-je. Le pèlerinage est un jeu de paumé, de toute manière.

— Impossible aussi. Il n'y aura plus de vaisseaux de spin civils pour Hypérion pendant quelque temps.

Le mot « civil » me fit dresser l'oreille.

— La guerre ?

Elle hocha la tête, les lèvres serrées.

— Avant que la plupart des vaisseaux de spin puissent atteindre la région.

— La guerre avec... les Extros ?

— Au début, oui. Mais il faut considérer cela comme

une manière de résoudre le bras de fer entre le Techno-Centre et nous, Brawne. Ou bien nous serons forcés d'intégrer le système d'Hypérion au Retz pour lui assurer la protection militaire de la Force, ou bien il tombera entre les mains d'une race qui méprise et déteste le Centre et ses IA.

Je m'abstins de lui rapporter ce que m'avait dit Johnny sur les contacts que les IA avaient eus avec les Extros.

— Une manière de résoudre le bras de fer. D'accord, répliquai-je. Mais qui manipule les Extros pour qu'ils nous attaquent ?

Gladstone me dévisagea de nouveau. Si son regard était lincolnien en cet instant, c'était que le Lincoln de l'Ancienne Terre devait être un sacré coriace assorti d'un fils de pute.

— Il est temps de rentrer, maintenant, Brawne, me dit-elle. Vous devez comprendre à quel point il est vital qu'aucune de ces informations ne transpire.

— Je comprends surtout que vous ne me les auriez pas communiquées si vous n'aviez pas eu une bonne raison de le faire, répliquai-je sans me démonter. J'ignore à qui vous voulez les faire parvenir au juste, mais je sais très bien que je suis pour vous une messagère et non une confidente.

— Ne sous-estimez pas notre détermination de garder le secret sur tout cela, Brawne.

Je me mis à rire.

— Loin de moi l'idée de sous-estimer votre détermination en quoi que ce soit, madame.

Meina Gladstone me fit signe de passer la première à travers la porte distrans.

— Je connais un moyen de découvrir où le Centre veut en venir, me dit Johnny tandis que nous foncions, tout seuls sur Mare Infinitus, à bord d'un turbobateau de location. Mais il est dangereux, ajouta-t-il.

— Tiens, voilà qui va nous changer !

— Je parle sérieusement, Brawne. Nous ne devons y

avoir recours que s'il est impératif pour nous de comprendre ce que le Centre redoute sur Hypérion.

— Ça l'est.

— Nous aurons besoin d'un intermédiaire. Quelqu'un qui soit un véritable artiste dans les manipulations de l'infoplan. Quelqu'un de malin, mais pas suffisamment pour refuser de prendre de gros risques. Et quelqu'un qui soit prêt à s'engager totalement et à garder le secret pour le seul plaisir de participer au plus énorme trip dont un cyberpunk ait jamais rêvé.

Je lui souris de toutes mes lèvres.

— J'ai exactement l'homme qu'il te faut.

BB vivait seul dans un appartement bon marché au pied d'une tour merdique d'un quartier sordide de TC^2. Mais la quincaillerie qui remplissait presque tout l'espace de son quatre-pièces n'avait rien de bon marché. Tout le salaire de BB des dix dernières années standard avait dû passer dans l'achat des jouets cyberpunks les plus à la pointe.

Je le prévins tout de suite que nous venions lui demander de faire quelque chose d'illégal. Il répondit d'abord qu'en tant que fonctionnaire, il ne pouvait envisager cela. Puis il nous demanda ce que c'était. Johnny commença à lui donner des explications. BB se pencha en avant, et je vis briller dans son regard la lueur qu'il avait quand nous traînions ensemble sur les bancs de la fac. J'avais presque l'impression qu'il allait se jeter sur lui pour essayer de le disséquer à seule fin de voir comment fonctionnait un cybride. Puis Johnny en arriva au passage intéressant, et l'éclat de BB se transforma carrément en une sorte de halo vert.

— Lorsque j'autodétruirai ma personnalité IA, déclara Johnny, le transfert de conscience vers le cybride s'effectuera en quelques nanosecondes. Pendant cet intervalle de temps, les défenses périphériques du TechnoCentre correspondant à mon secteur s'abaisseront. Les phages de sécurité s'occuperont aussitôt de colmater la brèche, mais il y aura quelques nanosecondes de flottement pendant lesquelles...

— Pénétrer dans le Centre, chuchota BB, dont les yeux brillaient comme une antique console de visualisation.

— L'opération serait très dangereuse, fit remarquer Johnny en détachant ses mots. À ma connaissance, aucun opérateur humain n'a encore franchi la périphérie du TechnoCentre.

BB se frotta la lèvre supérieure.

— Il y a une légende selon laquelle le Cow-boy Gibson aurait réussi une fois, avant la sécession du Centre, murmura-t-il. Mais personne n'y a jamais cru vraiment. Et, de toute manière, le Cow-boy a disparu sans laisser de traces.

— Même si vous réussissiez à pénétrer, lui dit Johnny, vous n'auriez pas assez de temps pour accéder à quoi que ce soit si je n'avais pas les coordonnées toutes prêtes.

— Bordel à queue ! s'écria BB en se tournant vers son pupitre pour y saisir sa dérivation. Faisons-le !

— Maintenant ? m'étonnai-je.

Même Johnny semblait sidéré.

— Pourquoi attendre ? fit BB en fixant les attaches de sa dérivation et les électrodes métacorticales, mais sans toucher au tableau du pupitre. Alors, on le fait ou pas ?

J'allai m'asseoir à côté de Johnny sur le canapé et lui pris la main. Elle était glacée. Son visage était sans expression, mais j'imaginais ce que l'on devait ressentir face à la destruction imminente de sa personnalité et de toute son existence antérieure. Même si le transfert réussissait, l'humain qui aurait la personnalité de John Keats ne serait plus « Johnny ».

— Il a raison, dit-il. Si nous devons le faire, pourquoi attendre ?

Je l'embrassai.

— D'accord. Mais j'y vais avec BB.

— Pas question ! fit Johnny en me serrant les doigts. Tu ne servirais à rien, et le danger pour toi serait terrible !

J'entendis ma propre voix, aussi implacable que celle de Meina Gladstone :

— C'est possible. Mais je ne peux pas demander à BB de le faire si je reste en arrière. Et je ne veux pas te laisser seul là-dedans.

J'exerçai une dernière pression sur sa main et allai m'asseoir aux côtés de BB, devant le pupitre, en disant :

— Montre-moi comment on fait pour se relier à ce foutu truc.

Vous avez tous lu les descriptions faites par les cyberpunks. Vous avez entendu parler de la terrible beauté de l'infoplan, avec ses voies tridimensionnelles, ses paysages de glace noire, ses agrégats de lumières fluorescentes et de néons, ses boucles étranges et ses gratte-ciel miroitants de blocs de données sous les nuages flottants de la présence des IA. Je vis tout cela en chevauchant l'onde porteuse de BB. C'était presque trop. Trop intense, trop terrifiant. J'*entendais* les menaces noires des phages de la sécurité à l'affût. Je *reniflais* l'odeur de la mort, malgré les écrans de glace, dans le souffle des virus lancés dans une contre-offensive générale. Je *sentais* sur mes épaules le poids de la colère des IA au-dessus de nous. Nous étions des insectes sous leurs pieds d'éléphants. Et nous n'avions encore rien fait d'autre que voyager dans des couloirs de données autorisés, sur un itinéraire d'accès préparé à l'avance quc BB avait concocté comme un devoir pour son Bureau des Archives et de la Statistique.

Avec mes électrodes superficielles et autocollantes, je voyais les choses de l'infoplan comme à travers l'écran flou d'une vieille télé en noir et blanc alors que Johnny et BB les voyaient, pour ainsi dire, dans toute la splendeur d'une stimsim holo.

Je ne sais pas comment ils faisaient pour encaisser le choc.

— Voilà, me dit BB dans ce qui équivalait, pour l'infoplan, à un chuchotement. Nous y sommes.

— Où ça ?

Tout ce que je distinguais, c'était un dédale infini de lumières brillantes et d'ombres encore plus brillantes, l'équivalent de dix mille mégalopoles réparties sur quatre dimensions.

— La périphérie du TechnoCentre, murmura BB. Agrippe-toi. Le moment est presque arrivé.

Je n'avais pas de mains pour m'agripper, et aucun support physique ne s'offrait à moi dans cet univers. Mais je me concentrai sur les ombres d'ondes qui nous servaient de véhicule de données, et je *m'accrochai*.

C'est alors que Johnny mourut.

J'ai déjà eu l'occasion d'assister aux premières loges à une explosion nucléaire. Quand papa était sénateur, il nous a emmenées un jour, maman et moi, assister à une démonstration de la Force à l'École Militaire d'Olympus. Pour le dernier volet, le module d'observation des civils fut distransporté sur je ne sais quel monde lointain – Armaghast, probablement – et un peloton de reconnaissance au sol de la Force tira un missile nucléaire tactique « propre » sur un adversaire fictif à neuf kilomètres de là. Le module d'observation était abrité par un champ de confinement polarisé de classe 10, et le missile n'était qu'une tête tactique de cinquante kilotonnes, mais je n'oublierai jamais la déflagration dont l'onde choc secoua comme une feuille le module de quatre-vingts tonnes sur ses répulseurs. L'impact physique de la lumière éclatante fut si obscènement puissant qu'il polarisa notre champ au maximum d'opacité, nous faisant tout de même larmoyer et nous donnant l'impression qu'il allait nous balayer malgré tout.

Ce que j'avais sous les yeux était encore pire.

Toute une section de l'infoplan sembla entrer en surbrillance puis imploser sur elle-même, comme si la réalité était soudain aspirée dans un gouffre de noir total.

— Agrippe-toi ! hurla de nouveau BB pour couvrir le bruit de fond de l'infoplan qui me vrillait les os.

Nous fûmes happés, emportés, tournoyant dans le vide comme des insectes dans une tornade.

J'ignore comment, dans ce délirant capharnaüm de fureur et de bruit, d'impossibles phages à la carapace noire et brillante se ruèrent droit sur nous. BB en évita un, retourna les membranes acides de l'autre contre lui-même. Nous étions aspirés dans quelque chose de plus froid et de plus noir que pouvaient l'être tous les vides de notre réalité.

— Là ! s'écria BB, dont l'analogue vocal se perdit presque dans le cyclone qui ravageait l'infosphère.

Là, quoi ?

C'est alors que je vis la ligne mince de turbulences jaunes qui formaient comme une bannière d'étoffe au cœur de l'ouragan. BB nous fit prendre un virage à quarante-cinq degrés, trouva une onde pour nous porter au cœur de la tempête, accorda des coordonnées qui défilaient autour de nous beaucoup trop vite pour que je puisse les lire, et nous nous retrouvâmes sur la bande jaune qui se précipitait dans…

Dans quoi ? Des gerbes figées de feux d'artifice. Des montagnes transparentes de données, des glaciers sans fin de mémoire morte, des ganglions d'accès qui s'ouvraient comme des crevasses, des nuages de limaille où flottaient des bulles de traitement semisentientes, des pyramides étincelantes de sources primaires protégées par des lacs de glace noire et des armées de pulsophages noirs.

— Merde ! m'écriai-je, sans m'adresser à personne en particulier.

BB suivit la bande jaune, en long, en large et en travers. Je sentis une *connexion* qui s'établissait, comme si quelqu'un nous avait soudain balancé une grosse charge à transporter.

— Je l'ai ! s'écria BB.

Il y eut un bruit encore plus fort que le maelström sonore qui nous engloutissait et nous consumait. Cela ne ressemblait ni à un avertisseur ni à une sirène, mais c'en était l'équivalent par le ton et l'urgence.

Nous grimpâmes à toute allure. Je discernai un vague mur de grisaille au milieu du chaos de lumière, et compris que nous étions revenus à la périphérie. Le vide était moins vertigineux, mais déchirait toujours le mur comme une tache noire qui allait en se rétrécissant. Nous continuions de grimper vers la sortie.

Mais pas assez vite.

Les phages nous attaquèrent de cinq côtés différents à

la fois. Depuis douze ans que je suis détective, j'ai reçu une fois une balle, j'ai été poignardée deux fois et j'ai eu plusieurs côtes cassées. Mais la douleur que j'éprouvai alors que BB se battait et grimpait à toute allure surpassait la somme de toutes les autres.

Ma contribution à notre défense se limitait à pousser de grands cris d'effroi. Je sentais des griffes glacées qui nous happaient pour nous tirer vers le bas, dans la lumière, le bruit et le chaos. BB se servait d'un programme ou de je ne sais quelle formule d'enchantement pour les repousser. Mais ce n'était pas suffisant. Je sentais l'impact des coups qui parvenaient au but.

Pas directement sur moi, mais à travers l'analogue matriciel représenté par BB.

Nous étions en train de retomber. Des forces inexorables nous entraînaient. Soudain, je sentis la présence de Johnny. C'était comme si une main géante et puissante nous avait cueillis au vol pour nous faire remonter à la périphérie juste au moment où la tache noire allait matérialiser nos lignes de vie pour les engloutir et où les champs défensifs allaient se refermer comme des mâchoires d'acier.

Nous fonçâmes à des vitesses impossibles sur des autoroutes de données saturées, dépassant les estafettes de l'infoplan et autres analogues tel un VEM doublant un char à bœufs. Puis nous approchâmes d'une porte ouvrant sur le temps ralenti, et nous fîmes un gigantesque saut-de-mouton quadridimensionnel par-dessus les analogues des opérateurs de sortie retenus par la grille.

Je ressentis l'inévitable nausée de la transition lorsque nous émergeâmes de la matrice. La lumière me brûlait les rétines. Mais c'était la lumière *réelle*, cette fois-ci. Puis la douleur déferla, et je m'affaissai sur le pupitre en gémissant.

— Viens, Brawne.

C'était Johnny – ou quelqu'un qui ressemblait comme deux gouttes d'eau à Johnny –, qui m'aidait à me relever et me guidait vers la porte.

— BB… murmurai-je d'une voix rauque.

— Non…

J'entrouvris mes paupières endolories juste assez longtemps pour distinguer BB Surbringer affalé sur son pupitre. Son Stetson était tombé et avait roulé par terre. Sa tête avait explosé, éclaboussant le pupitre de rouge et de gris. Sa bouche était restée ouverte, et une épaisse mousse blanche coulait encore au coin de ses lèvres. Ses yeux semblaient avoir fondu.

Johnny me saisit par la taille et me souleva presque.

— Il faut partir d'ici, me dit-il. Quelqu'un va arriver d'un moment à l'autre.

Je refermai les yeux et me laissai guider.

Lorsque je me réveillai, ce fut dans une pénombre rouge, au son de l'eau qui coulait goutte à goutte. Cela sentait les égouts, le moisi et l'ozone des câbles en fibres optiques sans gaine.

Je n'avais ouvert qu'un œil. Nous nous trouvions dans un lieu au plafond bas, qui ressemblait plus à une caverne qu'à une pièce d'habitation, avec des câbles qui serpentaient le long de voûtes effritées et des flaques d'eau qui stagnaient sur des dalles à moitié recouvertes de boue visqueuse. La lumière rouge provenait du fond de la caverne, peut-être d'un puits de maintenance ou d'une galerie pour les automécas. Je me mis à gémir sourdement. Johnny était à mes côtés, sur les couvertures qui nous servaient de lit sommaire. Il tourna vers moi un visage maculé de suie ou de graisse, saignant à plusieurs endroits.

— Où sommes-nous ? demandai-je.

Il me toucha la joue. Puis il m'entoura la taille de son autre bras et m'aida à me redresser. Tout tourna autour de moi, et je crus que j'allais vomir. Johnny me tendit un gobelet de plastique et me fit boire un peu d'eau.

— Dans la ruche des Poisses, me dit-il.

Je l'avais deviné avant même de reprendre tout à fait conscience. La ruche des Poisses est le puits le plus profond de Lusus, débouchant sur un impossible dédale de galeries de mécas et de refuges clandestins fréquentés par tout ce que le Retz compte de proscrits et de hors-la-loi. C'est dans la ruche des Poisses que j'ai été blessée, il y a plusieurs années, et j'ai gardé la cicatrice du laser au-dessus de ma hanche gauche.

Je lui tendis le gobelet pour qu'il le remplisse. Il alla verser de l'eau d'un thermos en acier et revint me faire boire. Je connus quelques secondes de panique lorsque je fouillai dans la poche de ma tunique à la recherche de l'automatique de papa, qui n'était plus à ma ceinture. Il avait disparu. Mais Johnny me tendit l'arme sans un mot, et je soupirai de soulagement. Je bus avidement.

— Et BB ? demandai-je, espérant un instant que les images que j'avais gardées appartenaient à une horrible hallucination.

Il secoua la tête.

— Ils avaient des défenses auxquelles ni lui ni moi ne nous attendions. Son incursion a été magnifique, mais il ne pouvait pas battre les omégaphages du Centre. La moitié des opérateurs de l'infoplan ont ressenti les secousses de cette bataille. BB appartient déjà à la légende.

— La légende de mon cul, fis-je avec un rire qui ressemblait étrangement au début d'un sanglot. BB est mort. Et il s'est sacrifié pour des prunes.

Le bras de Johnny se resserra autour de ma taille.

— Pas pour des prunes, Brawne. Il a réussi son coup. Et il m'a transmis les données avant de mourir.

Je réussis à me redresser tant bien que mal, et le dévisageai. Il ne semblait pas très différent de ce qu'il était avant. Les mêmes yeux tendres, la même chevelure, la même voix. Mais il y avait une différence subtile, en profondeur.

— Tu… Tu as réussi le transfert ? murmurai-je. Tu es…

— Humain ? fit John Keats en souriant. Oui, Brawne. Ou, du moins, aussi humain que peut l'être une créature forgée par le Centre.

— Mais tu te souviens quand même de… moi, et de BB… Que s'est-il passé ?

— Je me souviens de tout, et aussi de la première fois

où j'ai ouvert l'*Homère* de Chapman. Je me souviens des yeux de mon frère Tom la nuit où il a eu son hémorragie. Je me souviens de la voix douce de Severn, lorsque j'étais trop faible pour ouvrir les yeux et faire face à mon propre destin. Et aussi de notre nuit sur la Piazza di Spagna, lorsque mes lèvres ont rencontré les tiennes et que j'ai imaginé la joue de Fanny contre la mienne. Je n'ai rien oublié, Brawne.

L'espace d'une seconde, la confusion m'emplit, puis je me sentis assez vexée. Mais il posa la main sur ma joue, et plus rien d'autre au monde n'exista pour moi. Je le comprenais.

— Pourquoi sommes-nous ici ? demandai-je en fermant les yeux, la tête contre sa poitrine.

— Je ne pouvais pas prendre le risque d'utiliser le réseau distrans. Le TechnoCentre aurait pu retrouver aussitôt notre trace. Nous aurions pu gagner le port spatial, mais tu n'étais pas en état de voyager. J'ai donc choisi les Poisses.

Je hochai de nouveau la tête, contre sa poitrine.

— Ils vont encore essayer d'avoir ta peau.

— Oui.

— Est-ce que nous aurons sur le dos les flics locaux ? Ceux de l'Hégémonie ? La police des transits ?

— Je ne pense pas. Les seuls qui nous aient menacés jusqu'à présent sont les goondas des deux bandes, plus quelques habitués des Poisses.

J'ouvris les yeux.

— Que sont devenus les goondas ?

Il y avait peut-être dans le Retz des truands et des tueurs à gages plus redoutables qu'eux, mais je n'avais jamais croisé leur chemin.

Johnny soupesa dans sa main l'automatique de papa et sourit.

— Je ne me souviens de rien après BB, murmurai-je.

— Tu as été touchée par le choc en retour des phages. Tu étais capable de marcher, mais on nous a regardés d'un drôle d'air quand nous avons traversé le quartier marchand.

— Je vois ça d'ici. Parle-moi des découvertes de BB. Pourquoi le TechnoCentre est-il obsédé par Hypérion ?

— Mange d'abord, me dit Johnny. Ça fait plus de trente-six heures que tu n'as rien pris.

Il traversa la caverne aux voûtes ruisselantes et revint avec une boîte autochauffante. C'était le menu de base des accros holos. Bœuf cloné séché puis réhydraté et réchauffé, pommes de terre hydroponiques, carottes ressemblant à des espèces de limaces marines. Jamais cela ne m'avait paru aussi bon.

— Bien, lui dis-je quand mon estomac fut calé. Raconte, maintenant.

— Le TechnoCentre est divisé en trois courants depuis le début de son existence, commença Johnny. Les Stables sont les IA de l'ancienne école, certaines datant même d'avant la Grande Erreur. Disons qu'au moins l'une d'elles est devenue sentiente durant la première Ère de l'Information. Leur principal argument est qu'un certain degré de symbiose entre l'humanité et le Centre est indispensable. Ce sont elles qui ont lancé le projet Intelligence Ultime. Elles y voyaient un moyen d'éviter les décisions inconsidérées et de temporiser jusqu'à ce que toutes les variables puissent être prises en compte. Les Volages sont celles qui ont provoqué la sécession il y a trois siècles. Elles ont procédé à des études très poussées qui tendent à prouver que l'humanité a fait son temps et constitue maintenant une menace pour la survie du TechnoCentre. Elles préconisent la terminaison immédiate et totale du genre humain.

— La terminaison... répétai-je. Et elles auraient les moyens d'appliquer cette politique ?

— À l'intérieur du Retz, oui. Non seulement les intelligences du Centre constituent toute l'infrastructure de la société hégémonienne, mais elles conditionnent tous les déploiements de la Force et même le fonctionnement des systèmes de sécurité de tous les arsenaux nucléaires et des armes au plasma.

— Tu savais tout cela quand tu étais... dans le Centre ?

— Non. En tant que personnalité reconstituée, cybride et pseudo-poète, je n'étais qu'un marginal, une curiosité, une créature inachevée qui pouvait se promener à sa guise dans le Retz, un peu comme on ouvre la porte au chat, le soir, pour qu'il aille faire un tour dehors. Je ne soupçonnais même pas que les IA étaient divisées en trois camps.

— Trois camps... Parle-moi du troisième. Et explique-moi ce que vient faire Hypérion dans tout ça.

— Entre les Stables et les Volages, il y a les Ultimistes. Cela fait cinq siècles que les Ultimistes sont obsédées par le projet IU. La continuation ou l'extinction de la race humaine ne les intéressent que dans la mesure où elles ont une incidence sur le projet. À ce jour, les Ultimistes ont joué un rôle plutôt modérateur. Elles sont les alliées objectives des Stables parce que, dans leur perception des choses, les reconstitutions telles que celle de l'Ancienne Terre sont indispensables à l'achèvement du projet IU.

» Récemment, cependant, l'affaire d'Hypérion les a incitées à se rapprocher des positions des Volages. Depuis l'exploration de cette planète, il y a quatre siècles, le TechnoCentre est perplexe et tourmenté. Il est très vite apparu que les Tombeaux du Temps sont des artefacts lancés en arrière dans le temps à partir d'un point situé au moins dix mille ans dans l'avenir de la Galaxie. Le plus troublant, cependant, c'est que la formule de prédiction du Centre n'a jamais pu intégrer la variable Hypérion.

» Pour bien comprendre tout cela, Brawne, il faut que tu saches à quel point le TechnoCentre est dépendant du système de prédiction. Déjà, sans l'intégration des données IU, le Centre connaît les détails de l'avenir physique, humain et IA avec une marge de certitude de 98,9995 pour 100 sur une période de deux siècles au moins. L'Assemblée consultative des IA auprès de la Pangermie, avec ses vagues oracles delphiques, considérés comme tellement indispensables par les humains, est une farce en comparaison. Le TechnoCentre distille au compte-gouttes ses révélations à l'Hégémonie uniquement lorsque cela sert ses desseins, quelquefois pour aider les

Volages, souvent dans l'intérêt des Stables mais *toujours* de manière à ne pas mécontenter les Ultimistes.

» Hypérion représente une déchirure dans le tissu prédictif tout entier de l'existence même du TechnoCentre. C'est l'ultime bâton dans les roues, la variable non intégrable. Aussi impossible que cela puisse paraître, Hypérion semble échapper à toutes les lois de la physique, de l'histoire, de la psychologie humaine et des arts prédictifs tels qu'ils sont pratiqués par le TechnoCentre.

» Le résultat est qu'il y a deux avenirs, ou deux *réalités* différentes, si tu préfères. La première est celle où la malédiction du gritche qui va bientôt s'abattre sur le Retz et sur toute l'humanité interstellaire constitue une arme contrôlée par le TechnoCentre du futur, une première frappe rétroactive de la part des Volages qui dominent de là-bas les millénaires à venir de la Galaxie. L'autre réalité voit l'invasion du gritche, la guerre interstellaire en préparation et les autres conséquences de l'ouverture des Tombeaux du Temps comme un coup porté à travers le temps par les humains, et comme un sursaut final des Extros, des ex-coloniaux et des autres minorités humaines ayant échappé au programme d'extinction mis en œuvre par les Volages.

L'eau tombait goutte à goutte sur les dalles luisantes. Quelque part dans les profondeurs des galeries voisines, j'entendis la sirène d'un cautériseur méca se réverbérer sur la roche et la céramique. Je m'adossai à la paroi et regardai longuement Johnny avant de murmurer :

— La guerre interstellaire… Les deux scénarios prévoient la guerre interstellaire ?

— Oui. Elle est incontournable.

— Il n'y a aucune chance pour qu'ils se trompent ?

— Aucune. Ce qui se passe sur Hypérion représente une énigme, mais les conséquences sur le Retz et ailleurs sont on ne peut plus claires. Les Ultimistes se servent de cette certitude comme d'un argument de choc pour précipiter la prochaine phase de l'évolution du Centre.

— Et que disent de nous les dossiers dérobés par BB, Johnny ?

Il sourit, me caressa un instant la main mais ne la garda pas dans la sienne.

— Ils indiquent que je fais partie des facteurs inconnus d'Hypérion. Le fait de créer un cybride de Keats a représenté pour eux un terrible risque. Seul mon manque apparent d'efficacité en tant qu'analogue de Keats a incité les Stables à me conserver. Lorsque j'ai décidé de me rendre sur Hypérion, les Volages m'ont assassiné, avec l'intention très claire de m'éliminer totalement en tant qu'IA si mon cybride décidait la même chose une deuxième fois.

— C'est ce qui s'est passé. Qu'ont-ils fait ?

— Ils ont échoué. Dans leur arrogance infinie, ceux du TechnoCentre ont négligé deux détails. Le premier, c'est que j'avais la possibilité d'investir toute ma conscience dans mon cybride et de transformer ainsi la nature de l'analogue de Keats. Le deuxième, c'est que je m'adresserais à toi.

— Moi ?

Il me prit la main.

— Oui, Brawne. Il semble que tu fasses aussi partie des inconnues d'Hypérion.

Je secouai la tête. Sentant, au même instant, comme un fourmillement du cuir chevelu juste au-dessus et en arrière de l'oreille gauche, je portai la main à cet endroit, en m'attendant plus ou moins à y trouver des traces de la bagarre dans l'infoplan. Mes doigts rencontrèrent la pastille de plastique d'une dérivation neurale.

Je retirai vivement mon autre main de celle de Johnny et le regardai, saisie d'horreur. Il avait profité de mon inconscience pour me câbler !

Il écarta les mains, les paumes vers moi.

— Je n'ai pas pu faire autrement, Brawne. Ce sera peut-être indispensable pour notre survie à tous les deux.

Je serrai le poing.

— Sale fils de pute dégénéré ! Pourquoi est-ce que j'aurais besoin d'une interface directe ? Tu m'as menti, salaud !

— Ce n'est pas pour le Centre, me dit Johnny d'une voix douce. C'est pour moi.

— Pour toi ?

Mon poing vibrait du plaisir anticipé de s'écraser sur sa belle gueule de clone.

— Pour toi ! répétai-je d'une voix amère. Tu oublies que tu es devenu humain !

— Je ne l'oublie pas. Mais certaines de mes fonctions cybrides demeurent. Tu te souviens du jour où je t'ai pris la main pour te conduire dans l'infosphère ?

— Je ne retournerai pas dans ta foutue infosphère ! répliquai-je en le défiant du regard.

— Non. Et moi non plus. Mais il est possible que j'aie besoin de te transmettre une quantité fabuleuse de données en un temps très court. Je t'ai conduite la nuit dernière chez une praticienne clandestine des Poisses. Elle t'a implanté un disque de Schrön.

— Pourquoi ?

Les boucles de Schrön étaient de minuscules objets, de la taille d'un ongle, extrêmement coûteux. Elles contenaient un très grand nombre de mémoires bulles dont chacune possédait une capacité de stockage quasi infinie. Elles ne pouvaient faire l'objet d'un accès de la part de leur porteur biologique, et servaient donc uniquement de boîtes aux lettres. Un homme ou une femme pouvaient, grâce à ces boucles de Schrön, transporter des personnalités IA ou une infosphère planétaire tout entière. N'importe quel foutu chien pouvait faire la même chose, d'ailleurs, pour autant que je le sache.

— Pourquoi ? répétai-je, soupçonnant que Johnny se faisait manipuler par des forces obscures qui le forçaient à se servir de moi comme d'une boîte aux lettres.

Il se rapprocha de moi et me prit le poing dans ses mains.

— Tu dois me faire confiance, Brawne.

Je ne crois pas que j'avais jamais fait confiance à qui que ce fût depuis l'époque où papa s'est fait sauter la cervelle, il y a vingt ans, et où maman s'est égoïstement retirée du monde. Je n'avais surtout aucune bonne raison de faire confiance à Johnny en ce moment.

J'ouvris cependant le poing et laissai ma main dans les siennes.

— C'est mieux comme ça, me dit-il. Finis de manger, maintenant. Nous allons travailler à sauver notre peau, si c'est possible.

Les armes et la drogue, c'étaient les deux choses les plus faciles à acheter dans la ruche des Poisses. Nous consacrâmes le reste des réserves considérables de marks de contrebande que possédait Johnny à nous armer.

Le soir venu, nous portions tous les deux un gilet de protection en polytitane renforcé. Johnny avait un casque de goonda d'un noir réfléchissant, et moi un masque de commandement des surplus de la Force. Les gants de force de Johnny étaient rouge vif et massifs. Je portais des gantelets à osmose à bordure coupante. Johnny avait acheté un clap extro capturé sur Bressia, et il avait passé un bâton laser à sa ceinture. Pour ma part, en plus de l'automatique de mon père, j'avais maintenant un Steiner-Ginn miniature monté sur un gyrosupport fixé à ma taille. Couplé à mon viseur central, il me laissait les deux mains libres pendant son utilisation.

Nous nous regardâmes un bon moment avec tout cet attirail, puis nous éclatâmes de rire. Il y eut ensuite un long silence.

— Es-tu bien sûr que le Temple gritchtèque de Lusus soit notre meilleure chance ? lui demandai-je au moins pour la troisième fois.

— Nous ne pouvons pas nous distransporter, m'expliqua Johnny. Le TechnoCentre n'aurait qu'à simuler une panne, et nous serions finis. Nous ne pouvons même pas prendre un ascenseur pour gagner les niveaux inférieurs. Notre meilleure chance de rejoindre le Temple est de descendre directement l'avenue marchande.

— Mais est-ce que les gens du Temple voudront de nous ?

Il haussa les épaules, en un geste qui le faisait étrangement ressembler à un insecte dans sa carapace de combat.

La voix qui sortit de son casque de goonda était métallique.

— Ce sont les seuls qui aient un intérêt quelconque à nous voir survivre. Les seuls qui aient suffisamment de poids politique pour nous protéger de l'Hégémonie tout en organisant notre transfert sur Hypérion.

Je remontai ma visière.

— Meina Gladstone m'a affirmé qu'aucun pèlerinage ne serait plus autorisé sur Hypérion.

La surface polie du casque oscilla d'avant en arrière.

— Meina Gladstone peut aller se faire foutre, me dit mon poète d'amant.

Je respirai un grand coup et marchai jusqu'à l'entrée de notre caverne, notre dernier sanctuaire. Johnny me rejoignit. Nos armures se frottèrent.

— Prête, Brawne ?

J'acquiesçai d'un hochement de tête, mis le Steiner-Ginn miniature en position sur son pivot et me préparai à sortir. Johnny me retint par la manche.

— Je t'aime, Brawne.

Je hochai de nouveau la tête, toujours coriace. J'oubliais simplement que ma visière était toujours levée et qu'il pouvait voir mes larmes.

Le Rucher est en activité vingt-huit heures sur vingt-huit. Par tradition, cependant, la troisième faction est la plus tranquille, celle où les gens se déplacent le moins quand ils n'y sont pas obligés. Nous aurions eu de meilleures chances pendant les heures de pointe de la première faction, où les couloirs des piétons sont particulièrement encombrés, mais il y aurait eu une véritable hécatombe parmi la foule si les goondas et les tueurs nous avaient attendus.

Il nous fallut un peu plus de trois heures pour grimper jusqu'à l'avenue. Il n'y avait pas d'escalier direct, mais une série interminable de galeries d'entretien et de puits d'accès abandonnés depuis les émeutes de Luddite, qui remontaient à quatre-vingts ans au moins. Les marches finales étaient rouillées à un point tel que nous redoutions de passer au travers si nous ne faisions pas attention. Nous ressortîmes dans un passage réservé aux livraisons, à moins de cinq cents mètres du Temple.

— Je n'arrive pas à croire que ce soit si facile, chuchotai-je dans le communicateur de mon casque.

— Ils doivent surtout nous attendre au port spatial et aux abords des complexes distrans privés.

Nous empruntâmes le couloir pour piétons le moins exposé de l'avenue, à trente mètres au-dessous du premier niveau marchand et à quatre cents mètres au-dessous des verrières du toit. Le Temple gritchtèque était un édifice isolé, de style complexe, qui dominait tout le reste du quartier. Quelques passants attardés nous regardèrent à la dérobée et pressèrent le pas pour nous éviter. Je ne doutais pas que quelqu'un fût déjà en train d'appeler la police, mais j'estimais que nous avions encore largement le temps avant qu'ils arrivent.

Un groupe de voyous des rues peinturlurés fit soudain irruption d'une cage d'ascenseur en poussant des cris et des glapissements aigus. Ils avaient des lames pulsantes, des chaînes et des gants de force. Pris au dépourvu, Johnny leur fit face avec son clap et leur envoya une dizaine de rayons de visée laser. Mon canon miniature vrombit sur son pivot, automatiquement braqué sur une succession de cibles à mesure que mon regard allait de l'une à l'autre.

La bande de gamins s'arrêta net sur sa lancée, leva les mains et recula comme un seul homme, les yeux agrandis, dans la cage d'ascenseur où elle disparut comme elle était venue.

Je regardai Johnny. Un miroir noir me renvoya mon regard. Aucun de nous deux n'avait envie de rire.

Nous traversâmes l'espace découvert qui nous séparait de l'allée marchande menant au nord. Les quelques piétons présents coururent s'abriter sous les devantures des magasins. Nous étions à moins de cent mètres de l'escalier du Temple. J'entendais littéralement battre mon propre cœur dans les écouteurs de mon casque. Plus que cinquante mètres. Comme s'il nous attendait, un acolyte ou un prêtre quelconque apparut au pied de la porte du Temple, haute de dix mètres, et nous regarda courir. Trente mètres. Si quelqu'un avait dû nous intercepter, il l'aurait fait avant.

Je me tournai vers Johnny pour lui dire quelque chose de comique. Au même moment, une vingtaine de rayons et moitié autant de projectiles nous atteignirent. La couche extérieure de nos armures en polytitane explosa vers l'extérieur, déviant la plus grande partie de l'énergie. La surface miroir qui se trouvait derrière réfléchit une grande quantité de lumière létale. Mais une grande quantité seulement.

Johnny fut déséquilibré par l'impact. Je mis un genou à terre et laissai le canon miniature trouver la source laser. Dixième étage de la ruche résidentielle qui nous faisait face. Ma visière s'opacifia. Mon armure laissa échapper un nuage de gaz réfléchissant. Le canon miniature émit exactement le bruit que font les tronçonneuses dans les holofilms historiques. Dix étages plus haut, tout un pan de mur et de balcon se désintégra dans un nuage de fléchettes explosives et de balles antiblindage.

Trois gros projectiles me frappèrent dans le dos.

J'atterris sur les paumes des mains, fis taire le canon miniature et pivotai. Il y en avait au moins une douzaine à chaque niveau. Ils se déplaçaient silencieusement, rapidement, avec une précision chorégraphique de combat. John était à genoux et actionnait son clap par salves de lumière parfaitement orchestrées à travers l'arc-en-ciel adverse pour percer les défenses réfléchissantes.

L'une des silhouettes en train de courir prit feu tandis que la devanture du magasin derrière elle se transformait en verre et en plastique fondus qui giclaient à quinze mètres de là sur l'avenue marchande en contrebas. Deux autres passèrent la tête au-dessus de la rampe, et je les fis reculer précipitamment à l'aide d'une rafale de mon canon miniature.

Un glisseur descendit soudain du toit, ses répulseurs peinant tandis qu'il faisait du slalom entre les pylônes. Des roquettes s'écrasèrent sur le béton entre Johnny et moi. Les devantures des magasins vomirent sur nous un milliard d'échardes de verre. Je tournai les yeux, clignai deux fois, ajustai et tirai. Le glisseur fit une embardée sur la gauche et heurta un escalier mécanique chargé d'une dizaine de passants épouvantés. Puis il s'écrasa en une masse de métal tordu et de munitions qui explosèrent. Je vis l'un des passants, entouré de flammes, sauter vers le rez-de-chaussée de la ruche, quatre-vingts mètres plus bas.

— Sur ta gauche ! s'écria Johnny dans le communicateur à faisceau étroit.

Quatre hommes en armure de combat venaient de sauter d'un étage supérieur à l'aide de paquetages de lévitation personnels. L'armure caméléon polymérisée avait du mal à s'accorder à l'arrière-plan continuellement changeant, et ne réussissait qu'à transformer chaque chuteur en un brillant kaléidoscope de reflets irisés. L'un d'eux pénétra dans le champ de mon canon miniature afin de me neutraliser tandis que les trois autres s'occupaient de Johnny.

Il s'approcha avec une lame pulsante, style ghetto. Je le laissai érafler mon armure, sachant qu'il atteindrait la chair de l'avant-bras, mais j'avais besoin de cette seconde supplémentaire. Il me la donna amplement. Je le liquidai d'un revers de mon gantelet et braquai mon canon sur les trois autres.

Leur armure se rigidifia aussitôt. Je me servis du canon pour les repousser comme quelqu'un qui arrose un trottoir encombré de détritus. Seul l'un d'eux réussit à retrouver son équilibre avant que je les fasse basculer derrière la corniche où ils s'étaient posés.

Johnny était à terre. Une partie de son armure avait fondu. Je sentis une odeur de chair grillée, mais ne décelai aucune blessure mortelle. Je me baissai pour le soulever.

— Laisse-moi, Brawne. Cours. Prends l'escalier.

La communication ne passait presque plus.

— Va te faire foutre, lui dis-je en passant mon bras gauche autour de lui pour le soutenir tout en laissant au canon la place d'évoluer. Je suis toujours payée pour te servir de garde du corps.

Ils nous mitraillaient de partout. Des deux façades de la ruche, des verrières et des galeries marchandes à chaque niveau. Je dénombrai au moins vingt cadavres dans les passages pour piétons. La moitié étaient des civils aux costumes voyants. Les servomoteurs de la jambe gauche de mon armure tournaient à vide. La jambe raide, laborieusement, je nous fis gagner encore une dizaine de mètres en direction de l'escalier du Temple. Plusieurs prêtres gritchtèques nous regardaient du haut des marches, apparemment insouciants de la fusillade qui les entourait.

— Attention ! Là-haut !

Je pivotai, visai et fis feu en un même mouvement. Je compris, au bruit qu'il fit après la première giclée, que le canon était vide, et vis le deuxième glisseur lâcher ses missiles un instant avant de se transformer en un millier de fragments épars de ferraille et de chairs déchirées qui volaient de tous les côtés. Je laissai tomber lourdement Johnny sur la chaussée et me couchai sur lui dans l'espoir d'abriter de mon propre corps sa chair exposée.

Les missiles explosèrent en même temps, plusieurs dans l'air et deux au moins après s'être enfoncés dans le sol. Johnny et moi fûmes soulevés et projetés dans les airs à une quinzaine de mètres au moins au-dessus du passage incliné. Ce fut une bonne chose, au demeurant, car la bande de composites et de ferrobéton où nous nous trouvions l'instant d'avant prit feu, se cloqua, s'affaissa et se détacha pour se fracasser sur la chaussée en flammes en contrebas. Il se forma ainsi un fossé qui nous séparait de la plus grande partie des hommes à pied qui en avaient après nous.

Je me relevai, me débarrassai du mini-canon devenu inutile, extirpai de mon armure quelques échardes plutôt gênantes et soulevai Johnny dans mes bras. Son casque lui avait été arraché. Son visage était mal en point. Le sang coulait à travers une vingtaine de trous de son armure. Son bras droit et son pied gauche étaient en bouillie. Je commençai à gravir avec lui les marches du Temple.

Des sirènes retentissaient de toutes parts. Des glisseurs de la police tournaient dans tout l'espace aérien de l'avenue marchande. Les goondas postés dans les galeries hautes et aux extrémités du passage effondré coururent se mettre à couvert. Deux des commandos qui étaient descendus avec leurs paquetages de lévitation se lancèrent à ma poursuite sur les marches. Je ne me retournai pas. Il fallait que je soulève ma jambe raide et inutile à chaque marche. Je savais que j'avais une brûlure sérieuse dans le dos et au côté, et des éclats logés un peu partout.

Les glisseurs décrivirent des cercles en rugissant, mais évitèrent les marches du Temple. Des fusillades retentissaient partout dans l'avenue. J'entendis le bruit des brodequins de métal qui se rapprochait rapidement derrière moi. Je réussis à grimper trois marches de plus. Vingt marches plus haut, à une distance qui paraissait impossible, l'évêque se tenait parmi une centaine de prêtres du Temple. J'escaladai une nouvelle marche. Je regardai Johnny. L'un de ses yeux était encore ouvert, levé vers moi. L'autre était gonflé de sang et de tissus tuméfiés.

— Ça ira, chuchotai-je, prenant pour la première fois conscience d'avoir perdu mon propre casque. Tiens bon. Nous y sommes presque.

Je gravis une autre marche.

Les deux hommes en armure de combat noire et brillante me barraient le chemin. Tous deux avaient levé les visières rainurées de leurs casques, et ils me regardaient d'un air terrible.

— Lâche-le, salope, et tu auras peut-être une chance de vivre.

Je hochai lentement la tête d'un air las, trop épuisée pour faire un pas de plus ou même déposer sur les marches blanches mon fardeau qui perdait tout son sang.

— Dépose cet enfoiré, je te dis, ou bien...

Je les tuai net tous les deux. Le premier d'un projectile dans l'œil gauche, le second dans l'œil droit, sans même avancer l'automatique de papa que je dissimulais sous le corps de Johnny.

Ils tombèrent sans un cri. Je réussis à gravir une nouvelle marche, puis une autre encore. Je me reposai quelques secondes avant de soulever ma jambe gauche pour continuer.

En haut de l'escalier, le groupe de prêtres en robe rouge et noir s'écarta pour me laisser passer. Le portail était très haut et très sombre. Je ne me retournai pas, mais je savais, d'après le bruit qui montait jusqu'à nous de l'avenue, que la foule était devenue énorme. L'évêque franchit le seuil à mes côtés, et nous nous retrouvâmes dans la pénombre.

Je déposai Johnny sur les dalles de pierre froide. Il y eut des froissements de robes autour de nous.

J'ôtai mon armure là où la chose était encore possible. Puis je tirai sur celle de Johnny. Elle était soudée à la chair en plusieurs endroits. De ma main valide, j'effleurai sa joue brûlée.

— Je suis vraiment…

Sa tête remua légèrement, et son œil s'entrouvrit. Il souleva sa main gauche nue pour me toucher la joue, les cheveux, la nuque.

— Fanny…

C'est à ce moment-là que je le sentis mourir. Je perçus également le choc de la décharge neurale au moment où ses doigts trouvaient l'orifice de dérivation. La chaleur blanche de la connexion avec la boucle de Schrön, représentant tout ce que Johnny Keats avait jamais été ou serait jamais, explosa en moi presque – je dis presque – comme son orgasme de l'avant-veille, avec ensuite le même silence et la même sensation de communion et de plénitude.

Je posai doucement sa tête par terre et laissai les acolytes l'emporter pour le montrer à la foule, aux autorités et à ceux qui attendaient de savoir.

Puis je les laissai m'emporter.

Je passai quinze jours dans une crèche de convalescence du Temple gritchtèque. Mes brûlures se cicatrisèrent, mes cicatrices furent rabotées, le métal fut extrait, la peau greffée, la chair remodelée, les nerfs recâblés. Mais je souffre toujours.

Tout le monde, à l'exception des prêtres gritchtèques, m'oublia. Le TechnoCentre s'assura que Johnny était bien mort, que son passage dans l'infoplan n'avait laissé aucune trace et que son cybride était détruit.

Les autorités prirent note de ma déposition, me retirèrent ma licence et étouffèrent l'affaire comme elles le purent. La presse du Retz raconta qu'un règlement de comptes entre gangs du Rucher de la Poisse avait mis le quartier marchand à feu et à sang. De nombreux membres des gangs avaient été tués ainsi que des passants innocents. La police avait maîtrisé tout le monde.

Une semaine avant l'annonce que l'Hégémonie autoriserait l'*Yggdrasill* à emporter des pèlerins dans la zone de guerre aux alentours d'Hypérion, j'utilisai l'une des portes distrans du Temple pour me rendre sur le Vecteur Renaissance, où je passai une heure toute seule dans la section des archives.

Les parchemins étaient dans une presse sous vide, et je ne pouvais pas les toucher, mais c'était bien l'écriture de Johnny, celle que je connaissais. Le papier était racorni et jauni par le temps. Il y avait deux fragments. Le premier disait :

Ce jour a disparu, et avec lui toutes ses délices !
Délices de la voix, délices des lèvres, douce main
Et gorge plus douce encore,
Souffle tiède, murmure d'extase, doux chuchotements,
Éclat des yeux, forme parfaite et taille langoureuse !
Fanées, la fleur et les promesses de ses charmants boutons,

Fanée, la belle image échappée à mes yeux,
Fanée, la forme belle échappée à mes bras,
Fanés, la voix, la chaleur, la blancheur et le paradis !
Tout s'est évanoui trop tôt à la nuit close,
Au crépuscule, quand le jour, ou plutôt la nuit de fête
Commence, de l'amour aux courtines embaumées, à tisser

La trame d'ombre où cacher les plaisirs.
Mais, comme j'ai lu d'un bout à l'autre aujourd'hui
Le missel de l'amour,
Il me laissera du moins dormir en me voyant
Qui jeûne et prie.

Le second fragment était d'une écriture plus large, sur du papier plus grossier, comme si les mots avaient été jetés à la hâte sur une feuille de calepin.

Ma main que voici vivante, chaude, et capable
D'étreindre passionnément, viendrait, si elle était raidie

Et emprisonnée au silence glacial du tombeau,
À ce point hanter tes jours et transir les rêves de tes nuits,

Que tu voudrais pouvoir exprimer de ton propre cœur
Jusqu'à la dernière goutte de sang,
Pour que dans mes veines le flot rouge
De nouveau fasse couler la vie
Et que ta conscience s'apaise.
Regarde, la voici, je la tends vers toi.

Je suis enceinte. Je crois que Johnny le savait, mais je n'en suis pas certaine. Et je suis doublement enceinte. Du bébé de Johnny, mais aussi de son souvenir tel qu'il demeure gravé dans la boucle de Schrön. J'ignore si les deux étaient prédestinés à aller ensemble. L'enfant ne naîtra que dans plusieurs mois, mais je pense affronter le gritche dans quelques jours seulement.

Je me souviens très bien des minutes qui ont suivi les instants où le corps meurtri de Johnny a été exhibé devant la foule et où les prêtres m'ont emmenée pour me soigner. Ils étaient tous là dans la pénombre, des centaines de prêtres, d'acolytes, d'assesseurs, d'exorcistes et de fidèles. Et dans cette obscurité teintée de rouge, sous la statue mobile du gritche, leur chant montait jusqu'aux voûtes gothiques où il se réverbérait. En voici à peu près les paroles :

BÉNIE SOIT-ELLE
BÉNIE SOIT LA MÈRE DE NOTRE SALUT
BÉNI SOIT L'INSTRUMENT DE NOTRE EXPIATION
BÉNIE SOIT L'ÉPOUSE DE NOTRE CRÉATION
BÉNIE SOIT-ELLE

J'étais affreusement blessée et en état de choc. Je ne comprenais pas le sens de ce qu'ils chantaient. Je ne le comprends toujours pas.

Mais je sais que, lorsque le moment sera venu d'affronter le gritche, Johnny et moi nous l'affronterons ensemble.

La nuit était tombée depuis longtemps. La cabine du téléphérique naviguait entre les étoiles et la glace. Le groupe demeurait silencieux. Les seuls bruits que l'on entendait étaient les crissements du câble.

Au bout d'un long moment, Lénar Hoyt s'adressa à Brawne Lamia.

— Vous aussi, vous portez votre cruciforme.

Elle regarda le prêtre sans répondre.

Le colonel Kassad se pencha à son tour vers elle.

— À votre avis, Het Masteen était-il le Templier qui a parlé à Johnny ?

— C'est possible, dit-elle. Mais je n'ai jamais découvert la vérité.

Sans sourciller, Kassad demanda :

— Est-ce vous qui avez tué Het Masteen ?

— Non.

Martin Silenus s'étira, puis bâilla.

— Il nous reste quelques heures avant l'aube, dit-il. Personne n'a envie de dormir un peu ?

Il y eut plusieurs hochements de tête.

— Je reste monter la garde, déclara Fedmahn Kassad. Je ne suis pas fatigué.

— Je vous tiens compagnie, lui dit le consul.

— Je vais faire chauffer du café pour le thermos, proposa Brawne Lamia.

Lorsque ceux qui le désiraient se furent couchés, tandis que le bébé Rachel gazouillait tout doucement dans son sommeil, les trois autres s'assirent aux fenêtres et regardèrent brûler les étoiles, froides et lointaines, dans les hautes cimes de la nuit.

6

La forteresse de Chronos se profilait à l'extrémité orientale de la grande Chaîne Bridée tel un immense et sinistre amoncellement baroque de pierres suintantes abritant trois cents salles et chambres, véritable dédale de corridors obscurs conduisant à d'autres salles souterraines, donjons, tourelles, balcons en encorbellement donnant sur les terres marécageuses du nord, puits d'aération s'élevant sur cinq cents mètres vers la lumière et réputés plonger jusqu'au labyrinthe planétaire lui-même, parapets balayés par les vents glacés descendus des sommets environnants, escaliers – aussi bien intérieurs qu'extérieurs – taillés à même la roche et ne conduisant nulle part, vitraux de cent mètres de haut disposés de manière à capter les premiers rayons du solstice ou ceux de la lune d'une nuit d'hiver, lucarnes sans carreaux pas plus grosses que le poing, ne donnant sur rien de particulier, bas-reliefs sans fin, sculptures grotesques dans des niches à moitié dissimulées, gargouilles par centaines dans les cintres et sur les corniches supérieures, au regard braqué sur les grandes salles du bas ou placées dans le transept et au-dessus des sépulcres de manière à percer des yeux les grands vitraux couleur de sang de la façade septentrionale, leurs ailes et leurs ombres bossues se déplaçant comme les heures d'un cadran solaire sinistre, projetées le jour par la lumière du soleil et la nuit par des torchères à gaz. Et partout, dans Chronos, il y avait des signes de la longue occupation par l'Église gritchtèque. Les autels d'expiation étaient drapés de velours rouge.

Les statues de l'Avatar, isolées ou suspendues, avaient pour piquants de l'acier polychrome et pour yeux des cristaux de sang. D'autres statues du gritche étaient sculptées dans les parois de pierre de cages d'escalier étroites et de salles toujours sombres, de sorte que nulle part, la nuit, on ne pouvait être affranchi de la peur de frôler une main sortant de la pierre ou la courbe effilée d'une lame descendant de la voûte, ou encore quatre bras en train de se refermer dans une étreinte ultime. Comme pour donner la touche finale à l'ornementation, ou pour graver un filigrane de sang dans les chambres et les salons naguère pleins de vie, des arabesques rouges s'étalaient en motifs presque reconnaissables sur les murs et les plafonds des galeries, la literie était caillée par des taches de rouille qui se résorbaient en poussière, et l'une des salles à manger centrales était emplie d'une écœurante odeur de nourriture pourrie, vestige d'un repas interrompu des semaines plus tôt. Tables et chaises, sols et murs étaient barbouillés de sang. Vêtements souillés et robes en lambeaux gisaient en tas tels des témoins muets. Et partout, le bourdonnement des mouches.

— Foutu endroit pour faire la bringue, vous ne trouvez pas ? demanda Martin Silenus d'une voix qui résonna quelque temps sur la pierre.

Le père Hoyt fit quelques pas dans le grand hall. La lumière de l'après-midi tombait en colonnes de poussière irisée à partir d'une verrière située quarante mètres plus haut.

— C'est incroyable, murmura-t-il. Saint-Pierre du Nouveau Vatican, ce n'est rien à côté de ça.

Martin Silenus éclata de rire. Une épaisse lumière faisait ressortir ses pommettes et ses sourcils de satyre.

— Cet endroit a été construit pour abriter une divinité *vivante*, murmura-t-il.

Fedmahn Kassad posa son sac de voyage à terre et se racla la gorge.

— Je pense que ces lieux sont antérieurs à l'Église gritchtèque, dit-il.

— C'est exact, répliqua le consul. Mais il y a deux cents ans qu'elle les occupe.

— Ils n'ont pas l'air d'être habités, en ce moment, fit Brawne Lamia, qui tenait l'automatique de son père dans sa main gauche.

Ils avaient tous crié à tue-tête pendant les vingt premières minutes de leur arrivée à la forteresse, mais l'écho amenuisé et le bourdonnement des mouches dans la salle à manger les avaient finalement réduits au silence.

— Ce sont les androïdes et les clones esclaves de Billy le Triste qui ont construit ce putain d'endroit, déclara le poète. Huit années locales de dur labeur avant l'arrivée des vaisseaux de spin. C'était censé être le plus grand établissement touristique du Retz, le point de départ pour les excursions dans les Tombeaux du Temps et la Cité des Poètes. Mais je suppose que même ces pauvres cloches de travailleurs androïdes connaissaient la version locale de l'histoire du gritche.

Sol Weintraub était debout devant une fenêtre donnant à l'est. Il tenait sa fille assez haut pour que la lumière irisée tombe sur la joue et les petits poings potelés du bébé.

— Tout cela importe très peu à présent, dit-il. Trouvons un coin à peu près libre de carnage, où nous puissions dîner ce soir et dormir tranquillement.

— Nous n'y allons pas aujourd'hui ? demanda Brawne Lamia.

— Aux Tombeaux ? fit Silenus, manifestant une surprise sincère pour la première fois depuis le début du voyage. Vous partiriez à la rencontre du gritche dans le noir ?

Elle haussa les épaules.

— Quelle différence ?

Le consul se tenait près d'une porte-vitrail qui donnait sur un petit balcon de pierre. Il ferma les yeux. Il avait encore la sensation que le sol tanguait sous lui comme dans le téléphérique. La nuit et la journée de voyage au-dessus des pics se mélangeaient dans son esprit, recru d'une fatigue consécutive à près de trois jours sans sommeil, sous une tension croissante. Il se força à rouvrir les yeux pour ne pas s'endormir debout.

— Je crois que nous sommes tous épuisés, dit-il. Il vaut mieux passer la nuit ici et y aller demain matin.

Le père Hoyt était sorti sur le balcon. Il se pencha sur le muret de pierres ébréchées qui servait de balustrade.

— Est-ce qu'on aperçoit les Tombeaux d'ici ? demanda-t-il.

— Non, lui répondit Silenus. Ils sont derrière cette ligne de collines. Mais vous voyez ces trucs blancs au nord, légèrement sur la gauche ? Ces trucs qui brillent comme des éclats de dents brisées plantés dans le sable ?

— Oui.

— C'est la Cité des Poètes. Le site original choisi par le roi Billy pour Keats et pour toutes les choses de lumière et de beauté. D'après les indigènes, il n'y a plus là que des fantômes sans tête.

— Êtes-vous l'un d'entre eux ? lui demanda Lamia.

Martin Silenus se tourna pour lui dire quelque chose, considéra quelques secondes le pistolet qu'elle tenait toujours à la main, secoua la tête et se détourna.

Des pas résonnèrent dans une courbe cachée de l'escalier, et le colonel Kassad reparut dans la salle.

— Il y a deux petites pièces qui servent de réserve juste au-dessus de la salle à manger, dit il. Elles ont un balcon commun qui donne sur cette façade, mais pas d'autre accès que cet escalier. Faciles à défendre. Et les murs sont... propres.

Silenus se mit à rire.

— Cela veut-il dire que rien ne pourra nous atteindre ou bien que, lorsque quelque chose nous atteindra, nous n'aurons aucune issue pour nous enfuir ?

— Où irions-nous ? demanda Sol Weintraub.

— Où irions-nous, en effet ? reconnut le consul.

Il semblait très fatigué. Il prit son sac d'une main et, de l'autre, l'une des poignées du pesant cube de Möbius, attendant que le père Hoyt prenne l'autre.

— Faisons ce que dit Kassad. Allons passer la nuit dans une autre pièce. Celle-ci pue la mort.

Ils dînèrent de leurs dernières rations déshydratées. Silenus sortit son ultime bouteille, et Sol Weintraub une poignée de gâteaux rances qu'il avait gardés pour fêter leur dernière soirée ensemble. Rachel était trop petite pour manger un gâteau, mais elle but son biberon jusqu'au bout et s'endormit sur le ventre à proximité de son père.

Lénar Hoyt sortit de son sac une minuscule balalaïka. Il se mit à gratter quelques accords.

— Je ne savais pas que vous étiez musicien, lui dit Brawne Lamia.

— Modeste amateur.

Le consul se frotta les yeux.

— J'aimerais bien que nous ayons un piano.

— Vous en avez un, lui dit Silenus.

Le consul se tourna vers le poète.

— Pourquoi ne pas le faire venir ici ? fit Martin Silenus. Un bon scotch, ce ne serait pas de refus.

— Mais de quoi parlez-vous ? demanda le père Hoyt. Exprimez-vous clairement, si cela a un sens.

— Son *vaisseau*, déclara Silenus. Vous ne vous rappelez pas ce que disait notre chère et regrettée Voix de la Jungle, Het Masteen, à son ami le consul, au sujet de son arme secrète à lui, ce superbe vaisseau particulier appartenant à l'Hégémonie, qui l'attend tranquillement au port spatial de Keats ? Pourquoi ne pas le faire venir ici, consul ? Vous n'avez qu'un seul geste à faire.

Kassad s'écarta des marches d'escalier où il venait d'installer des photodéclencheurs d'alarme.

— L'infosphère planétaire est morte, dit-il. Les satcoms sont hors d'usage. Les vaisseaux de la Force en orbite communiquent sur faisceau serré. Comment voudriez-vous qu'il le fasse venir ?

— Un mégatransmetteur.

C'était Lamia qui venait de parler. Le consul se tourna vers elle.

— Les mégatransmetteurs sont de la taille d'un immeuble, murmura Kassad.

Brawne Lamia haussa les épaules.

— Ce qu'a dit Masteen avait pourtant un sens. Si j'étais le consul… Si j'étais, en fait, à la place de n'importe lequel des quelques milliers d'individus, dans tout ce foutu Retz, qui ont la chance de posséder un vaisseau particulier, je prendrais mes précautions pour être bien sûre de pouvoir le faire décoller à distance en cas de pépin. Cette planète est trop primitive pour que l'on compte sur son réseau télécom. L'ionosphère est trop ténue pour les ondes courtes. Les satcoms sont toujours les premiers détruits en cas de conflit. Je choisirais le mégatrans.

— Que faites-vous de la taille ? demanda le consul.

Brawne Lamia lui rendit son regard sans sourciller.

— L'Hégémonie n'est pas encore en mesure de construire des équipements mégatrans miniaturisés, mais on dit que les Extros y sont parvenus.

Le consul sourit. On entendit quelque part un grincement, puis un choc métallique.

— Ne bougez surtout pas, ordonna Kassad.

Il sortit de sa tunique un bâton de la mort, désactiva les photodéclencheurs avec son persoc et disparut dans la cage d'escalier.

— Les hostilités sont ouvertes, j'en ai bien l'impression, murmura Silenus. Nous sommes tous sous l'ascendant de la planète Mars.

— Taisez-vous, fit sèchement Lamia.

— Vous croyez que c'est le gritche ? demanda le père Hoyt.

Le consul écarta les bras.

— Le gritche n'a pas besoin de faire tout ce bruit. Il peut apparaître… où il veut.

Hoyt secoua la tête.

— Je voulais parler de… l'état de ces lieux. L'absence de toute occupation de la forteresse. Les signes de massacre…

— Il y a eu un ordre d'évacuation générale, fit le consul. Personne ne tient à rester ici pour affronter les Extros quand ils arriveront. Les FT ont été prises de panique. Elles sont peut-être à l'origine d'une partie de ce carnage.

— Et tous les corps ? ironisa Martin Silenus. Vous prenez peut-être vos désirs pour des réalités. Il y a des chances pour que nos hôtes absents soient plutôt en train de se balancer à une branche d'acier de son arbre, où nous nous retrouverons d'ailleurs prochainement, sans aucun doute.

— Taisez-vous, répéta Lamia avec lassitude.

— Et si je refuse ? fit le poète avec un grand sourire, est-ce que vous me descendrez froidement, madame ?

— Oui.

Le silence qui s'établit dura jusqu'au retour du colonel Kassad. Il réactiva le déclencheur d'alarme et se tourna vers le groupe assis sur des caisses et des cubes de mousse lovée.

— C'était une fausse alerte. Quelques oiseaux charognards. Je crois que les indigènes les appellent des augures. Ils sont entrés par les vitres cassées pour finir les restes du repas.

— Des augures... fit Silenus en gloussant. Très approprié, comme nom.

Kassad soupira et s'assit sur une couverture, le dos contre une caisse. Il remua sa ration refroidie. L'unique lanterne qu'ils avaient apportée du chariot à vent n'éclairait qu'une partie de la pièce, et les ombres progressaient le long des murs et vers le plafond, aux angles opposés à ceux du balcon.

— C'est notre dernière soirée ensemble, fit-il en se tournant vers le consul. Il nous reste un récit à entendre.

Le consul tenait à la main le bout de papier en tortillon sur lequel était tracé le chiffre 7. Il s'humecta les lèvres.

— À quoi bon ? Le but de ce pèlerinage nous est déjà inaccessible.

Un murmure s'éleva.

— Expliquez-vous, demanda le père Hoyt.

Le consul jeta le bout de papier dans un coin.

— Pour que le gritche accorde un vœu à des pèlerins, leur groupe doit former un nombre premier. Nous étions sept, mais la... disparition de Masteen nous réduit à six. Nous allons à la mort sans le moindre espoir que notre vœu soit exaucé.

— Simple superstition, fit Lamia.

Le consul soupira et se massa le front.

— Je sais. Mais c'était notre dernier espoir.

Le père Hoyt désigna le bébé endormi.

— Est-ce que Rachel ne pourrait pas faire la septième ?

Sol Weintraub se lissa la barbe.

— Non. Un pèlerin doit se présenter devant les Tombeaux de son propre chef.

— Mais c'est bien ce qu'elle a fait dans le passé, dit Hoyt. Est-ce que cela ne suffit pas à la rendre qualifiée ?

— Non, rétorqua le consul.

Martin Silenus était en train d'écrire quelques mots sur un bloc-notes. Il se leva pour faire les cent pas.

— Bon Dieu ! Dites-moi un peu de quoi nous avons l'air ! Nous ne sommes pas six putains de pèlerins, nous sommes toute une armée ! Hoyt avec son cruciforme renfermant le fantôme du père Duré. Notre erg « semi-sentient » dans sa caisse là-bas. Le colonel Kassad avec sa Monéta qui lui hante le souvenir. H. Brawne ici présente, qui, à en croire son récit, porterait non seulement un enfant mais un poète romantique mort depuis une éternité. Notre érudit, avec son bébé qui rajeunit chaque jour. Le consul avec ses mystérieux foutus bagages. Et même moi avec ma muse. Tout ça pour accomplir un pèlerinage insensé. Et nous n'avons même pas eu droit à un tarif de groupe !

— Asseyez-vous et taisez-vous, fit Lamia d'une voix dépourvue de toute intonation.

— Non, il a raison, déclara le père Hoyt. Même la présence du père Duré dans le cruciforme doit affecter d'une manière ou d'une autre cette superstition du nombre premier. À mon avis, si nous prenons la route demain matin avec la conviction que...

— Regardez ! s'écria Brawne Lamia en désignant la porte-fenêtre du balcon où le crépuscule était troué par de puissants éclairs.

Le groupe s'avança dans la brise fraîche du soir. Il fallait se protéger les yeux devant les successions d'explosions silencieuses qui ébranlaient le ciel. Les éclairs de fusion d'un blanc bleuté formaient des ondes visibles comme sur une mare de lapis-lazuli. Des implosions de plasma, plus petites et plus intenses, dans le bleu, le jaune et le rouge vif, se rétractaient comme des corolles de fleurs en train de se replier pour affronter la nuit. Les claps formaient un ballet de lumières géantes. Des faisceaux du diamètre d'une petite planète découpaient leurs rubans sur des années-lumière, déformés au passage par les vagues de fond des singularités défensives. Les aurores boréales des champs de défense se déchiraient et mouraient sous l'assaut d'énergies terribles pour se reconstituer quelques nanosecondes plus tard. Et parmi tout cela, les traînes de fusion bleu et blanc des vaisseaux-torches et des grands bâtiments de guerre traçaient leurs trajectoires parfaitement rectilignes comme des rayures de diamant sur du verre bleuté.

— Les Extros ! fit Brawne Lamia.

— La guerre a commencé, murmura Kassad.

Il n'y avait dans sa voix ni excitation ni émotion d'aucune sorte.

Le consul s'aperçut, confus, que des larmes étaient en train de rouler sur sa joue. Il détourna son visage.

— Sommes-nous en danger ici ? demanda Martin Silenus.

Il s'était mis à l'abri de la voûte de pierre de la porte-fenêtre, et plissait les yeux en direction du spectacle de lumières.

— Pas à cette distance, fit Kassad.

Il porta à ses yeux ses jumelles de combat, fit un réglage et consulta son persoc.

— La plupart des engagements ont lieu à trois UA de nous au moins, dit-il. Je pense que les Extros veulent tester les défenses spatiales de la Force. Mais ce n'est qu'un commencement, ajouta-t-il en abaissant les jumelles.

— Est-ce que le système distrans fonctionne ? demanda

Brawne Lamia. L'évacuation de Keats et des autres villes a-t-elle commencé ?

Kassad secoua la tête.

— Je ne le pense pas. C'est encore trop tôt. La flotte se cantonnera dans une action défensive jusqu'à ce que la sphère cislunaire soit occupée. Les portails d'évacuation seront alors ouverts sur le Retz tandis que les unités de la Force pénétreront par centaines. Ce sera un sacré spectacle, conclut-il en levant de nouveau ses jumelles.

— Regardez !

C'était le père Hoyt qui pointait l'index, cette fois-ci, non pas en direction des feux d'artifice qui illuminaient le ciel mais vers les dunes basses des marais situés au nord. À plusieurs kilomètres dans la direction des Tombeaux invisibles, une silhouette à peine visible projetait des ombres multiples sous le ciel fracturé.

Kassad ajusta ses jumelles pour l'observer.

— Le gritche ? demanda Lamia.

— Je ne crois pas. J'ai l'impression, d'après ses vêtements, qu'il s'agit plutôt... d'un Templier.

— Het Masteen ! s'exclama le père Hoyt.

Kassad haussa les épaules et passa les jumelles aux autres. Le consul se rapprocha du groupe et s'accouda sur la balustrade du balcon. Il n'y avait aucun bruit à l'exception du vent, mais cela rendait les formidables explosions dans le ciel encore plus inquiétantes.

Le consul porta les jumelles à ses yeux lorsque ce fut son tour. La silhouette était de haute taille, et vêtue, en effet, d'une robe de Templier. Elle tournait le dos à la forteresse, et semblait traverser les sables vermillon d'un pas décidé.

— Est-ce qu'il vient vers nous, ou se dirige-t-il vers les Tombeaux ? demanda Lamia.

— Vers les Tombeaux, répondit le consul.

Penché sur la balustrade, le père Hoyt leva son visage hagard vers les cieux qui explosaient.

— Si c'est bien Masteen, cela signifie que nous sommes de nouveau sept, dit-il.

— Il y sera plusieurs heures avant nous, fit remarquer

le consul. Il aura même une demi-journée d'avance si nous passons la nuit ici comme prévu.

Hoyt haussa les épaules.

— Cela n'a pas beaucoup d'importance. Nous sommes partis à sept, nous arriverons à sept. C'est la seule chose qui compte pour le gritche.

— Si toutefois il s'agit bien de Masteen, souligna le colonel Kassad. À quoi rimait alors toute cette mise en scène à bord du chariot à vent ? Et comment a-t-il fait pour arriver ici avant nous ? Il n'y avait aucune autre cabine de téléphérique en marche, et il n'a pas pu franchir la Chaîne Bridée par les cols.

— Nous lui poserons la question demain, en arrivant aux Tombeaux, fit le père Hoyt d'une voix lasse.

Brawne Lamia essayait depuis un bon moment d'accrocher quelqu'un sur les fréquences générales de son persoc. Mais elle n'obtenait rien d'autre que de la friture et les échos assourdis d'impulsions EM lointaines. Elle se tourna vers le colonel Kassad.

— Quand vont-ils commencer à bombarder ?

— Je ne sais pas. Cela dépend essentiellement des défenses mises en place par la Force et de la puissance de sa flotte.

— Ces défenses n'ont pas été très efficaces, l'autre jour, quand les Extros ont détruit l'*Yggdrasill*, fit observer Lamia.

Kassad hocha la tête.

— Hé ! s'écria Martin Silenus. Ne me dites pas que nous avons le cul posé sur un putain d'objectif militaire ?

— Qu'est-ce que vous croyez ? lui dit le consul. Si les Extros lancent une attaque sur Hypérion pour empêcher l'ouverture des Tombeaux, comme le laisse prévoir le récit de H. Lamia, toute cette zone constituera un objectif primaire.

— Pour des armes nucléaires ? demanda Silenus d'une voix tendue.

— Il y a toutes les chances, oui, lui répondit Kassad.

— Mais je croyais qu'il y avait quelque chose, dans

les champs anentropiques, qui empêchait les vaisseaux de s'approcher de ce secteur, murmura le père Hoyt.

— Les vaisseaux *habités* seulement, répliqua le consul sans tourner la tête vers le reste du groupe. Les champs anentropiques n'arrêteront certainement pas les missiles guidés, ni les claps, ni les bombes autoguidées. Je ne crois pas non plus qu'ils gêneront l'infanterie mécanisée. Les Extros seront même en mesure de faire descendre quelques glisseurs d'assaut ou bien des blindés automatiques. Ils auront tout loisir d'observer les opérations à distance lorsque la destruction de la vallée commencera.

— Mais ce n'est pas ce qu'ils veulent, objecta Brawne Lamia. Ils cherchent à s'emparer d'Hypérion, et non pas à détruire cette planète !

— Je ne jouerais pas ma vie là-dessus, lui dit Kassad.

Elle sourit.

— C'est pourtant bien ce que nous sommes en train de faire, n'est-ce pas, colonel ?

Au-dessus d'eux, une étincelle se sépara du bouquet continu d'explosions, grossit jusqu'à la taille d'un brandon orange et poursuivit sa trajectoire comme une comète à travers le ciel. Du balcon, le groupe aperçut distinctement les flammes et entendit la plainte de l'atmosphère déchirée. Puis la boule de feu disparut derrière les montagnes.

Un peu moins d'une minute plus tard, le consul s'aperçut qu'il était en train de retenir sa respiration, les mains crispées sur la balustrade. Il laissa sortir bruyamment l'air de ses poumons. Les autres aussi semblaient avoir retenu leur souffle. Il n'y avait pas eu d'explosion ni d'onde de choc se propageant à travers la roche.

— Un tir manqué ? demanda Hoyt.

— Plutôt un appareil endommagé de la Force qui essayait d'atteindre le périmètre orbital ou de se poser sur le port spatial de Keats, fit le colonel Kassad.

— Il n'y a pas réussi, n'est-ce pas ? demanda Lamia.

Kassad ne répondit pas. Martin Silenus reprit les jumelles et fouilla la plaine de plus en plus obscure à la recherche du Templier.

— Je ne le vois plus, dit-il. Ce brave commandant est maintenant de l'autre côté de la colline que voilà, à moins qu'il n'ait encore utilisé ses talents de magicien pour disparaître comme la dernière fois.

— Dommage que nous ne puissions entendre son récit, dit le père Hoyt avant de se tourner vers le consul. Mais nous aurons le vôtre, n'est-ce pas ?

Le consul essuya ses mains moites sur les jambes de son pantalon. Son cœur battait à une vitesse accélérée.

— Oui, dit-il. Je vous raconterai mon histoire.

Il avait parlé avant même de savoir consciemment qu'il avait pris sa décision.

Le vent rugissait sur les pentes des montagnes exposées à l'est et sifflait le long des escarpements de la forteresse de Chronos. Les explosions dans le ciel semblaient avoir diminué légèrement en nombre, mais l'obscurité tombante rendait les éclairs de plus en plus intenses.

— Rentrons, proposa Lamia d'une voix que le vent couvrait presque. Il commence à faire froid.

Ils avaient éteint l'unique lampe, et l'intérieur de la pièce n'était plus éclairé que par les pulsations multicolores qui descendaient du ciel. Les ombres surgissaient, se défaisaient et se refaisaient au gré des tirs de barrage. Quelquefois, l'obscurité durait plusieurs secondes.

Le consul se pencha sur son sac de voyage et en sortit un étrange objet, qui ressemblait à un persoc, mais en plus volumineux, avec des enjolivures bizarres. Il déploya une sorte de disque à cristaux liquides qui faisait penser à certains holofilms d'époque.

— Un mégatrans ultrasecret ? demanda sarcastiquement Lamia.

Le sourire du consul était totalement dépourvu d'humour.

— C'est un persoc antique, dit-il. Il remonte à l'hégire.

Il sortit une microdisquette standard d'une pochette passée à sa ceinture et l'inséra dans la fente du persoc.

— Tout comme le père Hoyt, annonça-t-il, il est indispensable que je vous fasse entendre le témoignage de quelqu'un d'autre avant de vous faire part du mien.

— Jésus à béquilles ! s'exclama Martin Silenus. Il n'y a que moi dans cette putain de bande qui suis capable de raconter ma propre histoire ? Combien de temps faut-il que nous supportions...

Le consul lui-même fut surpris de sa réaction. Il se leva, saisit le petit homme par sa cape et par le col de sa chemise, le projeta contre le mur, le renversa sur une caisse avec un genou au milieu du bas-ventre et l'avant-bras en travers de la gorge.

— Encore un mot, poète, souffla-t-il, et c'est moi qui vous tue !

Silenus chercha à se débattre, mais la pression sur sa gorge ainsi que le regard du consul le firent renoncer. Il devint blême.

Le colonel Kassad, sans se presser et sans faire de bruit, les sépara.

— Il n'y aura plus d'interruption, promit-il en touchant le bâton de la mort passé à sa ceinture.

Martin Silenus recula jusqu'au dernier rang du groupe, en se massant la gorge, et se laissa tomber sans un mot sur une malle. Le consul marcha jusqu'à la porte-fenêtre, respira à fond à plusieurs reprises, puis revint vers le groupe.

— Excusez-moi, dit-il en s'adressant à tout le monde à l'exception du poète. Je... Je ne m'attendais pas à partager un jour cette expérience avec d'autres.

La lumière de l'extérieur vira au rouge, puis au blanc. Un éclat bleu suivit, qui fit progressivement place à une obscurité presque totale.

— Nous comprenons ce que vous ressentez, lui dit Lamia. Nous avons presque tous été dans le même cas.

Le consul se toucha la lèvre inférieure, hocha la tête, s'éclaircit rapidement la voix et s'assit près de son persoc.

— L'enregistrement n'est pas aussi ancien que l'instrument, murmura-t-il. Il date d'une cinquantaine d'années standard. J'aurai autre chose à dire quand vous l'aurez entendu.

Il marqua un temps d'arrêt, comme s'il voulait ajouter quelque chose, mais secoua la tête et appuya sur une touche de l'antique appareil.

Il n'y avait pas d'image. La voix était celle d'un jeune homme. À l'arrière-plan, on entendait le vent qui soufflait à travers des branches ou des hautes herbes. Plus distant encore, le bruit régulier du ressac ponctuait le récit tandis qu'au-dehors, les éclairs fantasmagoriques suivaient le rythme insensé d'une lointaine bataille spatiale. À un moment, le consul se raidit, sûr que l'impact allait être tout proche. Mais rien ne se passa, et il continua d'écouter avec les autres.

Le récit du consul :

« Je me souviens de Siri »

Je gravis la colline escarpée jusqu'à la tombe de Siri le jour même où les îles commencent à retourner vers les mers peu profondes de l'archipel Équatorial. Il fait une journée parfaite, que je déteste pour cette raison même. Le ciel est aussi serein que dans les récits qui se déroulent sur les océans de l'Ancienne Terre. Les hauts-fonds sont moirés de teintes outremer, et une brise tiède venue de l'océan fait ondoyer les capillaires sur le versant où je marche.

J'aurais préféré, un jour pareil, des nuages bas et de la grisaille. J'aurais préféré de la brume ou un brouillard bien enveloppant, le genre de brouillard qui fait dégouliner les mâts dans le port du Site n° 1 et tire de son sommeil la corne de brume du phare. J'aurais préféré le grand vent de mer qui souffle du ventre froid des océans du sud, chassant devant lui les îles mobiles et leurs troupeaux de dauphins jusqu'à ce qu'ils trouvent refuge sous le vent de nos atolls ou de quelque pic rocheux.

N'importe quoi plutôt que cette chaude journée de printemps, où le soleil suit sa course dans un ciel si bleu qu'il me donne envie de me mettre à courir, de faire de grands bonds et de me rouler dans l'herbe tendre comme nous l'avons fait naguère, Siri et moi, à cet endroit précis.

Oui, c'était exactement à cet endroit. Je m'arrête pour regarder autour de moi. Les capillaires se couchent et ondulent comme la fourrure d'une énorme bête tandis que la brise salée souffle du sud. Je mets ma main en visière sur mon front pour scruter l'horizon, où je ne perçois pas le moindre mouvement. Au-delà des récifs volcaniques, la mer commence à s'agiter et la houle se soulève nerveusement en moutons.

— Siri…

J'ai murmuré son nom sans le vouloir. Cent mètres plus loin, sur la pente, la foule s'arrête pour me regarder et retient sa respiration collective. La procession s'étend sur plus d'un kilomètre, jusqu'aux premières maisons blanches de la cité. J'aperçois aux premiers rangs le crâne grisonnant et dégarni de mon plus jeune fils. Il porte la robe bleu et or de l'Hégémonie. Je sais que je devrais l'attendre, pour marcher à ses côtés, mais il serait incapable, tout comme les autres membres âgés du Conseil, de suivre le rythme de mes jeunes jambes aguerries par l'entraînement et la vie à bord du vaisseau. La bienséance exigerait normalement que je reste à ses côtés, avec ma petite-fille Lira et mon petit-fils âgé de neuf ans.

Mais au diable la bienséance. Au diable tout le monde.

Je tourne les talons et continue d'escalader la colline escarpée. Ma chemise de coton commence à être trempée de sueur. J'atteins la crête et j'aperçois la sépulture.

Le tombeau de Siri.

Je me fige sur place. Le vent me glace malgré la chaleur du soleil qui jette des éclats sur la pierre blanche immaculée du mausolée silencieux. L'herbe est haute autour de l'entrée scellée de la crypte. Des alignements d'oriflammes de fête, aux couleurs passées, sur leurs hampes d'ébène, bordent l'étroite allée de gravier.

En hésitant, je fais le tour du monument et je m'approche du bord de la falaise, quelques mètres plus loin. Les capillaires ont été piétinés par d'irrévérencieux pique-niqueurs aux endroits où ils ont étalé leurs couvertures. Il y a plusieurs foyers délimités par des galets à la rondeur et à la blancheur parfaites, prélevés à cet effet sur les bordures de l'allée.

Je ne peux pas m'empêcher de sourire. Je connais par coeur le panorama qui s'étend plus bas. La grande courbe de la rade, avec sa digue naturelle ; les bâtiments blancs et bas du Site n° 1 ; les coques et les mâts multicolores des catamarans qui dansent au bout de leurs amarres. Près de la plage de galets, de l'autre côté de la Maison Commune, une jeune femme en jupe blanche s'avance en direction de l'eau. L'espace d'une seconde, je m'imagine que c'est Siri, et mon cœur bat violemment dans ma poitrine. Je vais presque agiter les bras vers elle, mais elle ne se tourne même pas. Je la regarde en silence faire demi-tour et s'éloigner pour se perdre dans l'ombre d'un vieux hangar à bateau.

Plus haut que moi, à quelque distance de la falaise, un pervier aux larges ailes décrit des cercles au-dessus du lagon sur des thermiques ascendants et scrute les bancs mouvants de varech bleu grâce à sa vision infrarouge, à la recherche de phoques harpistes ou de torpes.

La nature est stupide, me dis-je en m'asseyant dans l'herbe tendre. La nature se trompe d'un bout à l'autre en préparant le cadre de cette journée particulière où elle fait figurer un oiseau de proie alors qu'il n'y a plus rien de vivant depuis longtemps dans les eaux polluées de la rade.

Je me souviens d'un autre pervier, la première nuit où Siri et moi avons grimpé sur cette colline. La lune jetait des reflets sur ses ailes, et son étrange cri envoûtant faisait écho sur la falaise, déchirant les ténèbres que perçaient les halos de quelques lampadaires du village en contrebas.

Siri avait alors seize ans. Non, même pas… Et le clair de lune qui effleurait les ailes du rapace faisait aussi briller sa peau nue d'un éclat laiteux, projetant des ombres douces sous les cercles mats de ses seins. Nous levâmes la tête ensemble d'un air coupable lorsque le cri de l'oiseau troua la nuit, et Siri murmura :

— *C'est le rossignol et non l'alouette qui perça le creux apeuré de ton oreille.*

— Hein ? demandai-je.

Siri avait presque seize ans, j'en avais dix-neuf, mais elle savait les rythmes lents des livres et les cadences du théâtre des étoiles. Moi, je ne connaissais que les étoiles.

— Détends-toi, mon beau Navigant, me dit-elle en m'attirant contre elle. Ce n'est qu'un vieux pervier en chasse. Rien qu'un stupide oiseau. Reviens ici, mon Navigant. Tout près de moi, Merin.

Le *Los Angeles* a choisi ce moment pour s'élever au-dessus de l'horizon et pour s'éloigner vers l'ouest, telle une escarboucle emportée par le vent, sur le fond pour moi inhabituel des constellations d'Alliance-Maui, le monde de Siri. Étendu auprès d'elle, je lui décris le fonctionnement du grand vaisseau de spin à propulsion Hawking qui capte la lumière du soleil au-dessus du rideau de nuit qui nous entoure. Tout en parlant, je laisse glisser mes mains sur la peau douce de ses hanches, toute de velours électrique. Sa respiration se fait plus rapide au creux de mon épaule. Je rapproche mon visage de son cou, de son odeur, du parfum subtil de ses cheveux défaits.

— Siri...

Cette fois-ci, personne ne m'empêche de murmurer son nom. Au-dessous de moi, plus bas que la crête de la colline et l'ombre du tombeau blanc, la foule s'impatiente. Elle attend que j'ouvre le tombeau, que j'entre et que je me recueille dans le silence vide et glacé qui a remplacé la chaude présence de Siri. Ils veulent que je lui fasse un dernier adieu afin qu'ils puissent procéder à leurs rites et à leurs cérémonies avant d'ouvrir les portes distrans pour retourner au plus vite dans le Retz et dans l'Hégémonie qui les attend.

Au diable leurs cérémonies. Au diable l'Hégémonie.

J'arrache un pétiole au capillaire touffu qui se trouve à côté de moi, je le porte à mes lèvres et je scrute l'horizon à la recherche du premier signe de migration des îles. Les ombres se profilent dans la lumière du matin. Il est très tôt. Je vais rester ici encore un moment. Je veux me rappeler.

Je veux me rappeler Siri.

Siri était pour moi comme un… oiseau, je pense, la première fois que je l'ai vue. Elle portait une sorte de masque fait de plumes aux couleurs éclatantes. Quand elle l'a ôté pour se joindre au quadrille aux flambeaux, la lumière de la torche a éclairé les mèches auburn de sa chevelure flamboyante. Elle avait les joues rouges d'excitation, et je distinguais, malgré la distance et la foule qui nous séparaient, le vert étonnant de ses yeux qui contrastait avec la chaleur d'été de son visage et de sa chevelure. C'était pendant la Nuit Festive, naturellement, et les flambeaux dansaient et jetaient des pluies d'étincelles dans la brise piquante venue du large. Le son des flûtes jouant sur la digue en l'honneur des îles mouvantes était presque noyé par les bruits du ressac et les claquements des oriflammes. Siri n'avait pas seize ans, mais sa beauté brillait plus que n'importe quel flambeau planté autour de la place remplie de monde. Je me frayai un chemin à travers la foule pour me rapprocher d'elle.

Cela se passait il y a cinq ans pour moi. Pour nous deux, il y a plus de soixante-cinq ans. Mais il me semble que c'était hier.

Ça ne va pas du tout.

Par où commencer ?

— Qu'est-ce que tu dirais d'aller tirer un petit coup, gamin ?

Mike Osho, qui venait de parler, était un homme trapu, au visage poupin, caricature vivante de Bouddha. Et c'était un dieu pour moi. Nous étions tous des dieux, en fait, dotés d'une longue vie sinon immortels, bien payés sinon tout à fait divins. L'Hégémonie nous avait sélectionnés pour faire partie de l'équipage de l'un de ses précieux vaisseaux de spin à saut quantique, aussi comment aurions-nous pu être moins que des dieux ? Seulement, Mike, le brillant, le changeant, l'irrévérencieux Mike Osho, était un peu plus vieux et un peu plus haut dans le panthéon des Navigants que le très jeune Merin Aspic.

— Alors là, probabilité zéro ! lui répondis-je.

Nous étions en train de nous faire un brin de toilette après avoir bossé douze heures durant dans l'équipe du génie affectée à la construction de la porte distrans. Expédier les techniciens au point de singularité où ils étaient affectés, à quelque cent soixante-trois mille kilomètres d'Alliance-Maui, était pour nous quelque chose de bien moins glorieux que le décalage de quatre mois par rapport à l'espace hégémonien. Pendant la section C+ du voyage, nous étions des maîtres spécialistes. Quarante-neuf experts stellaires aiguillant deux cents passagers guère rassurés. Mais maintenant, les passagers avaient leur combinaison autonome, et nous, les Navigants, nous en étions réduits au rôle de glorieux camionneur tandis que les équipes du génie mettaient en place la lourde sphère de confinement de la singularité.

— Probabilité zéro, répétai-je. À moins que les rampants n'aient ajouté un bordel à cette île de quarantaine qu'ils nous ont louée.

— Ils n'ont rien fait du tout, grogna Mike.

Nous avions bientôt droit, lui et moi, à nos trois jours de repos et de récupération au sol, mais nous savions, d'après ce que nous avait dit le Maître-Navigant Singh et d'après les protestations des autres Navigants, que cette permission à terre se passerait en fait sur une île de quatre kilomètres sur sept administrée par l'Hégémonie. Et ce n'était même pas l'une des îles mobiles dont nous avions entendu parler. C'était un simple piton volcanique près de l'équateur. Une fois là, nous aurions sous nos pieds une vraie gravité, nous respirerions de l'air non filtré et nous pourrions probablement nous procurer une nourriture non synthétique, mais les seuls rapports que nous aurions avec les habitants d'Alliance-Maui se limiteraient à l'achat de quelques produits d'artisanat local à la boutique hors taxes. Et encore, ils nous seraient vendus par des commerçants de l'Hégémonie. C'était pour cela que beaucoup de Navigants préféraient passer leurs permissions à bord du *Los Angeles*.

— Où est-ce que tu voudrais tirer un petit coup, Mike ? Les mondes coloniaux sont inaccessibles jusqu'à ce que la porte distrans commence à fonctionner. Dans soixante ans à peu près, en temps local. À moins que tu ne veuilles parler de la vieille Meg, dans le système de bord ?

— Fais-moi confiance, gamin. Il suffit de vouloir, et on trouve toujours un moyen.

Je lui ai fait confiance. Nous n'étions que cinq dans le vaisseau de descente. C'était toujours pour moi une aventure que de descendre d'une orbite haute dans l'atmosphère d'un vrai monde. Particulièrement d'un monde qui ressemblait autant qu'Alliance-Maui à la Terre. Je contemplai le limbe bleu et blanc de la planète jusqu'à ce que les océans fussent *en bas* et que l'atmosphère nous porte. Nous approchâmes du terminateur dans un long glissement d'ailes, à la vitesse de trois fois notre propre son.

Nous étions des dieux. Mais même les dieux, à l'occasion, sont parfois obligés de descendre de leur piédestal.

Le corps de Siri ne cessait jamais de m'étonner. Par exemple pendant notre séjour sur l'archipel. Trois semaines dans cette énorme maison-arbre qui oscillait sous les voiles gonflées, avec les dauphins qui nous escortaient comme des éclaireurs, les couchers de soleil tropicaux qui baignaient la soirée de leur merveilleuse lumière, la voûte des étoiles la nuit, et notre propre sillage, marqué par mille petits tourbillons phosphorescents qui reflétaient les constellations au-dessus de nous. Mais c'est surtout le corps de Siri que je me rappelle. Pour une raison ou pour une autre – peut-être par timidité, ou encore à cause des années qui nous avaient séparés –, elle portait, les premiers jours, un léger maillot deux-pièces qui empêchait ses seins blancs et le bas de son ventre de brunir en même temps que le reste.

La première fois, le clair de lune illuminait des triangles de peau tandis que nous étions étendus dans l'herbe au-dessus du port du Site n° 1. Sa petite culotte de soie s'était accrochée à un capillaire. Il y avait alors en elle une sorte de retenue enfantine. Comme une légère hésitation devant quelque chose qu'elle donnait prématurément. Mais il y avait aussi de la fierté. Cette même fierté qui, plus tard, lui avait permis de faire face à la foule furieuse des séparatistes, sur les marches du consulat de l'Hégémonie, dans les quartiers sud de Sterne, et de les renvoyer, honteux, chez eux.

Je me souviens aussi de ma cinquième descente planétaire, notre quatrième réunion. C'est l'une des rares fois où je l'ai vue pleurer. Elle était alors quasi royale dans sa sagesse et sa renommée. Elle avait été élue quatre fois à l'Assemblée de la Pangermie, et le Conseil de l'Hégémonie la consultait souvent pour lui demander son avis sur des questions délicates. Elle portait son indépendance sur les épaules comme un manteau royal, et jamais son orgueil n'avait brillé d'un feu si ardent. Mais lorsque nous étions seuls dans la villa de pierre au sud de Fevarone, c'était elle qui baissait les yeux. J'étais nerveux, intimidé par cette puissante femme qui m'était devenue étrangère, mais c'était Siri, Siri à la démarche droite et au regard d'acier, qui détournait la tête et murmurait à travers ses larmes :

— Va-t'en… Laisse-moi, Merin. Je ne veux pas que tu me voies ainsi. Je suis une vieille femme hideuse et toute flasque. Va-t'en !

J'avoue que j'ai été un peu brutal, alors, avec elle. J'ai saisi ses poignets dans ma main gauche, avec une force qui m'a surpris moi-même, et j'ai déchiré de l'autre main le devant de sa robe de soie, d'un seul mouvement. J'ai embrassé ses épaules, son cou, les traces de vergetures sur son ventre tendu, la cicatrice sur sa cuisse gauche, remontant à un accident de glisseur survenu quarante de ses années plus tôt. J'ai embrassé ses cheveux gris et les rides gravées dans ses joues autrefois si lisses. J'ai embrassé ses larmes.

— Bon Dieu, Mike, tu ne vas pas me dire qu'on a le droit de faire ça ! m'écriai-je tandis que mon copain déroulait le tapis hawking qu'il venait de sortir de son paquetage.

Nous étions sur l'île n° 241, comme les commerçants

de l'Hégémonie avaient romantiquement baptisé le rocher volcanique et désert sur lequel on avait choisi de nous envoyer passer nos permissions. L'île n° 241 se trouvait à moins de cinquante kilomètres des colonies anciennes les plus proches, mais cela n'aurait fait aucune différence pour nous si elle avait été à cinquante années-lumière de là. Aucun bateau autochtone ne devait s'approcher de cette île tant que les hommes d'équipage et les poseurs distrans du *Los Angeles* étaient présents. Les colons possédaient un certain nombre de vieux glisseurs en état de marche, mais ils s'abstenaient, d'un commun accord, de survoler l'île. Exception faite des baraquements, de la plage et de la boutique hors taxes, il n'y avait rien sur ce rocher qui pût nous intéresser, nous autres les Navigants. Plus tard, peut-être, lorsque les derniers composants auraient été incorporés par le *Los Angeles* au système et que la porte distrans serait achevée, les autorités de l'Hégémonie feraient de l'île n° 241 un centre de commerce et de tourisme. En attendant, c'était un endroit primitif, avec sa grille pour les vaisseaux de descente, ses bâtiments blancs à peine finis en pierre locale et quelques agents de maintenance à l'air blasé.

Mike avait demandé l'autorisation d'aller marcher sac au dos pendant trois jours à l'extrémité la plus escarpée et la plus inaccessible de la petite île.

— J'ai pas envie d'aller crapahuter comme un con ! avais-je protesté. Je préfère rester à bord et me brancher sur une simstim.

— Ferme-la et viens avec moi !

Tel un membre mineur du panthéon suivant une divinité plus sage et plus ancienne, je l'avais suivi en la bouclant. Deux heures de marche ardue sur les pentes volcaniques, à travers des épineux qui s'accrochaient aux jambes, nous menèrent, comme une coulée de lave sur la rocaille, à plusieurs centaines de mètres d'altitude au-dessus des vagues bouillonnantes qui s'écrasaient sur les brisants de la côte. Nous n'étions pas loin de l'équateur, sur une planète au climat essentiellement tropical ; mais sur cette falaise exposée, le vent mugissait comme pas possible et mes dents claquaient littéralement de froid. Le soleil couchant, à l'ouest, était une traînée rouge sale entre des cumulus d'un noir menaçant, et j'avais peur de me retrouver en plein air lorsque la nuit descendrait pour de bon sur nous.

— Ne restons pas là, dis-je à Mike. Il y a trop de vent. Allons faire un bon feu. Je ne sais pas comment nous allons faire pour planter la tente sur cette rocaille.

Mike s'assit et alluma tranquillement un joint de cannabis.

— Regarde un peu ce qu'il y a dans ton paquetage, fiston.

J'eus un instant d'hésitation. Il avait dit cela d'une voix neutre, mais c'était le ton de quelqu'un qui vous a préparé un seau d'eau au-dessus de la porte. Je m'accroupis pour sortir les affaires du sac en nylon. Il n'était bourré de rien d'autre que de cubes d'emballage en mousse lovée. Il y avait aussi une sorte de costume d'Arlequin au complet, avec masque et grelots au bout des orteils.

— Tu n'es pas... Qu'est-ce que ça... Tu es complètement dingue ou quoi ?

La nuit tombait rapidement. Le grain allait peut-être passer au sud de l'île, mais ce n'était pas encore certain. Les vagues rugissaient au pied de la falaise comme un monstre affamé. Si j'avais été sûr de savoir retrouver mon chemin tout seul dans la nuit, je serais peut-être rentré au comptoir de commerce, en laissant la carcasse de Mike Osho nourrir les poissons qui l'attendaient en bas.

— Regarde ce qu'il y a dans mon sac, maintenant, me dit-il.

Il vida par terre quelques cubes de mousse, au milieu desquels il y avait quelques menus bijoux du genre de ceux que j'avais vus dans les boutiques d'artisanat du Vecteur Renaissance. Il sortit également un compas à inertie, un crayon laser (que la Sécurité du vaisseau aurait pu facilement cataloguer comme une arme clandestine), un second costume d'Arlequin (taillé pour lui un peu plus large) et le tapis hawking.

— Merde ! Comment est-ce que tu as fait pour passer

tout ça sans te faire attraper ? m'exclamai-je de nouveau en caressant des doigts les motifs admirables du vieux tapis.

— Le service des douanes n'est pas très bien organisé, me dit Mike en souriant. Et je doute fort que les autochtones aient un service de réglementation de la circulation aérienne.

— D'accord, mais…

Ma voix se perdit tandis que je l'aidais à dérouler le tapis. Il faisait à peine un peu plus d'un mètre de large sur deux de long. Sa riche texture avait perdu une partie de ses couleurs avec l'âge, mais les fils de commande étaient encore rutilants.

— Où l'as-tu eu ? demandai-je. Est-ce qu'il marche encore ?

— Sur Garden, me répondit Mike en fourrant mon costume avec le reste de son équipement dans son sac à dos. Oui, il fonctionne parfaitement.

Cela faisait plus d'un siècle que Vladimir Cholokov, émigrant de l'Ancienne Terre, maître lépidoptériste et ingénieur système EM, avait fabriqué artisanalement le premier tapis hawking pour sa ravissante jeune nièce de la Nouvelle-Terre. La légende prétendait que la nièce avait dédaigné son présent, mais le jouet avait acquis, avec les années, une popularité presque ridicule, pas tant auprès des enfants que des adultes fortunés, au point qu'on avait fini par les interdire sur la plupart des mondes de l'Hégémonie. Trop dangereux à manipuler, provoquant un trop grand gaspillage de monofilaments blindés, pratiquement impossibles à diriger dans un espace aérien contrôlé, les tapis hawking étaient devenus des objets de curiosité réservés aux contes pour enfants, aux musées et à un petit nombre de mondes coloniaux.

— Il a dû te coûter une fortune, murmurai-je.

— Trente marks, me dit Mike en s'installant au centre du tapis. Le vieux marchand de la place du marché de Carvnel était persuadé qu'il n'avait aucune valeur. Ce qui était le cas… pour lui. Je l'ai ramené à bord, je l'ai révisé, rechargé, j'ai reprogrammé ses plaquettes inertielles, et voilà.

Il posa la main à plat sur l'un des motifs complexes, et le tapis se raidit puis s'éleva de quinze centimètres au-dessus de la roche.

Je regardais d'un air peu convaincu. Je balbutiai :

— Suppose qu'il...

— Aucun risque, coupa Mike en tapotant impatiemment le tapis derrière lui. Il est chargé à bloc, et je sais m'en servir. Tu vas grimper oui ou merde ? Sinon, écarte-toi. Il faut prendre l'air avant que ce grain ne se rapproche.

— Mais je ne crois pas que...

— Décide-toi, Merin. Je ne vais pas t'attendre une éternité.

J'hésitai encore une seconde ou deux. Si nous nous faisions prendre en train de quitter l'île, nos contrats seraient résiliés. J'avais choisi d'être Navigant, et c'était toute ma vie. J'avais signé pour huit missions sur Alliance-Maui. De plus, je me trouvais maintenant à deux cents années-lumière et à cinq ans et demi de voyage de la civilisation. Même à supposer qu'ils nous ramènent dans l'espace hégémonien, l'aller-retour nous aurait coûté onze ans par rapport à nos amis et à notre famille. Le déficit de temps était irrévocable.

Je grimpai derrière Mike sur le tapis en suspens. Il cala le sac à dos entre nous, me demanda de bien me cramponner et donna un coup sec sur les motifs de vol. Le tapis grimpa à cinq mètres au-dessus de la falaise, vira rapidement sur la gauche et fonça au-dessus de l'océan aux flots menaçants. Trois cents mètres au-dessous de nous, les vagues bouillonnaient d'une écume blanchâtre dans la pénombre grandissante. Mike prit un peu plus d'altitude, et mit le cap au nord.

C'est ainsi que tout un destin se joue en quelques secondes.

Je me souviens d'une conversation avec Siri lors de notre deuxième réunion. C'était peu après la visite de la villa sur la côte de Fevarone. Nous nous promenions sur la plage. Alón était resté en ville sous la surveillance de Magritte. C'était aussi bien comme ça. Nous étions plus à l'aise quand le gamin n'était pas avec nous. Seules l'indéniable gravité de ses yeux gris et la troublante familiarité-miroir de ses courtes boucles noires et de son nez mutin le reliaient à moi – à nous – dans mon esprit. Cela, et aussi le sourire fugace, presque sardonique, que je surprenais sur sa frimousse chaque fois que Siri le réprimandait. C'était un sourire amusé, beaucoup trop cynique et tourné vers l'intérieur pour être coutumier d'un enfant de dix ans. Mais je connaissais bien cette mimique. J'aurais cru que ces choses-là s'acquéraient par l'apprentissage, et non par hérédité.

— Tu ne sais pas grand-chose, me dit Siri.

Elle pataugeait, pieds nus, dans une flaque laissée par la marée. De temps à autre, elle se baissait pour extirper du sable quelque délicate conque marine, l'inspectait à la recherche d'un défaut et la laissait retomber dans l'eau trouble.

— J'ai reçu une formation poussée, répliquai-je.

— Je sais. Je ne doute pas que tu sois très fort dans ta spécialité, mais je dis que tu ne sais pas grand-chose.

Agacé, ne sachant quoi répondre, je continuai d'avancer sur la plage, la tête penchée en avant. Je ramassai dans le sable un galet de lave blanchi et le lançai le plus loin possible dans la mer. Des nuages gris s'amoncelaient à l'horizon, à l'est. Je me pris à penser que j'aurais préféré être à bord de mon vaisseau. J'avais hésité avant de revenir, cette fois-ci, et je m'apercevais maintenant que j'avais commis une erreur. C'était ma troisième descente sur Alliance-Maui, et notre deuxième réunion, comme on disait poétiquement chez elle. Dans cinq mois, j'aurais exactement vingt et un ans standard. Siri avait fêté son trente-septième anniversaire trois semaines plus tôt.

— Je suis allé dans un tas d'endroits que tu ne connais même pas, lui dis-je finalement.

Même à mes oreilles, cela sonna ridiculement puéril.

— Bravo ! fit Siri en battant gaiement des mains.

L'espace d'une seconde, dans son enthousiasme, j'eus la vision de ma petite Siri, l'autre, celle dont j'avais rêvé durant les neuf longs mois de ma rotation. Puis la réalité s'imposa de nouveau à moi, et j'eus cruellement conscience de ses cheveux courts, des plis flasques de sa nuque et des cordes qui apparaissaient au dos des mains que j'avais tant aimées.

— Tu es allé dans des tas d'endroits que je ne verrai jamais, c'est vrai, poursuivit-elle vivement, d'une voix qui n'avait pas changé ou presque. Tu as vu des choses, mon amour, que je ne saurais même pas imaginer. Tu connais sans doute plus de faits sur l'univers que je ne m'en doute. Mais je dis quand même que tu ne sais pas grand-chose, mon petit Merin.

— Qu'est-ce que tu racontes, Siri ?

Je m'assis sur une souche à demi enfouie, à la limite du sable mouillé, et dressai mes genoux comme une barrière entre nous. Elle sortit de sa flaque et vint s'accroupir devant moi. Elle me prit les deux mains dans une seule des siennes. Bien que mes doigts fussent beaucoup plus gros et osseux que les siens, je sentis la force qui se dégageait de ses mains, une force que j'imaginais être le résultat de toutes les années où je n'avais pas été là avec elle.

— Il faut avoir vécu pour connaître vraiment les choses, mon chéri, me dit-elle. J'ai compris cela lorsque j'ai eu Alón. Élever un enfant, cela aide à garder le contact avec le réel.

— Que veux-tu dire ?

Elle détourna les yeux quelques secondes, rejetant machinalement en arrière une mèche de cheveux qui tombait sur son front tandis que sa main gauche demeurait fortement crispée sur les miennes.

— Je ne sais pas très bien, murmura-t-elle d'une voix faible. Je crois que, quand les choses n'ont plus la même importance, on s'en aperçoit. Je ne sais comment exprimer cela... Quand on a passé trente ans de sa vie à côtoyer des étrangers, on se sent moins oppressé en leur présence que lorsqu'on a la moitié de ce nombre d'années d'expérience. On sait ce qu'ils ont probablement à donner, et on va le prendre directement. Et si ce que l'on cherche n'est pas là, on s'en aperçoit très vite et on passe son chemin tranquillement. C'est l'expérience des années qui fait qu'on sait à quoi s'en tenir et de combien de temps on dispose pour apprendre la différence. Tu comprends, Merin ? Est-ce que tu me suis, même un petit peu ?

— Non.

Elle hocha doucement la tête, en se mordant la lèvre inférieure. Mais elle ne dit plus rien pendant un bon moment. Au lieu de parler, elle se pencha sur moi pour m'embrasser. Ses lèvres étaient sèches, légèrement interrogatrices. J'eus un mouvement de recul, l'espace d'une seconde. Je regardai le ciel, derrière elle. J'avais besoin d'un peu de temps pour réfléchir. Mais je sentis sa langue brûlante se glisser vigoureusement dans ma bouche, et je fermai les yeux. La marée montait derrière nous. La chaleur de Siri se communiqua à moi lorsqu'elle défit les boutons de ma chemise et me laboura la poitrine de ses ongles acérés. Il y eut entre nous une seconde de néant. Je rouvris les yeux à temps pour la voir dégrafer les dernières attaches de son corsage blanc. Ses seins étaient plus amples que dans mon souvenir. Plus lourds, avec des mamelons plus épais et plus foncés. Le vent froid nous mordit tous les deux jusqu'à ce que je fasse glisser le vêtements de ses épaules pour la serrer contre moi. Nous nous laissâmes glisser sur le sable tiède contre la souche. Je l'attirai plus fort contre moi, en me demandant comment j'avais pu penser qu'elle était physiquement la plus forte. Sa peau avait un goût salé.

Les mains de Siri m'aidèrent. Ses cheveux courts reposaient sur le bois blanchi, le coton blanc et le sable. Mon pouls battait plus fort que les vagues.

— Tu comprends, Merin ? répéta-t-elle en chuchotant quelques secondes plus tard, alors que sa chaleur formait autour de moi un fourreau qui nous reliait.

— Oui, soufflai-je à son oreille.

Mais ce n'était pas vrai.

Mike entama sa descente vers le Site n° 1 à partir de l'est. Le vol nocturne avait duré un peu plus d'une heure, temps que j'avais passé à gémir en m'agrippant pour ne pas tomber du tapis, que je m'attendais à voir se replier d'une seconde à l'autre pour nous précipiter tous les deux dans la mer. Nous avions aperçu la première île mobile au bout d'une demi-heure de vol. Elle filait devant la tempête, ses voiles végétales gonflées. Elle fut suivie de plusieurs autres, remontant de leurs habitats du sud en une procession qui paraissait interminable. Beaucoup d'entre elles étaient brillamment illuminées, décorées de guirlandes de lanternes multicolores et de bannières de lumière diaphane et changeante.

— Tu es sûr que c'est dans cette direction ? hurlai-je.

— Oui ! cria Mike sans tourner la tête.

Le vent faisait voler ses longs cheveux noirs qui cinglaient mon visage. De temps à autre, Mike consultait sa boussole et corrigeait légèrement notre cap. Il aurait sans doute été plus facile de suivre les îles. Nous en dépassâmes une grande, qui devait faire près d'un kilomètre de long. Je plissai les yeux pour essayer de distinguer quelque chose à sa surface, mais il faisait trop noir. Seul l'éclat phosphorescent de son sillage permettait d'en discerner les contours. Des formes noires évoluaient dans l'écume laiteuse. Je tapai sur l'épaule de Mike pour les lui montrer.

— Des dauphins ! cria-t-il. C'est à ça que servait cette foutue colonie au début. Tu ne te souviens pas de la bande de babas, à l'époque de l'hégire, qui voulait sauver tous les mammifères des océans de l'Ancienne Terre ? Ils n'ont pas réussi…

J'aurais voulu lui poser une autre question, mais c'est à ce moment-là que le promontoire et la rade du Site n° 1 furent en vue.

J'avais cru que les étoiles brillaient d'un éclat insurpassable au-dessus d'Alliance-Maui. J'avais cru que les îles migrantes offraient un incomparable spectacle de couleurs et de lumières. Mais le Site n° 1, dans l'écrin de sa rade et de ses collines, était une balise éclatante qui trouait la nuit. L'intensité de ses lumières me rappelait un vaisseau-torche que j'avais contemplé un jour au moment où il créait sa propre nova de plasma contre le limbe sombre d'une terne géante gazeuse. La ville consistait en un énorme gâteau de miel à cinq niveaux où se dressaient des bâtiments blancs illuminés par des lanternes douces à l'intérieur et par une multitude de torches éclatantes à l'extérieur. La pierre volcanique blanche de l'île proprement dite semblait briller à la lumière de la ville. À l'extérieur de celle-ci se pressaient des tentes, des pavillons, des feux de camp et d'immenses bûchers qui ne pouvaient servir à rien d'autre que souhaiter la bienvenue aux îles migratrices.

Le port était rempli d'embarcations de toutes sortes : catamarans qui dansaient au gré de la houle, leurs cloches tintant en haut des mâts, péniches ventrues, à fond plat, faites pour se traîner d'un port à l'autre dans les eaux équatoriales peu profondes, mais parées, cette nuit-là, de guirlandes de lumières, et même quelques yachts de haute mer, au profil racé et fonctionnel comme celui d'un requin. Un phare, posé à l'extrême pointe du promontoire de la rade, projetait son puissant faisceau de lumière très loin sur l'océan, illuminant aussi bien les vagues que l'intérieur de l'île, revenant caresser à intervalles réguliers les bateaux dansant au bout de leurs amarres et la foule bigarrée sans cesse en mouvement sur les quais.

Le bruit montait déjà jusqu'à nous à deux kilomètres de distance. C'était une rumeur de fête, de cris et de musique, étroitement mêlée au murmure de la mer. Je perçus quelques notes de flûte d'une sonate de Bach. Je devais apprendre plus tard qu'il s'agissait d'un concert de bienvenue transmis au moyen d'hydrophones dans le Détroit où les dauphins dansaient et s'ébattaient au son de la musique.

— Bon Dieu, Mike, comment as-tu fait pour être au courant de tout ça ? demandai-je.

— J'ai interrogé l'ordinateur de bord principal.

Le tapis hawking s'inclina pour prendre son virage à droite, et nous perdîmes de vue les navires et le phare.

Puis le tapis se dirigea vers le nord du Site n° 1, là où régnait encore l'obscurité.

— Cette fête a lieu chaque année, m'expliqua Mike, mais ils en célèbrent en ce moment le cent cinquantième anniversaire. Les réjouissances durent depuis trois semaines. Et cela va continuer comme ça encore quinze jours. Il n'y a que cent mille colons en tout sur cette foutue planète, Merin, mais je te parie que la moitié d'entre eux sont ici en train de rigoler.

Il ralentit, commença prudemment son approche et se posa sur un affleurement rocheux non loin de la plage. Nous avions échappé au grain, mais l'horizon au sud était encore par intervalles illuminé d'éclairs qui rivalisaient avec les lumières des îles en mouvement. Au-dessus de nous, cependant, les étoiles n'en brillaient pas moins dans un ciel chaud et serein où la brise apportait des senteurs de vergers en fleurs. Nous repliâmes le tapis et sortîmes nos costumes d'Arlequin. Je vis que Mike glissait dans ses poches le crayon laser et les bijoux.

— Qu'est-ce que tu comptes faire avec ça ? demandai-je tout en dissimulant avec lui sous un gros rocher le sac à dos et le tapis.

— Ça ? fit Mike en agitant sous mon nez un collier acheté sur Renaissance. Avec cette babiole, tu pourras peut-être obtenir quelques faveurs.

— Faveurs ?

— Les faveurs d'une dame, expliqua Mike. Le repos du guerrier spatial. Un p'tit coin pour baiser, si tu préfères.

— Oh !

J'ajustai mon masque et mon bonnet. Les grelots tintèrent doucement dans l'obscurité.

— Viens, fit Mike. Il ne faut pas rater ça.

Je hochai gravement la tête et lui emboîtai gaillardement le pas. Nos grelots tintaient joyeusement chaque fois que nous escaladions une roche ou que nous sautions par-dessus un buisson, guidés par les lumières de la fête qui nous tendait les bras.

Accroupi en plein soleil, j'attends. Je ne sais pas trop quoi au juste. Je sens dans mon dos la chaleur de la pierre blanche du tombeau qui monte vers moi.

Le tombeau de *Siri* ?

Il n'y a pas un seul nuage là-haut. Je lève la tête, les yeux plissés, comme si j'allais apercevoir, dans l'éclat aveuglant du ciel, le *Los Angeles* et la porte distrans en cours d'achèvement. Naturellement, je ne vois rien du tout. Une partie de moi-même sait très bien qu'ils ne sont pas encore au-dessus de l'horizon. Une partie de moi sait à la seconde près combien de temps il reste pour que le vaisseau et la porte parviennent au zénith. Mais l'autre partie ne veut pas en entendre parler.

Est-ce que c'est cela qu'il faut faire, Siri ?

Le claquement brusque des oriflammes au bout de leur hampe se fait entendre tandis que le vent se lève. Je perçois, sans me retourner, la nervosité de la foule qui attend. Pour la première fois depuis ma descente planétaire, qui devait marquer notre sixième réunion, je suis rempli de chagrin. Ou plutôt non, ce n'est pas encore du chagrin, mais une sorte de tristesse qui va bientôt se transformer en douleur. Des années durant, j'ai tenu des conversations silencieuses avec Siri, formulant les questions longtemps à l'avance pour les lui poser un jour, et je prends cruellement conscience que plus jamais nous ne parlerons tranquillement ensemble. Un grand vide est en train de grandir en moi.

Faut-il que j'accepte cela, Siri ?

Je ne reçois aucune autre réponse que le murmure grandissant de la foule. Dans quelques minutes, ils m'enverront Donel, mon plus jeune fils encore vivant, ou bien sa fille, Lira, avec son frère, pour me convaincre de continuer la cérémonie. Je me débarrasse de la brindille que je mâchonnais. Il y a comme une ombre à l'horizon. Ce pourrait être un nuage, ou bien la première des îles, poussée par l'instinct et les vents du nord printaniers à migrer vers les hauts-fonds équatoriaux d'où elles viennent toutes. Mais quelle importance ?

Est-ce que c'est cela qu'il faut faire, Siri ?
Toujours pas de réponse, et le temps s'amenuise.

Il y avait des moments où Siri me semblait si ignorante de tout que cela m'écœurait.

Elle ne savait absolument rien de la vie que je menais lorsque j'étais loin d'elle. Elle posait parfois des questions, mais je me demandais souvent si les réponses l'intéressaient réellement. Je passais des heures à essayer de lui expliquer les magnifiques principes physiques qui faisaient fonctionner nos vaisseaux de spin, mais elle ne semblait jamais comprendre. Un jour, après lui avoir détaillé soigneusement les différences entre leurs antiques vaisseaux d'ensemencement et le *Los Angeles*, je fus sidéré de l'entendre me demander pourquoi il avait fallu quatre-vingts ans à ses ancêtres pour atteindre Alliance-Maui, alors que je faisais le voyage en cent trente jours. Elle n'avait rien compris du tout.

Les notions qu'elle avait de l'histoire étaient, au mieux, pitoyables. Elle voyait le Retz et l'Hégémonie un peu comme un enfant pouvait considérer le monde imaginaire d'un mythe plaisant mais plutôt simpliste. L'indifférence qu'elle manifestait me faisait quelquefois véritablement sortir de mes gonds.

Elle connaissait à peu près tout sur le début de l'hégire, tout au moins la période touchant à Alliance-Maui et à ses pionniers, et elle me sortait parfois des histoires ou des légendes ravissantes de candeur archaïque. Mais elle ne savait absolument rien des réalités posthégiriennes. Des noms comme Garden, les Extros, Renaissance ou Lusus ne signifiaient pratiquement rien pour elle. Si je mentionnais devant elle Salmud Brevy ou le général Horace Glennon-Height, elle n'avait pas la moindre réaction. Vraiment pas la moindre.

La dernière fois que nous nous sommes réunis, elle avait soixante-dix années standard. Oui, *soixante-dix*, et elle n'avait jamais quitté sa planète ni utilisé un mégatrans. La seule boisson alcoolique à laquelle elle eût goûté était le vin. Jamais elle ne s'était interfacée avec un empathiseur médical, jamais elle n'avait franchi de porte distrans, ni fumé un joint de cannabis, ni pris un seul médicament à base d'ARN. Jamais elle ne s'était offert une petite manipulation génétique. Jamais elle ne s'était branchée sur une simstim. Elle n'avait pas vraiment fait d'études, ni entendu parler des gnostiques zen ou de l'Église gritchtèque, ni fait une balade dans un autre véhicule que le vieux glisseur Vikken de la famille.

Elle n'avait jamais fait l'amour avec un autre que moi. C'est du moins ce qu'elle disait, et je la croyais.

Ce fut à l'occasion de notre première réunion, sur l'archipel, que Siri m'emmena parler avec les dauphins.

Nous nous étions levés avant l'aube, pour l'admirer. Les hautes branches de la maison-arbre formaient un poste d'observation parfait pour contempler le ciel à l'est et voir la nuit pâlir peu à peu pour céder la place au matin. Les hauts cirrus filamenteux rosirent, puis la mer elle-même devint de plomb tandis que le soleil flottait sur la ligne plate de l'horizon.

— Allons nager, me dit Siri.

La riche lumière rasante lui baignait la peau et projetait son ombre de quatre mètres sur les planches de la plate-forme d'observation.

— Je suis trop fatigué, lui dis-je. Tout à l'heure.

Nous n'avions pas dormi de la nuit. Nous avions bavardé, fait l'amour, rebavardé et refait l'amour. Aveuglé par l'éclat du matin, je me sentais vidé, en proie à une vague nausée. Je sentais sous moi le moindre mouvement de l'île, qui me donnait le vertige et me faisait perdre conscience de la pesanteur comme un ivrogne qui n'arrive pas à mettre un pied devant l'autre.

— Viens maintenant, insista Siri en me tirant par la main.

J'étais un peu agacé, mais je me laissai entraîner. Siri avait alors vingt-six ans, sept ans de plus que moi, mais son impulsivité me rappelait l'adolescente que j'avais arrachée à la fête, à peine dix de mes mois plus tôt. Son rire profond et spontané n'avait pas changé. Ses yeux verts étaient aussi incisifs lorsqu'elle s'impatientait. Sa longue crinière de cheveux auburn était exactement la même. Mais ses formes étaient devenues plus pleines, riches d'une promesse à peine esquissée jusque-là. Ses seins étaient toujours hauts et fermes, des seins de jeune fille, presque, bordés sur le haut par des taches de rousseur qui laissaient progressivement place à une blancheur si translucide que l'on voyait les délicates arabesques bleues de ses veines. Mais ils avaient quand même quelque chose de différent. Ma Siri n'était plus tout à fait la même.

— Tu viens, ou tu préfères rester là à regarder ? me demanda-t-elle.

Elle avait laissé tomber son cafetan à ses pieds lorsque nous étions arrivés sur le ponton où la petite embarcation était encore amarrée. Au-dessus de nous, les voiles des arbres commençaient à s'ouvrir sous les effets de la brise du matin. Depuis plusieurs jours, Siri insistait pour porter un maillot quand nous allions dans l'eau. Aujourd'hui, elle ne portait rien. Les pointes de ses seins se dressaient dans la fraîcheur de la brise.

— Est-ce que nous ne risquons pas de rester en arrière ? demandai-je en lorgnant les voiles qui claquaient dans les arbres.

Les jours précédents, nous avions attendu pour sortir les moments d'accalmie du milieu de la journée, lorsque la mer devenait un véritable miroir. Mais je voyais maintenant les nervures qui se tendaient tandis que le vent remplissait le creux des feuilles.

— Ne sois pas ridicule, me dit Siri. Nous pourrions toujours nous accrocher à une racine de quille ou à un filament nourricier et nous haler. Qu'est-ce que tu attends pour venir ?

Elle me jeta un masque à osmose et ajusta le sien. La membrane transparente rendait son visage luisant comme s'il était huileux. De la poche de son cafetan, elle sortit un lourd médaillon qu'elle se passa autour du cou. Le métal semblait sombre et sinistre contre sa peau.

— Qu'est-ce que c'est ? lui demandai-je.

Elle n'ôta pas son masque pour répondre. Elle mit les

fils com en place sur son cou et me tendit les écouteurs. Sa voix me parvint, faible et métallique.

— Un disque traducteur, expliqua-t-elle. Je croyais que tu étais au courant de tous les gadgets, Merin. Le dernier à l'eau est une limace !

Maintenant d'une main le disque en place au creux de ses seins, elle se jeta à la mer. Je vis les globes pâles de ses fesses tandis qu'elle pirouettait pour descendre dans les profondeurs. Je mis mon masque, serrai les fils bien en place et plongeai à mon tour.

La base de l'île formait une tache sombre sur le fond de lumière cristalline de la surface. Je me méfiais des filaments nourriciers, bien que Siri m'eût prouvé, en les frôlant à maintes reprises, qu'ils ne s'intéressaient à aucune autre forme de proie que le zooplancton dansant à la lumière comme la poussière dans une salle de bal abandonnée. Les racines de quille descendaient comme des stalactites noueuses, sur des centaines de mètres, vers les profondeurs aux reflets pourpres.

L'île était en mouvement. Je voyais les légères fibrillations des filaments à la remorque. Dix mètres plus haut, le sillage captait la lumière. L'espace d'une seconde, j'eus l'impression d'étouffer sous le gel de mon masque, aussi sûrement que si c'était une barrière d'eau qui m'empêchait de respirer. Puis je me détendis, et l'air parvint de nouveau librement à mes poumons.

— Plus bas, Merin, me dit la voix de Siri.

Je battis des paupières, au ralenti, tandis que le masque se rajustait lentement sur mes yeux, et je l'aperçus, à une vingtaine de mètres au-dessous de moi, agrippée à une racine de quille, se laissant tirer sans effort au-dessus des courants froids des profondeurs où la lumière ne pénétrait jamais. Je pensai aux milliers de mètres d'eau qui se trouvaient sous moi, et aux créatures qui s'y cachaient peut-être, inconnues des colons. Je songeai aux ténèbres abyssales, et mon scrotum se contracta involontairement.

— Descends !

La voix de Siri parvenait comme un bourdonnement d'insecte à mes oreilles. Je fis basculer mon corps d'un coup de rein et détendis mes pieds. Le coefficient de flottaison n'était pas aussi élevé ici que dans les mers de l'Ancienne Terre. Cependant, il fallait pas mal d'énergie pour plonger si bas. Le masque compensait les effets de la profondeur et équilibrait l'azote, mais je sentais la pression sur ma peau et dans mes oreilles. Finalement, je cessai de me propulser avec les jambes, m'accrochai à une racine et me halai péniblement vers le bas jusqu'à la hauteur de Siri.

Nous nous laissâmes flotter côte à côte dans la pénombre. Siri avait un aspect spectral dans cette lumière. Ses longs cheveux l'entouraient comme un halo lie-de-vin. Les marques pâles du maillot sur son corps nu luisaient à la lumière bleu-vert. La surface semblait se trouver à une distance impossible. Le V de plus en plus long du sillage et l'horizontalité des innombrables filaments montraient que l'île allait de plus en plus vite, à la recherche de nouvelles eaux nourricières.

— Où sont les... commençai-je à articuler en subvocal.

— Chut ! fit Siri.

Elle manipula le médaillon. C'est alors que je les entendis... Les sifflets, les cris aigus, les trilles et les ronronnements. Tout cela formait une étrange musique réverbérée par les profondeurs.

— Bon dieu ! m'exclamai-je malgré moi.

Comme elle avait connecté nos fils com au traducteur, ces mots furent reproduits sous la forme d'un sifflet de locomotive insensé.

— Salut ! lança alors Siri.

La traduction de son appel sortit du médaillon comme un cri d'oiseau stertoreux et aigu, à grande vitesse, à la limite des ultrasons.

— Salut ! répéta-t-elle.

Plusieurs minutes passèrent avant l'arrivée des premiers dauphins curieux. Ils tournèrent autour de nous, inquiétants et énormes, leur peau musclée et luisante sous la lumière parcimonieuse. L'un d'eux, particulièrement gros, s'approcha jusqu'à un mètre de nous, pirouettant au dernier moment, de sorte que son ventre blanc incurvé passa comme une muraille devant nous. Je vis son œil noir qui pivotait au passage pour me regarder. Un seul coup de son énorme queue créa une turbulence suffisante pour me convaincre de la force de cet animal.

— Salut ! cria de nouveau Siri.

La masse agile se perdit dans un flou, et le silence régna quelques instants. Siri éteignit le médaillon traducteur.

— Veux-tu leur parler ? me demanda-t-elle.

— Bien sûr.

J'étais sceptique. Trois siècles d'efforts n'avaient guère abouti à créer un véritable dialogue entre l'homme et les mammifères marins. Mike m'avait expliqué un jour que les structures de pensée des deux familles d'orphelins de l'Ancienne Terre étaient trop différentes, et les références communes trop peu nombreuses. Un spécialiste préhégirien avait écrit que la communication verbale avec un dauphin ou un marsouin était à peu près aussi gratifiante qu'avec un bébé humain âgé d'un an. Des deux côtés, l'échange était généralement apprécié, et il y avait bien un simulacre de conversation, mais ni l'une ni l'autre des deux parties n'était plus savante au bout du compte.

Siri rebrancha le médaillon. Cette fois-ci, ce fut moi qui lançai :

— Salut !

Il y eut une nouvelle minute de silence, puis nos écouteurs se remplirent de bourdonnements tandis que la mer réverbérait des sifflements aigus comme des hululements.

loin/sans-nageoire/salut-chanson ?/pulsation-courant/cercle-moi/jouer ?

— Qu'est-ce que… ? demandai-je à Siri.

Le médaillon traduisit ma question en trilles. Siri souriait de toutes ses lèvres sous le masque à osmose. Je fis une nouvelle tentative.

— Salut à vous ! Je vous adresse le bonjour de… euh… la surface. Comment ça va ?

Le gros mâle – je supposais que c'en était un – vira pour filer sur nous à la vitesse d'une torpille. Il fendait l'eau dix fois plus vite que je n'aurais su nager, même si j'avais pensé à me munir de palmes. L'espace d'une seconde, je crus la collision inévitable et je pliai les genoux tout en m'agrippant de toutes mes forces à ma racine de quille. Mais il opéra un rétablissement et grimpa vers la surface pour respirer tandis que Siri et moi étions secoués par la turbulence créée sur son passage et par la série de sifflements perçants qu'il émettait.

sans-nageoire/sans-nourriture/sans-nager/sans-jouer/sans-plaisir

Siri coupa le médaillon et se laissa flotter à ma rencontre. Elle posa une main légère sur mon épaule tandis que je m'agrippais toujours à la racine. Nos jambes s'emmêlèrent tandis qu'un courant chaud nous caressait agréablement. Un banc de minuscules poissons rouges jeta des éclairs au-dessus de nous tandis que les masses noires des dauphins s'éloignaient en cercle.

— Ça te suffit ? me demanda Siri, la main à plat sur ma poitrine.

— Encore une fois ! lui criai-je.

Elle acquiesça, et remit le médaillon en service. Le courant, de nouveau, nous rapprocha. Elle passa le bras autour de ma taille.

— Pourquoi restez-vous autour des îles ? demandai-je aux museaux pointus qui décrivaient des cercles dans la pénombre moirée. Quel avantage en tirez-vous ?

maintenant-bruit/chanson-ancienne/eau-profonde/sans-Grande-Voix/sans-Requin/chanson-ancienne/chanson-nouvelle

Le corps de Siri était maintenant entièrement plaqué contre le mien. Son bras gauche m'enserrait la taille.

— Les Grandes-Voix étaient les baleines, chuchota-t-elle.

Sa chevelure flottait autour d'elle comme des oriflammes. Sa main droite glissa sur moi vers le bas, et sembla étonnée de ce qu'elle trouva.

— Est-ce que les Grandes-Voix vous manquent ? demandai-je aux ombres.

Il n'y eut pas de réponse. Siri noua ses jambes autour de mes hanches. La surface était un tourbillon de lumière à quarante mètres au-dessus de nos têtes.

— Qu'est-ce que vous regrettez le plus des océans de l'Ancienne Terre ? demandai-je.

De mon bras gauche, j'attirai Siri plus près, tout en faisant glisser ma main sur la cambrure de son dos, jusqu'à l'endroit où ses petites fesses rondes vinrent à la rencontre de ma paume. Pour le cercle des dauphins, nous ne devions plus former qu'une créature. Siri s'arc-bouta, et nous ne fûmes véritablement plus qu'un seul être.

Le médaillon avait dérivé sur l'épaule de Siri. J'essayai de l'attraper pour le faire taire, mais la réponse à ma question parvint en bourdonnant à nos oreilles.

regrette-Requin/regrette-Requin/regrette-Requin/ regrette-Requin/Requin/Requin/Requin

Je réussis à éteindre le disque traducteur. Puis je secouai la tête. Je ne comprenais pas. Il y avait tant de choses que je ne comprenais pas. Je fermai les yeux tandis que Siri et moi pompions doucement au rythme du courant et de nos propres corps, et que les dauphins continuaient de nager en cercle en sifflant et grognant les tristes trilles de leur ancienne complainte.

Nous étions redescendus des collines, Siri et moi, pour rejoindre les festivités, juste avant l'aube du deuxième jour. Durant un jour et une nuit entiers, nous avions parcouru les crêtes, nous avions partagé les repas des gens sous leurs dais de soie orange, nous nous étions baignés dans les eaux glacées de la Shree, et nous avions dansé au son des musiques incessantes venues des trains d'îles mobiles qui nous dépassaient. Nous avions un appétit inextinguible. À la tombée de la nuit, je m'étais éveillé pour m'apercevoir que Siri avait disparu. Elle fut de retour avant le lever de lune d'Alliance-Maui. Elle me raconta que ses parents étaient partis pour quelques jours sur une barge lente avec des amis. Ils avaient laissé le glisseur familial au Site n° 1. Nous nous dirigeâmes donc, de feu de joie en feu de joie, de bal en bal, vers le centre de la cité. Nous avions l'intention de prendre le glisseur pour gagner le domaine familial de Siri, qui se trouvait non loin de Fevarone.

Malgré l'heure tardive, la place principale du Site n° 1 était encore relativement pleine de fêtards. J'étais heureux comme tout. J'avais dix-neuf ans, j'étais amoureux, et la gravité de 0,93 *g* d'Alliance-Maui me rendait léger. J'avais l'impression de pouvoir m'envoler, si je voulais. Je me sentais capable de n'importe quel exploit.

Nous nous étions arrêtés devant un étal pour acheter des beignets et des gobelets de café fumant lorsqu'une pensée me frappa soudain.

— Comment savais-tu que j'étais Navigant ?

— Tais-toi, mon petit Merin. Mange ton frugal petit déjeuner. Quand nous serons à la villa, je nous en ferai un vrai, capable de rassasier notre faim.

— Non, sérieusement, lui dis-je en m'essuyant le menton de la manche de mon costume d'Arlequin, qui commençait à ne plus être très propre. Ce matin, tu m'as avoué que tu savais depuis le début d'où je venais. Comment as-tu fait ? C'est mon accent ? Mon costume ? Mike et moi nous avons pourtant vu ici d'autres personnes habillées comme nous.

Elle rejeta ses cheveux en arrière en riant.

— Estime-toi heureux qu'il n'y ait que moi qui m'en sois aperçue, Mike chéri. Si cela avait été mon oncle Gresham ou ses amis, cela t'aurait occasionné quelques ennuis.

— Ah ? Et pourquoi ça ?

Je pris un nouveau beignet, que Siri paya. Je la suivis à travers la foule maintenant beaucoup moins dense. Malgré le mouvement et la musique autour de moi, je commençais à ressentir la fatigue.

— Ce sont des séparatistes, m'expliqua Siri. Mon oncle Gresham a récemment prononcé un discours devant le Conseil pour préconiser la lutte contre ceux qui veulent nous voir engloutir par ton Hégémonie. Il dit qu'il faut détruire votre porte distrans avant qu'elle ne nous détruise.

— Ah ! Et a-t-il précisé comment il comptait s'y prendre ? À ma connaissance, vous n'avez même pas de vaisseau spatial.

— C'est vrai, me dit Siri, et aucun d'entre nous n'a quitté l'atmosphère de cette planète depuis cinquante ans. Cela montre simplement à quel point les séparatistes ont des idées irrationnelles.

Je hochai lentement la tête. Le Maître-Navigant Singh et le conseiller Halmyn nous avaient mis au courant en ce qui concernait ces soi-disant séparatistes d'Alliance-Maui. « L'habituelle coalition coloniale des réactionnaires et nationalistes de tout poil, avait affirmé Singh. Raison de plus pour ne pas nous presser et développer le potentiel commercial de cette planète avant d'achever la porte distrans. Le Retz n'a pas besoin de voir ces culs-terreux entrer prématurément dans la danse. Et l'existence de semblables groupes est une raison supplémentaire de tenir l'équipage et les équipes de construction à l'écart des rampants. »

— Où se trouve ton glisseur ? demandai-je à Siri.

La place se vidait rapidement. La plupart des orchestres s'étaient arrêtés de jouer, et les musiciens rangeaient leurs instruments pour la nuit. Des groupes en costumes bariolés gisaient un peu partout en tas, ronflant sur la pelouse ou sur les pavés parmi les détritus et les lanternes éteintes. Seuls quelques îlots de gaieté demeuraient, des groupes qui dansaient au son d'une guitare isolée ou qui chantaient pour eux-mêmes d'une voix ivre et discordante. Je repérai tout de suite parmi ces joyeux drilles mon ami Mike Osho, dans son costume bigarré, sans masque, une fille à chaque bras. Il essayait d'apprendre le *Hava Nagilla* à un cercle d'admirateurs ravis mais totalement ineptes. Si l'un trébuchait, tous les autres tombaient. Mike les remettait sur leurs pieds en les bousculant dans l'hilarité générale, et ils recommençaient à sautiller maladroitement tandis qu'il continuait à chanter de sa voix de basse.

— Il est là, me dit Siri en montrant du doigt une courte rangée de glisseurs garés derrière la Maison Commune.

Je hochai la tête et fis un signe à Mike, mais il était trop occupé à se cramponner à ses deux cavalières pour faire cas de moi. Nous traversâmes donc rapidement la place, et nous étions déjà dans l'ombre de la vieille bâtisse lorsqu'un cri retentit.

— Navigant de mes deux ! Retourne-toi, chien d'Hégémonien !

Je me figeai sur place, puis me retournai lentement, les poings serrés, mais il n'y avait personne derrière moi. Six jeunes hommes étaient descendus d'un podium et se tenaient en demi-cercle derrière Mike. Celui qui était le plus près de lui était mince et grand, d'une beauté éclatante. Il devait avoir vingt-cinq ou vingt-six ans. Ses longues boucles blondes pendaient sur un costume de soie écarlate qui mettait son physique en valeur. Dans la main droite, il tenait une épée d'un bon mètre de long, qui semblait faite en acier trempé.

Mike se retourna lentement. Même à cette distance, je vis son regard se dessoûler pour évaluer la situation. Les filles qui l'encadraient et deux ou trois personnes de son groupe se mirent à glousser comme si les mots qui venaient d'être prononcés étaient follement amusants. Mike conserva son sourire de fêtard ivre pour demander :

— C'est bien à moi que vous vous adressez ainsi, monsieur ?

— C'est à toi que je m'adresse, fils de pute de l'Hégémonie, lança le chef du groupe, dont le beau visage était maintenant déformé par un rictus horrible.

— C'est Bertol, chuchota Siri à mon oreille. Mon cousin. Le benjamin de Gresham.

Je hochai la tête et m'avançai vers les lumières de la place. Siri me saisit le bras.

— Vous n'avez aucune raison de parler ainsi de ma mère, fit Mike d'une voix grasse. Vous a-t-elle offensé d'une quelconque manière ? Est-ce moi qui vous ai offensé ? Dans ce cas, mille pardons.

Il s'inclina si bas que les grelots de son bonnet touchèrent presque le sol. Des membres de son groupe applaudirent.

— C'est ta présence qui m'offense, bâtard hégémonien. Ta grosse carcasse empuantit notre atmosphère.

Les sourcils de Mike se haussèrent comiquement. Un

jeune homme de son groupe, en costume de poisson, écarta les bras.

— Laisse-le, Bertol. Il ne fait que...

— Ferme-la, Ferick. C'est à ce gros con que je m'adresse.

— Gros con ? répéta Mike, les sourcils plus plissés que jamais. J'ai parcouru deux cents années-lumière pour m'entendre traiter de gros con ? Je me demande si ça en valait la peine.

Il fit gracieusement volte-face, en se libérant des deux femmes dans le même mouvement. Je l'aurais bien rejoint à ce moment-là, mais Siri s'accrochait à mon bras en me suppliant à voix basse. Lorsque je fus libre de mes mouvements, je vis que Mike faisait toujours l'imbécile, mais que sa main gauche s'était glissée dans la poche de sa chemise.

— Lance-lui ton épée, Creg, ordonna sèchement Bertol.

L'un des garçons de son groupe lança à Mike une épée, pommeau devant. Il ne fit pas un mouvement pour l'attraper et la regarda impassiblement retomber dans un grand bruit sur les pavés.

— Ce n'est pas possible que tu parles sérieusement, fit Mike d'une voix soudain parfaitement sobre. Espèce de crétin taré, tu t'imagines pour de bon que je vais me battre en duel avec toi uniquement parce que tu bandes à l'idée de te faire une gueule de héros devant tes mange-merde de copains ?

— Ramasse cette épée, glapit Bertol, ou je jure devant Dieu que je te découpe en rondelles là où tu es.

Il avança de plusieurs pas rapides. Son visage était déformé par la rage.

— Va te faire foutre, lui dit Mike.

Dans sa main gauche avait surgi le crayon laser.

— Non ! hurlai-je en courant vers la lumière.

Ce genre de crayon était utilisé sur les chantiers par les ouvriers du bâtiment pour marquer les poutrelles en alliage renforcé.

Les choses se passèrent alors très rapidement. Bertol fit un nouveau pas en avant, et Mike lança vers lui le rayon vert, d'un geste presque nonchalant. Le jeune colon laissa échapper un cri et fit un bond en arrière. Une ligne noire fumante barrait en diagonale le devant de sa chemise de soie. J'hésitai. Mike avait réglé la puissance au minimum. Deux des amis de Bertol s'avancèrent vers Mike. Il dirigea le rayon vers leurs tibias. Le premier tomba à genoux en poussant un juron. Le deuxième battit en retraite à cloche-pied, en gémissant.

Une petite foule s'était rassemblée. Les gens éclatèrent de rire lorsque Mike ôta son bonnet pour saluer en disant :

— Je vous remercie. Ma mère et moi, nous vous remercions beaucoup.

Le cousin de Siri ne contenait plus sa rage. La bave coulait sur sa lèvre inférieure et sur son menton. Je m'avançai à travers la foule et m'interposai entre lui et Mike.

— Hé ! Ça suffit comme ça, leur dis-je. On s'en va, maintenant. Au revoir tout le monde.

— Bon Dieu, Merin, tire-toi du milieu, grogna Mike.

— Ça va aller, lui dis-je en me tournant vers lui. Je suis avec une fille qui s'appelle Siri. Elle a un…

Bertol s'élança soudain, l'épée brandie. Je lui saisis l'épaule au passage et le poussai violemment. Il tomba lourdement dans l'herbe.

— Merde, fit Mike en reculant de plusieurs pas.

Il semblait épuisé et un peu écœuré. Il s'assit sur une marche de pierre.

— Merde, répéta-t-il.

Il y avait une fine zébrure écarlate sur le côté gauche de son costume d'Arlequin. Elle grossissait à vue d'œil, et le sang coula bientôt sur le ventre rebondi de Mike Osho.

— Bon Dieu, Mike !

Je déchirai un pan de ma chemise et m'efforçai d'endiguer le flot. J'avais tout oublié des cours de secourisme qu'on nous avait fait suivre à l'école des Navigants. Je portai machinalement la main à mon poignet, mais mon persoc n'y était pas. Nous avions préféré les laisser à bord du *Los Angeles*.

— Ça ira, Mike, murmurai-je. Ce n'est qu'une égratignure.

Le sang coulait maintenant sur ma main et sur mon poignet.

— Ça m'apprendra, grogna Mike.

Sa voix était rauque et tendue par la douleur

— Merde... Tu te rends compte ? haleta-t-il. Une foutue épée de merde, Merin... Embroché dans la fleur de ma jeunesse par une putain de lame sortie tout droit d'une opérette de quatre sous... Merde, ça me fait mal...

— Une opérette, c'est vrai, murmurai-je en changeant de main.

Le tampon était imbibé de sang.

— Tu sais quel est ton putain... de problème, Merin ? Tu es toujours en train... de foutre ton grain de sel... partout... Ouiiiillle.

Son visage devint blanc, puis gris. Son menton retomba contre sa poitrine, puis il se mit à respirer beaucoup plus fort.

— Ça suffit comme ça, hein, gamin ? On rentre à la maison, cette fois, hein ?

Je jetai un coup d'œil par-dessus mon épaule. Bertol s'éloignait lentement avec ses copains. Le reste de la foule restait là à tourner en rond, encore sous le choc.

— Allez chercher un médecin ! leur criai-je. Faites venir de l'aide !

Deux hommes s'éloignèrent dans la nuit en courant. Je ne voyais pas Siri.

— Une seconde, une seconde, fit Mike d'une voix un peu plus forte, comme s'il avait oublié quelque chose d'important. Une seconde ! répéta-t-il.

Puis il mourut.

Il s'éteignit comme ça. Sur le coup. Sa bouche s'ouvrit obscènement, ses yeux se révulsèrent, de sorte qu'on n'en voyait plus que le blanc, et une minute plus tard le sang avait cessé de jaillir par à-coups de la blessure.

Durant quelques secondes de démence, je me mis à invectiver le ciel. Je vis passer le *Los Angeles* contre le fond pâlissant des étoiles. Je savais que si j'avais pu ramener Mike à bord en quelques minutes, ils l'auraient sauvé. La foule recula tandis que je hurlais en prenant les étoiles à témoin. Finalement, je me tournai vers Bertol.

— Toi ! hurlai-je.

Il s'était immobilisé à l'autre bout de la place. Son visage était livide. Il me regarda sans répondre.

— Toi ! répétai-je.

Je ramassai le laser à l'endroit où il avait roulé par terre, mis la puissance au maximum et m'avançai vers l'endroit où Bertol attendait avec ses copains.

Plus tard, à travers la brume des hurlements et de l'odeur de chair carbonisée, j'eus confusément conscience de la présence du glisseur de Siri en train de se poser au milieu de la foule hébétée. La poussière volait partout, et la voix de Siri m'ordonnait de monter à bord. Le glisseur quitta la lumière et la confusion de la place. Le vent froid décolla de ma nuque mes cheveux mouillés de transpiration.

— Nous allons à Fevarone, me dit Siri. Bertol était ivre. Les séparatistes sont des gens dangereux, mais minoritaires. Il n'y aura pas de représailles contre toi. Tu resteras chez moi jusqu'à ce que le Conseil ouvre une enquête.

— Non, lui dis-je d'une voix ferme en désignant un promontoire non loin de la ville. Tu vas te poser là.

Elle protesta, mais finit par obéir. Je jetai un coup d'œil au rocher pour être sûr que le sac à dos était bien là, puis je descendis du glisseur. Siri se pencha sur le siège et attira mon visage contre le sien.

— Mon amour… Merin.

Ses lèvres étaient chaudes et ouvertes, mais je ne ressentis rien. Tout mon corps était comme anesthésié. Je m'arrachai à son étreinte et lui fis signe de décoller. Elle repoussa ses cheveux en arrière. Ses yeux verts étaient pleins de larmes. Le glisseur décolla, s'inclina pour virer puis s'éloigna vers le sud dans la lumière naissante du matin.

Une seconde, avais-je envie de crier. Je m'assis au bord d'un rocher et m'entourai les genoux de mes deux bras en laissant échapper un chapelet de sanglots. Puis je me relevai et lançai le laser au loin dans la mer qui grondait au pied du promontoire. Je retournai le sac à dos pour en vider le contenu sur le sol.

Le tapis hawking avait disparu.

Je m'assis de nouveau, trop vidé pour pleurer ou rire ou m'éloigner. Le soleil se leva pendant que je me morfondais dans la même position. Je n'avais toujours pas bougé, trois heures plus tard, lorsque le gros glisseur tout noir de la police du *Los Angeles* se posa silencieusement à proximité du promontoire.

— Papa ! Il commence à se faire tard, papa !

Je me retourne pour voir Donel, mon fils, debout derrière moi. Il porte la robe bleu et or du Conseil de l'Hégémonie. Son crâne chauve est congestionné et baigné de transpiration. Donel n'a que quarante-trois ans, mais j'ai toujours l'impression qu'il est beaucoup plus âgé que ça.

— Je t'en prie, papa, me dit-il.

Je hoche la tête et je me relève, en secouant les brindilles et la terre de mes vêtements. Nous marchons ensemble vers le tombeau. La foule s'est maintenant rapprochée. Le gravier crisse sous les semelles des spectateurs impatients.

— Veux-tu que j'entre avec toi, papa ? me demande Donel.

Je me tourne vers cet étranger grisonnant qui est mon fils. Il n'a presque rien de Siri ni de moi dans son aspect physique. Son visage est avenant, congestionné, rempli d'excitation par cette journée peu commune. Je sens en lui la sincérité pleine de candeur qui tient souvent lieu d'intelligence chez certaines personnes. Je ne peux pas m'empêcher de faire la comparaison entre ce petit homme au crâne dégarni et Alón aux boucles noires, Alón le taciturne au sourire sardonique. Mais Alón est mort depuis trente-trois ans, fauché par une mort stupide dans un combat qui n'avait rien à voir avec lui.

— Inutile, lui dis-je. J'irai tout seul. Merci, Donel.

Il hoche la tête et fait un pas en arrière. Les oriflammes claquent au-dessus de la foule tendue. Je reporte mon attention sur le tombeau.

L'entrée est verrouillée par une serrure palmaire. Je n'ai qu'à y poser la main.

Depuis quelques minutes, j'entretiens dans ma tête une fiction destinée à me préserver à la fois de la tristesse qui grandit intérieurement en moi et de la série d'événements extérieurs dont j'ai provoqué le déclenchement. Siri n'est pas morte. Dans la dernière phase de sa maladie, elle a convoqué les médecins et les quelques techniciens qui sont restés dans la colonie pour leur ordonner de reconstituer l'une des anciennes chambres d'hibernation utilisées deux siècles plus tôt à bord du vaisseau d'ensemencement. Siri est seulement endormie. Qui plus est, son long sommeil lui a redonné sa jeunesse. Lorsque je la réveillerai, elle sera la Siri de nos premières rencontres. Nous nous promènerons ensemble au soleil et, lorsque la porte distrans fonctionnera, nous serons les premiers à la franchir.

— Papa ?

— Oui.

Je fais un pas en avant et je pose la main sur la porte de la crypte. On entend un bourdonnement de moteur électrique tandis que la lourde dalle de pierre blanche recule. Je baisse la tête et j'entre dans le tombeau de Siri.

— Attention, Merin ! Frappe-moi ce foutu cordage avant qu'il ne te fasse passer par-dessus bord ! dépêche-toi !

J'obéis à toute vitesse. Le cordage mouillé était difficile à plier, et encore plus à attacher. Siri secoua la tête d'un air écœuré et se pencha en avant pour faire un nœud de bouline d'une seule main.

C'était notre sixième réunion. J'étais arrivé trois mois trop tard pour fêter son anniversaire, mais plus de cinq mille personnes avaient participé aux célébrations. Le Président de la Pangermie lui avait fait ses vœux dans un discours de quarante minutes. Un poète était venu lire les meilleurs sonnets de son *Cycle de l'Amour*. L'ambassadeur de l'Hégémonie lui avait offert un manuscrit ancien et un nouveau navire, un submersible de poche propulsé par les premières cellules à fusion autorisées sur la planète Alliance-Maui.

Siri possédait dix-huit autres navires, mais nous nous trouvions actuellement à bord d'un bateau de pêche, le *Ginnie Paul*. Nous venions de passer huit jours sur les hauts-fonds équatoriaux, rien que nous deux, à mouiller et à relever des filets, à patauger jusqu'aux genoux au milieu des poissons puants et des trilobites qui craquaient sous nos pieds, à nous coucher sur chaque vague, à mouiller et à relever encore des filets, à prendre le quart et à dormir comme des enfants exténués chaque fois que nous avions une brève période de répit. Je n'avais pas encore tout à fait vingt-trois ans. Je croyais être habitué à trimer sur le *Los Angeles*, et j'avais pour habitude de faire une heure d'exercice toutes les deux factions dans le caisson à 1,3 *g*, mais j'avais maintenant mal au dos et aux bras, et des ampoules plein les doigts entre les callosités de mes mains. Siri, elle, venait d'atteindre ses soixante-dix ans.

— Merin ! Va à l'avant carguer la misaine. Fais la même chose avec le foc. Ensuite, tu descendras t'occuper des sandwiches. Beaucoup de moutarde pour moi.

Je hochai la tête et gagnai maladroitement l'avant. Cela faisait un jour et demi que nous jouions à cache-cache avec la tempête. Nous filions devant elle quand nous le pouvions, nous l'affrontions quand nous ne pouvions pas faire autrement. Au début, c'était un jeu assez excitant, qui nous changeait de la manœuvre des filets et de leur ravaudage. Mais au bout de quelques heures, la montée d'adrénaline avait fait place à une nausée constante et à un terrible épuisement. Les flots ne semblaient jamais vouloir se calmer. Les lames avaient dix mètres de haut. Le *Ginnie Paul* se couchait comme une matrone de bordel au gros cul, ce qu'il était exactement. Tout était trempé. Malgré mon ciré et trois couches de vêtements étanches, ma peau était trempée elle aussi. Mais pour Siri, c'étaient des vacances longtemps attendues.

— Et encore, ce n'est rien, m'avait-elle dit au plus noir de la nuit, tandis que les lames déferlaient sur le pont et s'écrasaient contre le plastique meurtri du cockpit. Tu devrais venir pendant la saison du simoun !

Les nuages étaient encore bas et se mêlaient aux vagues grises de l'horizon, mais la tempête avait faibli et il ne subsistait plus qu'un clapot d'un mètre cinquante. J'étalai de la moutarde sur les sandwiches au rosbif et versai du café fumant dans les épais gobelets blancs. Il aurait été plus facile de transporter le café sous gravité zéro sans en renverser une goutte que d'affronter l'échelle qui menait sur le pont. Siri prit son gobelet à moitié vidé sans faire de commentaire. Nous restâmes quelques minutes assis en silence, savourant nos sandwiches et le liquide brûlant. Je pris la barre pendant qu'elle descendait chercher encore un peu de café. Le crépuscule était en train de se transformer graduellement en nuit.

— Merin, me dit-elle après m'avoir tendu mon gobelet et s'être adossée solidement contre le banc capitonné qui faisait le tour du cockpit, que va-t-il se passer quand la porte distrans commencera à fonctionner ?

Je fus surpris par la question. Nous n'avions presque jamais parlé de l'époque où Alliance-Maui entrerait dans l'Hégémonie. Je jetai un coup d'œil à Siri, et fus frappé de la voir tout à coup très vieille. Son visage était une mosaïque de rides et de plis. Ses beaux yeux verts s'étaient enfoncés dans des puits sombres, et ses pommettes étaient des lames de couteau sur du parchemin cassant. Ses cheveux gris étaient maintenant coupés court et collaient comme des piquants sur son front. Son cou et ses poignets étaient des cordes hérissées de tendons qui sortaient d'un sweater informe.

— Que veux-tu dire au juste ? lui demandai-je.

— Que va-t-il se passer quand ils ouvriront la porte distrans ?

— Tu sais bien ce qu'a dit le Conseil, Siri ! lui criai-je, car elle avait du mal à entendre d'une oreille. Une ère nouvelle s'ouvrira pour le commerce et la technologie d'Alliance-Maui. Vous ne serez plus confinés sur une seule planète. Lorsque vous deviendrez citoyens de l'Hégémonie, tout le monde aura le droit d'utiliser les portes distrans.

— Je sais déjà tout cela, me dit-elle d'une voix qui me parut accablée. Mais ce que je te demande, c'est ce qui se passera réellement. Qui viendra ici en premier ?

Je haussai les épaules.

— Des diplomates, sans doute. Des spécialistes des relations culturelles. Des anthropologues. Des ethnologues. Des experts en biologie marine.

— Et ensuite ?

Je restai silencieux. La nuit était maintenant tombée. La houle s'était presque calmée. Nos feux de route trouaient l'obscurité de leur éclat vert et rouge. Je ressentais la même angoisse que l'avant-veille, lorsque le mur de la tempête avait fait son apparition à l'horizon.

— Ensuite, murmurai-je, viendront les missionnaires. Puis les géologues du pétrole. Les aquaculteurs. Les promoteurs.

Elle but une gorgée de café.

— J'aurais cru que l'Hégémonie aurait largement dépassé le stade économique du pétrole.

Je me mis à rire.

— On ne dépasse jamais le stade du pétrole. Pas tant qu'il y en a encore dans le sous-sol. Nous ne le brûlons pas, si c'est ce à quoi tu penses, mais il demeure essentiel pour la production des plastiques, des matières synthétiques, des bases alimentaires et des kéroïdes. Deux cents milliards de gens, cela consomme beaucoup de plastique.

— Et Alliance-Maui a beaucoup de pétrole ?

— Beaucoup, répondis-je, sans rire du tout, à présent. Il y a des réserves équivalant à des milliards de barils rien que sous les hauts-fonds équatoriaux.

— Et comment feront-ils pour l'extraire, Merin ? Avec des plates-formes ?

— Oui. Des plates-formes, mais aussi des submersibles, des colonies sous-marines peuplées de travailleurs génétiquement adaptés, qu'ils feront venir de Mare Infinitus.

— Et les îles mobiles ? demanda Siri. Elles doivent revenir chaque année sur les hauts-fonds pour se nourrir du varech bleu qui ne pousse qu'à cet endroit et pour s'y reproduire. Qu'adviendra-t-il des îles ?

Je haussai de nouveau les épaules. J'avais bu trop de café, et cela me laissait un arrière-goût amer à la bouche.

— Je ne sais pas, murmurai-je. L'équipage n'est pas tellement tenu au courant. Mais à notre premier voyage, Mike a entendu dire qu'ils comptaient mettre le plus grand nombre possible de ces îles en valeur, de sorte qu'ils ont sûrement l'intention de les protéger.

— Les mettre en valeur ? fit Siri, manifestant de l'étonnement pour la première fois. Comment pourraient-ils mettre les îles en valeur ? Même les Premières Familles comme la mienne doivent demander la permission du Peuple de la Mer avant d'y construire leur maison-arbre.

Je souris de nouveau en entendant Siri utiliser l'expression locale qui désignait les dauphins. Les colons d'Alliance-Maui étaient de véritables enfants pour tout ce qui touchait à leurs foutus mammifères marins.

— Le programme est déjà établi, lui dis-je. Il y a cent vingt-huit mille cinq cent soixante-treize îles mobiles assez grandes pour être aménagées. Les concessions ont été distribuées depuis longtemps. Les îles les plus petites seront dispersées, je suppose. Celles de l'intérieur seront utilisées à des fins récréatives.

— Des fins récréatives, répéta songeusement Siri. Et combien d'Hégémoniens utiliseront la porte distrans pour venir ici... à des fins récréatives ?

— Tu veux dire au début ? Quelques milliers à peine la première année. Tant que la seule porte se trouvera sur l'île 241 – le Comptoir Commercial –, les mouvements seront limités. Cinquante mille la deuxième année, peut-être, quand le Site n° 1 aura sa propre porte. Ce sera du tourisme de luxe. C'est toujours le cas, au début, lorsqu'une colonie d'ensemencement fait son entrée dans le Retz.

— Et ensuite ?

— Après la période probatoire de cinq ans ? Il y aura des milliers de portes, naturellement. On peut imaginer que vingt ou trente millions de nouveaux résidents arriveront ici pendant la première année de pleine citoyenneté.

— Vingt ou trente millions... répéta Siri.

La lumière du support de compas illuminait par le bas les rides de son visage, qui avait toujours une certaine beauté. Contrairement à mon attente, cependant, il n'y avait ni colère ni indignation dans son expression.

— En contrepartie, poursuivis-je, vous serez tous des citoyens à part entière, à ce moment-là. Ce qui signifie que vous pourrez vous rendre librement dans n'importe quelle région du Retz, qui comprendra alors seize planètes de plus, peut-être davantage.

— Oui, murmura Siri en posant son gobelet vide à côté d'elle.

L'écran radar rudimentaire, dans son cadre ciselé à la main, montrait la mer vide après la tempête.

— Est-il vrai, Merin, demanda-t-elle, que les citoyens de l'Hégémonie habitent des maisons qui sont dans plusieurs mondes à la fois ? Avec des fenêtres qui donnent sur une douzaine de cieux différents ?

— C'est vrai pour une minorité de gens, répondis-je en souriant. Ce n'est pas tout le monde qui peut s'offrir une résidence multiplanétaire.

Elle sourit à son tour et posa sur mon genou une main où ressortaient les taches brunes et les veines bleues.

— Tu es très riche, n'est-ce pas, Navigant ?

Je détournai les yeux.

— Pas encore.

— Bientôt, alors, Merin. Combien de temps, mon amour ? Moins de quinze jours de travail, et tu pourras rentrer chez toi dans l'Hégémonie. Ensuite, cinq de tes mois seulement passeront avant que vous ne reveniez chargés des derniers composants. Quelques semaines de plus pour finir le travail, et seuls quelques pas te sépareront de ta planète et de la fortune. Quelques pas... Des pas de deux cents années-lumière. C'est difficile à imaginer... Mais où en étais-je ? Oui, en tout, ça fait moins d'une année standard.

— Dix mois, murmurai-je. Trois cent six jours standard. Trois cent quatorze des tiens. Neuf mille dix-huit vacations.

— Et ton exil prendra fin.

— Oui.

— Je suis fatiguée, Merin. Je voudrais aller me coucher.

Je préparai la barre automatique, activai le système d'alarme anticollision et descendis avec elle. Le vent s'était de nouveau levé, et le vieux bateau était ballotté de creux en crête avec chaque mouvement de houle. Nous nous déshabillâmes à la lueur vacillante de la lanterne. Je fus le premier sous les couvertures de la couchette. C'était la première fois que Siri et moi partagions une période de sommeil. Je me souvenais de notre dernière réunion, dans sa villa, où elle s'était montrée si pudique, et je m'attendais à ce qu'elle éteigne la lumière. Mais elle demeura nue une bonne minute dans l'air glacé de la cabine, les bras pendant calmement le long des hanches.

Le temps avait exercé son office sur Siri, mais ne l'avait pas délabrée. La gravité avait fait son œuvre, inévitablement, sur sa poitrine et sur ses fesses, et elle était beaucoup plus maigre qu'auparavant. Je regardai les marques de ses côtes et de son sternum en saillie, et me souvins de la fille de seize ans aux plis de bébé et à la peau de velours. À la lumière froide de la lanterne qui se balançait au plafond, je contemplai les replis de chair flasque de Siri et me souvins du clair de lune brillant sur sa poitrine naissante. Et malgré tout cela, inexplicablement, c'était la même Siri qui se tenait devant moi.

— Pousse-toi un peu, Merin, me dit-elle en se glissant sous les draps à côté de moi.

Ils étaient froids contre notre peau nue, et la couverture rêche n'était pas de trop. J'éteignis la lumière. Le bateau tanguait au rythme régulier de la respiration de l'océan, ponctuée par le craquement des mâts et du gréement. Demain, il y aurait encore des manœuvres de filet et du raccommodage à faire, mais c'était maintenant le moment de dormir. Je commençai à m'assoupir au son des vagues qui se brisaient contre le bois de la coque.

— Merin ?

— Oui ?

— Qu'arrivera-t-il si les séparatistes s'en prennent aux touristes ou aux nouveaux résidents ?

— Je croyais qu'ils avaient tous été envoyés dans les îles périphériques.

— C'est exact. Mais qu'arrivera-t-il s'ils résistent ?

— L'Hégémonie enverra la Force, et les séparatistes seront mis au pas.

— Mais s'ils attaquaient la porte distrans, pour la détruire avant qu'elle ne soit opérationnelle, par exemple ?

— Impossible.

— Je sais, mais supposons que cela arrive quand même.

— Dans ce cas, le *Los Angeles* reviendrait, neuf mois plus tard, avec des troupes qui écraseraient les séparatistes... et tous ceux qui se mettraient en travers de leur chemin sur Alliance-Maui.

— Neuf mois de temps de transit... Onze ans pour nous.

— Ça ne changerait rien quand même, murmurai-je. Tu ne veux pas qu'on parle d'autre chose ?

— D'accord, accepta Siri.

Mais nous restâmes un long moment sans rien dire. J'écoutai les soupirs et les gémissements du bateau. Siri avait blotti sa tête au creux de mon bras. Elle respirait doucement contre mon épaule, et je crus qu'elle s'était endormie. J'étais sur le point de sombrer moi aussi dans le sommeil quand je sentis sa main chaude remonter le long de ma cuisse et m'entourer doucement. Je fus surpris tandis que mon membre commençait à se raidir. Elle murmura à mon oreille, en réponse à ma question muette :

— Non, Merin. On n'est jamais trop vieux pour ça. Tout au moins pour le contact et la chaleur humaine. À toi de décider, mon amour. Je serai contente de toute manière.

Je décidai. Nous ne nous endormîmes qu'un peu avant l'aube.

Le tombeau est vide.

— Donel ! Viens ici !

Il me rejoint en hâte, dans un froissement de robes qui trouble le silence caverneux. Le tombeau est entièrement vide. Il n'y a ni chambre d'hibernation – je ne m'attendais pas vraiment à en trouver une –, ni sarcophage, ni cercueil. Une ampoule nue illumine l'intérieur de sa lumière crue.

— Qu'est-ce que ça signifie, Donel ? Je croyais que c'était le tombeau de Siri !

— C'est son tombeau, papa.

— Où est la sépulture ? Pas sous les dalles, bon Dieu !

Il essuie la sueur de son front. Je me souviens que c'est de sa mère que je suis en train de parler. Je me souviens aussi qu'il a eu près de deux ans pour s'habituer à l'idée de sa mort.

— Personne ne t'a rien dit ? me demande-t-il.

— Personne ne m'a dit quoi ?

La fureur et la perplexité me gagnent en même temps.

— On m'a juste fait venir ici dès que j'ai débarqué, en me disant que je devais visiter son tombeau avant l'inauguration de la porte. Qu'est-ce qu'il aurait fallu qu'on me dise, Donel ?

— Ma mère a été incinérée, conformément à ses instructions. Ses cendres ont été disséminées dans la Grande Mer du Sud, depuis la plus haute plate-forme de l'île familiale.

— Mais alors, pourquoi cette… crypte ?

Il faut que je fasse attention à ce que je dis. Donel est un être sensible. Il s'essuie de nouveau le front et regarde en direction de l'entrée. La foule ne peut pas nous voir, mais nous avons beaucoup de retard sur l'horaire. Déjà, les autres membres du Conseil ont été obligés de redescendre en hâte pour rejoindre les dignitaires sur le podium. Mon chagrin d'aujourd'hui n'a pas seulement dégénéré en contretemps officiel, il s'est transformé également en mélodrame.

— Ma mère a laissé des instructions précises, m'explique Donel. Elles ont été respectées à la lettre.

Il effleure une dalle de la paroi intérieure, et elle pivote pour dévoiler une niche dans laquelle se trouve un coffret de métal avec mon nom dessus.

— Qu'est-ce que c'est ?

— Des objets personnels qu'elle a laissés à ton intention, murmure mon fils en secouant la tête. Seule la vieille Magritte en savait plus, mais elle est morte l'hiver dernier sans rien confier à personne.

— Très bien. Je te remercie. Je vous rejoins dans un moment.

Il consulte sa montre.

— La cérémonie commence dans huit minutes. La porte distrans sera activée dans vingt minutes.

— Je sais. Je ne vous demande qu'un petit moment.

Il hésite, puis sort. Je referme la porte derrière lui en plaquant la paume de ma main sur la serrure. Je soulève le coffret. Il est étonnamment lourd pour sa petite taille. Je le pose sur les dalles de pierre et m'accroupis devant lui. Une serrure palmaire miniature me permet de l'ouvrir dans un déclic. Je me penche pour en regarder le contenu.

— Merde alors !

L'exclamation à voix basse m'a échappé. Je ne sais pas à quoi je m'attendais, en fait. Peut-être des souvenirs nostalgiques des cent trois jours que nous avons passés ensemble au total. Peut-être une fleur séchée offerte et oubliée depuis longtemps, ou l'un des coquillages que nous allions chercher ensemble sur les fonds sous-marins au large de Fevarone. Mais ce n'est pas du tout cela.

Le coffret contient un petit laser Steiner-Ginn, l'une des armes rayonnantes les plus puissantes fabriquées à ce jour. Son accumulateur est relié par un fil à une petite cellule de fusion que Siri a dû prélever sur son submersible personnel. Également relié à la cellule d'alimentation, il y a un antique persoc à circuits imprimés et à affichage à cristaux liquides. L'indicateur de charge est au vert.

Il y a deux autres objets dans le coffret. Le médaillon traducteur que nous avons utilisé pour parler aux dauphins il n'y a pas si longtemps pour moi, et une chose qui me laisse littéralement bouche bée de stupeur.

— Petite coquine…

Les choses se mettent en place dans mon esprit. Je ne peux pas m'empêcher de sourire. Je murmure de nouveau :

— Chère petite coquine…

Roulé avec soin selon les règles de l'art, son fil d'alimentation correctement branché, le tapis hawking que Mike Osho a payé trente marks sur la place du marché de Carvnel est prêt à s'envoler. Je le laisse au fond du coffret, je défais la connexion d'alimentation du persoc et je m'assois en tailleur sur le sol pour activer le disque. La lumière de la crypte pâlit, et Siri se dresse soudain devant moi.

Ils ne m'ont pas chassé du vaisseau lorsque Mike est mort. Ils auraient pu, mais ils ne l'ont pas fait. Ils auraient pu me laisser aux mains de la justice locale d'Alliance-Maui. Ils ont préféré éviter cela. Deux jours durant, la Sécurité du vaisseau m'a questionné. Une fois, même, c'est le Maître-Navigant Singh en personne qui est venu m'interroger. Puis ils m'ont laissé reprendre mon poste. Pendant les quatre longs mois qu'a duré le voyage de retour, le souvenir de Mike et de son assassinat n'ont pas cessé de me torturer l'esprit. Je savais, confusément, que j'étais en partie responsable de ce crime. Je continuais de prendre mes quarts, de me réveiller au milieu de la nuit couvert de transpiration et de me demander s'ils allaient annuler mon contrat à notre arrivée dans le Retz. Ils auraient pu me le dire tout de suite, mais ils préférèrent ne pas le faire.

Mon contrat ne fut pas révoqué. On me laissa mes permissions dans le Retz, mais je n'eus plus le droit de passer mes périodes de repos sur Alliance-Maui tant que nous étions dans le système. De plus, je reçus un blâme officiel et fus l'objet d'une rétrogradation temporaire. Voilà ce qu'il restait de Mike. Un blâme et une rétrogradation.

Je pris mes trois semaines de permission en même temps que le reste de l'équipage. Mais, contrairement aux autres, je n'avais pas l'intention de retourner à bord.

Je me distransportai sur Espérance et commis l'erreur classique des Navigants en essayant de rendre visite à ma famille. Deux jours dans l'atmosphère surpeuplée du dôme résidentiel me suffirent. Je me rendis sur Lusus, où je fréquentai pendant trois jours les putains de la rue des Chattes. Lorsque j'en eus assez, je me distransportai sur Fuji, où je dépensai la plupart de mes marks disponibles en paris sur les combats sanglants de samouraïs qui sont la spécialité locale.

En fin de compte, je décidai d'aller sur la station du Système Central, d'où je pris la navette des pèlerins qui me conduisit en deux jours au Bassin de Hellas. C'était la première fois que je visitais le Système Central et que je mettais les pieds sur Mars. Je n'ai d'ailleurs pas la moindre intention d'y retourner jamais. Mais les dix jours que j'y ai passés, tout seul, à errer dans les corridors poussiéreux et hantés du monastère, ont servi à me faire regagner le vaisseau. Et Siri.

Régulièrement, je quittais le dédale de pierre rouge du mégalithe et, vêtu de la combinaison et du masque, je grimpais sur l'un des innombrables observatoires de pierre pour y contempler longuement le ciel et l'astre gris pâle qui fut jadis la Terre. Quelquefois, je pensais aux vaillants et stupides idéalistes qui s'étaient lancés dans les immensités ténébreuses à bord de leurs précaires et lents vaisseaux chargés d'embryons et d'idéologies qu'ils transportaient avec un soin qui n'avait que leur foi d'égale. La plupart du temps, cependant, je n'essayais pas de penser à quoi que ce soit. Je restais immobile dans la nuit aux reflets pourpres, et je laissais Siri venir à moi. Du haut de la Roche Maîtresse, où tant de pèlerins beaucoup plus dignes que moi avaient cherché en vain le satori, j'atteignis cet état grâce au souvenir d'une femme-enfant qui n'avait pas encore seize ans, étendue nue à mes côtés tandis que la lune diffusait sa pâle clarté sur son corps à travers les ailes déployées d'un pervier.

Lorsque le *Los Angeles* accomplit son nouveau saut quantique, j'étais encore à son bord. Quatre mois plus tard, j'accomplis mon travail avec l'équipe de construction et j'occupai mes périodes de repos à dormir ou à me brancher sur mes stimsims préférées. Puis, un jour, Singh vint me dire :

— Vous pouvez descendre.

Je ne compris pas.

— Durant les onze ans qui se sont écoulés depuis votre lamentable histoire avec Osho, m'expliqua-t-il, les rampants ont transformé votre escapade en une foutue légende. Ils ont bâti un véritable mythe culturel autour de votre partie de jambes en l'air avec cette petite coloniale.

— Siri… murmurai-je.

— Préparez vos affaires, me dit Singh. Vous allez passer vos trois semaines à terre. Les spécialistes de l'ambassade disent que vous ferez plus de bien à l'Hégémonie en allant là-bas qu'en restant à bord de ce vaisseau. Nous verrons bien s'ils ont raison.

La planète entière m'attendait. Les foules hurlaient. Siri faisait de grands signes. Nous quittâmes le port à bord d'un catamaran jaune pour mettre le cap au sud-sud-ouest, vers l'archipel Équatorial et l'île familiale de Siri.

— Salut, Merin.

Siri flotte dans les semi-ténèbres de son tombeau. L'enregistrement holo n'est pas parfait, il y a une zone de flou sur les bords. Mais c'est bien Siri qui est devant moi, Siri telle que je l'ai vue pour la dernière fois avec ses cheveux gris presque ras, la tête droite, le visage rendu anguleux par les ombres.

— Salut, Merin, mon amour.

— Salut, Siri, lui dis-je.

La porte du tombeau est fermée.

— Je suis désolée de ne pouvoir participer avec toi à notre septième réunion, Merin. J'attendais tellement ce moment.

Elle marque un temps d'arrêt et regarde ses mains. L'image vacille légèrement tandis que la poussière danse à travers elle.

— J'avais soigneusement préparé ce que je voulais te dire, reprend-elle, et la manière de te le faire savoir, ainsi que les arguments à faire valoir et les instructions à donner. Mais je sais maintenant que cela ne servirait pas à grand-chose. Ou bien j'ai déjà dit ce que j'avais à te dire, et tu l'as entendu, ou bien il n'y a plus rien à dire, et le silence est la meilleure des choses en cette circonstance.

La voix de Siri est devenue encore plus belle avec l'âge. Elle est d'une plénitude et d'un calme que seule la douleur peut impartir. Elle écarte les mains, jusqu'à ce qu'elles disparaissent sur les bords de la projection.

— Merin, mon amour, comme nos jours, ensemble ou séparés, ont été étranges ! Comme le mythe qui nous unit est à la fois beau et absurde ! Mes jours, pour toi, n'ont été que des battements de cœur. Il m'est arrivé de te haïr pour cela. Tu étais un miroir qui ne ment pas. Si tu avais vu ta tête au début de chacune de nos réunions ! Tu aurais pu au moins essayer de cacher le choc que cela te faisait. Tu aurais pu faire au moins ça pour moi...

» Mais dans ta naïveté maladroite, il y a toujours eu... je ne sais pas... quelque chose, Merin. Quelque chose qui compense l'égoïsme et la dureté qui vont si bien avec toi. Un sentiment, peut-être. Ou bien au moins le respect d'un sentiment.

» Ce journal contient des centaines, des milliers de lignes, Merin. Je le tiens depuis l'âge de treize ans. Mais lorsque tu l'auras entre les mains, j'aurai tout effacé à l'exception de ce qui suit. Adieu, mon amour. Adieu...

J'éteins le persoc et je demeure assis quelques minutes dans un profond silence. Les bruits de la foule à l'extérieur sont presque entièrement étouffés par les murs épais du tombeau. Je prends une longue inspiration, et j'appuie de nouveau sur le disque.

Siri apparaît. Elle a presque cinquante ans. Je reconnais immédiatement l'endroit et le jour où elle a fait cet enregistrement. Je me souviens de son manteau et de la pierre d'anguille qu'elle porte en pendentif autour du cou. Je me souviens même de la mèche de cheveux qui a échappé à sa barrette et qui tombe, en ce moment même, sur sa joue. Je n'ai rien oublié de cette journée-là, qui était la dernière de notre troisième réunion. Nous nous trouvions en compagnie de quelques amis sur les hauteurs de Tern. Donel avait alors dix ans. Nous nous efforcions de le convaincre de se laisser glisser sur la neige avec nous. Il pleurait. Siri s'est retournée brusquement, avant même que le glisseur se pose. Lorsque Magritte est descendue, nous avons tous compris, en voyant la tête que faisait Siri, qu'il était arrivé quelque chose.

Ce sont les mêmes visages qui me regardent en ce moment. Siri écarte machinalement la mèche rebelle. Ses yeux sont rougis par les larmes, mais elle maîtrise sa voix.

— Merin, ils ont tué notre fils aujourd'hui. Alón avait vingt et un ans et ils l'ont tué. Tu étais si bouleversé aujourd'hui, Merin. « Comment une telle erreur a-t-elle pu se produire ? » ne cessais-tu de répéter. Tu ne connaissais pas vraiment Alón, mais j'ai lu la douleur sur ton visage lorsque nous avons appris la nouvelle. Ce n'était pas un accident, Merin. Si rien d'autre ne survit, si aucun témoignage ne reste, si tu ne comprends pas un jour pourquoi j'ai laissé un mythe sentimental gouverner toute mon existence, que cela se sache bien : ce n'est pas par accident que notre fils est mort. Il se trouvait avec les séparatistes lorsque la police du Conseil est arrivée. Même alors, il aurait pu se sauver. Nous avions préparé un alibi ensemble. La police aurait cru son histoire. Mais il a fait le choix de rester.

» Aujourd'hui, Merin, j'ai vu que tu étais impressionné par ce que j'ai dit à la foule en colère devant l'ambassade. Sache une chose, Navigant. Lorsque je leur ai dit : “Le moment n'est pas arrivé de montrer votre colère et votre haine”, c'était exactement cela que j'avais dans la tête. Ni plus ni moins. Le moment n'est pas arrivé. Mais il viendra un jour. Il viendra certainement. L'alliance n'était prise par personne à la légère à l'époque des derniers jours, Merin. Elle n'est pas prise non plus à la légère aujourd'hui. Ceux qui l'ont oubliée vont avoir des surprises lorsque le moment viendra. Et il viendra à coup sûr.

L'image disparaît pour faire place à une autre. Dans l'intervalle d'une fraction de seconde, le visage d'une Siri âgée de vingt-six ans se forme en surimpression sur les traits de la vieille femme.

— Je suis enceinte, Merin. Cela me rend si heureuse. Il y a seulement cinq semaines que tu es parti, et tu me manques terriblement. Dire que tu vas rester absent dix ans ! Plus que ça, sans doute. Pourquoi n'as-tu pas songé à me demander de partir avec toi, Merin ? Je n'aurais pas pu le faire, mais j'aurais été si heureuse que tu me le demandes ! J'attends un enfant, mon amour. Les médecins disent que ce sera un garçon. Je lui parlerai de toi. Un jour, peut-être, il naviguera avec toi dans l'archipel et écoutera le chant du Peuple de la Mer comme nous l'avons fait tous les deux ces dernières semaines. Tu les comprendras peut-être alors, Merin. Tu me manques trop. Dépêche-toi de revenir, je t'en supplie.

L'image holo devient floue et se transforme encore. La jeune fille de seize ans au visage congestionné a de longs cheveux qui retombent sur ses épaules nues et sur sa chemise de nuit blanche. Elle parle rapidement, d'une voix entrecoupée de sanglots.

— Navigant Merin Aspic, je suis vraiment navrée pour ton ami, je t'assure. Mais tu es parti sans même dire au revoir. J'avais tant de projets pour toi et moi... tant d'espoir que tu nous aides... Tu n'as même pas dit un mot d'adieu. De toute manière, je me fiche pas mal de ce qui peut t'arriver. Je souhaite que tu retournes moisir dans tes ruchers puants de l'Hégémonie. Tu peux y crever, ça m'est complètement égal. En fait, Merin Aspic, je ne veux plus jamais te revoir, même si on me paye pour ça. Adieu...

Elle tourne le dos avant même que la projection ne prenne fin. Il fait maintenant nuit à l'intérieur du tombeau, mais le son subsiste quelques secondes. J'entends un petit gloussement étouffé, et la voix de Siri – je ne peux pas dire quel âge elle a – qui murmure une dernière fois :

— Adieu, Merin... Adieu...

Je murmure à mon tour, en éteignant le disque :
— Adieu, Siri.

La foule s'écarte pour me laisser passer lorsque je sors du tombeau en clignant des yeux. Je leur ai saboté le bon déroulement de leur programme officiel, et le pâle sourire qui flotte maintenant sur mon visage suscite des chuchotements d'indignation. Les haut-parleurs apportent les déclarations fleuries de la cérémonie jusqu'au sommet même de cette colline. J'entends l'écho des riches accents de la voix de l'ambassadeur :

— ... le commencement d'une nouvelle ère de coopération...

Je dépose le coffret sur la pelouse et je sors le tapis hawking. La foule se rapproche pour regarder tandis que je le déroule. Les couleurs sont passées, mais les fils de commande brillent comme du cuivre poli. Je m'assois au centre du tapis et fais glisser le lourd coffret derrière moi.

— ... seront suivies de beaucoup d'autres, jusqu'à ce que le temps et l'espace ne soient plus un obstacle...

La foule recule lorsque j'active les commandes de vol. Le tapis s'élève de quatre mètres. Je vois maintenant ce qu'il y a derrière le tombeau. Les îles sont de retour pour former l'archipel Équatorial. J'en vois des centaines, venant du sud, poussées par la brise.

— ... C'est donc avec le plus grand plaisir que j'inaugure ce circuit en souhaitant la bienvenue à la colonie d'Alliance-Maui au sein de la grande communauté de l'Hégémonie humaine.

Le fil ténu du laser com de la cérémonie grimpe au zénith. On entend un crépitement d'applaudissements, puis l'orchestre commence à jouer. Je plisse les yeux vers le ciel juste à temps pour assister à la naissance d'une nouvelle étoile. Une partie de moi-même savait, à la microseconde près, ce qui allait se passer.

L'espace d'une fraction de seconde, la porte distrans a fonctionné. Durant quelques millièmes de seconde, le temps et l'espace ont bien cessé d'être un obstacle. Puis la force d'aspiration massive de la singularité artificielle a fait exploser la charge thermique que j'avais placée sur la sphère de confinement extérieure. Cette petite explosion n'a pas été visible, mais une seconde plus tard son rayon de Schwarzschild en expansion dévore cette enceinte, engouffrant trente-six mille tonnes de dodécaèdre fragile, continuant de grossir rapidement pour avaler des milliers de kilomètres cubes d'espace alentour. Et cela, c'est visible. Magnifiquement visible, sous la forme d'une nova miniature qui brille d'un éclat blanc dans le ciel bleu sans nuages.

L'orchestre cesse de jouer. Les gens courent se mettre à l'abri en hurlant. Ils n'ont pourtant aucune raison de s'affoler. Il y a une émission de rayons X qui vient du modulateur distrans tandis que celui-ci continue de s'affaisser sur lui-même, mais ce n'est pas suffisant pour présenter un danger. L'atmosphère dense d'Alliance-Maui protège la planète. Une seconde traînée de plasma devient visible lorsque le *Los Angeles* met un peu plus de distance entre lui et le trou noir miniature qui se résorbe rapidement. Le vent se lève et la mer devient houleuse. Il y aura d'étranges courants de marée cette nuit.

Je voudrais dire quelque chose de profond, mais les mots ne viennent pas. De plus, la foule n'est pas d'humeur à m'écouter. J'essaie de me persuader que j'entends quelques acclamations mêlées aux cris de panique.

Je pose la main sur les commandes, et le tapis hawking file en direction de la falaise et du port. Un pervier qui se laisse paresseusement porter par les courants thermiques bat des ailes, désespérément, à mon approche. Je lui crie :

— Qu'ils viennent ! Qu'ils viennent donc ! J'aurai trente-cinq ans, et je ne serai pas tout seul pour les recevoir ! Qu'ils viennent un peu, s'ils en ont le courage !

Je laisse retomber mon poing serré, et je ris. Le vent fait voler mes cheveux et sèche la sueur glacée sur mon torse et sur mes bras.

Il commence à faire plus froid. Je fais le point et mets le cap sur l'île la plus lointaine. Je suis impatient de retrouver les autres. Et j'ai encore plus hâte de parler au Peuple de la Mer, pour lui dire que le moment est enfin venu, que le Requin peut maintenant nager dans les océans d'Alliance-Maui.

Plus tard, quand les batailles seront gagnées et que la planète leur appartiendra, je leur parlerai d'elle. Je leur chanterai la chanson de Siri.

Les cascades de lumière du lointain combat spatial n'avaient pas cessé. On n'entendait aucun bruit à l'exception du vent sifflant sur les escarpements. Le groupe demeurait immobile, penché en avant, regardant l'antique persoc comme s'il allait en sortir encore quelque chose.

Mais il n'y eut plus rien. Le consul retira la microdisquette et la mit dans sa poche.

Sol Weintraub caressa le dos de son bébé endormi en disant :

— Vous n'êtes tout de même pas Merin Aspic !

— Non, répondit le consul. Merin Aspic a trouvé la mort pendant la rébellion. La rébellion de Siri.

— Comment cet enregistrement a-t-il pu parvenir jusqu'à vous ? demanda le père Hoyt. Cet extraordinaire document…

À travers son masque de douleur, le prêtre était visiblement très ému.

— C'est lui qui me l'a remis, déclara le consul. Quelques semaines avant d'être tué dans la bataille de l'Archipel.

Il regarda les visages, autour de lui, où se lisait l'incompréhension.

— Je suis leur petit-fils, expliqua-t-il. Le petit-fils de Siri et de Merin. Mon père – le Donel dont il est question dans cet enregistrement – a été le premier dirigeant du Conseil intérieur lorsque la planète Alliance-Maui a été admise au sein du Protectorat. Plus tard, il a été élu sénateur et a rempli ces fonctions jusqu'à sa mort. J'avais neuf ans, ce jour-là, sur la colline, devant le tombeau de Siri. J'en avais vingt, prêt à me joindre aux rebelles pour me battre, la nuit où Aspic est descendu sur notre île pour me parler seul à seul et m'interdire de faire une chose pareille.

— Vous auriez combattu l'Hégémonie ? demanda Brawne Lamia.

— J'aurais lutté jusqu'à la mort. J'aurais connu le sort d'un tiers de tous les hommes et d'un cinquième de toutes les femmes de la planète. Le sort des dauphins, des îles elles-mêmes, bien que l'Hégémonie eût pris soin de les ménager le plus possible.

— C'est un document bouleversant, murmura Sol Weintraub. Mais je ne comprends pas ce que vous faites ici. Quel rapport avec ce pèlerinage gritchtèque ?

— Je n'ai pas encore terminé, déclara le consul. Écoutez la suite.

Mon père était aussi faible que ma grand-mère avait été forte. L'Hégémonie n'attendit pas onze années locales pour revenir. Les vaisseaux-torches de la Force étaient en orbite avant la fin de la cinquième année. Mon père assista passivement à la débâcle des vaisseaux trop hâtivement construits par les rebelles. Il continuait de prendre le parti de l'Hégémonie tandis que notre monde était assiégé. J'avais quinze ans lorsque j'ai assisté de loin, avec toute ma famille, du haut du pont supérieur de notre île ancestrale, à l'incendie d'une douzaine d'autres îles sur la mer. Les glisseurs de l'Hégémonie embrasaient les flots de leurs bombes. Au matin, la mer était grise de cadavres de dauphins.

Ma sœur aînée Lira partit se battre aux côtés des rebelles dans les jours de désespoir qui suivirent la bataille de l'Archipel. Des témoins oculaires ont rapporté sa mort, mais son corps n'a jamais été retrouvé. Mon père, après cela, n'a plus jamais mentionné son nom.

Trois ans après le cessez-le-feu et l'entrée dans le Protectorat, nous constituions, nous autres les colons des origines, une minorité sur notre propre monde. Les îles étaient apprivoisées et vendues aux touristes, exactement comme l'avait prédit Merin. Le site n° 1 est aujourd'hui une agglomération de onze millions d'âmes. Les ensembles résidentiels, les spires et les cités EM s'étendent sur toute la côte. Le port est un étrange souk où les descendants des Premières Familles vendent des œuvres d'art et des produits d'artisanat local à des prix exorbitants.

Nous avons vécu quelque temps sur Tau Ceti Central lorsque mon père a été élu sénateur. C'est sur cette planète que j'ai achevé mes études. J'étais un fils modèle, qui chantait les louanges de la vie dans le sein du Retz, étudiait l'histoire glorieuse de l'Hégémonie humaine et se préparait à la carrière diplomatique.

Mais pendant tout ce temps, j'attendais mon heure.

Je retournai quelque temps sur Alliance-Maui après mon diplôme. Je trouvai du travail sur l'île de l'Administration Centrale. Une partie de mes fonctions consistait à faire la tournée des centaines de plates-formes de forage qui œuvraient sur les hauts-fonds, et à faire des rapports sur les complexes sous-marins alors en développement rapide. Je faisais également office d'agent de liaison avec les sociétés d'aménagement urbain venues de TC^2 *ou de Sol Draconi Septem. Ce travail ne me plaisait guère, mais j'étais efficace et je souriais. Tout en attendant mon heure.*

Je courtisai et épousai une descendante de l'une des Premières Familles, de la lignée de Bertol, le cousin de Siri. Après avoir brillamment passé l'examen du corps diplomatique, je demandai un poste à l'extérieur du Retz.

Ce fut, pour Gresha et moi, le début d'une longue diaspora. Je fus un fonctionnaire très efficace. La diplomatie était innée chez moi. En moins de cinq années standard, je devins vice-consul. Trois ans après, j'étais consul à part entière. Tant que je resterais dans les Confins, je ne pourrais pas m'élever plus haut.

C'était cependant le choix que j'avais fait. Je travaillais pour l'Hégémonie, et j'attendais mon heure.

Au début, mon rôle consistait à fournir aux colons l'aide technologique du Retz pour faire ce qu'ils excellent généralement à accomplir, c'est-à-dire détruire la vie autochtone. Ce n'est pas un hasard si, en six cents ans d'expansion interstellaire, l'Hégémonie n'a rencontré aucune espèce considérée comme intelligente au regard de l'indice Drake-Turing-Chen. Sur l'Ancienne Terre, il était depuis longtemps acquis que toute espèce ayant l'outrecuidance de mettre l'homme dans sa chaîne alimentaire était condamnée à l'extinction à brève échéance. À mesure que le Retz s'étendait, chaque fois qu'une espèce menaçait de rivaliser sérieusement avec l'intelligence humaine, cette espèce disparaissait avant même l'entrée en fonction des premiers modulateurs distrans.

Sur la planète Whirl, nous avons traqué les insaisissables zeplins jusque dans leurs tours de nuées. Il se peut qu'ils n'aient pas été intelligents selon les critères de la Centralité ou du genre humain, mais ils étaient d'une beauté à vous couper le souffle. Quand ils sont morts, émettant des vibrations de toutes les couleurs de l'arc-en-ciel, leurs messages visuels incompris, isolés de leurs congénères en fuite, la beauté de leur agonie était indescriptible. Nous avons vendu leurs peaux photoréceptrices à des firmes spécialisées du Retz, leur chair à des mondes comme Heaven's Gate, et nous avons réduit leurs os en poudre pour en faire des aphrodisiaques à l'usage des impuissants et des superstitieux d'une douzaine d'autres mondes-colonies.

Sur Garden, je servais de conseiller technique aux ingénieurs des arcologies qui drainaient le Grand Marécage, mettant ainsi un terme à l'existence des centaures des marais, dont le règne éphémère avait eu le tort de gêner les projets d'aménagement de l'Hégémonie. Ils essayèrent bien d'émigrer, vers la fin, mais les Marches du Nord étaient beaucoup trop sèches pour eux. Lorsque je visitai de nouveau la région, quelques dizaines d'années plus tard, à l'époque de l'entrée de Garden dans le Retz, les ossements blanchis des centaures gisaient encore dans certaines parties des Marches comme des pétales décolorés de fleurs exotiques appartenant à une ère révolue.

Sur Hébron, j'arrivai juste au moment où les colons juifs mettaient un terme à leur longue lutte avec les Aluites seneshiens, ces créatures aussi fragiles que l'écologie sans eau de leur planète. Les Aluites étaient des empathes, et c'est notre cupidité et notre peur qui les a exterminés au même titre que notre incontournable exotisme. Mais sur Hébron, ce n'est pas l'extinction des Aluites qui m'a pétrifié le cœur. C'est le rôle que j'ai joué dans les événements qui ont causé la perte des colons eux-mêmes.

Sur l'Ancienne Terre, ils possédaient un mot pour décrire ce que j'étais. Un collabo. Même si Hébron n'était pas ma planète natale, les colons qui s'y étaient réfugiés avaient été poussés par des raisons aussi évidentes que celles de mes ancêtres, ceux qui signèrent l'Alliance de Vie sur l'île de Maui, sur l'Ancienne Terre. Mais j'estimais que mon heure n'était pas encore venue. J'attendais. Et durant cette attente, j'ai joué le jeu. Avec toutes ses conséquences.

Ces gens me faisaient confiance. Ils finirent par croire ce que je leur racontais sur la gloire qu'il peut y avoir à faire partie de la communauté humaine... c'est-à-dire à entrer dans le Retz. Ils insistèrent pour qu'une seule ville soit ouverte aux étrangers. J'acceptai avec un sourire. Aujourd'hui, la Nouvelle-Jérusalem abrite soixante millions de personnes alors que le continent tout entier n'est peuplé que de dix millions de colons juifs autochtones, qui dépendent de la cité retzienne pour la majeure partie de leurs fournitures. Et cela durera une décennie au plus. Sans doute bien moins.

J'ai un peu craqué lorsque Hébron est entrée dans le Retz. J'ai découvert l'alcool, l'antithèse bénie du flash back et du câblage mental. Gresha est restée avec moi à la clinique pendant toute la durée de ma cure. Curieusement pour un monde judaïque, il s'agissait d'une institution catholique. Je me souviens du froissement des robes dans les corridors, la nuit.

Ma dépression s'est faite discrètement et loin de tout. Ma carrière n'en a pas souffert. C'est en tant que consul à part entière que j'ai pris mon poste sur Bressia avec ma femme et mon fils.

Quel rôle délicat était le nôtre sur cette planète ! Nous faisions continuellement de la corde raide. Depuis des décennies, vous le savez, colonel Kassad, les forces du TechnoCentre harcelaient les essaims extros partout où ils trouvaient refuge. Les autorités constituées du Sénat et de l'Assemblée consultative des IA avaient décidé qu'il fallait tester, d'une manière ou d'une autre, les capacités militaires des Extros dans les Confins. C'est Bressia qui fut choisie. J'admets que les Bressians se comportaient en dignes représentants de l'Hégémonie avant mon arrivée. Leur société archaïque et caricaturale était de type prussien, militariste à souhait. Ils étaient particulièrement arrogants dans leurs prétentions économiques, et poussaient la xénophobie au point de s'engager gaillardement dans l'armée afin de « balayer la menace extro ». Ils allèrent même, au début, jusqu'à affréter des vaisseaux-torches pour attaquer les essaims. Avec des engins au plasma, des sondes à impact et des virus modifiés.

C'est à la suite d'une légère erreur de calcul que je me trouvais encore sur Bressia lorsque les hordes extros sont arrivées. Cela se joua à quelques mois près. Normalement, c'est une équipe d'analystes militaro-politiques qui aurait dû se trouver à ma place.

C'était sans importance pour l'Hégémonie, dont les desseins étaient servis quand même. La résolution et les capacités de déploiement rapide de la Force purent être testés comme il se devait sans que les intérêts de l'Hégémonie en souffrent. C'est à ce moment-là que Gresha a trouvé la mort, naturellement. Lors du tout premier bombardement. Quant à mon fils alors âgé de dix ans, Alón, il se trouvait avec moi, et il a survécu à la guerre… pour mourir bêtement quand un crétin de la Force a placé un engin piégé ou une charge de démolition trop près des baraquements des réfugiés à Buckminster, la capitale.

Je n'étais pas à ses côtés quand il est mort.

Après Bressia, j'ai été promu. On m'a confié la mission la plus délicate et la plus passionnante que l'on pouvait donner à quelqu'un qui avait un simple rang de consul. Je devins l'agent diplomatique chargé de négocier directement avec les Extros.

Au début, je me distransportai fréquemment sur Tau Ceti Central pour avoir de longs entretiens avec le comité du sénateur Gladstone et un certain nombre de conseillers IA. Je rencontrai Meina Gladstone en personne. Leurs intentions étaient assez compliquées. En gros, il fallait provoquer les Extros afin qu'ils nous attaquent, et la clé de cette provocation était le monde d'Hypérion.

Les Extros observaient Hypérion depuis bien avant la bataille de Bressia. Nos services de renseignement disaient qu'ils étaient obsédés par les Tombeaux du Temps et par le gritche. Leur attaque contre le vaisseau-hôpital de l'Hégémonie qui transportait, entre autres, le colonel Kassad était le résultat d'une méprise. Le commandant du vaisseau extro avait pris le bâtiment pour un vaisseau de spin militaire. Plus grave encore, du point de vue extro, était le fait qu'en donnant l'ordre à ses vaisseaux de descente de se poser à proximité des Tombeaux du Temps, ce même commandant nous avait révélé ses capacités à défier les marées du temps. Après le massacre de ses commandos par le gritche, le commandant du vaisseau-torche a été exécuté dès son retour aux essaims.

Nos services de renseignement estimaient que la méprise des extros ne s'était pas soldée par un désastre total. Des informations capitales sur le gritche avaient été obtenues. Et les Extros étaient de plus en plus obsédés par Hypérion.

Gladstone m'expliqua longuement comment l'Hégémonie comptait tirer parti de cette obsession. Elle me fit comprendre que l'affrontement qu'elle voulait provoquer était une affaire concernant davantage la politique intérieure du Retz que les Extros eux-mêmes. Des éléments du TechnoCentre s'opposaient depuis des siècles à l'entrée d'Hypérion dans l'Hégémonie. Ils ne faisaient plus cela, disait-elle, dans l'intérêt de l'humanité, et l'annexion en force de cette planète, sous couvert de défendre le Retz, donnerait l'occasion à des coalitions d'IA plus progressistes de renforcer leur pouvoir au sein du TechnoCentre. Ces modifications de l'équilibre politique du Centre seraient profitables au Sénat et au Retz d'une manière qui ne me fut pas expliquée pleinement. La menace potentielle représentée par les Extros serait définitivement balayée, et une nouvelle ère de gloire s'ouvrirait pour l'Hégémonie.

Gladstone insista sur le fait que je n'étais pas obligé de me porter volontaire pour cette mission, qui mettrait ma vie et ma carrière en péril. Mais j'acceptai tout de même.

L'Hégémonie me fournit un vaisseau particulier. Je ne demandai qu'une seule modification dans son agencement : l'installation d'un vieux piano Steinway.

Des mois durant, je voyageai en solitaire avec mes réacteurs Hawking. Je traversai pendant quatre mois des régions de l'espace où les essaims extros migraient régulièrement. Finalement, mon vaisseau fut détecté et capturé. Ils acceptèrent de me considérer comme un messager, tout en sachant que j'étais là pour les espionner. Ils envisagèrent de m'exécuter, mais ne le firent pas. Ils envisagèrent aussi de négocier avec moi, et décidèrent finalement de le faire.

Je n'essaierai pas de décrire la beauté de la vie à l'intérieur d'un essaim, ni leurs cités-globes à gravité zéro, ni leurs agricomètes, ni leurs amas de propulsion, ni leurs forêts micro-orbitales, ni leurs rivières migratrices, ni les dix mille couleurs et textures de la vie durant leur Semaine de la Jonction. Qu'il me suffise de vous dire ma conviction que les Extros ont accompli ce que l'humanité n'a pas su faire depuis des millénaires : évoluer. Pendant que nous continuons de vivre dans nos cultures dérivées, pâles reflets de la vie sur l'Ancienne Terre, les Extros explorent de nouvelles dimensions esthétiques, artistiques, éthiques ou bioscientifiques, tout ce qui change et qui est susceptible de refléter l'âme humaine.

Nous les traitons de barbares alors que c'est nous qui nous accrochons, timorés, à notre Retz, comme des Wisigoths tapis parmi les ruines de la splendeur fanée de Rome, et c'est nous qui nous proclamons « civilisés ».

En moins de dix mois standard, je leur avais avoué mon plus grand secret et ils m'avaient appris les leurs. Je leur expliquai avec autant de détails que possible comment leur extinction avait été planifiée par l'entourage de Gladstone. Je leur révélai le peu que les scientifiques du Retz comprenaient sur les anomalies présentées par les Tombeaux du Temps, et je leur fis part des craintes inexplicables entretenues par le TechnoCentre à propos d'Hypérion. Je leur décrivis le piège mis en place, avec Hypérion pour appât, et les terribles conséquences qui en découleraient pour eux s'ils s'avisaient de vouloir occuper ce monde. Toutes les unités de la Force fondraient alors sur le système d'Hypérion pour les écraser.

Ces révélations faites, je m'attendais, une fois de plus, à être mis à mort. Mais au lieu de m'exécuter, ils m'apprirent quelque chose. Ils me montrèrent des messages mégatrans interceptés, des enregistrements sur faisceau étroit ainsi que leurs propres archives de l'époque où ils avaient eux-mêmes fui le système de l'Ancienne Terre, quatre cent cinquante ans plus tôt. Les faits étaient d'une terrible simplicité.

La Grande Erreur de 38 n'était pas un accident. La mort de l'Ancienne Terre avait été délibérément provoquée, soigneusement préparée par des éléments du TechnoCentre et par leurs homologues humains dans le gouvernement naissant de l'Hégémonie. L'hégire avait été prévue en détail des dizaines d'années avant que le trou noir erratique ne plonge « accidentellement » dans le cœur de l'Ancienne Terre.

Le Retz, la Pangermie, l'Hégémonie humaine, tout cela avait été bâti sur le plus horrible des parricides. Et l'édifice se maintenait grâce à une politique tranquille et soutenue de fratricide, impliquant l'assassinat de toute espèce susceptible à un degré quelconque de devenir concurrente. Les Extros, représentant la seule autre tribu humaine libre d'errer entre les étoiles et le seul groupe en dehors de la domination du TechnoCentre, étaient la prochaine cible sur la liste de l'extinction.

Je retournai dans le Retz. Plus de trente-cinq années en temps local avaient passé. Meina Gladstone était devenue Présidente. La Révolte de Siri n'était plus qu'une légende romantique, une parenthèse dans l'histoire de l'Hégémonie.

Je rencontrai Meina Gladstone. Je lui fis part d'un grand nombre – mais pas de la totalité – des révélations que les Extros m'avaient faites. Je lui dis qu'ils savaient que tout combat mené pour conquérir Hypérion ne pourrait être qu'un piège, mais qu'ils viendraient quand même, et qu'ils souhaitaient que je sois nommé consul sur cette planète, afin que je puisse jouer le rôle d'agent double lorsque la guerre éclaterait.

Ce que je ne lui dis pas, c'était qu'ils avaient promis de me donner un appareil avec lequel je pourrais ouvrir les Tombeaux du Temps et laisser le champ libre au gritche.

La Présidente eut de longues conversations avec moi. Les agents du renseignement de la Force me questionnèrent longuement, pendant des mois. Des drogues et des moyens technologiques furent utilisés pour vérifier si je disais bien la vérité et si je ne leur cachais rien. Mais les Extros étaient également très forts dans ce domaine. Je ne disais que la vérité, mais pas toute la vérité.

Finalement, je fus nommé sur Hypérion. Gladstone proposa de donner à ce monde le statut de protectorat et de me nommer ambassadeur, mais je déclinai les deux offres. La seule faveur que je demandai fut de conserver mon vaisseau particulier. Je fis le voyage à bord d'un vaisseau de spin régulier, et mon appareil arriva plusieurs mois après dans le ventre d'un vaisseau-torche de passage. Il demeura sur une orbite d'attente, étant bien entendu que je pouvais le faire descendre et m'en aller avec à n'importe quel moment.

Seul sur Hypérion, j'attendis. Des années passèrent. Je laissais mon adjoint gouverner cette planète des Confins pendant que j'allais boire chez Cicéron et que j'attendais patiemment.

Les Extros finirent par me contacter sur leur mégatrans privé. Je pris un congé de trois semaines, fis descendre mon vaisseau dans un endroit désert à proximité de la mer des Hautes Herbes, gagnai un lieu de rendez-vous situé dans la région du nuage d'Oört, embarquai leur agent – une femme nommée Andil – et un trio de techniciens, et redescendis me poser au nord de la Chaîne Bridée, à quelques kilomètres des Tombeaux du Temps.

Les Extros ne possédaient pas de distrans. Leur existence se passait dans les vastes régions intermédiaires de l'espace interstellaire où ils voyaient passer la vie du Retz à toute allure, comme un film holo en accéléré. Le temps les obsédait. Le TechnoCentre avait donné le modulateur distrans à l'Hégémonie, et c'était lui qui entretenait le réseau. Aucune équipe humaine, aucun spécialiste n'en comprenait exactement la théorie. Les Extros avaient essayé d'élucider ce mystère, mais sans succès. Cependant, leurs recherches leur avaient permis de faire quelques percées dans la compréhension et dans la manipulation de l'espace-temps.

Ils comprenaient, par exemple, le phénomène des marées du temps et des champs anentropiques qui entouraient les Tombeaux. Ils n'étaient pas capables de reproduire ces champs, mais ils savaient se protéger d'eux et – théoriquement – provoquer leur effondrement. Les Tombeaux du Temps et leur éventuel contenu cesseraient alors de vieillir à l'envers. Les Tombeaux « s'ouvriraient ». Le gritche romprait sa longe, il ne serait plus confiné au voisinage des Tombeaux. Ce qu'il y avait d'autre à l'intérieur serait libéré.

Les Extros étaient convaincus que les Tombeaux du Temps étaient des artefacts issus de leur propre futur, et que le gritche était une arme de rédemption attendant pour la saisir la main adéquate. Le culte gritchtèque voyait dans le monstre un ange vengeur tandis que les Extros y voyaient un outil issu de l'imagination humaine et venu du futur pour délivrer l'humanité du TechnoCentre. Andil et ses techniciens étaient là pour étalonner et mettre au point leurs appareils d'expérience.

— Vous n'allez pas vous en servir maintenant ? demandai-je.

Nous étions assis à l'ombre de la structure appelée le Sphinx.

— Pas tout de suite, me répondit Andil. Seulement lorsque l'invasion sera imminente.

— Mais vous disiez qu'il faudrait des mois pour que ça marche et que les Tombeaux commencent à s'ouvrir.

Andil acquiesça. Elle avait les yeux d'un vert très foncé, elle était extrêmement grande, et je distinguais les raies discrètes de son exosquelette motorisé à travers son collant.

— Un an, ou même davantage, dit-elle. Ce dispositif détruira les champs anentropiques de manière graduelle. Cependant, une fois amorcé, le processus est irrévocable. C'est pourquoi nous attendrons, pour l'activer, que les Dix Conseils aient décidé l'invasion définitive du Retz.

— Il y a encore des doutes ?

— Quelques débats d'éthique.

À quelques mètres de nous, les trois techniciens étaient en train de recouvrir les machines d'une toile caméléon et d'un champ de confinement codé.

— Une guerre interstellaire causera la mort de millions, et peut-être de milliards de personnes, reprit Andil. Lâcher le gritche dans le Retz est un acte qui peut être lourd de conséquences imprévues. Quel que soit notre désir de frapper le TechnoCentre, il y a des controverses sur la meilleure manière d'atteindre nos objectifs.

Je hochai lentement la tête tout en contemplant les techniciens au travail et la vallée des Tombeaux qui s'étendait derrière eux.

— Quand vous aurez activé le dispositif, murmurai-je, vous ne pourrez plus retourner en arrière. Le gritche sera libéré, et il vous faudra gagner la guerre pour le maîtriser, c'est bien cela ?

Andil eut un léger sourire.

— C'est bien cela, dit-elle.

Je la tuai alors, avec ses trois techniciens. Puis je lançai le laser Steiner-Ginn de grand-mère Siri le plus loin possible dans les dunes, je m'assis sur un emballage vide en mousse lovée et je sanglotai durant quelques minutes. Je m'avançai alors vers le cadavre d'un technicien, lui pris son persoc, l'utilisai pour pénétrer dans le champ de confinement, dégageai les machines de leur toile caméléon et activai le dispositif.

Il n'y eut pas de modification visible. L'atmosphère avait la même limpidité de fin d'hiver. Le Tombeau de Jade brillait doucement tandis que le Sphinx continuait de regarder le néant. Les seuls bruits qui parvenaient à mes oreilles étaient les crépitements du sable projeté par le vent contre les caisses et les cadavres. Seul un témoin lumineux sur une machine extro indiquait que le dispositif fonctionnait... et avait déjà fait son œuvre.

Je retournai lentement au vaisseau. Je m'attendais presque à voir surgir le gritche. J'espérais à moitié qu'il allait apparaître soudain devant moi. Je demeurai assis sur le balcon de mon vaisseau durant plus d'une heure, à contempler les ombres qui emplissaient la vallée et le sable qui recouvrait peu à peu les corps. Mais le gritche ne vint pas. Et je ne vis pas le moindre arbre à épines. Au bout de quelque temps, je me mis devant mon Steinway et jouai un Prélude de Bach. Puis je bouclai le vaisseau et pris l'espace.

Je contactai les Extros pour leur dire qu'un accident s'était produit. Le dispositif s'était déclenché prématurément, et le gritche avait massacré les autres. Malgré la confusion et la panique que cette nouvelle provoqua chez eux, les Extros proposèrent de m'abriter chez eux. Je déclinai leur offre. Puis je regagnai le Retz. Les Extros ne me poursuivirent pas.

J'utilisai mon mégatrans pour contacter Gladstone et lui dire que les agents extros avaient été éliminés par mes soins. Je lui annonçai que l'invasion était extrêmement probable et que le piège fonctionnait comme prévu. Mais je ne lui parlai pas de la machine extro. Gladstone me félicita et m'invita chez elle. Je déclinai son invitation en expliquant que j'avais besoin de silence et de solitude. Puis je dirigeai mon vaisseau vers le monde des Confins le plus proche du système d'Hypérion, sachant que le voyage en soi consumerait le temps nécessaire au commencement de l'acte suivant.

Plus tard, lorsque l'appel au pèlerinage fut lancé par Gladstone en personne sur mégatrans, je compris le rôle que les Extros m'avaient réservé sur la fin. Les Extros ou bien le TechnoCentre, ou encore Gladstone et ses machinations. Peu importe, désormais, qui se considère le maître des événements. Les événements n'obéissent plus à aucun maître.

Le monde que nous connaissons est en train de prendre fin, mes amis, quoi qu'il puisse nous arriver. En ce qui me concerne, je n'ai aucune requête à présenter au gritche, aucune déclaration finale à lui soumettre ni à soumettre à l'univers. Je suis revenu parce qu'il le fallait, parce que c'était mon destin. Depuis ma plus tendre enfance, j'ai toujours su ce que je ferais un jour. Je savais que je retournerais, seul, me recueillir devant le tombeau de Siri, pour jurer qu'elle serait vengée de l'Hégémonie. Je savais également quel serait pour moi le prix à payer, aussi bien au regard de ma vie que de l'histoire.

Mais lorsque viendra le moment de juger, de comprendre une trahison qui se propagera comme un incendie à travers le Retz et qui causera la mort de planètes entières, je vous demande de ne pas penser à moi, car mon nom n'était même pas écrit dans l'eau, comme celui de votre poète disparu, mais de penser à l'Ancienne Terre, qui est morte sans raison, et aux dauphins, dont les carcasses grises ont pourri au soleil, et aussi aux îles mobiles, que j'ai vues errer sans but, leurs eaux nourricières saccagées, leurs hauts-fonds Équatoriaux criblés de plates-formes de forage, elles-mêmes surchargées de touristes braillards exhalant des odeurs de lotion solaire et de cannabis.

Mieux encore, ne pensez à rien de tout cela. Restez comme je l'ai fait après avoir appuyé sur le bouton, assassin, traître, mais fier tout de même, campé sur le sol d'Hypérion, la tête droite, le poing levé vers le ciel, criant comme Mercutio : « Maudites soient vos deux maisons ! »

Car, voyez-vous, je n'ai pas oublié le rêve de ma grand-mère. Je n'ai pas oublié comment les choses auraient pu être.

Je me souviens de Siri.

— C'est donc vous l'espion ? fit le père Hoyt. L'espion extro ?

Le consul se frotta les joues sans rien dire. Il semblait épuisé, complètement à bout de forces.

— Ouais, grogna Martin Silenus. La Présidente m'avait averti, lorsqu'elle m'a désigné pour faire ce pèlerinage. Elle m'a prévenu qu'il y aurait un espion parmi nous.

— Elle a dit cela à tout le monde, fit sèchement Brawne Lamia.

Elle regarda le consul. Il semblait y avoir une certaine tristesse dans ses yeux.

— Notre ami est donc un espion, murmura Sol Weintraub. Mais ce n'est pas seulement un agent des Extros, ajouta-t-il en prenant dans ses bras le bébé qui venait de se réveiller et qui pleurait. C'est ce que l'on appelle dans les séries d'espionnage un agent double, et même triple, dans le cas présent. Un agent de la régression totale. En réalité, un agent exterminateur.

Le consul leva les yeux vers le vieil érudit.

— C'est quand même un espion, déclara Silenus. Et les espions, on les exécute, pas vrai ?

Le colonel Kassad avait son bâton de la mort à la main. Mais il n'était braqué sur personne en particulier.

— Êtes-vous en contact avec votre vaisseau ? demanda-t-il au consul.

— Oui.

— De quelle manière ?

— Le persoc de Siri... Il a été... modifié.

Kassad hocha légèrement la tête.

— Et vous êtes resté en contact avec les Extros par l'intermédiaire du mégatrans de bord ?

— Oui.

— Pour les tenir au courant du pèlerinage comme ils vous l'avaient demandé ?

— Oui.

— Vous ont-ils répondu ?

— Non.

— Comment croire à ce qu'il raconte ? s'écria le poète. C'est un putain d'espion !

— Taisez-vous ! ordonna Kassad d'une voix impérative, sans quitter le consul des yeux un seul instant. Est-ce vous qui avez attaqué Het Masteen ?

— Non, répondit le consul. Mais lorsque l'*Yggdrasill*

a brûlé, j'ai tout de suite compris que quelque chose n'allait pas.

— Que voulez-vous dire ? demanda Kassad.

Le consul s'éclaircit la voix.

— J'ai eu l'occasion de fréquenter plusieurs Voix de l'Arbre des Templiers. Leur relation à leur vaisseau-arbre est quasi télépathique. La réaction de Masteen a été beaucoup trop faible. Ou bien il n'était pas ce qu'il prétendait être, ou bien il *savait* que le vaisseau allait être détruit, et il avait coupé tout contact avec lui. Pendant mon tour de garde, je suis descendu dans l'intention de lui poser quelques questions. Il n'était plus là. Sa cabine était dans l'état où nous l'avons trouvée, à part le fait que le cube de Möbius était à l'état neutre. L'erg aurait pu s'échapper. J'ai remis la sécurité et je suis remonté.

— Vous n'avez rien fait à Het Masteen ? demanda de nouveau Kassad.

— Non.

— Encore une fois, pourquoi devrions-nous le croire ? demanda Silenus.

Le poète tenait à la main sa dernière bouteille de scotch, déjà bien entamée. Le consul y posa les yeux tout en répliquant :

— Vous n'avez aucune raison de me croire, en effet. Et cela n'a pas la moindre importance.

Les longs doigts effilés du colonel Kassad pianotèrent sur le manche de son bâton de la mort.

— Qu'allez-vous faire, maintenant, avec le mégatrans ? demanda-t-il.

Le consul prit une longue inspiration lasse avant de répondre :

— Je dois leur indiquer à quel moment précis les Tombeaux du Temps s'ouvriront. Si toutefois je suis encore en vie à ce moment-là.

Brawne Lamia désigna l'antique persoc.

— Nous pourrions le détruire, dit-elle.

Le consul haussa les épaules.

— Il pourrait nous être utile, fit le colonel, en nous donnant accès aux conversations civiles et militaires transmises en clair. D'autre part, nous pourrions faire venir ici le vaisseau du consul, en cas de besoin.

— Non ! s'écria le consul. Nous ne pouvons pas retourner en arrière, maintenant.

C'était le premier signe d'émotion qu'il manifestait depuis plusieurs minutes.

— Personne ici, je pense, n'a l'intention de retourner en arrière, déclara Kassad.

Il fit du regard le tour des visages las qui l'entouraient. Personne ne parla pendant un bon moment.

— Il faut que nous prenions une décision, murmura enfin Sol Weintraub en hochant le menton vers le consul tout en continuant de bercer son bébé.

Martin Silenus avait le front posé contre le goulot de sa bouteille à présent vide. Il releva la tête en disant :

— La trahison est punie de mort. De toute manière (il gloussa), nous allons tous mourir dans quelques heures. Pourquoi notre dernier acte ne serait-il pas une exécution ?

Le père Hoyt fit une grimace, visiblement sous le coup d'un spasme de douleur. Il porta un doigt tremblant à ses lèvres gercées.

— Nous ne sommes pas une cour de justice.

— C'est faux, lui dit Kassad. Nous en sommes une.

Le consul se pencha en avant, les jambes repliées sous lui, et posa les avant-bras sur ses cuisses, les doigts noués.

— Vous n'avez qu'à décider, dit-il d'une voix qui ne laissait transparaître aucune émotion.

Brawne Lamia avait sorti l'automatique de son père. Elle le posa par terre, près de l'endroit où elle était assise. Ses yeux allaient sans cesse du consul à Kassad.

— Qui peut parler de trahison ici ? demanda-t-elle. Trahison envers quoi ? Aucun de nous, à l'exception, peut-être, du colonel, ne peut être considéré comme un citoyen exemplaire. Nous sommes tous les jouets de forces qui nous dépassent.

Sol Weintraub s'adressa alors directement au consul.

— Ce que vous ignoriez, mon cher ami, c'est que Meina Gladstone et certains éléments du TechnoCentre, lorsqu'ils vous ont choisi comme émissaire auprès des Extros, savaient parfaitement de quelle manière vous alliez réagir. Peut-être ne pouvaient-ils pas deviner que les Extros connaissaient le moyen d'ouvrir les Tombeaux du Temps – bien que, avec les IA du TechnoCentre, on ne puisse jamais savoir – mais ils avaient certainement prévu que vous vous retourneriez contre les deux civilisations à la fois, les deux camps qui ont fait du mal à votre famille. Tout cela fait partie de je ne sais quel plan bizarre. Il est évident que vous n'aviez pas plus de libre arbitre en la matière que… (il souleva son bébé) cet enfant.

Le consul parut désorienté. Il voulut dire quelque chose, mais se ravisa et demeura muet, se contentant de hocher la tête.

— Il se peut qu'il ait raison, admit le colonel Kassad. Néanmoins, même si nous ne sommes tous que des pions sur un échiquier, nous nous devons d'être responsables du choix de nos actions.

Il leva les yeux vers le mur, où des pulsations de lumière venues de la lointaine bataille spatiale peignaient sur le plâtre blanc des motifs rouge sang.

— À cause de cette guerre, reprit-il, des milliers, peut-être des millions de gens vont mourir. Et si les Extros ou le gritche ont accès au système distrans du Retz, des milliards de vies, sur des centaines de mondes, seront menacées.

Le consul le regarda tranquillement tandis qu'il levait vers lui son bâton de la mort.

— Ce serait la solution la plus rapide pour tout le monde, reprit Kassad. Le gritche, lui, ne connaît pas la pitié.

Personne ne disait rien. Le regard du consul semblait fixé sur un point extrêmement éloigné.

Kassad remit la sûreté et glissa le bâton à sa ceinture.

— Nous sommes arrivés jusqu'ici ensemble, dit-il. Nous ferons le reste du chemin ensemble.

Brawne Lamia rangea le pistolet de son père, se leva, traversa l'espace qui la séparait du consul, s'agenouilla devant lui et lui passa les bras autour du cou. Pris au dépourvu, il leva un bras pour l'arrêter tandis que la lumière dansait sur le mur derrière eux.

Un instant plus tard, Sol Weintraub les rejoignit et les serra tous les deux contre lui en entourant leurs épaules d'un seul bras. Dans l'autre bras, Rachel gazouilla de plaisir au contact de toute cette chaleur humaine. Le consul perçut l'odeur de talc et de nouveau-né qui se dégageait d'elle.

— J'ai eu tort, murmura-t-il. J'ai une requête, moi aussi, à formuler devant le gritche. Une requête en *sa* faveur.

Il caressa doucement la nuque chaude du bébé. Martin Silenus émit un rire qui se termina en une sorte de sanglot.

— Nos dernières volontés, dit-il. Je ne sais pas si les muses accordent aussi des faveurs, mais je ne demande rien d'autre qu'une fin pour mon poème.

Le père Hoyt se tourna vers lui.

— Est-ce si important, qu'il ait une fin ?

— Oh oui, oui, oui ! grogna Silenus.

Il laissa tomber la bouteille vide, plongea la main dans son sac et en sortit une poignée de pelures qu'il brandit vers le groupe comme une offrande.

— Voulez-vous les lire ? Voulez-vous que je vous en donne lecture moi-même ? Je sens que cela me revient. Relisez le début. Relisez les *Chants* que j'ai écrits il y a trois siècles et qui n'ont jamais été publiés. Tout est là. Absolument tout. Nous sommes tous dedans. Vous, moi, ce voyage. Ne comprenez-vous pas que je ne crée pas seulement un poème, mais l'avenir tout entier ?

Il lâcha les pelures, ramassa la bouteille vide, fronça les sourcils et la leva comme un calice.

— Je crée l'avenir, répéta-t-il sans redresser la tête. Mais c'est le passé qui a besoin d'être changé. Rien qu'un instant. Rien qu'une décision.

Martin Silenus releva alors le front. Il avait les yeux rouges.

— Cette chose qui va nous tuer demain… Ma muse, notre donneur et notre repreneur de vie… Elle est venue vers nous à reculons à travers le temps. Mais elle ne me fait pas peur. Qu'elle me prenne, moi, cette fois-ci, et qu'elle laisse Billy tranquille. Qu'elle me prenne, et que le poème en reste là, inachevé pour l'éternité.

Il leva la bouteille encore plus haut, ferma les yeux et la lança violemment contre le mur opposé. Les éclats de verre réfléchirent la lumière orangée venue des explosions lointaines et silencieuses.

Le colonel Kassad s'approcha du poète et posa une main aux longs doigts effilés sur son épaule.

L'espace de quelques secondes, la pièce sembla rayonner de chaleur humaine. Puis le père Hoyt s'écarta du mur où il était adossé, leva la main droite, le pouce et le petit doigt unis, les trois autres doigts serrés, dans un geste qui semblait l'inclure au groupe qui se tenait devant lui, et prononça à voix basse :

— *Ego te absolvo*.

Le vent crépitait contre les murs extérieurs et sifflait sur les gargouilles et les terrasses. La lueur d'une bataille qui se déroulait à cent millions de kilomètres de là donnait au groupe des colorations rouge sang.

Le colonel Kassad se dirigea vers la porte. Les autres se séparèrent.

— Essayons de dormir un peu, suggéra Brawne Lamia.

Plus tard, dans la solitude de son rouleau de couchage, écoutant les plaintes et les hurlements du vent, le consul posa la joue contre son paquetage et remonta la couverture rêche sur sa tête. Cela faisait des années qu'il n'avait essayé de s'endormir paisiblement.

Il pressa son poing crispé contre son autre joue, ferma les yeux et sombra presque aussitôt dans le sommeil.

Épilogue

Le consul se réveilla au son d'une balalaïka si discrète qu'il crut un instant que cela faisait partie de son rêve.

Il se leva, frissonnant dans l'air glacé du matin, drapa la couverture autour de lui et sortit sur la terrasse. L'aube n'était pas encore là. Le ciel était toujours embrasé par les lointains combats.

— Désolé, fit Lénar Hoyt, emmitouflé dans sa cape et relevant la tête derrière son instrument.

— Ce n'est pas grave, lui dit le consul. J'étais sur le point de me réveiller, de toute manière.

C'était la vérité. Jamais il ne s'était senti aussi dispos.

— Continuez, je vous prie, ajouta-t-il.

Les notes s'élevèrent de nouveau, limpides et cristallines, mais à peine audibles en raison du vent. On eût dit que le père Hoyt jouait en duo avec la brise glacée descendue des sommets environnants, et le consul trouvait ces sonorités de cristal presque insupportables.

Brawne Lamia et le colonel Kassad sortirent à leur tour sur la terrasse. Une minute ou deux plus tard, Sol Weintraub vint les rejoindre. Rachel gigotait dans ses bras, ses deux petites mains potelées tendues vers le ciel nocturne comme pour attraper les fleurs éclatantes qui ne cessaient d'y éclore.

Hoyt continuait de jouer. Le vent devenait plus fort à l'approche de l'aube, et les gargouilles et les escarpements jouaient le rôle de pipeaux pour accompagner le basson froid de la forteresse.

Martin Silenus apparut à son tour, se tenant la tête à deux mains.

— Aucun respect pour une putain de gueule de bois, dit-il en se penchant sur la balustrade. Si je dégobille de cette hauteur, il faudra une demi-heure au moins pour que mon vomi arrive en bas.

Le père Hoyt ne leva pas la tête. Ses doigts continuaient de courir sur les cordes du minuscule instrument. Les rafales du nord-ouest soufflèrent avec un peu plus de froideur et d'intensité, et la balalaïka accentua la chaleur et la vie de son contre-chant. Le consul et les autres serrèrent sur eux leurs couvertures et leurs capes tandis que la brise devenait un torrent dont la musique sans nom suivait le rythme accru. C'était la plus étrange et la plus belle symphonie que le consul eût jamais entendue.

Le vent hurla, résonna lugubrement et mourut. La musique s'éteignit en même temps que lui. Brawne Lamia regarda le ciel.

— L'aube va bientôt se lever, dit-elle.

— Il nous reste encore une heure, fit le colonel Kassad.

Lamia haussa les épaules.

— Pourquoi attendre ?

— C'est vrai, pourquoi attendre ? répéta Sol Weintraub.

Il se tourna vers l'est, où le seul signe de l'aube était la lumière pâlissante des constellations.

— On dirait qu'il va faire beau, murmura-t-il.

— Préparons-nous, proposa le père Hoyt. Avons-nous besoin d'emporter nos affaires ?

Les autres s'entre-regardèrent.

— Je ne pense pas que cela soit utile, déclara le consul. Le colonel voudra sans doute prendre avec lui le persoc et le mégatrans. Les autres emporteront uniquement ce qui est nécessaire à leur entrevue avec le gritche. Nous laisserons le reste des affaires ici.

— Très bien, dit Brawne Lamia en tournant le dos à la terrasse et en faisant signe aux autres de la suivre. Inutile d'attendre plus longtemps.

Il y avait six cent soixante et une marches à descendre du portail nord-est de la forteresse aux terres marécageuses en contrebas. Aucun garde-fou ne les bordait.

Le groupe descendit prudemment, en faisant attention à chaque pas dans la lumière incertaine.

Arrivés en vue de la vallée, ils se retournèrent pour contempler le massif rocheux qui semblait faire une seule pièce avec la forteresse de Chronos, dont les terrasses et les escaliers extérieurs formaient de simples encoches dans la montagne. De temps à autre, une explosion un peu plus forte que les autres illuminait une fenêtre ou projetait l'ombre d'une gargouille mais, malgré cela, Chronos semblait fondue dans la roche.

Ils franchirent les contreforts, en prenant soin de ne pas quitter les étendues d'herbe et en évitant les buissons épineux qui tendaient vers eux leurs griffes. Dix minutes plus tard, ils arrivèrent aux dunes de sable qui marquaient le début de la vallée.

Brawne Lamia avait pris la tête du groupe. Elle portait sa plus belle cape sur un tailleur de soie rouge à lisière noire. Son persoc brillait à son poignet. Le colonel Kassad la suivait. Il avait revêtu son armure de guerre au grand complet, mais le polymère de camouflage n'était pas encore activé, de sorte que la tenue était d'un noir mat et absorbait même la lumière qui descendait du ciel. Il était armé d'un fusil d'assaut standard de la Force, et sa visière brillait comme un miroir noir.

Le père Hoyt portait sa cape noire sur un costume noir à col romain. Il tenait la balalaïka dans ses bras comme un enfant. Il continuait de poser précautionneusement les pieds l'un devant l'autre comme si chaque pas était pour lui une souffrance.

Venait ensuite le consul, vêtu de ses plus beaux atours diplomatiques, avec plastron amidonné, pantalon noir sans pli, vareuse noire mi-longue, cape de velours et tricorne doré qu'il portait le premier jour à son arrivée sur le vaisseau-arbre. Il était obligé de tenir sa coiffure pour qu'elle ne s'envole pas avec le vent, qui s'était de nouveau levé, lui projetant des grains de sable à la figure et glissant au sommet des dunes comme un serpent.

Martin Silenus les suivait de près, emmitouflé dans son manteau à la fourrure ridée par les violentes rafales.

Sol Weintraub formait l'arrière-garde, avec Rachel dans son porte-bébé, bien protégée par la cape de son père. Elle se serrait contre la poitrine de celui-ci tandis qu'il lui chantait doucement une chanson dont les notes s'envolaient avec le vent.

Quarante minutes plus tard, ils se trouvaient tous à l'entrée de la cité morte. Marbres et granits jetaient des éclats sous la lumière crue. Derrière eux luisaient les pics montagneux parmi lesquels la forteresse de Chronos était devenue indiscernable. Le groupe traversa un vallon sablonneux, escalada une dune basse et aperçut soudain pour la première fois l'entrée de la vallée des Tombeaux du Temps. Le consul distingua l'orientation des ailes du Sphinx ainsi que la lueur du jade.

Un grondement et un choc sourds, loin derrière eux, lui firent tourner la tête. Son cœur battait très vite.

— Cela a commencé ? demanda Lamia. Les bombardements ?

— Non. Regardez, fit Kassad.

Il désigna un point, au-dessus des pics montagneux, où l'obscurité occultait les étoiles. Des éclairs explosaient le long de ce faux horizon, illuminant des champs de neige et des glaciers.

— Ce n'est qu'un orage, ajouta-t-il.

Ils reprirent leur marche à travers les sables vermillon. Le consul se surprit à plisser les yeux pour essayer de distinguer une vague silhouette obscure près des Tombeaux ou à l'entrée de la vallée. Il était plus que persuadé que quelque chose les attendait là-bas…

— Regardez ! s'écria soudain Brawne Lamia, dont la voix se perdit presque totalement dans le vent.

Les Tombeaux du Temps émettaient une pâle lueur. Le consul avait d'abord cru qu'il s'agissait de la lumière du ciel, mais ce n'était pas le cas. Chaque tombe avait une couleur différente, et chacune était maintenant devenue clairement visible. La lueur était de plus en plus forte. Les Tombeaux du Temps semblaient reculer dans les ténèbres de la vallée. Il flottait dans l'air une odeur d'ozone.

— Est-ce que ce phénomène est normal ? demanda le père Hoyt d'une voix ténue.

Le consul secoua la tête.

— Je n'en ai jamais entendu parler, en tout cas.

— On n'en a pas parlé non plus à l'époque où Rachel étudiait les Tombeaux, fit Sol Weintraub.

Il se mit à fredonner doucement un air tandis que le groupe reprenait son avance en soulevant le sable sur son passage.

Ils s'arrêtèrent à l'entrée de la vallée. Les dunes basses avaient laissé place à une dépression rocheuse où régnait une obscurité dense. Les Tombeaux continuaient d'émettre leur pâle phosphorescence. Personne ne continua plus avant. Personne ne prononça un mot. Le consul sentait son cœur battre à tout rompre dans sa poitrine. Plus terrible encore que la peur ou que le fait de savoir ce qui les attendait là-bas était la noirceur dont le vent semblait lui avoir envahi l'esprit. Une noirceur qui le glaçait et lui donnait envie de se mettre à courir, hurlant, vers les collines d'où ils étaient venus.

Il se tourna vers Sol Weintraub pour lui demander :

— Quel est cet air que vous fredonniez à Rachel ?

L'érudit se frotta la barbe avec un petit sourire.

— Cela vient d'un ancien film bidim, murmura-t-il. D'avant l'hégire. D'avant n'importe quoi, en fait.

— Faites-nous entendre ça, demanda Brawne Lamia, très pâle, qui pensait comprendre ce que le consul cherchait à faire.

Weintraub se mit à chanter, d'une voix à peine audible, au début. Mais la mélodie était étrangement envoûtante. Le père Hoyt sortit alors sa balalaïka et l'accompagna. Les notes devinrent de plus en plus assurées.

Brawne Lamia se mit à rire. Martin Silenus murmura gravement :

— Mon Dieu ! C'est vraiment ancien ! Je chantais cela quand j'étais enfant.

— Mais qui est ce sorcier dont parle la chanson ? demanda le colonel Kassad, dont la voix amplifiée, à travers le casque, résonnait d'une manière étrangement comique dans ce contexte.

— Et qu'est-ce que c'est que le pays d'Oz ? voulut savoir Lamia.

— Ce que j'aimerais, moi, c'est en savoir plus sur ces gens qui partent à la recherche du sorcier, dit le consul, qui sentait la noire panique diminuer très légèrement en lui.

Sol Weintraub essaya de répondre à toutes leurs questions. Il commença à leur raconter l'intrigue d'un film bidim tombé en poussière depuis des siècles.

— Laissez, lui dit Brawne Lamia au bout de quelques secondes. Vous nous raconterez la suite plus tard. Chantez encore.

Derrière eux, les ténèbres avaient englouti les montagnes tandis que l'orage balayait la plaine en se rapprochant d'eux. Le ciel continuait d'émettre sa lueur sanglante, mais l'horizon avait à présent légèrement pâli à l'est. La cité morte brillait à leur gauche comme des dents de pierre.

Brawne Lamia reprit la tête du groupe. Sol Weintraub se mit à chanter plus fort. Rachel se tortillait de joie. Lénar Hoyt rejeta sa cape en arrière pour mieux jouer de la balalaïka. Martin Silenus jeta au loin dans les sables sa bouteille vide et chanta lui aussi, d'une voix étonnamment ferme et agréable, couvrant le mugissement du vent.

Fedmahn Kassad remonta sa visière, mit son arme à l'épaule et se joignit au chœur. Le consul l'imita, prit conscience de l'absurdité des paroles, éclata bruyamment de rire puis recommença à chanter.

Juste à l'endroit où les ténèbres s'épaississaient, le chemin devenait plus large. Le consul s'écarta vers la droite. Kassad marcha à côté de lui. Sol Weintraub se glissa dans l'intervalle. Au lieu de progresser en file indienne, les six adultes avançaient maintenant de front. Brawne Lamia prit la main de Silenus d'un côté, et celle de Sol Weintraub de l'autre.

Sans cesser de chanter très fort, sans se retourner une seule fois, accordant leurs pas, ils s'enfoncèrent lentement dans la vallée.

NOTE DU TRADUCTEUR

La traduction de la citation de Chaucer *(Canterbury Tales)* est de Juliette de Caluwé-Dor, Éditions scientifiques E. Story-Scientia, Gand, Belgique (1977).

Les nombreuses citations de Keats sont en grande partie empruntées, pour la traduction française, lorsqu'elle existe, aux *Poèmes choisis de John Keats*, traduits par Albert Laffay (édition Aubier-Flammarion), et aux *Poésies de John Keats*, traduites par E. de Clermont-Tonnerre (éditions Émile-Paul frères, 1923).

La traduction du passage de Yeats *(A Prayer for my Daughter, Prière pour ma fille)* est celle de René Fréchet (éditions Aubier).

Le lecteur sera peut-être heureux d'apprendre qu'il existe une traduction récente et complète du poème de John Keats *Hypérion*, due à Paul de Roux (éditions La Dogana, Genève, 1989).

Composition et mise en pages
Nord Compo à Villeneuve-d'Ascq

Imprimé en Italie par
Grafica Veneta S.p.A.
à Trebaseleghe (PD)
en juin 2024

POCKET – 92, Avenue de France – 75013 Paris

Dépôt légal : septembre 2014
S25258/12